青年學者叢書出版計劃——中國人文新知叢書

香港浸會大學孫少文伉儷人文中國研究所

世變中的畫意詩心

——晚清民初題畫詩詞研究

柯秉芳 著

臺灣 學生書局 印行

序

張宏生

題畫之作在中國至少可以追溯到戰國的屈原，據王逸〈天問序〉：「屈原放逐，憂心愁悴，彷徨山澤，經歷陵陸，嗟號旻昊，仰天歎息。見楚有先王之廟，及公卿祠堂，圖畫天地山川神靈，琦瑋僪佹，及古賢聖恠物行事，周流罷倦，休息其下，仰見圖畫，因書其壁，呵而問之，以渫憤懣，舒瀉愁思。」屈原的創作衝動是由於看到楚王廟和楚國公卿的祠堂中的各種圖畫，乃撫今追昔，呵壁問之，寫下〈天問〉這首千古名篇。題為東漢劉向所撰的《列女傳》是中國婦女史上的一部重要著作，據劉向記載，他「與黃門侍郎歆所校《列女傳》，種類相從為七篇，以著禍福榮辱之效，是非得失之分，畫之於屏風四堵」（徐堅《初學記》卷二十五〈屏風〉）。顯示劉向為了增強其生動性、直觀性，乃將相關內容畫在屏風上，也就是有意識地採取文圖結合的形式。作為一個傳統，這一形式影響中國文化甚深，後來紙本（或絹本）繪畫興盛起來，以詩（詞）題畫者蔚為大觀，就成為中國文學藝術創作的一個重要特色，吸引了不少作者投入其中。

一般來說，詩是時間的藝術，畫是空間的藝術。前者的優勢在於能夠寫出過程，體現發展；後者的優勢在於能夠凝固瞬間，富有暗示。傳統的文藝理論有詩畫一體之說，但人們也認識到，並不是所有的詩畫都能一體。從本質上看，無論是詩還是畫，想像力都是非常重要的。對於畫來說，由於受到空間的限制，無法將所有元素都表現出來，尤其需要調動想像去加以填補。以詩詞題在畫上，內容的關合度很深，本身就是一個整體，即使從形式上，配上題詠的畫面，也是一個藝術的整體。不過畫作的空間有限，題詠作為一種公眾行為，有時範圍甚廣，規模甚大，形成了一個超越具體空間的共同體。即使如此，所有的題詠，無論怎樣外溢，都還是通向特定的畫，在這個意義上，題詠和畫作仍然構成一個整體。至於其效果，也有可說者。北宋范仲淹的名作〈岳陽樓記〉，據說是看了他的好友、當時的岳州知州滕宗諒寄來的一幅〈洞庭晚秋圖〉而寫出來的，原圖至今不存，但即使仍然存在，大約也掩蓋不住范記在寫景抒情上的光輝，而且，寫這篇〈岳陽樓記〉時，范仲淹身處千里之外的河南鄧州，此前他並未到過洞庭湖，更沒有登過岳陽樓。這個例子可以給我們一些啟發，讓我們轉換不同角度去思考畫作及其題詠的關係。在某種意義上，是否可以認為，當詩（詞）和畫構成了一種互動關係時，顯示出來的是一種新的書寫樣態，能夠體現一加一大於二的效果。

近些年來，在中國文學研究的領域中，文圖學方興未艾，帶有前沿性，不少學者做出了令人耳目一新的探索，也出現了不少優秀的研究成果。在柯秉芳博士的這部著作中，也能看到這種學術風氣的影響，不過作者又有自己的選擇角度和考察方向。

這本書在時間上，以中國近代社會為大背景；在空間上，涵蓋當時中國的主要政治和文化中心；在內容上，以家國世變為主要對象，涉及的歷史事件有鴉片戰爭、太平天國、捻軍之事、戊戌變法、清朝滅亡、南社活動等；在文體上，以畫為中心，題詠之作則是詩或詞；在創作主體上，涉及文人士大夫的各個不同階層。從而不僅展示了一幅幅激烈變動時期的時代歷史畫卷，也能從一個側面揭示出當時文人士大夫的心靈歷史，以及通過文體的交叉互動所帶來的一些新鮮感受。

和詩歌一樣，中國的繪畫在娛情的同時，往往也有言志的功能，自進入近代以來，創作者對此似乎有了更為自覺的意識，尤其是面對重大的社會變化，往往成為主動性的行為。事實上，畫的作者本身經常也就是一些重大事件的參與者。湯貽汾的〈如此江山圖〉以金焦二山作為對象，或許和鴉片戰爭有著直接的淵源，因為鴉片戰爭中的鎮江之戰，正是南京安危存亡的關鍵，但是，湯貽汾更沒有缺席的是幾年之後開始的太平天國戰爭。湯貽汾詩（詞）書畫俱佳，同時又有武官的身分，太平軍進攻南京，他組織抵抗，城破後，投池以殉。在那前後的幾十年間，他是文壇的一個標杆性人物，在許多作家筆下不斷被提及，被歌詠，滿足了人們對一個文人加官員加戰士的身分的完美想像。另一個活躍在太平天國戰爭時期的余治，不僅在戰爭中展開了豐富的文藝活動，而且有感於江南的滿目瘡痍，作《江南鐵淚圖》，發起募捐，顯示了巨大的影響力。湯、余等人都有一個共同的特點，這就是，他們既是文藝作品的創作者，又是重大歷史事件的親歷者或參與者，這無疑增強了現場感，也增強了感染力，他們的作品帶有生命書寫的意義。

文學藝術發生的最重要的動力之一是對創傷的言說，這種言說，往往不僅喚起了記憶，而且還促進了其傳播和接受，在不同的文體中，或者在各種交叉的文體中，將時代發展、歷史進程、社會變化、倫理表現、文化狀況、主體認同等各種因素聯繫起來，塑造出多元的價值。這種價值與「詩可以怨」的觀念密切相關，又廣泛涉及記憶重塑、心理認同、符號記事等，呈現出具有現場感的震撼書寫。秉芳的這部著作，選擇近現代社會中與世變密切相關的繪畫作品及其題詠，縱向看，貫穿了不同的歷史事件，橫向看，涵蓋了各種不同類型的人物和作品，堪稱是一種集體記憶，呈現出畫史、詩（詞）史相結合的獨特樣貌。

秉芳從本科開始，一直到博士畢業，一直在臺灣東吳大學求學。東吳大學有著悠久的歷史，學風樸實，尤其注重文獻。我有兩位在 1990 年代初就認識的朋友，一位是王國良教授，一位是林慶彰教授，都和東吳大學深有淵源。人所共知，研究時段較近的文學，文獻往往太雜，而且大多沒有經過系統整理，需要細緻爬梳，認真考訂。這部著作雖然只是研究 7 幅圖，但是涉及的層面很多，不僅相關的本事需要一一還原，而且涉及的人員，以及彼此的關係，也需要抽絲剝繭般地一點一點弄清楚，纔能拼接出一幅真正完整的畫面，這些地方都能看出秉芳的用力之處。

中國近代文學的發展歷史中蘊含著非常多的資源，相當一部分還沒有得到充分的認識。即以文圖的研究來說，也有不少內容可以成為新的學術增長點。我所主持的《全清詞》編纂，現在已經進行到「咸同卷」以後。在編纂中，我們發現，清詞中的題畫作品數量之多，範圍之廣，層面之豐，非常突出，值得關注，其中的價值意義也有待於進一步發掘。特別是，清朝距離現在還不是太遙遠，不少畫作仍然存世，結合物質文化去研究類似的課題，一定會開啟新的學術空間。清詞如此，想來清詩更是如此。因此，我也對清代文學中的這一領域出現更多的優秀研究成果充滿期待。

張宏生

2022 年 6 月 10 日序於香港浸會大學孫少文伉儷人文中國研究所

世變中的畫意詩心
——晚清民初題畫詩詞研究

目　次

序……………………………………………………張宏生　I

總　論……………………………………………………　1

第一章　晚清民初題畫詩詞興盛的背景……………　39

第一節　清代前期題畫詩詞發展的概況……………　39
第二節　晚清民初題畫詩詞繁盛的原因……………　49
一、題畫風氣興盛……………………………………　50
二、版畫刻書盛行……………………………………　58
三、詩史與詞史觀念的深化…………………………　65

第二章　鴉片戰爭下的制敵良方
——〈如此江山圖〉題詠與黃爵滋之禁煙倡議……　75

第一節　「江山圖」的母題意涵………………………　75
一、王希孟〈千里江山圖〉…………………………　76
二、陳琳〈如此江山圖〉……………………………　78
第二節　黃爵滋〈如此江山圖〉的本事……………　83

一、〈如此江山圖〉的繪圖本事 83
二、〈焦山圖〉與〈如此江山圖〉比較 93
第三節 〈如此江山圖〉之賡和與題詠 97
一、同遊焦山之唱和詩 97
二、黃爵滋囑題之詩 111
三、自然庵囑題之詩 116
第四節 〈如此江山圖〉的延承與續作 124
一、彭玉麟〈如此江山第二圖〉的本事 124
二、寄寓時局與自我之題詠 128
小 結 134

第三章 湘軍抗擊太平軍的護國之戰
——〈銅官感舊圖〉題詠與章壽麟的宦途得失 137

第一節 章壽麟〈銅官感舊圖〉的創作本事 137
一、湘軍與太平軍交戰靖港 138
二、圖畫創作本事 143
第二節 昔時儕輩的悲士不遇 151
一、李元度、王闓運等人的嗟嘆題吟 152
二、左宗棠的寓圖於己題詠 161
第三節 後人寓託「介子」的賦圖題詠 169
小 結 178

第四章 太平軍戕害江南百姓亂離生活史
——《江南鐵淚圖》題詠與余治的勸捐宣教 181

第一節 余治《江南鐵淚圖》的本事 181
一、太平天國陷江南 182
二、圖畫創作本事 184
第二節 反映戰時災難的紀實悲歌 196

一、戰時遭劫罹難的慘況 …… 196
二、戰後死況與倖存者的處境 …… 222
第三節 宣揚戰後建設與教化的願景歌詠 …… 231
一、賑濟撫卹，拓荒勸織 …… 232
二、宏宣教化，恐懼脩省 …… 238
小 結 …… 243

第五章 左軍征討捻亂回變的思親念鄉之情
——〈疏勒望雲圖〉題詠與侯名貴從軍效國之志 …… 247

第一節 侯名貴〈疏勒望雲圖〉的本事 …… 248
一、左軍出征陝甘 …… 248
二、左軍用兵新疆 …… 252
三、圖畫創作本事 …… 257
第二節 歌詠「移孝作忠」之精神 …… 262
一、忠孝古難全 …… 262
二、盡忠即盡孝 …… 265
第三節 援引漢將典故的賦歌讚詠 …… 271
一、「以漢為喻」的邊塞詩 …… 271
二、前引：李子榮題序 …… 274
三、引用西漢武將典故 …… 279
四、引用東漢武將典故 …… 283
小 結 …… 290

第六章 戊戌變法後沉鬱悲壯的詞境
——〈春明感舊圖〉題詠與王鵬運之感時憶友 …… 293

第一節 王鵬運在京交游與〈春明感舊圖〉的本事 …… 293
一、王鵬運的詞學交游 …… 294
二、圖畫創作本事 …… 303

第二節　戊戌政變前後的吟傷題詠 …… 306
一、強學會的成立與結束 …… 307
二、組織咫村詞社、校夢龕詞社，邀友題詠 …… 313
第三節　庚子時期與《春蟄吟》的賦題吟詠 …… 319
一、《春蟄吟》的同題吟唱 …… 320
二、裴維侒、劉恩黻與曾習經的題詠 …… 328
第四節　亡國前後託興於畫的悲歌吟詠 …… 332
一、庚子事變後的題詠 …… 333
二、清亡以後的題詠 …… 338
小　結 …… 342

第七章　清亡之後思賢念遠的集體追憶
——〈春帆入蜀圖〉題詠與清遺民的故國之思 …… 345

第一節　戴三錫〈春帆入蜀圖〉的本事 …… 345
第二節　四川險峻與治蜀之艱辛 …… 353
第三節　戴三錫治蜀偉業之題贊 …… 357
一、時人的讚詠 …… 358
二、後人吟傷時局 …… 363
第四節　淞社社友的同題吟唱 …… 370
一、淞社與《壬癸消寒集》 …… 370
二、癸丑消寒會之題詠 …… 376
三、消寒會後的淞社詩友吟詠 …… 391
小　結 …… 396

第八章　南社社友革命未竟的失意與期許
——〈花前說劍圖〉題詠與高旭的革命之志 …… 399

第一節　高旭革命思想與〈花前說劍圖〉的本事 …… 399
一、高旭由保皇到革命思想的形成 …… 400

二、慕效龔自珍……………………………………………… 405
三、圖畫創作本事…………………………………………… 411
第二節　南社社友的「反清革命」讚詠…………………… 416
一、約結南社，輔助抗清………………………………… 416
二、何昭的支持相隨……………………………………… 421
三、去病，亞子，題詠相頌……………………………… 424
四、其他南社社友的題詠………………………………… 434
第三節　民初政局搖盪下的英雄落寞……………………… 448
一、入京參政至逐出南社………………………………… 448
二、南社社友與後世的正負評價………………………… 457
小　結…………………………………………………………… 462
結　論…………………………………………………………… 465
參考文獻………………………………………………………… 479
後　記…………………………………………………………… 513

圖表目次

圖 1 清・焦秉貞繪〈耕圖〉 …… 59
圖 2 清・焦秉貞繪〈織圖〉 …… 60
圖 3 民・徐北汀繪〈深山讀書圖〉 …… 64
圖 4 民・羅益齋繪〈深山讀書圖〉 …… 65
圖 5 民・羅九峯繪〈深山讀書圖〉 …… 65
圖 6 清・湯貽汾繪〈焦山圖〉 …… 94
圖 7 清・湯貽汾繪〈如此江山圖〉 …… 94
圖 8 清・湯貽汾繪〈如此江山圖〉與題詠手卷 …… 96
圖 9 清・張之萬繪〈銅官感舊圖〉 …… 144
圖 10 清・姜丙繪〈銅官感舊圖〉 …… 144
圖 11 清・林紓繪〈銅官感舊圖〉 …… 144
圖 12 清・汪洛年繪〈銅官感舊圖〉 …… 144
圖 13 清・凌盛熺繪〈銅官感舊圖〉 …… 145
圖 14 清・何維樸繪〈銅官感舊圖〉 …… 145
圖 15 明・周臣繪〈流民圖〉 …… 188
圖 16 清・余治繪〈逆燄鴟張生民塗炭〉 …… 197
圖 17 清・余治繪〈義民殺賊奮勇拚身〉 …… 199
圖 18 清・余治繪〈羣兇淫掠玉石俱焚〉 …… 202
圖 19 清・余治繪〈現前地獄剖腹抽腸〉 …… 206
圖 20 清・余治繪〈吊打逼銀窮搜地窖〉 …… 206
圖 21 清・余治繪〈負母逃生孝子避地〉 …… 209
圖 22 清・余治繪〈江頭爭渡滅沒洪濤〉 …… 209
圖 23 清・余治繪〈圖書古玩盡委泥沙〉 …… 212
圖 24 清・余治繪〈寺廟焚燒神像毀壞〉 …… 215
圖 25 清・余治繪〈逼勒貢獻醜類誅求〉 …… 218
圖 26 清・余治繪〈假托盤查團丁截殺〉 …… 220

圖 27 清・余治繪〈遍地尸骸猪拖狗食〉…… 222
圖 28 清・余治繪〈攜孤覓食節婦呼天〉…… 225
圖 29 清・余治繪〈乞借難通情極自盡〉…… 225
圖 30 清・余治繪〈羅雀掘鼠人肉爭售〉…… 227
圖 31 清・余治繪〈賣男鬻女臨別牽衣〉…… 229
圖 32 清・余治繪〈枵腹臨盆產嬰棄水〉…… 229
圖 33 清・余治繪〈恩詔頻頒萬民感泣〉…… 232
圖 34 清・余治繪〈憲仁撫卹行路涕零〉…… 233
圖 35 清・余治繪〈牛種有備惠及耕夫〉…… 235
圖 36 清・余治繪〈機杼代謀歡騰織婦〉…… 237
圖 37 清・余治繪〈鄉約重興宏宣教化〉…… 240
圖 38 清・余治繪〈樂章再正共慶昇平〉…… 242
圖 39 清・朱寶善繪〈疏勒望雲圖〉…… 261
圖 40 明・謝時臣繪〈蜀道圖〉…… 354

表 1 《消寒集》與《淞濱吟社集》的成員比較…… 371

總 論

題畫詩詞是中國詩、書、畫的結合，文學與藝術相融的最高表現。近年，圖像研究在學術界是一門炙手可熱的顯學。無論是中文學界在重新梳理題畫詩的源起、探索圖像與詩文之間的指涉意涵，抑或是歷史學界從一幅畫作或數幅圖畫勾勒一段發生於畫中背後的歷史，還是藝術學界從藝術史的脈絡、考古學的視角、圖像符號的隱喻，探究一幅圖畫的內在寓意，都顯示學術界長年以來對於題畫文學和圖像研究的深耕與努力。學術界試圖藉由跨學科研究的交融、吸收與整合，期待以更寬闊的視野予以文本多樣的詮釋視角，不僅有益於圖畫的解讀，也提供詮解題畫詩詞的根本意義。由於圖畫題詠涉及跨學科多元領域，以及廣泛的文化議題，因此具有相當大的開拓性與發展性，值得未來持續深入研究。

一、研究緣起

根據孔壽山《唐朝題畫詩注》統計，唐代題畫詩總計約 230 餘首。[1]鍾巧靈據《全宋詩》、《聲畫集》、《御定歷代題畫詩類》及宋人別集統計，得宋代題畫詩近達 5000 首。[2]顧嗣立《元詩選》收題畫詩 2000 餘首，[3]陳邦彥《御定歷代題畫詩類》收元、明題畫詩皆各近 4000 首。[4]在題畫詞方面，

1 孔壽山編著：《唐朝題畫詩注》（成都：四川美術出版社，1988）。

2 鍾巧靈：〈宋代尚畫之風與題畫詩的繁榮〉，《學術交流》5（2008）：160。

3 清・顧嗣立編：《元詩選（初集、二集、三集）》（北京：中華書局，1987）。清・顧嗣立編：《元詩選（癸集）》（北京：中華書局，2001）。

4 清・陳邦彥等編：《御定歷代題畫詩類》（《景印文淵閣四庫全書》第 1435-1436

劉繼才統計宋代題畫詞約有130餘首。[5]《全金元詞》收題畫詞約有101首，《全明詞》約有300餘首，清代前、中期題畫詞，據《全清詞．順康卷》、《全清詞．雍乾卷》合計則多達 6000 餘首。從這些數據計量可知，清代光是順康、雍乾四朝題畫詩詞的創作數量便已遠勝前代各朝，達到前所未有的巔峰。自嘉道以降的整個晚清，更是繼承了前清的盛況，成為詩詞創作中一個閃耀的特點。

清代題畫詩詞之所以如此浩繁興盛，與當時整體的政治、經濟、社會、文化環境有密切的關係。明清鼎革，舊臣遺民頓失身分，面臨國破山河與國家認同的兩難處境，無不深感憂傷沉痛。詩體以遠紹《詩》、〈騷〉之傳統，發揮其本身「言志」之思，傳遞詩人內在激越憤悱之情，因此著成許多反映社會、民族衝突的篇什；而詞人提倡「尊體說」，將詞上攀至《詩》、〈騷〉同等地位，並以其本身「緣情」之文體特質，及其「雕紅琢翠、軟柔溫馨的習傳觀念恰恰成為一種掩體」的內轉屬性，使得詞體在清初「被廣泛地充分地作為吟寫心聲的抒情詩之一體而日趨繁榮」。[6]易代文人遭遇亡國的身世之感，推進了清初詞體的復興，而清代前期文網嚴密，文禍之多，繪畫又相較詩文更隱微含蓄，是以在「以詞為題」逐漸成為文人的創作傾向後，文人也輾轉藉由題畫抒寫情志，因此連帶推動了清代題畫詞的發展。

由於文字獄案此起彼伏、不絕如縷，士人紛紛避席畏聞，轉而鑽研訓詁、金石、考證之學，而繪畫也在樸學風氣盛行的影響下，與金石考古相結合，帶動了博古圖的發展。「博古圖」一詞，最早見於宋徽宗時期所編《宣和博古圖》，意指畫在器物上作為裝飾的圖畫。清代以降，樸學大興，金石學空前繁榮，無疑提供博古圖大力發展的空間，舉凡杯、盤、罐、碗、花瓶、硯臺、茶具等，皆可見博古圖的紋樣。值得一提的是，康熙時期以博古紋與冰梅紋相結合是當時器物裝飾最大的特徵，通體採取藍白相間，青花勾

冊，臺北：臺灣商務印書館，據國立故宮博物院藏本影印，1983）。

5　劉繼才：〈論宋代題畫詩詞勃興的原因及其特徵〉，《瀋陽師範大學學報》32.1（2008）：89。

6　嚴迪昌：《清詞史》（南京：江蘇古籍出版社，2001），頁9。

勒，呈現出強烈的文人畫意。另一方面，清代的書畫論著也相較前朝更為繁榮興盛，如談論畫理方面的著作，有石濤《苦瓜和尚畫語錄》、方薰《山靜居論畫》、笪重光《畫筌》等；講述畫法者，有丁皋《寫真秘訣》、鄒一桂《小山畫譜》、高秉《指頭畫說》等。在畫史方面，除了有專為清代畫家作傳者，如張庚《國朝畫徵錄》、馮金伯《國朝畫識》、《墨香居畫識》、蔣寶齡《墨林今話》、張鳴珂《寒松閣談藝瑣錄》等；亦有如魚翼《海虞畫苑略》、陶元藻《越畫見聞》等依地域為記述的著作。

再者，清代文人畫盛行，詩家詞人往往兼擅繪事。在受到當時結社唱和風氣的影響，圖畫題詠亦多傾向「同題吟唱」、「一圖多詠」的群體創作。而在清人題詠的繪畫當中，主要又多以品題時人的作品為主，其用意除了有抒發共同的身世之感，還有展示自我才藝，拓展交際網絡、相互標榜的社交意義，因此，為畫題詠往往也成為文人雅集、結社唱和中不可或缺的重要活動。品題風氣的盛行，不僅連帶促發題畫詩詞的增加，反映文人對繪畫創作的雅趣與愛好，更得以折射出圖畫背後所蘊含的傳統人文內涵。如徐釚〈楓江漁父圖〉以「漁父」的裝扮形象來包裝自己積極用世的心境，本質上即引借中國傳統文化對「漁父」淡泊名利的精神品格作為基礎，而事實上，其中融注更多的是儒家對「漁父」形象採取的「天下有道則顯，無道則隱」的入世態度，這與《楚辭》〈漁父〉中道家「漁父」避世隱身、不願與世俗同流的形象有著極大的區別。換言之，徐釚〈楓江漁父圖〉蘊藉中國傳統「漁父」形象的文化符碼，既意圖展現出道家隱逸灑脫的情懷，同時又體現出一種儒家式「終南捷徑」的入世之思。

不過，清代前期好尚考據學的風氣，也隨著道光二十年（1840）第一次鴉片戰爭爆發，國家深陷空前危機，再度激發士人的憂患意識，而為主張學術經世，挽救國家衰危的經世致用之學所取代。乾嘉學者章學誠有云：「故學業者，所以闢風氣也。風氣未開，學業有以開之。風氣既弊，學業有以挽之。」[7]是謂學術風氣乃為匡救時弊而起。乾、嘉時期，常州學派以政治角

7　清・章學誠著，葉瑛校注：〈天喻〉，《文史通義校注》上冊（北京：中華書局，

度研治「公羊學」，企圖透過析釐政治問題，「撥亂世，反諸正」，[8]探討社會弊端。常州詞派的開創者張惠言與「常州學派」莊氏家族往來相善，因此受到常州學派研治今文經學、闡發微言大義的影響很深。張惠言為文講究世用，與惲敬開創「陽湖派」，認為文章應具備與反映現實的特質，惲敬更提出了「厚、堅、大」的為文主張。[9]在詞學方面，張惠言推尊詞體，將詞上攀《風》、〈騷〉，引經學進入詞學領域，發揮常州學派微言大義的治學方法，提出「比興寄託」、「意內而言外」的詞學觀。但由於在張惠言提出詞學理論的當時，內憂外患還不是很明顯，因此其詞學思想尚未被同時人充分認識。爾後，經由周濟賡續發揚，譚獻、馮煦等人繼之，推進了常州詞派在晚清的地位與影響力。光緒年間，由清末四大家領袖王鵬運所提出「重、拙、大」的詞學觀點，基本上就是承繼常州詞派發展而來。

張惠言將經學與文學相互結合的治學觀，對於晚清學術風氣有前導之作用。梁啟超在〈清代學術變遷與政治的影響〉中說：「欲知思潮之暗地推移，最要注意的是新興之常州學派。常州派有兩個源頭，一是經學，二是文學，後來漸合為一。」[10]在文學與經學互相交融的過程中，提升了經學強調「經世致用」對於文學的作用與影響力，同時也促使文學與政治之間產生連結。

而繪畫與政治的結合，可從清初「四王」——王時敏、王鑒、王翬、王原祁所建立的「正統畫派」影響清代畫壇近二百餘年中管窺得見。其間雖有如郎世寧、艾啟蒙、賀清泰等來自西方的畫家，然而，他們的繪畫也都是為

2004），頁 310。

8 漢・公羊壽傳，漢・何休解詁，唐・徐彥疏，浦衛忠整理，楊向奎審定：《春秋公羊傳注疏》（《十三經注疏》第 21 冊，北京：北京大學出版社，2000），卷 28，頁 719。

9 清・惲敬著，萬陸、謝珊珊、林振岳標校，林振岳集評：〈上曹儷笙侍郎書〉，《大雲山房文稿初集》（《惲敬集》上冊，上海：上海古籍出版社，2013），卷 3，頁 135。

10 梁啟超：〈清代學術變遷與政治的影響（下）〉，《中國近三百年學術史》（《梁啟超全集》第 8 冊，北京：北京出版社，1999），頁 4440。

滿清宮廷服務，帶有歌功頌德的政治意味。而石濤、八大山人、華喦、李鱓、鄭燮、金農、高翔、羅聘等反正統派的文人畫家，則是以自由寫意的筆法，創造獨特的自我風格。李鱓雖然曾是宮廷畫家，然因不願受制「正統派」畫風而遭排擠，最後罷歸而去。是以可見，由宮廷畫家建立起的「正統畫派」，不僅是清朝繪畫的時代指標，更代表了滿清政治權力的象徵。鄧喬彬在《中國繪畫思想史（下）》中說：中國繪畫在面臨當時諸多事件，如白蓮教起義、鴉片戰爭、甲午戰爭等，都極少於畫作上留下投影。[11]中國描繪戰爭的圖畫，如余治描繪太平軍戕害江南的 42 幅《江南鐵淚圖》，或如以官方角度繪製的4幅《平定仲苗得勝圖》、12幅《平定粵匪圖》，雖然猶如「新聞照相」的時事畫，然而本質上多有歌頌大清王朝的意味。清代繪畫由於統治階級的干預，在乾隆以後急劇衰落，因此，近世學者認為清代繪畫到了晚期更是因襲模仿，鮮有創新，是中國繪畫的衰退期。[12]

然而，正因為晚清處於列強環伺、中西衝擊的形勢之下，因此文學、繪畫與政治的關係也相對愈加緊密，既有近似清代前期感時傷國與歌詠太平的

11　鄧喬彬：《中國繪畫思想史（下）》（《鄧喬彬學術文集》第 9 卷，蕪湖：安徽師範大學出版社，2013），頁 393-394。

12　康有為、陳獨秀、俞劍華、鄧喬彬等人皆持此觀點。康有為〈萬木草堂所藏中國畫目〉云：「中國近世之畫衰敗極矣，蓋由畫論之謬也，請正其本、探其始、明其訓。」陳獨秀〈美術革命〉云：「我國美術之弊，蓋莫甚於今日，誠不可不亟加革命也。」俞劍華《中國繪畫史》云：「清初之畫風，……家家『一峯』，人人『大痴』，陳陳相因，毫無變化，而畫壇之衰運，乃一蹶而不可挽矣。……乾嘉之際，……亦視繪畫為不急之務，繪畫風氣遂以大衰。……同光以來，畫家多聚於北京及蘇州上海，筆耕墨耨，只求作品之悅俗易售，精品傑作不可多見，而畫風益衰敗不可收拾。」鄧喬彬《中國繪畫思想史（下）》云：「由文學推及繪畫，二者的題材更有距離現實的遠近不同，繪畫之近代意識當生成更晚，變革也更晚，它與社會激變相涉甚少，與經世思想距離甚遙，與文學思潮變革也非同步。」清・康有為著，姜義華、張榮華編校：《康有為全集》第 10 集（北京：中國人民大學出版社，2007），頁 441。陳獨秀：〈美術革命〉，《新青年》6.1（1919.1.15）：97。俞劍華：《中國繪畫史》下冊（臺北：臺灣商務印書館，1999），頁 155-156。鄧喬彬：《中國繪畫思想史（下）》，頁 393。

精神，亦有相應時代所需的新變。最明顯的特徵是表現在中央與地方權力的消長、經濟體系的轉變，以及中國君權專制的瓦解。這一連串的「新變」，是晚清至民國的重要過渡，因此，在民初文學、政治、經濟等各個層面，仍然可見晚清的投影，可視為一個連續的發展過程。當然，在中國繪畫中，尤其最不能忽視的是文人畫講究內在「表意」的精神，即如詩歌講究「寄託」與「意內言外」的情思，雖然表面無強烈譏諷刺時的反映，但深層的內涵，卻有詩人、畫家感時憂國的「詩心」與「畫心」。例如湯貽汾繪畫在繼承「四王」與宋元傳統之際，也有自我的風格與寄託，體現出晚清文人畫家在吸收傳統之際，亦企圖跳脫「正統畫派」的創作風格，曲盡畫中之精髓。因此，研究晚清民初題畫詩詞，除了有勾勒這段時期的歷史戰爭、反映大時代的脈動外，也試圖藉由題畫詩詞的研究，探究詩人與畫家如何透過詩、畫的互補關係及其婉曲特質，寄託自我的情感與志向。

蘭石洪《清前中期題畫詞研究》曾指出：清前中期題畫詞的題材內容在表現社會性情感功能的開拓（對陵谷變遷的感憤、對民生疾苦的同情、對忠孝節義的表彰、對世態人情的針砭）、表現個體性情感功能的拓寬（對人倫親情的謳歌、對愛恨情愁的詠嘆、對友情鄉思的眷念、對胸懷心志的披露）、審視女性問題的新視野（對才藝品節的稱揚、對不幸遭遇的同情、對悲劇命運的思考）、學術文化傾向和理論思辨色彩（對文化生活的再現、對儒佛哲理的探討、對藝術理論的闡釋），都有相較前代更繁複多樣的拓展與新變。[13]而這些拓展與新變，也顯示了清代題畫詩詞本身不僅具有藝術層面的研究價值，更交織著時代環境、政治背景、社會風氣、學術氛圍與傳統文化的深刻內涵，並持續影響到晚清民國時代動盪劇變與學術氛圍的變遷與轉換中，因此使得題畫圖詠兼具文學、歷史、政治、文化等多層面的研究價值。

近年來，學術界對於晚清民國的題畫詩詞與圖像研究有較多的關注，如劉繼才《趣談中國近代題畫詩》探討錢杜、何紹基、翁同龢、樊增祥、陳三

13 蘭石洪：《清前中期題畫詞研究》（南京：南京大學出版社，2017），頁131-226。

立、蘇曼殊、吳昌碩、齊白石、柳亞子、呂碧城等晚清至民國時人的題畫詩，具有彰顯時代特性的歷史意義。[14]劉威志〈使秦、挾秦與刺秦——從1942年「易水送別圖題詠」論汪精衛晚年的烈士情結〉以汪偽政權文人假藉題詠〈易水送別圖〉，試圖將荊軻刺秦、汪精衛庚戌（1910）行刺事與此際「和平運動」交互聯結，探討太平洋戰爭爆發後汪文人的政治意圖與心事。[15]孫雨晨《清代圖像題詠論》以〈四王子圖〉、〈鬼趣圖〉、〈分湖舊隱圖〉、〈讀易圖〉、〈東軒吟社圖〉、〈餞別圖〉、〈湖樓請業圖〉、〈楝亭圖〉的題詠，論析清代士人的文學交游與生活軌跡。[16]卓清芬〈清代女性自題畫像意義探析〉透過對清代女性不同類型的自題畫像作探討，論析清代女性如何定位自我、呈現自我的形象，以期望被他人理解的內在心性。[17]

隨著晚清民初傳播媒體的盛行，報刊雜誌也成為圖畫與題畫詩詞發表刊行的平臺。房棟《現代上海期刊所刊題畫詩研究》針對《青鶴》雜誌所刊登之題畫詩，探究民初文人與畫家如何透過傳統繪畫與舊體文學反映當時的歷史、表徵舊式文人群體的歌哭。[18]張逸良《另一種表達——西方圖像中的中國記憶》藉由《小日報》（*Le Petit Journal*）中的40幅圖像，重構晚清時期西方人眼中的中國及中國臨敵列強環伺的歷史。[19]至於《點石齋畫報》的研究最多也最廣泛，如王爾敏〈中國近代知識普及化傳播之圖說形式——點石

---

14 劉繼才：《趣談中國近代題畫詩》（瀋陽：遼寧人民出版社，2012）。

15 劉威志：〈使秦、挾秦與刺秦——從1942年「易水送別圖題詠」論汪精衛晚年的烈士情結〉，《漢學研究》32.3（2014.9）：193-226。又見劉威志：〈使秦、挾秦與刺秦——1942年「易水送別圖題詠」的隱喻〉，《梁汪和平運動下的賦詩言志（1938-1948）》（新竹：清華大學中國文學研究所博士論文，2017），頁207-248。

16 孫雨晨：《清代圖像題詠論》（蘇州：蘇州大學中國文學研究所博士論文，2015）。

17 卓清芬：〈清代女性自題畫像意義探析〉，《人文中國學報》23（2016.12）：239-262。

18 房棟：《現代上海期刊所刊題畫詩研究》（上海：華東師範大學中國語言文學研究所碩士論文，2014）。

19 張逸良：《另一種表達——西方圖像中的中國記憶》（上海：上海三聯書店，2016）。

齋畫報例〉、[20]葉曉青〈「點石齋畫報」中的上海平民文化〉、[21]陳平原〈以圖像為中心——關於「點石齋畫報」〉、[22]王鵬惠〈「異族」新聞與俗識／視：《點石齋畫報》的帝國南方〉、[23]鄭文惠〈鄉野傳奇・全球圖景・現代性——《點石齋畫報》花界形象的文化敘事〉，[24]涉及社會文化、傳播、中外關係等多個層面。陳平原《左圖右史與西學東漸——晚清畫報研究》透過《點石齋畫報》、《教會新報》、《天路歷程》、《畫圖新報》、《啟蒙畫報》、《時事畫報》、《真相畫報》等報刊，揭示晚清畫報在近代中國知識轉型中的位置。[25]

此外，題畫中關涉易代遺民的研究，也是近年研究中值得注意的現象。如姚達兌在探討林葆恒〈訒庵填詞圖〉的題詠時，將之置於江山易代的「遺民形象」中，探討其遺民群體共同的文化記憶與政治想像。[26]姚氏另外一篇〈（後）遺民地理書寫：填詞圖、校詞圖及其題詠〉，[27]以清初〈迦陵填詞圖〉的開啟到民初〈彊村校詞圖〉的終結，勾勒遺民的創作活動與政治書寫。在探討〈迦陵填詞圖〉的文化象徵時，姚氏從陳維崧與釋大汕不同的政

---

20 王爾敏：〈中國近代知識普及化傳播之圖說形式——點石齋畫報例〉，《中央研究院近代史研究所集刊》19（1990.6）：135-172。

21 葉曉青：〈「點石齋畫報」中的上海平民文化〉，《二十一世紀》1（1980.10）：36-47。

22 陳平原：〈以圖像為中心——關於「點石齋畫報」〉，《二十一世紀》59（1990.6）：90-98。

23 王鵬惠：〈「異族」新聞與俗識／視：《點石齋畫報》的帝國南方〉，《臺灣史研究》19.4（2012.12）：81-140。

24 鄭文惠：〈鄉野傳奇・全球圖景・現代性——《點石齋畫報》花界形象的文化敘事〉，吳盛青編：《旅行的圖像與文本：現代華語語境中的媒介互動》（上海：復旦大學出版社，2016），頁187-253。

25 陳平原：《左圖右史與西學東漸——晚清畫報研究》（北京：生活・讀書・新知三聯書店，2019）。

26 姚達兌：〈遺民的形象：林葆恒和〈訒庵填詞圖〉題咏〉，吳盛青編：《旅行的圖像與文本：現代華語語境中的媒介互動》，頁51-81。

27 姚達兌：〈（後）遺民地理書寫：填詞圖、校詞圖及其題詠〉，《山東科技大學學報》15.1-2（2013.4）：57-71。

治立場劃分兩人的遺民定位，並藉此連結至清遺民詞人汪兆鏞，以釋大汕固守明遺民身分的執念，暗喻汪氏不忘清朝的遺民情懷。姚氏認為，〈彊村校詞圖〉的題詠群體在盛讚「彊村」地理文化的同時，也連帶注入了對於「風騷傳統」正面臨劫毀瀕危的感傷，因此，文人筆下的「彊村」，是一種象徵，一種寄託，一種遺民身分的文化影射。姚氏的研究不僅著重於填詞圖、校詞圖發展本身，更帶入遺民文化圖像的內涵。

晚清是一個特殊的時期，西方資本主義入侵，中國遭遇前所未有的挑戰，開啟了半殖民半封建的社會。同時，晚清也代表了中國封建王朝走向終結。筆者著重以晚清題畫詩詞中所呈現的幾起重要戰爭作為研究，尤其強調政治對文學與繪畫創作的影響。約翰・伯格（John Berger）有云：「所有的古代藝術，已經成為一個政治問題。」[28]其意義在於指出：無論是中國或西方，藝術不僅在服膺政治，也在反映政治。而所謂「藝術」的範疇，不僅包含繪畫，也包含了詩歌、音樂、戲劇、舞蹈等。是以，本書冀圖從黃爵滋〈如此江山圖〉、章壽麟〈銅官感舊圖〉、余治《江南鐵淚圖》（42 幅組圖）、侯名貴〈疏勒望雲圖〉、王鵬運〈春明感舊圖〉、戴三錫〈春帆入蜀圖〉、高旭〈花前說劍圖〉七個主題的圖畫題詠作為研究，探討自白蓮教之亂、鴉片戰爭、太平天國戰爭、陝甘新疆回亂、庚子事變、辛亥革命，乃至民國成立，這些不同時期分別代表的愛國官員、慈善家、征人、詞學家、朝廷重臣、革命志士等不同身分定位的士人，他們如何藉由圖畫反映現實的處境，傾訴對國家陵夷的憂心、訴說自我偃蹇失意的苦悶？又是如何以詩歌作為自我生命活動的實踐，透過囑託題詠、結社唱和，建立其交友網絡，得到題詠者的回響與支持？甚至如何在跨時代的題詠中，藉由觀看前人的畫作尋找與之相互共鳴的生命連結，並且在時空的轉換中重新賦予畫作不同的詮釋意義？

除了從時代環境、政治背景與學術風氣的視角切入外，從文化內涵的層

28　（英）約翰・伯格（John Berger）著，戴行鉞譯：《觀看之道》（桂林：廣西師範大學出版社，2009），頁 33。

面來看，每幅圖畫題詠皆涉及了與儒家文化或詩歌書寫傳統相關的議題，如黃爵滋〈如此江山圖〉不僅關涉「江山圖」寓含盛世／衰世的創作母題，其題詠之中，亦呈現歷來文人借「京口三山」書寫江山盛衰的書寫脈絡；章壽麟〈銅官感舊圖〉題詠論及了歷來士人對於「介之推不言祿」與「儒冠多誤身」命題的闡釋；余治《江南鐵淚圖》與題詠，反映了自古以來所謂「君子以恐懼脩省」的修身思想，以及重視勸課農桑、宣講鄉約的傳統文化。侯名貴〈疏勒望雲圖〉題詠除了再現狄仁傑「望雲思親」的精神，也呈現儒家政治化對於「賢母」與「移孝作忠」精神的要求與稱揚；王鵬運〈春明感舊圖〉題詠中，多借「黃壚聚別」、「山陽思舊」的典故，表現後世賢者以「嵇康情結」作為榜樣而推崇的心理；戴三錫〈春帆入蜀圖〉題詠，則借李白「蜀道之難，難於上青天」象徵仕途難行的是與否問題，作為闡發戴三錫平生功業的論基點；而高旭〈花前說劍圖〉題詠中，引用了大量寶劍與俠士的典故，反映了歷來文人對於吳越神劍與東周俠士精神的崇拜之情。透過這些傳統文化議題的闡釋，可以看見不同時空背景之下文人對於文化的弘揚，以及他們面臨共同生命課題的省思，因此使得圖畫題詠的內涵更具深度、層次更為豐富，含涉範圍也更加廣泛。

雖然寫意的文人畫作表面看來就是一幅幅的山水、園林與人物畫，它們沒有如《平定準噶爾回部得勝圖》或《點石齋畫報》、《小日報》那樣直觀寫實，反映戰爭與社會，但在深究每幅畫作背後的創作動機後，令人驚異雀躍的是，原來這些畫作都不單是直指個人的升沉與得失，更重要的是，當中還隱含了整個大時代的歷史環境、傳統文化的傳承、人民的生存處境，以及士人對國家投注的期許與關懷。中國傳統「溫柔敦厚」、「比興之旨」的修己內省、隱喻寄託，正是中國文學與書畫的魅力所在。

二、前人研究論題與回顧

題畫文學的研究始自 1930 年代，歷來學界普遍以 1937 年青木正兒於《支那學》發表的〈題畫文學の發展〉為研究首篇，而其實早在 1935 年陸虛齋已著有〈題畫詩出自元人考〉為題畫文學開啟研究先河。[29]儘管當時陸虛齋、青木正兒已注意到題畫詩於中國文學中的獨特性，但題畫文學仍未受到學術界關注，直到 1960 年代開始，題畫文學的研究才漸有起色；至 1980 年代，探討題畫詩的起源、詩書畫的關係、題畫藝術、各朝詩畫風格等論文相繼問世，對於個別詩畫家的研究也日漸增多。更有著手從事題畫詩之輯集、注釋、賞析的編纂工作，以時代為編選主軸者，如洪丕謨《歷代題畫詩選注》、[30]孔壽山《唐朝題畫詩注》、[31]任世杰《題畫詩類編》、[32]趙蘇娜《故宮博物院藏歷代繪畫題詩存》、[33]戴麗珠《明清文人題畫詩輯》、[34]任平《古今題畫詞精選》、[35]吳企明《中國歷代題畫詩》、[36]《清代題畫詩類》[37]等；以個別人物為主軸者，如光一《吳昌碩題畫詩箋評》、[38]葛澤溥《蘇軾題畫詩選評箋釋》，[39]以及汪放、張炎中《四王題畫詩》[40]等，都為檢索歷代題畫詩、研究個家題畫詩，帶來便利與助益。

衣若芬云：「所謂『題畫文學』，向來有廣義與狹義兩種界定方式，狹義的『題畫文學』單指被書寫於畫幅上的文字；廣義的『題畫文學』，則泛稱『凡以畫為題，以畫為命意，或讚賞，或寄興，或議論，或諷諭，而出之以詩詞歌賦及散文等體裁的文學作品。』」[41]當然，這是從文學的角度為出

---

29 苗貴松：〈明清題畫文學文獻要籍敘錄——兼論現代題畫文學研究始自中國學者〉，《成都師範學院學報》30.1（2014.1）：78。

30 洪丕謨選注：《歷代題畫詩選注》（上海：上海書畫出版社，1983）。

31 孔壽山編著：《唐朝題畫詩注》（成都：四川美術出版社，1988）。

32 任世杰編著：《題畫詩類編》（合肥：安徽美術出版社，1996）。

33 趙蘇娜編注：《故宮博物院藏歷代繪畫題詩存》（太原：山西教育出版社，1998）。

34 戴麗珠編著：《明清文人題畫詩輯》（新北：學海出版社，1998）。

35 任平編：《古今題畫詞精選》（杭州：中國美術學院出版社，1999）。

36 吳企明主編：《中國歷代題畫詩》（北京：語文出版社，2006）。

37 吳企明編：《清代題畫詩類》（北京：國家圖書館出版社，2016）。

38 光一編著：《吳昌碩題畫詩箋評》（杭州：浙江人民出版社，2003）。

39 葛澤溥選評箋釋：《蘇軾題畫詩選評箋釋》（鄭州：河南大學出版社，2012）。

40 汪放、張炎中輯注：《四王題畫詩》（上海：上海人民美術出版社，2013）。

41 衣若芬：《觀看・敘述・審美——唐宋題畫文學論集》（臺北：中央研究院中國文哲

發而做出的定義。近年，在題畫文學的研究上，結合了其他門類的學科領域，既是文學，也是藝術，甚至是歷史的。至今學術界出版的專著已有數十種，博碩士學位論文有百餘篇，發表研究論文則將近千篇。從這些論文加以整理歸納，大致可釐析出：詩書畫理論、互文性、藝術史、自我呈現四個主要探討的論題與研究方向。

（一）傳統詩論：詩書畫理論

詩、書、畫被並譽為中國藝術的「三絕」。據唐代張彥遠《歷代名畫記》記載：「靈帝詔邕（蔡邕）畫赤泉侯五代將相於省，兼命為讚及書。邕書畫與讚，皆擅名於代，時稱三美。」[42]此後將書、畫並稱情形日漸普遍，畫贊亦逐漸向詩的形式靠攏。首先將詩、書、畫並稱為「三絕」，乃唐玄宗稱譽「鄭虔三絕」以後開始出現。唐玄宗「三絕」之稱，乃指鄭虔詩、書、畫三者皆能通曉。從形式上來說，在圖畫上題字是唐以後的事，發展至清代，畫作幾乎都有詩、書、畫同時並存的情形，徹底展現三者相融的結果。從詩、書、畫內在本身的特質而言，三者之間是否存在著共同的特性？彼此是否能互相關聯？啟功在〈談詩書畫的關係〉中說：詩與書的關係在於「書法是文辭以至詩文的『載體』」，書法不能脫離文辭而獨立存在。書與畫關係之所以如此緊密，主因在於它們同樣都是藉由「毛筆」來完成，並且有同樣的風格追求；而詩與畫的關係則如同「同胞兄弟」，不僅有相同意境的追求，彼此亦能交互闡發、互相結合。[43]

就詩、書、畫三者而言，書與畫的關係比起詩與畫的關係來得密切。古人論述繪畫源起，將其推溯自伏羲畫八卦和倉頡造字。《周易》云：「古者包犧氏之王天下也，仰則觀象於天，俯則觀法於地，觀鳥獸之文，與地之宜，近取諸身，遠取諸物，於是始作八卦，以通神明之德，以類萬物之

研究所，2014），頁 2。

42 唐・張彥遠：《歷代名畫記》，（《叢書集成新編》第 53 冊，臺北：新文豐出版公司，1985），卷 4，頁 122。

43 啟功：〈談詩書畫的關係〉，《文史知識》1（1989.1）：3-11。

情。」[44]許慎在《說文解字》序援引此文，說明文字起源於圖像。張彥遠《歷代名畫記》云：「書畫異名而同體也。」[45]宋人郭熙云：「王右軍（王羲之）喜鵞，意在取其轉項，如人之執筆，轉腕以結字，此正與論畫用筆同。」[46]趙希鵠說：「善書必能畫，善畫必能書，其實一事爾。」[47]近代學者雖已提出反對書畫同法同源的觀念，[48]但是將書法和繪畫視為藝術中共同審美認同的概念，仍然還是得到較多學者的認同。

在研究題畫詩時，釐清「詩與畫」的關係相較於探究「書與畫」的關係更為重要。詩、畫原屬於兩個不同畛域的藝術範疇，詩以「情」為主，畫以「形」為主；詩是「時間」的藝術，畫是「空間」的藝術。而題畫詩能打破時空的界限，將二者相因結合，是詩與畫結合的具體展現。題畫詩從戰國時期的畫贊逐漸發展而來，初期主要是作為一種依形而詠、歌功頌德的文體，至魏晉南北朝時期，陶淵明〈讀山海經〉與庾信〈詠畫屏風詩〉是最早以詩體現世的題畫詩。唐時，題畫文學的文體形式已發展完備，但在中唐以前，唯有少數詩人能如王維一樣同時能詩善畫，當時的詩人與畫匠多數仍各行其事、互不相關。到了中唐乃至宋代，文人認為欲將詩畫融通、游刃於其間，必須同時兼擅詩、畫二者之長，才能達到詩中有畫，畫中有詩的境界。題畫詩發展至此，其概念已與中唐以前為畫而題作詩文的意義不同。

宋代是將詩畫融通理論推向極致的重要時期。宋代題畫詩繁榮興盛、詩

---

44 魏・王弼注，唐・孔穎達疏，盧光明、李申整理，呂紹綱審定：《周易正義》（《十三經注疏》第 1 冊），卷 8，頁 350-351。

45 唐・張彥遠：〈敘畫之源流〉，《歷代名畫記》，卷 1，頁 105。

46 宋・郭熙著，宋・郭思編：〈畫訣〉，《林泉高致集》（《景印文淵閣四庫全書》第 812 冊，據國立故宮博物院藏本影印），頁 17 下。

47 宋・趙希鵠著，鍾翀整理：《洞天清錄》（《全宋筆記》第 7 編 2，鄭州：大象出版社，2015），頁 48。

48 徐復觀：〈書（字）與畫的關係問題〉，《中國藝術精神》（臺北：臺灣學生書局，2013），頁 146-150。張安治：〈「書畫同源」辨〉，《中國畫與畫論》（上海：上海人民美術出版社，1986），頁 213-218。蘇東天：〈談書畫同源同法之誤〉，《朵雲》6（1984.5）：13-18。

畫關係發生變異的關鍵原因在於文人涉足繪畫的領域，促成文人畫派的興起。文人將繪畫提高到與作詩相等的地位，把作詩的創作過程及要求帶入繪畫之中。宋詩講究謀篇技巧，故文人作畫亦如作詩一般，重視畫面的布局安排，也強調詩、畫在精神與意境上的相互融通。而宋人對於畫家的養成，認為必須依循先讀書、再肆力作畫的學習過程。蘇軾〈寶繪堂記〉評王詵云：「雖在戚里，而其被服禮義，學問詩書，常與寒士角。平居攘去膏粱，屏遠聲色，而從事於書畫。」[49]鄧椿《畫繼》云：「畫者，文之極也。……其為人也多文，雖有不曉畫者寡矣。其為人也無文，雖有曉畫者寡矣。」[50]才學修養可增加畫家繪畫功力，將原本僅是技能層面的技藝提升至精神層次的境界，達到物我兩忘的形、神交融，讓繪畫不再僅是工匠之事，而是能與文士相互結合的美學範式。

宋人為了連繫詩與畫的關係，有不少文人從「詩畫同體」的角度來談論詩與畫的共同特質。郭熙引前人言：「詩是無形畫，畫是有形詩。」[51]孔武仲云：「文者無形之畫，畫者有形之文，二者異迹而同趨。」[52]蘇軾則提出：詩是「無形畫」，畫是「不語詩」；[53]黃庭堅承續蘇軾從詩歌「韻體」的音樂性質論畫，提出畫是「無聲詩」的觀點。[54]而釋惠洪則是在黃庭堅論

---

49 宋・蘇軾著，周裕鍇校注，張志烈審訂：《蘇軾文集校注（二）》（《蘇軾全集校注》第 11 冊，石家莊：河北人民出版社，2010），卷 11，頁 1123。

50 宋・鄧椿：〈論遠〉，《畫繼》（《叢書集成新編》第 53 冊），卷 9，頁 238。

51 張舜民〈跋百詩之詩畫〉也說：「詩是無形畫，畫是有形詩。」宋・郭熙著，宋・郭思編：〈畫意〉，《林泉高致集》，頁 13 下。宋・張舜民：《畫墁集》（《景印文淵閣四庫全書》第 1117 冊，據國立故宮博物院藏本影印），卷 1，頁 12 下。

52 宋・孔武仲著，宋・王蓬編：〈東坡居士畫怪石賦〉，《清江三孔集》（《景印文淵閣四庫全書》第 1345 冊，據國立故宮博物院藏本影印），卷 3，頁 9 上。

53 蘇軾〈韓幹馬〉：「少陵翰墨無形畫，韓幹丹青不語詩。」宋・蘇軾著，吳明賢校注，馬德富訂補：《蘇軾詩集校注（八）》（《蘇軾全集校注》第 8 冊），卷 48，頁 5551。

54 黃庭堅〈次韻子瞻子由題憩寂圖二首〉：「李侯有句不肯吐，淡墨寫出無聲詩。」宋・黃庭堅著，宋・任淵、史容、史季溫注，黃寶華點校：《山谷詩集注》上冊（上海：上海古籍出版社，2003），卷 9，頁 241。

畫是「無聲詩」的基礎下，提出詩是「有聲畫」的概念，[55]跳脫原本賦予詩畫「成教化、助人倫、窮神變、測幽微」的政教立場，改以詩歌文學的角度觀看詩與畫的共同特質。鄭文惠在〈詩畫共通理論與文人文化之成長——以宋明二代之轉化歷程為例〉中說：「詩與畫由『有形』、『無形』轉化為『有聲』、『無聲』，其中歷程不僅透露詩畫關係開展之端倪而已，更足以說明當時繪畫界主導權已由工匠移轉至『文人』手中，完全為文人所掌握。」[56]由文人開端之詩畫同體說，亦在宋人競相討論下成為詩界畫壇的主流。

完成詩畫合一理論者是蘇軾。蘇軾嘗言：「味摩詰之詩，詩中有畫。觀摩詰之畫，畫中有詩。」[57]又云：「詩畫本一律，天工與清新。」[58]此番論點為現今學界研究蘇軾詩畫理論時必當論及的議題，包括像黃海章、黃鳴奮、郎紹君、衣若芬、戴麗珠等人都有相關的論著。其中，衣若芬在《蘇軾題畫文學研究》探究蘇軾如何將詩與畫分別帶入彼此的領域中，論述深入精闢。衣氏認為蘇軾是將繪畫納入了文學的領域，從而連繫詩與畫的詮釋路徑，尋求彼此相通相融之處，因而形成「詩畫本一律」的觀點；相對的，蘇軾也把原本存在繪畫的條件和理論反過來加諸於詩，再回歸於畫。蘇軾將詩與畫相連繫，必然是對詩、畫的特質有相當程度的瞭解。因此，衣氏更進一步指出：蘇軾稱王維之詩、畫「詩中有畫，畫中有詩」，是出於對詩、畫特

---

55 釋惠洪觀宋迪畫《瀟湘八景》，為法演作〈宋迪作八境絕妙，人謂之無聲句，演上人戲余曰：道人能作有聲畫乎？因為之各賦一首〉，稱「有聲畫」。宋・釋惠洪著，（日）釋廓門貫徹注，張伯偉、郭醒、童嶺、卞東波點校：《注石門文字禪》上冊（北京：中華書局，2012），卷 8，頁 540。

56 鄭文惠：〈詩畫共通理論與文人文化之成長——以宋明二代之轉化歷程為例〉，《中華學苑》41（1991.6）：150。

57 宋・蘇軾著，江裕斌校注，周裕鍇補注，張志烈審訂：〈書摩詰藍田烟雨圖〉，《蘇軾文集校注（十）》（《蘇軾全集校注》第 19 冊），卷 70，頁 7904。

58 宋・蘇軾著，王克讓校注，陳應鸞、馬德富審訂：〈書鄢陵王主簿所畫折枝〉，《蘇軾詩集校注（五）》（《蘇軾全集校注》第 5 冊），卷 29，頁 3170。

質皆能通曉之後的結果。[59]是以，蘇軾詩畫合一理論，能為題畫文學找到彼此相對應的連繫，搭起詩與畫之間的橋梁。

然而，有一部分的宋代文人則是從詩、畫各自的功能與特長來反對詩畫一律的觀點，例如邵雍云：「畫筆善狀物，長於運丹青。丹青入巧思，萬物無遁形。詩畫善狀物，長於運丹誠。丹誠入秀句，萬物無遁情。」[60]將詩與畫截然分開。實際上，蘇軾在強調詩與畫彼此滲透、相互表現的同時，並未忘記詩與畫本質為不同的藝術形式，各有其獨特的藝術屬性。是故有些學者從蘇軾詩畫理論中存在的異同之說加以論述，如陶文鵬、葛岩、呂永、李栖等人。陶文鵬〈論蘇軾的「詩畫同異說」〉認為蘇軾揭示詩畫相通的藝術原理，能使詩歌與繪畫彼此截長補短，但蘇軾在「古來畫師非俗士，摹寫物象略與詩人同」、「詩不能盡，溢而為書，變而為畫」、「味摩詰之畫」與「觀摩詰之畫」等詩文中，實已清楚表明詩、畫之間的差異與界限。[61]李栖同樣認為蘇軾在盛讚王維的語意裡，已暗示了詩、畫本質的不同，因此主張研究者不該一味著眼於「一律」的角度打轉，更指出蘇軾所說「詩畫一律」的美學範圍，僅限於「天工」（形似）與「清新」（意境），而非泛指所有的詩與畫皆能一律。[62]李氏從詩、畫共同的基本特徵行以論說，對詩、畫本身存在的異同有明確的辨析。

釐清詩、畫本質之異同，目的在於辨析詩與畫之間並非全然可以融通，然而回歸文人最初之所以將詩、畫結合的目的究竟為何，應是研究題畫文學時的一項重要課題。因此，在「詩畫同體」與「詩畫異體」的論辯之外，另有一些學者不以詩畫的異同作為論述的主要重點，而是重新審視詩與畫結合的目的及意義。林同華〈論石濤及其繪畫美學思想〉說：「中國藝術家們比較強調的是詩歌與繪畫的同一性，它們的相互滲透和轉化，而不是強調兩者

---

59 衣若芬：《蘇軾題畫文學研究》（臺北：文津出版社，1999），頁 255-277。

60 宋．邵雍：〈詩畫吟〉，《伊川擊壤集》（《叢書集成續編》第 165 冊，臺北：新文豐出版公司，據宜秋館據明文靖書院刊本校刊本影印，1989），卷 18，頁 7 下。

61 陶文鵬：《蘇軾詩詞藝術論》（上海：上海古籍出版社，2001），頁 1-24。

62 李栖：《兩宋題畫詩論》（臺北：臺灣學生書局，1994），頁 264-272。

之間的對立和界限。」[63]宗白華〈詩與畫的分界〉說：「詩和畫各有它的具體的物質條件，局限著它的表現力和表現範圍，不能相代，也不必相代。但各自又可以把對方盡量吸進自己的藝術形式裡來。詩和畫的圓滿結合（詩不壓倒畫，畫也不壓倒詩，而是相互交流交浸）……」[64]林氏和宗氏不著眼於詩畫異同的角度上打轉，而是從融通、互滲的視角連繫彼此的關係，讓詩與畫成為有機的結合。誠如錢鍾書在〈中國詩與中國畫〉中說詩與畫皆有「出位之思」；[65]鄭騫在〈題畫詩與畫題詩〉中指出詩與畫的關係在於「詩畫相發，情景交融」；[66]饒宗頤〈詞與畫——論藝術的換位問題〉從西方理論「藝術換位」（Transposition d'art）[67]談詞與畫的關係，皆說明詩、詞與畫的關係在於互相補充與融通，而非彼此對立。

無論是「詩畫合一」或「詩畫融通」講究的主要都是意境和精神上的相互對應，故由此理論基礎推介至各朝文人、畫派與題畫之研究，如戴麗珠《趙孟頫文學與藝術之研究》、[68]衣若芬《三絕之美鄭板橋》、[69]鄭文惠《明人詩畫合論之研究》、[70]《詩情畫意：明代題畫詩的詩畫對應內涵》、[71]王韶華《宋代「詩畫一律」論》、[72]汪滌《明中葉蘇州詩畫關係研

---

63 林同華：〈論石濤及其繪畫美學思想〉，《中國美學史論集》（臺北：丹青圖書公司，1987），頁 345。

64 宗白華：〈詩與畫的分界〉，《美從何處尋》（南京：江蘇教育出版社，2005），頁 11。

65 錢鍾書：〈中國詩與中國畫〉，《責善半月刊》2.10（1941.8）：2-8。

66 鄭騫講述，劉翔飛筆記：〈題畫詩與畫題詩〉，《中外文學》8.6（1979）：5。

67 饒宗頤：〈詞與畫——論藝術的換位問題〉，《故宮季刊》8.3（1974）：9-20。

68 戴麗珠：《趙孟頫文學與藝術之研究》（臺北：學海出版社，1986）。

69 衣若芬：《三絕之美鄭板橋》（《古典詩歌研究彙刊》第 6 輯第 25 冊，新北：花木蘭文化，2009）。

70 鄭文惠：《明人詩畫合論之研究》（臺北：政治大學中國文學研究所碩士論文，1988）。

71 鄭文惠：《詩情畫意：明代題畫詩的詩畫對應內涵》（臺北：東大圖書公司，1995）。

72 王韶華：《宋代「詩畫一律」論》（上海：華東師範大學中國文學研究所碩士論文，2000）。

究》、[73]錢南秀〈詩畫同源：薛紹徽（1866-1911）之題畫詩初探〉[74]等，透過時代、家學與論作的細部考察，逐步將書畫結合，進而達到理解詩人與畫作本質的精神內涵，都是研究題畫文學時值得參考的論著。

（二）西方理論：互文性

題畫文學研究同時涉及文學與美學兩大範疇，早期的傳統學者大多將詩畫議題列於美學的領域，而張漢良在〈文學與藝術的關係研究〉中說：「文學與藝術的關係研究，是比較文學的新課題，但它幾乎涉及到比較文學所有的問題，包括歷史研究（文學與藝術史）、斷代問題、主題學、影響研究、文類研究，以及類比研究。」[75]目前學術界業已同意將詩畫研究歸於比較文學的課題。

比較文學涉及文本與文本之間相互比對、參照的問題，因此，藉用「互文性」（Intertextuality）理論詮釋詩與畫相互闡發、補充所欲探究的歷史意義及生命蘊涵是目前學界研究題畫文學的一大趨勢。「互文性」又稱「文本間性」或「互文本性」，為法國符號學家朱麗婭・克里斯蒂娃（Julia Kristeva）所提出的文本分析理論。克里斯蒂娃吸收了米哈伊爾・米哈伊洛維奇・巴赫金（Mikhail Mikhailovich Bakhtin）的文化理論，發展出一套自己對文本的分析方式，她在《符號學：意義分析研究》中說：「任何作品的本文都像許多行文的鑲嵌品那樣構成的，任何本文都是其他本文的吸收和轉化。」[76]她認為，符號本身並沒有完整的意指屬性，任何單一文本本身都存在貧乏而不足的缺陷，然而透過語言系統中符號的差異性，某些所指（signified）可能會轉換為其它符號的能指（signifier），而這某些所指可能

---

[73] 汪滌：《明中葉蘇州詩畫關係研究》（上海：上海文化出版社，2007）。

[74] 錢南秀：〈詩畫同源：薛紹徽（1866-1911）之題畫詩初探〉，吳盛青編：《旅行的圖像與文本：現代華語語境中的媒介互動》，頁 31-50。

[75] 張漢良：《比較文學理論與實踐》（臺北：東大圖書公司，1986），頁 304。

[76] （法）朱麗婭・克里斯蒂娃（Julia Kristeva）：《符號學：意義分析研究》，轉引自朱立元主編：《現代西方美學史》（上海：上海文藝出版社，1993），頁 947。

也同時是某些所指的能指。換言之，每一個文本都可以是其他文本的鏡子，文本彼此間透過交互參照、吸收轉化、相互牽連，得以形成一個無限的開放網路，藉此構成文本過去、現在、甚至是未來的開放體系。[77]

克里斯蒂娃「互文性」的文本概念並不局限於文學文本，它涵蓋了文本與社會、歷史、文化之間的互動與轉換，在「水平互文性」與「垂直互文性」相互作用之下，將作者、讀者、文本、社會和歷史聯繫起來。同樣被視為廣義互文性研究意識形態路徑的實踐者羅蘭．巴特（Roland Barthes）也認為：「我們將文本定義為一種語言跨越的手段，它重新分配了語言次序，從而把直接交流信息的言語和其他已有或現有的表述聯繫起來。」[78]巴特將「互文性」視為是由無數文本組成的多維空間，文本的產生即從其他文本中吸收精華、重新排列組合而形成。克里斯蒂娃與巴特強調的是文本之間的「相互修正，相互中和」，而非僅是單方面的影響。衣若芬在藉用「互文性」理論處理文學與圖像的關係時，亦曾說：「將『互文性』的觀念推展到非文學文本與文化理論，我們可以研究不同藝術媒材的『轉譯』問題」。[79]因此，「互文性」理論被藉用於題畫文學研究中，指的是文學文本與圖像之間的交互研究。

透過「互文性」理論將詩與畫進行交錯比對和補充解釋的目的是什麼？從目前學術界研究的成果中可見，其目的乃企圖藉由詩與畫同時交互參照，發掘繪者之創作動機與題詠者對畫作內在意涵的理解，重新建構圖像之歷史意義、政治喻意與生命意識。

衣若芬《遊目騁懷——文學與美術的互文與再生》收錄了10篇論文，[80]

---

77 趙一凡：《歐美新學賞析》（北京：中央編譯出版社，1996），頁142。

78 此為1937年羅蘭．巴特（Roland Barthes）為《大百科全書》（*Encyclopedia Universalis*）撰寫《文本論》（*Theorie du texte*）詞條時，重提朱麗婭．克里斯蒂娃（Julia Kristeva）的「互文性」定義。參（法）蒂費納．薩莫瓦約（Tiphaine Samoyault）著，邵煒譯：《互文性研究》（天津：天津人民出版社，2003），頁2。

79 衣若芬：〈骷髏幻戲——中國文學與圖象中的生命意識〉，《遊目騁懷——文學與美術的互文與再生》（臺北：里仁書局，2011），頁303。

80 書中收錄〈「九歌」、「湘君」、「湘夫人」之圖象表現及其歷史意義〉、〈「出其〈「九歌」、「湘君」、「湘夫人」之圖象表現及其歷史意義〉比對張渥、陳洪綬、蕭雲從與傅抱石等人所繪的二湘，與〈九歌〉文本及文人評註互文參照，推演畫家何以塑造二湘神靈、帝妃、美女不同形象的緣由，並考察宋代朱熹評註〈九歌〉時所強調屈原寄寓文中的忠貞情操，以及如何建立日後歷代畫家描繪「九歌圖」的製圖模式。本文透過文本、評註與圖畫互文參照，對於探究二湘形象流變乃至定型的演變過程具有相當的考證意義。又如〈「出塞」或「歸漢」——王昭君與蔡文姬圖象的重疊與交錯〉透過「明妃出塞圖」、「文姬歸漢圖」與歷來文人對昭君、文姬的詩文評騭往復參照，試圖為傳世的昭君與文姬畫作尋找定位，還原畫作的主題意涵和創作動機。該文在歷來賦予昭君與文姬的政治喻意中，涉及歷史故實之考證，同時亦兼具政治意涵與史料價值。此外，又如他篇〈俯仰之間「蘭亭修禊圖」及其題跋初探〉、〈戰火與清遊——赤壁圖題詠論析〉、〈天祿千秋——宋徽宗「文會圖」及其題詩〉等，亦藉由圖文參照的方式提供讀者理解圖像與詩文的對應關係，以期解構圖像中的政治隱喻與歷史意義。

圖像除了可能涉及政治與歷史的隱喻符碼，存在圖像內在結構的生命意識，亦往往是畫家想要傳達的重心。如衣若芬〈骷髏幻戲——中國文學與圖象中的生命意識〉以李嵩「骷髏幻戲圖」為探討中心，並旁及歷代相關「骷髏圖」、「嬰戲圖」與宋代傀儡戲的發展和相關詩文往復參照，得出：「傀儡與傀儡戲本身便兼俱『悲』與『歡』的雙重矛盾特性」，因此，衣氏認為畫中男孩爬向骷髏，彷彿是對死亡真相的探索，一生一死間喻意了生死輪迴、悲喜參憂的生命意識。此為衣氏為李嵩何以將骷髏與男孩並置的構圖意義，找到最適切且合乎作者本意的詮釋路徑。

塞」或「歸漢」——王昭君與蔡文姬圖象的重疊與交錯」〉、〈俯仰之間「蘭亭修禊圖」及其題跋初探〉、〈閨怨與相思——牟益「擣衣圖」的解讀〉、〈美感與諷喻——杜甫〈麗人行〉詩的圖像演繹〉、〈戰火與清遊——赤壁圖題詠論析〉、〈天祿千秋——宋徽宗「文會圖」及其題詩〉、〈骷髏幻戲——中國文學與圖象中的生命意識〉、〈宮素然「明妃出塞圖」及其題詩——視覺文化角度的推想〉、〈不繫之舟——吳鎮及其「漁父圖卷」題詞〉10 篇論文。

衣若芬採取圖、文參照的研究方式，擴展了文本的詮釋視域，也影響中文學界在分析題畫文學的研究方法。鄭文惠《文學與圖像的文化美學——想像共同體的樂園論述》亦採用互文詮釋方法。[81]本書主要分為兩個部分，第一部分從武氏祠石刻畫像各層的繪圖配置與結構圖式，結合詩文、題辭和當時的社會風氣交互參照，得知這些象徵祥瑞徵兆的石刻圖騰，實乃反映人們冀望跨越陰陽、超脫死亡，追尋長生不死的想望；第二部分是將元人繪製的「桃源圖」及題詠與陶淵明〈桃花源記〉互文比對，以見元人於「桃源圖」中建構的非戰、隱居、欲望之思想，不同於陶淵明〈桃花源記〉文中的寓意內涵，而呈現的是元人在世變中群體共同的文化想像。鄭氏以文學與圖像互文參照的方式，為圖像意義勾勒出一條結合人類文化的歷史脈絡，詮釋人類如何在生死存亡的現實裡，藉由圖像文本寄望我群的生命意識。

毛文芳〈園林：圖繪、文本、慾望空間〉，從園林的建置探討祁彪佳「寓山園」、汪廷訥「環翠堂園」與喬逸齋「東園」三座園林的興廢盛衰。[82]文中不僅結合了遊記、散文與「寓山圖」、「環翠堂園景圖」、「東園勝概圖」交互參照，也旁及了當時其他園林的建置緣由，試圖解析明末文人富豪如何透過大肆興建園林誇耀名利、如何藉由繪圖構築一個個可供滿足臥遊的紙上園林。毛氏更從時代的起落、園林的興衰，重新詮解這些紙上園林所流露出來的圖像訊息，實際上已隱含了當代文人面對生命幻影破滅的共同焦慮。

德國文藝理論家戈特霍爾德・埃夫萊姆・萊辛（Gotthold Ephraim Lessing）云：「繪畫運用在空間中的形狀和顏色，詩運用在時間中明確發出的聲音。」[83]圖像與詩文之間雖然存在著空間與時間的差異，然而圖像可

---

[81] 鄭文惠：《文學與圖像的文化美學——想像共同體的樂園論述》（臺北：里仁書局，2005）。

[82] 毛文芳：《物・性別・觀看——明末清初文化書寫新探》（臺北：臺灣學生書局，2001），頁147-280。

[83] （德）戈特霍爾德・埃夫萊姆・萊辛（Gotthold Ephraim Lessing）著，朱光潛譯：《詩與畫的界限》（新北：蒲公英出版社，1986），頁181。

以從詩文的詮釋重現新的生命，而詩文則可以立基於圖像的存在有了言說的意義。前行學者深知圖像與詩文之間互相闡發的特質，可以藉由「互文性」理論之企圖透過圖像文本與詩文的牽連互動、往復指涉，將「文學」與「圖像」的「互文性」關係延伸至「文學傳統」與「圖像傳統」的「互文性」關係，進而使圖像與詩文皆可跨越空間與時間的界限而得以相互補充，串起一條往通古今的歷史任脈，再現最能貼近作者用心的文本來源及創作宗旨的詮釋目的。是以，「互文性」理論於題畫文學研究中已成為一種時尚主流。

（三）跨學科：藝術史

題畫文學主要涉及了文學與藝術兩大範疇，繪畫伴隨詩歌（神韻說）的發展而產生變化，同樣的，題畫詩也隨著繪畫的發展而發生內在變化。從藝術史的層面來說，它牽涉的範圍可以是畫史、畫派，也可以是畫論的研究。繪畫發展的初期，是以「成教化、助人倫、窮神變、測幽微」為目的，帶有政治性的色彩，至唐代以後，繪畫逐漸擺脫作為政治、教化與裝飾的作用，發展成為畫家寄託內在精神的對象。在魏晉南北朝時期，由於政治黑暗，文人避世歸隱、寄情於山水，因而間接促成山水詩與山水畫的發展。五代北宋以後，山水、花鳥畫逐漸成為繪畫的主要題材，而人物畫則出現相對衰退的趨勢，這個現象，除了表現出對自然審美的重視，也反映出一種對內在精神的追求；尤其是到了宋代文人畫興起之後，文人畫家更企圖藉由吟詠山水詩畫，將個人懷抱寄託於自然景物之中，使其精神能夠得到解放。

山水畫躍居為繪畫的首要題材，在歷代留下眾多作品，而題畫山水詩也因為山水畫的盛行相對繁盛，成為近代學術界研究的一大重心。山水詩畫何以能如此深受詩人、畫家的垂青？傅璇琮、陳華昌〈唐代詩畫藝術的交融〉指出：唐代「水墨畫的興起，是山水畫表現機制的強化，也是山水畫的進一步詩化。」[84]山水畫以水墨渲淡的筆墨技法為藝術手法，追求出世、雅逸、脫俗的審美境界，很能符合詩人心中超逸曠達的胸懷。賀文榮在〈論唐代山

---

[84] 傅璇琮、陳華昌：〈唐代詩畫藝術的交融〉，《文史哲》4（1989.7）：4-9。

水題畫詩的時空藝術〉中說：「在唐代題畫詩中，詩人更多強調了現實空間的有限和畫中空間廣大，並將二者加以對比，突出空間的包容性。……時間觀念之所以和生命意識聯繫在一起，是因為生命本身是一個時間過程，人們往往從宇宙時間的無限性中感受到生命的有限和短暫。因此，追求時間的永恆和對客觀時間的超越就成為中國藝術的重要主題。」[85]山水畫中的廣闊深遠，可以跨越畫中空間的局限性；透過題畫詩作的流傳，則能夠跨越時間的限制，達到永恆與超越性。而人在山水情境中，更能體悟人世生命的幻化與消長。楊志翠〈宋代文人集團及其題畫詩對山水畫審美發展的影響〉從美學的視角探討宋代文人在面臨政治新舊黨爭時，如何將自身懷抱寄情於山水、得到心靈的解放，因而發展為山水畫的審美趨向，[86]即為一個顯明的例子。

以題畫山水詩為研究的專書及學位論文不勝枚舉，有個家研究，如洪倩芬《石濤山水題畫文學研究》；[87]也有以主題為研究，如石守謙《移動的桃花源：東亞世界中的山水畫》、[88]衣若芬《雲影天光：瀟湘山水之畫意與詩情》；[89]更多的是以斷代為研究，如何雅茹《唐代山水題畫詩的文化內涵與審美意蘊》、[90]鍾巧靈《宋代題山水畫詩研究》、[91]齊亮亮《北宋山水題畫詩研究》、[92]黃永山《宋代題山水畫詩之主題研究》、[93]唐冬莅《北宋題山

---

85 賀文榮：〈論唐代山水題畫詩的時空藝術〉，《中南大學學報》12.1（2006.2）：93-98。

86 楊志翠：〈宋代文人集團及其題畫詩對山水畫審美發展的影響〉，《樂山師範學院學報》20.8（2005.8）：134-136。

87 洪倩芬：《石濤山水題畫文學研究》（臺北：臺北市立師範學院應用語言文學研究所碩士論文，2001）。

88 石守謙：《移動的桃花源：東亞世界中的山水畫》（北京：生活・讀書・新知三聯書店，2015）。

89 衣若芬：《雲影天光：瀟湘山水之畫意與詩情》（臺北：里仁書局，2013）。

90 何雅茹：《唐代山水題畫詩的文化內涵與審美意蘊》（呼和浩特：內蒙古師範大學中國古代文學碩士論文，2008）。

91 鍾巧靈：《宋代題山水畫詩研究》（北京：中國社會科學出版社，2008）。

92 齊亮亮：《北宋山水題畫詩研究》（石家莊：河北師範大學中國古代文學碩士論文，2009）。

93 黃永山：《宋代題山水畫詩之主題研究》（嘉義：南華大學文學系碩士論文，2013）。

水畫詩「寫意」特點分析——以五類畫迹題詩為中心》[94]等，無不從山水畫詩的內容與藝術審美的視角作探討。

題畫花鳥詩方面的研究，主要集中於梅、蘭、竹、菊等花卉意象之興寄與審美意識的探究。從中國繪畫美學的角度來說，禪宗注重主觀內省、審美主體的人品與文化修養，是文人寄情於梅、蘭、竹、菊以喻君子高潔、正直與通達之德行的一種繪畫面向。張高評〈墨梅畫禪與比德寫意：南北宋之際詩、畫、禪之融通〉、[95]〈詩、畫、禪與蘇軾、黃庭堅詠竹題畫研究——以墨竹題詠與禪趣、比德、興寄為核心〉，[96]以及李嘉瑜〈黃庭堅題竹畫詩之審美意識〉、[97]劉靜平〈叢篁一枝出之靈府——金農畫竹與題跋中禪意的建構與表達〉，[98]皆試圖透過折枝花鳥以探討詩畫與禪意融通後的美學思想，進而呈現自我的意識。王瓊馨〈舊王孫的人格象徵——溥心畬詠松題畫詩試探〉，[99]則集中於對花卉松竹的描寫，投射自我人格之象徵，建構自我的生命情懷。

至於人物畫方面，由原本僅作為「成教化，助人倫」的書寫意義，演變成具個性化的寫真圖像，彷彿是像主生命的縮影，紀錄了像主的境遇與心境。王正華〈《聽琴圖》的政治意涵：徽宗朝院畫風格與意義網絡〉由歷史學與政治學的視角切入，以署名徽宗所繪的「聽琴圖」為探究，從畫中人物、衣著、神情及器物裝飾之配置所象徵的倫理秩序，探討圖中所象徵徽宗

94　唐冬莅：《北宋題山水畫詩「寫意」特點分析——以五類畫迹題詩為中心》（新加坡：新加坡國立大學中文系碩士論文，2013）。

95　張高評：〈墨梅畫禪與比德寫意：南北宋之際詩、畫、禪之融通〉，《中正漢學研究》1（2012.6）：139-177。

96　張高評：〈詩、畫、禪與蘇軾、黃庭堅詠竹題畫研究——以墨竹題詠與禪趣、比德、興寄為核心〉，《人文中國學報》19（2013.9）：1-42。

97　李嘉瑜：〈黃庭堅題竹畫詩之審美意識〉，《中山人文學報》7（1998.8）：79-100。

98　劉靜平：〈叢篁一枝出之靈府——金農畫竹與題跋中禪意的建構與表達〉，《文物世界》2（2006）：50-51。

99　王瓊馨：〈舊王孫的人格象徵——溥心畬詠松題畫詩試探〉，《建國學報》21（2002.7）：67-74。

的地位與權力。[100]衣若芬〈北宋題人像畫詩析論〉分別從「自題像」、「題時人像」和「題古人像」，探討文人如何在繪畫裡觀看自己？時人如何在題詠「睢陽五老圖」中投射自我的嚮往？文人如何在藉由題詠古人畫像時，緬懷古人的文學風采、總結其一生之經歷與成就？[101]而在明清人物畫的研究中，以毛文芳成果最為豐碩，著有《圖成行樂：明清文人畫像題詠析論》、[102]〈一部清代文人的生命圖史：《卞永譽畫像》的觀看〉、[103]〈「郎與多麗」：清代文人畫像文本的抒情演繹與近世意涵〉、[104]〈勾描朱彝尊人生側影的四種畫像文本〉、[105]〈李良年的人生讀本——清初〈灌園圖〉的複調意涵〉、[106]〈圖中物色：明清「三好」／「郎與麗」類型畫像文本之隱喻觀看與抒情演繹〉[107]等論文，皆透過畫中意涵探究人物之境遇，重建像主的生命歷程。

就中國繪畫史來說，文人畫的產生與發展占有極其重要的地位，它影響了整個中國繪畫由「寫實」到「寫意」的推展，使畫家自覺地逐漸由客觀記錄物象轉移到描寫畫家主觀的情思，如明清時期之八大山人，將內心的悲痛

---

[100] 王正華：〈《聽琴圖》的政治意涵：徽宗朝院畫風格與意義網絡〉，《國立臺灣大學美術史研究集刊》5（1998.3）：77-122。

[101] 衣若芬：〈北宋題人像畫詩析論〉，《觀看・敘述・審美——唐宋題畫文學論集》，頁 140-191。

[102] 毛文芳：《圖成行樂：明清文人畫像題詠析論》（臺北：臺灣學生書局，2008）。

[103] 毛文芳：〈一部清代文人的生命圖史：《卞永譽畫像》的觀看〉，《中正大學中文學術年刊》1（2010.6）：151-210。

[104] 毛文芳：〈「郎與多麗」：清代文人畫像文本的抒情演繹與近世意涵〉，《中正漢學研究》1（2013.6）：279-326。

[105] 毛文芳：〈勾描朱彝尊人生側影的四種畫像文本〉，謝飄雲、馬茂軍、劉濤主編：《中國古代散文研究論叢（2012）》（廣州：世界圖書出版公司，2013），頁 318-329。

[106] 毛文芳：〈李良年的人生讀本——清初〈灌園圖〉的複調意涵〉，《漢學研究》32.4（2014.12）：193-228。

[107] 毛文芳：〈圖中物色：明清「三好」／「郎與麗」類型畫像文本之隱喻觀看與抒情演繹〉，《人文中國學報》25（2017.12）：1-47。

轉化成藝術形象，冀求從中得到解脫。而文人畫論觀點同時影響著詩與畫的鑑賞美學，亦往往是研究題畫文學時常援引的材料。李栖在《兩宋題畫詩論》中考察宋人題畫詩，並參照郭若虛「氣韻」、謝赫「六法」等人的畫論觀點，釐析宋人詩畫之創作觀與鑑賞觀，最後聚焦探討蘇軾與黃庭堅的詩畫理論，試圖透過各家畫論之研究，整合有宋一代之詩畫觀。[108]林紋琪《董其昌文人畫論的檢討與反思》從蘇軾、文同的「胸有成竹」理論與「墨竹畫」的創作所展開的「文人畫」，針對董其昌畫作的衍承與畫論的建構作系統性的探究，以發掘其理論矛盾之處，進而提出檢討與反思。[109]歷代各家畫論的思想，不僅反映了一個時代、甚至是繪畫史的發展，對於詩歌的影響，亦具有參照性的意義。

（四）西方理論：自我呈現

無論是繪畫或題畫詩，都有逐步朝向畫家與文人內在自我心理投射方向發展的趨勢。自唐五代，繪畫由純粹摹寫物象與附庸於政治教化底下，逐漸轉變為追求抒情寫意的創作傾向，連帶也影響主觀情思的介入，強化畫中的自我意識；詩人除了可以根據圖像「白描畫面」，也可以藉由圖像「以真寫畫」、「以詩論畫」，甚至是「詼諧諷刺」、「借畫發揮」，[110]將情感融射於圖畫與題詩之中，感物寫懷，寄託個人情志。鍾巧靈在〈論宋代題山水畫詩「畫中有我」的自寓性〉中說：「宋代詩人在觀賞山水畫圖時，常常會表現出強烈的畫中有我的意境參與意識，產生如入畫境的出位之思和欲入畫境之想望，如果說前者還只是暫時置身其間的藝術幻覺，後者則由藝術的審美活動，深入到人生的理想追求。宋代詩人在題山水畫詩中表現出來的這種

---

108 李栖：《兩宋題畫詩論》，頁 129-320。

109 林紋琪：《董其昌文人畫論的檢討與反思》（新北：淡江大學中國文學研究所碩士論文，2003）。

110 沈謙指出題畫詩的內容大致可歸納為：以真寫畫、白描畫面、以詩論畫、借畫發揮、詼諧諷刺。沈謙：〈從「以真寫畫」到「以詩論畫」——題畫詩的藝術手法〉，《明道文藝》293（1990.8）：136-144。

畫中有我的自寓性，是宋代特定文化環境中的士人心態所致，亦與當時山水畫創作的實際情形密切相關。」[111]因為時代環境而產生的憂患之思，是故將個人懷抱寄於畫、託於詩，呈現一種「畫中有我」的自寓性，也是文人畫家試圖藉由詩畫呈現自我內在生命的投射。那麼，畫家「我」究竟想藉由畫作傳達什麼？而詩人「我」又想藉由題詩寄託什麼？即成為賞畫者與閱讀者觀看這些詩畫時所需探究的問題。

題畫詩發展至元代，因異族的統治，文人畫家更強化詩畫中的自寓、寄託與自我的主觀感受。王韶華在《元代題畫詩研究》中說：「較之宋代，作為詩歌，元代題畫詩的圖畫約束力逐漸減弱，詩歌因素逐漸增強，詩人更多地依主觀情感接受繪畫藝術。作為畫面上的一部分，元代題畫詩的圖畫約束力卻在逐漸增強。因為元畫寫意，故這種約束呈現了題畫詩作為畫體藝術視覺美感的同時，實際上強化了圖畫創作主題的情感意蘊，也強化了題畫詩人對圖畫的主觀接受意識。」[112]由王氏的研究可知，無論是從詩歌本身或是畫面的題詩來探討圖畫約束力之增減的關係，詩與畫的主觀情感都有逐漸增強的趨勢。

到了明代中後期以後，人們重視個人情志、抒寫性靈的生命樣態，影響著整個學術風氣與時代氛圍，表現於此的不僅是文學作品，繪畫表現亦是如此。鄭文惠〈明代園林山水題畫詩之研究——以文人園林為主〉透過文人紙上園林與題畫詩互文參照，究其「文人園林是文人自我主體的一種延伸與宣示，是文人人格理想、宇宙意識與審美理想的寄寓」。[113]明清時期另一個特殊的社會現象是女性的教育程度已普遍提升，詩畫兼擅的才女眾多，閨閣作家興盛。這個風氣使得女性能夠在詩畫領域中拓展自己的天地，展現自我的才華，甚至找到自信與生命的價值。趙雪沛〈明末清初的女性題畫詞〉簡

[111] 鍾巧靈：〈論宋代題山水畫詩「畫中有我」的自寓性〉，《東方論壇》1（2008）：35-40。

[112] 王韶華：《元代題畫詩研究》（北京：中國傳媒大學出版社，2010），頁238。

[113] 鄭文惠：〈明代園林山水題畫詩之研究——以文人園林為主〉，《國立政治大學學報》69（1994.9）：17-45。

要概括女性題畫詞的題材內容，除了展現出閨閣女性優渥清雅的生活格調，也對於如西施般飄零無主的身世之恨、自我的身世之感，寄寓豐富而深沉的生命情感。[114]黃儀冠《晚明至盛清女性題畫詩研究——以閱讀社群及其自我呈現為主》是探討近代中國女性題畫詩的第一本專著。黃氏鎖定晚明至盛清這段時期的女性群體，探究女性在男性社群與女性社群的觀看下，如何突破「才」與「德」之間的矛盾，藉由題畫詩建構自我與社會的關係，同時深入其中達到呈現自我的生命價值，完成自我與他人和社會的對話。[115]黃氏的研究，除了有系統地分析女性題畫詩的內在意涵，對於探討女性自我意識的抬頭也可謂一大助力。

此外，藉由人物畫呈現像主之內在生命，亦為學界關注的論題，尤其是人物畫本身相較山水畫與花鳥畫，更有著與人類、社會及時代更密切的關聯性，不僅可以反映人的生活，也可以表現人的自身。人物畫既講究「寫真」，更要能夠「傳神」。自東晉顧愷之倡言「形神觀」，謝赫、張彥遠乃至郭熙、蘇軾等，無不圍繞「傳神」與否的命題開展。謝赫認為人物畫之精神在於「氣韻生動」，而蘇軾認為「傳神」勝於「形似」，指出了人物精神的靈魂和本質乃是源自作家於作品中意志與情感的闡發。學術界對於人物畫有較細膩而豐碩的研究，應為毛文芳一系列的明清人物畫分析。毛氏藉用美國社會學家歐文・戈夫曼（Erving Goffman）所提出的「自我呈現」（Self-Representation）理論，將人物畫視為是世代、社群結構與自傳書寫的象徵符碼。戈夫曼以戲劇為譬喻，探討個體於工作情境中如何呈現自我、維護自我形象而做出的應對行為。[116]而這些人物畫即如同像主本身，在透過自畫、囑畫、自題與他題的過程中，完成對外呈現自我、維護自我形象的社交關係，並同時呈現自我內在的價值觀、重審自我的存屬身分。毛氏在分析個案

---

114 趙雪沛：〈明末清初的女性題畫詞〉，《文學遺產》6（2006）：134-137。

115 黃儀冠：《晚明至盛清女性題畫詩研究——以閱讀社群及其自我呈現為主》（《古典詩歌研究彙刊》第5輯第16冊，新北：花木蘭文化，2009）。

116 （美）歐文・戈夫曼（Erving Goffman）著，馮鋼譯：《日常生活中的自我呈現》（北京：北京大學出版社，2016）。

人物畫時，尤其格外強調畫中人物的自我呈現，如《圖成行樂：明清文人畫像題詠析論》中藉由畫像與詩文之間的互文觀照、畫裡畫外自我的比對省視，從我、汝、人三層角度認知辯說，既企圖重構陸樹聲、金農、陳洪綬、徐釚、陳維崧、王士禛的社會地位與生命歷史，亦試圖挖掘畫像表層底下文人蘊藏的心跡與訴求，回歸畫像創作的原始宗旨。[117]

各篇藉由詩文與畫像的互文、對話，將「觀看自我」帶入「自傳書寫」的文化領域。從陸樹聲的宦服像、病中小像、野服像、宗教性畫像，勾勒陸氏一生由政治權力轉變至皈依佛教的生命展演；從金農 12 幅可考的畫像中，挖掘畫像中隱含了金農「隱匿的我」與「社會的我」多重身分的寓言；從時代的考索中，發現陳洪綬為何天章繪「行樂圖」時，暗示了在晚明世變中追求色隱、仙隨與遊戲的生存態度；從徐釚囑託謝彬為其繪製「楓江漁父圖」裡，發掘徐氏是以一種「漁隱」扮裝的遊戲心態，隱喻著「出仕」自薦的矛盾心理；從釋大汕為陳維崧繪「迦陵填詞圖」裡，發掘圖像中呈現出的是清初詞學復興時期，陳維崧作為陽羨詞派的標竿、展現個人形象化的表徵意義；從王士禛十八餘幅的畫像裡，反映出他身居文壇領袖、高官要職的揄揚讚譽，而畫像中漁父、農夫、禪師的身分裝扮，既暗示對高官閒居的嚮往，亦顯示王士禛沽名釣譽、自命清高的炫耀心理。毛氏所探討的每一幅畫像，幾乎可說是與像主的生命歷程緊密結合在一起，記錄了像主每一段經歷，具有史料性的參照意義。

此外，收錄在毛氏《卷中小立亦百年：明清女性畫像文本探論》中的 5 篇論文，是以崔鶯鶯、杜麗娘、柳如是、張憶娘、顧太清五位女性作為探討對象。[118]崔鶯鶯、杜麗娘是小說中的女主角，她們畫像的意義是透過繪者

---

[117] 書中收錄〈觀看自我：明人的畫像自贊〉、〈樂此不疲：金農的畫像自題〉、〈色隱與遊戲：陳洪綬〈何天章行樂圖〉題詠〉、〈一則文化扮裝之謎：徐釚〈楓江漁父圖〉題詠〉、〈長鬣飄蕭．雲鬟窈窕：陳維崧〈迦陵填詞圖〉題詠〉、〈揄揚聲譽：王士禛的畫像題詠〉6 篇論文。

[118] 書中收錄〈遺照與小像：鶯鶯畫像的文化意涵〉、〈以幻為真：杜麗娘與畫中人〉、〈幅巾、紅粧與道服：觀看柳如是（1618-1664）畫像〉、〈拂拭零縑讀艷歌：〈張

對文本中人物命運的解讀而呈現。柳如是、張憶娘、顧太清是真實存在的人物，她們的畫像既呈現出姬妾與閨秀的身分，另一方面，又透過不同角色的裝扮，或儒生、或才女、或道人、或歌妓的身分面對世人。在畫像身分隱喻的背後，寄寓的既是女性的心理投射、歷史感傷，也是社會文化場域中的地位映照。值得注意的是，毛氏將「性別」置入繪畫書寫中審視，指出女性畫像相較男性畫像其實更多了性別權力的觀看指涉，女性畫像的作者往往皆為男性，題詠的對象也多屬男性，在如此男權掌控的社會中，女性要如何在畫像中呈現完整的自我，便成為書中最具核心且值得探究的論題所在。

綜觀上述可見，目前學界於題畫詩或題畫文學的研究領域裡，已投注大量心血，無論是從詩體或是畫作主體角度進行觀看，視野已不再僅限於詩、畫各自的詮釋面向，而是融入更多跨學科領域與西方理論的知識，企圖豐富文本的核心價值，在尋找貼近文本的詮釋意涵之際，也容納了讀者對文本的重新解釋。

三、研究視域界定

本書以時代為序，主旨在探討嘉、道以降晚清時局及其時代變異下的士人心境。主要以黃爵滋〈如此江山圖〉、章壽麟〈銅官感舊圖〉、余治《江南鐵淚圖》（42 幅組圖）、侯名貴〈疏勒望雲圖〉、王鵬運〈春明感舊圖〉、戴三錫〈春帆入蜀圖〉、高旭〈花前說劍圖〉七個極具時代特色與政治隱喻的圖畫題詠主題作為探究。

（一）研究範圍

〈如此江山圖〉是湯貽汾為黃爵滋所繪的圖畫。湯貽汾的身分極為特殊，他工詩善畫，乾隆六十年（1795）以祖父之功，蔭守備世職，是詩人、

憶娘簪華圖〉的百年閱讀〉、〈一個閨閣的視角：顧太清（1799-1877）的畫像題詠〉5 篇論文。毛文芳：《卷中小立亦百年：明清女性畫像文本探論》（臺北：臺灣學生書局，2013）。

畫家，也是武官。鴉片戰爭期間，湯貽汾奉命守禦白門，撫慰人心。咸豐三年（1853），太平軍攻破金陵，湯貽汾投池以殉。盧前稱其：「詩書畫，三絕重當時。大節凜然千古在，虛名猶恐世人知，見道不於詞。」[119]他為黃爵滋所作的〈如此江山圖〉，既隱喻黃氏在鴉片戰爭失敗後遭到褫職的心緒，更藉由「江山圖」的母題意涵投映出清朝逐漸走向衰微的轉捩點，因此以其時江山圖景映照數年後的江山實景，不但可以凸顯畫中隱喻的深意，亦可從題詠詩詞之中觀覽後起江山之變，作為預示滿清衰敗象徵的前兆。

鴉片戰爭結束之後，清廷為了支付龐大的賠款與鴉片支出，百姓的稅收增加，時而無以為繼，民生疾苦，怨聲載道，最終爆發太平天國之戰。咸豐二年（1852），曾國藩在長沙辦理團練，招募湘勇，並設立幕府，延攬人才。咸豐三年（1853），章壽麟投效曾國藩幕府，隔年，曾國藩初征靖港失敗，投水自盡，為章氏所救。二十二年之後，章壽麟返回鄉里，途經銅官，思及往事，感而作〈銅官感舊圖〉，深刻反映當時士人困窮失意的普遍共相，以及企圖投效幕府以求經世致用的宦途浮沉。而余治雖然也是科場上的失意者，但在太平天國戰爭爆發以前，他以從事慈善聞名鄉里；戰爭爆發之後，太平天國以南京作為首都，並一步步向東推進，橫掃江南各地，造成人民流離死亡，一片生靈塗炭，在此期間，余治曾作《江南鐵淚圖》將戰爭中所見所聞的各種慘況繪製成圖，並填詞、附文作為說明，希望藉此得到善心人士捐款，助賑災民，體現出戰爭之下忠君派對於救劫傳統思想的發揚。

太平天國戰爭結束後，左宗棠前赴西征，收復新疆。侯名貴為其隨軍出征的軍門之一，他在疏勒築臺瞭望故鄉，寄託思親之情，並繪製〈疏勒望雲圖〉囑題徵詠，包括左宗棠、張曜、郭嵩燾、彭玉麟、陳三立等各級官員皆為之題詠。該幅圖畫延續了歷來「望雲圖」、「慈雲圖」、「春暉圖」的思親傳統，然而在以「思親」為主軸的意義背後，也側面反映出鴉片戰爭以降，清廷面臨的不僅只是太平天國之戰，還有陝甘回變、新疆豪強割據、自

[119] 盧前：〈望江南・飲虹簃論清詞百家〉，陳乃乾輯：《清名家詞》第 10 冊（上海：上海書店，1982），頁 6。

立為王的混亂局勢，而士人在此世變之中，亦面臨著「忠孝兩難全」的權衡命題。

此後在時局的風雲際變下，光緒二十年（1894）以後，又接連爆發中日甲午戰爭、戊戌政變、八國聯軍之戰，這一連串排山倒海的政治紛爭與國際戰事，無時無刻衝擊著晚清詞人王鵬運、劉福姚、朱祖謀等人的內心。他們將這股憂憤投射於詩詞書畫，藉由填詞題詠，留下自我對救亡圖存的期許與關懷國事的印記。王鵬運在填詞創作、詞集校勘、詞律研究皆有成就與貢獻，並以詞壇領袖身分引領後進，帶動詞學發展，對於晚清民初詞學有深遠的影響。況周頤、朱祖謀、鄭文焯鼎革前創作的題畫詞多與王氏有關，而王氏以詞律指導創作，也影響況、朱、鄭等人的題畫詞創作對於詞律有著愈加細密精微的追求。在戊戌政變、庚子事變期間，以王鵬運為中心所展開的〈春明感舊圖〉題詠，反映在京詞人群體相互慰藉、相與支持的深厚情誼，同時也體現晚清士人力圖變法改革，以及在「帝黨」與「后黨」之間權力角逐下的政治樣貌。

最後，聚焦於晚清民初之際的清遺老詩社與革命派詩社的圖畫題詠。前者以「淞社」成員為主，透過以周慶雲為中心所舉辦的「消寒會」上對於戴三錫〈春帆入蜀圖〉的同題唱和中，觀看清遺民對於身處「民國」的自我意識與政治態度。後者則以「南社」為中心，觀看這群鼓吹革命的士子如何藉由高旭〈花前說劍圖〉寄託革命的情懷與志向。二者在政治文化的轉型下具有鮮明的對照意義，得以從而探掘滿清滅亡前後遺民與革命人士的國家認同、政治態度及其意識型態，顯現同一時空中兩類人的不同生存心態。

（二）研究方法

暨前行學者研究之啟發，本書將建基於詩畫合一的理論上，整合詩學與畫學，採取朱麗婭・克里斯蒂娃（Julia Kristeva）的「互文性」理論，將既有存世之圖像配合詩詞題詠交互參照，以達詩畫合一之實質效用。其次，在中國書畫美學的概念下，試圖透過圖像的符號指涉，瞭解繪者的圖像隱喻與意涵，作為解析題詠詩詞之研究進路。最後，透過莫里斯・哈布瓦赫

（Maurice Halbwachs）「集體記憶」的文化視角，釐析鼎革後的士人如何藉由定位自我的身分，完成自我與他人、群體與歷史的連結。

1.以互文性理論詮釋詩與畫

筆者立基於朱麗婭·克里斯蒂娃（Julia Kristeva）所提出的「互文性」理論，認同：任何文本均存在貧乏而不足的缺陷，因此透過語言系統中符號的差異性，每一個文本都可以成為其他文本的鏡子，當文本之間彼此交互參照、吸收轉化、相互牽連，便得以形成一個無限的開放網路，藉此構成文本過去、現在乃至未來的開放體系。是以，本書援引該學說之論點作為圖、文互證的理論基礎，目的在完成傳統「詩畫合一」的審美指標，也試圖在實際的效用上，達到詮釋圖像意涵的本意。

在本書探究的圖畫中，除了王鵬運〈春明感舊圖〉、戴三錫〈春帆入蜀圖〉、高旭〈花前說劍圖〉未能得見圖像之外，〈如此江山圖〉、〈銅官感舊圖〉、《江南鐵淚圖》、〈疏勒望雲圖〉皆有圖畫存世。其中，〈銅官感舊圖〉、〈疏勒望雲圖〉的原圖已不知所蹤，現存可見者乃後人的補繪圖畫。這些圖像文本，除了《江南鐵淚圖》以「寫實」手法繪成，〈如此江山圖〉、〈銅官感舊圖〉、〈疏勒望雲圖〉皆以「寫意」手法繪成。文人在閱讀這些圖畫時，往往根據圖畫隱喻的指事系統，解讀作者的畫意，補充畫面訊息，甚至因內在情感的觸發，延伸出更多「畫外之意」的多層解讀。

沈謙〈從「以真寫畫」到「以詩論畫」——題畫詩的藝術手法〉指出題畫詩之功用：可以表現畫意，白描畫面，借畫興寄，也可以以詩論畫，品評繪畫，闡發書理，甚至與畫形成詼諧諷刺、相輔相成的意境。[120]文學批評的主要任務是追尋作者的創作意圖，然作品本身實已提供讀者「興發」與「寄託」的可能，甚至在幾經時間流轉後的百年閱讀，因為時代與思想的變遷，又增添多元層次的解讀。羅蘭·巴特（Roland Barthes）云：「作者死亡，寫作開始。」[121]文本的解讀權最終掌握在讀者手上，而文本本身也因

---

[120] 沈謙：〈從「以真寫畫」到「以詩論畫」——題畫詩的藝術手法〉，《明道文藝》293（1990.8）：136-144。

[121] （法）羅蘭·巴特（Roland Barthes）著，林泰譯：〈作者之死〉，趙毅衡編選：

讀者的詮解而獲得再生。如：鍾馗是民間傳說中的神祇，他能驅逐鬼神，避邪除災，因此每逢年節喜慶之日，必懸掛其畫像以求福佑。鍾馗被文人引至繪畫的領域後，舉凡捉鬼、嫁妹、醉酒、出遊等，都成為繪畫的創作題材。而其中〈鍾馗嫁妹圖〉是饒有興味的圖像，乍看之下彷彿與他捉鬼的形象不符，但卻展現出人世間俗世的情感，興發後人無盡的想像，不僅敷演為戲曲故事，在崔瑛的詞中更注入了「終南山徑」的寄託意涵。

研究題畫詩詞的目的，即在異中求同，同中求異，前者在於探求文本的理念核心，後者則在接納眾生喧嘩的聲音。在本書中目前未得見圖畫者，將從像主生平與各家題詠作品之中，探尋圖畫的創作本意，以及題詠者的閱讀心得與寄託內涵；可見圖畫者，除了藉由像主生平探究圖畫本意外，亦試圖援引克里斯蒂娃「互文性」理論，探究圖畫與題詠之間的對應關係。因〈如此江山圖〉與《江南鐵淚圖》皆為作者的原圖，是以較能從題詠中管窺圖畫的創作本意，而今日所見〈銅官感舊圖〉、〈疏勒望雲圖〉皆為後人的補繪作品，是以較難斷定後來的題詠者究竟是依據原圖而題？還是根據補繪圖畫而題？因此，在〈銅官感舊圖〉、〈疏勒望雲圖〉兩章裡，主要著重藉由題畫詩詞的探討來彰顯圖畫的主旨。

2.以符號學探掘圖像指涉意涵

中國文人畫講究性靈，提取事物的本質，「以形寫神」，捕捉精髓，描畫心像，以達「直指人心」之境界。中國繪畫與書法密切相關，繪畫起源於伏羲畫八卦與倉頡造字，而中國象形字本於眼中之象「畫成其物，隨體詰詘」，可見文字圖像畫的痕跡。是故，書畫二者，「異名而同體」。[122]「象」字的意思，即依物象形，據形而繪，可視為是種符號。筆者援引「符號學」（Semiology）以語言為論述基礎的觀點，將圖像視為是語言轉譯的符號對象；在符號學中，符號是「文本」的組成單位，「文本」是眾多符號的集合，而符號依某種媒介、規範或慣例建構而成。是以，在立基於克里斯

《符號學：文學論文集》（天津：百花文藝出版社，2004），頁 505-512。

[122] 唐・張彥遠：〈敘畫之源流〉，《歷代名畫記》，卷 1，頁 105。

蒂娃文本「互文性」理論的基礎下，亦嘗試從微觀的符號指涉中展開剖析與論究。

「圖像學」（Iconology）研究的熱潮，興起於近年來西方對於「視覺文化研究」與「圖像理論」的重視。「圖像學」研究最大的貢獻在於突破僅從色彩、線條、構圖的表現形式，提出對藝術作品作更深入而細膩的詮釋理論。圖像學將藝術作品視為是社會史與文化史的凝縮而加以解釋。其著重的是作者的創作意向，藉由探索作者的人格特質、生命態度及其所處的時代背景，深掘作品反映的中心思想。圖像學理論的研究者認為：一件藝術品之所以能如同符號產生作用，乃因它被視為是由觀者基於特定符碼或成規中所詮釋的意義特徵。在格奧爾格・威廉・弗里德里希・黑格爾（Georg Wilhelm Friedrich Hegel）的學說思維裡，他將「概念」視為是一切認知與對象的中心，認為：在思維裡，對象不是以表象或形象的方式被把握，而是以「概念」的方式被把握；在尋求規律及其概念特徵的同時，即是在掌握理性與把握真理。[123]如同在中國詩畫裡，梅、蘭、竹、菊象徵的是君子清高絕俗、堅貞不移的品德，從圖像學的角度來說，梅、蘭、竹、菊在文本裡是指涉性的符號，象徵的是君子高潔、正直的節操。目前，圖像學流行用以解讀藝術作品，其概念來自「符號學」，因為論者堅信人類的概念系統本身是由「符號」所構成，而「符號」本身即具有「詮釋」（interpretation）的作用；是以，當作品通過觀者詮釋的介入，其意義便得以呈現。

在圖像理論建立起系統性的論說以後，圖像符號學（Pictorial Semiotics）理論也正式被提出。羅蘭・巴特（Roland Barthes）將符號學與語言學相結合，試圖把所有的意義簡約為語言意義，並認為語言符號與其所指之間的關係，將隨著歷史環境的轉移而發生變化，當語言符號不再只是原來的指稱意義，它與其他概念體系的聯繫也會越大。[124]在題畫詩的領域

---

123 （德）格奧爾格・威廉・弗里德里希・黑格爾（Georg Wilhelm Friedrich Hegel）著，賀麟、王玖興譯：《精神現象學》（北京：商務印書館，2009）。

124 （法）羅蘭・巴特（Roland Barthes）著，謝立新譯：〈敘述結構分析導言〉，趙毅衡編選：《符號學：文學論文集》，頁403-438。

裡，「圖畫」即是種符號，而「詩」則是將符號轉譯成語言的產物，彼此之間，是交融也是互補的關係。

本書所欲探討〈如此江山圖〉、〈銅官感舊圖〉與〈疏勒望雲圖〉屬於山水、園林畫的範疇。在中國繪畫的品類裡，山水畫是最能表現意境與畫家功力的一項題材。例如荊浩〈匡廬圖〉採取全景式的構圖法，畫中將峰、頂、巒、嶺、岫、崖、岩、谷、峪、溪、澗作了細膩而清楚的描繪，並配合雲氣、屋舍、樹木相融於間，在壁立千仞的山巒中，散發出恢宏博大與超絕俗塵的氣度。董源〈瀟湘圖〉以披麻皴與苔點構圖層層疊疊的山體，湘水浩渺無波，廣大綿渺；在遼闊的湘水間，有漁父在撒網，有歸舟正待靠岸，岸邊數點人跡，行事日常，呈現出一股詳和平遠的安定感。畫面經由這些細部的景物構成了「能指」（signifier）的意符，並藉由中國繪畫的創作技法穿透作者與觀者之內心，達到「所指」（signified）的表現目的。在此理論思路下，本書將嘗試以符號學的指涉意涵，作為探究圖畫文本創作核心的詮釋路徑。

3.以集體記憶視角詮釋詩詞

「集體記憶」（Collective Memory）是由社會學家莫里斯・哈布瓦赫（Maurice Halbwachs）首先提出。他認為：那些被我們視為是個人記憶的，實際上是由一個家庭、家族、國家、民族等群體共同建構的事與物；因為擁有共同的集體記憶，所以彼此得以相互聯繫，並且凝聚在一起。記憶之於社會的意義在於：記憶賦予過去的社會一種歷史的魅力，能把最美好的事物儲存在與現今相對的另一個維度裡。因此，儘管人們知道記憶已成為過去，該群體的人仍願意以各種形式紀念、守護它。[125]

自 1980 年代以來，集體記憶的概念被廣泛應用在族群認同、國家主義，甚至是歷史學、人類學等相關的研究領域中。透過集體記憶的研究法，可以把握群體的認知活動，理解該群體的儀式、風俗、節日等文化活動，深

125 （法）莫里斯・哈布瓦赫（Maurice Halbwachs）著，畢然、郭金華譯：《論集體記憶》（上海：上海人民出版社，2002）。

究「群體起源」如何透過歷史的記憶來建立共同之信仰，甚或如何在時代的變遷中通過「歷史失憶」來完成自我。[126]其概念之核心意義，體現出整個群體情感意識、心態變化、價值取向之中較為深層的面向，故而被學界廣為接受。

近年來，學術界致力研究清遺民的學者，常藉由「集體記憶」的文化概念作切入點。當清朝正式走向歷史，面對即將來臨的民國時期，遺民們對於突如其來的巨變產生「身分認同」的困惑與焦慮，在思想和行為上表現忠於清朝的傾向。如林志宏《民國乃敵國也：政治文化轉型下的清遺民》以辛亥革命後的人物——康有為、張勳、辜鴻銘、林紓、羅振玉、王國維、朱祖謀、鄭文焯、鄭孝胥為主，探討這群清遺民如何透過活動儀式、個人與集體的著作書寫，以及政治思想的主張，展現他們忠於清室、懷念故國的集體記憶，建立自我認同。[127]林立《滄海遺音：民國時期清遺民詞研究》從清遺民詞中的記憶、稱號、紀年、節慶、物件與地方書寫等，建構遺民們共有的集體記憶，揭示其主體身分與詩詞創作間互相塑造、牽制的關係。[128]又如秦燕春《清末民初的晚明想象》透過清遺民對「晚明」事件與人物的追憶，探究清遺民們如何在「歷史記憶」中寄託自我對故國的懷想，尋求與明代遺民同聲相應、同聲相求的身世感懷。[129]「歷史記憶」包含在「集體記憶」中是相對較小的概念。指的是人們經由對過去某一段歷史的追憶，建立自我與歷史之間的關聯，以一種託物寄情的方式達到自我呈現的目的。

本書探討戴三錫〈春帆入蜀圖〉題詠的章節裡，提及遺民集社——「淞社」於民國二年（1913）舉行的「消寒會」中對於前賢戴三錫〈春帆入蜀圖〉所展開的唱和吟詠，此將從集體記憶理論視角切入，通過文字、圖像等「再現形式」（representational forms），觀看該群體如何藉由吟詠故物，延

---

[126] 王明珂：〈歷史事實、歷史記憶與歷史心性〉，《歷史研究》5（2001）：136-147。

[127] 林志宏：《民國乃敵國也：政治文化轉型下的清遺民》（臺北：聯經出版事業公司，2010）。

[128] 林立：《滄海遺音：民國時期清遺民詞研究》（香港：中文大學出版社，2012）。

[129] 秦燕春：《清末民初的晚明想象》（北京：北京大學出版社，2008）。

續其故國之思，感知集體記憶存在的力量。由此思路思考，可以提出的假設問題是：倘若集體記憶是清遺民的共相，那麼在面對民國到來、政治傾向與自我身分認同時，他們內心是何等糾結？又如何透過結社、唱和訴說自己？是以，本章論基在「集體記憶」的概念意義上，在表現群體成員之間的相似性外，亦希冀展現遺民與革命群體之間的矛盾性、對比性與互證性，凸顯末兩章的研究價值。

第一章　晚清民初題畫詩詞興盛的背景

清代題畫詩詞創作繁盛，達到前所未有的巔峰，不僅「一圖一詠」的情形相當普遍，「一圖多詠」的現象也遠勝前代。尤其是晚清到民初時期，幾乎已達到人人皆有題畫詩或題畫詞的境地。這些大量的題畫詩詞，在作為自我標榜與聯誼酬酢的目的之下，也成為文人雅集結社中極其重要的一環。晚清民初的雅集結社，基本上延續了清代前期的規模與盛況，在題畫詩詞的創作題材上，除了有承繼前人的內容，也有反映時事現況的層面，具有鮮明的時代特徵。晚清民初的題畫詩詞，受到清代前期題畫風氣盛行與版畫刻書的影響，因此有不斷增長的趨勢，另一方面，清人對於「詩史」、「詞史」觀念的重視，也在晚清常州學派的推衍、影響之下得到深化，並進而強化了題畫詩詞在政治層面的寄託內涵。

第一節　清代前期題畫詩詞發展的概況

清初題畫詩詞興盛與文人結社雅集、唱和風氣盛行有很大的關係。明清鼎革，異族入關，漢族士人「憔悴失職，高蹈而能文者，相率結為詩社，以抒寫其舊國舊君之感」。[1]順治至康熙初，文人結社之多，據何宗美初步統計，各類文社至少七十餘家，其中，以遺民詩社最多，超過五十餘家；這些遺民詩社與一般詩社唱和迥然不同，或有反清復明動機，或抒發亡國悲愴，具有特殊的時代意義。而這些遺民詩社不僅數量多，分布廣，遺民與非遺民

---

[1] 清・楊鳳苞：〈書南山艸堂遺集後〉，《秋室集》（《續修四庫全書》第 1476 冊，上海：上海古籍出版社，據清光緒十一年（1885）陸心源刻本影印，2002），卷 1，頁 15 下-16 上。

性質的詩文社團成員之間，也時常交游往來，對於清初文壇結社活動有著深遠的影響。[2]順治初年，滿清以「反詩案」箝制士人的思想，九年（1652）、十七年（1660），皆曾下令禁止士人集會結社，嚴厲控制文網。但儘管如此，集會結社仍然不斷在持續蓄積進行著。

在清初這段嬗變過渡的時期，由王士禛主持、倡導的多起唱和活動，最具承先啓後的意義。自順治十七年（1660）至康熙四年（1665），王士禛任職揚州推官期間，廣交詩人文士，「日了公事，夜接詞人」，[3]是以遂成風會，促成多起唱和，包括〈沁園春・偶興〉唱和、詠《清溪遺事》畫冊、〈余氏女子繡圖〉唱和、紅橋唱和、〈海棠春・閨詞〉唱和等。參與唱和者，有清初著名詞人鄒祗謨、彭孫遹、董以寧、陳維崧、吳綺、丁澎、黃永、程康莊等人，多為遺民布衣。嚴迪昌《清詞史》將王士禛發軔的詞學活動稱之為「廣陵詞壇」，[4]不僅彰顯唱和活動的盛大規模，以及王士禛作為詞壇領袖的影響力，更標示了推進「清詞復興」的關鍵作用。[5]值得注意的是，正當廣陵詞壇逐漸形成的同時，清初三案——通海案、奏銷案、哭廟案也正風雲迭起，席捲而來，嚴重打擊著江南士人。曾經參與王士禛雅集活動的鄒祗謨、董以寧、陳維崧、黃永，皆受到奏銷案牽連，因此情感上多有憤懣不平之氣。這些現象反映清初詞人慢慢從小詞中體會到一種隱微的作用，因此有意識地將自我的身世融入詞中，形成慷慨激越的創作詞風，也連帶影響廣陵詞壇由婉約綺思轉為豪放悲壯的道路。

正當王士禛揚州的唱和活動即將告終之時，曹爾堪在杭州的「江村唱和」（又名「湖上唱和」、「西湖唱和」）又掀起另一股唱和風潮。該起唱

---

[2] 何宗美：《明末清初文人結社研究》（天津：南開大學出版社，2004），頁 308-325。

[3] 清・王士禛著，袁世碩主編：《居易錄》（《王士禛全集》第 5 冊，濟南：齊魯書社，2007），卷 4，頁 3754。

[4] 嚴迪昌：《清詞史》，頁 55-57。

[5] 蔣寅以王士禛之「廣陵詞壇」標示為清初詞壇復興之關鍵。蔣寅：《王漁洋與康熙詩壇》（北京：中國社會科學出版社，2001），頁 80-99。

和首次發生在康熙四年（1665）3 月，曹爾堪、王士祿、宋琬皆剛從獄中出來，相同的經歷使他們心有共鳴，因此，他們相聚湖上，以〈滿江紅・江村〉互為唱和，抒發身世之感。先後各得詞 8 首，集結為《三子唱和詞》。同年 5 月，曹爾堪又與尤侗、宋實穎於蘇州追和〈滿江紅・江村〉，留下《後三子詞》。[6]隔年 10 月，曹爾堪、王士祿、陳維崧等人在揚州發起調寄〈念奴嬌〉的唱和活動，吸引了眾多詞人熱烈參與，並在廣陵興起一陣「稼軒風」的激越揚音。此後，「稼軒風」以慷慨激昂、抑鬱悲歌的情感基調，受到易代士人的喜愛，逐漸成為詞壇的主流。

康熙七年（1668），陳維崧由江南至京師，與龔鼎孳等人交游唱和，為京師帶來了濃厚的稼軒風。十年（1671），曹爾堪至秋水軒探訪周在浚，見壁上題詩，首先作〈賀新郎・雪客（周在浚）秋水軒晚坐，柬欒子（紀映鍾）、青藜（曾燦）、湘草（杜首昌）、古直（王豸來）。六月二十日〉，隨後引發龔鼎孳、紀映鍾、徐倬、龔士稹、周在浚、陳維嶽諸人加入唱和的腳步。此後，「秋水軒唱和」仍然持續進行，分別以問雪客病、中秋唱和、曹爾堪南歸、壽紀映鍾、壽龔鼎孳、題周雪客像等主題為和，在書寫日常的同時，亦帶有自抒身世的悲慨，代表了清初對稼軒風接受的高峰期。秋水軒唱和活動一直持續至年末，由周在浚集結為《秋水軒唱和詞》。

陳維崧詞風轉變與唱和軌跡，自康熙七年（1668）已見端倪，然陽羨詞派的發展，則主要集中在康熙十一年（1672）至十七年（1678）之間。[7]康

6　朱秋娟〈「江村唱和」考述〉由《三子唱和詞》、《後三子詞》之前、後期著作，區分「江村唱和」的發起時間與參與詞人。劉東海《順康詞壇群體步韻唱和研究》在後期的創作中，從《全清詞・順康卷》及其補編，整理、統計出後續唱和群體共 34 人，可見參與人數之眾。朱秋娟：〈「江村唱和」考述〉，《中國韻文學刊》23.3（2009.9）：35-38。劉東海：《順康詞壇群體步韻唱和研究》（上海：上海古籍出版社，2013），頁 111-120。

7　康熙十一年（1672）以前，陳維崧曾參加過康熙四年（1665）「江村唱和」、康熙五年（1666）廣陵〈念奴嬌〉唱和，以及康熙七年（1668）的京城唱和，皆屬多人群體之唱和。而他自己本身也曾主導過幾起小規模的唱和，如康熙三年（1664）其與陳維嵋、陳維嶽、陳宗石的四人唱和；康熙六年（1667），他與徐喈鳳、陳世祥步韻〈瑤

熙十一年（1672），陳維崧蟄居陽羨，憶己平生坎蹇漂泊，感而賦詞，日與同邑友人朝夕唱和。劉東海將是年「陳維崧唱和群體」的吟詠主題大致分為賀詞、憂生、閑逸三類，參與者除卻陳維崧、董元愷、徐喈鳳、史惟圓為陽羨人，其餘如王晫、柯崇樸、戴鑒、沈朝初等 23 人，皆屬外籍人士。[8]此後，以陳維崧為中心的唱和活動影響日廣，汪森、吳綺、余懷、顧貞觀等人皆紛紛加入創作。而陽羨詞派也在這股時風日靡、群體唱和風氣的鼓盪下，成為清初一個重要的流派。

康熙十八年（1679），清廷首開博學鴻詞科，網羅天下人才，也是陽羨、浙西詞派勢力消長的關鍵期。康熙十七年（1678），朱彝尊以「名布衣」應舉博學鴻詞，並隨身將《樂府補題》攜至京城，一時遂成風靡，諸君爭相擬和，發為「身世之感，別有淒然言外者」。[9]此後數十年，擬《樂府補題》者近百家之多。嚴迪昌認為：《樂府補題》群體唱和的昌熾，「與浙西詞風的盛熾有著命脈相通的重大關係」，[10]是開啟浙西詞派往後獨領清代前期詞壇的契機。而這些詩酒雅集，除了使這群活在時變中的士人能夠相互依偎、緊密凝聚，也因之號召群眾的影響力，從而奠定他們在清初文壇的重要地位。然而，這股易代之悲也隨著清廷廣開博學鴻詞後有了轉變，士人由過去傷悼故國、哀婉身世的情調，轉變為歌詠太平。時至雍、乾以後，陽羨詞派已漸趨衰微，由浙西詞派躍升為詞壇的要角。

朱彝尊《靜志居詩話》有云：

華〉；康熙十年（1671），其以「十峰草堂」為題所作之〈念奴嬌〉，即有徐喈鳳父子、史惟圓、汪森等人參與賡和。劉東海以為，奠定陳維崧之陽羨宗主地位，當從康熙十一年（1672）陳維崧蟄居陽羨時期，逐步醞釀而成。劉東海：《順康詞壇群體步韻唱和研究》，頁 272-276。

8　劉東海：《順康詞壇群體步韻唱和研究》，頁 232-248。

9　清・朱彝尊：〈樂府補題序〉，《曝書亭集》（《清代詩文集彙編》第 116 冊，上海：上海古籍出版社，據民國涵芬樓影印清康熙五十三年（1714）刻本影印，2010），卷 36，頁 4 下。

10　嚴迪昌：《清詞史》，頁 247。

> 詩流結社，自宋、元以來，代有之。迨明慶、歷間，白門再會，稱極盛矣。……崇禎之初，嘉魚熊開元宰吳江，進諸生而講藝，於時孟樸里居，結吳翻（應作「翾」）扶九、吳允夏去盈、沈應瑞聖符等肇舉「復社」。於時雲間有「幾社」，浙西有「聞社」，江北有「南社」，江西有「則社」，又有歷亭「席社」，崑陽「雲簪社」，而吳門別有「羽朋社」、「匡社」，武林有「讀書社」，山左有「大社」，僉會於吳，統合於「復社」。[11]

古人結社始來已久，清初文人結社、唱和風氣，基本上是延續著晚明的文壇學風。以「江左」一帶為例，晚明時期即相繼出現雲間、西泠、柳洲等帶有地域性色彩的詞派，豐富了江南詞壇的生命力。此後，這些詞派的成員在風雲際變、荊棘銅駝的時變中，紛紛發起、組織復社的意念，藉以匯聚當日有識之士，批評時政，激濁揚清；同時，他們也在此吟詩作賦、互為唱和的聚會場合中，抒己憤懣，展露才華，表現自己。鼎革之後，這些明遺民仍延續結社唱酬的風潮，繼續在清初的文壇上完成自我與他人的內在聯繫。無論是王士禛「廣陵唱和」、曹爾堪「江村唱和」、周在浚「秋水軒唱和」，或是以陳維崧為中心的群體唱和、朱彝尊的擬《樂府補題》唱和，雖無結社之名，然其成員之間切磋問學、共研詞藝、互為唱酬的本質，實質上都具備了一個社集應有的基本特點。文人雅集最初的宗旨，大抵不出「以文會友」的文學目的，只是隨著外緣環境的改變，深感家國危亡、生存處境之艱困，而漸漸帶入社會評論，成為帶有政治意識的社集。不過，在清帝下令嚴禁結社、大興文字獄以後，這些帶有政治社盟的團體也逐漸消失，回到以文會友的文化結盟。

在文人詩酒流連的交流活動中，「詠物」是其中習見、用以婉曲表達自我情感的一種題材。例如朱彝尊等人仿南宋遺民而作的擬《樂府補題》，即

---

[11] 清・朱彝尊著，姚祖恩編，黃君坦校點：《靜志居詩話》下冊（北京：人民文學出版社，2006），卷 21，頁 649。

是借詠龍涎香、白蓮、蓴、蟬、蟹等物體，見物起興，託物抒情，寄託易代之悲與身世之感。除卻借物託興、歌詠具像物體之外，「品題書畫」亦為文人雅集之時，詠物唱和常見的一項活動。

題畫詩尚未發展成屬於自己的「文體」以前，僅是附屬於「詠物詩」底下的一個類別，在詩歌的領域裡是一脈細小的支流，在繪畫的領域裡被視為畫的附庸。題畫詩最初生成之目的與戰國時期的畫贊有著密切的關聯，本意是為畫服務、解釋畫意，依附繪畫而存在，因此有「畫媵」[12]之稱。發展至六朝時期，更進展到為扇面、屏風、壁畫等物品題詩增輝，展現題畫詩歌詠讚頌的本質。如前述以王士禛為中心展開的〈余氏女子繡圖〉唱和活動，乃源於廣陵女子余韞珠為王士禛所繡〈神女〉、〈洛神〉、〈浣紗〉、〈杜蘭香〉四幅繡畫，[13]王士禛為此作〈烏山一段雲・賦余氏女子繡高唐神女圖〉、〈解佩令・賦余氏女子繡洛神圖〉、〈浣溪沙・題余氏女子繡浣紗圖〉、〈望湘人・賦余氏女子繡柳毅傳書圖〉等詞，讚揚余氏繡工之精湛，繼而引起諸士賦和歌詠，即是以「繡圖」為中心，賦詩題詠、吟詠頌讚的例子。

「詠物」在概念上，是與題扇面、題屏風、題帳額的屬性等同，因此可派生出「詠物詩」與「題畫詩」之間的界定問題，又延伸出學界在界定「題畫詩」與「詠畫詩」之間的歸類問題，進而分衍出廣義（包含未題於畫上之詩）與狹義（單指題於畫上之詩）兩派說法。[14]從康熙年間張玉書等奉敕編

---

[12] 「畫媵」指畫作上為畫陪襯之詩文。《四庫全書總目》〈藝術類存目・竹嬾畫媵〉有云：「謂之媵者，作畫而附以詩文，如送女而媵以娣姪也。」《竹嬾畫媵》乃明代李日華所著，是以可見，明人仍視題畫詩為畫之陪襯，是為烘托畫作而存在。清・永瑢、紀昀等著：《欽定四庫全書總目》第 3 冊（臺北：藝文印書館，1997），卷 114，頁 16 下。

[13] 清・王士禛著，袁世碩主編：《香祖筆記》（《王士禛全集》第 6 冊），卷 11，頁 4708。

[14] 鄭騫、青木正兒等，將題畫詩界定在題於畫面上的詩；包根弟則考慮到畫面篇幅能容納題詩多寡的問題，因而將題於畫上、不題於畫上的詩，均列入題畫詩的範疇裡。鄭騫講述，劉翔飛筆記：〈題畫詩與畫題詩〉，《中外文學》8.6（1979）：5-9。青木正兒著，魏仲佑譯：〈題畫文學及其發展〉，《中國文化月刊》9（1970.7）：76。包根弟：〈論元代題畫詩〉，中國古典文學研究會編：《古典文學》第 2 集（臺北：

纂的《御定佩文齋詠物詩選》可見當中收錄不少題畫詩，這說明在古人的觀念裡，題畫詩即屬於詠物詩的一部分。而到了後來，當題畫詩被大量創作、由純摹物象到抒寫自我，其承載的內涵已不再受限於畫面本身，故而逐漸從詠物詩中脫離，發展成屬於自己的文類。再則，以「題畫詩」或「詠畫詩」定義其涵蓋範圍，無疑是設限了文本互文與多重詮釋的可能性。從畫面而言，由於篇幅有限，不可能容納所有題詩，再加上歷來畫作保存不易，多已亡佚，倘若僅就「題於畫上之題畫詩」來限定規範，其涵涉範圍過於狹隘，同時也隱沒了各家別集可資參照的流傳意義。

從前述文人的唱和活動中可以發現不少關於為畫題詠的例子。例如歌詠《清溪遺事》畫冊的唱和活動，起因於順治十八年（1661）王士禛因公赴金陵，寄居丁胤住所期間，曾聽丁胤彈曲追述秦淮往事，遂作〈秦淮雜詩〉二首，抒懷故國之思。其後，「又屬好手畫《清溪遺事》一冊」，「諸名士和者甚眾」。[15]又如周在浚「秋水軒唱和」的活動中，即曾以「周雪客像」為題，獲龔鼎孳、徐倬、王豸來題詞唱和。以陳維崧為中心展開的唱和活動中，也有為徐元琜〈鍾山梅花圖〉題詠，得史惟圓、陳維岱、曹亮武等人題詞的例子。詞人透過共題畫作，聯繫彼此的情感，以不同的視角，寄託對故國的思念。

康熙年間，詩人徐永宣曾囑託王翬作〈雲溪草堂圖〉，「一時名公題詩殆遍」。[16]「雲溪草堂」為徐永宣讀書之所，其十三、四歲時，「父副都公歿於京師，母潘淑人築室白雲溪之上，故居之旁，顏曰春暉堂，命辛齋（徐永宣）讀書其中，即今草堂是也。淑人教子甚嚴肅，有河東韓夫人風，而辛齋能自樹立，卒成母氏之志。」[17]是以其後徐永宣囑託王翬繪作此圖，實有

臺灣學生書局，1980），頁 322-323。

15 清・王士禛著，袁世碩主編：《漁洋山人自撰年譜》（《王士禛全集》第 6 冊），卷上，頁 5066。

16 清・徐書受：〈雲溪草堂卷子〉，《教經堂談藪》（《叢書集成續編》第 429 冊，據清乾隆刻本影印），卷 1，頁 8 上。

17 清・楊椿：〈雲溪草堂圖記〉，《孟鄰堂文鈔》（《續修四庫全書》第 1423 冊，上

紀念母親之意。是時，王士禛、朱彝尊、宋犖、陳鵬年、張大受、查慎行、顧嗣立、吳之振、汪繹等文壇名流，皆競相參與題詠。

至於清代前期規模盛大的題畫唱和，當屬〈迦陵填詞圖〉、〈楓江漁父圖〉題詠。〈迦陵填詞圖〉於康熙十七年（1678）由釋大汕繪成。該圖採取無背景構圖，著力描繪圖像左側的陳維崧與右側的雲郎，可視為是一幅當代時人的人物畫。此圖流布於世，引起文壇諸士熱烈題詠，據乾隆五十九年（1794）木刻本《〈陳檢討填詞圖〉題詠》得參與者達八十餘人。[18]至雍乾以降，為〈迦陵填詞圖〉題詠者仍不乏其數，足見其跨時代之影響力。[19]康熙十四年（1675），謝彬為徐釚繪作〈楓江漁父圖〉，亦掀起另一波題詠的高潮。據毛文芳統計，包含徐釚自序，題詠者共計95人。[20]徐釚在文壇的影響力及詞學地位，雖無法與王士禛、陳維崧相匹敵，然而從〈楓江漁父圖〉參與題詠之眾，可見士人之間互相撐持、社會交游、借彼喻己的文化生態。此外，康熙三十八年（1699），畫家楊晉為蔣深繪作〈張憶娘簪華圖〉也獲得多人題詩。截至道光二年（1822）為止，題詠者多達 57 人。此後斷斷續續仍有不少文人參與題寫，一直延續到民國時期，形成一幅橫跨清、民時期

海：上海古籍出版社，據華東師範大學圖書館藏清嘉慶二十四年（1819）楊魯生刻本影印，2002），卷 14，頁 19 下。

18 曹明升、范正琦詳細考證歷來《〈陳檢討填詞圖〉題詠》各本差異，分別出拓印本與木刻本兩個系統，並比較乾隆拓本、道光石刻本、上海中華書局 1937 年影印本，以及乾隆五十九年（1794）初刻本、增刻本、二次增刻本之各本序文、鈐印、詞數等異同；乾隆拓本所收題詠人數約 70 人，木刻本所收約 83 人。曹明升、范正琦：〈《〈陳檢討填詞圖〉題詠》的版本問題與輯佚價值〉，《詞學》41（2019）：167-183。

19 從《全清詞．雍乾卷》可整理出史承謙、吳錫麒、洪亮吉、汪如洋所作之 6 首題詞。嘉、道以降的詞人詞集中，如鄧廷楨、湯貽汾、張景祁、成本璞、蔣兆蘭、黎庶燾、潘飛聲等詞家，亦有題〈迦陵填詞圖〉之詞作。由此可見，陳維崧之於陽羨詞壇之地位，連帶也影響著該圖跨代的題詠，其風盛行未因時間而消退。

20 毛文芳〈一則文化扮裝之謎：徐釚〈楓江漁父圖〉題詠〉對該圖畫的創作背景、題詠者的多重詮釋、「漁父圖」的文化隱喻等，皆有深入的探討。毛文芳：《圖成行樂：明清文人畫像題詠析論》，頁 259-339。

的百年閱讀之作。[21]

雍、乾、嘉時期，詞壇在浙西派的引領下，瀰漫著一股詠物風潮，而此時政局已趨於承平穩定的狀態，詞人無需再吟嘆身世、緬懷過去，是以詠物的內容多屬摹寫物態，缺乏深意寄託。謝章鋌認為該時期的詠物詞宛如是「方物略」、「群芳譜」一類的譜錄，[22]毫無自我主體與個人情思。而表現於該時期題畫詩詞中的情感志向，也因外在時局的平和安定呈現出閒雅安逸的生存狀態，轉而著力於畫面意境的營造。較為可觀者，如吳蔚光〈湖田書屋圖〉題詠、王昶〈三泖漁莊圖〉題詠、顧修「讀畫齋」題詠（包含〈讀畫齋圖〉、〈擊壤圖〉、〈壽芝圖〉、〈長林愛日圖〉、〈清宵聽雁圖〉、〈河千送別圖〉、〈秋水寄懷圖〉、〈望廬圖〉、〈桂陰課子圖〉、〈竹下娛孫圖〉、〈東皋玂月圖〉、〈南畝犁雲圖〉、〈杏花江店圖〉、〈春山索句圖〉、〈鄧尉探梅圖〉、〈鼓枻黃河圖〉、〈攜笻泰岱圖〉、〈山居讀書圖〉、〈我我周旋圖〉、〈采采蘋藻圖〉）。[23]這些圖畫題詠大抵皆於山水蘭竹的畫境中，流露一股淡雅詩意的況味。

「題畫詩」從「詠物」門類底下逐漸脫離開來，發展成自己的文類，在清中葉的詩壇宴集中，同樣也少不了圖畫題詠這個環節。例如以張允滋「清溪吟社」為中心開展的〈龍女抱經圖〉題詠、法式善招友雅集唱和並徵繪的〈詩龕圖〉與〈西涯圖〉題詠。而在南方，有提倡「性靈說」的袁枚所主持

---

21 毛文芳〈拂拭零縑讀艷歌：〈張憶娘簪華圖〉的百年閱讀〉以《張憶娘簪華圖題詠》為計，是編共錄57位名人、逾60篇文體不一之題詠。毛氏並針對不同時期題詠，分為「當代題詠時段（康熙己卯至康熙壬午 1699-1702）」、「第二波題詠時段（乾隆戊辰至乾隆丁亥 1748-1767）」、「第三波題詠時段（乾隆戊申至嘉慶己未 1788-1799）」、「120 年以後的零星題詠（嘉慶庚午至民國三十一年 1810-1942）」四個時期，以見該幅圖像流傳後世的情形。毛文芳：《卷中小立亦百年：明清女性畫像文本探論》，頁 227、頁 303-308。

22 謝章鋌嘗批評浙西末流詠物之風，既無「白石高致」，亦無「梅溪綺思」，「第取《樂府補題》而盡和之，是《方物略》耳，是《群芳譜》耳」。清・謝章鋌：《賭棋山莊詞話》（《詞話叢編》第 4 冊，北京：中華書局，2005），卷 7，頁 3415。

23 清・顧修：《讀畫齋題畫詩》（清嘉慶元年（1796）刻本）。

的隨園雅集。袁枚本身的題畫詩別出心裁，饒有寄託，數量豐富，據劉繼才初步統計，約有 140 題 216 首。[24]袁枚以〈隨園雅集圖〉最富盛名，繪成以後，三十年來，當代名流，題詠不絕。袁枚晚年廣收女弟子，嘗於杭州西湖舉辦兩次詩會，宴集門生。由於第二次的詩會盛極一時，因此隨後特邀尤詔、汪恭繪作〈湖樓請業圖〉，當日參與雅集者，如戴蘭英、吳瓊仙等閨秀門生皆有題詩。「雅集圖」本是一種紀念，也是相與切磋、賡和創作的精神延續。而袁枚「雅集圖」最大意義，是顯現了當時開放的社會風氣，女性已能像男性一樣從師學習，與文會友，表現自我的詩才。

乾、嘉時期，常州詩人趙懷玉也有大量的題畫詩作，數量更有凌駕袁枚之勢。趙懷玉以詩聞名，交游廣泛，其〈寫經圖〉獲得錢維喬、方薰、洪亮吉、徐書受等人題詩歌詠，而友人亦多有以畫索題者，如〈莊上舍逵吉以元池訪古圖索題，用東坡仙遊潭五首韻〉、〈壬子（乾隆五十七年，1792）九月，舟過任城，黃司馬易以紫雲山探碑圖乞題，攜之行笈，兩易冬春矣。暇日檢得，率題寄還，兼索武氏全碑拓本〉、〈姚大令思廉將宰文瑞，以舊藏董文恪邦達所寫晴川煙雨圖索題〉、〈吳門晤張太守祥雲，時已乞養得請，出己未（嘉慶四年，1799）所繪揚子飽帆圖索題〉、〈唐刺史仲冕以滿城風雨近重陽圖索題，刺史九月八日生也〉等。這些作品反映趙懷玉題畫詩題材有相較以往極大的變化，更加著重在「人事」與「寫真」的描寫，也透露出乾嘉文人「以畫為史」的傳世心態。

此外，又有如郭見猷以軍功獲賞賜圖，因而獲得朝野人士大力題詩歌讚。嘉慶十八年（1813），「三合會」起事，滋擾清遠、英德、連州、懷集諸縣邑。清遠城防守備蔣制軍請郭見猷為軍師，協助平定叛亂。郭見猷智勇雙全，指揮軍隊，布置陣勢，最後成功平定叛亂。嘉慶以軍功授郭氏為山西襄垣縣知縣，並贈〈從軍圖〉以表功彰。一時政壇名流祁寯藻、陶廷杰、羅文俊、林喬梧、湯儲璠、謝邦基、李彥章、李廷梁、何允成、朱松齡、陳鑾等人，皆紛紛為圖歌詠，積成巨帙。

---

[24] 劉繼才：《中國題畫詩發展史》（瀋陽：遼寧人民出版社，2010），頁 455。

這些圖畫之所以能獲得多數人參與題詠，乃緣於畫主本身的交友網絡而引發題詠者的參與，吳蔚光、王昶都是清中葉著名詞人；顧修是藏書家，亦兼擅詩書；張允滋能詩善畫，江珠以「金閨領袖」稱之；法式善與袁枚分別為北方與南方詩派的領袖人物，「詩龕」與「隨園」在當時並重為南、北方之詩學活動；趙懷玉以詩見長，名噪鄉里，為「毘陵七子」之一；郭見猷文武雙全，為名門之後。由此可見，他們在政治或文壇皆有一定的地位與影響力。而也正因如此，題畫詩歷來被視為是具有濃厚酬酢性質的文類。

周絢隆以陳維崧題畫詞為論，指其題畫詞大部分是應畫家或畫主之請而作，儘管其中不乏抒發個人情志，亦不無可見題畫本質多出於酬酢實用之目的。[25]黃儀冠認為：「題畫詩的文類功能中，另一個重要特色即是在人際互動網絡裏，藉由題畫詩達成社交功能。而不同的社交場合，即面對不同的閱讀社群，而掘發出畫作人文特質即有所不同，是故題畫詩進入畫作意義產生的網絡時，詩人與畫家之間互動的人際網絡使得題畫詩浸染了濃厚的酬酢性格。」[26]黃氏將「閱讀」與「題詩」的過程視為是畫家與詩人之間的社會互動，儘管詩人與畫家沒有直接的接觸，一旦「閱讀」與「書寫」被開啟，彼此便產生聯繫，酬酢也因而產生。此後，當圖畫進入時空與歷史的輪轉裡，題畫作品會因為讀者的身分、年代、處境而延伸出不同的詮釋面向，可以是畫面的鋪敘，也可以是對像主的標榜，甚至是自我情感意識的投射，其包涵層面相當廣泛，以致到了晚清、民國時期，題畫詞的創作數量仍遽增不減，成果斐然。

第二節　晚清民初題畫詩詞繁盛的原因

劉繼才《中國題畫詩發展史》從清代詩、詞、書、畫、題款、經濟等層

---

[25] 周絢隆：〈實用性原則的遵循與背叛——陳維崧題畫詞的文本解讀〉，《首都師範大學學報》6（2000）：79-86。

[26] 黃儀冠：《晚明至盛清女性題畫詩研究——以閱讀社群及其自我呈現為主》（《古典詩歌研究彙刊》第5輯第16冊），頁31。

面作分析，歸納出七項影響清代題畫詩詞繁盛的因素：一、清代詩詞創作的發展是影響清代題畫詩詞繁榮的直接原因；二、各種藝術的相繼發展，促進了題畫詩詞的繁榮；三、前數代留存的大量繪畫作品及理論著作，為詩人、畫家題詠提供了素材和借鑑；四、畫家學詩書、詩人習書畫蔚為風氣；五、詩畫理論的進一步融合，為題畫詩詞的發展奠定了理論基礎；六、大興題款之風，是清代題畫詩詞發展的重要因素；七、清代經濟的發展也為題畫詩詞的繁榮提供了物質保障。[27]蘭石洪《清前中期題畫詞研究》則提出：帝王權貴的愛好和倡導、文化專制統治下的畫隱和娛畫、西畫東漸背景下的滲透和新變、文人畫的極度發達與高度成熟、稽古右文與樸學興盛對繪畫的影響、士人之間的頻繁交往與群體品題風尚等因素。[28]而本節將著重從清代文人雅集結社風氣的興盛、版畫刻書的盛行，以及詩歌中「詩史」、「詞史」觀念的深化，探討清代題畫詩詞創作繁盛的原因。

一、題畫風氣興盛

晚清是題畫詩詞集大成的時期，無論是鋪敘畫面，贊譽畫藝，揄揚像主，呈現自我，抑或是反映現實，皆有相當豐富、可觀的創作數量。在題詠對象方面，除了有「自題」創作之外，由於晚清雅集結社、唱和賡疊繁榮盛行，因此表現於題畫詩詞中「一圖多詠」的「他題」情形，也相對有不斷增長的趨勢。

從各家詩詞文人的創作數量來看，宋翔鳳、劉敦元、葉申薌、杜煦、顧翰、顧夔、汪遠孫、趙對澂、吳藻、顧春、姚燮、黃燮清、黃曾、蔣敦復、顧文彬、王慶勳、周慞然、潘鍾瑞、張鳴珂、楊葆光、周天麟、萬立鍰、王繼香、陳遹聲、劉炳照、張仲炘、王以敏、鄭文焯、裴維侒、朱祖謀、夏孫桐、況周頤、程頌萬等人，皆有為數不少的題畫詩詞。

從題詠文類來說，最值得注意的是「填詞圖」與「詞意圖」（又稱「詞

---

27 劉繼才：《中國題畫詩發展史》，頁400-408。

28 蘭石洪：《清前中期題畫詞研究》，頁44-99。

意畫」）在晚清的繁榮盛況。「詞意圖」是由「詩意圖」發展而來，它的出現較「填詞圖」要來得早，是畫家根據詞意進行構思的再創造活動，或取全首詞作，或取一句或數句詞意，「將詞意、詞境轉化為畫意、畫境」，繪成一幅饒富意蘊的圖畫。[29]據《太平廣記》記載：唐時，張志和與顏真卿友善，顏氏與門客會飲，唱和〈漁父〉詞，首唱為張氏之詞。[30]《唐朝名畫錄》云：「張志和，或號曰烟波子，常漁釣於洞庭湖。初顏魯公（顏真卿）典吳興，知其高潔，以〈漁歌〉五首贈之。張乃為卷軸，隨句賦象，人物、舟船、鳥獸、烟波、風月，皆依其文，曲盡其妙」，[31]是為今日所見最早的詞意圖。詞意圖本是先有詞後有圖，時至南唐，衛賢作〈春江圖〉，後主李煜將〈漁父〉詞題於畫上，[32]復使〈漁父〉詞成為衛賢畫上的「題畫詞」。

宋代詞體興盛，詞人將「詩畫一律」觀念帶入詞中，在推進「詞」與「畫」結合的同時，也促進了「題畫詞」的創作。而「詞意圖」也在「詩畫融通」的理論之下得到發展，如李可染曾以蘇軾〈望江南〉：「半壕春水一城花，煙雨暗千家」詞意，繪作〈春雨江南圖〉。不過，詞意圖在宋代並未十分流行。至明萬曆四十年（1612），宛陵汪氏從《草堂詩餘》中精選百首宋詞，厚貲名公繪之，[33]輯印成《詩餘畫譜》，詞意圖便隨著詞意畫集而興盛。但由於明代刻書與版畫多配合市場消費之需求，普遍多有通俗性的特點，因此，雖然《詩餘畫譜》有再現宋人詞境的審美用意，卻仍不免有流於大眾世俗化的傾向。

「詞意圖」真正盛行的時期在晚清。其時文人畫家在取材上多有借鑑唐

---

[29] 吳企明、史創新編著：《題畫詞與詞意畫》（昆明：雲南人民出版社，2007），頁10。

[30] 宋・李昉：《太平廣記》第1冊（北京：中華書局，1995），卷27，頁180。

[31] 唐・朱景玄著，鄧喬彬整理，徐中玉審閱：《唐朝名畫錄》（《四庫家藏・集部》第147冊，濟南：山東畫報出版社，2004），頁27。

[32] 宋・佚名著，王群栗點校：《宣和畫譜》（杭州：浙江人民美術出版社，2012），卷8，頁82。

[33] 明・黃冕仲：〈跋〉，明・汪氏輯：《詩餘畫譜》（上海：上海古籍出版社，1988），頁2-5。

詩宋詞，表現意蘊唯美的畫境，如著名畫家費丹旭《仕女圖冊》、任熊〈孫道絢南鄉子詞意圖軸〉、吳士鑑〈馮延巳采桑子詞意圖〉等，而相較於改琦以清人吳綺「把酒祝東風，種出雙紅豆」詞意而作美人圖，這種以清人詞意作圖的例子則明顯少得許多。取意唐詩宋詞而作的詞意圖，不僅受到當時著名畫家所喜愛，一般文人畫家也時常以此為雅好，並在詞意圖完成後，囑託友人為圖題詠。如王嘉福的友人曾經以柳永〈八聲甘州〉詞意繪圖，並囑託王氏題作〈臺城路・友人以柳屯田霜風淒緊三句詞意作圖徵題，為倚此解〉；[34]張式以李清照〈醉花陰〉詞意繪圖，並囑託秦緗業作〈高陽臺・張山人荔門（張式）取易安居士醉花陰詞意圖其小象於扇，屬填此解〉；[35]孫熙元囑請屠倬依據陳與義〈臨江仙・夜登小閣，憶洛中舊游〉詞意繪圖，屠氏完成後，並作有〈疏影・邵庵（孫熙元）以杏花疎影裏吹笛到天明詞意乞余作圖，并題此闋〉；[36]宋志沂以姜夔〈暗香〉詞意繪〈梅笛庵圖〉，並囑託沈兆霖作〈雙調天仙子・用高青邱體。長洲宋浣花茂才志沂，取白石道人暗香詞意，繪梅笛庵圖屬題，因譜此闋〉。[37]從這些詞意圖與題畫詞中可見：清代文人在選取南、北宋詞人的詞意入畫時，多有傾向「婉約」一派的風格，而借鑑宋詞作為創作靈感的來源，實際上也表現他們對於宋詞的接受與喜愛。

至於如譚獻〈煙柳斜陽填詞圖〉（又名〈復堂填詞圖〉），既是「填詞圖」，也是「詞意圖」。譚氏取意的對象是南宋豪放詞人辛棄疾〈摸魚兒〉：「斜陽正在，煙柳斷腸處」詞意。圖畫完成後，譚氏「用稼軒韻」同調和作，自題一詞。詞中除了抒發離愁懷思，也寄託了內心「又只恐飄零，長劍悲歧路」、「已草草青春」的失意與感慨。譚氏填詞圖獲得不少詞人題

---

34 清・王嘉福：《二波軒詞選》（清道光十四年（1834）刻本），卷 2，頁 16 下。

35 清・秦緗業：《虹橋老屋詞賸》（《晚清四部叢刊》第 2 編第 118 冊，臺中：文听閣圖書有限公司，據清光緒十五年（1889）刻本影印，2010），頁 1 上-下。

36 清・屠倬：《耶溪漁隱詞》（《清代詩文集彙編》第 535 冊，據清道光元年（1821）潛園刻本影印），卷 1，頁 22 上-下。

37 清・沈兆霖：《沈文忠公集》（《清代詩文集彙編》第 608 冊，據清同治八年（1869）吳縣潘祖蔭等刻本影印），卷 10，頁 12 上。

詠，其中最有意思的是李放及其親友的題詠。李放仰慕辛棄疾，不但刻有「慕稼軒之為人」私章，並自號「辛亭」，亦依據稼軒同調原韻題寫其圖。爾後，其父李葆恂見兒子仰慕辛氏甚深，因此也依原韻作〈摸魚兒・狷厂（李放）用稼軒詞意寫斜陽煙柳填詞圖，君嘗自號辛亭，又有慕稼軒之為人六字小印，其向往深矣，因用原韻以題其圖〉，[38]而李氏友人吳重熹，也同樣和作有〈摸魚兒・李狷庢用稼軒詞意寫斜陽煙柳填詞圖，君有慕辛稼軒之為人印，其向往深矣，因用原韻以題其圖〉。[39]由此可見，李放為譚獻的填詞圖題詠，不僅表現出對譚氏詞學地位的推崇，更在其中投射自己對稼軒的熱愛，甚至還影響了親友的參與題詠。

「填詞圖」也是清代始見、獨具特色的一種文體，始自康熙十七年（1678）釋大汕為陳維崧繪〈迦陵填詞圖〉，此後陸續又有吳兆騫〈鷄塞填詞圖〉、冒襄〈水繪園填詞圖〉、杜詔〈花雨填詞圖〉、洪昇〈稗畦填詞圖〉、江立〈杏花影裏填詞圖〉、王又曾〈斜月杏花屋填詞圖〉、陶樑〈客舫填詞圖〉等填詞圖出現。道光以後，創作填詞圖的風氣蔚為盛行，不少詞人都有自己的填詞圖，如張鴻卓〈藕花香裏填詞圖〉、譚獻〈煙柳斜陽填詞圖〉、程庭鷺〈秋雨填詞圖〉、陳如升〈綠梅花下填詞圖〉、顧翎〈綠梅影樓填詞圖〉、李宗禕〈雙辛夷樓填詞圖〉、劉炳照〈留雲借月盦填詞圖〉、湯貽汾〈十二古琴書屋填詞圖〉、戈載〈翠薇花館填詞圖〉、許增〈蕢夢庵填詞圖〉、潘鍾瑞〈聽風聽水填詞圖〉、鄭文焯〈冷紅簃填詞圖〉、徐珂〈純飛館填詞圖〉、譚祖任〈聊園填詞圖〉、范鍇〈花笑廎填詞圖〉、潘飛聲〈香海填詞圖〉、林葆恒〈訒庵填詞圖〉等，他們的填詞圖皆因其本身的交游網絡，引發多人參與題詠，不僅有聯繫與友人情誼的用意，也藉此彰顯自己的詞學底蘊與詞壇地位。

除了「填詞圖」，「詞隱圖」、「倚聲圖」、「按曲圖」、「度曲圖」等皆屬此類。「填詞圖」在晚清如此盛行，背後原因與清代詞體復興有極大

---

38 清・李葆恂：《津步聯吟集》（民國五年（1916）刻本），頁 20 下-21 上。

39 清・吳重熹：《石蓮闇詞》（《清代詩文集彙編》第 737 冊，據民國五年（1916）刻本影印），卷 1，頁 16 下-17 上。

的關係。夏志穎〈論「填詞圖」及其詞學史意義〉從詞體的發展軌跡探討填詞圖發軔於清初的原因，歸納出三點主要原因：其一，受「尊體說」影響，詞體地位提高，因此推動填詞圖的產生；其二，由於陳維崧在詞體創作上與詞選刊刻上的成就非凡，因此使得「填詞圖」能夠緊扣詞人的地位，彰顯出其中的意義與價值；其三，由於自古以來有「詩畫融通」、「詩畫一律」之說，因此歷來即有「覓句圖」與「吟詩畫」的創作，而題畫詞在「覓句圖」與「吟詩畫」為基礎的背景下獲得啟發，逐漸發展成屬於自己的文體。[40]換言之，「填詞圖」與「詞意圖」的共同特色是：它們同樣都是建立在「詞」與「圖」相互融通的理論基礎上所產生的文類。而「填詞圖」更像是詞人的個人寫真，象徵詞人的家門身世與文學才華，當友人進入為圖題詠的活動領域時，自然而然便產生了酬酢意味，成為文人互相標榜的媒介。爾後，隨著詞體地位的日益提高，填詞創作成為普遍文人雅愛的文藝活動，影響所及，也推進了填詞圖在晚清民初的鼎盛發展。

從雅集聯吟的活動來說，晚清結社唱和延續了清代前期的風氣，群體流派眾多，文人社團林立，遍及北京、上海、江蘇、浙江、廣東等地，有臨時性的集會，也有定期性的社集與社課。而清人結社往往以地緣為紐帶，藉由聯繫本地文人群體凝聚共同的意識，維繫社團的穩定與發展，因此，地緣型文人社團數量繁多，占社團總數一半以上。不過，也有部分社團是集結本地文人與外地文人共同參與，彼此切磋交流，互相推重，擴展社團的組織。

從道光至光緒年間，各地皆有集會結社，如道光年間江蘇的江東詞社、淮海詞社、聽松詞社，浙江的益社、言社，北京的秋紅吟社、紅蘭吟社、秋詞社，廣東的越臺詞社，福建的梅崖詞社、西湖詩社等。咸豐、同治年間，有江蘇的午橋詞社、九秋詞社，浙江的嬉春吟社、古歡社、洛如嗣音社，北京的探驪吟社、宣南詞社，福建的聚紅榭詞社，湖南的蘭林詞社，東南沿海的海濱酬唱等。光緒年間，有江蘇的吳社、壺園詞社、鷗隱詞社、寒碧詞社、春暉社、海門吟社，浙江的鐵華吟社、鹿園詞社、月橋吟社、風餘詞

---

[40] 夏志穎：〈論「填詞圖」及其詞學史意義〉，《文學遺產》5（2009）：116-117。

社，上海的龍門詞社、麗則吟社，北京的榆社、拜石唱和、咫村詞社、著涒吟社，福建的瓠社、支社、西社，還有湖南的湘社，雲南的翠屏詩社，貴州的榕社等。

民國初年，舊式文人以舊體詩詞為創作、相互唱和的社集也相當繁盛，如上海的希社、超社、春音詞社、逸社、小羅浮社、淞濱吟社、滄社，江蘇的娛紅社、秋聲社、正始社、苔岑吟社、東社、虞社、白雪詞社、鳴社、蘭社，浙江的慎社、甌社、胥社、陶社，北京的寒廬吟社、藝社、瓶社、漫社、稊園社，天津的儔社，廣東的壺社，福建的菽莊吟社，南京的潛社，四川的春禪詞社，安徽的戊午春詞社，陝西的今雨雅集社，以及東北的冷社、松江修暇社等。

這些為數眾多的集會與社團，延續了歷來文人詩酒文會的傳統，在課題上也多承繼前人吟詩唱和、作畫賦詩的形態。從現存的雅集結社文獻中，可以看出文人的題畫活動主要呈現三種模式：其一是以社課方式進行，每次以一幅畫作為主題，作為社員們共同題詠的對象，這種雅集通常是定期性或是發生在特定節日的時候；其二是不以社課方式為進行，像主（社員）或在同一時間，或不同的時間點，徵請社中成員為圖題詠，最後再將這些題詠作品集結、刊印成冊；其三是屬於個別性的題畫活動，該幅圖畫在社員之間沒有形成共同的創作主題，只是個人的題畫詩詞被輯入社集之中。圖畫題詠在社集活動中，不僅富含了文化傳承的象徵意義，對於文人畫藝的標榜、共同的心理寄託，以及審美傾向，皆可使圖畫產生超越本身的紀念性價值，因此值得關注。

以《庚子秋詞》唱和為例。此次集會發生在光緒二十六年（1900）八國聯軍攻陷北京之時，王鵬運、朱祖謀、劉福姚、宋育仁坐困城中，相聚於王鵬運的「四印齋」寓所，日夕拈一二調共同創作，集結為《庚子秋詞》。此次唱和活動，雖為臨時性的群聚雅集，但時間橫跨該年的 8 月至 11 月，因此，每次唱和皆以一個主題為程課，近似於社團定期的社課。在此期間曾有兩次為畫題詠的唱和，一次是以〈醉落魄〉調，同題宋育仁〈歸隱圖〉；另一次是以〈虞美人〉調，同題〈校夢龕圖〉。[41]其中，〈校夢龕圖〉是紀念往日王鵬運與朱祖謀同校夢窗詞而作的圖畫，如今面臨國難當頭，思及昔時一起校勘詞集的情形，心中難免有種今非昔比之感，因此以畫寄託國事蜩螗之意自可想見。

在詩社與詞社的雅集社課中，為畫題詠的活動更是不勝枚舉，如「午社」成員冒廣生、吳庠、呂貞白，皆有為冼玉清題〈舊京春色卷〉；[42]「支社」成員何爾瓊、周長庚、林紓，皆有追題完顏海陵〈吳山立馬圖〉；[43]「消寒社」成員曹炳麟、龔其杲、嚴師愈、施鼎元、張應穀、嚴師孟、樊燧春、黃厚生、王汝源、劉燮鼎，皆為張模題〈鶴守寒梅圖〉。[44]在「逸社」第 4 集的社課中，以社中成員楊鍾羲〈雪橋詩話圖〉為題，獲得陳夔龍、馮煦、沈曾植、鄒嘉來 4 人題詠；第 5 集以宋犖〈紅樹秋雅集圖〉為題，得陳夔龍、馮煦、沈曾植、鄒嘉來、余肇康、陳夔麟、朱祖謀、王乃徵、章梫、楊鍾羲、王秉恩 11 人題詠。[45]在「著涒吟社」第 1 課社課中，以「鍾馗畫像」為題，共得楊述傳、卓啟堂、袁鐔、袁祖光、王在宣、梁照、廖潤鴻 7 人題詠。[46]「煙沽漁唱」第 30 集社課，用〈買陂塘〉調題王士禛〈戴笠圖〉，共得章鈺、周登皞、楊壽枬、郭宗熙、徐沅、周學淵 6 人唱和題詠；第 75 集，用〈木蘭花慢〉調題〈陳圓圓入道小像〉，共得李孺、章鈺、白廷

---

[41] 清・王鵬運等著：《庚子秋詞》（《王鵬運集》第 2 冊，桂林：廣西師範大學出版社，2012），卷上，頁 23 下-24 上；卷下，頁 16 上-17 上。

[42] 午社輯：《午社詞》（《清末民國舊體詩詞結社文獻彙編》第 1 冊，北京：國家圖書館出版社，據民國二十九年（1940）鉛印本影印，2013），頁 4 上、頁 5 下-6 上、頁 7 下-8 上。

[43] 清・周長庚等著：《支社詩拾》（《清末民國舊體詩詞結社文獻彙編》第 1 冊，據民國間（1912-1949）鉛印本影印），頁 29 下-30 上。

[44] 清・曹炳麟輯：《消寒社詩存》（《清末民國舊體詩詞結社文獻彙編》第 9 冊，據民國二十八年（1939）鉛印本影印），頁 13 上-17 下、頁 24 下-25 上。

[45] 清・陳夔龍等著：《花近樓逸社詩存》（《清末民國舊體詩詞結社文獻彙編》第 2 冊，據民國間（1912-1949）上海聚珍仿宋印書局排印本影印），頁 29 上-30 下。

[46] 清・沈宗畸輯：《著涒吟社詩詞鈔》（《清末民國舊體詩詞結社文獻彙編》第 10 冊，據清光緒三十四年（1908）鉛印本影印），頁 1 上-3 上。

夔、楊壽枏、林葆恒、周學淵、許鍾璐、胡嗣瑗、郭則澐9人唱和題詠。[47]

超過11人以上的社課題詠，如「咫社」第7集以關賡麟〈梅花香裏兩詩人圖卷〉為題，除了有關賡麟自題外，還有葉恭綽、靳志、梁啟勳、蔡可權、宋庚蔭、鍾剛中、謝良佐、唐益公、吳仲言、劉景堂、夏敬觀、王耒、張伯駒、黃孝平、高毓浵、陳祖基、劉子達、夏仁虎、彭一卣、胡先春、陳方恪、冒廣生、吳湖帆23人參與題詠。[48]第8集以葉恭綽的兩幅圖畫為題：一是題〈罔極庵圖〉，除了有葉恭綽的自題外，還有關賡麟、蔡可權、唐益公、謝良佐、王耒、黃復、夏仁虎、張伯駒、陳宗蕃、黃孝平、彭一卣、孫錚、陳方恪、高毓浵、夏緯明、劉子達16人參與題詠；二是題〈竹石長卷〉，題詠者有關賡麟、蔡可權、胡先春、靳志、陳祖基、吳仲言、黃孝平、黃復、夏敬觀、夏仁虎、廖恩燾、劉景堂、宋庚蔭、孫錚、陳方恪、高毓浵、梁啟勳、夏緯明、龍沐勳19人。[49]「咫社」藉由社課活動題詠社員的畫作，具有相當濃厚標榜畫藝的意味。

除此之外，他們也會為前人圖畫題詠。例如第14集以明代秦淮名妓馬湘蘭「山水蘭竹畫冊」為題，共得關賡麟、王耒、夏仁虎、黃孝平、靳志、王季點、謝良佐、陳祖基、黃畬、柳肇嘉、高毓浵、黃復、彭一卣、胡先春、周維華、汪鸞翔16人題詠。[50]此次活動與前兩次活動最大的不同在於：前兩次不限同調和作，而此次則是以〈買陂塘〉同調和韻。「咫社」以題畫為社課的活動，不只這三例，可以見得，該社團對於傳統社集中「作畫吟詩」環節延承的重視。

---

[47] 清・郭則澐等著：《煙沽漁唱》（《清末民國舊體詩詞結社文獻彙編》第16冊，據民國二十二年（1933）鉛印本影印），卷2，頁15上-17上；卷4，頁27上-28下。

[48] 關賡麟輯：《咫社詞鈔》（《清末民國舊體詩詞結社文獻彙編》第12-13冊，據民國四十二年（1953）油印本影印），卷1，頁21上-24下；補遺，頁1上。

[49] 關賡麟輯：《咫社詞鈔》（《清末民國舊體詩詞結社文獻彙編》第12冊），卷1，頁25上-30下。

[50] 關賡麟輯：《咫社詞鈔》（《清末民國舊體詩詞結社文獻彙編》第12冊），卷2，頁51下-55下。

二、版畫刻書盛行

在照相與影印技術尚未發明、傳入中國以前，繪畫肩負了宛如照相「寫生」與「傳神」的功用，然而，圖畫可以藉由展閱觀賞達到宣傳的成效，卻無法透過書籍翻印達到傳播的效果，因此，中國版畫在圖畫的摹寫與複刻中，佔有極其重要的地位。

晚清版畫的發展與清初帝王對繪畫的喜愛不無關聯。清代初年，統治者為了控制漢族士人的思想，採取嚴厲的禁書焚書、大興文字獄的文化政策，限制了坊間刻書業的發展。順治九年（1652）題准：「坊間書賈，止許刊行理學、政治有益文業諸書。其他瑣語淫詞，及一切濫刻窗藝、社稿，通行嚴禁，違者從重究治。」康熙二十六年（1687）議准：「書肆淫辭小說刊刻出賣共一百五十餘種，其中有假僧、道為名，或刻語錄方書，或稱祖師降乩。此等邪教惑民，固應嚴行禁行。至私行撰著淫詞等書，鄙俗淺漏，易壞人心，亦應一體查禁，毀其刻板。」[51]所謂淫辭小說，主要是針對戲曲、小說而言。晚明刻書業盛行，且最受歡迎的即是戲曲、小說，書中的版畫插圖，是書坊吸引讀者、刺激消費的最大賣點。書坊通常會先邀請名畫家繪製插圖，再聘請刻工將畫作呈現版上，最後付梓刊印，附錄於書籍中。明代因刻書業興盛，因此也連帶影響了繪畫與版畫的發展。

不過，儘管順治、康熙詔諭銷燬戲曲、小說，卻沒有影響題畫詩、畫譜、版畫的刻印與盛行。順治年間，刊有《繡像拍案驚奇》、《警世通言》、《新鐫繡像馮夢龍先生定本列國志》、《續金瓶梅後集》、《全像武穆精忠傳》、《列仙冊》等版畫書。康熙年間奉敕編校的文獻與官刻書籍，數量繁多，繪刻精美，除了像是《康熙字典》、《佩文韻府》、《全唐詩》外，陳邦彥曾將編選的題畫詩獻上康熙帝，因得賜名《御定歷代題畫詩類》。康熙四十四年（1705），孫岳頒、宋駿業、王原祁、吳暻、王銓奉敕

---

51 清・素爾訥等纂修，霍有明、郭海文校注：〈書坊禁例〉，《欽定學政全書校注》（《歷代科舉文獻整理與研究叢刊》第 19 冊，武漢：武漢大學出版社，2009），卷 7，頁 32。

搜羅歷代書畫古籍文獻，歷時三年，編成《御定佩文齋書畫譜》100 卷大型類書。[52]「佩文齋」是康熙皇帝的書齋。康熙時期由內府刻本或御命編纂的書籍，大多會冠以「佩文齋」作為書名。而康熙也相當重視農業生產，在二十八年（1689）南巡時，有江南士子進獻南宋樓璹《耕織圖》，回京後，即命焦秉貞依據樓璹原意，另繪 46 幅《耕織圖》，並每幅製詩一章，刻成《御製耕織圖詩》，[53]是為題畫詩的一種（見圖 1、圖 2）。

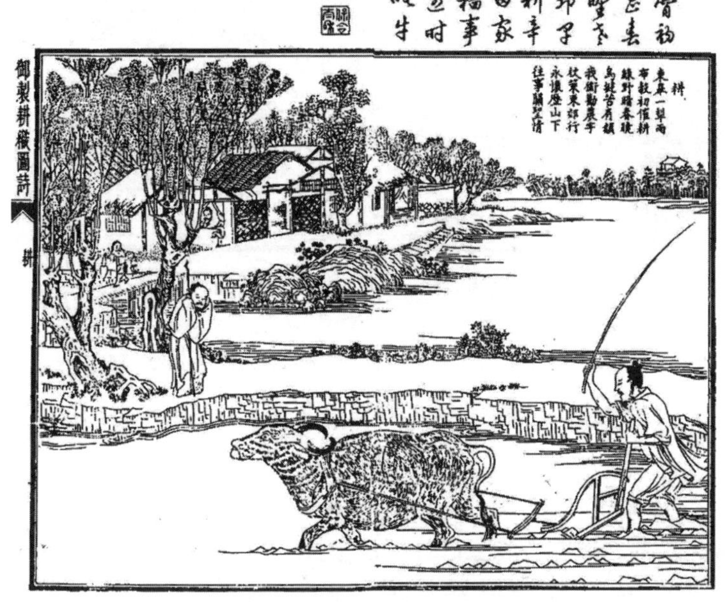

圖 1　清・焦秉貞繪〈耕圖〉（見《御製耕織圖詩》，收於《叢書集成續編》第 100 冊，臺北：新文豐出版公司，1989，據喜咏軒叢書本影印）

---

[52] 清・孫岳頒等纂輯：〈御定書畫譜職名〉，《御定佩文齋書畫譜》（《景印文淵閣四庫全書》第 819 冊，據國立故宮博物院藏本影印），頁 1 上-下。

[53] 清・焦秉貞繪：《御製耕織圖詩》（《叢書集成續編》第 100 冊，據喜咏軒叢書本影印）。

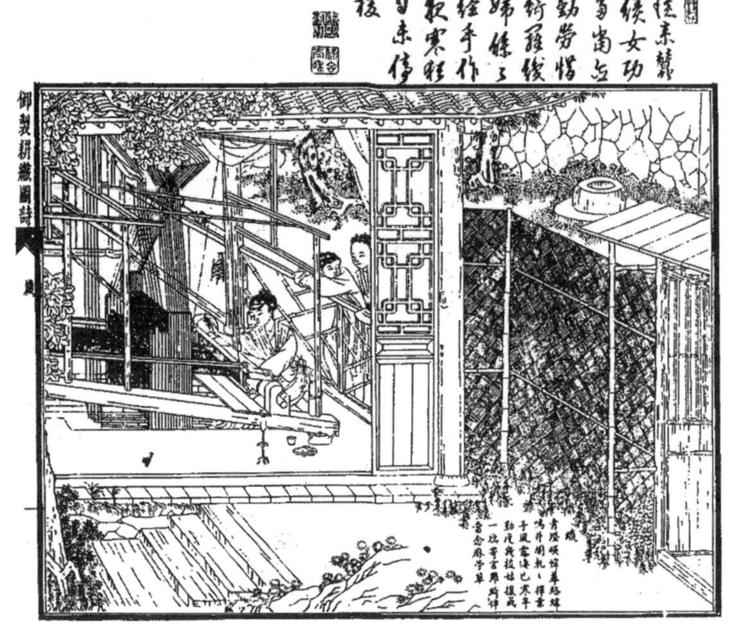

圖2　清・焦秉貞繪〈織圖〉（見《御製耕織圖詩》）

由於圖畫美感的藝術特性，使得版畫插圖在清代郡邑方志中，也佔據重要的地位。例如康熙年間纂修的《黃山志》、《黃山續志定本》、《休寧縣志》、《歙縣志》等等，皆附圖描繪當地的峰巒、水波、岩洞、古樹、寺觀、茅舍、村落等地景，除了反映出清初山水畫的興盛，也投映出建國初期的強盛國力。此外，圖畫的直觀性與形象性，也可以提供帝王作為呈現盛朝氣象、歌功頌德的工具。例如為慶祝康熙壽誕而繪製的《萬壽盛典圖》；描繪皇家行宮、園囿景致與風貌的圖畫，如康熙五十一年（1712）《避暑山莊詩圖》、乾隆十年（1745）《圓明園四十景詩圖》、乾隆三十六年（1771）《南巡盛典》；描繪戰爭的時事圖，如乾隆年間刊成的《平定準噶爾回部得勝圖》、《平定兩金川得勝圖》、《平定臺灣得勝圖》等，這些版畫大多以連環組圖的形式，構成浩大壯闊的氣象，因此不難想見，在帝王御敕繪圖的背後，實則也有藉此宣揚文治武功、歌詠盛世的政治寓意。而這些圖畫也體現了帝王對於繪畫與題詠的喜愛，並在一定程度上推動了當時社會的風氣，促進清代題畫風氣的形成。

在民間刻印的畫譜中，以康熙年間刊印的《芥子園畫譜》（又名《芥子園畫傳》）最為人稱道，被奉為畫學的圭臬。「芥子園」是戲曲家李漁位於南京的私人園林。康熙十八年（1679），李漁在吳山養病，坐臥斗室，頗得臥遊之樂，然而李漁不善繪畫，恨其不能為之寫照，因此向女婿沈因伯請教畫山水之法。沈因伯乃出明末李流芳所繪 43 幅圖，並以此為基礎，囑請畫家王槩、王著、王臬、諸昇，彙集古代畫論技法之精華，增補編繪。[54]今日可見《芥子園畫譜》有 4 集，初集刊於康熙十八年（1679），為山水圖譜；第 2、3 集皆刊於康熙四十年（1701），分別為梅蘭竹菊圖譜與草蟲翎毛圖譜；第 4 集刊於嘉慶二十三年（1818），為人物集，乃後人託名王氏兄弟所編。第 1 集至第 3 集，每集皆以木版彩色套印成書，色彩絢麗，刻印精良，深得文人與畫家喜愛，是以，爾後第 4 集託名之編，足以可見當時《芥子園畫譜》廣受歡迎的程度。

民間刻書的最大成就，主要是人物畫與山水畫。以人物版畫來說，如康熙時期《凌煙閣功臣圖》、《息影軒畫譜》、《南陵無雙譜》、《無雙譜》，乾隆時期《有明於越先賢三不朽圖贊》、《晚笑堂畫傳》、《百美新咏》、《古列女傳》等，都是人物畫的佳構。而在山水版畫中，最值得一提的是蕭雲從《太平山水圖畫》。蕭雲從為明末清初安徽蕪湖的著名畫家，其早年所作〈秋山行旅圖卷〉，曾得乾隆題詩讚譽：「幾點蕭蕭樹，疏皴淡淡山。由來以意勝，無不寓神間。秋景宜廖廓，客人自往還。粗中具工細，識語破天慳。」[55]明朝滅亡後，蕭雲從堅守志節，隱居不仕，專意讀書與繪畫。順治年間，太平府推官張萬選即將離任前夕，嘗囑託蕭雲從為其《太平三書》繪作〈太平山水圖〉。《太平山水圖畫》刊於順治五年（1648），書中共計 43 幅圖，每圖皆書有古代名人詩作。圖中描繪當塗、蕪湖、繁昌的

---

[54] 清・李漁：〈序〉，清・王槩繪編：《芥子園畫譜》第 1 集（天津：天津古籍出版社，1995），頁 2-7。

[55] 清・弘曆：〈題蕭雲從關山行旅長卷〉，蕪湖市地方志編纂委員會編：《蕪湖市志》下冊（北京：社會科學文獻出版社，1995），頁 985。

山水、崖壁、古道、亭臺、漁橋、農耕等景物，皆曲盡其妙，獨具特色，體現出蕭雲從對家鄉山水的摯愛，亦寓託內心對故國的思念。

清代文化政策雖然要到乾隆時期才逐漸開放，然而，從前期的刻書中可以看見統治者並不排斥戲曲、小說中的圖像繪畫，甚至特別喜歡在御命刊刻的書籍中附錄插圖。時至清代中、晚期，徽州、武林等地的刻書版畫已呈現日趨衰微之勢，蘇州的刻書版畫仍依舊繁榮興盛。明代江蘇是刻書發達之地，眾多的藏書家、書商、出版商匯聚於此，帶動了書籍的刻印與傳播。其中最著名者，如「汲古閣」主人毛晉，其藏書豐富，多為宋、元善本；所刻之書，每多規模盛大，如《十三經注疏》、《十七史》、《六十種曲》、《漢魏六朝百三家集》、《津逮秘書》等，皆卷帙浩繁。江蘇延續晚明刻書的盛況，不僅在康熙、乾隆年間都有圖版書籍梓行，嘉慶年間，顧修《讀書齋題畫詩》中的插圖也獨具特色。而道光年間，顧沅輯刻的《聖廟祀典圖考》、《吳郡名賢圖傳贊》、《歷代古聖賢像傳略》，皆屬晚清人物版畫中，規模浩大、傳形寫真的著名佳作。

咸豐十年（1860）以後是中國書籍面臨嚴重浩劫的時期。在此之前，最值得注意的是畫家任熊的版畫。道光末年，任熊曾依據姚燮的詩句繪成 120 幅《大梅山館詩意圖》，因此聲名大噪。咸豐三年（1853）至七年（1857）之間，又繪有《列仙酒牌》、《於越先賢像傳贊》、《劍俠像傳》、《高士傳圖像》，人物刻劃極具個性，獨具一格，被認為是中國傳統版畫的最後一位大師。時至咸豐十年（1860），英法聯軍攻陷北京，圓明園所藏文源閣《四庫全書》、《永樂大典》皆遭戰火波及而焚燬、散佚。爾後太平天國攻陷江南，大量的古籍圖書、書坊、藏書閣皆遭焚毀，不僅私家藏書付之一炬，「南三閣」所藏的《四庫全書》也因戰火而散亡。盛行於民間的蘇州桃花塢年畫，也因太平戰爭而深受重創。桃花塢年畫曾以「時事畫」的視角，創作了〈向大人赴會捉拿鐵金翅後本〉、〈新刻掃蕩捻匪前（後）本〉、〈天朝滅匪〉、〈南京得勝〉等批判太平天國的年畫，[56]深刻反映出一般庶

56 王樹村主編：《中國年畫發展史》（天津：天津人民美術出版社，2005），頁 257-262。

民百姓對太平軍的痛恨心理。戰爭結束後，曾國藩、左宗棠、胡林翼等中興將帥，皆有感於中國典籍遭遇重大摧殘，紛紛於金陵、寧波、杭州、武昌等地督辦官書局，[57]企圖重振中國文化。

在晚清江、浙書坊中，最值得一提的是蘇州席氏家族所創立的「掃葉山房」，以及杭州楊氏家族創辦的「文元堂」。席氏家族自明中葉以來，便以經商起家。家族之中，席啟圖、席啟寓、席世臣、席世昌、席鑑、席恩贊、席璞，都是著名的藏書家。[58]乾隆四十九年（1784），席世臣以商籍學生充任分藏揚州文匯閣等三閣《四庫全書》校對。五十一年（1786），欽賜舉人。爾後，席世臣帶著這份榮耀，繼續校書，並於蘇州閶門開設「掃葉山房」，經營刻書事業。因其所刻秘笈質量極佳，廣受好評，銷售量也特別好。時至咸豐十年（1860），書坊負責人席元章遭太平軍所擄，書坊所刻版書也多遭到毀壞，致使「掃葉山房」不得不關閉營運。同治元年（1862），席元章再度被擄，自此下落不明，由其子席威接手經營，並將書坊遷往上海，重開事業。[59]同、光至民國初年，「掃葉山房」的刻書相較前期更為齊備，四部齊全。所刻書畫類作品，有《書畫所見錄》、《畫史彙傳》、《墨林今話》、《清河書畫舫》等；版畫類如《毛聲山評點繡像金批第一才子書三國演義》、《繡像評點封神榜全傳》、《繪像列仙傳》、《繪圖西廂記》等，都是廣受大眾喜愛、質量精美的版畫書。

杭州「文元堂」創於同治元年（1862），[60]雖無如「掃葉山房」悠久的歷史，然為晚清民初杭州著名的古書坊。在「文元堂」刊印的版畫中，以民國十年（1921）刊刻的《紅樓夢圖詠》最值得注意。原圖為嘉、道時期著名

57　吳瑞秀：《清末各省官書局之研究》（《古典文獻研究輯刊初編》第 11 冊，新北：花木蘭文化，2005），頁 19-44。

58　葉瑞寶、曹正元、金虹等著：《蘇州藏書史》（南京：江蘇古籍出版社，2001），頁 300-304。

59　楊麗瑩：《掃葉山房史研究》（上海：復旦大學出版社，2013），頁 20-21、頁 97-98。

60　王巨安：〈杭州文元堂書莊考評〉，《圖書館工作與研究》198（2012.8）：83。

的仕女畫家——改琦受李筠嘉囑託所繪。李筠嘉精鑑賞，好收藏，他曾主持「吾園書畫雅集」，是當時上海著名且歷時悠久的藝文活動。改琦繪成《紅樓夢圖詠》後，李筠嘉即以其交友網絡，廣徵名流為圖題詠。然而，李筠嘉過世後，《紅樓夢圖詠》也隨之轉手易主，直到光緒五年（1879）才由淮浦居士刻印出版，流通市面。全書共收 50 幅人物畫像，無論是人物造型或精神氣韻，皆體現出《紅樓夢》人物纖麗優雅的氣質，並深深影響了後來費丹旭、錢慧安、王墀等畫家對「紅樓仕女」的構圖模式。民國十年（1921），「文元堂」主人楊祚昌復據原本重新翻刻，反映改琦《紅樓夢圖詠》深遠的影響力，而「文元堂」翻刻本也是目前流傳較廣的本子。

清光緒以後，隨著鉛印、石印技術一步步地傳入中國，木刻版畫也逐漸被印製快速、質量高，且價格低廉的石印本取代，消失在中國印刷業的舞臺。但儘管如此，在民初刊印的書籍中，仍在一定程度上保存了古書的特點。以民國十九年（1930）鉛印本《深山讀書圖題詠》為例，書中插圖繁盛，有橫幅、立軸，也有畫扇（見圖3、圖4、圖5），不僅圖畫逼近真實，而且全書也呈現因襲傳統的傾向。

圖3　民・徐北汀繪〈深山讀書圖〉（見《深山讀書圖題詠》，民國十九年（1930）鉛印本，上海圖書館藏）

圖 4　民・羅益齋繪〈深山讀書圖〉（見《深山讀書圖題詠》）

圖 5　民・羅九峯繪〈深山讀書圖〉（見《深山讀書圖題詠》）

三、詩史與詞史觀念的深化

「詩史」之說，最早見於晚唐孟啟《本事詩》：「杜逢祿山之難，流離隴蜀；畢陳於詩，推見至隱，殆無遺事，故當時號為『詩史』。」[61]指杜甫在遭逢安史之亂流離隴蜀時所寫的詩歌。宋時，《新唐書》〈杜甫傳〉沿用了「詩史」的概念，認為杜甫「善陳時事」，詩有反映時代、記敘史實的功

[61] 唐・孟啟著：《本事詩》（上海：文藝小叢書社，1933），頁 43。

能，因此「世號詩史」。[62]杜詩在宋代受到廣泛的關注，各種箋注、評釋相繼問世，「詩史」的概念也相對受到關注，內涵不斷被深化。張暉《中國「詩史」傳統》指出：孟啟「詩史」說，是建立在《春秋》義理與「緣情」理論的基礎上所提出的。時至宋末元初，「詩史」的內涵已深入廣泛，包含了《春秋》筆法、《史記》筆法、知人論世、忠君思想、字字有出處。[63]而宋人對「詩史」說的闡釋與強化，得到明代復古派的接受與闡發，更加強調詩歌的文學性與美學價值。到了清代，「詩史」說已深入士人的心中，成為閱讀詩歌時的批評標準。

「詩史」作為傳統詩歌的創作與批評標準，最直接導源於《詩經》中的「風雅精神」。明清易代，國破家亡的痛苦，深深刺進士人的內心，他們自覺地繼承了「詩史」記載時事的功能，企圖轉借詩歌，發言為詩，「以詩證史」，「以詩存史」，帶動了「詩史」說在清初的發展。其時，錢謙益、吳偉業、黃宗羲、杜濬、錢澄之、尤侗、屈大均、王士禛等易代文人，皆有「詩史」相關論述。錢謙益〈胡致果詩序〉被視為是清初下開「詩史」論說的重要著作。文中引孟子：「《詩》亡然後《春秋》作。」以三代為分界，在此以前的詩歌與歷史是相融的一體，詩的功用就是史；三代以後，詩歌與歷史分離，「馴至於少陵，而詩中之史大備」，因此稱之為「詩史」。[64]錢謙益的論說，也影響著後來黃宗羲、杜濬、王士禛等人對於「詩史」說的闡釋與看法。吳偉業、屈大均更從不同的角度論辯「以心為史」之說，分別提出了贊同與反對的意見。由此可見，「詩史」說已然成為清初文學的重要命題，並在諸士的闡釋推演下，逐步確立了「以詩為史」的閱讀傳統。

---

62 宋．歐陽修、宋祁：《新唐書》第 18 冊（北京：中華書局，2003），卷 201，頁 5738。

63 張暉：《中國「詩史」傳統》（北京：生活．讀書．新知三聯書店，2012），頁 11-16、頁 55-72。

64 清．錢謙益著，清．錢曾箋注，錢仲聯標校：〈胡致果詩序〉，《牧齋有學集（中）》（《錢牧齋全集》第 5 冊，上海：上海古籍出版社，2003），卷 18，頁 800-801。

值得注意的是，清初士人也特別關注「比興」用以解釋「詩史」的概念。施閏章在〈江雁草序〉提到：「史重褒譏」，「詩兼比興」。[65]明確區分史書與詩歌在創作手法上的不同，凸顯了詩歌含蓄蘊藉、微而顯的審美特質。陳沆《詩比興箋》則更進一步將「比興」與「詩史」相結合，推進了「比興」進入「詩史」的概念。[66]這對於清初原本視「比興」、「詩史」為兩個概念的詩學觀，有了重大的突破，從詩歌中的微言大義探求創作年代、本事背景，以達到「知人論世」的目的，無形中也使「以詩為史」的意義愈加深化。

「詩史」說在天崩地裂的時代中，承載著士人抒寫國難家仇、歷史的遞嬗與發展，使得「詩史」傳統，始終關係到治亂興亡的課題，[67]並且在世變中不斷為士人所關注。錢謙益〈題宋徽宗杏花村圖〉詩，[68]表面在諷刺宋徽宗酷嗜書畫、奇花異石以致北宋滅亡，實乃借此暗諷明神宗迷信道教、荒廢朝政，以致明朝國勢漸衰，充滿憂患意識。又如〈為友沂（趙而汴）題楊龍友（楊文驄）畫冊〉[69]乃借楊文驄畫馬馳騁躍騰的身姿，寓託其抗清救國、身死殉國之勇猛剛毅與忠君愛國的品格，正如圖畫筆下的駿馬形象，精神將永垂丹青。吳偉業〈永和宮詞〉、〈圓圓曲〉、〈蕭史青門曲〉等，以敘事詩記載明末清初的重大時事，被評論家譽為「詩史」之佳作。吳偉業〈畫蘭曲〉據趙翼《甌北詩話》謂此詩是為卞玉京之妹卞敏所作。[70]詩中將女子比

---

[65] 清・施閏章著，何慶善、楊應芹點校：《施愚山集》第 1 冊（合肥：黃山書社，1992），卷 4，頁 68-69。

[66] 清・陳沆：《詩比興箋》（臺北：藝文印書館，1970），卷 3，頁 73 上-96 下。

[67] 韓經太：《詩學美論與詩詞美境》（北京：北京語言文化大學出版社，2000），頁 127-137。

[68] 清・錢謙益著，清・錢曾箋注，錢仲聯標校：《牧齋初學集（上）》（《錢牧齋全集》第 1 冊），卷 13，頁 479。

[69] 清・錢謙益著，清・錢曾箋注，錢仲聯標校：《牧齋有學集（上）》（《錢牧齋全集》第 4 冊），卷 5，頁 192。

[70] 清・趙翼著，江守義、李成玉校注：《甌北詩話校注》（北京：人民文學出版社，2013），卷 9，頁 382。

喻為蘭花，以敘事手法描繪人物的生平與形象，具有「以詩存人」的特點。清中葉以後，詩壇掀起一股「吳梅村熱」，藉由模擬吳詩、鋪寫敘事表示對「詩史」說的支持，而這股風潮也一直延續到晚清，王闓運〈圓明園詞〉、樊增祥〈彩雲曲〉、楊圻〈天山曲〉、王國維〈頤和園詞〉等，都是受吳偉業「梅村體」所影響。

嘉、道年間，是中國逐漸步入衰世的轉捩點。吏治腐朽，貪汙成風，土地兼併嚴重等各種弊端日益浮現，顯現出盛世日衰的態勢。雖然有識之士敏銳嗅到昏沉時世的氛圍，先以詩歌寄託蒼茫悲愴的聲音，然而真正振聾發聵，敲醒時代警鐘的，要以龔自珍為首。嚴迪昌《清詩史》標舉龔自珍之「詩史地位」，作為下開鴉片戰爭以後憂憤詩歌的先聲。嘉慶初年，常州學派創始人莊存與以研治《公羊傳》之「微言大義」，闡發「經世致用」之道，其侄莊述祖，外孫劉逢祿、宋翔鳳，皆承襲莊氏今文經學思想，並加以發揚光大。龔自珍師從劉逢祿學習公羊學說，深受《公羊傳》「三世」、「三統」思想影響，試圖將《公羊傳》導入現實社會。龔氏重視詩歌的實際效用，透過詩歌揭示黑暗世情，諷譏時弊，是時代的清醒者，也是衰世的先覺者。他洞悉現實，冀求喚醒昏聵，挽救國勢衰頹，在〈題吳南薌（吳文徵）東方三大圖，圖為登州蓬萊閣，為泰州山，為曲阜聖陵〉、〈題王子梅（王鴻）盜詩圖〉等詩作中，反映當時思想禁錮、人才遭受壓抑，期望大聲疾呼，振警愚頑。龔氏更將情感物化為「劍氣簫心」的意象，在詩中尋求「詩史」的價值，以及對自我人格的期待，對於晚清維新派與革命派思想的解放，有著深遠的影響。道光十九年（1839），龔自珍作 315 首〈己亥雜詩〉，詩中反映了龔氏辭官返鄉的複雜情感，以及對於自己過往治學、仕宦生涯的反思，更重要的是，詩中深刻地反映出百姓疾苦、民生凋零的現實層面，繼承了杜詩「史筆」精神與「詩史」說的內涵。龔氏「以詩為史」，揭露時弊，是以「忠義根於中而形於吟詠，所謂一飯未嘗忘君」[71]的忠君精

---

71 宋・于臭：〈修夔州東屯少陵故居記〉，明・楊慎編，劉琳、王曉波點校：《全蜀藝文志》中冊（北京：線裝書局，2003），卷 39，頁 1207。

神，甘願粉身碎骨，「化作春泥更護花」，守護他所依附的封建政權。[72]而這種積極向上、經世致用的歷史責任感，也進一步深化了「詩史」在晚清詩歌中的意涵。

光緒年間，李慈銘對於「詩史」中留意「忠孝節義之事」、「詩之前後，往往附紀本末」，表示了肯定的態度。[73]其後，他也藉由楊慎反對「詩史」的說法展開論辯，再次表示對「詩史」說的支持；在閱讀錢謙益注杜詩時，他看見了錢注為追求「詩史」，過度詮釋，流於穿鑿附會的弊病，[74]可謂洞悉深刻。而李慈銘在〈再為峴樵（董文渙）題秦宜亭（秦炳文）所畫太華衝雪第二圖〉詩中，寄託了世亂與書生報國的志向，並在此詩完成後，將詩作寄予張之洞，「得香濤（張之洞）復，言予詩『雄秀』二字，皆造其極，真少陵適派」，[75]符合李氏自詡師法老杜的詩學主張。[76]是以可見，「詩史」說至晚清，無論在理論的建構或實際創作上，皆深得士人推崇與重視。

「詞史」說的確立相較「詩史」說要來得晚。詞體初起只是供歌女演唱、用以娛賓遣興的豔歌，當時詞體的創作者並未將「詞」視為可與「詩」之「言志」等同的功用。然而，詞體在歷經李煜、蘇軾、辛棄疾、姜夔、吳文英等詞人推演與發展的過程中，抒寫自我身世之感的詞作亦逐漸取代純為歌筵酒席的豔歌，因此，從「詞史」意識的演變過程來說，「詞史」說發軔於宋，而在清初時得到發展，至嘉慶年間由周濟確立，爾後在晚清世變中形

---

72 嚴迪昌：《清詩史》下冊（杭州：浙江古籍出版社，2002），頁 1017。

73 清・李慈銘著，張寅彭、周容編校：《越縵堂日記說詩全編》上冊（南京：鳳凰出版社，2010），頁 187-188。

74 清・李慈銘著，張寅彭、周容編校：《越縵堂日記說詩全編》上冊，頁 220-222。

75 清・李慈銘：《桃花聖解盦日記》（《越縵堂日記》第 8 冊，揚州：廣陵書社，2004），頁 5350-5351。

76 李慈銘〈白華絳跗閣詩初集自序〉云：「其為詩也，溯漢迄今數千百家源流正變，奇耦真偽，無不貫於胸中，亦無不最其長而學之。而所致力莫如杜。」清・李慈銘著，劉再華校點：《越縵堂文集》（《越縵堂詩文集》中冊，上海：上海古籍出版社，2012），卷 2，頁 788。

成一股創作風潮。

「詞史」源自「詩史」精神，在清代受到重視，與清人推尊詞體、將詞上攀至《詩》〈騷〉同等地位的文學思潮有著密切的關係。張宏生認為：「『詞史』說的提出，是自宋代以來尊體趨勢的一個發展，而且，也和一般尊體的方式一樣，是從詩裡去尋找資源」，而清代詞壇的尊體說，「往往表現為向詩的靠攏，因此，『詞史』觀念的提出，也是一個合乎情理的發展」，尤其從清初詞人競相擬和《樂府補題》所形成的唱和風潮，以及陳維崧「稼軒風」的鼓揚，可以得見詞人在借鑑南宋遺民投射明清易代之悲，或是藉由「稼軒風」的悲愁抒寫自我身世，都有吸取「詩史」精神為「詞體」精神的自覺意識。[77]

清初「尊體」成為後來「詞史」發展的背景條件，在詞人的詞論中也可窺其端倪，如陳維崧、尤侗皆曾經提出「詞」與「史」相結合的概念。陳維崧《今詞苑》序云：「選詞所以存詞，其即所以存經存史也夫！」[78]尤侗為徐釚《詞苑叢談》作序云：「夫古人有『詩史』之說，詩之有話，猶史之有傳也。詩既有史，詞獨無史乎哉。」[79]這兩部書籍，一部是詞選，一部是詞話。《今詞苑》是陳維崧與吳本嵩、吳逢原、潘眉合編的詞集，採取按調編排的方式，收錄當代詞人詞作，共 109 家，461 闋詞。所選詞作，多側重「選心」、「選愁」，反映詞人身世之感與怨悱傷懷之音，因此深具「存經存史」的用意。[80]《詞苑叢談》所收，自唐、宋迄今，主要分為：體製、音韻、品藻、紀事、辨證、諧謔、外編七個門類，輯錄材料豐富，詳體製，審

---

77 張宏生：〈清初「詞史」觀念的確立與建構〉，《南京大學學報》1（2008）：101-107。

78 清．陳維崧著，陳振鵬標點，李學穎校補：〈詞選序〉，《陳迦陵散體文集》（《陳維崧集》上冊，上海：上海古籍出版社，2010），卷 2，頁 55。

79 清．尤侗：〈序〉，清．徐釚：《詞苑叢談》（《詞話叢編續編》第 1 冊，北京：人民文學出版社，2010），頁 231。

80 閔豐：《清初清詞選本考論》（上海：上海古籍出版社，2008），頁 12-15。

音韻，品評紀事，無不蒐羅。[81]尤侗認為書中記載人物生平事跡，猶如史書之傳記，具有「以詞存人」的價值。兩部詞選與詞話的編纂，反映清初詞人對「尊體」意識的肯定，他們不以詞為小道末流，認同詞可以「緣情」，也可以有詩的「紀實存人」功能，大力推進了「詞史」在清初的發展。

陳維崧《今詞苑》序的這段文字，是「詞史」概念建構的過程中，首見明確形成一個與「詩史」並立的概念。「經」位於四部之首，「史」僅次於「經」，「選詞所以存詞，其即所以存經存史」，不僅是立基在「詩史」精神上，將「詞」的地位與「史」比肩，更在「為經為史」、「六經皆史」的理論轉喻中，肯定了「詞」與「經」、「史」同樣具備保存文獻的重要價值。在此之前，詞的「尊體」大多表現在創作實踐的層面，陳維崧將「尊體」帶入詞學理論，「提出『為經為史』和『存經存史』，直入『詩史』說的核心，成為與詩壇共時性的回應」，[82]對於清代「詞史」說的建立開啓了重要作用。

晚清常州學派盛行，影響甚廣，不僅促成常州詞派興起，也奠定周濟「詞史」說的成立。常州詞派以張惠言為首，他的年紀比莊存與小四十多歲，又比周濟長二十歲、比龔自珍長三十餘歲，是常州學派的後學者與推動者。張惠言以研治《易》為中心，曾與莊存與外孫劉逢祿往來交游，同治《易》學，因此，影響所及，張惠言的詞學觀受到常州學派影響尤深，帶有深刻的經學思想。張惠言論詞強調「比興」、「寄託」，以常州學派研治《公羊》今文經之法，探求詞中的「微言大義」。其《詞選》序云：

> 詞者，蓋出於唐之詩人，採《樂府》之音以制新律，因繫其詞，故曰「詞」。《傳》曰：「意內而言外謂之詞。」其緣情造端，興於微言，以相感動。極命風謠里巷男女哀樂，以道賢人君子幽約怨悱不能自言之情，低徊要眇以喻其致。蓋《詩》之比興，變風之義，騷人之

---

[81] 關於徐釚《詞苑叢談》的編纂動機、編纂優缺點及其詞學思想，可參柯秉芳：《徐釚詞學及其詞研究》（臺北：東吳大學中國文學研究所碩士論文，2012），頁34-83。

[82] 張宏生：〈清初「詞史」觀念的確立與建構〉，《南京大學學報》1（2008）：104。

歌，則近之矣。[83]

張氏此文的重點主要在強調詞的「立意」與「體格」。「意內言外」是張氏借用許慎《說文解字》裡對於「詞」字的解釋，說明詞重視的不是外在的形式技巧，而是內在的意涵。而「意內」指的是，藉由「男女哀樂」描寫「君臣之義」，寄託「賢人君子幽約怨悱不能自言之情」的忠愛之忱。表現手法「低徊要眇」，「微言」之中，存有「大義」，合乎《風》〈騷〉精神，「比興」之旨。張氏從「立意」為本、通乎《風》〈騷〉精神，凸顯「詞」之體格，究其本意，也是為了推尊詞體。

張惠言《詞選》編於嘉慶二年（1797），在當時並未形成廣大的影響。其後，張氏外甥董士錫繼承了他的詞學觀，並矯正其說，更強調「重情」的概念。[84]嘉慶九年（1804），周濟「始識武進董晉卿（董士錫）」，[85]詞學思想深受董氏影響，並在張惠言提高詞之立意與體格的基礎上，結合「比興寄託」理論，推衍張氏的詞學主張。其《介存齋論詞雜著》云：

感慨所寄，不過盛衰，或綢繆未雨，或太息厝薪，或己溺己饑，或獨清獨醒，隨其人之性情學問境地，莫不有由衷之言。見事多，識理透，可為後人論世之資。詩有史，詞亦有史，庶乎自樹一幟矣。若乃離別懷思，感士不遇，陳陳相因，唾瀋互拾，便思高揖溫、韋，不亦恥乎。[86]

周氏「詩有史，詞亦有史」的詞學理論，其實是延續了尤侗「詩既有史，詞獨無史乎哉」、陳維崧「選詞所以存詞，其即所以存經存史」的尊體概念，並且在吸取張惠言「寄託」說的基礎上，對於「詞史」進行深入探究，提出

83　清・張惠言：〈詞選序〉，《張惠言論詞》（《詞話叢編》第2冊），頁1617。

84　朱惠國：《中國近世詞學思想研究》（上海：上海古籍出版社，2005），頁66-69。

85　清・周濟：〈詞辨序〉，《介存齋論詞雜著》（《詞話叢編》第2冊），頁1637。

86　清・周濟：《介存齋論詞雜著》，頁1630。

較為明確的定義。文中先後運用四則典故：一、「綢繆未雨」出自《詩經·豳風》〈鴟鴞〉，為周公寫給成王，表明深慮國事之心志，希望成王能防患未然。[87]二、「太息厝薪」出自賈誼《新書》〈數寧〉，以火堆積於柴草之下，比喻潛藏極大危險，用以暗諷苟且偷安者。[88]三、「己溺己饑」出自《孟子》〈離婁下〉，指禹、稷思天下溺饑，同情百姓苦難。[89]四、「獨清獨醒」出自《楚辭》〈漁父〉，指屈原獨自清白，不與世俗同流合汙。[90]周氏用此四則典故強調詞中「感慨所寄」，皆與預防世亂、救民濟世、堅持操守之「盛衰」「大義」有關，而非只是個人小我的「離別懷思」與「感士不遇」；詞中所流露出的大義興寄，是出自於作者的「性情學問境地」，以及對國家世事的深刻體察與深悟反思。周氏詞論受到今文經學影響，認為詞應具備反映社會現實的經世思想，深化了「詞史」的內涵與意義，相較於張惠言「寄託」說最終以「為君」為目的詞學思想，周濟在詞的「寄託」內涵中注入了更多攸關國家興亡、社會盛衰的大義與感慨。

周濟提出「詞史」說的時間為嘉慶十七年（1812），在他這年編選的《詞辨》裡，還未能充分呈現出他的詞學思想，至道光年間編選《宋四家詞選》，已能體現他對唐宋詞中與國事民生相關內容的重視。爾後，常州詞派的經世思想，經由譚獻、陳廷焯、蔣敦復等人賡續發揚，不僅使「寄託」理論更為完善，「詞史」說也更臻完備，深植人心。晚清以王鵬運為首的臨桂派詞人，繼承了常州詞派的詞學思想，採取「以詞為史」的筆法，藉由自身對國家社會的觀察體悟，記錄著國家陵夷、政治晦暗與社會苦難的歷史脈動，同時，也在其中鎔鑄自我的憂國情懷，體現出文學的「詞史」與詞人的

87　漢·毛亨傳，漢·鄭玄箋，唐·孔穎達疏，龔抗雲、李傳書、胡漸逵、肖永明、夏先培整理，劉家和審定：《毛詩正義》（《十三經注疏》第5冊），卷8，頁599-606。

88　漢·賈誼著，明·何孟春訂注，彭昊、趙勖點校：《賈誼集·賈太傅新書》（長沙：嶽麓書社，2010），頁10。

89　戰國·孟子著，漢·趙岐注，宋·孫奭疏，廖名春、劉佑平整理，錢遜審定：《孟子注疏》（《十三經注疏》第25冊），卷8下，頁276-277。

90　戰國·屈原著，黃靈庚集校：《楚辭集校》中冊（上海：上海古籍出版社，2009），卷8，頁1019-1025。

「心史」。

在題畫詩詞創作方面，由於晚清時局的變化，內外戰爭頻仍，文人繪畫筆下寓意的山水圖景已非昔時的壯麗山河，應景的時事畫與題畫詩詞也因時遽增，而朝野吏治的貪污風氣，致使許多士人難登科第，終年困蹇失意。在詩歌「緣情」的抒情傳統底下，再加以常州詞派力倡「比興寄託」、「以詞為史」的詞學思想，不僅因應了現況、體現出詞人內心「幽約怨悱，不能自言之情」，同時也扭轉了浙派末流「詠物」的空疏浮淺。在此情景之下，晚清題畫詩詞也隨著時變與文學的發展，更加傾向於存人、紀實的層面。

晚清時期的題畫詩詞，大抵皆與個人功名得失、國勢危局攸繫相關。主流畫家中，湯貽汾〈如此江山圖〉藉由描繪中國山景，隱喻風景不殊、承平難在的憂國意識。而在許多非主流文人畫家的作品中，因其個人境遇不同，從不同層面寄託自我情感與志向的作品亦不乏其數。如侯名貴〈疏勒望雲圖〉、程龍光〈湖山策馬圖〉寫出投筆從戎，心懷千里的雄心壯志，並藉由友人的題詠，側面反映出當時覆巢危卵、干戈紛擾的政治局勢。又如朱燾〈風雪南轅圖〉題詠、丁至和〈十三樓吹笛圖〉題詠、宗湘文〈江天曉角圖〉題詠等，皆是反映關山秋笳、鄉山烽塵的寫實哀歌。

時至民國時期，同題群詠對象多樣，形態各異，如錢季寅〈深山讀書圖〉題詠、劉廷琛〈潛樓讀書圖〉題詠、羅振鏞〈如是觀園圖〉題詠、陳寅〈坐菊圖〉題詠、鄧蔭泉〈杏莊〉題詠、勞乃宣〈釜麓歸耕圖〉題詠、唐元素〈湖山招隱圖〉題詠、孫德謙〈南窗寄傲圖記〉題詠、龔鎮湘〈靜園八景圖〉題詠等，皆以不同面向的描寫，或寄託名繮誤身，功名幻滅，或託物明志，隱居求志，或寄託紅羊劫難，易代之悲，豐富而深度地寓涵了繪者、像主與題詠者的情致心緒。由於中國文人畫強調的是這種「內轉」自我修德與「寫意」寄託的表意方式，是以使得題畫詩在表述的過程中產生了自我言說的意義，同時也推進了詩畫相發、相互表現的重要性。

第二章　鴉片戰爭下的制敵良方——〈如此江山圖〉題詠與黃爵滋之禁煙倡議

清代自嘉、道以來，政治腐敗，吏治日下，國力由盛轉衰。當時不乏經世之士，心懷憂國憂民之心，留心政治民事，主張改革，要求整肅吏治，興利除弊。包世臣曾分析造成國家「本末並耗」之因有三：「一曰煙耗穀於暗，二曰酒耗穀於明，三曰鴉片耗銀於外夷。」[1]此三者之中，尤以後者影響為最。自鴉片輸入中國以後，煙毒蔓延，吸食鴉片者日益增加，不但耗銀巨資，白銀外流，更造成國貧衰敗，兵疲民弱。黃爵滋（1793-1853）有鑑於此，提出倡議禁煙的辦法，得到朝中有識之士響應支持。然而，道光二十二年（1842）鴉片戰爭之敗，顯現出清朝的頹弱不堪，而林則徐、黃爵滋亦先後遭到懲處革職。〈如此江山圖〉是黃爵滋遭彈劾落職以後，囑託湯貽汾繪作的一幅圖畫。是圖以「江山圖」為母題，在描繪中國山河之中，也寄託國家的政治局勢與詩人當時的心境。

第一節　「江山圖」的母題意涵

中國繪畫以「江山圖」為母題創作的作品不乏其數，如王希孟〈千里江山圖〉、趙伯駒〈江山秋色圖卷〉、江參〈千里江山圖卷〉、陳琳〈如此江

1　清・包世臣著，潘竟翰點校：〈庚臣雜著二〉，《齊民四術》（北京：中華書局，2001），卷2，頁56。

山圖〉、程正揆〈江山臥遊圖卷〉、吳湖帆〈如此江山圖〉等。「江山圖」在畫家們的筆下不斷反覆創作，宛如一種圖像的指涉性符碼，是國家昌盛的象徵，時局換變的寓託，也是易代興亡的投射。王希孟〈千里江山圖〉與陳琳〈如此江山圖〉，可分別代表北宋與南宋之「江山圖」所投映的盛世與衰世的不同意涵，是以藉此二圖作為本文之前導。

一、王希孟〈千里江山圖〉

今藏於北京故宮博物院〈千里江山圖〉，為北宋政和三年（1113）畫家王希孟（1096-1119）所繪。〈千里江山圖〉以「咫尺有千里趣」的筆法，[2] 描繪千山萬壑、江河交錯的錦繡山河，全卷青綠設色，採取卷軸形制，山川景色無限延展，人物、船舶、屋宇渺小如豆，點綴其間，映襯出千里山河的浩瀚壯闊。圖卷後有蔡京跋云：「政和三年（1113）閏四月一日賜。希孟年十八歲，昔在畫學為生徒，召入禁中文書庫，數以畫獻，未甚工，上知其性可教，遂誨諭之，親授其法。不踰半歲乃以此圖進，上嘉之，因以賜臣。京謂天下士在作之而已。」[3]該段文字說明王希孟得徽宗親授畫藝，不出半年便完成〈千里江山圖〉，暗示了該幅圖作，實際上是王希孟上承徽宗旨意有意識的創作。

徽宗繼位之時，銳意崇尚熙寧，紹述政治，推行新法，以實現繁榮富強、民生安樂的政治意圖。而王希孟在徽宗指導下創作的〈千里江山圖〉，以「青綠山水」技法，採取全景式的觀看視角，汲取大好河山盡收眼底，整體呈現一幅雄渾壯闊、金碧輝煌的山水盛景，體現出王希孟繪圖背後的政治意涵，投射徽宗以期新政改革下的宋朝得以富庶向榮的執政寓意。據傅熹年考證，圖中描繪的亭臺石橋、屋舍建築帶有鮮明的江南風情，而景色所繪也

---

[2] 宋・佚名著，王群栗點校：《宣和畫譜》，卷 1，頁 11。

[3] 清・張照：《石渠寶笈》（《文津閣四庫全書》第 273 冊，北京：商務印書館，2005），卷 32，頁 370。

是江南風光。[4]其目的，一則是為展現祖國秀麗山水的美好，二則是為象徵徽宗所期待之富足安樂的願景。然而諷刺的是，徽宗勵精圖治，盰衣宵食的光景只維持了一年，之後在蔡京的讒言鼓吹下，日漸習尚奢靡，縱情享樂。政和三年（1113），在蔡京的主持之下，由江南大舉運輸花石綱與各式奇花異草，作為修葺擴建延福宮苑囿之用，以滿足徽宗的奢靡與藝術品味。政和七年（1117），徽宗甚至命令「戶部侍郎孟揆於上清寶籙宮之東築山象餘杭之鳳凰山」，[5]於汴京宮城東北隅大興土木，取天下之珍奇，移江南之山石，耗時6年修建艮岳。兩起大規模的園林建造，不但勞民傷財，也因官宦的強取豪奪，造成百姓深受苦難，怨聲四起。〈千里江山圖〉寄望安邦治國的美景藍圖，似乎與事實相違，只是存在徽宗期望的想像裡。

王希孟繪成〈千里江山圖〉之後，即因病歿世。[6]而徽宗以推行新法改革，得到蔡京大力支持，便將該圖賜予蔡京，喻意彼此不僅是藝術上的知音，也是政治上的知己。宋徽宗本身在書畫藝術方面均有很深的造詣，書法以「瘦金體」自成一家，各種花鳥、山水、人物繪畫均所擅長，更下令編纂《宣和書譜》、《宣和畫譜》等書畫典籍。蔡京主要精工書法，尤擅行書，形體猶似米芾，深得徽宗欣賞，再加上蔡京擅於逢迎諂媚，因而自得徽宗寵信。從現存傳世徽宗〈聽琴圖〉可見，畫作上有蔡京書法題詩，反映出君臣二人對彼此書畫藝術的相互欣賞與志同道合。自崇寧元年（1102）蔡京第一次拜相，為了討好徽宗，勸其服用奢華，並大舉迫害與己意見相左的朝臣，爾後，蔡京雖屢遭同僚彈劾而罷相，然而從政和二年（1112）蔡京三度擔任宰相的情形來看，不難可見徽宗對蔡京的袒護之心。因此，徽宗將〈千里江

---

[4] 傅熹年：〈王希孟〈千里江山圖〉中的北宋建築〉，《中國古代建築十論》（上海：復旦大學出版社，2004），頁204-229。

[5] 明・李濂：《汴京遺迹志》（《文津閣四庫全書》第195冊），卷4，頁190。

[6] 宋犖〈論畫絕句〉云：「宣和供奉王希孟，天子親傳筆法精。進得一圖身便死，空教腸斷太師京。」並自註：「希孟天資高妙，得徽宗秘傳，經年作設色山水一卷進御。未幾死，年二十餘。」清・宋犖：《西陂類稿》（《清代詩文集彙編》第135冊，據民國六年（1917）宋恪寀重刻本影印），卷13，頁5上。

山圖〉贈予蔡京，實有表露肯定蔡京政治才能與視為知己的用意。

只是，徽宗看見的唯僅是現實的表面，矇蔽於蔡京塑造的政治假象裡，耗費大量的時間與金錢沉浸於繪畫、書法、詩詞、園林等文化舉業，而輕忽經營國政，以致北宋晚期深陷新舊黨爭，政治日益萎靡腐敗，引來金兵趁虛而入，最終導致徽、欽二帝被擄，北宋覆亡。是以，王希孟筆下的〈千里江山圖〉，彷彿是昔時北宋繁盛富強的讚頌卷帙，同時也是徽宗最後盛世的歷史記憶。

二、陳琳〈如此江山圖〉

陳琳（約 1260-1320），字仲美，南宋浙江錢塘人。父親陳珏為南宋畫院侍詔，陳琳承襲其業。《圖繪寶鑑》謂其「善山水、人物、花鳥，俱師古人，無不臻妙。見畫臨模，咄咄逼真，蓋得趙魏公（趙孟頫）相與講明，多所資益，故其畫不俗，論者謂宋南度二百年工人無此手也。」[7]陳琳得趙孟頫指授，並融通董源與巨然、李成與郭熙的繪畫技法，多所資益，畫功純熟。南宋滅亡後，陳琳感嘆山河之變，因此繪〈如此江山圖〉寄託思國情懷。

清初呂留良（1629-1683）〈題如此江山圖〉詩序云：

> 〈如此江山圖〉，宋末陳仲美畫，按序：南渡後有如此江山亭，在吳山，宋遺民畫此圖以志意。有「紫芝生題」四字。國初，元人張光弼昱與客登山亭悲歌，於道士史玄中家得此卷，題之，始有序有詩。其悲亡同，不知所亡之異矣。亭今無考而畫傳。和詩者無論宋、元，混作興廢之感。予今又題焉，恐後人之齊視並論也，歌以述之。[8]

---

7 元・夏文彥：《圖繪寶鑑》（《萬有文庫》第 1 集第 728 冊，上海：商務印書館，1930），卷 5，頁 98。

8 清・呂留良著，徐正等點校：《悵悵集》（《呂留良詩文集》上冊，杭州：浙江古籍出版社，2011），頁 344。

由該段文字可知，陳琳所繪〈如此江山圖〉蓋指杭城吳山天聖觀「如此江山亭」，並有俞和（1307-1382）書「紫芝生題」四字。元至正年間（1341-1370），張昱（生卒年不詳）與王仲玉、陸進之等人嘗過此亭，酌酒賦詩於亭中，記敘興會宴集之歡，攬勝暢遊之快。郎瑛《七修類稿》云：「如此江山者何？有所感而言也，不費詞而無窮之感係焉。使倒言之曰：江山如此，則直致之詞，無他感興矣。昔嘗有亭，而為是名，遐想作亭之人，何如其為人哉！必宋亡遺民，有為而作，越若千載，垂斯亭而觴詠者，為一笑居士廬陵張昱光弼。於時元社既屋，羶胡之遺汙我江山者，前之日如此，今之日不如此矣。宋故邸未淪於元，此江山也；淪之後，如江山何？居士之為此游，一俯仰間，何如其為感也；作亭者之感尚淺，游者為益深也。」[9]元末群雄割據，楊完者鎮江浙，「用（張昱）為參謀，遷浙省員外郎、行樞密院判官，完者死，寓杭不復仕。」[10]張昱雖得楊完者賞識拔擢，位居高位，顯赫當時，然楊氏殘暴兇狠，殺人如麻，張昱懼其淫威，「終不可脫，強受辟而出」。[11]待楊氏歿後，張昱獲得自由，自此隱居不仕，縱飲山水，邀友賦詩。其〈如此江山清集同王仲玉、陸進之、呂世臣作〉云：「吳越江山會此亭，暮春風景晝冥冥。長空孤鳥望中沒，落日數峰烟外青。不用登臨生感慨，且憑談笑慰飄零。古今何限英雄恨，付與江湖醉客聽。」[12]在張昱等人宴集酣暢的背後，或許也同樣寄寓著陳琳畫中風景殊異的同悲感慨。

呂留良該首題詩，不但再現了陳琳畫作的本意，亦更深一層地投射自我遭逢明清世變的悲恨。詩云：

---

[9] 明・郎瑛：《七修類稿》（《明清筆記叢刊》第 2 冊，北京：中華書局，1959），卷 4，頁 77。

[10] 王德毅、李榮村、潘柏澄編：《元人傳記資料索引》第 2 冊（臺北：新文豐出版公司，1980），頁 1060。

[11] 元・劉仁本：〈一笑居士傳〉，《羽庭集》（《文津閣四庫全書》第 406 冊），卷 6，頁 294。

[12] 清・翟灝、翟瀚輯：《湖山便覽》（《故宮珍本叢刊》第 241 冊，海口：海南出版社，2001），卷 12，頁 5 上。

其為宋之南渡耶，如此江山真可恥。其為厓山以後耶，如此江山不忍視。吾不知作亭之人，與命名之旨。但聞面會稽之山，俯錢塘之涘。慶忌之墓枕其背，伍員之祠拊其趾。宋之大內實其腹，中間髣髴有遺址。此江此山路最熟，按圖索之了不似。想隔承平三百年，此意感人不復起。江山舉目興會殊，反嫌此名無所指。因共棄之事不傳，草蔓煙荒同廢畤。麗農何處得此圖，畫圖者誰陳仲美。題名者誰紫芝生，其人不幸當元紀。不知畫亭與作亭，心同不同未可擬。今看亭前引騎從，不類跛鼈驅夾豕。黃蓋欄邊鹵簿隨，定有大官鼓吹攜歌妓。又看亭中飽飣羅盂盤，列坐三人二人侍。指點若云風景佳，豈有新亭泣向西風灑？又看亭外環村莊，稻堆十丈籬邊峙。酒旗斜插釣艇橫，太平百年庶幾有此事。以是鉤索畫者義，全無心肝直詭戲。細看其中飲者皆黃冠，鬢髮上生疑道士。領方袖闊容甚都，何不蓋頭赤笠子？吾今始悟作圖意，痛哭流涕有若是。當時遺老今遺民，自非草服非金紫。如此江山偏太平，越畫繁華越愁悝。不見鄭億記私書，只好鐵匣置井底。又不見梁棟愛做詩，庚寅受禍依其弟。以今視昔昔猶今，呑聲不用枚啣嘴。盡將皐羽西臺淚，研入丹青提筆泚。所以有畫無詩文，詩文盡此四字裏。忽有詩文出山巔，洪武戊午張昱始。序仿蘭亭係七言，九青五韻和滿紙。序言王基霸業荒，東西南北人飄徙。詩言無限英雄恨，付與江湖醉後耳。其後和者皆下中，感慨都為原唱使。潛溪紙尾亦次韻，中得一聯吾乃喜。後來文物未凋零，前度衣冠落莫死。二句宋詩語。此語差足強人意，咄哉昱恨爾何理？人生淚落須有情，為宋為元請所倚。為宋則迂元則狂，兩者何居俱可已。較之作亭畫亭心，不啻去而九萬里。嘗謂生逢洪武初，如瞽忽瞳跛可履。山川開霽故壁完，何處登臨不狂喜？怙終無過楊維楨，戴良王逢多不仕。悲歌亦學宋遺民，蝍蛆甘帶鼠嗜屎。劉基從龍亦不恶，幸脫毡裘近簪珥。胡為犂眉覆瓿詩，亡國之痛不絕齒。此曹豈云不讀書，直是未明大義爾。興亡節義不可磨，說起一部十七史，十七史後天地龢，只此一翻不與亡國比。故當洪武年間觀此圖，但須舉酒追賀畫圖氏。不特元亡

> 不足悲，宋亡之恨亦雪矣。因慨此亭國初猶好在，不審何年致崩圮。其時登者苦無情，我輩情深亭已毀。古人如此尚江山，今日江山更如此。安得復起作亭人，南宋興亡詳所以。更問元時畫圖者，所見所聞試相擬。并告國初題畫客，今君所恨何如彼。人不可復生，亭不可復庀，拜乞麗農為我破墨重作圖，收拾殘山與剩水。[13]

崇禎甲申之變，呂留良悲痛欲絕，「哭臨甚哀」。[14]此長詩之作，欲託宋朝傾覆寄寓明亡之慨。洋洋灑灑，抒洩甚明。詩中從宋元厓山之戰後，如此江山亭之創建、地理位置、畫圖者、題名者、畫亭與作亭之動機，乃至張昱作序之目的，以及明朝之興復，抒發華夏易代興亡之悲。詩中，呂氏借六朝王導（276-339）等過江名士「新亭對泣」，[15]以及謝翶（1249-1295）登西臺慟哭文天祥的典故，喻己痛傷國難，感時悲亡。呂氏諷刺那些「亭中飽飣羅盃盤，列坐三人二人侍」的遊玩賞樂者，只知「指點若云風景佳」，「全無心肝直詭戲」，而不知此亭寓託多少亡國悲慨，當為後人鑑鏡。值得注意的是，「故當洪武年間觀此圖，但須舉酒追賀畫圖氏。不特元亡不足悲，宋亡之恨亦雪矣。」流露出作者強烈的華夏觀。「元亡不足悲」乃因元為蒙古族統治之朝，猶當清為滿人統治之朝，皆說明了異族入主中原，代漢統治的歷史實事；呂氏更不諱言：「嘗謂生逢洪武初，如瞽忽瞳跛可履。山川開霽故璧完，何處登臨不狂喜？」不僅反映呂氏對大明故國的思念，亦側面反射出呂氏對蒙元、滿清異族之痛恨。康熙年間，清廷曾兩度下詔徵辟，呂氏自誓不就，最後甚至削髮為僧，足以可見其國族大義。

---

13 清・呂留良著，徐正等點校：《悵悵集》，頁 345-346。

14 清・張符驤：〈呂晚村先生事狀〉，清・閔爾昌錄：《碑傳集補》（《清朝碑傳全集》第 4 冊，臺北：大化書局，1984），卷 36，頁 25 下。

15 東晉時，王導與過江諸士，「每至美日，輒相邀新亭，藉卉飲宴。周侯（周顗）中坐而歎曰：『風景不殊，正自有山河之異！』皆相視流淚。」南朝宋・劉義慶著，南朝梁・劉孝標注，余嘉錫箋疏：〈言語〉，《世說新語箋疏》上冊（北京：中華書局，2007），卷上之上，頁 109-110。

為〈如此江山圖〉題詠者，尚有吳之振、陳祖法（1624-？）的詩作，他們均以不同的程度寄託了家國興亡的感嘆。此以陳祖法為例。陳祖法與呂留良友好，並且結為兒女親家。其〈題如此江山亭圖〉較之吳之振以大篇幅描述創作緣起與圖畫景色更具深意。詩云：

> 古今亭榭孰為真，倏峙倏滅朝夕速。大約得人點染之，此名終古得不仆。或有集眾成悲歌，或有西向增慟哭。哭聲已逐寒雲空，淚影更隨白日覆。當其朱楹碧檻時，俯仰江山俱在目。有時觀玩興會真，有時憑吊感慨獨。一朝風雨遭圮傾，荒烟蔓草等跼促。古人山水寄性靈，常思筆墨傳山水。山水不改可憐色，誰從荒蔓尋遺址。染毫展紙供揮灑，一楹一檻靡不似。朱碧掩映落日明，江清山峭長如此。如此江山名其亭，斯亭早已泣殘毀。會稽烟嵐作障屏，南渡陵寢問劍履。忠魂時見擁怒潮，俠骨徒憐埋荒壘。昔人登亭而長嘯，今人披圖而熟視。昔人攀蘿躡磴目橫空，今人惟聞謖謖松風、潺潺波浪在圖耳。嗚呼，此亭既已傾如此，江山感歎何時已。即或江有時而竭，山有時而崩，筆墨精光直與天地相終始。即或筆成雲氣墨化煙，斯圖光怪不可紀。而今人後人之揣摹此圖，想像此亭，俯仰乎此山此江者之情之恨，綿綿無盡矣。[16]

「斯亭早已泣殘毀」，可知呂留良、吳之振、陳祖法實際上並未親臨此亭，而是藉由「披圖而熟視」，臥遊觀覽。詩中今昔相對，描寫亭榭峙滅、或興會或憑弔、登亭長嘯而至披圖熟視，人事變化猶如「俯仰山河」，起伏不定。雖無緣得見此亭面貌，然而在亭榭消長、人事代謝之中，陳氏亦感於「忠魂時見擁怒潮，俠骨徒憐埋荒壘」的英雄悲慨，隨著「江山感歎何時已」、「之情之恨」，走入綿綿無盡的歷史洪流裡。

---

16 清・陳祖法：《古處齋詩集》（《四庫禁燬書叢刊》第 128 冊，北京：北京出版社，據清康熙刻本影印，2000），卷 4，頁 20 下-21 下。

呂留良卒後 45 年，因雍正年間曾靜反清案深受牽連，其與長子俱遭戮屍梟示，幼子著改斬立決，子孫輩遣發寧古塔為奴。[17]乾隆三十八年（1773），詔令徵求天下遺書，開設「四庫全書館」編纂古今書籍。呂留良、陳祖法著作皆被列為禁燬書刊。是以，陳氏作此詩用意，實與呂留良同樣寄託著悲痛明亡的思想。由此觀之，自陳琳歷南宋滅亡而作〈如此江山圖〉，至張昱借圖題詠，感懷元末群雄割據，再到清初呂留良、吳之振、陳祖法為圖題詠，寄託明亡之慨，雖有時殊世易之別，然興亡感恨之情，卻有一脈相承的精神共性。

第二節　黃爵滋〈如此江山圖〉的本事

道光二十四年（1844），湯貽汾（1778-1853）受邀為黃爵滋繪〈如此江山圖〉。湯貽汾、黃爵滋分別透過圖畫與詩歌寄託自我的愛國情懷，及其對人事消長之感發，基於詩畫結合、相互增益的特質，〈如此江山圖〉在往後的歷史長流裡，引發後人不斷追和的腳步，留下無數題詠篇什。湯貽汾雖為詩家詞人，然其本身並未為〈如此江山圖〉留下任何相關的題跋與詩詞，而是選擇將此畫緣留待後人題墨點評。

一、〈如此江山圖〉的繪圖本事

黃爵滋，字德成，號樹齋，江西宜黃人，為晚清政治名臣。道光三年（1823）進士，授翰林院編修，因祖父卒世，乞假南歸，守喪三年，復入京就職。嘉、道時期的中國，已由早時盛世變為夷難日亟、時政腐朽的衰世，故朝野部分有識之士心懷憂患，亟起救藥，標舉經世致用，試圖藉由治學、論世、議政之法，尋求改革方針，挽救危局。黃爵滋在此經世思想氛圍的影響下，無論是學術主張或政治理念均尋求有益國家社會，注重實際效用。學

[17] 清・王先謙著，劉曉東等點校：《東華錄》（濟南：齊魯書社，2000），卷 30，頁 459。

術上，黃爵滋不以門戶之見畫地自限，而是兼融漢學與宋學，認為：「無漢儒之訓詁，則宋儒之性道，無由而發；無宋儒之性道，則漢儒之訓詁，無由而歸。」[18]二者可互為參照。其詩歌學習漢魏，雄渾高古，反映社會現實、民生疾苦。付諸於政治行動上，黃爵滋在任職監察御史、道員、按察使、布政使、巡撫、總督任內，也提倡革除弊政，興修水利，整頓鹽政，賑濟災荒，以及倡議鞏固海防，加強邊疆守衛。[19]而後，於鴻臚寺卿（掌管朝廷禮儀官署）任內，更上奏伏請飭諭嚴禁吸食鴉片，以其政治主張，貫徹經世思想。

自乾隆晚年開始，中國政治社會日趨衰敗，吸食鴉片者與日俱增，國家銀荒兵弱，頹弛糜爛。嘉慶元年（1796）、四年（1799），皆有嚴禁鴉片輸入令與禁止種植令。道光時期，雖曾多次下令禁止鴉片輸入，但始終未達成效。道光十六年（1836），許乃濟在法令未能如實發揮效用的前提下，提出弛開煙禁之論，[20]然而隨後即遭到力主嚴禁官員強烈反對。[21]道光十八年（1838），黃爵滋有鑑於鴉片之害，漸成病國之憂，而朝廷又無有效控制之辦法，因此上奏〈嚴塞漏卮以培國本疏〉，主張：

> 然則鴉片之害，其終不能禁乎？臣謂非不能禁，實未知其所以禁也。夫耗銀之多，由於販煙之盛，販煙之盛，由於食煙之眾。無吸食，自無興販，無興販，則外夷之煙，自不來矣。今欲加重罪名，必先重治吸食。臣請皇上嚴降諭旨，自今年某日起，至明年某月日止，准給一

18　清・黃爵滋：〈漢宋學術定論論〉，《仙屏書屋初集文錄》（《清代詩文集彙編》第580冊，據清道光二十八年（1848）刻本影印），卷2，頁1下。

19　王鍾翰校：《清史列傳》第11冊（北京：中華書局，2016），卷41，頁3256-3261。

20　清・許乃濟：〈許乃濟奏鴉片煙例禁愈嚴流弊愈大應亟請變通辦理摺〉，清・文慶等編，齊思和等整理：《籌辦夷務始末（道光朝）》第1冊（北京：中華書局，2014），道光十六年（1836）4月27日奏稿，卷1，頁1-4。

21　清・袁玉麟：〈袁玉麟奏議開鴉片禁例有妨國計民生摺〉，清・文慶等編，齊思和等整理：《籌辦夷務始末（道光朝）》第1冊，道光十六年（1836）10月4日奏稿，卷1，頁11-15。

> 年期限戒煙，雖至大之癮，未有不能斷絕。若一年以後，仍然吸食，是不奉法之亂民，置之重刑，無不平允。查舊例，吸食鴉片者罪僅枷杖，其不指出興販者，罪杖一百，徒三年，然皆係活罪。[22]

道光據此著命將軍督府各抒己見，得陶澍、林則徐等人支持。[23]然多數官員對於黃爵滋主張重治吸食者表示反對。祥康認為：「如黃爵滋所奏，食煙者處死，不免矯枉過甚。」[24]周天爵認為：「重法一言，可行於未嘗滋蔓以前，不可行於毒遍天下之後，且只可行之於官，而不可遍行之於民。」[25]瑚松額認為：「此非吸煙者為之厲階，實由奉法者行之不力也。……而鴉片之源未清，則吸食之流必不能塞，吸食之流不塞，則漏卮之害仍不能除。」[26]黃爵滋奏論雖存在賞罰失當之弊，然其以「風勵言官，開忠諫之路」，是為當時「清流眉目」。[27]林則徐有謂：「所以論死之說，私相擬議者未嘗乏人，而毅然上陳者獨有此奏。」[28]並為後來的禁煙運動開啟了序幕。

道光十九年（1839），道光帝派林則徐至虎門銷煙，並下旨與英國斷絕貿易。隔年，英國以侮辱英國國旗、妨礙商業外交之平等為由，出兵中國，

---

22 清・黃爵滋著，黃大受輯：《黃爵滋奏疏》（臺北：大中國圖書有限公司，1963），卷 8，頁 71。同見清・文慶等編，齊思和等整理：《籌辦夷務始末（道光朝）》第 1 冊，卷 2，頁 31-35。

23 郭廷以：《近代中國史事日誌》上冊（北京：中華書局，1987），頁 67-70。

24 清・祥康：〈祥康奏定議嚴禁鴉片章程摺〉，清・文慶等編，齊思和等整理：《籌辦夷務始末（道光朝）》第 1 冊，道光十八年（1838）6 月 7 日奏稿，卷 3，頁 59。

25 清・周天爵：〈周天爵議奏查禁鴉片章程摺〉，清・文慶等編，齊思和等整理：《籌辦夷務始末（道光朝）》第 1 冊，道光十八年（1838）5 月 28 日奏稿，卷 3，頁 65。

26 清・瑚松額：〈瑚松額議奏禁煙章程摺〉，清・文慶等編，齊思和等整理：《籌辦夷務始末（道光朝）》第 1 冊，道光十八年（1838）6 月 24 日奏稿，卷 4，頁 94。

27 清・趙爾巽：《清史稿》第 38 冊（北京：中華書局，2003），卷 378，頁 11587-11590。

28 清・林則徐：〈林則徐奏查嚴禁鴉片章程摺〉，清・文慶等編，齊思和等整理：《籌辦夷務始末（道光朝）》第 1 冊，道光十八年（1838）5 月 19 日奏稿，卷 2，頁 46。

發動第一次鴉片戰爭。[29]該場戰役延續近三年之久，最終清廷因不抵「英夷船堅炮利，紀律森嚴」[30]而戰敗，戰爭於道光二十二年（1842）結束，中英簽訂《南京條約》，割讓香港，並開放廣州、廈門、福州、寧波、上海為商埠，允許英人自由通商。鴉片戰爭之敗，開啟晚清中國第一場對外戰役，不但顯露出滿清國力的衰弱頹弊，同時也重創了朝中主戰派與禁煙官員。道光二十一年（1841），林則徐被發令流配新疆；道光二十三年（1843），朝廷因銀庫虧空短缺，派遣載銓、穆彰阿、裕誠等官員，查辦歷任銀庫司員與查庫御史，黃爵滋隨即被以「御史任內失察銀庫」為由，遭到彈劾，落職責賠。[31]黃爵滋之所以遭到彈劾，實則很大成分是在歸咎其發難禁煙之責。

黃爵滋雖然遭遣革職返回江西宜黃，但是深植於心的那股憂國經世之思，卻未因此次落職而泯滅動搖。道光二十四年（1844），江西巡撫吳文鎔聘請黃爵滋主講豫章書院，黃爵滋以不偏廢各家、兼容漢宋的治學理念教授學子，專精漢儒之訓詁，亦申明宋儒之理義，將經世思想貫徹教育之中，不難可見其作育英才，宏國成棟樑之師心。是年春天，黃爵滋與參軍黃文涵（1812-1869）、場使閻德林（？-1875）、知事馬書城（生卒年不詳）遊賞焦山，流連數日，賦詩歸返，其後囑託湯貽汾作〈如此江山圖〉，記此勝事。在陳方海（生卒年不詳）的題記中，詳細記敘了〈如此江山圖〉之創作緣起與自己作記的緣由：

> 道光甲辰（二十四年，1844）春，司寇黃公游於焦山，參軍黃子文涵、馬子書城並從。方海時在真州，公折柬招之，未暇往也。於是公

---

29 郭廷以：〈中英鴉片問題與林則徐的措置〉，《近代中國的變局》（臺北：聯經出版事業公司，1990），頁 155-168。陳恭祿：《中國近代史》上冊（上海：上海古籍出版社，2017），頁 46-53。

30 清・張集馨著，杜春和、張秀清點校：《道咸宦海見聞錄》（《清代史料筆記叢刊》第 37 冊，北京：中華書局，1999），頁 60。

31 清・黃爵滋：《僊屏書屋初集年記》（《中華文史叢書》第 6 輯第 50 冊，臺北：華文書局，據清道光刻本影印，1968），卷 28，頁 1 上。清・趙爾巽：《清史稿》第 38 冊，卷 378，頁 11590。

與二子盤桓旬日，賦詩而歸。二子作圖錄詩貽方海，俾為文以記。時當英夷兵鬨之後，故詩外之旨，含蓄彌多。因憶昔歲庚子（道光二十年，1840）公嘗持節過京口，圖北固山屬記之矣。是時海上初警，京口濱鄰，豫宜籌略，故探公憂國之意具述於篇。既而醜虜磐牙，犥突江境，陷京口，踞三山，久之乃去。夫北固帶城，巖險金焦，湧江壁立，眺重溟於閫外，鬱形勝之奧區。在昔孫盧劇賊乘亂來窺，劉宋驅之若犬羊耳。今天子有道，八表承風，西荒異類，何敢跳梁而至？始為疥瘙而卒瘭疽也。孰使之然哉？公今重來，故宜屢眷，風景不殊，慨其歎矣。瘡痍未復，計將何施？惟公翼宣台曜，宏濟艱難，鎮慰黎元，匪異人任。二子今雖下僚，憑藉建豎，亦胡可量。方海棲遲半世，老將至矣，咏歌太平，庶得與焦先之徒，卷舒自適。要知鋒鏑搶攘，即巖穴無可藏身。回思潭遁蛟龍，林空虎豹，嗟彼焦生安所託乎。茲江氣方清，山容新沐，名公留止，周覽休暢，輿論徐動，賓從無聲，悠然風舞之中，仍是光天之下。方海雖未追陪，樂聞盛事，展圖欣笑，不啻偕遊矣，於是乎書。[32]

道光二十四年（1844），黃爵滋、黃文涵、馬書城相約遊焦山，原本也邀請當時身處江蘇儀徵的陳方海，但因為陳氏「未暇」不得前往，其後，黃、馬二子將〈如此江山圖〉與詩歌寄予陳方海，於是陳氏便作了該篇題記。而關於此行的參與者，據黃爵滋〈遊焦山後次韻答馬竹漁（馬書城），竝別德研香（閻德林）、家子湘（黃文涵）〉、[33]〈焦山春望圖第四十三〉：「道光甲辰（二十四年，1844）春二月，維揚候友不至，與德林硯香、馬書城竹漁、黃文涵子湘遊焦山」，[34]可知當時同赴焦山者，不僅有黃文涵、馬書城，實際上應該還有閻德林。陳氏指出：「時當英夷兵鬨之後，故詩外之

32 清・陳任暘：《焦山續志》（《故宮珍本叢刊》第 247 冊），卷 6，頁 2 上-3 上。

33 清・黃爵滋：《仙屏書屋初集》（《清代詩文集彙編》第 580 冊，據清道光二十六年（1846）翟金生泥活字印本影印），卷 15，頁 1 上-下。

34 清・黃爵滋：《仙屏書屋初集文錄》，卷 9，頁 12 上-下。

旨，含蓄彌多」，緊扣當日鴉片戰爭以後中國局勢之變化，以及黃爵滋遭受彈劾革職之事，以為黃、馬之輩詩意寄託遙深，隱喻深切。其次，描寫京口三山之地理形勢。江蘇鎮江長江江濱與焦山、金山、北固山形成三山夾江對峙的形勢，因此世稱「京口三山」。點出該地形勢險要，易守難攻，自古以來「京口常為江南必爭之地」，[35]故曾發生過無數戰爭。如陸游〈書憤〉：「樓船夜雪瓜洲渡，鐵馬秋風大散關。」[36]辛棄疾〈南鄉子・登京口北固亭有懷〉：「何處望神州？滿眼風光北固樓。千古興亡多少事？悠悠。不盡長江滾滾流。」[37]都說明此地歷經戰爭與千古興亡的歷史背景。蓋陳氏藉由東晉末年「孫盧之亂」[38]與劉宋時期討伐「犬羊蠻」[39]的典故，帶出當今英夷猖狂而至，猶如「邊陲之患，手足之疥瘙也；中國之困，胸背之瘭疽也。」[40]時日漸久，「始為疥瘙而卒瘭疽」，國祚必喪。因此，在諸士眼中的山水景

---

[35] 宋・葉適著，劉公純、王孝魚、李哲夫點校：〈金壇縣重建學記〉，《水心文集》（《葉適集》上冊，北京：中華書局，2010），卷 9，頁 153。

[36] 宋・陸游著，錢仲聯、馬亞中主編：《劍南詩稿校注》（《陸游全集校注》第 3 冊，杭州：浙江教育出版社，2011），卷 17，頁 140。

[37] 宋・辛棄疾著，辛更儒箋注：《辛棄疾集編年箋注》第 5 冊（北京：中華書局，2015），卷 15，頁 1809。

[38] 「孫恩盧循之亂」（簡稱「孫盧之亂」）為東晉末年爆發的民變，歷時長達 11 年之久。隆安二年（398），王恭叛亂，孫恩叔父孫泰以為東晉將亡，遂煽動百姓起事響應，爾後遭司馬道子處死。孫恩因見當時人心浮動，便聚眾起兵反晉，為叔父報仇。元興元年（402），臨海太守辛景擊敗孫恩，孫恩投海自盡。孫恩死後，餘眾復推孫恩妹夫盧循為主。盧循率眾轉戰南康、廬陵、豫章、江寧等地，義熙七年（411），為交州刺史杜慧度所擊敗，投海自盡。唐・房玄齡等著：〈孫恩傳〉、〈盧循傳〉，《晉書》第 8 冊（北京：中華書局，2015），卷 100，頁 2631-2636。

[39] 元嘉十九年（442），雍州刺史劉道產卒，群蠻大動。劉義隆以沈慶之為建威將軍，破緣沔諸蠻、湖陽蠻。此後於元嘉二十二年（445）至二十六年（449）期間，又討平雍州蠻、驛道蠻、郧山蠻、沔北諸蠻、幸諸山犬羊蠻。元嘉二十九年（452），西陽五水爆發蠻族叛亂，沈慶之復率軍征討。南朝梁・沈約：〈沈慶之傳〉，《宋書》第 7 冊（北京：中華書局，1974），卷 77，頁 1996-2000。

[40] 漢・蔡邕：〈難夏育請伐鮮卑議〉，清・嚴可均輯：《全上古三代秦漢三國六朝文》第 1 冊（北京：中華書局，1999），卷 73，頁 2 上。

色，正與王導等過江名士所見「風景不殊，正自有山河之異」[41]的心情無異。後段，陳氏更稱許「公翼宣台曜，宏濟艱難，鎮慰黎元，匪異人任。」是對於黃爵滋政治才能與實際建樹的肯定。而在陳氏自言「棲遲半世，老將至矣，咏歌太平」的語意裡，則流露出自我宦途之蹇滯，[42]治平之心自然難與黃爵滋「宏濟艱難，鎮慰黎元」等同一般，只期許「江氣方清，山容新沐」，國家社稷承平安定。

基本上，陳方海題記已將繪圖緣起與詩旨寄託作了詳細的說明，但關於「二子作圖錄詩」之說，似乎不甚正確。根據何栻〈宿自然庵已三夕，阻風不能歸復，展湯雨生（湯貽汾）所繪如此江山圖卷，次黃樹齋年丈原倡韻，約次垣敬生才叔少愚同作卷首如此江山四字為洪稚存（洪亮吉）先生篆書〉、韓弼元〈焦山自然庵六瀞上人出湯貞愍公（湯貽汾）如此江山卷屬題壬午（光緒八年，1882）此詩稿久亡，尹君元仲於焦山見之，亟為錄歸，屬增入集中，感其意，因刪節，存卷末〉，可知作圖者應是湯貽汾。陳任暘（約 1841-1911）〈如此江山圖記〉將湯貽汾與洪亮吉（1746-1809）的畫、書並稱二美。云：

> 湯節愍公，吾常郡人，寄居白門。稺存洪先生亦籍履常郡，忠貞亮節，後先媲美，以兩公之書畫合裝一卷，即以名圖誠兩美合矣。黃司寇之作以防海，故憶節愍公與先大夫為莫逆交，海上初警，嘗逆策其難過。先大夫佐長白怡悅亭（怡良）制軍幕，曾為草通籌大局一疏，有識者韙之。噫！今之視昔，已不勝今昔之感，後之視今，不知又復何如。[43]

---

41 南朝宋・劉義慶著，南朝梁・劉孝標注，余嘉錫箋疏：〈言語〉，《世說新語箋疏》上冊，卷上之上，頁 109。

42 陳方海〈與弟書〉嘗云：「吾年過三十，無所成就，獨身久客，豈不懷歸。」表現自我失意甚明。清・陳方海：《計有餘齋文稿》（《叢書集成新編》第 78 冊），頁 209。

43 清・陳任暘：《焦山續志》，卷 6，頁 3 上-下。

關於圖畫的命名由來，據黃爵滋〈金山酹酒圖第十七〉云：金山寺「樓壁多洪稺存先生手畢，其書額曰：『映月樓』，為癸亥（嘉慶八年，1803）宿金山寺作；曰：『如此江山』，為乙丑（嘉慶十年，1805）九月待風互父山作。其欵（款）識易映為印，僧兩刻之。曩予游焦山作圖，取先生壁間書名之裝為引首，具自跋為新正十日在松寥閣松下，瀛洲上人屬題。……先是茗香（羅士琳）見予〈如此江山圖卷〉，遽指為稚存先生金山所書，而不知其有二也。前後數十年結此一段翰墨因緣，豈偶然哉。」[44]又〈焦山春望圖第四十三〉云：「道光甲辰（二十四年，1844）春二月，維揚候友不至，與德林硯香、馬書城竹漁、黃文涵子湘遊焦山，……見自然菴壁間有洪稚存前輩書『如此江山』四字，即以名圖，並揭此書裝之卷首，俾寺僧藏焉。」[45]兩段文字均說明〈如此江山圖〉與洪亮吉書額「如此江山」之間的不解之緣。洪亮吉「如此江山」書額成於前，而〈如此江山圖〉繪成之時，洪氏已下世多年。是以，該圖引首「如此江山」實際上是黃氏轉借為名。陳任暘將洪亮吉、湯貽汾相媲美，除了稱讚二人書畫相得益彰，也稱許二人「忠貞亮節」的品德。

洪亮吉，字君直、稚存，號北江、更生，江蘇陽湖人。著文力陳內外弊政，為時所忌，嘉慶四年（1799），上書〈乞假將歸留別成親王極言時政啟〉談論時政未治之因，[46]觸怒嘉慶，隨後被流放新疆。但自「罪亮吉後，言事者日少」，故百日之後，便得赦還。[47]湯貽汾，字雨生，號粥翁、琴隱道人，謚貞愍，江蘇武進人。乾隆五十一年（1786），湯氏祖父湯大奎與父親湯荀業，皆因林爽文案而殉難，隔年，由於鳳山解項未清而遭到查抄，後

---

44 清・黃爵滋：《己酉北行續草》（《清代詩文集彙編》第 580 冊，據清刻本影印），頁 9 上-10 下。

45 清・黃爵滋：《仙屏書屋初集文錄》，卷 9，頁 12 上-下。

46 清・洪亮吉著，劉德權點校：《卷施閣文甲集續卷》（《洪亮吉集》第 1 冊，北京：中華書局，2001），頁 223-230。

47 清・趙爾巽：《清史稿》第 37 冊，卷 356，頁 11307-11315。林逸：《清洪北江先生亮吉年譜》（《新編中國名人年譜集成》第 14 輯，臺北：臺灣商務印書館，1981），頁 182-189。

來雖獲平反，家計仍然艱辛。嘉慶八年（1803），湯氏以世襲雲騎尉，任三江營守備，仕途看似順遂，未料嘉慶十二年（1807），「庫道譚祖綬者，恃有奧援，驕恣貪淫，為眾所惡」，而湯氏因為官過於正直清廉，忤斥譚氏，後遭以巡船破損為由，「遽奏劾革職」。[48]罷官以後，湯氏作〈秋江罷釣圖〉以志「雪鴻之意」及其被迫捨放釣竿的無奈，[49]洪亮吉為題〈湯騎尉貽汾秋江罷釣圖〉，暗諷官場險惡，並讚揚其人品。[50]隔年，繼得平反，嘉慶十五年（1810）出仕廣東撫標營守備，仕至浙江樂清協副將，至道光十二年（1832）引疾去官，隱居琴隱園。道光二十二年（1842），英夷陷京口，湯氏奉命守禦白門，撫慰人心。[51]咸豐三年（1853），太平軍攻破金陵，湯氏作〈二月十一日絕命詞〉：「死生輕一擲，忠義重千秋。骨肉非吾棄，兒孫好自謀。故鄉魂可到，絕筆淚難收。藁葬毋予慟，平生積罪尤。」[52]隨後投水自盡。〈如此江山圖〉乃湯貽汾致仕以後，六十七歲所作，由當時的政治局勢不難可見畫中寄託的憂國情懷。盧前稱湯氏「詩書畫，三絕重當時。大節凜然千古在，虛名猶恐世人知，見道不於詞。」[53]乃綜觀湯氏一生之才學與人品所作的評價。

此外，據陳任暘題記中指出，其父陳時[54]曾經「佐長白怡悅亭制軍

---

[48] 清・陳韜：《湯貞愍公年譜》（臺北：成文出版社，據清同治十二年（1873）刊本影印，1968），頁 16 上。

[49] 清・湯貽汾：《琴隱園詩集》（《清代詩文集彙編》第 526 冊，據清同治十三年（1874）刻本影印），卷 5，頁 9 上-下。

[50] 清・洪亮吉著，劉德權點校：《更生齋詩續集》（《洪亮吉集》第 4 冊），卷 9，頁 1832。

[51] 道光二十二年（1842），湯貽汾作〈嘆夷既陷京口，貽汾奉命守禦白門，撫慰人心。即日舟發溧水，先寄同時被命之蔡友石世松、太僕周石生開麒方伯〉。是時，湯氏已退隱閒居，蓋呈命守禦金陵，乃出於忠義愛國之情。清・湯貽汾：《琴隱園詩集》，卷 27，頁 6 上-下。

[52] 清・湯貽汾：《琴隱園詩集》，卷 36，頁 17 上。

[53] 盧前：〈望江南・飲虹簃論清詞百家〉，陳乃乾輯：《清名家詞》第 10 冊，頁 6。

[54] 陳任暘，字寅谷，本為任培風季子，出嗣其舅陳時，以廩貢生註籍教職。周志靜（靖）：《光宣宜荊續志》（《宜興縣志》第 3 冊，臺北：新興書局，1965），卷 9

幕」，為怡良（1791-1867）幕僚。怡良，字悅亭，滿洲正紅旗人。當黃爵滋上奏重治吸食禁絕煙毒之時，怡良正任職廣東巡撫，對於黃氏之主張，怡良上〈議奏嚴禁鴉片章程摺〉表示贊同：「誠如黃爵滋所奏，漏卮日甚，不可不議者也。」[55]可見該群士人實際上都有共同相契的政治理念。是故，當陳氏稱揚湯貽汾、洪亮吉的愛國節操的同時，更以黃爵滋、怡良與陳任暘父親防海逆策，抵禦外夷入侵，彰顯愛國志士的忠義精神。

題記中也顯現湯貽汾與陳任暘父親為「莫逆交」。而事實上，湯貽汾與黃爵滋、黃文涵平素皆有交情。道光十九年（1839），湯貽汾與黃爵滋等人嘗宴集金陵雞籠山憑虛閣，湯氏作〈九月二十日，招同黃樹齋爵滋通政、鈕松泉福保修撰、嚴問樵保庸太史、孔宥函繼鑅比部、黃子湘培慶上舍集憑虛閣，作圖紀事，即席漫成〉，[56]而黃爵滋則以〈馮虛閣酬湯雨生〉賦答。[57]數年後，湯氏與于克襄等人雅集憑虛閣作〈夏日，于蓮亭（于克襄）觀察、黃澄齋明府、程小槐太守、孔繡山（孔憲彝）舍人集憑虛閣，繡山將還曲阜，至京寫圖贈別，兼懷黃樹齋少寇〉，在抒懷將別友人、感嘆「知音久已少」之際，也思及黃爵滋這位昔日故友，「為語舊遊人，胡不尋鴻爪」，滿懷期盼友人再度來訪。[58]而黃文涵歷吳、楚之間，雖與湯氏為文字之交，「往來詩札多至百餘篇，書畫數十軸」，但自亂後「所存無幾矣」，[59]唯存〈題武功將軍湯與竹公遺像〉、[60]〈和湯雨生將軍琴隱園即事〉、[61]〈哭湯雨生將軍

中，頁 66 上。

55 清・文慶等編，齊思和等整理：《籌辦夷務始末（道光朝）》第 1 冊，道光十八年（1838）8 月奏稿，卷 5，頁 121。

56 清・湯貽汾：《琴隱園詩集》，卷 24，頁 5 下-6 上。

57 清・黃爵滋：《仙屏書屋初集》，卷 13，頁 2 下。

58 清・湯貽汾：《琴隱園詩集》，卷 33，頁 6 下-7 上。

59 清・黃文涵：《憶琴書屋存藁》（《清代詩文集彙編》第 649 冊，據清光緒二年（1876）刻二十三年（1897）補刻本影印），卷 4，頁 7 下。

60 清・黃文涵：《憶琴書屋存藁》，卷 1，頁 12 上-下。

61 清・黃文涵：《憶琴書屋存藁》，卷 1，頁 22 上-下。

即題懷忠錄〉[62]等寥寥篇什。是以可見，黃爵滋、黃文涵，以及陳任暘之父，均與湯貽汾交情甚篤，彼此或以政治理念志同道合，或以才學人品同聲相氣，故而留下這段書畫因緣。該圖於道光二十五年（1845）由馬書城裝成〈如此江山圖卷〉，隔年便歸藏自然庵，歷經定峰、鶴山、六瀞、溯源四位庵主，每當文人雅士作客此地，數位庵主則示之以圖並囑題記，[63]時至民國二十九年（1940）以前，流入滬市，由楊熊祥購藏。

光緒年間，陳任暘為纂修《焦山續志》長住焦山，志中不但收錄自己為〈如此江山圖〉所作的題記，同時也輯錄不少時人的題詠詩文，計有 15 人 41 篇；同治年間，彭玉麟（1816-1890）復請廖筠（生卒年不詳）繪作〈如此江山圖第二圖〉，亦得文人墨客題詠。陳任暘同樣作有題記，並收 22 人 34 篇題詠。《焦山續志》不僅為這段文人雅事留下相和唱答之紀錄，對於文獻保存也做出極大的貢獻。

二、〈焦山圖〉與〈如此江山圖〉比較

民國一〇五年（2016），香港蘇富比（Sotheby's）公司拍賣湯貽汾〈如此江山圖〉（見圖 7），引首有洪亮吉題識：「如此江山」、「新正十日在松寥閣松下，瀛洲上人屬題，更生居士洪亮吉」字樣。畫面則有湯貽汾款識：「樹齋司寇以同人焦山倡和作見示，囑為補圖。時道光甲辰（二十四年，1844）秋日，貽汾。」卷長為 30x112.8cm。[64]圖畫卷尾有黃爵滋題跋：「焦山自然庵舊有此額，既以之名圖即裝卷首，上下數十年。忽與稚存先生結一段翰墨緣，亦佳話也。道光乙巳年（二十五年，1845）春，竹漁裝成，屬子湘書寄自然庵雲峰（定峰）上人藏之。」卷後依次有陳方海、張之洞、葉恭綽、吳雲、汪兆鏞、閻德林、黃爵滋、端方、冒廣生、湯滌、許漢卿等

62 清・黃文涵：《憶琴書屋存藁》，卷 2，頁 18 下。

63 許漢卿題記，參見 Sothebys.com/zh/auctions/ecatalogue/lot.348.html/2016/fine-classical-chinese-paintings-hk0635。2018 年 1 月 19 日瀏覽。

64 該幅長應僅指圖畫長度，而未將卷尾題跋列入計算。姚水、魏麗萍、朱曼華編輯：《2017 書畫拍賣大典》（臺北：典藏藝術家庭，2017），頁 162。

數十人之題記。[65]

然而仔細查考可以發現，早在民國九十六年（2007），北京永樂國際公司拍賣了一幅湯貽汾的〈焦山圖〉（見圖 6），該幅畫作同樣為道光二十四年（1844）所繪，全長 30x1155cm，引首亦有：「如此江山」、「新正十日在松寥閣松下，瀛洲上人屬題，更生居士洪亮吉」字樣，圖畫中同樣有湯貽汾款識：「樹齋司寇以同人焦山唱和作見示，屬為補圖，時道光甲辰（二十四年，1844）秋日，貽汾。」[66]

圖 6　清・湯貽汾繪〈焦山圖〉（見《2008 書畫拍賣大典》，臺北：典藏藝術家庭，2008）

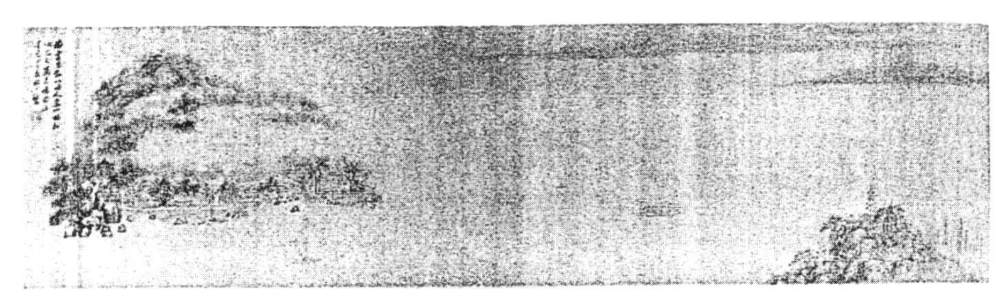

圖 7　清・湯貽汾繪〈如此江山圖〉（見《2017 書畫拍賣大典》，臺北：典藏藝術家庭，2017）

---

[65] Sothebys.com/zh/auctions/ecatalogue/lot.348.html/2016/fine-classical-chinese-paintings-hk0635。姚水、魏麗萍、朱曼華編輯：《2017 書畫拍賣大典》，頁 162。

[66] 108.171.188.109/zh-hant/auction/8808/78。2018 年 1 月 19 日瀏覽。游宜潔、張均億編輯：《2008 書畫拍賣大典》（臺北：典藏藝術家庭，2008），頁 308。

兩幅畫作名稱雖然不同，但二者引首、款識均相同，且將畫中景物互為比對，即可判定它們其實是同一幅繪作。據王瑞珠（生卒年不詳）〈奉題淨因室女史（張因）如此江山繡卷呈樹齋先生〉詩註云：「倩湯雨生將軍作畫，而以洪書裝卷，首付自然菴僧藏焉。此卷則別有底本也，曉閣在先生家居處。」[67]可知此圖除了自然庵的藏圖外，另別有底本，實際上應有兩幅。但由於兩幅畫作已為私人所購藏，筆者無緣親見，無從得知二者題詠之異同，因此，本文不將重點設定在探究二幅圖像異同的問題上，而是企圖藉由這些可得的圖像題跋，盡可能地重新組織、建構，以期梳理圖像的創作本意與後人觀看的詮釋意涵。

據蘇富比（Sotheby's）公司拍賣的〈如此江山圖〉（見圖 8）可見，該圖為橫幅手卷，除了引首洪亮吉「如此江山」題識、湯貽汾圖畫以外，卷尾洋洋灑灑共有數十餘人之題詠，絹幅無限延展，長達 1000 多厘米。圖畫以平遠視角構圖，湖面開闊，空曠浩渺，二葉輕舟漂蕩江水。整幅畫作採取虛實相對的對角線構圖方式，形成三角對立的形勢，以呈現焦山、金山、北固山三山夾江對峙的地理位置。畫面主要描繪金、焦二山，左方為焦山，右下為金山，右上微露小洲，在遼闊的長江中，唯二艘帆船向焦山方向航行。全圖筆力主要落在左方焦山，描繪其四面環水，凸出江心，呈現「鎮江之石」的磅礡氣勢；錯落的苔點、皴染相間的山石，構成幽遠的山形空間，[68]又山間雲煙縱橫，山寺掩映，展現焦山「山裡寺」的特色。湯氏以其水墨技法，在此「京口三山」展開江山之美，隱喻此地特殊之地理形勢，寄託對家國的無限情懷。

---

67 清・黃爵滋：《戊申粵遊草》附錄（《清代詩文集彙編》第 580 冊，據清道光二十八年（1848）刻本影印），頁 9 下。

68 湯貽汾早年受董邦達影響，有「婁東派」風致。「婁東派」又稱「太倉派」，係以王時敏、王鑑、王原祁為核心，與王翬為首的「虞山派」同為清代最盛行的兩大畫派。其後，作《羅浮十二景冊》學習石濤，而其中九景以乾筆皴擦，略施淡墨，呈現枯中見潤的韻味。王伯敏：《中國繪畫通史》下冊（臺北：東大圖書公司，1997），頁 879-880、頁 951-953。

圖 8 清・湯貽汾繪〈如此江山圖〉與題詠手卷（見 Sotheby's 網站）

第三節　〈如此江山圖〉之賡和與題詠

湯貽汾繪成〈如此江山圖〉以後，首先得馬書城賦詩題詠，其後黃爵滋、閻德林亦相繼追步唱和，為這段登訪焦山的文友情緣留下紀錄。隔年，該圖由馬書城歸藏自然庵，此後，〈如此江山圖〉一直藏於寺庵中，並由歷代住持選擇合意之人囑託賦詠。在歷經政治動盪的時變之中，〈如此江山圖〉隨著自然庵的留存一直流傳至今。

一、同遊焦山之唱和詩

黃爵滋在文壇之貢獻，尤以詩歌為最。道光二十二年（1842）以前，黃爵滋在朝為官期間，除了致力革新吏治，力矯弊政，然職事雖忙，亦不廢詩。《清史稿》云：「爵滋以詩名，喜交游，每夜閉閤草奏，日騎出，遍視諸故人名士，飲酒賦詩，意氣豪甚。」[69]黃爵滋集結參與的主要大型雅集，在目前學術界研究中，大抵不出「宣南詩社」與「江亭雅集」。[70]

據范文瀾云：「林則徐在北京成立宣南詩社，與龔自珍、魏源、黃爵滋等人交游，後來林則徐成為禁煙派的首領和維新傾向的代表。」[71]又說：林則徐「他在一八三〇年（道光十年）與黃爵滋、龔自珍、魏源等結宣南詩社。」[72]記錄了黃爵滋參與宣南詩社的印跡。其後，魏應麒著《林文忠公年譜》也將宣南詩社成立的時間編列於道光十年（1830）。[73]然而，楊國楨根

69　清・趙爾巽：《清史稿》第38冊，卷378，頁11590。

70　相關文章有羅檢秋：〈嘉道年間京師士人修禊雅集與經世意識的覺醒〉，鄭大華、鄒小站主編：《西方思想在近代中國》（北京：社會科學文獻出版社，2005），頁292-317。趙永潔：〈黃爵滋與「江亭雅集」〉，《牡丹江大學學報》24.4（2015.4）：137-139。崔曉杰：《黃爵滋《仙屏書屋初集詩錄》研究》（南昌：華東交通大學中國文學研究所碩士論文，2016），頁14-15。

71　范文瀾：〈中國近代史的分期問題〉，《范文瀾全集》第10卷（石家莊：河北教育出版社，2002），頁320。

72　范文瀾：《中國近代史》上冊（《范文瀾全集》第9卷），頁13。

73　魏應麒：《林文忠公年譜》（《人人文庫》第350冊，臺北：臺灣商務印書館，

據陶澍〈潘功甫（潘曾沂）以宣南詩社圖屬題撫今追昔有作〉指出宣南詩社初舉在嘉慶九年（1804），與道光七年（1827）林則徐入都時間有落差。接著，楊氏再依據陶澍、胡承珙、朱綬、張祥河的詩文，以及龔自珍、魏源、黃爵滋的詩文集進行考索，皆未發現他們參與宣南詩社之相關紀載。因此，楊氏提出了與范文瀾、魏應麒截然不同的結論：宣南詩社早在嘉慶九年（1804）即已成立，組織者並非林則徐，而龔自珍、魏源、黃爵滋皆非該社社員。[74]楊氏的考證，推翻了黃爵滋曾經參與宣南詩社的說法。[75]故此，黃爵滋參與的詩歌集會便主要集中在江亭雅集之酬唱活動。

黃爵滋在京期間，曾經發首招集，也曾與徐寶善共同發起「江亭雅集」的詩歌唱和活動。時間由道光九年（1829）開始，至道光二十一年（1841）而終，雅集地點多於北京宣南陶然亭——「江亭」舉行，唯少數幾次在龍樹寺、花之樹等地舉辦，俱統稱為「江亭雅集」。從時間上來看，「江亭雅集」是繼「宣南詩社」之後興起的京師雅集團體，不同的是，「江亭雅集」參與者不僅止於士大夫，還包括來京應試的士子，如龔自珍、魏源、張際亮（1799-1843）、潘德輿、潘曾瑩、潘曾綬等，皆是時常與會的參與者。每次雅集參與的人數並無固定，少至十餘人，多至四十餘人，其中規模最大一次的活動為道光十六年（1836）4 月 4 日「江亭展禊」，人數多達 48 人。[76]黃爵滋、徐寶善、葉紹本、黃琮、汪喜孫、陳慶鏞為主，「倣右軍之例」，[77]「修展禊之舉」，[78]參與者有梅曾亮、潘德輿、張際亮、魯一同、劉寶楠、黃香鐵、江開、王慈雨、簡夢岩、臧牧庵、徐鏡溪、孔宥涵、戴筠帆等人，盛況非凡，可見一斑。溫肇江甚至繪作〈江亭展禊圖〉，展於宣南古棗

1966），頁 25。

74 楊國楨：〈宣南詩社與林則徐〉，《廈門大學學報》2（1964）：107-117。

75 楊國楨雖著文推翻范文瀾、魏應麒對於宣南詩社創立時間、組織者、參與者之說法，然該文並未受到重視，後人仍因襲陳說。而後，王俊義復撰〈關於宣南詩社〉一文，申論舊說之誤。王俊義：〈關於宣南詩社〉，《文物》9（1979）：72-73。

76 清・黃爵滋：《僊屏書屋初集年記》，卷 21，頁 13 上。

77 清・黃爵滋：《仙屏書屋初集文錄》，卷 11，頁 12 下-13 上。

78 清・黃爵滋：《僊屏書屋初集年記》，卷 21，頁 13 上。

花寺，以期「江亭之宴亦將著聞於後也」。[79]黃爵滋招舉雅集之目的，不只是純粹飲酒賦詩，流連光景，也評論政治，針砭時事，張補山〈江亭展禊記〉云：「夫君子燕遊，豈徒徵逐豆觴哉？必將闡經義，敦氣節，以扶植正人，維持國是為交勉。」[80]故此，參與者與黃爵滋凝聚成如同「清流黨」般的社交網絡。此後，道光二十一年（1841）黃爵滋再招雅集，已無法有昔時光景，隔年，黃氏落職回籍，「江亭雅集」也正式走入歷史。「江亭雅集」可以說佔據黃爵滋在京為官的大半生涯，標示著他在這十餘年間的詩學成就、政壇地位與影響力。

道光二十四年（1844），黃爵滋與黃文涵、馬書城、閻德林邀約焦山、賦詩唱酬的活動，規模雖無法與在京時期的「江亭雅集」相比，然可視為是黃氏離京後的一次小型聚會。宴集結束後，湯貽汾受邀繪〈如此江山圖〉，馬書城首先作詩 4 首：

> 欲寫江山勝，應尋老畫師。乾坤拳石小，身世片雲知。得句疑仙佛，何心問險夷。一聲清磬響，有鶴下青墀。
>
> 渺渺煙波裏，扁舟放月來。帆疑天半落，樽向鏡中開。梅影橫籬出，松根壓石栽。摩抄壁間字，先後一低徊。
>
> 隔岸桃花影，相看無限情。坐來僧剎靜，話到客心清。琴外閑飛鷺，杯前喚好鶯。海天空闊處，指點快生平。
>
> 鐵甕雄如此，濤聲北固聽。譚兵人已醉，弔古淚同零。去欲尋匡阜，歸還憶洞庭。唾壺誰擊缺，愁對竹西亭。[81]

---

[79] 清・黃爵滋：《僊屏書屋初集年記》，卷 21，頁 15 上-16 上。

[80] 清・黃爵滋：《僊屏書屋初集年記》，卷 21，頁 17 下。

[81] 清・黃爵滋：《僊屏書屋初集年記》，卷 29，頁 1 下-2 上。

此乃四首組詩。詩中開始即以「欲寫江山勝，應尋老畫師」稱許湯貽汾的畫功及其囑託繪圖的理由。接著，描寫登臨山寺，問佛決疑，是於「險夷」之間，寄託「身世片雲知」的飄萍之感。當清磬鐘響之時，心意彌篤堅定，詩人更以「有鶴下青墀」自比，喻己孤高自守。第二、三首藉由扁舟流動，描寫月影暗移，薄暮漸黑，樽酒盛開。此可與湯貽汾〈如此江山圖〉相對映：焦山為江水環繞，江面廣闊無邊，佔據將近三分之二的比例，顯現此地「海天空闊」，一望無際；圖以淡墨烘染技法，呈現雲霧環繞景色，中有兩艘小船，正行駛於「渺渺煙波」之間，而據詩中描繪：「扁舟放月來」，「帆疑天半落」，可知當日駛往焦山的途中，天已低垂，月亮漸升。詩人們便在月色中，擺船靠岸，走入深山古寺。焦山禪林古寺，留有不少石刻碑銘，故使詩人「摩抄壁間字，先後一低徊」，陶醉其中。第三首描寫詩人們作客山中，觀賞隔岸桃花，閒話家常，時而輕撥琴絃，屋外還有白鷺飛過，如此「海天空闊」的美好江山，予以詩人心平清淨、胸懷寬闊的舒暢感受。第四首轉而弔古傷今，以孫權在京口築鐵甕城，「內外皆固以磚壁」，[82]謂城牆堅固雄偉，無堅不摧，然而無奈的是，一切人事都在「譚兵人已醉，弔古淚同零」的時間遷換中，隨著濤濤逝水，幻化歸零。時光如此短暫，詩人動念「去欲尋匡阜，歸還憶洞庭」，探尋廬山之千巖萬壑、洞庭雲夢之洪波洶湧；一則既寫出祖國山河的浩渺壯麗，二則更寄託詩人心中的豪情壯志。但儘管有心作為，迫於現實的無可奈何，詩人也只能輾轉藉由《世說新語》〈豪爽〉：「王處仲（王敦）每酒後輒詠『老驥伏櫪，志在千里。烈士暮年，壯心不已。』以如意打唾壺，壺口盡缺。」[83]抒懷心中的壯志與憂憤。此詩借畫發揮，寓情於弔古傷今之中，寄託憂心國事、懷抱愁緒北望揚州的心事。

82　南朝陳・顧野王著，顧恒一、顧德明、顧久雄輯注：《輿地志輯注》（上海：上海古籍出版社，2011），卷15，頁234。

83　南朝宋・劉義慶著，南朝梁・劉孝標注，余嘉錫箋疏：〈豪爽〉，《世說新語箋疏》中冊，卷中之下，頁703。

隨後，黃爵滋和其原韻，「而先後次第皆因之也」，[84]作〈遊焦山後次韻答馬竹漁，並別德研香、家子湘〉4首：

如此江山勝，誰從覓導師。時光春最惱，心事月能知。繁響終虛寂，高談轉曠夷。不嫌風露濕，履迹遍苔墀。

白雪蒼山裏，傷心負土來。祇憐鄉路別，何事客騶開。琴想石間倚，謂梅蘊生（梅植之）。松誰閣畔栽。謂張亨甫（張際亮）。憑添數行淚，到此共徐徊。

難得新知樂，浩然無俗情。便思攜手去，不負此心清。北固山頭騎，東湖柳外鶯。何時劇相憶，風浪一江平。

瓜步瀟瀟雨，孤蓬徹夜聽。無端驚夢冷，豈為惜花零。別恨餘香國，閒心戀佛庭。可無石林筆，為寫竹間亭。[85]

第一首以登臨焦山、觀覽江山之勝景，寄興自我關心國家之心事，雖為遭逢褫職暗傷「時光春最惱」，然其性格耿直，曠達坦蕩，即使外在風雨，亦無法動搖本心。「心事月能知」，既寫抵達焦山時天色已黑，亦借明月表明自己的心志。第二首詩，先以「負土成墳」寫喪父之痛，並表示自己的孝思；其後藉由梅植之、張際亮貧而格高，以琴、松為知己的志節，寄託自己骨氣奇高，心若金石的志向。梅植之（1794-1843），字蘊生，「工書善琴」，

[84] 徐師曾《文體明辨序說》云：「和韻詩有三體：一曰依韻，謂同在一韻中而不必用其字也。二曰次韻，謂和其原韻而先後次第皆因之也。三曰用韻，謂用其韻而先後不必次也。」明・徐師曾著，羅根澤校點：《文體明辨序說》（北京：人民文學出版社，1998），頁109。

[85] 清・黃爵滋：《仙屏書屋初集》，卷15，頁1上-下。

「所嗜尤在詩」。[86]相傳梅植之家境貧困，然藏有一石一琴，並有對聯云：「家有貞元石，人彈叔夜琴。」上聯乃指其購藏唐貞元三年（787）楷書名家儲彥琛所書之石碑，下聯指其收藏的古代名琴，名曰「叔夜琴」。[87]此琴名來自西晉嵇康之號「叔夜」。嵇康擅撫琴，梅植之仰慕嵇康人品，故以其號稱呼所藏名琴，並將自己的詩文集命名為《嵇康集》。[88]張際亮，字亨甫，號松寥山人。道光五年（1825）入京師，與林則徐、黃爵滋、徐寶善、鄭開禧、潘德輿等人交游，[89]以詩酒相唱和，也參加了道光十六年（1836）的「江亭展禊」。張氏個性豪宕伉直，嘗投書指責當朝顯臣曾燠「不能教導後進，徒以財利奔走寒士門下，復不自知愛，廉恥俱喪，負天下望。」[90]因而得罪曾燠，被目為「狂士」，此後潦倒場屋，終生不得志。梅、張二人雖無高官厚祿，然才華與人品俱為世人推重，黃爵滋稱許二人之餘，亦有自比同道之意。第三首，詩人心念一轉，寫其與黃、馬等人攜手登臨，懷抱「浩然無俗情」、「不負此心清」的心情，不負春光，珍惜這段難得的緣份。此詩末句：「風浪一江平」，彷彿可見畫中小舟擺盪前行，時而掀起波瀾，時而風平浪靜的動靜之態。詩中描繪出圖中的山水與景物，或也藉由圖畫延伸出詩人在面對落職失意後，期盼一切都能風平浪靜的心情寫照。第四首，描寫此時江蘇夜半雨瀟瀟，驚夢醒冷，徹夜難眠的孤獨，而這份孤獨乃源自於

---

86 清・包世臣著，李星點校：〈梅蘊生傳〉，《藝舟雙楫》附錄 2，《包世臣全集》（合肥：黃山書社，1994），卷 8，頁 507。

87 李保華：〈詩人、琴人梅植之〉，《揚州文化研究論叢》1（2015）：117。

88 清・包世臣著，李星點校：〈梅蘊生傳〉，《藝舟雙楫》附錄 2，卷 8，頁 508。

89 黃爵滋有多首送別、寄懷張際亮之詩。而其中，〈有酒八首徐廉峰（徐寶善）前輩屬山陰勞君作四子諭詩圖，潘四農（潘德輿）記之，予方為有酒八章，因錄之。以質知言者，圖中席地執卷者為廉峰，倚石立者為張亨甫，握管如欲吟者為四農，抱膝相對者余也。附志於此，補記中所不及〉、〈二月二十六日招葉筠潭（葉紹本）前輩、郭羽可（郭儀霄）、艾至堂（艾暢）、蔣子瀟（蔣湘南）、張亨甫、朱曉山（朱鳳鳴）小集江亭〉，記錄了他們在京詩酒唱酬的宴集印記。清・黃爵滋：《仙屏書屋初集》，卷 8，頁 4 上-5 下；卷 10，頁 7 下-8 上。

90 清・姚瑩：〈張亨甫傳〉，《東溟文後集》（《清代詩文集彙編》第 549 冊，據清同治六年（1867）姚濬昌安福縣署刻中復堂全集本影印），卷 11，頁 8 上-下。

「別恨餘香國」中所流露出詩人對於離開朝野的離恨，以及即將與德林、文涵分別的離思。

黃文涵，字子湘，號自香居士，湖南澧州人，黃爵滋之門生。[91]其〈二月十日，黃樹齋司寇師招同德硯香、馬竹漁再過焦山宿自然庵，和司寇元韻〉4首，乃次韻馬書城、黃爵滋詩作：

公瑾談兵處，餘皇十萬師。海門操地利，天塹絕人知。不信飛能渡，誰教險若夷。籌邊空有策，何以拜丹墀。

傑閣題名在，春帆兩度來。空濛朝霧合，冷澹夕陽開。僧老梅同瘦，峯高竹並栽。虛堂詩壁下，拭目為遲徊。

海色來天地，蒼茫萬里情。酒緣知己盡，詩為故人清。落落筵前月，深深夢裏鶯。何來彈綠綺，頓使壯心平。

風撼前山雨，潮聲竟日聽。憑將詩紀別，不覺涕先零。歸夢隨江棹，飛花滿驛庭。由來征戰地，愁絕短長亭。[92]

此四首詩以時間為次第，由登臨宴賞、飲酒賦詩到日斜人散，人隨時間漸進推移。第一首描寫三國時期周瑜為孫權出謀策畫，利用長江赤壁之地勢，在海戰中，成功以少勝多，化險為夷，擊敗曹操軍隊。孫權原建都武昌，後移都京口，築鐵甕城，深狹堅固，以為首都之門戶，目的用於對抗曹魏。故此詩透過孫吳政權，說明該地形勢險要穩固。第二首寫其「春帆兩度來」，在梅竹蹊山的古佛禪寺，或許正是感到「僧老梅同瘦」人與自然合一的肅穆寧靜，而使詩人情不自制，「拭目為遲徊」，流連忘返。第三首句首：「海色

91　清．黃文涵：《憶琴書屋存稾》，卷4，頁3下。

92　清．黃文涵：《憶琴書屋存稾》，卷1，頁21下-22上。

來天地，蒼茫萬里情」與〈如此江山圖〉中所描繪出焦山四周的海天一色、雲海蒼茫之景，可為互文。接著，描寫四人登臨自然庵，遊賞賦詩，飲酒唱答，引為「酒緣知己」；並以司馬相如獲梁王贈「綠綺琴」的典故，[93]謂知音之難得，既可暗喻黃、馬、閻不凡之才，亦可暗喻黃爵滋雖遭彈劾落職，然在此憂危亂世之中，有識之士仍期盼遇見知音賞識的心聲。第四首描寫當時焦山風飄雨驟，落花滿院，而相聚的時光，亦隨春雨花落一點一點地流逝。宴情遊賞，詩酒流連，終有曲終人散之日，詩人和詩賦作，為這段難得而短暫的相聚留下可供回憶的紀錄；以此「由來征戰地」，託懷人事不可避免留挽的變化，為即將「愁絕短長亭」的分別，傾訴深深地傷感。相較馬書城、黃爵滋之詩，黃文涵詩大抵皆跳脫畫意，著重借畫弔古傷今，抒發憂國與傷離別的情思。

閻德林，字君直，號硯香、研香，漢軍旗人，[94]為黃爵滋門人。[95]其 4 首和詩云：

江山圖畫裏，勝蹟問漁師。月落潛龍出，雲深老鶴知。潮聲吞北固，海氣截東夷。與話年來事，殘鐘度佛墀。

浩蕩煙波客，丹霞杖底來。廚分香稻熟，雲捲暮天開。梅古不知歲，僧閑聊自栽。別峯菴外路，幾度共徘徊。

---

[93] 司馬相如家境貧寒，然善於詩賦，梁王慕名請他作賦，其以〈玉如意賦〉相贈。梁王悅之，以「綠綺琴」相贈。楊宗稷：《琴學叢書》（《琴曲集成》第 30 冊，北京：中華書局，2010），卷 4，頁 10 下。

[94] 清‧李濬之編，毛曉慶點校：《清畫家詩史》下冊（杭州：浙江人民美術出版社，2014），頁 1243。文史哲出版社編輯部：《中國美術家人名辭典》（臺北：文史哲出版社，1987），頁 1338。

[95] 黃爵滋著有〈十四日雪後漫興，示門人德林、兒子秩林和之〉，故可知閻德林為其門生。清‧黃爵滋：《戊申楚遊草》（《清代詩文集彙編》第 580 冊，據清道光二十八年（1848）刻本影印），頁 2 下。

開筵無俗韻，草木亦詩情。月影潭心冷，僊歌雲外清。愁看當屋樹，驚聽隔年鶯。此日憑闌處，春江分外平。

山中春夢遠，枕畔夜潮聽。忽忽挂颿去，瀟瀟又雨零。孤鐙來別嶼，餘酒澆空庭。勝地留新句，名傳海月亭。[96]

第一首以「江山圖畫裏」起句，引領讀者作臥遊之姿，進入畫境。次以「月落」與「潛龍」、「雲深」與「老鶴」互為虛、實之景，前者以「潛龍」隱喻賢才隱而不顯，後者描寫老鶴隱藏於雲深之處，「潛龍」、「老鶴」二者互文見義，是詩人藉由圖畫延伸出對這片滔滔江水與深山雲霧背後隱而不現的想像。接著，描寫京口「潮聲吞北固，海氣截東夷」，強調此地之形勝。而詩人們正一步步走入山寺雲深裡，聽暮打天鐘，作客禪林古寺，「與話年來事」。第二、三首描寫徜徉於「丹霞」、「雲捲」、「稻熟」、「梅古」、「春江」之春色裡，抒發內心舒悠閒適的心情；同時，又藉由「愁看當屋樹，驚聽隔年鶯」的視覺與聽覺描寫，興發物是人非的愁情，補充了圖畫難以達到的情感抒寫。或許，詩人隱括的是諸多人事的興衰起滅與今昔之比，亦或許，詩人正為即將到來的臨別而傷愁。是以，在第四首詩中，隨著時光暗度，酒筵席散，片帆歸去，宣告落幕。畫中帆船彷彿是「過去」與「未來」的時間渡船，漂泊於茫茫江水之間，既像是來時前行的航駛，也像是「忽忽挂颿去」的歸程。儘管終將面對人去樓空的寂寥，詩人題壁新句的墨痕，已在時空裡留下永恆的印跡，並伴隨往後的訪勝者揚名遠播，流傳百世。

道光二十六年（1846），黃爵滋曾偕同友人重遊焦山，下榻自然庵，為題「第一花樓」，並由其子秩槼錄於〈如此江山圖〉卷尾：

道光丙午（二十六年，1846）三月，自邗上攜友重游三詔。時研香赴

---

96 清．黃爵滋：《僊屏書屋初集年記》，卷29，頁2下。

> 豫章，竹漁赴皋蘭，撫今追昔，光景遂殊。山中素梅盛開，春寒勒花，及此已清明矣。僧寮虛靜若有待然，因題其榻曰：第一花樓。而歌以倡之，附錄左方。又以見一時之蹤跡云爾。樹齋焦山第一花樓歌為自然庵僧題壁。[97]

「焦山」原名「譙山」，相傳東漢末年關中大亂，焦光（生卒年不詳）失其家屬，獨自流寓鎮江，避隱於此，因此後人以諧音改「譙山」為「焦山」。[98]帝聞其高名，三度下詔請焦光入仕為官，焦光皆拒不應詔，故有「三詔不起」之說。[99]焦山西麓通往山頂之路旁有「三詔洞」，即源於焦光「三詔不起」傳說，洞內立有一尊焦光石刻像，是以又名「焦公洞」。[100]黃爵滋此時「攜友重游三詔」，不單是故地重游，也是延續舊時相聚，傳達為黃文涵、閻德林送別之思。短短兩年光景，人事變化，異地流轉，令人觸景傷情。

黃爵滋〈焦山第一花樓歌為自然庵題壁〉云：

> 兩山飛送江樓雨，濛濛溼遍樓前樹。江潮無際對樓生，似為予懷寫悽楚。樓前一笛倚梅花，樓畔疎香入帳紗。雲陰陰兮布護，天蜜蜜（應作「密密」）兮周遮。嫦娥面，今不見。徘徊花下人，惆悵花間宴。

---

97 Sothebys.com/zh/auctions/ecatalogue/lot.348.html/2016/fine-classical-chinese-paintings-hk0635。

98 晉・葛洪著，胡守為校釋：《神仙傳校釋》（北京：中華書局，2010），卷 6，頁 235。清・盧見曾：《焦山志》（《中華山水志叢刊》第 11 冊，北京：線裝書局，2004），卷 1，頁 1 上。

99 鎮江市地方志編纂委員會編：《鎮江市志》上冊（上海：上海社會科學院出版社，1993），卷 23，頁 618。

100 《鎮江市志》：「洞中有焦光塑像，身著隱士服，腳著芒草鞋，右手持卷，左手作搖擺狀。旁立兩童子像。清光緒二十四年（1898）焦光後裔焦爾昌重新整修，並親題石刻。『文化大革命』中被毀，1979 年（民國六十八年）重塑。」鎮江市地方志編纂委員會編：《鎮江市志》上冊，卷 23，頁 618。

昔來花謝孤明月，今逢春冷花遲發。終是人間第一仙，李桃未敢爭先出。老僧種花幾十秋，醉來語僧花滿樓。會須供爾作初祖，不負辛勤到白頭。[101]

詩中前半部分旨在抒寫別離之心情。是時，焦山煙雨溟濛，霧濕山林，詩人寓情於景，感到「似為予懷寫悽楚」的憂傷。隨著時序推移，暮色漸黑，烏雲密布籠罩天際，詩人藉由描寫月光為陰雲隱沒，帶出「今不見。徘徊花下人，惆悵花間宴」之不見故友與宴席清冷的感傷。而今年「春寒勒花」，未見梅花桃李綻放競發，山景更顯孤冷淒清。詩之後半部分則說明題「第一花樓」之緣起。山中老僧以種花養梅修身頓性，雖「春冷花遲發」，仍「虛靜若有待然」，順應自然；待放花開之過程，猶似佛教靜待花開菩提，以成「會須供爾作初祖，不負辛勤到白頭」之夙願。老僧順時處境，靜觀萬物自然變化，相對詩人「因晴而喜」，「因雨而悲」，為離情而傷別之心境，形成迥異的對比。詩人畢竟終為世間常人，有著人世間的悲歡離合、七情六慾，對於老僧的虛靜泰然，不由得以梅喻彼，發出「終是人間第一仙」的讚嘆，因此題作「第一花樓」，「歌以倡之」。

自鴉片戰爭以後，國家財政陷入危機，滿清國力嚴重衰退。外強的侵略，不但使中國舊有的經濟體系解體，龐大的賠款壓力，更讓民生經濟深陷困境，百姓生活困苦艱難。隨後，洪秀全於廣西舉事，成立太平天國，以驅除韃虜為幟，對抗滿清王朝。太平天國之戰，前後共歷經 13 年的時間，於同治三年（1864）為湘軍殲滅。同治五年（1866），黃文涵再為〈如此江山圖〉題詩時，也將戰爭複寫詩中。〈竹漁歸自焦山，攜示舊題如此江山圖卷，並題新句。烽火餘燼，人事變遷，蓋二十二年矣。走筆和之，即書卷尾，歸焦山自然庵鶴山上人〉4 首：

莫問十年事，長江一水師。煙波忘舊夢，風月更誰知。羽檄飛三省，

[101] 清．黃爵滋：《仙屏書屋初集》，卷 16，頁 6 上-下。

樓船集四夷。縱橫狼虎地，愁殺梵王墀。

六月江潮惡，扁舟我獨來。前赴雨花臺大營，由焦山放舟。題名危壁在，把酒陣雲開。山果當頭落，野花信步栽。生機還自若，遠望一遲徊。

有客高樓臥，看山萬里情。吳平齋（吳雲）觀察去官住焦山將三載矣。樹非因石怪，雲豈礙江清。難作乘風雁，空憐入谷鶯。幽棲還自悟，不必問昇平。

老竹題詩去，高吟山鬼聽。種花人已寂，讀畫涕先零。日落雲低樹，風來月上庭。舊遊無限意，望斷海西亭。[102]

此四首組詩，同為次韻之作。詩人藉由觀看圖畫，將時空的緯度延展，延伸出咸豐時期爆發的太平天國戰爭，帶出自己在戰爭期間，曾經投入曾國藩幕府，前往前線，從焦山放舟前往雨花臺。咸豐二年（1852），曾國藩奉命撥兵募勇，興辦團練，籌備圍剿太平軍。[103]十年（1860），曾國藩受命兩江總督，統轄江西、安徽、江蘇三省，並浙江全省之軍務。第一首描寫湘軍與太平軍交戰過程危急，三省兵事方棘，各路軍官羽檄交馳，戰況緊迫，而湘軍水師驍勇善戰，「縱橫狼虎地」，深入太平軍營。第二首描寫同治元年（1862）湘軍於雨花臺的攻防戰。當時，曾國荃率領湘軍逼臨金陵城南的雨花臺駐兵，打算圍剿位於金陵的太平天國，但由於兵力過單，無法形成合圍攻勢，只好轉攻為守，在雨花臺畔駐營。是年，「六月江潮惡」，長江南岸爆發大規模的傳染病，疫情迅速蔓延，波及營中湘軍，染病者多，「每營無

---

[102] 清・黃文涵：《憶琴書屋存藁》，卷 3，頁 12 下-13 上。

[103] 清・曾國藩：〈湘鄉昭忠祠記〉，《曾國藩全集》第 14 冊（長沙：嶽麓書社，2011），頁 172。

病者不過一二」。[104]對此，曾國藩、曾國荃深感憂心，連忙向各部撥調援軍，鮑超部同意前赴支援，卻未料部隊也染上疾疫，無法如願。而後，白齊文常勝軍、李世忠部雖有意前往支援，但因政治利害關係，最後都被曾國藩、曾國荃紛紛辭卻。軍情緊急之下，曾國荃致函都興阿，請求撥派兵勇過江助剿。都興阿撥調楊心純率領五營兵勇，備妥糧餉，從儀徵、六合、浦口、江浦繞道前進。8 月，李秀成率軍進攻駐紮在雨花臺的湘軍營壘，雙方展開長達 46 天的激烈戰鬥。最後，太平軍遭到劉連捷部隊與易良虎部隊聯合夾擊而敗退，湘軍才得以順利解危。[105]

崔之清評價雨花臺戰役的重要性云：「這是太平天國後期最重要的一次戰役，它的勝負，關係到太平軍能否出現新的命運轉機，關係到天國的生死存亡。」[106]相對而言，此場戰役也關係到湘軍日後攻破金陵的關鍵。是以，黃文涵描寫該場戰役之用意，不僅是因地理緣故，為與前作影射鴉片戰爭的最後之戰——鎮江之戰互相呼應，從雨花臺戰役的根本意義出發，黃氏似乎也有意凸顯湘軍遭遇的艱危，進而強調雨花臺戰役作為同治三年（1864）湘軍攻破城池之前哨，有著不容小覷的歷史意義。

第三首註：「吳平齋觀察去官住焦山將三載矣。」吳平齋即吳雲（1811-1883），字少甫，號平齋，浙江歸安人。在陳任暘著《焦山續志》以前，已有盧見曾、劉名芳、王豫、吳雲編撰《焦山志》。吳雲在金石書畫、考據訓詁均有深厚造詣，年少時屢困考場，至三十四歲始授通判，分發江蘇，累官蘇州知府。咸豐十年（1860），罷官而去，此後專意著書立說，

---

[104] 清・奕訢等總裁，清・朱學勤等總纂：《欽定剿平粵（匪）方略》（《中國方略叢書》第 1 輯第 8 冊，臺北：成文出版社，據清同治十一年（1872）刊本影印，1968），卷 323，頁 9 下-10 上。

[105] 關於雨花臺戰役研究，可參崔之清：《太平天國戰爭全史》第 4 冊（南京：南京大學出版社，2002），頁 2452-2473。李泰翰：〈同治元年的雨花臺攻防戰〉，《故宮學術季刊》24.1（2006）：71-116、164。李泰翰還根據描繪該起戰爭的圖像，作〈兵臨城下——評介《平定粵匪圖》中的〈金陵各營屢捷解圍圖〉〉，《故宮文物月刊》22.12（2005.3）：64-75。

[106] 崔之清：《太平天國戰爭全史》第 4 冊，頁 2452。

有《二百蘭亭齋金石記》、《兩罍軒彝器圖釋》、《古官私印考》、《華山碑考》等傳世。《焦山志》成於同治四年（1865）之時，即吳雲去官以後，居住焦山，覽遍萬里江山，考察該地山水、建置、銘鼎、隱士、方外，並輯錄歷代詩文著作，著成8冊，26卷。吳雲編著《焦山志》的原因與趙炳麟邀約及當時匪患肆虐息息相關。《焦山志》序云：「癸丑（咸豐三年，1853）變起，京口各叢林悉被賊燬，山中所藏周漢彝器及名賢墨蹟，為寺僧月輝先期運出，書版未及運，遂遭兵劫。……吟蕉（趙炳麟）性愛山水，就寺中臨江舊有之思退閣，添建數楹，增置窗牖，使全山勝景納於几席間。公暇輒引盃自賞，念余閒居滬上，所好相似，寓書招游以修志。」[107]而吳雲本身也在同治六年（1867）之時為〈如此江山圖〉題記：「咸豐己未年（九年，1859）余守鎮江，定峰長老曾以此卷索題。時烽煙未靖，羽書絡繹，冗無以應。越八年丁卯（同治六年，1867）清和月，重到焦山，宿自然庵。鶴山禪兄又出示此卷，屬為題記，書此以志鴻印，而定公不可復見矣。撫卷不勝愴然。」[108]深為這段翰墨因緣所感觸，流露出物是人非的感慨。

第四首回寫自身，此番再題，乃因馬書城「歸自焦山，攜示舊題如此江山圖卷」，方題新句。是時所感，不唯甫經太平天國戰爭之時局變異而已，昔時結下這段文字之緣的黃爵滋，以及繪作此圖的湯貽汾，均已離世，徒留「種花人已寂，讀畫涕先零」的感傷。宇宙星辰，「日落雲低樹，風來月上庭」，恆常自然，而人事終究難抵時光流轉，歲月更迭，本質即存在必然的消亡。雖然如此，詩人仍會憑藉過去的美好，撿拾記憶的殘骸，拼湊那一段段「舊遊無限意，望斷海西亭」的悲喜。是以，將此與二十年前之作兩相對照，詩中借畫闡發、補充了這二十年來種種的人事變化，可見所題雖是舊時畫，心境已非舊時情。

---

107 清・吳雲：〈序〉，《焦山志》，頁1上-下。

108 吳雲題記，詳參 Sothebys.com/zh/auctions/ecatalogue/lot.348.html/2016/fine-classical-chinese-paintings-hk0635。

二、黃爵滋囑題之詩

〈如此江山圖〉的題詠，除了有黃爵滋、黃文涵、馬書城、閻德林、陳方海的詩文以外，黃爵滋更藉由其交際網絡，囑託范仕義（1785-1865）、馮詢（1793？-1871）、郭儀霄（1775-1859）、倪府東（生卒年不詳）等人為圖題詩，以達為畫增輝、擴展詩歌盛筵之目的。[109]在該群參與題詠的友人之中，除了郭儀霄用的是「僧」、「明」韻，餘者大多都是追步黃爵滋等人之韻。這些詩作在企圖反映黃爵滋的本意，寓涵當日國勢的憂危、官場之得失，以及詩人之間的情誼外，更進而延伸畫外之意，融注自我生平之境遇。黃爵滋《僊屏書屋初集年記》纂錄囑託友人所作之題詩，約有 16 人 43 篇題詠，藉由這些紀載，可為筆者研究〈如此江山圖〉題詠提供難得珍貴的材料。

范仕義 4 首題詠，乃次黃、馬等人之韻：

> 奇絕江山處，從遊自得師。曠懷追往跡，雅契結心知。雲岫看舒卷，風濤閱險夷。此中聊信宿，幽賞步增墀。
>
> 久抱匡時略，非關選勝來。烽煙驅海去，樓閣倚天開。蘚碣何年護，梅窗舊日栽。東林欣小住，水月共徘徊。
>
> 三詔先生洞，能增萬古情。名山真遠俗，濁世有餘清。仰見昂霄鶴，遙聞出谷鶯。憂時頻看劍，何以報承平。
>
> 誰奏陽關曲，離筵駐足聽。丈夫多感喟，吾道豈飄零。帆挂雲千里，尊開月一庭。靈山還惜別，休問短長亭。[110]

---

[109] 清·黃爵滋：《僊屏書屋初集年記》，卷 29，頁 1 上-5 上；卷 31，頁 5 上-12 下。

[110] 清·黃爵滋：《僊屏書屋初集年記》，卷 29，頁 2 下-3 上。

第一首寫自己有幸觀覽名師畫作，舒卷展讀，看盡「奇絕江山處」，並讚美黃爵滋等輩，邀約遊賞，「雅契結心知」之風流韻事。第二、三首，藉由「烽煙」、「濁世」與「憂時」的情狀描寫，反映當時戰爭頻仍，政局動盪不安，而縈懷士人胸中「久抱匡時略」、「何以報承平」的壯志豪情，彷彿即在「仰見昂霄鶴」的一昂首之間，奮然勃拔，願為亂世之英雄。然而，儘管有識之士甘願於此亂世為國效命，卻終究不得如己所願，最終落得浪跡漂泊，轉徙異地，唯此似乎才是多數士人的共同宿命。故此，第四首透過畫中小舟帆挂，泛乘於暮雲千里的圖景，與「別德研香、家子湘」的離別之事相互扣合，並以一曲〈陽關曲〉，詩酒贈別，抒發離筵飄零的愁情。整體來說，全詩主要藉由題畫寄託失意與別情。

范仕義嘗作詩：「先憂後樂儒生志，袖手誰甘局外閒？」[111]表現其經世之志。范仕義，字質為，號廉泉，雲南保山人，為嘉慶十九年（1814）進士，先後歷任孝豐、寶山、東臺、儀徵、江寧、如皋、常熟知縣。其中，尤以道光十一年（1831）至二十三年（1843）任職如皋知縣十餘年的時間，是其政績卓著，多有惠聲的一段時期。如皋一地乃「掘港營汛地」、「近海要區」，[112]道光二十一年（1841），「署理兩江總督以噗夷滋事，飭知縣范仕義團練各港防堵，二十三年（1843）九月撤防。」[113]可見范氏其時政績頗碩，然而終其一生卻只是地方小官。因此，詩中感喟黃氏等人落職、改官的同時，也同樣寄託了自我用世未酬的壯懷。

值得注意的是，詩人在描寫焦山勝景，藉此寄託自我報效國家志向的同時，其實詩中也隱隱暗示了鴉片戰爭最終之戰——鎮江之戰與焦山的緊密關聯。道光二十二年（1842），英軍發動揚子江戰役，陷吳淞寶山，7 月，鎮

---

111 清・范仕義：〈鎮寧州〉，《廉泉詩鈔》（《清代詩文集彙編》第 548 冊，據清道光二十二年（1842）友石居刻本影印），卷 1，頁 3 上-下。

112 清・趙爾巽：《清史稿》第 14 冊，卷 138，頁 4104。

113 清・周際霖等修，清・周項等纂：《江蘇省如皋縣續志（一）》（《中國方志叢書》第 46 號，臺北：成文出版社，據清同治十二年（1873）刊本影印，1970），卷 4，頁 1 下。

江陷落，英軍切斷京杭大運河的漕運，隨後，8月又進抵江寧江面，29日，迫使中國與英國簽訂《南京條約》，自此英船漸由鎮江、江陰、靖江、狼山港口而出。[114]故此，范詩：「烽煙驅海去」，實指鎮江戰敗引致中英談和，代表了清廷徹底戰敗，鴉片戰爭結束。

而在黃爵滋囑題賦詠的其中一名重要題詠者，是被曾國藩譽為「詩伯」的馮詢。[115]馮詢，字子良，廣東番禺人。[116]早年隨張維屏學詩，[117]道光初年，曾參與譚瑩創立的「西園吟社」，為該詩社的優秀青年社員，詩才絕異，詩名遠播。[118]黃爵滋與馮詢交往甚久，情誼深厚，是以囑其題詠，不僅可展現馮詢詩才，為圖增輝，亦可顯現兩人不凡的友誼。馮詢〈樹齋少寇屬題如此江山圖〉：

如此江山浩蕩中，不知淘盡幾英雄。干戈銷滅琴尊健，來訪焦生

---

114 劉長華記，馮雄校：《鴉片戰爭史料》（《鴉片戰爭文獻彙編》第3冊，臺北：鼎文書局，1973），頁170。

115 馮詢〈年來予詩愈作愈艱，恐才盡，欲勿作，未必能也。自題一律，待證後來〉詩自註：「予得湘鄉曾爵相賜書楹聯，欵（款）有詩伯之呼。」清・馮詢：《子良詩存》（《續修四庫全書》第1526冊，上海：上海古籍出版社，據上海圖書館藏清刻本影印，2002），卷19，頁21下-22上。

116 關於馮詢生卒年，歷來有不同說法。其一，《廣州市志》載其生於乾隆五十七年（1792），卒於同治六年（1867）年；其二，《中國文學大辭典》載其生於嘉慶二年（1797），卒於同治六年（1867）後。其三，據黃爵滋《子良詩存》序云：「番禺馮子良大令與予為同年生。」即乾隆五十八年（1793）生。其四，《廣東省番禺縣續志》載其「卒年七十有六」。廣州市地方志編纂委員會編纂：《廣州市志》（廣州：廣州出版社，1996），卷19，頁169-170。錢仲聯：《中國文學大辭典》（上海：上海辭書出版社，2000），頁1329。清・黃爵滋：〈序〉，清・馮詢：《子良詩存》，頁1上。清・梁鼎芬等修，清・丁仁長等纂：《廣東省番禺縣續志》（《中國方志叢書》第49號，臺北：成文出版社，據民國二十年（1931）刊本影印，1967），卷19，頁8上。

117 清・梁鼎芬等修，清・丁仁長等纂：《廣東省番禺縣續志》，卷19，頁8上。

118 清・劉繹：〈子良試帖序〉，《存吾春齋文鈔》（《晚清四部叢刊》第1編第113冊，據清光緒間（1875-1908）刻本影印），卷1，頁22上。

（《僊屏書屋初集年記》作「山」）一畝宮。

羣峯北顧水東流，如此江山豈得休。拚擲金銀山兩座，年年江上買離愁。蒜山一名銀山。

樓臺十二路三千，憂樂茫茫到眼前。如此江山勞亦逸，蘇公笠屐祖生鞭。

留鎮山門仗墨林，轉因提唱（《僊屏書屋初集年記》作「題贈」）想豪襟。風濤怒處鮫（《僊屏書屋初集年記》作「魚」）龍聽，如此江山敢浪吟。[119]

此四首詩非追和之作，純為詩人受黃氏之邀而賦題吟詠的作品。詩中大抵皆藉由題畫延伸出對於此地歷史戰爭、古代英雄、自我仕途的聯想與寄託。第一首透過觀覽畫中江山之景，引出此地曾歷經無數戰爭，並感嘆多少英雄豪傑，在此浩蕩江水之中淘盡消亡，亦以焦光歸耕讀書，避居守節，對比這些爭權奪利的干戈之事，呈現明顯兩異的樣態。第二首從遠眺視角，北顧群峰流水，雖感人事代謝之必然，然而「如此江山豈得休」？「朝屬梁而暮屬晉」，說的即是朝代更迭，干戈不息。詩人又借金山與蒜山（銀山）之地理位置，說明此乃歷來兵家「拚擲金銀山」相與爭奪之地。蒜山位於江蘇丹徒西之長江口，「山生澤蒜，因以為名」，[120]因與金山隔江對峙而稱銀山、銀臺山，此後又因音變而稱雲臺山。陸龜蒙〈筭山〉詩云：「周郎計策清宵

[119] 清・馮詢：《子良詩存》，卷 8，頁 19 上。同見清・黃爵滋：《僊屏書屋初集年記》，卷 31，頁 10 上-下。

[120] 宋・樂史著，王文楚等點校：《太平寰宇記》第 4 冊（北京：中華書局，2007），卷 89，頁 1759。

定，曹氏樓船白晝灰。」[121]周瑜、黃蓋在此謀畫「火燒赤壁」以拒曹操而得名，故蒜山又名「算山」。「金銀山」不但係指金、蒜二山，亦雙關其位置如金銀之重，極富地利價值。是以，詩人觀此兵家必爭之地，每一次的戰火與更替，都不禁使其心中升起一股如「年年江上買離愁」的興衰離別之感。

第三首緊扣第一首中的「英雄」與「隱者」，加強此地帶給詩人「勞」亦「逸」的雙重心情，一則借蘇軾〈自金山放船至焦山〉抒發歸隱之思，[122]一則又借劉琨「枕戈待旦，志梟逆虜，常恐祖生（祖逖）先吾箸（著）鞭耳！」[123]的典故，自勉進取，雜揉勞與逸、憂與樂的複雜心緒。馮詢此時僅是地方上的小官，在此「樓臺十二路三千」之地，步步前行的道路，彷彿人世道途的隱喻，「憂樂茫茫到眼前」，進退之間，五味雜陳。此詩在憂懷家國山河之餘，還寄託了許多文人曾面臨仕隱之間的糾結與拉扯。第四首藉由「風濤怒處鮫龍聽」之景物描寫，暗喻外在局勢之險惡，其時詩人雖「留鎮山門仗墨林」操持文墨，然內在豪情壯志之襟懷，仍如波濤翻騰，未曾消退。

黃爵滋最常賦詩往來者，除了張際亮以外，便是郭儀霄。其〈題黃樹齋同年如此江山圖畫卷〉2 首，寫出「緣添詩酒朋」之佳會難得與「閱盡升沉感」的宦途浮沉，[124]可說是黃爵滋其時境況的最佳寫照。倪府東的 4 首題詠，則從整個國家局勢的大環境作開展，在「烽火陣雲開」、「煙雲經萬

---

121 唐・陸龜蒙著，何錫光校注：《唐甫里先生文集》（《陸龜蒙全集校注》上冊，南京：鳳凰出版社，2015），卷 9，頁 576。

122 其時，蘇軾因議論朝政，反對新法，被外放杭州通判。宋・蘇軾著，馬德富校注：《蘇軾詩集校注（二）》（《蘇軾全集校注》第 2 冊），卷 7，頁 611-613。

123 《世說新語》〈賞譽〉：「劉琨稱祖車騎為朗詣，曰：『少為王敦所歎。』」劉孝標注引《晉陽秋》云：「劉琨與親舊書曰：『吾枕戈待旦，志梟逆虜，常恐祖生先吾箸（著）鞭耳！』」是故，後人以「祖生鞭」勉人認真進取。南朝宋・劉義慶著，南朝梁・劉孝標注，余嘉錫箋疏：《世說新語箋疏》中冊，卷中之下，頁 527-528。

124 清・郭儀霄：《誦芬堂詩鈔五集》（《清代詩文集彙編》第 515 冊，據清道光刻本影印），卷 1，頁 6 上-下。

變」的時局變化中，寄託自我年來「歲華空荏苒，蹤跡半飄零」的惆悵。詩中更謂黃爵滋邀賞焦山之目的，似乎不僅是為了轉換官場失意的心情，也是為「舊約尋鷗鷺」，藉以表白自己的心志。[125]當時，更有女詩人張因（1741-1807）為圖繡畫。郭儀霄作〈又題淨因閣女士繡黃樹齋同年如此江山圖〉，讚賞張因繡工精湛。[126]王瑞珠作〈奉題淨因室女史如此江山繡卷呈樹齋先生〉詩 10 首，讚賞張因工詩善畫，嫻習音律，亦謂黃爵滋曾作紀遊 52 圖、題「第一花樓」之詩，以見詩才，而其〈如此江山圖〉尤為人爭誦之，可見其風采卓犖。[127]張因為〈如此江山圖〉繡畫，可以媲美清初余韞珠為王士禛繡〈神女〉、〈洛神〉、〈浣紗〉、〈杜蘭香〉四幅圖，隱含對黃氏的推崇與仰慕。

三、自然庵囑題之詩

自道光二十六年（1846）〈如此江山圖〉歸藏自然庵後，此圖即一直藏於寺庵之中，前後共歷經定峰、鶴山、六瀞（或作六淨）、溯源四位庵主。定峰圓寂以後，太平天國亂起，庵內僧人將圖畫藏於岩穴中，因而得以倖免於難。[128]焦山建有定慧寺、自然庵、玉峰庵等禪寺精舍，林木幽深，風景秀麗，歷來一直是騷人墨客喜愛登臨遊賞、避暑偕隱之地，包括江淹、蘇軾、王世貞、李流芳、鄭燮等人，皆曾駐足此地。焦山如此深得文人鍾愛，遂使〈如此江山圖〉即便藏於寺庵之中，亦不致隱沒於世，倘若有屬意的文士來此作客，各位庵主便向其展示圖畫，囑託題記。因此正確來說，參與〈如此江山圖〉的題詠者有多數不是經由湯貽汾或黃爵滋本人囑託，而是透過數位庵主挑選合意、有緣之人，囑託題詠，積累成帙。

[125] 清・黃爵滋：《僊屏書屋初集年記》，卷 31，頁 5 上。

[126] 清・郭儀霄：《誦芬堂詩鈔五集》，卷 1，頁 6 下。

[127] 清・黃爵滋：《戊申粵遊草》，頁 9 上-10 下。

[128] 許漢卿題記，參見 Sothebys.com/zh/auctions/ecatalogue/lot.348.html/2016/fine-classical-chinese-paintings-hk0635。

(一) 以詩題詠

根據陳任暘《焦山續志》記載，除了有陳任暘、黃爵滋、黃文涵的題詠，還包括汪世昭、廓道人、法良、汪廷儒、彭蘊章、彭玉麟、韓弼元、易順鼎等人的題詠。其中，尤值一提的是鮑源深（1812-1884）〈焦山自然庵僧鶴山以如此江山畫卷索題，即用卷中唱和韻〉4 首，詩中記載了焦山自然庵險毀於太平軍的一段歷史：

> 一掉廣長舌，賢於十萬師。賊至焦山，僧某以利害說之，賊斫佛像去，山寺獲全。（註見《補竹軒詩集》）名山真有幸，古佛竟無知。鶴碣今猶昔（《焦山續志》作「在」），鯨濤險化夷。論功同保境，誰與達丹（《焦山續志》作「彤」）墀。
>
> 十年焦麓夢，今日挂帆來。泉石心期證，江山眼界開。仙從何處訪，松是古時栽。浮玉遙相望，扁舟意往徊。
>
> 一水滔滔去，中含萬古情。高歌兵馬洗，長對海天清。風送橫空雁，春催出谷鶯。僧樓聊共倚，茗話足平生（《焦山續志》作「生平」）。
>
> 欲鼓水仙操，蛟龍恐出（《焦山續志》作「去」）聽。江流自洶湧，人事幾凋零。怪石立千尺，老梅香一庭。煙花非舊日（《焦山續志》作「仍舊否」），回首竹西亭。[129]

咸豐三年（1853），太平軍焚金山、北固，羅大綱率賊至焦山。僧眾駭散，了禪住持定慧寺，與悟春等弟子，死守不去。賊至佛殿，「見佛像，持刀亂砍，若夙昔讐仇者。」了禪再三陳說，並以宋時張世傑以舟師扼焦山，為元

---

[129] 清・鮑源深：《補竹軒詩集》（《清代詩文集彙編》第 650 冊，據清光緒刻本影印），卷 2，頁 17 上-下。同見清・陳任暘：《焦山續志》，卷 7，頁 5 上-下。

阿术所敗，謂焦山無退步，非用武地，論及利害，竟得免焚燒。[130]自太平軍起事，江南諸剎，無一倖存，唯獨焦山，名山有幸，「鯨濤險化夷」。是以，詩人稱許了禪「一掉廣長舌，賢於十萬師」之能言善道，保全焦山自然庵功不可沒。數年過後，征戰平息，詩人懷著「十年焦麓夢，今日挂帆來」的心情造訪此地。圖中扁舟彷彿是載著詩人挂帆而來的小船，途中領受無限江山美景——「江流自洶湧」，「怪石立千尺」，「老梅香一庭」，江山依舊恆常如斯，開闊了詩人的眼界。然而，世事變化，「人事幾凋零」，滔滔江水逝，一驀回首間，煙花已非舊日景。詩人藉由題畫興發感懷，批判太平天國為國家、人民帶來致命的摧殘與傷亡。在戰爭期間，僧人將〈如此江山圖〉小心收藏於岩穴之中，因此才得以保存，而焦山自然庵之存廢，即轉載於數年之後〈如此江山圖〉的題詠閱讀中，猶如史詩一般閃耀卷軸。

楊葆光（1830-1912）〈六瀞開士屬題所藏如此江山圖卷，次卷中黃樹齋司寇韻〉4 首，在追和黃爵滋之詩韻，道出圖畫原委的同時，亦敘寫詩人與僧侶之交誼：

> 司寇今詞客，將軍老畫師。圖為湯雨生先生作。（註見《蘇盦詩錄》）昔遊（《焦山續志》作「游」）成夢幻，軍事詫先知。卷中陳方海記以東南軍事為憂。兵火留文字，滄桑歷險夷。憑闌（《焦山續志》作「欄」）一展卷，落葉滿階（《焦山續志》作「堦」）墀。

> 高閣觀瀾愜，遲予十載來。清尊共傾倒，圖畫豁然開。六瀞為予設伊蒲饌因（《焦山續志》無「因」字）觀此卷。蔬筍新知味，梅花更補栽。借庵詩注自然庵老梅二株，皆數百年物，已枯朽矣。今梅花樓下更植新枝也。留題誰庾鮑，搖筆一低徊。

---

[130] 清・釋了禪：〈守山事略〉，清・陳任暘：《焦山續志》，卷 6，頁 18 上-21 下。清・吳雲：《焦山志》，卷 10，頁 16 上。

> 人海沉淪久，山游獨有情。枯禪無可去，前游曾見定公，今西歸已久。詩句貫休清。六瀞工畫能詩。更羨陵風鶴，何殊出（《焦山續志》作「幽」）谷鶯。鶴山守關海門退院。江山無恙在，寶筏碧漪平。
>
> 狂吟開卷發，定有老龍聽。悟徹僧祇旨，毋為客淚零。有緣尋墨妙，何幸寫黃庭。繼響填餘罅，彌慚問字亭。[131]

詩作第一首記錄黃爵滋與湯貽汾的詩畫因緣，並藉由陳方海的題記，說明創作之背景乃處於「東南軍事為憂」的政治環境中。第二至四首，敘寫詩人前遊焦山，為定峰住持之時，爾後，鶴山退院，閒居避俗，專修佛事，今六瀞主院，為其陳設齋供，展卷觀覽，囑託題詠。焦山寺院在傳承的過程中，其實一直都與國勢政局緊密牽連，楊葆光〈鶴山禪師四十生辰序〉有云：「焦山自然庵之存，蓋存於定峯長老以辯才折服英國領事官。香火弗替，而其孫徒鶴山，復能抱殘守缺，率眾以和以綿延至今也。」[132]說的即是咸豐十一年（1861）定峰任庵主期間，英人自天津議和，至鎮江開阜，欲於自然庵建領事館，定峰以「吾儕所奉，猶貴國之奉耶穌也。君能去耶穌，吾尚不能去。」[133]使英國領事知難而退。楊氏在同治十一年（1872）冬，「重訪三山，焦巖小住，公已於秋杪閉關海門退院。予叩關晤語，禪悅更增，談旨悠然，使人聞而意遠。六瀞以公今春二月生辰，以序為請。」[134]因六瀞之請託，是為作序，可見楊氏與寺院庵主往來甚密。而六瀞本身「工畫能詩」，好尚風雅，囑其賦詠，更是一種詩畫結友的方式。詩人慶幸寺宇尚存，「江山無恙在」，能夠「狂吟開卷發」，遙追庾鮑詩才，臨寫《黃庭經》帖，乃

---

131 清・楊葆光：《蘇盦詩錄》（《清代詩文集彙編》第717冊，據清光緒九年（1883）杭州刻本影印），卷3，頁18下-19下。同見清・陳任暘：《焦山續志》，卷7，頁3上-4上。

132 清・陳任暘：《焦山續志》，卷6，頁33下。

133 清・陳任暘：〈定峯和尚傳〉，《焦山續志》，卷6，頁29上。

134 清・陳任暘：《焦山續志》，卷6，頁34上-下。

國祚之幸。題詩延伸了圖畫的歷史緯度，補述圖畫難以呈現自然庵在後來時局動盪中的存廢與否，以及自然庵主與題詠者之間的交友情誼。

（二）以詞題詠

上述多數詩人都是在黃爵滋題詠的基礎上賡和創作，但也有一些文人是以詞為吟詠，如晚清重要詞人王鵬運（1849-1904）作有〈念奴嬌・逭暑焦山自然庵，為庵主六公題如此江山圖，用東坡赤壁韻〉：

> 雲埋（《焦山續志》作「薶」）浪打，想髯翁、當日吟邊風物。問訊江山無恙否，目斷巖巖蒼壁。斷續驚濤，聯翩游屐，好句留冰雪。焦仙醒未，為予喚起英傑。（「斷續驚濤」以下五句，《焦山續志》作「載酒游清，籠紗句苦，欲撼濤頭雪。焦仙醒未，為余試數英傑。」）　最是棖觸愁心，禪天梵放，雲外清笳發（《焦山續志》作「隔岸悲笳發」）。撲地蒼煙飛不起，海氣（《焦山續志》作「氛」）浮空明滅。秋色西來，中原北望，天遠青如髮。孤光不改（《焦山續志》作「伴人依舊」），多情祇有圓月。[135]

此詞為庚子事變後，光緒二十八年（1902）王鵬運得請南歸以後所作。此詞追步蘇軾〈念奴嬌・赤壁懷古〉。詞人透過觀看畫中雲海之景，思及蘇軾亦曾登臨此地，吟邊風物——「遙想公瑾當年」，「雄姿英發」，多少千古人物，都隨大江東去，浪淘盡。又見「巖巖蒼壁」，擔憂江山之危。然而，此時詞人懷抱著萬丈豪情，在「焦仙醒未，為予喚起英傑」的浪淘之中，期待「斷續驚濤」再激起一代英豪，拯救當日亂局。只可惜，未及臥龍醒，「雲外清笳發」，烽火狼煙，即若懷有經世報國之心，亦只是幻化為「飛不起、海氣浮空明滅」的一縷塵煙。

此後，周岸登（1875-1942）登焦山，見王鵬運題詞，即追步其韻，和

---

[135] 清・王鵬運：《南潛集》，《半塘定稿》（《王鵬運集》第 1 冊），卷 2，頁 23 上-下。同見清・陳任暘：《焦山續志》，卷 8，頁 16 上。

作〈念奴嬌・焦山和半塘題如此江山圖，東坡原叶〉：

> 一拳危石，鎖江流、閱盡前朝英物。誰試摩天疏鑿手，點破頑苔昏壁。水濫岷觴，詩從玉局，浪捲蓬婆雪。狂瀾須挽，我來翹佇時傑。　曾訪海上成連，移情玄賞，舒嘯潮音發。島嶼微茫琴思遠，回首山河明滅。九域蟲沙，同舟風雨，痛痒連膚髮。江神安在，掃雲呼起江月。[136]

由因焦山特殊的地理形勢，一直以來即是兵家必爭之地，故而登臨懷古，遙思英雄豪傑，幾乎可說是歷來每一個訪勝者的共同感慨。詞中「閱盡前朝英物」、「我來翹佇時傑」，道出自我對古時英豪的追懷，也懷抱與王鵬運同樣期待「時傑」現世的想望。儘管天下易代，「山河明滅」，乃如潮汐漲退，歷史之必然，但對於身處其時朝代之人而言，這種興亡之感，是連繫著九州黎民「同舟風雨，痛痒連膚髮」的共同血脈。國朝傾覆，家何以在？因此，最後詞人在「江神安在，掃雲呼起江月」的懷情中，寄託了自我滿腔的憂國之思。

京口三山雄峻壯麗的自然環境與人文歷史，千百年來，無數騷人墨客在此留下吟詠詩篇，承載了無盡詩人的天下之志與萬丈豪情。除了蘇軾〈念奴嬌・赤壁懷古〉為膾炙人口的詞作，辛棄疾〈永遇樂・京口北固亭懷古〉也是後人喜愛賡和吟詠的作品。潘曾瑋（1819-1886）〈永遇樂・登焦山題如此江山圖，用辛稼軒體〉云：

> 如此江山，今來古往，依舊風月。名士風流，英雄氣概，不信都磨滅。銀濤滚滚，朝朝暮暮，新恨舊愁千疊。笑登臨、書生老矣，壯懷到此銷歇。　戎衣事了，知封侯無骨，贏得頭顱似雪。莫問浮名，放歌長嘯，逍遣杯中物。那堪憑弔，枕江樓閣，一片斜陽紅徹。還誰

---

[136] 清・周岸登：《蜀雅》（《民國詞集叢刊》第 10 冊，北京：國家圖書館出版社，據民國二十年（1931）鉛印本影印，2016），卷 12，頁 11 下-12 上。

惜、仙禽羽化，但餘斷碣。謂〈瘞鶴銘〉。[137]

此詞約為咸豐十年（1860）至同治七年（1868）之間所作。詞以「辛稼軒體」寫詞人體悟：今來古往，物事人非，「書生老矣」，而江山不老，「依舊風月」；由因人之生命，年壽有時而盡，榮樂止乎其身，故下闋寫書生落魄封侯事，功名未到，卻已「贏得頭顱似雪」，進而感發富貴如夢，「莫問浮名」，看淡功名的情思。詞末在推進「還誰惜、仙禽羽化」人事消亡的感慨，更以「但餘斷碣」——百年殘石〈瘞鶴銘〉之存世，襯托人壽生命之短促。

焦山多碑銘石刻，尤以〈瘞鶴銘〉最為珍寶。〈瘞鶴銘〉乃摩崖石刻，原刻於西山崖壁，後被雷擊落江中，沉寂長江百年。康熙五十二年（1713），陳鵬年以鉅資募工打撈，尋獲五塊殘石，移置山寺，此後人人可搨。[138]該石刻署名為「華陽真逸」、「上皇山樵」所書。[139]陶弘景（452-536），字通明，晚號華陽真逸，故後世多認為作者即陶弘景。〈瘞鶴銘〉歷經百世，雖為殘石，仍然傳世。詞人感發人世生命之短暫，忽與萬物遷化，功名富貴止乎其身，過眼皆空，未若〈瘞鶴銘〉名山翰墨，「但餘斷碣」，流傳世上。是以，與其耗盡心神追尋遙不可及的長期與空幻，或許寄身於文墨書翰，才是詞人洞悉生命的真諦。

民國以後，冒廣生（1873-1959）嘗遊歷焦山，為圖題詞，追和辛棄疾，作〈永遇樂・題黃樹齋如此江山圖，圖為湯雨生畫，藏焦山自然庵〉：

如此江山，行人空說，劉寄奴處。草草興亡，半篙春水，斷送前朝去。梅花一樹，自然庵裏，詞客英靈曾住。想登臨、當歌慷慨，停盃氣狎龍虎。　　驚心胡馬，窺邊去後，又報紅巾北顧。七十多年，丹

---

[137] 清・潘曾瑋：《詠花詞》（《清代詩文集彙編》第 675 冊，據清光緒十三年（1887）刻本影印），頁 17 下。

[138] 清・陳任暘：《焦山續志》，卷 3，頁 3 下。

[139] 鎮江市地方志編纂委員會編：《鎮江市志》下冊，卷 56，頁 1419。

青重認，劫火南徐路。孤城鐵甕，怒潮夜打，猶似當時戰鼓。憑誰弔、將軍碧血，年來化否？[140]

詞中化用稼軒詞中典故，借南朝宋高祖劉裕領兵北伐，英姿煥發，氣吞胡虜，並以宋文帝劉義隆好大喜功，輕率北伐，「草草興亡」，暗喻宋室興衰。詞人撫今追昔，非但只為傷弔宋室覆亡，遙深之意在藉此喻彼，寄託自己身歷滿清滅亡，「斷送前朝去」，淪落清朝遺民。光緒二十六年（1900），八國聯軍入侵北京，隔年，簽約賠款，聯軍紛紛解散。是時，「驚心胡馬，窺邊去後」，至宣統三年（1911），武昌革命、四川保路運動、辛亥革命相繼又起，前波未滅後波生，滿清最終被推翻。自道光二十二年（1842）鴉片戰爭結束至今，已歷經「七十多年」的歲月，詞人「丹青重認」，感觸年來「刼火南徐路」的人事滄桑，在此自然庵裡，想像昔時「詞客英靈曾住」，亦曾慷慨悲歌，憂時念亂，夜聽「怒潮夜打，猶似當時戰鼓」，感傷國家多舛，烽鼓相望，歲時不息。而歷史終究還是走入疊覆的易代循環裡，徒留湯貽汾英烈忠魂、「將軍碧血」，為後世憑弔。

王鵬運、周岸登、潘曾瑋、冒廣生有意識的選擇蘇辛詞體，體現出晚清詞不主一家，兼容陽羨、浙派與常派的現象；對於南、北宋詞人地位，以及歷來爭辯不休的正、變之說，都有新的審視與評價。周濟晚年編《宋四家詞選》，遴甄周邦彥、辛棄疾、王沂孫、吳文英四家，提出「問塗碧山、歷夢窗、稼軒，以還清真之渾化」的學詞理論，[141]標舉辛詞，糾正早年「以稼軒為外道」[142]的看法。不過，周濟重視辛詞，卻以蘇詞粗豪為病，進辛退蘇。此後，沈祥龍提出：「詞有婉約，有豪放，二者不可偏廢，在施之各當耳。房中之奏，出以豪放，則情致絕少纏綿。塞下之曲，行以婉約，則氣象何能恢拓。蘇、辛與秦、柳，貴集其長也。」[143]馮煦以為：「若東坡之於

---

[140] 冒廣生：《小三吾亭詞》（清光緒至民國間如皋冒氏刊本），卷3，頁11上-下。

[141] 清・周濟：《宋四家詞選目錄序論》（《詞話叢編》第2冊），頁1643。

[142] 清・周濟：《介存齋論詞雜著》，頁1634。

[143] 清・沈祥龍：《論詞隨筆》（《詞話叢編》第5冊），頁4049。

北宋，稼軒之於南宋，並獨樹一幟，不域於世，亦與他家絕殊。」[144]皆同時強調蘇、辛之地位與影響力。而王鵬運更是對蘇詞推崇備至：「蘇文忠之清雄，敻乎軼塵絕迹，令人無從趨步。蓋霄壤相懸，寧止才華而已。其性情，其學問，其襟抱，舉非恆流所能夢見。詞家蘇、辛並稱，其實辛猶人境也，蘇其殆仙乎！」[145]是以可見，蘇、辛在晚清詞壇已有較高的評價，他們各以不同之超曠豪邁、沉鬱悲涼的詞風，影響後人追和的腳步。王、周、潘、冒以詞為題，較少涉及畫面的描寫，大多是闡發出：晚清亂時憂危中，賢人君子將內心悲慨寄情山河的心境，可與蘇、辛豪放悲涼等同一般。

第四節　〈如此江山圖〉的延承與續作

湯貽汾為黃爵滋繪〈如此江山圖〉，寓寄國家憂危與遭貶失意之情，旨意遙深，藏諸名山，成就千古佳話。此後，同治年間，彭玉麟緣襲勝事，復請廖筠繪〈如此江山圖第二圖〉；至光緒年間，吳大澂（1835-1902）過山，復摹 1 圖，並由六瀞裝為 1 卷，遍請名流題詠。

一、彭玉麟〈如此江山第二圖〉的本事

根據陳任暘〈如此江山第二圖記〉記載：

> 〈如此江山圖〉湯雨生將軍為黃樹齋司寇所作，後以貽自然庵主人定峰者。圖成於道光甲辰（二十四年，1844），適在海波初靖，懷柔遠人之後。越三十年，同治甲戌（十三年，1874）復有事於江防，宮保彭少司馬雪琴奉命駐節自然庵，督率諸軍籌備機宜。時主自然庵者為六淨，六淨，定峰法曾孫也。雪帥因倩閩嶠廖君竹亭（廖筠）寫此圖貽之，額卷首曰：「如此江山第二圖」。夫當湯將軍繪圖之日，國家

[144] 清・馮煦：〈重刻東坡樂府序〉，《蒿盦續稿》（《清代詩文集彙編》第 757 冊，據民國二年（1913）至十二年（1923）遞刻本影印），卷 3，頁 33 上。

[145] 龍榆生：《龍榆生詞學論文集》（上海：上海古籍出版社，1997），頁 264。

> 修文偃武，以招徠為休養生息，迨至今日，髮捻狪逆一律掃除，雖婦孺無知，亦解同仇敵愾。雪帥以戈船成功江上砥柱五省，雕題交趾聞而慴服，何有於區區跋浪之鯨？此圖之所由作歟。至於山尾之建築礮臺，玉峰諸庵之移建，又顯焉者也。既作圖之，六年光緒庚辰（六年，1880），海氛又警，雪帥復戾止，策勵將士，旌旗變色，猶當日作圖之志也。暘承辦救生八年，於茲頻於晉謁，時默識言論風采，適六淨上人以圖見示，因敬述顛末。吳清卿京卿（吳大澂），光緒丁丑（三年，1877）過山，曾為六淨作一圖，今亦襄辦吉林軍事，與雪帥作圖之志當無異焉，故囑六淨併裝為一軸云。[146]

由該段文字可知，〈如此江山圖第二圖〉為同治十三年（1874）之時，彭玉麟囑託廖筠所繪；光緒三年（1877），吳大澂途經焦山，復摹 1 圖。彭玉麟，字雪琴，湖南衡陽人，為清末湘軍水師將領，有「雪帥」之稱。咸豐三年（1853），曾國藩奉命剿滅太平天國，治軍衡州，創辦水師，彭玉麟受曾國藩懇勸，投筆從戎，加入湘軍。先後攻克湘潭、越州、武漢、田家鎮，捷報頻傳。同治三年（1864），彭玉麟率領水師與曾國荃陸師相互配合，攻破天京（南京），獲賞一等輕車都尉世職，加太子少保。次年，署漕運總督，彭玉麟再疏力辭，「簡員料理長江水師善後應辦事宜」。[147]自道光二十年（1840）鴉片戰爭時期，清政府為加強長江海防，在焦山、圌山、象山、江都都天廟等地建造炮臺。太平天國戰爭結束之後，彭玉麟又與曾國藩籌畫創立長江水師，加強此地海防措施。同治七年（1868），長江水師創立，爾後彭玉麟便回籍返鄉。同治十一年（1872），因長江水師弊端叢出，彭玉麟奉命簡閱，肆力整頓，劾罷一百八十餘人。其後，奉詔「每年著巡閱一次，遇有應行參劾及變通之處，准其專摺具奏。」[148]此時，彭玉麟「復有事於江防」，受命駐節自然庵，是為整頓長江水師，也為防範狪逆侵擾，抑制動盪

---

[146] 清・陳任暘：《焦山續志》，卷 6，頁 3 下-4 下。

[147] 王鍾翰校：《清史列傳》第 15 冊，卷 58，頁 4536-4537。

[148] 王鍾翰校：《清史列傳》第 15 冊，卷 58，頁 4537-4538。

時局。〈如此江山圖第二圖〉繪作之時雖無戰事，然光緒六年（1880），「海氛又警」，彭玉麟堅其效命之忱，策勵水師將士。圖畫宛如時政之預示，及其心志之映照，投影彭玉麟奉獻國家的忠義精神。

吳大澂，字清卿，江蘇吳縣人，擅書法丹青。光緒六年（1880），奉命隨同將軍銘安赴吉林襄辦西北邊防。期間，吳氏在建設驛站道路、加強邊防、撫賑地方，甚至與俄國勘疆劃界，爭取領土，均有貢獻。[149]陳任暘以其自身「承辦救生」、仰慕彭玉麟之「言論風采」，推想吳大澂胸懷經世之志，復摹〈如此江山第二圖〉動機，「與雪帥作圖之志當無異」，與己景仰雪帥之心，並無二致。然而，吳大澂的愛國情志，最終並未與其聲名比附對等，而是淪為一名失意的愛國者。光緒二十年（1894）甲午戰爭爆發，吳大澂請纓援遼失敗，朝野上下，口誅筆伐，指其「言大而誇，不諳軍旅」、[150]「未臨大敵，聞警先奔」，[151]負評謗身。戊戌政變時期，由因被視為「翁黨」而遭革職，此後隱棲鄉里，賣文鬻畫，終老其生，結束黯淡晚年。是以，自晚清以來，吳大澂始終飽受譏評。趙爾巽《清史稿》論曰：「大澂治河有名，而好言兵，才氣自喜，卒以虛憍敗，惜哉！」[152]回思陳任暘當時揣其摹繪〈如此江山第二圖〉之背後動機，似乎已見其愛國之心，更懂得吳大澂的雄心抱負與經世之志。而廖筠與吳大澂所繪〈如此江山圖第二圖〉，目前已不知何在，仍有待日後考證。

陳任暘題記云：「暘承辦救生八年」。陳氏約莫於三十歲時，開始在焦山辦理紅船救生。據《鎮江市志》記載，陳任暘一生協辦救生長達四十年，

---

[149] 清・趙爾巽：《清史稿》第41冊，卷450，頁12551-12552。

[150] 清・張仲炘：〈張仲炘奏撫臣吳大澂不諳軍旅請飭回本任片〉，邵循正等編：《中日戰爭》第3冊（上海：上海書店出版社，2000），頁309。

[151] 清・馮文蔚：〈翰林院侍讀學士馮文蔚等奏參損挫軍威貽誤大局之吳大澂摺〉，故宮博物院編：《清光緒朝中日交涉史料》上冊（新北：文海出版社，1963），卷37，光緒二十一年（1895）3月12日奏稿，頁20下。今人有撰文針對吳大澂逃跑與否之問題，重新加以探究，予以較為客觀的評價。見劉曉煥：〈吳大澂是「逃跑將軍」嗎？〉，《東嶽論叢》6（1991）：57-60。

[152] 清・趙爾巽：《清史稿》第41冊，卷450，頁12553。

所得涓滴歸公，廉潔自律，獲得廣大民眾的信任。每當江南江北水旱災害發生，地方當局甚至委其經手賑濟。陳任暘以工代賑，興修水利，疏通九曲河、沙腰河、運河鎮江段、金山便民河、諫壁河，並修築塘閘迂岸，擴展良田數十萬頃。光緒十八年（1892），又疏通古荷花塘，作東、西兩塢，由東塢開闢一條河通往甘露港，以便行船入塢避風。[153]陳氏盡其一生躬身實踐，熱心慈善，經世濟民，雖無彭玉麟軍功勳業，然其學行治政，奉獻地方，聲名自當流傳青史。

彭玉麟在光緒三年（1877）以後，也曾為〈如此江山第二圖〉題詠 2 首詩：

> 如此江山我又來，撫今思昔首重回。將軍畫老詞人筆，謂湯雨生總戎。過客圖留翰苑才。謂吳清卿太史。世事無常增舊感，歲甲戌（同治十三年，1874），予以事住此，今庚辰（光緒六年，1880）又以事住此。梅花作態欲新開。古香精舍紅梅綻萼。一螺青覆銀濤好，不識滄桑有劫灰。

> 兩度披圖慨有因，低徊往事已成塵。潮來舟去今猶昔，月澹雲閑秋復春。天地有心傳畫本，江山無恙老詩人。堪傷世事多更變，不及焦巖面目真。[154]

此二首詩說明「兩度披圖」的創作原委，以湯貽汾昔時所繪江山之景，帶出今日續作〈如此江山第二圖〉的追緬之思與延承企圖，並記錄吳大澂「過客圖留翰苑才」的摹圖畫緣。儘管此情此景，「江山無恙」，雪浪銀濤，紅梅花開花謝，恆常如斯，然而，又豈知盛景背後「堪傷世事多更變，不及焦巖面目真」寓含著無數的興衰盛亡。詩人雖然慶幸如此江山依舊如昔，甚也懷著一股難掩的傷世憂國之心，流露對於當前政局和平表象之下「滄桑有劫

[153] 鎮江市地方志編纂委員會編：《鎮江市志》下冊，卷 65，頁 1629。

[154] 清・陳任暘：《焦山續志》，卷 7，頁 7 上-下。

灰」的惶惶不安。

二、寄寓時局與自我之題詠

〈如此江山第二圖〉繪成後，獲得余弼、任錫汾、甘葆真、王之春、沈敦蘭、龔易圖、岳蔭南、李士林、丁立幹、易順鼎、淩焯、高覲昌、夏獻雲、祝文治、張丙炎、長恆等人賦題吟詠。該群文人以不同書寫方式，描寫此地萬古名山、古佛僧寺與名士風流，藉由體現物是人非、紅羊餘劫的歷史輪迴，帶出興亡感慨的旨歸。由前述可見，參與題詠〈如此江山圖〉的詩人，有不少是依循黃爵滋等人的韻腳追步和作，但是在〈如此江山第二圖〉的題詠者裡，絕大多數都不是唱和詩作，只有王之春的題詠是難得少見追步彭玉麟的和作。王氏以人事之變與文物遺跡互為對比，道出物是人非的恆常之理，在「滾滾波濤去不回」的時光流逝中，終究往復於「紅羊劫後剩餘灰」、「任爾煙雲常變幻」的歷史宿命裡，而或許，在詩人的心中，「繪圖已自留佳話」，可能才是永垂不朽的志業。[155]

周伯義（1823-1895）、潘敦儼（1834-1902）的題詠，皆以〈齊天樂〉之豪放詞牌，描寫此地景物風光，進而帶出彭玉麟的軍功偉業與繪圖動機。周伯義〈齊天樂・題如此江山第二圖〉：

> 海潮逆入高峯抵，滔滔退奔千里。伍相濤雄，焦仙嶺峻，壓住鯨鯢悍氣。臣居近此。有殺虎家聲，斬蛟薄技。化日光天，鷗波鷺浪敢輕起。　　當時畸人寄意。中流傳砥柱，鋒發毫底。三十年來，劫塵無恙，更把前圖摹擬。擎天拔地。願磯補彭郎，遠吞渤水。宇宙煙消，雲霞增綺麗。[156]

潘敦儼〈齊天樂・用王碧山賦蟬韻題如此江山第二圖〉：

---

155 清・陳任暘：《焦山續志》，卷 7，頁 8 下。

156 清・陳任暘：《焦山續志》，卷 8，頁 16 上-下。

> 一拳蒼秀中流峙，殘冬蔚然雲樹。檻俯寒濤，窗含霽雪，石罅潮來如訴。曉晴誤雨。正簷落瑤釵，人吟冰柱。不是詩僧，為誰風景有如此。　　將軍曾拂絹素。想重摹勝跡，深情微露。百戰戈船，千秋翰墨，留得江山幾度。經營意苦。看尺幅澄波，恍連吳楚。付與禪房，伴罏煙縷縷。[157]

「齊天樂」又名「如此江山」，可見周、潘二人選擇〈齊天樂〉詞牌填詞，實有寓含雙關之意。二詞上闋描述焦山一地「伍相濤雄，焦仙嶺峻」與「一拳蒼秀中流峙，殘冬蔚然雲樹」的景致，寫出祖國江山之美。「伍相濤雄，焦仙嶺峻」分別借伍員乘潮[158]與焦光隱居焦山的典故，寫出長江潮聲震怒，焦山峻嶺的天險地形，足以抵禦外敵的入侵，削弱外敵的氣勢。下闋則以彭玉麟的功業為軸，描寫其「擎天拔地」、「遠吞渤水」、「百戰戈船」的英勇氣概，並慶幸「三十年來，劫塵無恙」的政治時局，是以將軍拂絹素，苦心構思，「想重摹勝跡」，「把前圖摹擬」，藉此記錄雲霞綺麗的勝景風光。換言之，在周伯義、潘敦儼的題詞中，均一致認為彭玉麟繪作〈如此江山第二圖〉的命意動機，是為寄託國家無恙、山河依舊的旨趣。

而在李恩綬（1835-1911）的題詠中，更是寓意了自我對於國運昌盛、江山悠遠的期許與美意：

> 大江銀濤直自岷源來，東達海門奔激而喧豗。中有一螺掀波起，橫空四顧形神開。蒼翠滿堆饒煙樹，瘞鶴巖前曾問渡。霞甍霧閣懸蜂窠，繚以桃灣復柳淤。潮逐鳴鐘湧月來，帆爭飛鳥剪江去。四時石氣化空青，徹夜水光割昏曙。我踏白雲雲作梯，直到焦公栖隱處。中有一庵曰自然，對面石公揖几前。翛然高僧詩禪畫禪，六根盪滌得解脫，寒

157 清・陳任暘：《焦山續志》，卷 8，頁 16 下-17 上。

158 春秋時期，伍子胥（前 526-前 484）屢諫吳王，不從，被賜死。臨終前，伍子胥囑其子投屍於江中，曰：「吾當朝暮乘潮，以觀吳之敗。」此乃借「伍員乘潮」典故，形容長江水勢洶湧。宋・李昉等編：《太平廣記》第 6 冊，卷 291，頁 2315。

香日擁梅花眠。君謨謂蔡君守愚（蔡襄）茂叔謂子如（周敦頤）先生相周旋。何異左挹浮邱右拍洪厓肩。此外乃有衡嶽七十二峰之飛仙。直聲雅趣播天下，樹齋司寇、湯公貞愍名偕傳。兵書劍術稱肝膽，亦能潑墨成雲煙。江山如此真大好，天然圖畫空中懸。公太選事勤補寫，獅巖佳氣蔥鬱浮蠻箋。閒題奇句逞光怪，可與甫白相後先。我攜此圖客淝川，今始歸艤西津船。昨登東昇樓，此樓雪帥所建，淨公囑友人繪圖。憑闌懷百憂。扶桑日出照螳臂，驕蜃吐氣驚神州。茲山江淮桓鎖鑰，旌旃隱約公來遊。向聞焦山之長四十里，今則孤嶼屹立江中流。得毋洪濤日侵削，山靈有憾成拳邱。吾願島氛永銷歇，軍火不震蛟龍幽。古香佛屋好長在，山僧佳處為吾留。脫然天地如蜉蝣，斯圖乃與江山悠遠緜千秋。[159]

該題詠大抵可分三個段落。其一，描寫焦山江流奔騰，豎立長江之中，猶如「一螺掀波起」之地理位置；伴隨蒼翠雲樹、白雲升騰繚繞，詩人彷彿騰雲駕霧，「直到焦公栖隱處」。其二，描寫山寺虛靜，「六根盪滌得解脫」，彷彿郭璞〈游仙詩〉所謂：「左挹浮丘袖，右拍洪崖肩」，[160]隨同傳說仙人浮邱、洪崖飛升仙界。並稱許六淨能詩善畫，通禪佛理，文學造詣可與宋時書家蔡襄、理學家周敦頤相比擬，進而帶出黃爵滋、湯貽汾曾因此地結下繪作〈如此江山圖〉的詩情畫緣，彰顯兩人「兵書劍術稱肝膽，亦能潑墨成雲煙」之智勇雙全、文武兼善的特質。其三，書己題詠此詩時間，乃於攜圖客淝川的前夕，曾登焦山彭玉麟所建東昇樓，並於因緣際會之下題詠此作。東昇樓燬於同治三年（1864）難黎之火，光緒九年（1883）由彭玉麟重建，[161]因此可知李氏此詩乃光緒九年（1883）以後所作。其時憑闌遠眺，千頭萬緒，目見中國大好河山，「扶桑日出照螳臂，驕蜃吐氣驚神州」，景色廣

---

[159] 清・陳任暘：《焦山續志》，卷 7，頁 14 下-15 下。

[160] 南朝梁・蕭統編，陳宏天、趙福海、陳復興主編：《昭明文選譯注》第 2 卷（長春：吉林文史出版社，2007），頁 479。

[161] 清・陳任暘：《焦山續志》，卷 5，頁 16 下。

袤遼闊。然而始自晚清以來，內憂外患頻仍，人如天地蜉蝣，懸命旦夕，是以，在此詩結尾，詩人懷著一股憂國傷時之情，祈願國祚綿亙，「島氛永銷歇」，「古香佛屋好長在」，江山與圖恆存天地，悠遠千秋。

此外，寶廷（1840-1890）的題詠是諸作之中最具個人生命投影的一首詩。寶廷藉由褒揚彭玉麟的功績與功成身退，隱喻自己涉足官場的憂懼不安。寶廷，字竹坡，號偶齋，愛新覺羅宗室，隸屬滿洲鑲藍旗。幼時，「先祖蓮溪公罷職，家漸中落」，[162]十七歲，「遭回祿之變，家業蕩然，僮僕盡去」，[163]此後發憤讀書。同治七年（1868）進士，授編修，累官內閣學士、禮部侍郎等職。[164]為官期間，屢次上疏，直諫敢諫，力主除弊禦外，當時「（陳寶琛）與宗室侍郎寶廷、豐潤張學士佩綸、南皮張文襄公（之洞），奮發言事，慨然有澄清之志，天下想望風采，號為『清流』。」[165]光緒七年（1881），寶廷出典福建鄉試，隔年還朝途經焦山，受芥航囑題〈如此江山第二圖〉云：

> 道光甲辰（二十四年，1844），湯雨生將軍為黃樹齋少司寇作〈如此江山圖〉以貽焦山自然庵主定峯。同治甲戌（十三年，1874），彭雪琴駐軍焦山，命閩廖竹亭錡作〈如此江山第二圖〉，時庵主為六淨，定峯法曾孫，善畫，雅人也。光緒丁丑（三年，1877），吳清卿過山，復為摹一圖，六淨裝為一卷，遍請名流題詠。壬午（八年，1882）季冬，余使閩歸，重過焦山，六淨因芥航上人屬題。余夙愛雪翁為人，有奇氣，仲冬至杭，泛湖訪公不遇。季冬三日，余自焦山渡江，泊於瓜步，適值公自楚旋，相見於舟中，談論頗洽。既喜得重見

162 清・壽富等編：《先考侍郎公年譜》，清・寶廷著，聶世美校點：《偶齋詩草》附錄4（上海：上海古籍出版社，2005），頁990。

163 清・壽富等編：《先考侍郎公年譜》，頁991。

164 清・趙爾巽：《清史稿》第41冊，卷444，頁12451。

165 陳懋復：〈誥受光祿大夫晉贈太師特謚文忠太傅先府君行述〉，卞孝萱、唐文權編：《辛亥人物碑傳集》（南京：鳳凰出版社，2011），卷12，頁534。

焦山芥航，復喜得見雪翁，不禁援筆成詠。工拙不計，聊寫意耳。

焦山江頭古戰場，山高不改江水長。焦仙無語默感傷，眼看幾度興復亡。我來重游躋禪堂，舊景變易倏十霜。扼江築壘南北望，一臺獨踞江中央。紅旂照水波生光，鼓角對喧蛟螭藏。廖呉妙筆相頡頏，描摹勝景追前湯。披圖熟視心徬徨，撫今追昔增悲涼。江防容易難海防，洪濤浩渺嗟望洋。魍魎得勢恣猖狂，鯨鯢鼓浪鋒莫當。徐福自大學夜郎，指南不返憂越裳。老彭髮白猶激昂，功成身退榮利忘。西湖花開三潭香，南高峯回嵐氣蒼。湖山有美足徜徉，時局如此隱不遑。[166]

詩題詳記圖畫的創作本事，以及題詠的經過與緣由。詩中借圖喻情，撫今追昔，指出當時的政治局勢，「江防容易難海防」，「魍魎得勢恣猖狂」，始終一直處於險危難測的情勢裡。雖然不乏效命國家的有識之士，「鯨鯢鼓浪」，臨陣殺敵，然而隱含在「鋒莫當」的話語背後，實則是投影出滿清統治集團的內部鬥爭，欲遇到像彭玉麟「老彭髮白猶激昂，功成身退榮利忘」的愛國之士，畢竟十分難得。寶廷讚揚彭玉麟的愛國之心與不慕榮利，其實是自我心境的一種反照投射。據陳任暘《焦山續志》記載，此詩題原為：「光緒壬午（八年，1882）季冬，使閩歸，重過焦山。臨行，芥航上人以此圖屬題。圖藏自然庵六淨上人處。六淨善畫，與芥航齊名。癸酉（同治十二年，1873）使浙歸，過山，曾以畫見贈，亦雅人也。客途風水阻滯，心緒不佳，辭不獲已，勉成七古一章，聊以塞責。質之二上人，並呈雪翁詩老，當掀髯一笑耳。」[167]可知寶廷其時心情欠佳，但由於上人盛情囑題，實難推諉，方才勉強成詞。

寶廷此時「心緒不佳」之因，其實不僅是因為「客途風水阻滯」而已，更多的因素乃與其回京自劾罷官有關。據《清史稿》云：「（光緒）七年

[166] 清・寶廷著，聶世美校點：《偶齋詩草》，卷 4，頁 60-61。

[167] 清・陳任暘：《焦山續志》，卷 7，頁 10 下-11 上。

（1881），授內閣學士，出典福建鄉試。既蕆事，還朝，以在途納妾自劾罷，築室西山，往居之。」[168]李慈銘《越縵堂日記》云：「上諭：侍郎寶廷奏途中買妾，自請從重懲責等語，寶廷奉命典試，宜如何束身自愛，乃竟於歸途買妾，任意妄為殊出情理之外，寶廷著交部嚴加議處。」[169]寶廷納船女為妾，自劾罷官一事，除了李慈銘《越縵堂日記》以外，劉體智《異辭錄》、郭則澐《十朝詩乘》、繼昌《外交小史》、王賡《今傳是樓詩話》、夏敬觀《學山詩話》等皆有紀載。時人之中，尤以李慈銘持論最苛，謂此船妓「其人面麻」，乃「吳人所謂花蒲鞵頭娘也」；又以「工部尚書賀壽慈認市儈李春山妻為義女」，「附會張佩綸、黃體芳等，上疏劾賀去官」為喻，嘲謔諷刺，是以傳為笑柄。[170]然而仔細思量，寶廷為何要無故上奏參劾自己？就常理論斷，實是「殊出情理之外」，不合邏輯。那麼，寶廷參罷自己真正的原因究竟為何？

據黃濬《花隨人聖庵摭憶》指出：李慈銘之所以有此詆毀之意，乃因「蒓客（李慈銘）與當時四諫張簣齋（佩綸）、寶竹坡（廷）、陳弢庵（寶琛）、鄧鐵香（承修）皆不睦」，[171]因此評議中夾雜了私人恩怨。再則，黃濬另從當時的朝中情勢角度切入，分析政治利害關係，認為：「光緒初年之四諫及清流，議論風生，封事劘切，久為西朝所不滿。四諫中，寶竹坡最知幾，故亟以納妓自劾，實求免也。」[172]在兩宮太后與恭親王奕訢發動「辛酉政變」以後，慈禧為了獨攬政權，樹立權威，牽制恭親王，故與慈安頒布懿旨「廣開言路，諫議時聞」，[173]以致清流橫甚。期間寶廷因上疏言

---

[168] 清・趙爾巽：《清史稿》第 41 冊，卷 444，頁 12453。

[169] 清・李慈銘：《荀學齋日記》（《越縵堂日記》第 13 冊），頁 9729。

[170] 清・李慈銘：《荀學齋日記》，頁 9729-9730。

[171] 清・黃濬著，李吉奎整理：《花隨人聖庵摭憶》上冊（北京：中華書局，2013），頁 8。

[172] 清・黃濬著，李吉奎整理：《花隨人聖庵摭憶》上冊，頁 86。

[173] 清・朱壽朋：《東華續錄》（《續修四庫全書》第 383 冊，上海：上海古籍出版社，據復旦大學圖書館藏清宣統元年（1909）上海集成圖書公司鉛印本影印，1998），卷 1，頁 6 下。

辭過激，直言不諱，故而得罪不少朝臣官員。光緒七年（1881）慈安逝世後，慈禧自此一人獨大，由寶廷等人所支持的奕訢政權也正式宣告瓦解。而寶廷自知昔時樹敵過多，是以借納妓之事，微過自汙，彈劾自己。

由是觀之，光緒八年（1882）慈禧已然全盤掌握朝中政權，而寶廷則懷著抑鬱不樂的心情訪遇焦山，眼看此古來戰場，「幾度興復亡」，心中無限百感交集。芥航展圖囑題，寶廷此時仍猶似感到「披圖熟視心徬徨」的未滅壯情，何當隱退求去？然而，思量彭玉麟功戰沙場，「老彭髮白猶激昂，功成身退榮利忘」，出處進退，不失其正。反觀自己，又有何執念與放不下？或許，正是彭玉麟這股效命為國、不慕榮利的君子節行，開解了寶廷對官場的執念。是故，當寶廷在展圖觀覽、賦圖題詠的同時，便以「時局如此隱不遑」婉曲道出政治之險，時不我與，及其罷官的真正主因，也在這段由閩返京、途經焦山的旅途中，下定參罷自己的決心。

小　結

自古以來，「江山圖」一直是文人山水畫中的重要題材，繪者以各種不同的創作視角，寓寄中國江山之美、家國富庶與風景殊異的文化內涵。湯貽汾為黃爵滋繪作〈如此江山圖〉，其旨隱含著鴉片戰爭之後，對於「風景不殊」的憂時之感，以及期許江山依舊的想望。其時，黃爵滋因倡議禁煙，被以銀庫虧空為由遭到革職。返歸鄉里後，偕同馬書城、黃文涵、閻德林遊賞焦山。4 人各以 4 首組詩賡和唱答，詩旨圍繞描寫焦山此地形勢，回思三國孫權之霸業與周瑜擬議「火燒赤壁」抗曹計策，借古興亡寄寓當今時局紊亂與國勢隱憂；並透過對洪亮吉、湯貽汾、張際亮、梅植之的品格描寫，寄託黃爵滋忠貞愛國的情操，以為此時遭受彈劾褫職，表其心志。陳方海雖受邀未至，然其題記詳述斯圖的創作緣起，題旨緊扣鴉片戰爭後英夷猖狂的局勢，表現其時多數有識之士感時憂國的心情；文末讚賞黃爵滋之政治才能，亦流露出自我宦途的失意，更期許政治清明，海晏河清。

〈如此江山圖〉的題詠多數不是經由繪者或像主囑託題詠，而是經由繪者與像主以外的第三者經營其事。此圖完成以後，隔年便歸藏自然庵，並由歷代庵主挑選人選，展圖囑題。題詠者大多延承黃爵滋的四首組詩，各以不同的抒寫情懷，賡和題詠。范仕義、馮詢、郭儀霄等人的題詠，是受黃爵滋之邀而題寫，他們賦寫黃爵滋落官之失意與黃、馬、閻的師友情誼，亦從不同層面寄託自我的用世之心與壯志未酬，表現當時士人的經世思想。鮑源深、楊葆光則是受到自然庵主囑託而題詠。鮑氏的題詠，記載了禪保全焦山，倖免燬於太平軍戰火的歷史；楊氏的題詠，記載定峰勸退英領事官的史事。由此可見，焦山自晚清以來，一直都與國事政局攸繫相關。在此後的時光流轉裡，王鵬運、周岸登、潘曾瑋與冒廣生等人，亦先後借用東坡與稼軒詞韻，寄懷易代危亡的悲慨。

〈如此江山圖〉繪成後三十年，彭玉麟因受命駐節自然庵，復請廖筠繪〈如此江山第二圖〉。此後，吳大澂途經焦山，亦據此復摹 1 圖。〈如此江山第二圖〉的題詠大多與彭玉麟詩無次韻和作的關係。然而無論是彭玉麟，抑或是周伯義、潘敦儼、李恩綬等人的題詠，都一致指向寄託江山依舊的冀望。陳任暘的題記，更以自己對彭玉麟的仰慕，推想吳大澂的摹圖動機，傳達了當日士人共有的經世志向。寶廷的題詠，則寄託了國事日非，政治黑暗，自己不得不選擇罷官求去以求明哲保身的隱衷。由是可見，在國勢漸變的不同時期中，從〈如此江山圖〉到〈如此江山第二圖〉的題詠，其間始終保有文人共同的精神延續。

第三章　湘軍抗擊太平軍的護國之戰——〈銅官感舊圖〉題詠與章壽麟的宦途得失*

鴉片戰爭失敗以後，人民的稅收增加，地方官吏也趁機勒索百姓，致使原本即已存在的貪腐問題更加激化，再加上天災不斷，人民生活深陷困苦，時常在饑餓與死亡邊緣掙扎。道光三十年（1850），洪秀全、楊秀清等人於廣西起事，建立太平天國。咸豐四年（1854），湘軍與太平軍戰於靖港，出師失利，曾國藩（1811-1872）憤而投江自盡，為章壽麟（1832-1887）所救。同治三年（1864），湘軍攻克南京，時有戰功者紛紛位居顯要，而章壽麟僅以直隸州知州，留安徽補用。光緒二年（1876），章壽麟歸返鄉里，途經銅官，回憶少時隨同曾國藩初戰靖港的昔時往事，因此作〈銅官感舊圖〉與〈自記〉一篇，並囑託友人為己題詠。斯圖隱含了晚清政局衰頹的前兆，亦投射出晚清士人仕途困蹇的難言心緒。

第一節　章壽麟〈銅官感舊圖〉的創作本事

咸豐三年（1853），太平軍定都江寧，隨後，又攻取揚州、鎮江，嚴重威脅清朝東南賦稅重地。而八旗勁旅與綠營軍已腐朽沒落，毫無作戰能力，咸豐皇帝採納大臣肅順主張重用漢人的建議，下令各省官員辦理團練，協助

* 本文原篇名為〈一官落寞畫平生——論「銅官感舊圖」題詠與章壽麟沉浮晚清的宦途得失〉，刊登於《漢學研究》36.1（2018.3）：203-240。

鎮壓太平天國。咸豐二年（1852），曾國藩接獲幫辦團練旨，其以湖南同鄉為主，建立一支地方團練，稱為湘勇。湘勇與太平軍首戰靖港，此後雙方歷經無數次交戰，最終於同治三年（1864）攻破天京，結束太平天國之亂。

一、湘軍與太平軍交戰靖港

清乾隆時期，社會安定，人口激增，呈現盛世之音。然而，承平日久，土地兼併嚴重，官吏貪汙腐敗，造成民生困苦，嘉慶元年（1796）爆發白蓮教之亂。教亂雖被鎮壓，但也暴露沉痼已久的政治與社會弊端，而人民的反清活動仍在暗中持續滋長，只是當時尚無嚴重外患侵擾，主要多是國內問題，因此並未爆發大規模的動亂。時至道光二十年（1840）鴉片戰爭爆發，中國開始面臨內憂外患的困境。咸豐元年（1851），太平天國戰爭爆發，開啟長達 13 年的內亂，在此期間，又有咸豐六年（1856）英法聯軍，攻佔北京，火燒圓明園。英法聯軍戰爭最後，中國分別與英、法、俄簽訂《北京條約》，同意賠款、割地、開放通商口等各項條件，才結束戰爭。這兩起內憂外患，不僅重擊中國文化，也重創滿清國祚。

太平天國戰爭的起因與第一次鴉片戰爭失敗以後，各種政治、社會、經濟弊端齊發湧現有關。清廷為了支付賠款與鴉片消費的支出費用，增加百姓稅收，加重生活艱苦。部分民眾因此淪為盜賊，勒索良善百姓，而兵吏與盜賊往通聲氣，時常借盜之名，恐嚇人民，以致民怨難伸，冤案過甚。再加上道光末年連年災荒，各地災情慘重，人民顛沛流離，亦需政府救濟賑災，生活的苦難尚未得到消減，如今又添新稅，天災人禍，無以為繼，鬻妻賣子，樹皮果腹，多所可見。滿清政府昏庸無能，朝野吏治腐敗，間接給予洪秀全發跡的機會。洪秀全從小學習四書五經，期望有朝一日考取功名，光宗耀祖。然而，他歷經數次應舉，皆以失敗落第終場，由是對清朝心懷不滿，至鴉片戰爭以後，民生深陷水火，飽受困阨，他便與馮雲山籌畫起事，假託上帝旨意，在廣西金田舉事，以驅除韃虜為幟，組織農民，創立太平天國。

咸豐二年（1852），太平軍陷武昌，維時曾國藩以禮部侍郎母憂回籍，奉命撥兵募勇，治團練於長沙，籌辦圍剿太平軍事宜。[1]翌年，曾國藩由長沙移駐衡州，製造礮船，建立水師。[2]咸豐四年（1854），衡州湘潭的水師船隻完工，亦募集了五千壯丁，練習水戰。水師分為十營，以褚汝航為各營總統，陸師也募集五千餘人，分為十三營，以塔齊布為諸將先鋒。其間，曾國藩亦設立幕府，延攬學術、法律、算學、天文、機器等各式人才，至同治二年（1963）其幕府人數已達「不下二百人」之盛況。[3]曾國藩以儒臣督師，蔚成中興之業，非僅憑一己之力，乃因幕府多才，集眾思之廣益，謀定決策，解決政治、軍事之難題。章壽麟，字价人，屢次參加科舉不第，因友人李元度（1821-1887）推薦，咸豐三年（1853）隨同舅父彭嘉玉入曾國藩幕下擔任委員，[4]是曾國藩幕府初創之時，最早入幕的其中一名幕僚。

咸豐四年（1854），太平軍已佔領了漢口、岳陽、湘陰、靖港與湘潭等地。而湘軍雖訓練已成，卻無實戰經驗，曾國藩遂招集旗下幕僚商討對策。據李元度〈銅官援溺圖〉記載：

> 二月，賊自鄂上犯，陷岳州、湘陰及寧鄉。文正（曾國藩）檄儲君玫躬，敗賊於寧鄉，賊遁。三月，水陸軍抵岳州，會王壯武進剿羊樓峒失利，賊追躡至岳州，圍其城。文正所部陸軍迎擊亦失利，文正乃退

---

[1] 清．曾國藩：〈湘鄉昭忠祠記〉，《曾國藩全集》第 14 冊，頁 172。薛瑞錄主編：《清政府鎮壓太平天國檔案史料》第 5 冊（北京：社會科學文獻出版社，1992），咸豐三年（1853）2 月奏稿，頁 140-143。

[2] 王鍾翰校：《清史列傳》第 12 冊，卷 45，頁 3545。清．趙爾巽：《清史稿》第 39 冊，卷 405，頁 11908。

[3] 清．容閎著，徐鳳石等譯：《西學東漸記》（長沙：湖南人民出版社，1981），頁 74。其後，曾國藩幕府人數仍陸續不斷增加，據朱東安、凌林煌統計，曾幕前後入幕者，總計多達四百餘人。李志茗：《晚清四大幕府》（上海：上海人民出版社，2002），頁 105。

[4] 朱東安《曾國藩幕府研究》將曾國藩幕府的辦事機構，大體分為軍政、糧餉兩類。而章壽麟、李元度、陳士杰、彭嘉玉初入幕府時，皆屬軍政辦事機構，負責策畫謀略以及處理各類文案之事。朱東安：《曾國藩幕府研究》（成都：四川人民出版社，1994），頁 5-24。

守長沙，賊仍道湘陰、寧鄉，踞靖港，分黨陷湘潭。時會城晝閉，餉道斷，人情匈匈。文正檄忠武公塔齊布帥陸軍千二百人攻湘潭，檄褚公汝航、夏公鑾、楊公岳斌、彭公玉麟帥水師夾擊之，所向并獲勝。而文正獨以謂賊勢盛，官軍必不支，懼旦莫不得死所，蓋久置死生於度外矣。

靖港者，資水入湘之口，距會城六十里，為一都會地，有銅官山，六朝置銅官於此，因稱銅官渚者也。時賊帆遍布，游弋逼會城。文正憤甚，親率留守之水陸營進剿。余亟止之曰：「兵之精者，已調剿湘潭，早晚捷音必至，此間但宜堅守，勿輕動。」文正不許。余與陳公及价人并請從行，亦不許。瀕行，以遺疏稿暨遺囑二千餘言密授余曰：「我死，子以遺疏上巡撫，乞代陳遺囑以授弟輩，營中軍械、輜重，船百餘艘，子且善護之。」[5]

又王闓運（1833-1916）〈銅官行寄章壽麟題感舊圖〉云：

兵謀軍勢盜不講，上屯湘潭下靖港。兩頭探手擒釜魚，十日淘河得枯蚌。劉郭蒼黃各顧家，左生狂笑罵豬耶。彭陳李生豈願死，四圍密密張羅罝。

此時鮎筒求上計，陳謀李斷相符契。彭兄建策攻下游，搗堅禽王在肯綮。弱冠齊年君與余，我狂君謹偶同居。日中定計夜中變，我方高枕城東廬。平明丁叟踼門入，報敗遙聞一軍泣。……君舅彭笛翁（彭嘉玉）猶以攻靖港為上策。[6]

5 清・李元度：〈銅官援溺圖〉，清・章壽麟等著，袁慧光校點：《銅官感舊圖題詠冊》（長沙：嶽麓書社，2012），第 1 冊，卷 1，頁 513-514。

6 王闓運詩集題名為〈銅官行寄章壽麟題感舊圖〉。清・王闓運：《湘綺樓詩文集》第 3 冊（長沙：嶽麓書社，1996），卷 11，頁 1515。又見清・章壽麟等著，袁慧光校點：《銅官感舊圖題詠冊》，第 1 冊，頁 526。

王闓運詩中「彭陳李生」係指曾國藩的幕僚彭嘉玉、陳士杰（1825-1893）與李元度。[7]三人之中，陳士杰與李元度謀斷相契，主張先派遣主力進攻湘潭，再進擊太平軍駐地，餘者固守舊營，唯獨彭嘉玉建策進攻靖港。起初，曾國藩接受陳、李建議，派遣塔齊布與褚汝航、夏鑾、楊岳斌、彭玉麟合擊進攻湘潭，而曾國藩帶領剩下的軍隊留守長沙。但最後，「日中定計夜中變」，「彭兄建策攻下游」，曾國藩聽取彭嘉玉的建策，臨時改定計畫，並留下一封遺書，李元度欲止不得，遂派章壽麟尾隨其後，以備救援。

戰爭開始，「西南風發，水流迅急不能停泊，為賊所乘」，[8]「寇出小隊斫纜者，水師遂大亂。陸軍至者合團丁攻寇，寇出，團丁遽反奔，官軍亦退爭浮橋，橋以門扉，床版，人多橋壞，死者百餘人。國藩親仗劍督退者，立令旗岸上曰：『過旗者斬！』士皆繞從旗旁過，遂大奔。」[9]曾國藩羞愧交加，憤而縱身投江自盡，章壽麟見狀，旋即躍江援救。曾國藩怒叱：「子何來？」章壽麟對曰：「師無然，湘潭捷矣，來所以報也。」[10]三日後，湘潭方傳來捷報。可知，當時乃章壽麟寬慰曾國藩的權宜之辭。

此後，章壽麟一度離幕赴前線軍營，而曾國藩則因父丁憂回鄉，逮咸豐

7　據夏敬觀《學山詩話》注：「陳士杰、李續宜議救湘潭，彭嘉玉欲攻靖港，王闓運以救湘潭，敗可退衡桂，故贊成陳李之議。」其以為「彭陳李生」指彭嘉玉、陳士杰與李續宜。然而據陳士杰〈銅官感舊圖序〉說：「余與李公次青（李元度）進議：湘潭為省城咽喉，宜先擊之，湘潭敗，靖港賊自走。」可知「李生」所指為李元度，而非李續宜。陳士杰當時參議戰事，而夏敬觀則為民國時人，故以陳說為是。夏敬觀：《學山詩話》（《民國詩話叢編》第3冊，上海：上海書店出版社，2012），頁49。清・陳士杰：〈銅官感舊圖序〉，清・章壽麟等著，袁慧光校點：《銅官感舊圖題詠冊》，第1冊，頁518。

8　清・黎庶昌：《曾文正公（國藩）年譜》（《近代中國史料叢刊分類選集》丙集第43冊，新北：文海出版社，據民國十三年（1924）上海中華圖書館第六次代印本影印，1972），卷3，頁3下。

9　清・王闓運：〈曾軍篇〉，《湘軍志》（《湘綺樓詩文集》第2冊），卷2，頁590-591。

10　清・章壽麟：〈自記〉，清・章壽麟等著，袁慧光校點：《銅官感舊圖題詠冊》，第1冊，頁512。

八年（1858）曾國藩二度領兵，章壽麟遂再度入幕，委任監印委員。[11]是年，曾國藩以遵保防守廣豐、玉山兩城奏保「安徽亳州義門巡檢……搴旗殺賊，屢戰得力……請開缺，以府經歷縣丞仍歸安徽遇缺即補」，將章壽麟由「安徽亳州義門巡檢」奏保為「以府經歷縣丞仍歸安徽遇缺即補」。[12]隔年，湘軍與太平軍大戰景德鎮，湘軍攻下景德鎮與浮梁縣，曾國藩奏保「安徽候補府經歷縣丞章壽麟，請免補本班，以知縣仍歸安徽補用」。[13]咸豐十年（1860），章壽麟以知府初試，署江西新建令。其後，湘軍進攻安慶，既復，曾國藩以江督開府鎮焉，奏牧滁州。[14]

同治三年（1864），湘軍攻克南京，消滅太平天國，晚清一度呈現「中興」之勢。[15]朝廷加曾國藩太子太保、一等侯爵；湘軍之中，位至總督者 13 人，位至巡撫者 13 人，其他各階大小文武官員亦不勝其數。[16]曾國藩奏保章壽麟「以直隸州知州仍留安徽補用，並賞加知府銜，賞戴花翎」，[17]並調軍中管理營務數年，至同治十一年（1872）曾國藩過世，亦即引去。[18]換句話說，在曾國藩過世以前，章壽麟都未曾再擢官升爵，最多也僅是個五品官員。

---

[11] 清・曾國藩：《曾國藩全集》第 16 冊，咸豐八年（1858）9 月日記，頁 363。

[12] 清・曾國藩：《曾國藩全集》第 2 冊，頁 263。

[13] 清・曾國藩：《曾國藩全集》第 2 冊，頁 381。

[14] 清・王闓運：〈清故資政大夫蘇州補用知府章君墓誌銘〉，清・閔爾昌錄：《碑傳集補》，卷 25，頁 9 上。

[15] 「中興」一詞源自兩江總督馬新貽於同治八年（1869）之奏摺：「數年來南征北伐，所向有功，猛將謀臣，多有存者，彼族目睹中興氣象……」即言同治年之後國家出現中興局面。此後，「中興」逐步形成一個專詞，指同治年間（1862-1874）相對穩定的政治景象。王雲五主編：《道咸同光四朝奏議》第 5 冊（臺北：臺灣商務印書館，1970），頁 2176。

[16] 羅爾綱：《湘軍兵志》（《羅爾綱全集》第 14 冊，北京：社會科學文獻出版社，2011），頁 59。

[17] 清・曾國藩：《曾國藩全集》第 7 冊，同治三年（1864）8 月奏稿，頁 391。

[18] 清・王闓運：〈清故資政大夫蘇州補用知府章君墓誌銘〉，清・閔爾昌錄：《碑傳集補》，卷 25，頁 9 上。

二、圖畫創作本事

光緒二年（1876），章壽麟回湖南長沙老家，途經銅官，思及二十年前隨同曾國藩征戰太平軍的昔時往事，於是繪製〈銅官感舊圖〉。原圖於章壽麟過世之後佚失，爾後，其子曾先後囑託張之萬（1811-1897）、何維樸（1842-1925）、林紓（1852-1924）、姜丙（生卒年不詳）、汪洛年（1870-1925）等人重繪補作。[19]各家皆描繪銅官山水景色，然意境卻各有其趣。張之萬畫作以山、水幾近各佔一半的比例分隔上下畫面，視野平遠遼闊，中有一葉輕舟飄盪江面，整體意境疏遠綿邈。事實上，咸豐三、四年（1853、1854）期間，張之萬嘗助圍攻太平軍北伐軍而獲功獎賞，是以其圖筆意雖然簡淡，卻不無想見蒼茫煙海筆下的世亂寄託。何維樸、汪洛年畫作皆描繪山巒環繞，軍旗飄搖，隱約小洲，重現當年備戰的情勢。而姜丙畫作則將山色背景比例縮小，強調江景的浩瀚廣闊，以勾水畫法呈現水勢波濤洶湧，更有無數戰艦行駛其間，營造局勢緊張氛圍，意圖再現當年激烈的戰爭景況。林紓畫作與何、汪構圖相似，皆山巒如聚，壁立千仞，水面波瀾不興，然而不同的是，林紓畫中少了艦船，僅有一人駕著小舟泛乘江上，湖平如鏡，情態閒適，顯然著意呈現章壽麟歸返鄉里之時中興局勢的太平景象。凌盛熺畫作主體以山水樹石景物構成，而小舟、屋舍皆隱蔽其間，當然，這種描繪山水峭立浩蕩，蒼松蔥鬱，屋舍掩映的景色，在國畫中時常可見，但在以戰爭為隱喻的山水圖景背後，似乎並不能只是視為一般單純的享受山林閒逸之樂。

19　章同跋云：「原圖為南皮張文達公手繪，旋復遺失，嗣又得之。宣南何詩孫（何維樸）、林琴南（林紓）、姜穎先生先後均有所作。」此外，據汪洛年、凌盛熺題識可知，二人亦先後為〈銅官感舊圖〉繪圖。汪洛年題識云：「圖舊係張文達為价人先生所製，該繪遺失。甲寅（民國三年，1914）之夏，其哲嗣曼仙仁兄屬為補繪。謹誌顛末。」凌盛熺題識云：「庚寅（光緒十六年，1890）八月，遊衡山，泊舟靖江之銅官渡，即吾鄉价人先生感舊一處。斷崖叢煙，黃蘆紅樹，風景不殊……丁未（光緒三十三年，1907）秋，味青四兄以〈銅官感舊序〉見示，薦補斯圖，圖成並識之。」清・章同：〈銅官感舊圖跋〉，清・章壽麟等著，袁慧光校點：《銅官感舊圖題詠冊》，頁 650。清・章壽麟等著，袁慧光校點：《銅官感舊圖題詠冊》，第 4 冊，頁 283；第 7 冊，頁 432。

換言之，倘若將〈銅官感舊圖〉置於一段隱含長年國事內戰與心理曲折的創作動機背後，投映的是晚清飄搖危夕的政治局勢，是當時士人難言的幽微心緒，那麼，這些看似一幅幅山河壯麗的風景畫筆下，實則即是藉由山水、雲霧、波濤、樹石、小舟、艦船等圖像符號，構成「風景不殊，山川之異」的意象。

圖 9　清‧張之萬繪〈銅官感舊圖〉（見《銅官感舊圖題詠冊》，長沙：嶽麓書社，2012）

圖 10　清‧姜丙繪〈銅官感舊圖〉

圖 11 清‧林紓繪〈銅官感舊圖〉

圖 12 清‧汪洛年繪〈銅官感舊圖〉

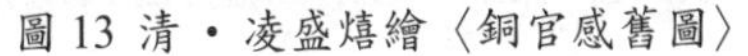

圖 13 清・凌盛熺繪〈銅官感舊圖〉

圖 14 清・何維樸繪〈銅官感舊圖〉

在章壽麟過世之後，其子章同（生卒年不詳）、章華（1872-1930）以職官之故，續邀各界名流為圖題詠。按左紹佐（1846-1928）題詠註：「右調〈長亭怨慢〉，己亥（光緒二十五年，1899）之秋，幼霞（王鵬運）給諫、次山（張仲炘）通參相約為『宣南詞社』，余暨曼仙（章華）、古微（朱祖謀）皆與焉。曼仙以其尊公价人先生〈銅官感舊圖〉屬題，諸君皆有作。余所作因循，未以上卷，遂為宿逋，今檢舊稿不得，聊復譜此。幼霞已下世，次山僑居江南，古微在滬，前塵若夢，思之黯然。丁未（光緒三十三年，1907）初秋左紹佐。」[20]章華藉由加入王鵬運所組織「宣南詞社」之機緣，遍邀社中友人為圖題詠，除了王鵬運、張仲炘、朱祖謀、左紹佐，還包括徐世昌、王以敏、文廷式（1856-1904）、成昌、夏孫桐等，皆為當時京師著名詞人。其中，成昌、朱祖謀、張仲炘、左紹佐、夏孫桐以詞題詠，其他皆以詩為題。〈銅官感舊圖〉題詠截至宣統二年（1910）印成《銅官感舊集》四卷，[21]其後又有不少人參與題寫，今長沙嶽麓書社印成《銅官感舊圖

20 清・左紹佐：〈長亭怨慢〉，清・章壽麟等著，袁慧光校點：《銅官感舊圖題詠冊》，第 4 冊，頁 648。

21 清・章同、章華：〈銅官感舊圖跋〉，清・章壽麟等著，袁慧光校點：《銅官感舊圖題詠冊》，第 4 冊，頁 650-651。

題詠冊》八卷，總計詩文多達二百餘篇。[22]其中與章壽麟為儕輩者，僅佔 7 人 9 篇，主要都收錄在第一卷中，由此可見，絕大多數之題詠乃後人所作，都是應章同、章華囑託而題。

圖像題詠之目的，是為補充畫意、發掘圖畫創作的背後動機。章壽麟〈自記〉從未明言自己的沉浮失意，甚或批評曾國藩的忘恩。有趣的是，該幅圖像在眾多文士的眼裡呈現著多重的聲音，有為章壽麟沉浮幕僚而打抱不平，或從君臣倫理的角度為曾國藩抗辯，亦有將曾、章視為知己以闡釋兩人之間的關係。在諸多名士的題詠之下，〈銅官感舊圖〉的創作意義得以深掘開展。

章壽麟的〈自記〉中，詳細紀載了自己入曾國藩幕下，以及隨同初戰靖港的往事，其云：

---

[22] 關於銅官感舊圖題詠圖冊的版本，有清光緒年間鉛印本一卷、清宣統二年（1910）長沙章氏盋山舊館石印本四卷，以及民國年間舊寫本八卷。一卷本收錄左宗棠、李元度、吳汝綸三人題詠與章壽麟〈自記〉。四卷本與八卷本的第 1 卷除了收錄左宗棠、李元度的題詠與章壽麟的〈自記〉外，還收錄薛時雨、陳士杰、梁肇煌、卞寶第、王闓運的題詠，而吳汝綸的題詠則收於第 2 卷中。四卷本第 2-4 卷依照文、詩、詞類別編次，所收為章壽麟逝世之後，其子章同、章華遍請各界名流題詠的作品，第 4 卷後並有章同、章華跋。（此以卷數區分版本，故該段所謂「第◯卷」實即等同文中註「第◯冊」之意）。臺灣可見四卷本，有中央研究院藏清宣統二年（1910）長沙章氏盋山舊館石印本、新北市文海出版社《近代中國史料叢刊》（第 43 輯第 427 冊）、北京線裝書局《中華歷史人物別傳集》（第 58 冊）所收《銅官感舊集》，以及長沙嶽麓書社《銅官感舊圖題詠冊校訂》。八卷本則有長沙嶽麓書社《銅官感舊圖題詠冊》，第 1-4 卷大致與四卷本相同，唯圖畫、題辭、版式編排、李元度題名、劉韻清題詠、章同題跋等有些許出入，收錄的時間為光緒六年（1880）至宣統元年（1909）之間的題詠，第 5-8 卷收錄光緒二十一年（1895）至民國二十年（1931）以前的題詠，各卷均無依一定的時間先後編排。清・章壽麟等著：《銅官感舊圖記》，清光緒間（1875-1908）鉛印本。清・章同、章華輯：《銅官感舊集》，清宣統二年（1910）長沙章氏盋山舊館石印本。清・章同、章華輯：《銅官感舊集》（《近代中國史料叢刊》第 43 輯第 427 冊，新北：文海出版社，1969）。清・章同、章華輯：《銅官感舊集》（《中華歷史人物別傳集》第 58 冊，北京：線裝書局，2003），頁 699-785。清・章壽麟等著，袁慧光校注：《銅官感舊圖題詠冊校訂》（長沙：嶽麓書社，2010）。清・章壽麟等著，袁慧光校點：《銅官感舊圖題詠冊》。

湘鄉曾文正公以鄉兵平賊，抵觸凶鋒，危然後濟。其所履大厄凡三：蓋湖口也，祁門也，與初事之靖港也。而予於文正，惟靖港之役實從。

道咸間，粵賊再攻長沙不克，乃北涉洞庭，屠岳州、蹂武漢，已，乃掠商舶，亂流而東，疾馳入江寧，穴而居之，復西向以爭湘楚。

咸豐四年（1854），賊由武昌上犯岳州，官軍禦之羊樓峒失利，遂乘勝進逼長沙。四月，賊踞靖港，而別賊陷寧鄉、湘潭。

湘潭，荊南都會，軍實所資。時公方被命治軍於湘，乃命水陸諸將復湘潭，而自率留守軍擊靖港賊，戰於銅官渚，師敗，公投水。

先是，予與今方伯陳公、廉訪李公，策公敗必死，因潛隨公出，居公舟尾，而公不知。至是，掖公登小舟，逸而免。公怒予曰：「子何來？」予曰：「師無，然湘潭捷矣，來所以報也。」

已而，湘潭果大捷，靖港賊亦遁去。公收餘眾，師復振。蓋嘗思之：兵者，陰事，惟忍乃能濟，非利所在，敵詬於前，民疑於後，勿動也。公既盡銳以剿湘潭，若需之以俟其捷而會師擊靖港之墮歸，賊雖眾，可以立盡。惟不忍於靖港之逼，故知其不利而不能不出贊公事者。又，予輩三五書生，亦知其不利而出，而無術以止公。蓋非公之疏於計畫，實忍之心非久於軍者不能，尤非仁義之徒之所素有也。猶憶敗歸時，公惟籍甲兵儲偫之屬以遺湘撫，尚一意以死謝國。

及聞捷，乃不死，然當日即不捷，公固可以死乎？公死是役，固不與喪師失地窮蹙而死者同，且足使喪師失地窮蹙而不死者愳焉而有以自勵。然由今以觀，其多寡得失之數為何如也。

光緒丙子（二年，1876）秋，予歸長沙，道靖港，舟中望銅官山，山川無恙，而公已功成事賫，返馬帝鄉。惟時秋風乍鳴，水波林巒尚隱隱作戰鬥聲，彷彿公之靈爽呼叱其際。因不禁俯仰疇昔，愴然動泰山梁木之感，故為茲圖而記之。以見公非偶然而生，即不能忽然而死。且以見兵事之艱，即仁智勇義如公者，始事亦不能無挫，而挫而不撓，困焉而益勵，垂翅奮翼，則固非公之定力不及此。至於大臣臨

> 敵，援桴忘身，其為臨淮之靴刀與蘄王之泗水，均各有其義之至當焉，并以諗後之君子。[23]

從章壽麟〈自記〉中可見其未嘗明言自己的失意、甚至埋怨故主，反而是大力揄揚曾國藩的平生功績。他在〈自記〉裡正面肯定了曾國藩的平亂之功，認為若非「仁智勇義如公者」、「非公之定力」，是難以對抗強大的太平軍隊，其胸懷智謀韜略與「援桴忘身」之誓死決心，可匹比唐宋名將李光弼（708-764）[24]與韓世忠（1090-1151）；[25]更借「泰山梁木」的典故，[26]讚譽曾國藩乃賢哲偉人。曾國藩生平最大功業，是平定太平天國、引領中國走進中興局勢，故謂「公非偶然而生，即不能忽然而死」，其英才卓犖，殊絕凡庸，國之存亡，係之生死，自與一般凡人殊異。文旨彰顯曾國藩的豐功偉業，而對於自身的仕宦浮沉、榮辱得失，則是未置一詞。

然而，倘若細究章氏作圖旨趣、貫串該篇〈自記〉之重要關鍵，實乃圍繞在曾國藩投江自盡、援救曾氏一事而發。當曾國藩不顧其他幕僚反對，亟欲出兵靖港，「予輩三五書生，亦知其不利而出，而無術以止公」，不無可見曾國藩的急公好義與章壽麟言語中的褒貶指摘。但章壽麟畢竟居於人臣，縱然知其舊主之過，亦不便公然指陳，因此轉而為其失策申言辯白，釋其「實忍之心非久於軍者不能」，領兵日久，苦無建樹，是以匆率出兵。評議之中，似有美化動機之意。至出師不利，愧而投水自盡，就李元度看來是極

---

[23] 清・章壽麟：〈自記〉，清・章壽麟等著，袁慧光校點：《銅官感舊圖題詠冊》，第1冊，頁511-512。

[24] 「靴刀之誓」典出李光弼，其擊賊常納短刀於靴中，有決死不落敵人手之志。後晉・劉昫：《舊唐書》第10冊（北京：中華書局，2016），卷110，頁3309。

[25] 蘄王韓世忠將戰泗水，曾以「願效死節，激昂士卒」為誓。宋・李心傳：《建炎以來繫年要錄》（《叢書集成新編》第116冊，臺北：新文豐出版公司，1985），卷123，頁1986。

[26] 典出《禮記十三經》〈檀弓上〉：「孔子蚤作，負手曳杖，消搖於門，歌曰：『泰山其頹乎？梁木其壞乎？哲人其萎乎？』」漢・鄭玄注，唐・孔穎達疏，龔抗雲整理，王文錦審定：《禮記正義》（《十三經注疏》第12冊），卷7，頁241。

不負責之行為，章壽麟卻釋為「以死謝國」，成其大義於天下。最後更說，無論曾國藩是否命喪此役，對於「喪師失地窮蹙者」皆有啟示與自勵的作用。言下之意，即再次強化曾國藩忘身殉國的忠貞之心，而無半句自我居功之言。若說章壽麟全無半點自傷失意，對於一個心懷抱負的有志之士而言，自然是不合情理，甚且無需費心繪製這幅〈銅官感舊圖〉；但若將章壽麟的繪圖動機指向純為責備曾國藩的忘恩負義，於情，將有失人臣之義，於理，則為救溺之舉增添幾分沽名釣譽的目的。

那麼，章壽麟為何要作這幅〈銅官感舊圖〉？光緒六年（1880），梁肇煌（1827-1886）調任江寧布政使，[27]因緣際會結識章壽麟，並為圖作序。熊治祁云：「江寧布政使梁肇煌是最早題圖的人。」[28]梁序云：

> 聖清中興，宣重光，再造區宇。湘鄉曾文正公實以鄉兵龕平大難，自幕府僚佐，下至偏裨廝養，率致通顯。而靖港之役，章君价人翼公以出於險，其功尤偉，而獨浮沉牧令，若自忘其勞，人亦遂忘之，此〈銅官感舊圖〉之所由作也。
>
> 光緒紀元之六年（1880），肇煌奉天子命，來藩江寧，距文正之薨十餘稔矣，父老謳頌如一日。嗣識章君，心知其賢，而其手援文正事，卒未嘗言，獨其鄉人稍稍言之。今披此圖，而益嘆君為不可及也。文正薦賢滿天下，凡一材一技，咸傾襟禮接，有古人吐哺握髮之風。即相從患難諸公，皆揚之於朝，致其惓惓，獨於君若恝焉。殆欲老其材

27 梁肇煌生平，見清・汪兆鏞纂輯：《碑傳集三編》（《清朝碑傳全集》第 5 冊），卷 18，頁 13 上-15 上。梁嘉彬：〈梁肇煌傳〉，《廣東文獻季刊》6.4（1976.12）：58-68。

28 熊治祁：〈前言〉，清・章壽麟等著，袁慧光校點：《銅官感舊圖題詠冊》，頁 2-3。按梁肇煌〈銅官感舊圖序〉云：「光緒紀元之六年（1880），肇煌奉天子命，來藩江寧，……嗣識章君」云云，推斷梁序作於光緒六年（1880）。李元度題詠作於光緒七年（1881），薛時雨序作於光緒八年（1882），陳士杰、左宗棠序皆作於光緒九年（1883），卞寶第序作於光緒十三年（1887），王闓運題詠作於光緒六年（1880）至光緒九年（1883）之間。

以為他日用，而非有意於避嫌也。使君當時善自表暴，未必大不用。乃茲圖之作，不於公生前為進身之階，而於公身後攄懷舊之感，其不與人爭進取，可以想見。

嗚呼！今之以意氣相推重者，遇人急，偶一援手，輒以此自多德色，既所不免。其人小利達，又責報如索逋，稍缺望，則戟手以詈者比比也，況乎援一人以援天下者乎？顧欿然不居若此，非人所謂難耶？方今海外多事，封疆諸將帥，陳師鞠旅，實繼文正後而常勝之不可狃，軍事之不可以怠，意必有援一人以援天下如君者。使社稷蒙其庥，億萬生民食其福，而〈常武〉諸詩或繼〈六月〉而作乎！余尤望之矣。[29]

序中開宗明義指出章壽麟作圖目的：「靖港之役，章君价人翼公以出於險，其功尤偉，而獨浮沉牧令，若自忘其勞，人亦遂忘之，此〈銅官感舊圖〉之所由作也。」至於論及曾國藩生前何以不力拔章壽麟？又章壽麟何以在曾國藩死後才自作此圖？梁肇煌採取的是持平的態度。曾國藩「舉賢任能」、[30]「以進賢為用」[31]為時人推許，其幕僚之中，官至巡撫、總督、侍郎、布政使者不在少數，因此，梁氏認為曾國藩絕不可能會遺忘這位曾共患難的幕僚，並給出最適恰的解釋是：「殆欲老其材以為他日用」，委婉解釋了曾國藩未即時拔擢章壽麟的原因。而梁氏認為章壽麟不在曾國藩生前繪製此圖作為進身之階，是因為「不與人爭進取」，意中褒揚了章氏的不慕榮利。不過，倘若梁肇煌真的認為章氏無懷抱仕宦之心，又何須感嘆「獨浮沉牧令」、害怕「若自忘其勞，人亦遂忘之」？更確切的說，假若梁肇煌真的認

[29] 清・梁肇煌：〈銅官感舊圖序〉，清・章壽麟等著，袁慧光校點：《銅官感舊圖題詠冊》，第 1 冊，頁 522-523。

[30] 清・李鴻章：〈直督奏疏〉，清・曾國藩著，清・李瀚章編：《曾文正公（國藩）全集》（《近代中國史料叢刊續輯》第 1 輯第 1 冊，新北：文海出版社，據光緒二年（1876）穐傳忠書局刊本影印，1974），頁 57 下。

[31] 清・薛福成：〈代李伯相擬陳督臣忠勳事實疏〉，《庸盦文編》（《清代詩文集彙編》第 738 冊，據清光緒十三年（1887）至二十一年（1895）刻庸盦全集本影印），卷 1，頁 35 上。

為章氏淡泊名利，又何須在乎他人是否記得自己的功勞？由此可見，梁肇煌雖然有意美化章氏的創作動機，但在論述裡仍然不自覺地陷入傳統儒家思想認為士人應修齊治平、擠身鼎甲的循環矛盾裡。序文最後，梁氏更將論點集中在章壽麟援溺曾國藩之事。章壽麟援救曾國藩的重要意義何在？其實，曾國藩治軍初起，連遭敗績，官民均輕蔑，至靖港之敗，更有決死之心，故若無章氏援救，必將永世負辱難申。[32]而梁氏認為章氏之舉是「援一人以援天下」，並以《詩經》諸篇稱頌周宣王美德，亦兼讚許功臣尹吉甫之文韜武略，反映君臣之間存有的互慕、互助與互相依存的主從關係。劉向《說苑》〈復恩〉云：「君臣相與以市道接，君懸祿以待之，臣竭力以報之。逮臣有不測之功，則主加之以重賞；如主有超異之恩，則臣必死以復之。」[33]主從雖是建立在各取所需的前提下，但也因此形成彼此相輔相成的關係。由梁氏的品評裡，可見其抬高章氏援救的重要性，只是在無意之間，也強化了「獨浮沉牧令」賞不當功的得失心。

章壽麟繪作該圖的時候是四十四歲，結識梁肇煌是四十八歲以後的事。雖然兩人認識的時間尚晚，梁肇煌業已從章壽麟的〈自記〉裡看出作者的窮困不達與欲言難言的內在心事，但礙於現實環境不便指摘曾國藩的功過是非，因而在試圖還原章壽麟的本意之際，也企圖美化曾、章二人的用心。而章壽麟即是在這種想一洩心緒，卻又不得不顧及全面的糾結拉扯之中，選擇強化曾國藩之「大節」，弱化自我之功勞，為自己的失意開脫懸解。

第二節　昔時儕輩的悲士不遇

除了梁肇煌以外，亦有不少題詠者從「達與不達」與「祿與不祿」的角度論辯發揮。這是個有趣的現象。同是觀察一幅畫，為什麼有些題詠者會為

---

32 王爾敏：〈曾國藩經營湘軍之艱難遭遇及其心理反應〉，《清季軍事史論集》（臺北：聯經出版事業公司，1985），頁 195-205。

33 漢・劉向：《說苑》（《四部叢刊初編》第 75 冊，臺北：臺灣商務印書館，據平湖葛氏傳樸堂藏明鈔本縮印，1967），卷 6，頁 23。

章壽麟抱不平？有些題詠者則為曾國藩辯護？甚而有些題詠者將兩人引為知己？因此，可進一步探討該群題詠者所扮演的身分本位，他們各自與曾、章有何交游關係？該題詠群體裡約有 7 人與章壽麟同樣曾是曾國藩的幕僚，而絕大多數的題詠者，非昔日之儕輩，甚至與章壽麟沒有直接的交游往來。換言之，該幅跨時空的圖像題詠，涉及的不僅是時人的觀看，也包含了後人的詮解。而時人的觀看視角，亦往往影響著後人的詮釋角度。

一、李元度、王闓運等人的嗟嘆題吟

同是曾國藩的幕僚中，李元度、陳士杰、鄧輔綸（1828-1893）、王闓運等人皆有「价人猶浮沉偃蹇」與「一官白下任浮沉」的相似感嘆。其中最值得注意的人是李元度。根據長沙章氏盋山舊館《銅官感舊集》四卷本，其題名為「銅官感舊圖」，而《銅官感舊圖題詠冊》八卷本，則作「銅官援溺圖」。[34]「感舊」與「援溺」的不同在於：「感舊」是主觀性的情感傳遞；「援溺」是客觀性的動作描述，以示其欲意強調「援溺」此動作的意義與重要性。文云：

> 四月朔，舟發。陳公固請從，峻拒之。余與陳公謀，令价人潛往，匿後艙備緩急，文正不知也。明日，戰，鄉團勇先潰，陸軍隨之，所結浮梁斷，溺斃二百有奇。水師中賊伏，亦潰。賊艘直犯帥舟，矢可及也。文正憤極投水，將沒頂矣。材官、傔僕力挽，文正大罵，鬚髯翕張，眾不欲違，將釋手矣。价人自後艙突出，力援以上。文正瞠視曰：「爾胡在此？」价人曰：「湘潭大捷，某來走告。」蓋權辭以慰公也，乃挾登漁艇。南風作，逆流不得上，賴劉君國斌力挽以免。明

34　關於李元度之題詠，清光緒年間（1875-1908）一卷本與宣統二年（1910）四卷本均作「題銅官感舊圖」，民國年間刊八卷本則作「題銅官援溺圖」，因此最早應作「感舊」。然比對二者之版式、字體、落款、鈐章與題記時間等，俱皆相同，但凡四卷本文中作「感舊」之處，八卷本即作「援溺」。蓋「援溺」二字，應為後來重刊所改。而改者是為李元度抑或他人，目前尚無證據，有待日後深究考證。

午，抵長沙，文正衣濕衣，蓬首跣足，勸之食不食。乃移居城南妙高峰，再草遺屬，處分後事，將以翼日自裁。遲明，捷報至，官軍拔湘潭，燔賊艅數十，殄滅無遺種，靖港賊亦遁。文正笑曰：「死生蓋有命哉！」乃重整水陸軍，未十年，卒蕆大勳，固由國家威福所致。然當是時，文正生死在呼吸間，間不容髮，脫竟從巫咸之遺，則天下事將誰屬哉？

江寧既拔，湘軍自將領以至廝養，卒並置身通顯，价人獨浮沉牧令間垂二十年。儻所謂不言祿，祿亦弗及邪！抑曲突徙薪，固不得為上客邪？先是，曾太封翁曾書示文正曰：「章某，國士，宜善視之。」且令馮公卓懷傳其語。戊午、己未（咸豐八、九年，1858、1859）間，余數從容言及价人，文正憮然曰：「此吾患難友，豈忘之哉？」

竊窺文正意，使遽顯擢君，是深德君以援己，而死國之心為偽也。然亦決不慭置以負君，蓋將有待耳。

光緒丙子（二年，1876），余客金陵，文正薨四年矣。晤价人，握手話舊，价人出〈銅官援溺圖〉屬題，余諾之而未及為。越五年，价人宅憂歸，乃得補書其簡首。烏虖！援一人以援天下，功在大局不淺。价人雖不自以為功，天下後世必有知价人者，遇、不遇，烏足為价人加損哉！价人名壽麟，安徽補用知府，即補直隸州知州，長沙人。[35]

此文為光緒七年（1881）所作。文中詳細記載當時戰爭發生的過程，並以曾國藩聞湘潭捷報而笑，批評其將生死成敗歸諸於「天命」而否定「人力」之實際意義，繼而為章壽麟抱不平之鳴。向敬之《敬之書話——歷史的深處》認為李元度與陳士杰的題詠看似是高揚章氏的風範脫俗，實際上卻是一味挖苦，潛在齒冷。[36]然而，筆者以為向氏未深究曾、章、李、陳之關係而妄下斷言，對於諸人題詠之意喻挖掘，掌握不深，似有過度詮釋之疑。李元度於

35 清・李元度：〈銅官援溺圖〉，清・章壽麟等著，袁慧光校點：《銅官感舊圖題詠冊》，第 1 冊，卷 1，頁 514-515。

36 向敬之：《敬之書話——歷史的深處》（臺北：釀出版，2012），頁 73-76。

咸豐八、九年（1858、1859）之間，曾屢次向曾國藩提到章氏之功，而曾國藩以「此吾患難友，豈忘之哉？」承諾不忘章氏救命之恩。是以揣度其意，曾國藩應是擔心章氏擢升遽速，外界將以其「深德君以援己」，而跳水自殺只是為了贏得聲名，故遲遲不肯給予豐厚的酬庸。該文所說「价人獨浮沉牧令間垂二十年」，乃指咸豐九年（1859）至光緒七年（1881）這二十年之間。從咸豐九年（1859）攻克景德鎮至同治三年（1864）克復金陵，章氏由縣令升為州牧，而至曾國藩臨終前，始終徘徊於牧令之職。是故，李元度乃借介之推（？-前636）「不言祿，祿亦弗及」與霍光「曲突徙薪亡恩澤，焦頭爛額為上客」[37]的典故，批評曾國藩的薄情忘義與賞罰失度。文末並與梁肇煌同樣肯定章氏「援一人以援天下」的大功，更仿效史家記載姓名、官職、籍貫之法，意圖為章壽麟立傳傳史。

李元度於咸豐三年（1853）入曾國藩幕下，在幕中調理營務。[38]他曾是曾國藩的忠實心腹、患難與共的親信幕僚，[39]曾國藩對其有「三不忘」之誓。[40]然而，為什麼李元度要屢次向曾國藩「言及价人」、為其邀功論賞？甚至為「壽麟鳴不平，而隱咎國藩之寡恩」？[41]其實，當曾國藩決意進攻靖港，李元度已預料其自殺之可能，遂暗託章壽麟隱匿船艙以待援救。嚴格來說，幕主與幕僚之間如君臣關係，彼此理應以仁義相待，身為下屬，章壽麟援救曾國藩本是合乎道義情理之事。然李、章都是最早輔佐曾國藩的幕僚，兩人隸屬同一單位，又為情誼深厚的好友，因此基於私情與道義，李元度皆

---

37 漢・班固，唐・顏師古注：〈霍光傳〉，《漢書》第 9 冊（北京：中華書局，2014），卷 68，頁 2958。

38 王鍾翰校：《清史列傳》第 19 冊，卷 76，頁 6292。

39 李元度嘗為曾國藩最困阨時期的患難之交，曾上奏自陳云：「當咸豐六年（1856）之春，臣部陸軍敗於樟樹，江西糜爛，賴李元度力戰撫州，支持危局。次年臣丁憂回籍，留彭玉麟、李元度兩軍於江西，聽其饑困阽危，蒙譏忍辱，幾若避棄而不顧者。」清・曾國藩：《曾國藩全集》第 7 冊，同治三年（1864）8 月奏稿，頁 400。

40 清・曾國藩：《曾國藩全集》第 22 冊，咸豐七年（1857）5 月書信，頁 577。

41 徐凌霄：《凌霄一士隨筆》（《近代中國史料叢刊續編》第 64 輯第 639 冊，新北：文海出版社，1974），頁 1388。

有充分的理由屢次向曾國藩薦擢章壽麟。

而李元度本身則曾經兩度遭曾國藩參劾。第一次參劾在咸豐十年（1860）。曾國藩派李元度鎮守徽州，特地與其約法五章，[42]叮囑不可分兵。[43]但李元度未謹遵囑咐，將軍隊分兵作戰，最後慘遭痛擊，敗潰而失徽州。戰敗後，李元度懼罪不敢歸營，在外滯留一個月才回祁門。曾國藩向朝廷自請議處時，也同時參劾李元度，請旨將之「革職拿問，以示懲儆」。[44]只是，曾國藩未料隔年李元度旋即復職，再受起用，赴浙支援浙江巡撫王有齡與杭州將軍瑞昌。曾國藩與王有齡素有嫌隙，咸豐五年（1855），湘軍坐困南昌，軍餉不繼，曾國藩曾向浙江請求支援，但卻遭到當時浙江巡撫何桂清、杭州知府王有齡拒絕，因此李元度轉投新主不僅是種背叛，對於曾國藩而言無疑更是一種巨大的打擊。咸豐十一年（1861），杭州失守，曾國藩不派兵救援王有齡，更在王有齡兵敗自殺後，再度藉故參劾李元度。奏曰：「徽州獲咎以後，王有齡銳意招之赴浙。李元度不候訊結，輕於去就。厥後遷延數月，卒不能救浙江之危。」並參奏陳由立、鄭魁士：「予智自雄，見異思遷」、「背於此並不能忠於彼」，[45]同時將李、陳、鄭三人並論問罪。此次的參劾，極大的成分是夾雜了主從之間「忠與否」的個人私怨，是以可見曾國藩當時「深惡次青」之甚。

然而，曾國藩對於李元度的情誼其實仍然存在。克復金陵後，曾國藩密陳錄用李元度，[46]但由於援浙之事，李元度被定罪發配軍臺。曾國藩聞訊，發動同系有勳望之將帥，力圖營救，可見曾國藩與其知音相惜之情分。後來因李鴻章、沈葆楨等人齊力相助，朝廷方以眾帥之請，允免遣戍。李元度獲

---

[42] 清・曾國藩：《曾國藩全集》第 17 冊，咸豐十年（1860）8 月日記，頁 77。
[43] 清・曾國藩：《曾國藩全集》第 23 冊，咸豐十年（1860）8 月書信，頁 718。
[44] 清・曾國藩：《曾國藩全集》第 2 冊，咸豐十年（1860）9 月奏稿，頁 596。
[45] 清・曾國藩：《曾國藩全集》第 4 冊，同治元年（1862）5 月奏稿，頁 231。
[46] 清・曾國藩：《曾國藩全集》第 7 冊，同治三年（1864）8 月奏稿，頁 400。

釋，恩怨釋懷，兩人漸通書問，恢復昔日交誼。[47]曾國藩過世後，李元度為作祭文，亦惦念此情：「我實公負，羊鶴氃氋。匪我異趣，賦命則窮。時艱勢格，力不心從。公猶亮我，曲宥微悰。騰章昭雪，引疚在躬。不惜自貶，以拯予侗。休休者量，曠古誰逢。而今已矣，孰聽焦桐。私恩公誼，云何弗恫。……」[48]雖然如此，在李元度的宦途中，終究也因為曾國藩的彈劾而坎蹇曲折，備嘗艱辛。是以，當他在面對章壽麟仕途浮沉的境遇時，不免將其個人的境遇投射其中，故而抱持一種同理同情的態度，甚至語帶褒貶地批評曾國藩。

曾國藩幕僚中，除了李元度敢言評議曾國藩之外，王闓運是另一個果敢直言的人物。王闓運初入曾國藩幕府時，因仰慕曾國藩的學識與才能，欲與其他幕僚一樣，藉此舞臺施展長才。他曾請從軍，並屢次獻策，卻始終未被採納。[49]由是深感「所如多不合，乃退息無復用世之志」，故於同治三年（1864）定計歸隱，其後轉往各地，四處講學。[50]王闓運自負才學，卻不得志於時，境遇與章壽麟有著「同是天涯淪落人」的相映投射。他曾在寄予左

---

47 關於曾、李之交誼，可參王爾敏：〈曾國藩與李元度〉，《清季軍事史論集》，頁207-243。

48 清・李元度：〈祭太傅曾文正公文〉，《天岳山館文鈔》第2冊（長沙：嶽麓書社，2009），卷37，頁778-779。

49 考王闓運年譜，自咸豐四年（1854）至十年（1860）之間，其曾經多次向曾國藩獻議計策。咸豐四年（1854），王闓運向曾國藩提出「力言行軍」之見，未果。六年（1856），曾上書曾國藩提出：「撤團防、廢捐輸、清理田賦，以蘇民困而清盜源。」未被採納。八年（1858），獻議：「公行軍久疲，屢勝兵驕，克城留軍不足以為聲援，不留軍則後路空虛，且虞阻塞，取敗之道也。」十年（1860），曾國藩授兩江總督之命，進駐祁門，並言即日渡江，以固吳會之人心。王闓運以為：「安慶去江寧、蘇州，均近於祁門，豈人心以遠而固乎？宜從淮揚進規常鎮，使公弟國荃攻安慶，左宗棠出浙江，與皖相響應，乃得形便。若不得已，亦宜駐徽州，以固寧國之守。」然曾國藩念已上奏，若遽圖改，恐動軍心，故未採納。清・王代功編：《湘綺府君年譜》（《晚清名儒年譜》第13冊，北京：北京圖書館出版社，2006），卷1，頁12下、頁14下、頁16上、頁18上。

50 清・趙爾巽：《清史稿》第43冊，卷482，頁13300-13301。

宗棠（1812-1885）的箋啟裡，批評曾國藩的求賢與用人：「闓運行天下，見王公大人眾矣，皆無能求賢者。滌丈（曾國藩）收人材不求人材，節下用人材不求人材，其餘皆不足論此。以胡文忠（胡林翼）之明果向道，尚不足知人材，何從而收之用之？」[51]可說是眾儕輩之中，敢言他人之所不敢言者。

王闓運前後總共為該圖題作 2 首詩，一首是在章壽麟生前所題，即〈銅官行寄章壽麟題感舊圖〉，收於《銅官感舊圖題詠冊》第 1 冊；另一首是在章壽麟逝世之後，應章壽麟之子章華邀約而題，收於第 5 冊。早在章壽麟囑題之時，王闓運便已道出幕主與幕僚之間的牽制，以及仕宦相從的主從關係。云：

> 一勝申威百勝從，陸軍如虎舟如龍。時人攀附三十載，爭道當時贊畫功。駱相成名徐陶死，曾弟重歌脊令起。只餘湘岸柳千條，曾對當時嗚咽水。信陵客散十年多，舊邏頻迎節鎮過。時平始覺軍功賤，官冗閒從資格磨。憑君莫話艱難事，佹得佹失皆天意。何況當時幕府謀，至今枉屈何無忌。[52]

據《湘綺樓詩文集》編年，此詩乃光緒六年（1880）至光緒九年（1883）之間所作。其時王闓運年近五旬，詩中回顧昔時湘軍剿滅太平天國一事，及其對參戰之官僚與人物所作的評品，同時也投射了自我的不遇之感。曾國藩位高權重，「其尤者至起家為巡撫、布政使，士爭相效」，[53]攀附者眾，爭道題詠者亦多讚其功。而當日領軍平定太平天國戰亂之將領，有駱秉章、徐有壬、陶恩培與曾國荃等人，駱秉章紅袍加身，一舉成名；徐有壬、陶恩培則

---

[51] 清・王闓運：《湘綺樓詩文集》第 2 冊，箋啟 1，頁 816。

[52] 清・王闓運：〈題銅官感舊圖〉，清・章壽麟等著，袁慧光校點：《銅官感舊圖題詠冊》，第 1 冊，頁 526。

[53] 錢基博：〈王闓運傳〉，卞孝宣、唐文權編：《民國人物碑傳集》（南京：鳳凰出版社，2011），卷 6，頁 354。

於靖港之敗時，「奪其軍治罪」。[54]輾轉數年，「駱相成名徐陶死，曾弟重歌脊令起」，命運各殊其異。即如王闓運自己，尚無一官半職，自有「時平始覺軍功賤，官冗閒從資格磨」的不遇牢落。是以，當他為章壽麟抒發「至今枉屈何無忌」的同時，其實也寄託了自身入仕困蹇的沉浮之感。

民國三年（1914），王闓運受章華囑託，又題了一首詩。此詩之作，距靖港戰敗適逢一甲子的時間，詩中同樣寄寓了自己有志難伸的失意。詩云：

> 周甲重逢又甲寅，當時堤柳尚如新。早知援手終無益，始信靈均是了人。[55]

詩中藉著時光與堤柳年復一年不斷地舊換新替、流轉變化，反襯人世間「早知援手終無益」的冷暖無情與莫可奈何。王闓運借《離騷》：「扈江離與闢芷兮，紉秋蘭以為佩」，[56]取字紉秋，有喻己忠貞之意。而在滿是失意的浮沉若世，或許令其體會最深的，終究是屈原之香草美人，才是士人最終的知音。

王闓運於詩之後，尚有一段題記如是說：

> 曼仙前輩相訪京邸，再示舊圖，已是周甲故事矣。匆匆閱世，正值甲寅（咸豐四年，1854）三月靖港戰日也。勞苦功高，終歸無補，又何如當時一瞑乎。然有生必有事，余但愧今之坐視，而不悔昔之從事。輒題二十八字，以志憤懣。宣統甲寅（六年，1914）四月立夏日，闓運記。[57]

---

54 夏敬觀：《學山詩話》，頁 49。

55 清・王闓運：〈題銅官感舊圖〉，清・章壽麟等著，袁慧光校點：《銅官感舊圖題詠冊》，第 5 冊，頁 675。

56 戰國・屈原著，王潼輯評：《離騷九歌輯評》（臺北：中華叢書編審委員會，1955），頁 2。

57 清・王闓運：〈題銅官感舊圖〉，清・章壽麟等著，袁慧光校點：《銅官感舊圖題詠王闓運最終雖仍不忘自己「勞苦功高，終歸無補」的仕途得失，但「不悔昔之從事」，而「但愧今之坐視」，既是為過去無愧於己的真心明志，也為今日無能為國盡心的現狀感為羞慚。由此可見，深植於王闓運心中的，仍是傳統儒家「治國、平天下」的經世思想。因此，當他感到今日坐視、於心有愧之際，僅能聊藉詩文「以志憤懣」。

曾國藩過世後，王闓運作輓聯云：「平生以霍子孟（霍光）、張叔大（張居正）自期，異地不同功，戡定僅傳方面略；經學在紀河間（紀昀）、阮儀徵（阮元）之上，致身何太早，龍蛇遺憾禮堂書。」[58]短短數語，評價了曾國藩一生的事功與學術，相較李元度所作之祭文，其詞兀傲帶有微詞。其後，王闓運受曾紀澤請託撰寫《湘軍志》，記述湘軍戡定太平軍之始末。論及曾國藩用兵得失：「曾國藩以懼教士，以慎行軍，用將則勝，自將則敗。……《論語》曰：『臨事而懼』，帥之言也。《記》曰：『我戰則克』，將之言也。為將者功名成，富貴得，則知懼矣。知懼必敗。」[59]直陳得失，無所諱言。此書被曾國荃叱為謗書，而王闓運則堅定己說，於寄予黎庶昌的書信說：「曾公事業，在《湘軍志》者，殊炳炳麟麟，而沅浦（曾國荃）以為謗書。竟承特采，曷勝感激。三不朽之業，著一豪俗見不得，節下蟬翼軒冕，一意立言，真人豪也。」[60]頗以著《湘軍志》自豪。

至於陳士杰與鄧輔綸的題詠，言雖流露悲慨惋惜之意，然而表露於文的，仍是餘留情面未加毀譽的婉曲詞章。咸豐四年（1854），鄧輔綸入曾國藩幕府參與軍務，六年後，太平軍攻破杭州，因未殉城而遭彈劾，被免歸里，此後專意學術。[61]其題詩云：

冊》，第 5 冊，頁 675。

58 清・王闓運：《湘綺樓詩文集》第 4 冊，卷 3，頁 1981。

59 清・王闓運：〈營制篇〉，《湘軍志》，卷 15，頁 778。

60 清・王闓運：《湘綺樓詩文集》第 2 冊，箋啟 2，頁 864-865。

61 清・王闓運：〈鄧彌之墓誌銘〉，清・閔爾昌錄：《碑傳集補》，卷 51，頁 17 上-下。

> 中興旗鼓耀江東，獨擅咸同夷一功。誰識艱難曾共濟，銅官敗舸咽悲風。
>
> 顛沛能扶信有神，存亡一髮繫千鈞。太公書至塔公捷，墨絰重看淚淚新。
>
> 一官白下任沉浮，意氣終將國士酬。自是天心留柱石，肯從事後說恩仇。
>
> 相侯高塚臥麒麟，幕府山頭宿草春。剩有丹青完手澤，感時撫舊苦酸辛。[62]

此詩乃光緒十六年（1890）至十九年（1893）之間，鄧輔綸晚年時候所作。詩以「誰識艱難曾共濟」、「存亡一髮繫千鈞」為章壽麟的境遇而感慨，並道出士人從「相侯高塚臥麒麟」的躋陟之望，到「一官白下任沉浮」的跌宕失意，人世浮沉，筆飲於紙。曾國藩極其賞識鄧輔綸的才華，而鄧輔綸一度棄文從武，欲藉此大展長才，終落得被免彈劾的結果。詩意背後，隱含著主從間「肯從事後說恩仇」、「感時撫舊苦酸辛」的寵辱榮羞、恩情怨仇。表面上，鄧輔綸是為章壽麟傷其不遇，然而將心而論，詩中真正欲意傳達的是內在自我的生命投射。

陳士杰於咸豐三年（1853）入曾國藩幕府。當時，他與李元度論斷相契，都亟欲阻止曾國藩進攻靖港，然而相較上述諸人，陳士杰的題詠則顯得更持平婉曲。其云：

> 余與李公次青進議：湘潭為省城咽喉，宜先擊之，湘潭敗，靖港賊自走。公從之，悉精銳上駛，而靖港紳耆紛紛告急。公欲督新集千人，自行出擊。力阻不可，請行，亦不可，乃以价人伺左右。師駕浮橋渡港，公盡驅左右將弁赴敵。戰敗，公猝赴水，賴价人掖之而免。適湘

62 清・鄧輔綸：〈題銅官感舊圖〉，清・章壽麟等著，袁慧光校點：《銅官感舊圖題詠冊》，第 3 冊，頁 617。

潭大捷，靖港賊夜遁。將弁群冒稱援公功，而价人殊無言也。
今事隔三十年矣，從公游者，先後均致通顯，而价人獨浮沉偃蹇，未得補一官，將無遇合通塞，自有數存耶？余既悲价人之坷坎不遇，且欲天下後世共知公之戡定大亂，皆由艱難困頓中而來，而价人之拯公，所關為不小也。[63]

陳士杰的仕途比起王闓運、鄧輔綸等人都還亨通顯達。在剿滅太平天國戰亂後，擢升江蘇按察使，同治四年（1865），論功加布政使銜，其後累官至浙江、山東巡撫。[64]此序文即光緒九年（1883）陳士杰任職山東巡撫時所作。文中回憶從前往事，適湘潭大捷，「將弁群冒稱援公功，而价人殊無言也」，可見章壽麟不自言其功、不與人爭勝的性格，並論及三十年前入曾國藩幕下的追隨者，亦「先後均致通顯」，反觀「价人獨浮沉偃蹇，未得補一官」，其以為章氏未得晉爵，乃「時運遇合與否」所致，而非曾國藩不願提拔擢次。文雖悲「价人之坷坎不遇」，亦體恤曾國藩治亂不易，「皆由艱難困頓中而來」，更讚許「价人之拯公」之功。其評論可謂莫懷偏頗，中允持重。

二、左宗棠的寓圖於己題詠

昔時儕輩之中，尚有薛時雨（1818-1885）與卞寶第（1824-1893）二人的品評也以「援一人以援天下」的角度，從而強化章壽麟援溺曾國藩（天下）之功勞，削弱其仕宦沉浮的個人得失。此種說法多寬慰之意，乃建基於儒家思想教育之下，秉持士人應有「忿而不戾，怨而不怒」的傳統美德。

然而，左宗棠不以為然，其〈銅官感舊圖序〉云：

章君瞰公在舟時書遺囑寄其家，已知公決以身殉也，匿舟後，躍出援

63 清・陳士杰：〈銅官感舊圖序〉，清・章壽麟等著，袁慧光校點：《銅官感舊圖題詠冊》，第 1 冊，頁 518。
64 清・趙爾巽：《清史稿》第 41 冊，卷 447，頁 12502。

公起。公曾戒章君勿隨行，至是詰其何自來，答以適聞湘潭大捷，故輕舸走報耳。公徐詰戰狀，章君權詞以告。公意稍釋，回舟南湖港。其夜得軍報，水陸均大捷，殲悍賊甚多，燬餘之敗船斷槳，蔽流而下。湘人始信賊不足畏，而氣一振。

其晨，余縋城出，省公舟中，則氣息僅屬。所著單襦霑染泥沙，痕迹猶在。責公事尚可為，速死非義。公瞋目不語，但索紙，書所存炮械、火藥、丸彈、軍械之數，囑余代為點檢而已。

時太公在家，寓書長沙，飭公有云：「兒此出，以殺賊報國，非直為桑梓也。兵事時有利鈍，出湖南境而戰死，是皆死所；若死於湖南，吾不爾哭也。」聞者肅然起敬，而亦見公平素自處之誠。後此沿江而下，破賊所據堅城巨壘，克復金陵，大捷不喜，偶挫不憂，皆此志也。

夫神明，內也；形軀，外也。公不死於銅官，幸也。即死於銅官，而謂蕩平東南，誅巢馘讓，遂無望於繼起者乎？殆不然矣。事有成敗，命有修短，氣運所由興廢也，豈由人力哉？惟能尊神明而外形軀，則能一死生而齊得喪，求夫理之至是，行其心之所安，如是焉已矣。且即事理言之，人無不以生為樂、死為哀者。然當夫百感交集，怫鬱憂煩之餘，亦有以生憂為苦，而速死為樂者。觀公於克復金陵後，每遇人事乖忤，鬱抑無聊，不禁感慨系之，輒謂生不如死，聞者頗怪其不情。

余比由陝甘、新疆移節兩江，亦覺案牘之勞形，酬接之紛擾，人心之不同，時局之變易，輒有願得一當以畢餘生之說。匪惟喻諸同志，且預以白諸朝廷。蓋凜乎晚節末路之難，謠該之足損吾素節，實則神明重於形軀，誠不欲以外而移其內，理固如是也。而論者不察，輒以公於章君不錄其功，疑公之矯，不知公之一生死、齊得喪，蓋有明乎其先者，而事功非所計也。論者乃以章君手援之功為最大，不言祿而祿弗及，亦奚當焉？

余與公交有年，晚以議論時事，兩不相合。及涖兩江，距公之亡十有

> 餘年。於公所為，多所更定，天下之相諒與否，非所敢知。而求夫理之是，即夫心之安，則可告之己，亦可告之公也。[65]

該篇序文由靖港之戰寫到左宗棠收復新疆、任職兩江總督的二十餘年時間。譚伯牛在《湘軍崛起：近世湖南人的奮鬥史》云，左宗棠認為曾國藩真正要做的是一位「盡忠捨己」的聖人，因此對於那些「以章君手援之功為最大」的誇大其詞，相當嗤之以鼻；左宗棠更針對李元度「以公於章君不錄其功，疑公之矯」、「不言祿而祿弗及」提出批判，認為討論「祿與不祿」非君子該計量之事。而左宗棠同時也認為，曾國藩死於銅官與否，對於大局並無決定性的影響，因此「章君援公」並不足以構成一件大事。為什麼呢？因為左宗棠對曾國藩一生的事業毫無敬意，曾國藩的事功在左宗棠的眼裡不過是摽末之功。[66]譚伯牛論析精闢，然其文立基於「曾左失和」[67]的前提，涵蓋過多貶意，筆者認為瞭解「曾左失和」之因果，雖有助於理解左宗棠的題詠意義，但仍不應忽略人類思想的轉變與複雜性而流於片面論斷，故可再覃思。

---

65 清・左宗棠：〈銅官感舊圖序〉，清・章壽麟等著，袁慧光校點：《銅官感舊圖題詠冊》，第 1 冊，頁 520-521。

66 譚伯牛：《湘軍崛起：近世湖南人的奮鬥史》（太原：山西人民出版社，2009），頁 47-48。徐凌霄、徐一士《曾胡譚薈》有言：「蓋謂靖港之役，國藩投水，縱不獲救，大功亦可告成，即全局初不繫於國藩一人之意。」譚伯牛此言應是受到徐說之影響。徐凌霄、徐一士：《曾胡譚薈》（《近代中國史料叢刊續編》第 64 輯第 636 冊），頁 36。

67 「曾左失和」之因，歷來已有不少學者對此問題進行深究。如徐凌霄、徐一士從吳汝綸的題詠裡指出：「宗棠時時欲與國藩爭名，良然，蓋自負高出國藩一頭，而世咸極推國藩，意不能平，故論及國藩，每有意著貶抑語。」而左宗棠曾孫左景清認為，「曾左不和」是在文慶亡歿、肅順被誅之後，曾、左共謀的一場戲。此外，王澧華、成曉軍、張宏杰等人，則從曾左之個性、才智與用兵見解之差異剖析二人失和的原因。徐凌霄、徐一士：《凌霄一士隨筆》，頁 1391。左景清：〈曾左失和內幕談〉，《湖南文獻季刊》10.2（1982.4）：62-65。王澧華：〈論曾國藩與左宗棠的交往及其關係〉，《安徽史學》2（1996.4）：38-43。成曉軍：《曾國藩的幕僚們》（上海：東方出版中心，2000），頁 203-211。張宏杰：《曾國藩的正面與側面》（北京：民主與建設出版社，2014），頁 84-111。

欲理解左宗棠文中真義，必先瞭解曾、左之關係。左宗棠，字季高，謚文襄，他在科舉仕途上是名失意文人。自道光十二年（1832）中舉之後，屢試科考不第，四十歲以後平步青雲，先後歷任巡撫、總督，乃至封侯拜相，其間轉變之速，不無與曾國藩舉薦他「襄辦軍務」擔任湘軍要職有極大關係。[68]起初，左宗棠輔佐張亮基與駱秉章，後來被捲入「樊燮案」，[69]幸得胡林翼、曾國藩與潘祖蔭相助，全身而退。事後，左宗棠授命隨曾國藩治軍，由是入幕。[70]擔任湘軍幕僚期間，左宗棠憑藉一身才學協助曾國藩出謀劃策，以極為迅速之勢脫穎而出，成為湘軍中重要將領。然曾、左二人個性懸殊，時有爭執。曾國藩個性嚴謹，處世圓融，卻不知變通；左宗棠生性剛直，恃才傲物，直言無忌。靖港之敗，左宗棠曾當面嘲笑曾國藩為「豬子」（湖南話笨蛋之意）。[71]而後兩人又曾因「奪情事」、[72]李元度失守徽州、[73]

---

68 王鍾翰校：《清史列傳》第 13 冊，卷 51，頁 4050。

69 關於「樊燮案」之考證，可參劉江華：〈從清宮檔案看左宗棠樊燮案真相〉，《紫禁城》7（2012）：76-85。劉江華：〈樊燮案中左宗棠獲救真相〉，《紫禁城》11（2012）：20-29。

70 清．趙爾巽：《清史稿》第 39 冊，卷 412，頁 12024。

71 清．李詳，李稚甫點校：《藥裹慵談》（南京：江蘇古籍出版社，2000），卷 4，頁 63-64。

72 咸豐七年（1857），曾國藩因父丁憂，不待朝廷回覆，便回籍治喪。曾國藩「報丁父憂摺」乃以「情」為據，以「孝」為先；而左宗棠則以「理」論爭，認為「但謂匆遽奔喪，不俟朝命，似非禮非義，不可不辯。然既已戴星而歸，則已成事不說；既不俟命而歸，豈復可不俟命而出？」清．曾國藩：《曾國藩全集》第 2 冊，咸豐七年（1857）2 月奏稿，頁 212-214。清．左宗棠著，劉泱泱等校點：《左宗棠全集》第 10 冊（長沙：嶽麓書社，2009），咸豐七年（1857）3 月書信，頁 207-209。

73 關於曾國藩兩度彈劾李元度之事，左宗棠以為李元度有恩曾國藩，且徽州失守，與曾國藩方略有關，故竭力為李元度開罪。奏曰：「性情肫篤，不避艱險。厥後軍事方殷，帶勇剿賊，轉戰江西、皖、浙之交，飽經憂患。以軍事時有利鈍，兩被吏議，私懷倍深慚憤，而報國之志未衰。」又奏：「至曾國藩初次參奏李元度，謂其負曾國藩，負王有齡，此次代為乞恩，又謂昔年患難與共之人，惟李元度獨抱向隅之感。」清．左宗棠著，劉泱泱等校點：《左宗棠全集》第 1 冊，同治元年（1862）4 月奏稿，頁 49；同治三年（1864）10 月奏稿，頁 507。

兩淮鹽釐稅[74]等事件發生摩擦。至合圍金陵之戰，曾國藩力持堅守，而左宗棠認為機不可失，宜速出兵，雙方意見相左。左宗棠上奏朝廷，提出己見，也毫不留情地批評了曾國藩的用兵方略。[75]克復金陵後，曾國藩向朝廷奏報：「城破後洪福瑱積薪自焚」，[76]左宗棠卻奏：「偽幼主洪填福於六月二十一日由東垻逃至廣德」。[77]曾、左意見之弊，遂發欺誣之辱，曾國藩上奏反駁，[78]左宗棠亦上奏回駁。[79]自此，兩人關係臨界冰點，「自同治甲子（同治三年，1864）與曾文正公絕交以後，彼此不通書問」，[80]在日後通往功成名就的道路上，更是日漸行遠。

薛福成有謂左宗棠肅清陝甘及新疆之功，乃曾國藩助成之，然「文襄每接見部下諸將，必罵文正。」又謂：「庚辰辛巳（光緒六、七年，1880-1881）間，文襄奉旨召入樞廷，文武官僚於中途進謁者，皆云左相言語甚多。大旨不外自述西陲設施之績，及詆譏曾文正公而已，談次不甚及他事。」[81]薛福成以才學受曾國藩激賞，延攬入幕。自同治四年（1865）佐

[74] 同治元年（1862），長江糧道為太平軍所斷，曾國藩奏請調撥供應左軍的婺源、景德鎮、河口等地釐稅，又試圖控制兩淮鹽釐，引發左宗棠的不滿：「前讀大咨，以止論轄地不論引地為言，而引鄂、湘之收淮釐證之，鄙懷竊有未喻。……公督兩江，又正值安慶、九洑洲先後克夏，江路大通之時，專兩淮之利，整頓固有鹺綱，收復淮南引地以資軍食，鄂、湘何能與公爭？淮南向時暗透之私，今變而為官，何愁鹽不足而銷不廣？乃以論轄境不論引地之說，先資鄂、湘話柄，何也？」清．左宗棠著，劉泱泱等校點：《左宗棠全集》第10冊，同治二年（1863）書信，頁485。

[75] 清．左宗棠著，劉泱泱等校點：《左宗棠全集》第 1 冊，同治二年（1863）12 月奏稿，頁293-294。

[76] 清．曾國藩：《曾國藩全集》第7冊，同治三年（1864）6月奏稿，頁299。

[77] 清．左宗棠著，劉泱泱等校點：《左宗棠全集》第 1 冊，同治三年（1864）7 月奏稿，頁421。

[78] 清．曾國藩：《曾國藩全集》第7冊，同治三年（1864）7月奏稿，頁350。

[79] 清．左宗棠著，劉泱泱等校點：《左宗棠全集》第 1 冊，同治三年（1864）9 月奏稿，頁450-452。

[80] 清．薛福成：〈左文襄公晚年意氣〉，《庸盦筆記》（南京：江蘇古籍出版社，2000），卷2，頁15上。

[81] 清．薛福成：〈左文襄公晚年意氣〉，《庸盦筆記》，卷2，頁15下。

幕，至曾逝世，前後歷時八年之久。[82]其大抵多為曾抱不平，雖大致近情，然言辭似有過激，稍許失實。左宗棠好自矜誇，喜人吹捧，曾國藩素知其性，嘗語趙烈文：「左季高喜出格恭維，凡人能屈體已甚者，多蒙不次之賞，此中素叵測而又善受人欺如此。」[83]未存成見，評價可謂中肯。而曾國藩歿後，左宗棠予兒子孝威之書有謂：

> 曾侯之喪，吾甚悲之，不但時局可慮，且交游情誼亦難恝然也。已致賻四百金，輓聯云：「知人之明，謀國之忠，自愧不如元輔；同心若金，攻錯若石，相期無負平生。」蓋亦道實語。……至茲感傷不暇之時，乃復負氣耶？「知人之明，謀國之忠」，兩語久見章奏，非始毀今譽。兒當知吾心也。……吾與侯有爭者國事兵略，非爭權競勢比。同時纖儒妄生揣疑之詞，何直一哂耶？[84]

信中申明其與曾國藩之真情絕無城府。所謂昔時之爭論，皆出於君子之爭，是以駁斥「同時纖儒妄生揣疑之詞」、「爭權競勢」的妄度揣測與流言蜚語。其言詞懇摯，深情若揭，固時可見。[85]

---

82 王爾敏：《近代經世小儒》（桂林：廣西師範大學出版社，2008），頁 191。

83 清・趙烈文：《能靜居日記》（《續修四庫全書》第 564 冊，上海：上海古籍出版社，據民國五十三年（1964）臺灣學生書局影印稿本影印，1998），同治六年（1867）5 月，頁 370。

84 清・左宗棠著，劉泱泱等校點：《左宗棠全集》第 13 冊，同治十一年（1872）4 月家書，頁 147-148。

85 然筆者搜羅時人對於左宗棠該幅輓聯之評價，呈現褒貶不一情形。陳其元借宋代韓琦與富弼交惡不赴弔唁，反觀左宗棠尚且聊致慰唁之忱，足以見賢相善。歐陽兆熊與薛福成皆曾為曾國藩幕僚，歐陽兆熊與左宗棠往來相善，其評以「豈其悔心之萌有不覺流露者歟」為斷語，不置褒貶，言詞中立；而薛福成嗤其「善於斡旋」，極其貶抑。輓聯與壽聯本質即有應酬性質，但輓聯不似壽聯須顧及生者的顏面與人情，較能流露真情。筆者以為，左宗棠在面對這位故友之死，言詞裡流露其赤誠之心。曾、左決裂後，左宗棠西征期間，曾國藩仍盡其所能提供軍籌餉，並推薦湘營幹將劉松山助其功業。左宗棠由一介布衣到封侯拜相，乃由於曾國藩拔擢賞識，於此，豈無絲毫感恩之光緒七年（1881）左宗棠出任兩江總督時，章壽麟嘗入左幕下，宰儀徵鹽場。[86]此篇序文乃光緒九年（1883）左宗棠七十二歲所作，文中不見隻字為章氏沉浮牧令而傷，而是對曾國藩之功業、榮辱、操持，以及兩人關係的反觀重省。文中大旨從精神與肉體為辯，揭示曾國藩大義凜然、重公利而輕私欲的氣節。認為其重乃「神明重於形軀」，所憂乃「晚節（神明）末路之難」，非貪求肉體（形軀）之長存。雖無正面肯定曾國藩之事功，甚至毫不諱言「余與公交有年，晚以議論時事，兩相不合」，但對於曾國藩為國盡忠的道德評騭，實乃喻褒於貶。尤其將曾國藩跳水自盡詮釋為行義大節、生死置之事外，更是褒譽之甚。為什麼呢？因為倘若曾國藩秉持大義凜然、捨身取義的精神，為何不選擇戰死沙場或如李光弼、韓世忠兵敗被俘就義之決心？當日之時，前赴將士紛紛落水陣亡，戰況慘烈，未及全軍覆亡，而曾國藩一意只為顧全個人顏面投江自盡，無論是否出於羞愧以死謝罪，以死卸責，乃對下屬不忠不義，又豈可與古今豪傑「置生死於度外」相提並論？

左宗棠更進一步說：「且即事理言之，人無不以生為樂、死為哀者。然當夫百感交集，怫鬱憂煩之餘，亦有以生憂為苦，而速死為樂者。」認為曾國藩當時選擇投河自盡以求速死之心，不應從一般人「以生為樂、死為哀」的角度來看待。為什麼呢？因為倘若曾國藩重視名節大於生死，那麼，章壽麟援救曾國藩之事，表面上看似是解救曾的性命，而實際上卻是扼殺曾的名

情？又，觀其寄予兒子之書信，所謂「亦道實語」，難道是應酬作秀？曾國藩么女曾紀芬曾說左宗棠心慈重情，光緒八年（1882），左宗棠委任她的丈夫聶緝槼為上海製造局會辦，乃當年最肥闊之差使。凡此種種，筆者認為若以「曾左失和」片面論斷左宗棠詩文的真誠性將失之客觀。清・陳其元：《庸閒齋筆記》（《清代史料筆記叢刊》第 10 冊，北京：中華書局，1997），卷 4，頁 96-97。清・歐陽兆熊：〈曾文正與左相氣度〉，《水窗春囈》（《清代史料筆記叢刊》第 5 冊），卷上，頁 7。清・薛福成：〈曾文正公輓聯〉、〈左文襄公晚年意氣〉，《庸盦筆記》，卷 2，頁 15 下；卷 3，頁 18 下。清・曾紀芬口述，瞿宣穎筆錄：《崇德老人自訂年譜》（《北京圖書館藏珍本年譜叢刊》第 182 冊，北京：北京圖書館出版社，據民國二十二年（1933）鉛印本影印，1999），頁 13 下。

86 清・王闓運：〈清故資政大夫蘇州補用知府章君墓誌銘〉，清・閔爾昌錄：《碑傳集補》，卷 25，頁 9 上。

節與大義。且當靖港戰敗後，左宗棠前往探視曾國藩，並以曾太公書謂「亦見公平素自處之誠」，「克復金陵，大捷不喜，偶挫不憂」，表露對曾國藩誠心自處、不喜不懼個性的讚揚。是以沿此思路思考，便得以理解為何日後曾國藩未予章壽麟優渥的酬庸與待遇，而左宗棠又為何會針對援救曾國藩一事的重要與否，以及李元度「不言祿而祿弗及」的說法予以批評。

左宗棠撰此序文前，其以戡定西北立下大功，奉命入京，入值軍機。曾不適年，因與樞臣議事相左，不能融洽，「有所建白，為同僚所泥，多中輟」，[87]自光緒七年（1881）7 月以後，屢次奏請病假，甚至奏請開缺。是年 9 月，朝廷授命外任兩江總督，離開中樞要職。[88]此後又因中法因越南之事局勢緊張，左宗棠欲再次效命疆場。其赤誠忠心，反遭疑忌，暮年怫鬱，多所感慨。出任兩江時，嘗致郭嵩燾書云：

> 案牘勞形，實所難堪。山鳥自愛其羽毛，晚節如有疏誤，悔將何及，何能婆娑以俟，供人刻畫乎？[89]

是以其心所感「晚節末路之難，謠諑之足損吾素節」，發為「神明重於形軀」之喟嘆，多有自傷失意之意。由己觀彼，更能體會曾國藩「每遇人事乖忤，鬱抑無聊，不禁感慨系之」之心情。

從另一角度觀之，左宗棠可謂曾國藩的政治知音。徐凌霄、徐一士云：

---

87 清・徐珂：《清稗類鈔》第 7 冊（北京：中華書局，2010），頁 3358。

88 李恩涵〈左宗棠與清季政局〉對於左宗棠由入值軍機到外放兩江總督的緣由有深入的分析。左宗棠因個性剛正爽直，擬議常與恭親王、李鴻藻、李鴻章等朝中其他大臣利益相衝突，加之本身好自我吹噓，而對於恭謹虛偽之朝臣表示輕視，又不諳官場禮儀，故常為人指摘。是以，軍機處、總理衙門、兵部的同官與下屬，皆深惡左氏。凡此各種因素，致使左氏難以立足軍機處，反被排擠出來。李恩涵：《近代中國外交史事新研》（臺北：臺灣商務印書館，2004），頁 106-149。

89 清・左宗棠著，劉泱泱等校點：〈與郭筠仙侍郎〉，《左宗棠全集》第 12 冊，光緒八年（1882）書信，頁 703。

> 宗棠雖不免悻悻爭名，而所論亦有中肯處。如謂國藩起初之軍，閱歷少，往往為敵所乘，時形困躓。以國藩不變平生所守，用能成功，固道實也。後幅生死之論，感慨激楚，想見此老晚年孤憤之態。國藩晚境怫抑（辦理天津教案，見擯清議，精神上所受痛苦最深），致損天年，衷懷蓋實有不能喻諸人人者。若宗棠似差勝矣……[90]

曾國藩晚年辦理天津教案，為求和局，對外屈辱妥協，「津民不知此義，遂以怨崇厚者怨公」，[91]甚而引起奕譞等部分統治階級人士的不滿，以其辦理失宜，致使外國益肆猖獗，奏請「驅夷人之大局」。[92]而曾國藩在致廖壽豐、廖壽恆書云：「外慚請議，內負神明，萃九族之鐵，不能鑄此一錯」，「吾輩身在局中，豈真願酷虐吾民以快敵人之欲？」[93]表明自己難以為求全局的處境。是以，當左宗棠以「謠諑之足損吾素節」睇觀曾國藩「感慨系之」、「輒謂生不如死」之感，更能體會其中的精神之苦而愈見相惜。如果說，左宗棠撰此序文之目的，是為了批駁歷來論者「以章君手援之功為最大，不言祿而祿弗及」之說，不如說他也輾轉藉由曾國藩這位昔時戰友，傳達自我宦途的坎坷及其暮年抑塞、晚節末路之難的隱衷。

第三節　後人寓託「介子」的賦圖題詠

章壽麟過世之後，〈銅官感舊圖〉的題詠活動並未中止，其子肩負廣為宣傳、囑題賦詠之責，繼續在自己的社交網絡中延續這場文學盛筵。眾題詠者裡，吳汝綸（1840-1903）的題詠別有見地，兼議李、左之說。其於光緒

---

90 徐凌霄、徐一士：《凌霄一士隨筆》，頁 1394。

91 清・朱孔彰：《中興將帥別傳》（《三十三種清代人物傳記資料匯編》第 32 冊，濟南：齊魯書社，2009），卷 1，頁 9 下-10 上。

92 清・寶鋆等編，李書源整理：《籌辦夷務始末（同治朝）》第 8 冊（北京：中華書局，2008），卷 79，同治九年（1870）11 月，頁 3204。

93 清・曾國藩：《曾國藩全集》第 31 冊，同治九年（1870）8 月書信，頁 333。

十七年（1891）嘗撰文揄揚曾公之為人乃「非一世之人，千載不常遇之人」，並批評李元度「謂使文正公顯擢章君，是深德君援己，而死國為偽」的說法，嗤其為「妄者」、「兒童之見」。[94]而後，繼復改定，別為一文，於民國十六年（1927）由其子吳闓生謄錄。該文批評李元度謂曾公聞捷音而笑曰死生有命之說，認為「文正公生平趣舍，一不以利鈍順逆攖心，其治軍不以一勝負為憂喜。」文中亦批評左宗棠言「靖港守虛寨之賊非多」為妄，認為其與曾公量較長短，每多貶抑，因此意在譏諷曾公之無謀。[95]吳汝綸乃同治三年（1864）以後，為曾國藩賞識延聘入幕。其文對曾推崇過甚，似非人之常情，指摘多含有個人私情。

細查後人題詠群體裡，由窮達得失的脈絡中，論究功名、感其浮沉者，仍不在少數，如李子榮（生卒年不詳）：「浮雲白衣變蒼狗，遑惜金印不繫肘。」[96]宋伯魯（1854-1932）：「同時流輩多赫煊，獨向皖江飲江水。」[97]文廷式：「感舊銅官事久如，卅年薄宦意蕭疏。卻從修竹參天後，回想青寧未化初。」[98]等，都是其中例子。有一部分的文人雖感其不遇，終以功不受賞的道德標準推究章壽麟的創作心跡，如王樹枏（1852-1936）：「功高弗見酬，一官老江糜。施者不望報，報者詎為私。」[99]樊增祥（1846-1931）：「乃知大功不賞，大恩不報，而賞之報之者，固不在人而在天也。

---

[94] 清・吳汝綸：〈銅官感舊圖記〉，清・章壽麟等著，袁慧光校點：《銅官感舊圖題詠冊》，第2冊，頁533。

[95] 清・吳汝綸：〈題銅官感舊圖〉，清・章壽麟等著，袁慧光校點：《銅官感舊圖題詠冊》，第7冊，頁712-713。

[96] 清・李子榮：〈題銅官感舊圖〉，清・章壽麟等著，袁慧光校點：《銅官感舊圖題詠冊》，第3冊，頁587。

[97] 清・宋伯魯：〈題銅官感舊圖〉，清・章壽麟等著，袁慧光校點：《銅官感舊圖題詠冊》，第3冊，頁591。

[98] 清・文廷式：〈題銅官感舊圖〉，清・章壽麟等著，袁慧光校點：《銅官感舊圖題詠冊》，第3冊，頁622。

[99] 清・王樹枏：〈題銅官感舊圖〉，清・章壽麟等著，袁慧光校點：《銅官感舊圖題詠冊》，第5冊，頁654。

何樂而不為君子哉。」[100]徐行恭（1893-1988）：「功成身不居，策杖睹康濟。家邦榮隆受施，兩賢契真諦。」[101]等，皆與梁肇煌持有相同的結論。更有一些文人將兩人引為患難知己，如費念慈（1855-1905）：「一官老去傷頭白，百戰歸來感數奇。獨有平生知己淚，休將恩怨謾相疑。」[102]吳郁生（1854-1940）：「尊俎久銷兵火劫，鼎鐘何累達人心。崎嶇患難憑肝膽，此義由來照古今。」[103]楊毓瓚（1882-？）：「一臥扁舟歲月侵，重來還憶陣雲深。文章勳業皆千古，朋友君臣共寸心。」[104]等。其中最值得注意的是，在該題詠群體裡，仍有許多人喜歡援引介之推的典故評價此事。

自李元度首先提出「不言祿，祿亦弗及」的觀看角度之後，其後題詠者便逐漸朝向一脈的創作傾向——寓藉介之推「不言祿」的典故，推許章壽麟不計窮達的高尚節操。「不言祿，祿亦弗及」語出《左傳》僖公二十四年：「晉侯賞從亡者，介之推不言祿，祿亦弗及。推曰：『獻公之子九人，唯君在矣。惠、懷無親，外內弃之。天未絕晉，必將有主。主晉祀者，非君而誰？天實置之，而二三子以為己力，不亦誣乎？竊人之財猶謂之盜，況貪天之功以為己力乎？下義其罪，上賞其姦，上下相蒙，難與處矣！』」[105]據傳，晉文公重耳流亡期間，嘗因無糧饑餓難行，介之推遂割股以奉君。至重

---

[100] 清・樊增祥：〈跋銅官感舊圖〉，清・章壽麟等著，袁慧光校點：《銅官感舊圖題詠冊》，第 5 冊，頁 678。

[101] 徐行恭：〈題銅官感舊圖〉，清・章壽麟等著，袁慧光校點：《銅官感舊圖題詠冊》，第 8 冊，頁 736。

[102] 清・費念慈：〈題銅官感舊圖〉，清・章壽麟等著，袁慧光校點：《銅官感舊圖題詠冊》，第 3 冊，頁 614。

[103] 清・吳郁生：〈題銅官感舊圖〉，清・章壽麟等著，袁慧光校點：《銅官感舊圖題詠冊》，第 3 冊，頁 615。

[104] 清・楊毓瓚：〈題銅官感舊圖〉，清・章壽麟等著，袁慧光校點：《銅官感舊圖題詠冊》，第 5 冊，頁 682。

[105] 周・左丘明著，晉・杜預注，唐・孔穎達正義，浦衛忠、龔抗雲、胡遂、于振波、陳咏明整理，楊向奎審定：《春秋左傳正義》（《十三經注疏》第 17 冊），卷 15，頁 479。同見漢・司馬遷著，宋・裴駰集解，唐・司馬貞索隱，唐・張守節正義：〈晉世家〉，《史記》第 5 冊（北京：中華書局，2014），卷 39，頁 2006。

耳返國之後，封賞隨其從亡者，介之推未如狐偃等人主動請賞，而是選擇辭官歸隱。《左傳》原意在彰顯介之推高尚廉潔的品德，而李元度借此典故之目的，則是為了反諷曾國藩的薄情忘義。介之推鄙薄那些自以為大功於君、圖謀封賞之輩，並且對於君王橫恩濫賞、上賞其奸，近乎上下交相賊的行徑不予苟合，因此選擇做一生的君子，不求言賞，退隱綿上。

後人詮解章壽麟援溺曾國藩卻不求封賞之舉，與介之推不言祿利等量齊觀，推論二人有同等心跡。如以下詩作所見：

> 自是於公隱德多，綿山不賦五蛇歌。東流無限銅官水，士義臣忠兩不磨。（宣統元年（1909），鹿傳霖）[106]

> 重如千鈞鼎，危如一髮絲。死生呼吸間，能以隻手持。此為天下援，非為一人私。介推祿不及，魯連賞且辭。區區論施報，達人寧不嗤。（民國十五年（1926），周貞亮）[107]

> 湘鄉手斡乾與坤，手援公者伊何人。山中介推弗及祿，樹下馮異唯主臣。白頭不列二千石，青鞋老踏秦淮春。湘鄉不言君亦默，於此兩見純臣心。（夏仁虎）[108]

> 章公燭先幾，援手脫鯢鯨。姑忍論兵法，置死料必生。不然徇溝瀆，一蹶無功名。介推不言祿，頗用疑恆情。雖則祿不及，圖史有餘榮。

[106] 清・鹿傳霖：〈題銅官感舊圖〉，清・章壽麟等著，袁慧光校點：《銅官感舊圖題詠冊》，第3冊，頁635。

[107] 清・周貞亮：〈題銅官感舊圖〉，清・章壽麟等著，袁慧光校點：《銅官感舊圖題詠冊》，第6冊，頁702。

[108] 夏仁虎：〈題銅官感舊圖〉，清・章壽麟等著，袁慧光校點：《銅官感舊圖題詠冊》，第8冊，頁731。

（夏敬觀）[109]

近代學者張丹、蔣波在論及介子推封賞的問題云：「無論從當時晉國內外的實際情況、文獻記載的後來晉文公對介子推急切尋找的史料來看，還是從晉文公本人的品性及他人的評價來推測，晉文公不是不封賞介子推，而是沒來得及封賞。」[110]說明晉文公非忘恩負義之人。而諸詩援引介之推的典故，說明章、介二人都曾經與君主共度患難乃至功成不言厚祿，雖是異代不同時，卻有心跡相仿之氣節。對比當時隨同流亡等輩之顯達，或有窮達沉浮、榮祿不及之時命懸異，然而根深於中國士人思想中「淡泊修身」的儒家精神，仍是評騭一個人有德與否的指標。因此，論議「施報」與「祿利」為士人所不齒，晉文公未及封賞並非品評的重點，唯有「士義臣忠」、「兩見純臣心」的君臣關係，方為世人眼中的君子之交。

不過在此需指出的是，介之推自始至終都未受封行賞，而章壽麟則得知州之職，由此可見，章壽麟非不願受官晉爵，實是在等待其主的賞識拔擢。而其中有部分士人也認為介、章二人不應相提並論，如林紓云：「議者擬之介子推，余曰：非也，文正之勳實侔管仲，銅官之脫死，其事正於堂阜之脫囚。然管仲終身稱叔知己，乃未嘗引叔同相，知得人為國不為酬也。」[111]瞿鴻禨（1850-1918）云：「同澤紛節旄，數奇守退讓。綿田不言祿，論擬恐未當。苛責及報牛，臆測抑又妄。春風蘇草木，施受固兩忘。」[112]汪榮寶（1878-1933）云：「往哲視民不恌，而議者猥以宣子非夫之見，謬測介推不言之志，私怪墨翟存宋之功，竊疑徐生曲突之賞，是於知言，不亦遠

[109] 夏敬觀：〈題銅官感舊圖〉，清・章壽麟等著，袁慧光校點：《銅官感舊圖題詠冊》，第 8 冊，頁 732。

[110] 張丹、蔣波，〈介子推封賞問題新論〉，《晉中學院學報》32.5（2015.10）：74。

[111] 清・林紓：〈銅官感舊圖記〉，清・章壽麟等著，袁慧光校點：《銅官感舊圖題詠冊》，第 2 冊，頁 541。

[112] 清・瞿鴻禨：〈題銅官感舊圖〉，清・章壽麟等著，袁慧光校點：《銅官感舊圖題詠冊》，第 7 冊，頁 718。

乎？」[113]其中，林紓借鮑叔牙「堂阜脫囚」、引薦管仲為相的典故，[114]比喻章壽麟援救曾國藩即如鮑叔牙脫囚管仲一般，兩人深為知己，是為國而非為私己之報酬，論述中仍以情義、大義為出發點。既是如此，為什麼諸多題詠者仍要借用介之推的典故詮釋之？

古人論述「士」與「君子」之要求，每以喜歡藉由「以德觀人」的方式作為衡量一個人立身處世的準則。孔子認為君子與小人之別在於：「君子喻於義，小人喻於利。」[115]又說：「君子謀道不謀食。耕也，餒在其中矣。學也，祿在其中矣。君子憂道不憂貧。」[116]比起外在的名利富貴，君子更重視的是內在自我的品德修養。孟子發揮孔子的思想，提出：「古之人得志，澤加於民；不得志，修身見於世。窮者獨善其身，達者兼善天下。」[117]孟子將「君子」推演至「古人」（「士人」）的範疇裡，提倡「修身養德」乃身為一名士人理應具備的基本條件；這種蘊藏於「獨善其身」的「不矜名節」思想，即是「修身養德」立基之下「不求聞達」的道德標準。三國時，諸葛亮曾以「非澹泊無以明志，非寧靜無以致遠。」[118]作為告誡其子的立身之言。至宋明時期，理學家繼承孔孟儒學發展出「存理去欲」、「存心去欲」的思想理論，無非亦是標舉士人「欲寡則心自誠」、[119]「澄思寡

---

[113] 清・汪榮寶：〈題銅官感舊圖〉，清・章壽麟等著，袁慧光校點：《銅官感舊圖題詠冊》，第 2 冊，頁 552。

[114] 漢・司馬遷著，宋・裴駰集解，唐・司馬貞索隱，唐・張守節正義：〈管晏列傳〉，《史記》第 7 冊，卷 62，頁 2593-2594。

[115] 春秋・孔子口述，魏・何晏注，宋・邢昺疏，朱漢民整理，張豈之審定：〈里仁〉，《論語注疏》（《十三經注疏》第 23 冊），卷 4，頁 56。

[116] 春秋・孔子口述，魏・何晏注，宋・邢昺疏，朱漢民整理，張豈之審定：〈衛靈公〉，《論語注疏》，卷 15，頁 246。

[117] 戰國・孟子著，漢・趙岐注，宋・孫奭疏，廖名春、劉佑平整理，錢遜審定：〈盡心上〉，《孟子注疏》，卷 13 上，頁 418。

[118] 三國・諸葛亮著，張連科、管淑珍校注：《諸葛亮集校注》（天津：天津古籍出版社，2008），卷 1，頁 109。

[119] 宋・程顥、程頤：《二程集》（新北：漢京文化事業有限公司，1983），卷 2 上，頁 18。

欲」[120]的人格修養。清代陸隴其以風俗教化角度切入，提出：「維持乎風俗，使之淳而不澆、樸而不侈者，則惟視乎上之政教何如耳」[121]的經世思想，同時也強調了淡泊守節的重要性。

余英時《士與中國文化》總結古人對士人的要求曾說：「中國知識階層剛剛出現在歷史舞臺上的時候，孔子便已努力給它貫注一種理想主義的精神，要求它的每一個分子——士——都能超越他自己個體的和群體的利害得失，而發展對整個社會的深厚關懷。」[122]儒家思想重視國之大利勝於個人私利，將個人欲望退至最後。介之推功不得賞涉及封建綱常君臣倫理之關係，隱含了孔門「天下有道則見，無道則隱」的處世哲學，象徵著士人階層的道德操守，境遇易與諸子產生內在的共鳴，因此，當諸士選擇以介之推「不言祿」的典故闡釋章壽麟「盡臣節」、「謙退志」與「不忘報」的繪圖意義，也正代表著儒家思想之下的士人對道德修養的自我要求與期許。

章壽麟宰儀徵鹽場時，商患傭價昂貴，嘗以「釀金巨萬」，厚賄於君，然君笑卻之。[123]是以可見，章壽麟非貪圖名利之人。然而，由於嘉道以降振興而起的經世思想，已深化著知識份子懷抱「以天下為己任」的濟世之心，章壽麟與當時多數投效曾國藩幕府的士人一樣，期望能藉此機會一展抱負，甚至顯身揚名。但儘管士人以通經致用作為讀書治學的目標與抱負，在面對晚清吏治腐敗的政治現實，糾結於得失之間的拉扯，不得不將滿腔抱負化為時不我與的自我寬慰，藉著「介子」式悲嘆相通感應的內在聯繫，寄託君子固窮、懷才見棄的身世之感。如題詠所見：

---

[120] 明・王廷相：〈作聖篇〉，《王廷相集》（北京：中華書局，1989），卷 3，頁 760。

[121] 清・陸隴其：〈風俗〉，《陸稼書先生文集》（《叢書集成新編》第 76 冊，臺北：新文豐出版公司，1985），卷 2，頁 47。

[122] 余英時：《士與中國文化》（上海：上海人民出版社，1987），頁 35。

[123] 清・王闓運：〈清故資政大夫蘇州補用知府章君墓誌銘〉，清・閔爾昌錄：《碑傳集補》，卷 25，頁 9 上。

一官落寞吾徒惜，送人作郡何紛紛。眼看高牙到厮養，不肯言功詎言賞。勞多論薄安足云，未直晴雲點秋爽。仰憶從亡十九年，之推空自欲華顛。至今綿上芳蕪碧，寒食傷心與禁烟。（光緒十七年（1891），何承道）[124]

百輩兜鍪胙土，只焚山介子，高謝時流。笑參軍衰鬢，日暮看吳鈎。覓沙邊、斷戈沉戟，問當時、健者幾人留。西風裡，滄波重櫂，一葉扁舟。（宣統元年（1909），羅惇曧〈八聲甘州．奉題銅官感舊圖〉下闋）[125]

意恐艱危失個臣，同舟肝膽故輪囷。蘆中枉脫千金劍，計較酬恩是淺人。

遺則彭咸為效忠，相從介子敢言功。監州符竹通侯印，六十年來夢影中。（周樹模）[126]

介之推隱居之後，從者嘗書〈龍蛇歌〉懸於宮門，傳達介之推從亡有功，卻終究一官落寞獨不見賞的幽怨悲傷。由何承道（生卒年不詳）、羅惇曧（1872-1924）、周樹模（1860-1925）的題詠裡亦同樣可見對介、章相似命運的感嘆，而洪良品（1827-1897）題云：「英雄事往空陳迹，我抱斯圖三嘆息。介山枉賦龍蛇歌，追慨從亡究何益。」[127]從古今英雄人物必然走向銷歇、無可挽留的命運，認為毋需論究施報與否，亦未嘗不是一種面對生命

[124] 清．何承道：〈敬題銅官感舊圖〉，清．章壽麟等著，袁慧光校點：《銅官感舊圖題詠冊》，第 3 冊，頁 583。

[125] 清．羅惇曧：〈八聲甘州．奉題銅官感舊圖〉，清．章壽麟等著，袁慧光校點：《銅官感舊圖題詠冊》，第 4 冊，頁 649。

[126] 清．周樹模：〈題銅官感舊圖〉，清．章壽麟等著，袁慧光校點：《銅官感舊圖題詠冊》，第 7 冊，頁 722。

[127] 清．洪良品：〈題銅官感舊圖并序〉，清．章壽麟等著，袁慧光校點：《銅官感舊圖題詠冊》，第 3 冊，頁 592。

跌宕與失意時的寬慰之詞。

據近代學者指出，晉文公絕非忘記封賞介子推，而癥結點乃涉及介之推之地位與功勞大小、權力分配的問題。[128]換句話說，介之推只是晉文公的微臣，地位不及先軫、子犯，遲獲封賞似是合乎情理。章壽麟僅得州牧一職，其因應是功勞不及左宗棠、陳士杰與李元度等人。然章壽麟之事反映出古往今來失意文人的共同境遇，以致士人不斷反覆藉由「空自欲華顛」、「笑參軍衰鬢，日暮看吳鉤」言其自我的老大徒傷悲，既是為了感嘆「六十年來夢影中」的虛度歲月，亦是面對自我沉抑下僚的無奈與自嘲。修身固然是身為一個知識份子「發於內形於外」的內在美德，然而將之才學修養施展於世，以達「治平天下」的抱負，終將才是士人真正完成自我的最終理想。

放眼晚清，因亂世憂危而繼起的經世意識，主導著此一時期的學術風氣，要求士人走出乾嘉時期鑽研考據的飣餖之學，轉而走向投身關懷政治與社會的實政之學。然滿清科舉管道狹隘，弊端叢生，真才未必得選，失意之士佔絕大多數。在此仕途困境中，曾國藩的幕府提供文人另一個經世致用、匡濟天下的去處。當知識份子胸懷大志投筆從戎、入幕投效，期待成就一番大事，最終仍需面臨現實的殘酷，僅得沉浮下僚，故此豈不憾恨失落？縱然儒家教導知識份子「隱居以求其志，行義以達其道」，[129]甚至將介之推「割股食君」、「不言祿」視為傳統的君子美德大力宣揚，但在經世致用與謙退自守的糾結之間，真正橫亙於晚清士人著作裡的無非多是「儒冠多誤身」的壯志難酬。更確切的說，修身是知識份子「內聖」道德的理想境界，而讀書治學終需仰賴「外王」經世致用、治平天下以實踐自我。

---

[128] 林慶揚：〈論晉文公之從亡人士〉，《文與哲》8（2006.6）：1-52。劉杰：〈先秦兩漢介子推故事的演變〉，《晉中學院學報》26.1（2009.2）：1-5。

[129] 清・喻長霖：〈題銅官感舊圖〉，清・章壽麟等著，袁慧光校點：《銅官感舊圖題詠冊》，第5冊，頁656。

小結

〈銅官感舊圖〉反映晚清日暮夕危中，知識份子經世治國之思與不遇於時的落寞失意。章壽麟〈自記〉褒揚了曾國藩的才智與大義，兼及抒發對自我沉浮下僚的憂傷與懸解。梁肇煌從中讀出章壽麟「若自忘其勞，人亦遂忘之」的命意動機，故而闡釋曾、章主從之間的關係，以為曾國藩用意在於「殆欲老其材以為他日用」，而章壽麟則展現「不與人爭進取」的淡泊氣度。評題雖可見「知音」相推許的君子之交，然意中不無陷入文人有志於世「得志與否」的觀看視角。

張晨《中國詩畫與中國文化》表示：「接受美學認為，讀者在接受過程中並不僅僅是被動地接受，同時還在主動地創造。」[130]讀者往往所見不僅止於圖畫本身，而是圖畫與自身之間的關係。同時儕輩之中，李元度、王闓運、陳士杰與鄧輔綸的題詠皆傷其浮沉，然陳士杰與鄧輔綸評議，傷婉屈曲卻未加短毀，展現身為下屬之忠貞道義。李元度因仕途坎蹇與曾國藩之間的恩怨，又加以念及與章壽麟的幕友情義，故其文隱咎曾之寡恩，而為章氏抱不平之鳴。王闓運始終未得曾國藩重用，多次獻策，均未被採納，後辭歸講學，故其題詠帶有自我偃蹇之況味。左宗棠雖位居高位，然暮年怫鬱，不為樞臣所容，故其序文在駁斥李元度「不言祿，祿亦弗及」之說，而肯定曾國藩忠貞為國之時，亦兼投射自我晚境之寥落。可見，左氏最終仍難擺脫仕宦浮沉之感傷。其後，吳汝綸嘗撰文批評李、左之說，以為二人俱指摘曾國藩胸無智謀。論中嗤李短見愚陋，猶小兒之見，亦以左氏存懷論較之心，故言多貶抑。吳汝綸乃曾國藩晚年幕僚，其評多抱持偏頗與私心，有推崇故主、訾咎李左之意。

圖像原著雖已隨章壽麟亡歿而佚失，然題詠之盛況卻由於其子的交際網絡而大幅開展，橫跨民國。該題詠群體與章壽麟素不相識者，以個人的詮釋視角為圖像填上新的意義，其中最明顯的現象是藉由介之推的典故渲染其

---

[130] 張晨：《中國詩畫與中國文化》（瀋陽：遼寧教育出版社，1993），頁 173。

意。「不言祿」的高潔品德深化中國知識份子的內心，試圖將不得於時的感慨化為謙退自守的道德節操，消弭難以完成「治平天下」的實踐歷程。但另一方面，因之晚清世風澆薄、吏治腐敗振興而起的「經世思潮」卻糾結於士人心中，故而產生另一批「以道賢人君子幽約怨悱不能自言之情」的評題賦詠。戈德曼（L. Goldmann）有言：「作品世界的結構乃是與特定社會群體的心理原素結構相通。」[131]種種畏懼依附、守志用世、自命清高與不平哀鳴，無非都是政治權力下的眾生共相。昔人功過是非流轉於歷史長河，未必終能得到一致的定位，一如有些學者認為曾國藩是晚清功臣，而有些學者認為其乃歷史罪臣。對於多數士人而言，或許圖像賦予自身之真義，是為投映自我、感遇懷才不遇的天涯淪落人。

131 （法）羅伯特・埃斯卡爾皮特（Robert Escarpit）著，葉樹燕譯：《文學社會學》（臺北：遠流出版事業公司，1990），頁10。

第四章
太平軍戕害江南百姓亂離生活史
——《江南鐵淚圖》題詠與
余治的勸捐宣教

咸豐十年（1860），太平軍橫掃江南，燒殺擄掠，焚毀古蹟文物，為江南帶來巨大劫難。余治（1809-1874）為江蘇無錫人，太平軍進攻無錫時，先後避地江陰、靖江，最後輾轉到了上海。戰爭期間，余治將戰時所見所聞繪成 42 幀《江南鐵淚圖》刊刻出版，冀望透過圖、文結合的通俗形式，呈現江南人民遭受的苦難，進而達到勸捐助賑的目的。余治《江南鐵淚圖》不論在呈現具有歷史價值意義的戰爭層面，或是探究士人在面臨科舉失敗後的道途選擇與處境轉念，皆有一定的反射作用。

第一節　余治《江南鐵淚圖》的本事

太平天國戰爭規模浩大，涉及範圍包括廣西、湖南、湖北、江西、安徽、江蘇、河南、山西、直隸、山東、福建、浙江、貴州、四川、雲南、陝西、甘肅諸省。其中，尤以江南一帶受創最深，對於該地區的政治、社會與文化，都有深遠的影響。余治《江南鐵淚圖》即以咸豐十年（1860）開始，太平天國一步步深入江南各地，對於江南所造成的摧殘為主題。

一、太平天國陷江南

咸豐元年（1851），太平軍在永安訂立朝儀，頒布「天曆」，並分封諸王，以楊秀清為東王，蕭朝貴為西王，馮雲山為南王，韋昌輝為北王，石達開為翼王。隔年，各路清軍紛紛合圍永安，太平軍堅守抵禦，州城雖安然無恙，然而，困守日久，勢必糧盡水絕，因此，太平軍決計突圍，襲攻桂林。途中遭清軍砲火攔截，太平軍撤退至興安全州，隨後又轉往湖南、向東進入道州，整補休息，並招得兩萬民眾，[1]接著，再攻佔嘉禾、藍山、桂陽、郴州、安仁、醴陵等地。咸豐二年（1852），太平軍攻陷武昌，隔年，沿長江東下，攻克江寧，定都於此，並更名為天京。爾後，又攻取揚州、鎮江，與江寧形成犄角之勢，阻斷清廷的漕運交通。自此，太平天國的活動範圍主要都在江南一帶。

清朝方面，欽差大臣向榮、琦善，分別在金陵城外孝陵衛與揚州城外，建立江南、江北兩大營，控扼天京，嚴重威脅太平天國。洪秀全、楊秀清決議採取分兵防禦，開闢北伐、西征戰場，分散清軍兵力，以保衛天京安全。不過，北伐軍從咸豐三年（1853）4 月到咸豐五年（1855）4 月期間，雖曾勢如破竹，攻下安徽鳳陽、河南歸德、山西垣曲、直隸臨洛關等地，甚至攻抵深州，進逼北京，然而，在清軍的嚴密防衛與攻擊下，太平軍最後仍陷入孤軍困守，為僧格林沁所敗。而西征軍的情勢則相較北伐軍順利。在攻下安徽重鎮安慶後，又攻下九江、田家鎮、武漢，戰果豐碩。此後，清軍與太平軍主要形成兩個戰區：一是天京、蘇杭一帶的主要戰場；二是江西、安徽一帶的牽制戰場。

正當湘軍與太平軍在安徽、江西展開激烈交戰之時，太平軍也在咸豐六年（1856）先後攻破了江北、江南大營。然而，戰爭的勝利也坐大楊秀清的野心。是年 8 月，楊秀清逼封萬歲，挑起內訌，開啟「天京事變」的血腥屠

---

[1] 清・李秀成：〈忠王李秀成自述〉，羅爾綱、王慶成主編：《太平天國》第 2 冊（桂林：廣西師範大學出版社，2004），頁 349。

殺。[2]事變發生，楊秀清及其家族全被誅殺。之後，翼王石達開出走，李秀成、陳玉成遂逐漸成為太平軍的統帥。咸豐八年（1858），李秀成攻破清軍再次建立起來的江北大營，隔年，又與陳玉成合力收復浦口，穩住天京局勢，因而李秀成被封為忠王，陳玉成被封為英王。咸豐十年（1860），陳玉成率軍進攻武昌，以解安慶之危，而李秀成則在搗毀江南大營後乘勝進擊，攻取常州、蘇州，隔年，長驅入浙，攻取金華、杭州、紹興、寧波等地。

李秀成在克復蘇、常後，決定在蘇州設立蘇福省，以便統治包含蘇州、松江、太倉、常州在內的江南地區，同時也作為天京東線的屏障。洪秀全為了安撫民眾，還親自下達〈諭蘇福省及所屬郡縣四民詔〉：「爺哥朕幼坐天京，救民塗炭拯民生；民有饑溺朕饑溺，恫瘝在抱秉至情。何況爾民新歸附，前遭妖毒陷害深；復經天兵申天討，遺家棄產朕憫憐。上帝基督帶朕幼，照見民困發政仁，酌減徵收舒民力，期無失所安眾心。共體爺哥朕幼意，咸遵其道樂太平。」[3]然而，實際上自天京事變以後，太平軍已無初建之時的嚴格軍紀，[4]後期所招收的入伍者，多由被俘清軍與游民所組成，綱紀鬆散腐敗，威嚇百姓，燒殺擄掠，姦淫婦女，無惡不作，猶如土匪。

2　「天京事變」是太平天國發生於咸豐六年（1856）8月時的一場內訌。在天京之變發生以前，楊秀清以「東王九千歲」與代「天父」言事，集刑賞生殺大權於一身，天王洪秀全唯僅徒存其名。太平天國定都天京以後，楊秀清與其他諸王關係日益緊張，北王韋昌輝曾因下屬犯錯被杖責，其族兄因與楊秀清妾兄發生財產之爭而被誅殺。翼王石達開之岳父，因公事得罪楊秀清，被杖刑三百，而連帶燕王秦日綱亦遭受杖刑。楊秀清威風張揚，不知節制，滿朝文武對其充滿仇恨。咸豐六年（1856），楊秀清假借天父之名，要求洪秀全封其「萬歲」。洪秀全假意同意，後密函北王韋昌輝、翼王石達開、燕王秦日綱共謀剷除東王楊秀清。楊秀清被誅後，洪秀全又率眾誅殺韋昌輝，並將秦日綱一併處死，隨後為安撫楊秀清舊部，撤銷楊秀清圖謀篡位罪名，公開為楊秀清平反。

3　清・洪秀全：〈諭蘇福省及所屬郡縣四民詔〉，羅爾綱、王慶成主編：《太平天國》第3冊，頁79。

4　太平天國甫立都天京之時，東王佐政事，凡事嚴謹，立法安民，「何官何兵，無令敢入民房者，斬不赦」。清・李秀成：〈忠王李秀成自述〉，羅爾綱、王慶成主編：《太平天國》第2冊，頁350。

時序進入同治年間，清軍與太平軍雖互有勝敗，但整體戰事是逐漸轉向對清軍有利的局勢。同治元年（1862），陳玉成計畫聯合苗沛霖進攻河南，卻遭苗沛霖反心被俘，送解勝保營中，不久，在遣送北京的道途中被處決。同年 3 月，曾國荃從安慶率軍東下，5 月，在天京城南雨花臺駐兵紮營，修築壕溝，並斷絕天京城內的糧道與軍需，洪秀全遂下令李秀成回京救援。10 月，李秀成率軍與湘軍在天京城外發生激烈戰爭，雙方死傷無數。時經一個月，李秀成連攻未下，只好退兵。同治二年（1863），李鴻章率領淮軍奪回蘇州與無錫，隔年，又收復常州。蘇府省是太平天國後期供應財賦糧源的所在地，是以，暨蘇州失守後，天京的形勢亦愈加危急。同治三年（1864），左宗棠也先後攻克杭州、湖州等地，而洪秀全則在 4 月間病逝。6 月，曾國荃率軍攻破天京，李秀成攜幼主洪天貴福突圍被捕。自此，太平天國之亂大抵平定。

二、圖畫創作本事

太平天國以南京為首都，戰爭活動範圍主要都在江南，包括安徽、江蘇南部、浙江西部、江西北部一帶，是深受戰火毀害最為嚴重的區域。余治《江南鐵淚圖》描繪的即是太平天國攻陷江南後，對該地區的人民帶來的摧殘與災難。

余治，字翼廷，號蓮村、晦齋，又號寄雲山人、庶幾堂主人，江蘇無錫人。[5]平生無功名，以宣揚教化、撫卹賑災為志業，咸豐八年（1858）以宣講之功，由附生保舉訓導加光祿寺署正銜，同治二年（1863），「以團防功賞戴藍翎」，[6]六年（1867），奏加五品頂戴。[7]著有《尊小學齋文集》、

5 清・吳師澄：《余孝惠先生年譜》，清・余治：《尊小學齋集》（《清代詩文集彙編》第 633 冊，據清光緒九年（1883）無錫李氏刻本影印），頁 1 上。

6 清・李銘皖等修，清・馮桂芬等纂：《江蘇省蘇州府志（五）》（《中國方志叢書》第 5 號，臺北：成文出版社，據清光緒九年（1883）刊本影印，1970），卷 112，頁 55 下。

7 清・吳師澄：《余孝惠先生年譜》，頁 14 上。

《尊小學齋詩集》、《江南鐵淚圖》、《庶幾堂今樂》、《學堂日記》、《得一錄》，大抵皆反映他勸善教化的思想。太平天國時期，余治的家鄉是被戰火波及、受創甚深的地區之一，因此，他將戰爭中親歷目睹之所見所聞，繪成 42 幅圖畫，輯成《江南鐵淚圖》，以木刻版畫刊刻行世。書前有 2 首詩序與 1 篇題序，說明成書緣起：

> 愴懷南望涕滂沱，滿目瘡痍喚奈何。千里鶯花悲劫海，六朝金粉渺煙蘿。衣冠江左風流盡，名勝吳中感慨多。無限傷心眼前事，忍教對景一描摹。

> 我亦江南舊難民，頻年避地困風塵。鴒原已抱三生恨，虎口徒留多累身。殺賊有懷空按劍，濟饑乏術愧傳薪。先師嘗有言：凡遇饑荒，正士大夫為生民立命之日，不可輕忽過去。回念師承，益增顏汗。告哀聊假傳神筆，倘遇仁人為指囷。[8]

> 江南被難情形較他省尤甚，凡不忍見、不忍聞之事，怵心劌目，罄筆難書，所謂鐵人見之，亦當墮淚也。嗚呼！事勢至此，亦太慘矣。苟有人心，莫不感動。惟是救援水火，朝廷已興如雨之師，撫卹瘡痍，上憲更盡分波之力。而軍需支絀，博濟為難；殷富凋殘，勸分非易。況見聞之不及，尤觸發而無從。蒿目梓桑，傷心鳩鵠，描摹一二，用代告哀。非敢別有雌黃，調弄筆墨也。作《江南鐵淚圖》。[9]

第一首詩描寫戰後江南慘遭摧殘、「滿目瘡痍」的景象，不僅古都名勝遭到

8　清・寄雲山人：《江南鐵淚圖》（臺北：臺灣學生書局，1969）。本文所引題詞與圖畫，皆引自此版本。同見清・余治：〈題江南鐵淚圖〉，《尊小學齋詩集》（《清代詩文集彙編》第 633 冊），卷 1，頁 1 上。

9　清・寄雲山人：《江南鐵淚圖》，頁 1 上。同見清・余治：〈江南鐵淚圖序〉，《尊小學齋詩集》，卷 2，頁 5 下-6 上。

焚毀，江南名士亦被迫遷徙、逃亡，甚至死於兵刀之下，因此余治感而一一描摹。詩中借東晉謝安乃「江左風流」之領袖，代指江南一帶的名流賢士。「江左」指長江下游南岸江流之東的地區，是故亦稱「江東」。第二首詩陳言自己乃「江南舊難民」，戰時亦「頻年避地」，流亡他鄉。咸豐十年（1860），李秀成攻取蘇、常，余治北逃，避地江陰、沙洲，「痛念書生不能殺賊」，隔年，又避難靖江馬洲，同治元年（1862），再輾轉逃至上海。[10]余治雖有「殺賊有懷空按劍」之感慨，然而每回念及師承，即有拯濟天下之溺的抱負，因此在戰爭期間，曾配合官方宣講鄉約，勸化沙洲民眾抗完漕糧之亂，也曾會同其他士紳設立救生局、粥局、保息局等，安撫流亡百姓。[11]由此可見，余治本身雖為江南難民，然於兵火流離之際，亦不忘慈善事業。至於題序說明：在同治三年（1864）戰事平定後，「朝廷已興如雨之師，撫卹瘡痍，上憲更盡分波之力」，然賑濟效果有限，是以余治決定將江南「蒿目梓桑，傷心鳩鵠」之慘況，繪製成圖，廣布宣傳，傳達勸募捐資的用意。

題序中余治也提到他將此書名為《江南鐵淚圖》，乃係指「鐵人見之，亦當墮淚」之意。而事實上，余治在道光二十九年（1849）江南發生水災之時，即繪有 24 幀《水淹鐵淚圖》，「日泐數十函，乞救於遠近富人」。[12]「鐵淚圖」的起源與北宋熙寧七年（1074）鄭俠繪〈流民圖〉的圖諫傳統有延承關係。鄭俠上呈神宗〈流民圖〉的目的，是為了將災民的慘狀歸咎於新法，疏請罷免王安石之新法。此後隨著時間的推移與發展，「流民圖」逐漸成為上呈朝廷請求賑災的圖畫統稱。如明代楊東明給事、吳崇禮御史、清代蔣伊學政，皆曾作「流民圖」，祈請賑濟災民。余治的「鐵淚圖」之作，即是在借鑑「流民圖」的基礎上，描繪出一系列災民所面臨的慘況。在太平天國戰爭爆發以前，余治便以倡設粥店、保嬰會、恤產保嬰會等善行聞名鄉里。而《江南鐵淚圖》之作，即是繼《水淹鐵淚圖》以後，藉由圖畫勸募的

10 清・吳師澄：《余孝惠先生年譜》，頁 12 上-13 上。

11 清・吳師澄：《余孝惠先生年譜》，頁 11 上-13 上。

12 清・吳師澄：《余孝惠先生年譜》，頁 8 下。

活動延續。

值得一提的是，余治《水淹鐵淚圖》、《江南鐵淚圖》對於後來「鐵淚圖」的創作有著深遠的影響。光緒初年，華北山西、河南、山東、直隸、陝西五省發生大旱，史稱「丁戊奇荒」。田子琳仿《江南鐵淚圖》作 12 幅《河南奇荒鐵淚圖》，描繪河南的饑荒狀況，並由江浙善士謝家福、鄭觀應刊印出版。光緒四年（1878），《河南奇荒鐵淚圖》流傳至英國，並由倫敦的中國賑災基金委員會（Committee of China Famine Relief Fund）譯成英文，名為 *The Famine in China*（London, 1878）出版。[13]

目前，鄭俠〈流民圖〉已不知何在，以下以美國克里夫蘭美術館（Cleveland Museum of Art）所藏明代周臣〈流民圖〉（見圖 15）的局部圖畫為例。此圖又名〈乞食圖〉、〈東村墨戲〉，[14]描繪的對象是社會底層的乞丐與流民。原圖共繪有 24 人，後被分為兩部分，各 12 人，前半部分藏於美國火奴魯魯藝術學院美術館（Honolulu Academy of Arts），後半部分藏於克里夫蘭美術館。[15]周臣〈流民圖〉無背景的構圖模式與余治《江南鐵淚圖》不同，著重在強調人物的各種形象與情態所展現出來的慘境，可與本文後面所談余治《江南鐵淚圖》有背景的構圖模式相互參照。

---

13 夏明方：〈救荒活民：清末民初以前中國荒政書考論〉，《近世棘途——生態變遷中的中國現代化進程》（北京：中國人民大學出版社，2012），頁 351-352。目前學界對於《河南奇荒鐵淚圖》的相關研究不少，可參（美）艾志端（Kathryn Edgerton-Tarpley）著，曹曦譯：《鐵淚圖：19 世紀中國對於饑饉的文化反應》（南京：江蘇人民出版社，2011）。王林：〈論丁戊奇荒期間江南士紳對河南的義賑〉，《洛陽師範學院學報》33.12（2014.12）：52-58。王一村：〈清末民間義賑中的災情畫——以「鐵淚圖」為中心的考察〉，《農業考古》4（2016）：108-113。

14 楊新：〈周臣的〈乞食圖〉〉，《美術研究》2（1987.7）：85-90。周翼雙：〈周臣的〈乞食圖〉——海外珍藏中國名畫欣賞之六〉，《國畫家》2（2000.4）：62-63。

15 李淨洋：《周臣及其〈流民圖〉》（杭州：中國美術學院中國畫系碩士論文，2013），頁 9。

圖 15 明・周臣繪〈流民圖〉（見《海外藏中國歷代名畫》第 6 卷，長沙：湖南美術出版社，1998，（美）克里夫蘭美術館藏）

余治《江南鐵淚圖》為 42 幅圖的總稱。第一圖至第三十二圖，主要描繪戰時江南遭遇劫難的各種慘況：

1.〈逆燄鴟張生民塗炭〉、2.〈羣兇淫掠玉石俱焚〉、3.〈吊打逼銀窮搜地窖〉、4.〈擄人入夥密布天羅〉、5.〈遍地尸骸猪拖狗食〉、6.〈現前地獄剖腹抽腸〉、7.〈四野流離轉填溝壑〉、8.〈江頭爭渡滅沒洪濤〉、9.〈白頭父母哭望兒孫〉、10.〈黃口孤兒哀尋爹媽〉、11.〈義民殺賊奮勇拚身〉、12.〈烈女完貞甘心碎首〉、13.〈華屋良田鞠為茂草〉、14.〈圖書古玩盡委泥沙〉、15.〈逼勒貢獻醜類誅求〉、16.〈假托盤查團丁截殺〉、17.〈耕織乏具坐困無聊〉、18.〈乞借難通情極自盡〉、19.〈賣男鬻女臨別牽衣〉、20.〈枵腹臨盆產嬰棄水〉、21.〈負母逃生孝子避地〉、22.〈攜孤覓食節婦呼天〉、23.〈寺廟焚燒神像毀壞〉、24.〈草根挑盡樹皮翦光〉、25.〈雪夜冰天死亡枕藉〉、26.〈冲風冒雨泥水淋漓〉、27.〈鵠面鳩形迎風倒斃〉、28.〈雞棲蝟縮墻角哀吟〉、29.〈剜肉補創破屋拆賣〉、30.〈羅雀掘鼠人肉爭售〉、31.〈蔓草荒煙虎狼日逼〉、32.〈愁雲泣雨神鬼夜號〉。

第三十三圖至第四十二圖，則描繪戰後重建的景象：

33.〈恩詔頻頒萬民感泣〉、34.〈憲仁撫卹行路涕零〉、35.〈水火出離重見天日〉、36.〈脅從遣散各返家鄉〉、37.〈牛種有餘惠及耕夫〉、38.〈機杼代謀歡騰織婦〉、39.〈創鉅痛深前車共凜〉、40.〈恐懼修省劫海同超〉、41.〈鄉約重興宏宣教化〉、42.〈樂章再正共慶昇平〉。

此 42 幅畫作，每幅圖畫皆以「寫實」筆法描繪而成，全書採取「左圖右文」（前文後圖）的編輯方式，各圖前皆題有 1 闋〈西江月〉，詞後再附一段文字加以說明，目的是以圖補充文字。余治將詞——文——圖互相結合的圖文並陳與述說故事的方式運用於善書，適合廣大民眾閱讀，不僅可以延續題畫詩詞以「詩歌」為題詠的傳統，同時又能顧及一般民眾的知識水平。

余治在書前題序雖已表露勸捐的目的，但題旨其實相當隱約委婉，應是不想一開始就直接向讀者表示「要錢」的本意。因此，余治先讓讀者看完 42 幅圖畫以後，又另以一段文字表明「冀得助捐」的成書宗旨：

> 右圖四十有二，寄雲山人為勸濟江南難民作也。……聖人猶病，山人目擊心恫，作為斯圖，謂將以遍勸同儕，庶有感動，冀得助捐，或可少紓聖主如傷之隱，大憲飢溺之懷於萬一，是則山人之苦心也。同人促付梓，爰校刊以廣其傳，所望四方仁人君子，輾轉布送，互相勸勉，觸目驚心，於是乎在解囊仗義應不乏人，即以是當方外募緣之疏，引焉亦無不可。[16]

該段文字說明：以圖描繪災難，「勸濟江南難民」，「冀得助捐」，是其本意；付梓刊刻，「以廣其傳」，「輾轉布送」，乃以善書方式發送，希冀感動人心，得到各方人士捐助。而余治採取募賑圖勸捐，是為了避免文字宣傳易使人生厭，亦欲使不識字的民眾能從圖畫中瞭解其意，感受難民遭遇的種種苦難，進而發揮善心。由此可見余治繪圖背後的用心，亦可見余治作「鐵淚圖」與「流民圖」上諫皇帝賑濟難民的用意有所不同，他設定的讀者群範

16 清・寄雲山人：《江南鐵淚圖》，頁 43 下。

圍更為廣泛，包含了社會各個階層的民眾，以集合群眾之力量，一同響應賑災。

此文之後，又有〈江北勸捐啟〉、〈勸捐淺說〉、〈劫海迴瀾啟〉、〈劫海回瀾續啟〉、〈梁溪晦齋氏再述〉、〈劫海迴瀾再續啟〉6 篇文章。從〈江北勸捐啟〉可進一步看出余治勸捐的對象主要為江北民眾。文云：

> 嗚呼，江南難民之苦，至今日尚忍言哉。房屋則焚燬矣，田地則拋荒矣，人肉則烹食，餓殍且滿路矣。鳩形鵠面，四野呼號，地慘天愁，神驚鬼泣，鐵人聞之亦應墮淚，江南難民之苦，至今日尚忍言哉。夫江南難民猶是人耳，其居心行事，非必大異於江北也。其團練巡防，非必遠遜於江北也，乃江南則烽火連郊，江北則黍苗盈野；江南則室家雜散，江北則婦子恬熙；江南則樹皮艸根，搜掘殆盡；江北則煖衣飽食，宴樂如常。同是人耳，彼何不幸而生江南，此何厚幸而生江北耶？彼何罪何愆而為天之所棄？此何德何能而為天之所眷耶？豈江南之人皆可死，而江北之人多可免耶？豈江南之人皆無善足稱，而江北之人皆有福能消耶？靜言思之，天耶人耶，天心好生，人心造劫，劫運因人心而轉移，天心即視人心為向背。天降劫於江南，而又重哀江南之人欲救之而不能遍救也，安知非留此一方，以為江南之人生路耶？！又安知非加厚此一方之人，為江南人移民移粟地耶？！安知非即以救災恤鄰之能否為江北人出劫入劫之權衡耶？！否則一江之隔，片帆可渡，非果天塹之可恃也，非果長城之可倚也，非果雄師勁旅之可資扞禦也，而竟得免焉。或者天未必無意於其間，欲今江北之人殫心竭力以救江南之人，為江南人保生全，即為江北人消殃禍，天固以救災恤鄰之道，全委於江北之人。以試江北之人心，以定將來之劫運，能生人者即能自生，能救人者即能自救，事有必至，理有固然也。不然，處完善之地，值豐穰之歲，享團聚之福，際千載難得之遭逢，而不知竭生平之全力以救人，何以仰答天心終免劫運耶？噫，江南難民之苦，至今日不忍言矣。劫運因人心而轉移，天心即視人心為

向背。劫運之來，非可逆料，來遲來早，尚未定也。勿說嘴响。且夫劫運之來，不必刀兵也。水火盜賊，瘟疫饑荒，何一非劫，頃刻之間，飛災已到。為名為利，百事皆虛，萬貫家財，一錢難帶。刀兵不來，天災時有，欲逃此劫，何地可逃耶？欲免此劫，何術可免耶？噫嘻，劫運本乎天，天固以救災卹鄰之道，全委於江北之人，以試江北之人心，以定將來之劫運。除赴救難民之外，何道可以自全耶？古放生詩云：「他若死時你救他，你若死時天救你。」物命且然，何況人命耶？吾於是為江北人慶，吾於是更為江北人危。慶者，慶此時種德，事半功倍，福壽功名，有求必得，正可乘時自勉也；危者，危此時苟安，尚未夢醒，積薪之上，累卵之下，竊恐不能久恃也。然則，果如之何而可也？計惟有各鑒前車，各傾囊橐，逢人說法，多方勸集，分半家財，互相援救，為江南難民謀活計，即為江北之人闢生門，庶幾江北之人心轉，即冥漠之天心亦轉。目前之善緣集，即將來之劫運消矣。願吾黨熟思之，勉為之，積善機會，正在此時。吾生百年，豈有第二次得以再遇耶？嗚呼！江南難民之苦，至今日不忍言矣。江北之人見耶聞耶，知耶否耶，千載一時，錯過殊可惜也。所願入寶山者，勿空手而回也。謹啟。[17]

該文可分四段落論說。第一段簡述江南災民之房屋、田舍遭到破壞，以及饑餓、死亡、食人肉的慘況。次則對比江南、江北，雖僅一江之隔，然江北「黍苗盈野」、「婦子恬熙」、「煖衣飽食，宴樂如常」，而江南則「烽火連郊」、「室家雜散」、「樹皮艸根，搜掘殆盡」，命運懸殊，因而對此提出「同是人耳，彼何不幸而生江南，此何厚幸而生江北耶？」等天問般的疑問。第二段從天人感應、災異讖緯思想，論說「劫運——人心——天心」之間的關係，認為天降災難乃「人心造劫」所致；而「天心即視人心為向背」，是以，倘若「人心」存有善念，即可感化「天心」，化解「劫運」。

17　清・寄雲山人：《江南鐵淚圖》，頁 45 上-47 上。

今日上天讓江北之人逃過劫難，目的是「欲今江北之人殫心竭力以救江南之人」，「以試江北之人心」，以定將來江北之劫難。言下之意即是：倘若江北之人肯助江南之人，必能感動天心，為日後化劫積福。第三段再以「福禍無常」的角度勸說，以為劫難不可預料，即使家財萬貫之人，當遇水火盜賊、瘟疫饑荒之時，亦不可倖免於難。因此，人生無常，錢財乃身外之物，唯有自造福報，累積餘慶，方可得以消災免難。接著，又引回道人放生詩云：「他若死時你救他，你若死時天救你。」申明人皆有難，理應互相幫助，乃世間善果之循環。最後第四段又再次強調積善得福、福長禍潛消的道理，勸說江北之人濟賑災民。甚至認為此次是「吾生百年，豈有第二次得以再遇耶」的難得積善機緣，期盼江北民眾切勿錯過。全文善用人心求福辭禍的心理，藉由陰陽家災異五行、佛教果報思想，勸人募捐助難，體察天心，積累福報，題旨明白懇切。

余治的〈劫海迴瀾〉文與〈勸捐〉文在精神上是互相連貫、一脈相承，只是〈勸捐〉文的重點在募捐，而〈劫海迴瀾〉文的重點是在反思大劫難之自我脩省，強調教化的重要。如文云：

> 吁嗟乎！此何時、此何勢耶？此時此勢而猶昏昏未醒耶。大地震動，生民塗炭，積骸加山，流血成川，聞之痛心，言之酸鼻，此何時此何勢耶？此正吾人憂勤惕厲之日，而非醉飽嬉遊之日也，乃吾嘗窃觀於今日之人情而彌滋懼也。古人云：「前車之覆，後車之鑒。」其不知鑒者，必其人心如木石者也，必其人頑如童稺者也。在《易》之〈震〉：「君子以恐懼脩省。」恐懼脩省者，所以維人心於不死也。恐懼而不脩省，君子猶謂之妄庸，況并不知恐懼耶。……率土之濱，莫非王臣。君父恩深難酬，萬一有志者謂宜激發忠孝毀家紓難可也。明張獻忠之亂，四川殺掠殆盡，惟梓潼縣有神宣化，人人激發忠孝，有棄產助餉者，有省口糧助餉者，有減去日用酒餚之費，願甘疏水以助餉者，甚至婦女願典衣飾，館師願節脩脯，即在農工傭保，亦願日省家用錢數十文，均以助餉。精誠所感，神威顯佑。賊過境竟不敢犯，合邑皆免於難，事載《蜀難錄》。甚矣，忠

孝之獲福庇者大也。（〈劫海迴瀾啟〉）[18]

天之於人，猶父母之於子也。天心震怒而降劫運，則凡在劫者，亦必默推取怒之由於天心怒我之所在，而善承之天之怒於何見，則雷電即其見端也。特雷電之所加者不數事，一為逆父母，一為害人命，一為褻棄字穀，此三者，雷電之所常加，亦可見天怒之尤甚者有在矣。……而子顧以此為斤斤，毋乃舍本而求末耶。不知人惟不知本，故受恩而不知報，為臣而不知報其君，為子而不知報其親，不忠不孝之由，無非此忘本之一念基之也。今以字穀兩端，動天下人以報本之心，因人情所本明者以曉之，言尤易入，如用藥然。教化為藥，而字穀則藥之引也。……吁嗟乎！吾蓋觀於今日之劫運，而知天之震怒至是為已極也。吾蓋觀於天怒之所在，而得其善承之方也，故曰：欲回劫運，須善承天怒。（〈劫海迴瀾續啟〉）[19]

吁嗟乎！吾今而知大劫之不可回也，非天心之不可轉也，由人心之不可轉也。……若曰：人不孝也，人不悌也，人不忠信也，人無禮義廉恥也，人無王法天理也，忘恩負義者人也，假公濟私者人也，欺人害人者，無一非人也。人皆昧良喪心也，人皆人面獸心也，人皆外君子而內小人也。種種不好，皆人心之不好也。言及人心，幾於痛心切齒也，言及人心，無不疾首蹙頞也，幾以為天下人一無善狀也，斯人無一可以化誨也，所以天怒未已也，所以神明不佑也，是人之自取也，是人之自作孽也。……嗚呼！吾於是知大劫之不可回也，非天心之不可轉也，亦非人心之不可轉也，實由我心之不可轉也。半生夢夢，至此恍然。故欲轉人心，當先從我始。在這裡了一把拿住。（〈劫海迴瀾再

18 清．寄雲山人：〈劫海迴瀾啟〉，《江南鐵淚圖》，頁1上-下。

19 清．寄雲山人：〈劫海迴瀾續啟〉，《江南鐵淚圖》，頁5下-7上。

續啟〉）[20]

三篇〈劫海迴瀾〉文皆長達千字，展現余治不辭辛勤於教化的誠意與用心。綜觀三篇文章，大抵皆融合了儒家忠孝仁義、陰陽家災異說與佛教果報思想。〈劫海迴瀾啟〉一開始即勸人要記取前車之鑑，並觀洊雷震之象而懷警懼憂患之心，脩身檢省，趨吉避禍，發揮忠孝仁義之思。「脩省」語出《周易》〈震〉卦：「洊雷，震。君子以恐懼脩省。」孔穎達疏云：「君子恒自戰戰兢兢，不敢懈惰，今見天之怒，畏雷之威，彌自脩身省察己過，故曰『君子以恐懼脩省』也。」[21]余治例舉明代張獻忠之亂時，四川各地慘遭殺掠殆盡，惟梓潼縣因「人人激發忠孝」以助糧餉，故得「神威顯佑」，倖免於難，強調修己渡人，可以消災得福。〈劫海迴瀾續啟〉、〈劫海迴瀾再續啟〉則強化了刀兵人禍（人為）與水旱蝗災（天災）的相互關係，認為人心敗壞，不忠不孝，忘恩負義，無禮義廉恥，是造成「天怒」的本因。而其中，又以「逆父母」、「害人命」、「褻棄字穀」特為雷電之所加，應引以為戒。余治以「災異說」思想闡釋大劫難爆發的緣由在於人心，但他並不是站在清廷腐敗以致太平天國戰爭爆發的立場來批判滿清；相反的，余治將「君父恩」推崇至極高之地位，站在清廷的立場來批判太平軍不忠不孝、犯上作亂的無禮義行為，進而以「教化為藥」，勸說人民應維護儒家忠孝仁義、恐懼脩省之本，做個修己有德的人。

此三篇〈劫海迴瀾〉文寫作時間，分別為咸豐三年（1853）、咸豐八年（1858）與同治三年（1864）。[22]換言之，〈劫海迴瀾啟〉、〈劫海迴瀾續啟〉在太平天國戰爭期間便已撰成。俞樾在〈余蓮村墓誌銘〉云：「當江浙

---

[20] 清・寄雲山人：〈劫海迴瀾再續啟〉，《江南鐵淚圖》，頁 1 上-5 上。

[21] 魏・王弼注，唐・孔穎達疏，盧光明、李申整理，呂紹綱審定：《周易正義》，卷 5，頁 246-247。

[22] 清・余治：《尊小學齋文集》（《清代詩文集彙編》第 633 冊），卷 1，頁 7 上-17 下。

陷賊時，君著〈劫海迴瀾〉文，又繪《江南鐵淚圖》，見者無不感泣。」[23]指出〈劫海迴瀾〉文與《江南鐵淚圖》是互相輔佐的著作。而關於《江南鐵淚圖》的成書時間，在現今與余治相關的研究論著中，有不少研究者根據吳師澄《余孝惠先生年譜》：「（同治三年甲子五十六歲）著《江南鐵淚圖》四十二幀」，[24]認為《江南鐵淚圖》是同治三年（1864）太平天國戰爭結束後余治所作的勸捐善書。[25]然而，倘若細查中國各公、私立圖書館所藏古籍書目可發現：《江南鐵淚圖》其實早在咸豐年間時，即已有 1 冊本刊刻行世。其後，在咸豐、同治、光緒年間，又重刻為《江南鐵淚圖新編》廣布流通，目的是為了藉由善書贈送的方式，激起更多民眾的善心。《新編》本版本眾多，有咸豐年間蘇州玄妙觀得見齋所刻 1 冊本、2 冊本、4 冊本，以及同治十一年（1872）寶文齋刻字鋪所刻的 1 冊本、2 冊本，主要都是由「得見齋」與「寶文齋」兩處善書房所刻。光緒年間刊刻的為 1 冊本，刊刻地點不明。[26]就目前臺灣通行的版本，有民國五十八年（1969）臺灣學生書局與民國六十三年（1974）臺灣廣文書局出版的《江南鐵淚圖》，二者都是依據

---

[23] 清・俞樾：《春在堂襍文續編》（《春在堂全書》第 4 冊，臺北：中國文獻出版社，1968），卷 4，頁 13 下。

[24] 清・吳師澄：《余孝惠先生年譜》，頁 13 下。

[25] 如盧冀野：〈〈朱砂痣〉的作者余治——一個通俗文學作者的生平事略〉，梁淑安編：《中國近代文學論文集（1919-1949）（戲劇卷）》（北京：中國社會科學出版社，1988），頁 417。賴進興：《晚清江南士紳的慈善事業及其教化理念——以余治（1809-1874）為中心》（臺南：成功大學歷史研究所碩士論文，2005），頁 87、頁 100。劉昶：《晚清江南慈善人物群體研究——以余治為中心》（蘇州：蘇州大學專門史碩士論文，2009），頁 61。黃鴻山、王衛平、劉昶：〈晚清江南慈善家群體研究——以余治為中心〉，范金民、胡阿祥主編：《江南地域文化的歷史演進文集》（北京：生活・讀書・新知三聯書店，2013），頁 613。王衛平：〈晚清慈善家余治〉，《史林》3（2017）：105。

[26] 咸豐年間所刻《江南鐵淚圖》1 冊本，可見於中國國家圖書館、山東師範大學圖書館。咸豐年間所刻《江南鐵淚圖新編》1 冊本、4 冊本，可見於中國國家圖書館；2 冊本，見於中國國家圖書館、復旦大學圖書館。同治十一年（1872）所刻《江南鐵淚圖新編》1 冊本，可見於中國國家圖書館；2 冊本，見於天津圖書館。光緒年間所刻《江南鐵淚圖新編》1 冊本，可見於中國國家圖書館。

《江南鐵淚圖新編》1 冊本影印，首頁有「寄雲山人編」、「省吾居士校」字樣。廣文書局所據版本不詳，學生書局則依國立中央圖書館藏清咸豐原刊本影印。比對二者版式、圖畫，以及重編頁碼俱皆相同，因此推斷二者應出自同一版本。

第二節　反映戰時災難的紀實悲歌

咸豐三年（1853），太平軍由武昌東下江寧，在南京建立首都，目的是看準江南地處長江下游，一直以來都是中國主要的農業產區，物產豐饒，經濟發達，又是糧食漕運的轉運中心，不僅可以提供太平軍穩定的糧餉來源，亦可控制清廷的漕運與經濟，因此，江南成為太平天國戰爭的主要戰場，受創也最為深重。依據余治《江南鐵淚圖》第一圖至第三十二圖的題詠內容，大致可分為：戰時遭劫罹難的情況與戰後死況及倖存者的處境兩大主題。

一、戰時遭劫罹難的慘況

太平軍橫掃江南之際，造成百姓流離失所，被殺殉難，白骨露野，人口大量銳減。而太平軍對於文物古蹟、書畫典籍、佛寺道觀的焚燒破壞，也嚴重損毀江南的人文傳統，為中國文化帶來巨大的重創與浩劫。當時，不僅太平軍肆虐，亦有鄉官、兵勇與盜匪乘機敲詐作亂，以致盜匪漸多，民不聊生。

（一）批判太平軍對人民的危害

太平天國在建國初期曾訂定《天條書》規範拜上帝會之教民，其中，第六條至第十條為：不好殺人害人、不好奸邪淫亂、不好偷竊劫搶、不好講謊話、不好起貪心。[27]要求人民時時遵守，不要為非作歹，行燒殺擄掠、豪奪搶取之事，彷彿有意建立一個和平理想的「太平」世界。然而，自太平天國在南京建立首都，並陸續攻佔江南各地以後，長江沿岸便淪為重要戰區。戰

[27] 清・太平天國：《天條書》，羅爾綱、王慶成主編：《太平天國》第 1 冊，頁 6。

火波及無辜百姓，屋瓦房舍慘遭燒毀，人民被迫顛沛流離，致使長江沿岸一帶極目蕭條，不若往日繁榮昌盛。

余治在《江南鐵淚圖》第一圖〈逆燄鴟張生民塗炭〉（見圖 16）的題詞裡，總括了太平軍自攻陷南京以後，燒殺擄掠、毒害城鄉的惡行。云：

> 可恨跳梁小醜，頻年擾亂江南。生靈荼毒痛心酸。約畧死亡過半。　　到處情形慘酷，丹青難畫難傳。憑君鉄石作心肝。腸斷一聲河滿。（〈西江月〉）

> 粵匪自咸豐癸丑（咸豐三年，1853）陷金陵，大肆焚掠，幸向軍門張總統先後抵禦，力遏兇鋒，江南半壁數載支撐。庚申（咸豐十年，1860）春，總統殉難，蘇常相繼失守，各屬城鄉無在不遭毒害。屠戮

圖 16　清・余治繪〈逆燄鴟張生民塗炭〉（見《江南鐵淚圖》第一圖，臺北：臺灣學生書局，1969）

之慘，罄筆難書，目擊情形，曷禁痛哭。[28]

題詞主要以概括性的敘寫方式，描述江南遭到太平軍侵略後，一片生靈荼炭的情景。而後文則以張國樑（1823-1860）抗擊太平軍事蹟，讚揚其英勇善戰，亦為其戰死而哀悼。張國樑原為廣西盜賊，後率眾向清投誠。咸豐元年（1851），隨提督向榮征戰太平軍，屢立戰功，升任總兵。[29]咸豐六年（1856），太平軍攻陷江南大營，張國樑隨向榮逃往丹陽。其後，向榮過世，朝廷任和春接替江南大營欽差大臣，張國樑為幫辦軍務，克復句容、龍潭、鎮江等地。咸豐八年（1858），助和春重建江南大營，再圍天京。爾後，克復揚州、儀徵，以功世職三等輕車都尉。[30]張國樑驍勇善戰，力遏敵賊，太平軍皆畏懼，因使「江南半壁」得以「數載支撐」。然而，咸豐十年（1860），太平軍以圍魏救趙之計，誘使和春援浙分兵，隨後，李秀成率軍前來，攻破江南大營，張國樑與和春退守丹陽。張國樑欲出城馳援，不料遇太平軍於丹陽城外，雙方交戰，清軍大敗，張國樑策馬渡河，水深馬沒，沉溺而死。[31]

張國樑死後，數郡淪陷，「蘇常相繼失守，各屬城鄉無在不遭毒害」。圖中描繪出太平軍攻陷江南城鄉的情狀，右上方有一蓄髮長毛舉旗進攻，旁邊還有許多持刀長毛，以及一個身騎馬背上，持戟指向村民的長毛首領。長毛由右向左而來的構圖方式，在視覺上看來就像由外地入境的侵略者。圖面右上方，有兩名長毛正在燒毀民房，搜刮財物；圖畫中間，有居民被刺殺身亡，倒臥在地，還有被長毛擄獲，跪地懇饒之居民；右下方，則有一名婦女正被長毛強行帶走，而有一男子匍匐在地，不遠處還有一名小孩倒臥溝壑。圖畫的左半部分，主要描繪居民紛紛奔逃的情景，與長毛由右向左入侵的行

28 清．寄雲山人：《江南鐵淚圖》，頁 1 下。

29 清．朱孔彰：《中興將帥別傳》，卷 13 上，頁 3 下-4 上。

30 清．程畹：〈贈太子太保江南提督張忠武公事狀〉，清．繆荃孫纂錄：《續碑傳集》（《清朝碑傳全集》第 3 冊），卷 66，頁 7 上-8 上。

31 王鍾翰校：《清史列傳》第 11 冊，卷 44，頁 3488-3489。

徑形成對角。中間左方描繪居民一臉驚恐，身無一物，紛紛逃命的情形；最下方之處，描繪男女老少，身負行囊，攜家帶眷，向左奔逃。將逃命情節繪於圖面下方，即象徵居民被壓迫至邊緣、慘遭逼迫逃亡的處境。經由圖畫與題詠互文對照可見，圖畫描繪的是題詠中「生靈荼毒」、「屠戮之慘」的具體情狀，而題詠則是深切地傳達出對於張國樑之死的憾恨與哀思。

面對江南大營二度潰敗，隨後又失去張國樑這名猛將，太平軍更是橫肆江南，對此，各地鄉民無不義憤填膺，甚而組織鄉勇，決意起兵抗賊。余治〈義民殺賊奮勇拚身〉（見圖 17）描繪的即是蘇、常士民同心起義，苦守支撐、奮勇殺賊的情景。題云：

> 見說大營兵潰，下游賊黨橫行。義旂突起有鄉民。義憤一腔決勝。　白布纏頭為號，荷鋤執耒偕行。相持數月苦支撐。長嘆一聲糧盡。（〈西江月〉）

圖 17　清・余治繪〈義民殺賊奮勇拚身〉
（見《江南鐵淚圖》第十一圖）

> 庚申（咸豐十年，1860）春，孝陵大營兵潰，蘇常士民同心起義，以白布纏頭為記，揭竿執耒，齊心敵愾，屢獲勝仗。江陰無錫常熟各鄉并力抵禦，殺賊萬餘，使江城之賊不敢東竄常昭。相持數月，以糧盡而潰，其臨陣殉義者以數千計，事雖不濟，而義聲已震動一時矣。[32]

太平軍頭綁黃、紅頭巾，義民則以「白布纏頭」為標誌。圖中描繪義民與太平軍作戰的情形，右邊畫的是太平軍高舉軍旗，由右向左持戟進攻，左邊畫的則是義民手執鐵盾、長矛大刀，向右前進，抵禦太平軍。義民齊心殺賊，雖屢有捷勝，然苦撐數月，終不敵糧食盡絕而潰敗。在太平軍進軍江南以前，江南即一直面臨人口過多、糧食不敷、糧食上漲的問題，再加上咸豐十年（1860）長江中下游的洪患水災，也影響糧作的收成。清軍與太平軍雙方皆有軍餉短缺問題，又何況是一般人民呢？故而詞末：「長嘆一聲糧盡」，話意中是帶有一種「時不利兮」的無奈與憾恨。余治在此著意強化的是義民的「義行」，因此也淡化了義民與太平軍之間的慘烈戰鬥。據江蘇無錫人張乃修《如夢錄》記載：「（咸豐十年，1860，4 月）十三黎明，黃塘門村馬鎮西楊橋白頭鄉兵累萬，自北而南，號稱恢復錫城，同心殺賊。……時將五月，冬夏之衣悉寄寺頭。余見數日平靖，徐向寺頭偵探，新塘離寺頭六里，一過新塘橋，即穢臭難當，每至路口，必有無頭屍首十餘具，皆白布反縛其手，蓋賊俘義民，逢路逢橋殺以號令者。」[33]此乃張氏十七歲時，親眼所見江蘇遭太平軍侵略之景。張氏謂參加抗戰義民多達萬人，而余治云：「臨陣殉義者以數千計」，可見實際人數可能不只如此，不難想見當日死者之眾。被害義民皆遭白布反縛其手，斬首棄屍，死狀淒慘。但儘管此役「事雖不濟」，最重要的是連帶感染了其他鄉縣民眾的反賊呼聲，各地團練鄉勇四起。

余治《江南鐵淚圖》以「庚申年」（咸豐十年，1860）作為江南淪陷的

32　清・寄雲山人：《江南鐵淚圖》，頁 11 下。

33　清・張乃修：《如夢錄》，羅爾綱、王慶成主編：《太平天國》第 4 冊，頁 386-388。

重要開端。如前述第一圖題詠所見，余治先以張國樑殉難作為《江南鐵淚圖》的起始，視張氏兵敗身亡為江南淪陷的關鍵，即使後有張玉良領兵殺敵，但最終不能使蘇、常免於淪陷。因此，在第二圖以後的圖畫與題詠，主要多是採取微觀的視角，細部地描繪江南淪陷後太平軍的種種惡行，以及百姓所遭遇的各種處境與災難。

太平軍攻城略地後，每到之地必燒殺擄掠，加以洩憤，倘若圍攻愈久，殺戮愈甚。據李秀成自述，收復蘇城後，嘗出示招撫，約束手下，勿許殺害良民，無故焚掠。[34]然而，事實上太平軍卻是「未滿半日，依舊殺人放火」，[35]肆橫依舊。余治在第二圖〈羣兇淫掠玉石俱焚〉（見圖 18）的題詠裡，以總括式的筆法描繪出太平軍攻陷江南後的殘暴行徑，云：

> 陡覺天昏地暗，驚看豕突狼奔。崑岡烈火一朝焚。我欲名言不忍。　　富貴賤貧一轍，男婦老幼同倫。老蒼辣手太無情。怕讀招魂天問。（〈西江月〉）

> 賊到之地，奸淫搶掠，行同狗彘，不問名門舊族，所至凌虐，或死或擄，有不可名言者。萬貫家財，悉歸烏有。傾城玉貌，半被摧殘。搔首問天，似蒼蒼者，亦在可信可疑之際，則亦衹可委之於三生因果而已。[36]

詞中描述太平軍入城以後，毀城滅地，到處亂竄，居民倉促奔逃，離群失所，情狀慘烈。圖畫上方描繪一名女子被長毛擄獲，正強行帶入房間、掩面哭泣的情狀；而圖畫左下方，則有一長毛正持刀脅迫女子，將其衣襟敞開，

---

[34] 清・李秀成：〈忠王李秀成自述〉，羅爾綱、王慶成主編：《太平天國》第 2 冊，頁 370-372。

[35] 清・湯氏：《鰍聞日記》，羅爾綱、王慶成主編：《太平天國》第 6 冊，卷上，頁 293。

[36] 清・寄雲山人：《江南鐵淚圖》，頁 2 下。

圖 18　清・余治繪〈羣兇淫掠玉石俱焚〉（見《江南鐵淚圖》第二圖）

淫逼摸乳。圖畫中間，描繪居民頭、手慘遭砍斷，棄屍路旁；長毛持戟殺民，居民仰面朝天，手足高舉，口吐鮮血。右下方有一居民，隱沒草叢之中，伏低前行，含淚潛逃。圖中殺擄奸淫，情狀慘烈，悲戚莫名，唯左上方一老翁，攜銀進獻，滿臉笑容，與其他居民慘況形成強烈對比。余治聞此慘境，「欲名言不忍」，內心悲痛不已，曲盡畫意。「豕突狼奔」典故出自歸莊〈擊筑餘音〉散曲：「有幾個狼奔豕突的燕和趙，有幾個狗屠驢販的奴和盜。」[37]歸莊此句乃借燕、趙覆亡之歷史，寄託自我之忠貞愛國，以及對於明亡的感傷。而余治亦藉此典故，諷喻太平軍入侵江南，不管名門舊族，「奸淫搶掠」，「或死或擄」，「行同狗彘」，橫暴殘忍，猶如歸莊〈擊筑餘音〉中所謂「狗屠驢販的奴和盜」。

根據時人戴熙《吳門被難記略》描述當時親歷戰爭所見之情景：「伏窗

---

[37] 清・歸莊：《歸莊集》（上海：上海古籍出版社，2010），卷 2，頁 163。

隙探見隔岸，賊勢咆哮，擄掠奸淫，無所不至。」[38]又有一蒙館教師作《庚申（甲）避難日記》描述：一周莊首富，「猝時之際，男被擄去，女被奸淫，竟有被奸而不能行走，傷壞數日者。」[39]可見戰時女性之淒慘處境。中國紳富閨媛皆裹小腳，逃跑不易，因此，許多女性為了保全名節，每於賊至以前，投井沉河、懸梁自縊、自剄服毒，[40]終結自己性命。袁枚孫女袁嘉就是個典型的例子。袁嘉在太平軍攻破金陵之際，投園中池水殉節，爾後，隨園亦遭焚滅。袁嘉殉節，象徵的不僅是太平天國戰爭時一個身為名門後代女性的悲劇，亦是當時許多中國女性命運的縮影。趙烈文《能靜居日記》記載：太平軍在攻下常州前夕，「城中婦女，投繯溺井者三日夜無慮數萬人」，[41]可以想見當時蘇城婦女壯烈守貞的情形。為此，余治〈烈女完貞甘心碎首〉對於這些殉節女性，固守「寧為玉碎，不為瓦全」的信念，「拚將弱質抗刀碪，一點染污豈肯」，表示了高度的讚揚。[42]余治認為她們追求完貞的精神，尤其值得後人效法，因此主張「急應查明彙獎，以勵世風」，[43]以助社會教化之風。

女性自殺人數之甚，男性殉節者亦不在少數。余治著意強調女性的貞節，相對於男性殉節的部分則無任何著墨，不難看出余治對於守貞女性的道德推崇，而對於男性殉節的合理化態度。根據史書、方志、日記、文集的紀載，可知當時男性自殺殉節、守城殉難者為數不少。尤其江南一帶，文化發達，士子如林，自古多世家門第，其中更不乏忠貞愛國之士。而太平天國崇

[38] 清・戴熙：《吳門被難記略》，羅爾綱、王慶成主編：《太平天國》第 4 冊，頁 397。

[39] 清・佚名：《庚申（甲）避難日記》，羅爾綱、王慶成主編：《太平天國》第 6 冊，頁 202。

[40] 清・陳懋森：《臺州咸同寇難紀略》，羅爾綱、王慶成主編：《太平天國》第 5 冊，卷 2，頁 182-194。

[41] 清・趙烈文：《能靜居日記》，羅爾綱、王慶成主編：《太平天國》第 7 冊，卷 4，頁 66。

[42] 清・寄雲山人：《江南鐵淚圖》，頁 12 下。

[43] 清・寄雲山人：《江南鐵淚圖》，頁 12 下。

尚基督，以基督教文化為本位，排斥中國傳統文化，「不問名門舊族，所至凌虐，或死或擄」，嚴重摧殘江南讀書好善的文化風俗。有些士人為避免死於亂賊之手而遭屈辱，因此選擇於城破之際，投池殉節，如湯貽汾、張羽士[44]之流；又有如常熟士紳蔣鶴齡，蓄志與城相殉，自賊入城，「衣冠服毒，坐待家中，罵賊而死」；[45]又如趙翼之孫趙起，以士紳身分組織鄉勇，力抵抗賊，至常州城破後，命妾率合室婦女自投園池，而其整衣端坐，至太平軍持刀入園，引刀自刎。[46]

太平軍一面詔諭安民，一面又燒殺擄掠，迫害人民。未死於刀兵之人，雖免死難，卻難逃被擄命運。江蘇城陷，「賊擄少年婦女數千人，首選美貌雛女，飾以麗裳，進獻黃、李二賊渠。二賊又選送南京進貢偽天王」，亦有「散毛各私掠數女，每館二十餘賊，藏匿婦女五六人，晝夜淫污」。[47]余治在〈擄人入夥密布天羅〉中，特別描繪太平軍趁著天色暗暝，居民無所防備、逃跑不易之時，夜潛民宅擄人；被擄之民，「彷彿豬羊入穽」，身為麻繩綑綁，無逃脫之力，倘若不走，即「刀將加頸」，脅迫屈從。是以骨肉分離，「兒啼母哭」，「哀聞四野」，處境堪悲。[48]〈白頭父母哭望兒孫〉描述賊過之處，青壯男丁大多被劫擄，不知生死，唯見老邁父母，哭兒望孫。[49]余治此二圖描述的被擄對象主要是男性。那麼，太平軍劫擄這些男性的目的為何？根據被擄的江蘇儀徵士人劉貴曾口述，當時他在軍營裡曾做過牧

---

44 清・沈梓：《避寇日記》，羅爾綱、王慶成主編：《太平天國》第8冊，卷1，頁6。

45 清・湯氏：《鰍聞日記》，卷上，頁308。

46 清・方宗誠：〈內閣中書銜教諭趙君傳〉，清・繆荃孫纂錄：《續碑傳集》，卷54，頁25上-下。張宏生〈時代變局與詞史書寫——太平天國戰爭與趙起的詞體創作〉，曾探討趙起《約園詞稿》敘寫太平天國戰爭的詞作，範圍涉及金陵之戰、鎮江之戰、揚州之戰、丹陽之戰、金壇之戰、徽州之戰、寧國之戰、安慶之戰等，足以「堪稱一代詞史」。張宏生：《經典傳承與體式流變：清詞和清代詞學研究》（南京：南京大學出版社，2019年），頁299-315。

47 清・湯氏：《鰍聞日記》，卷上，頁308。

48 清・寄雲山人：《江南鐵淚圖》，頁4下。

49 清・寄雲山人：《江南鐵淚圖》，頁9下。

驢、刈草、運糧、處理文書等雜作，爾後伺機得脫。[50]而「凡讀書識字者」，往往「悉赴偽詔書館」，書寫誥文。[51]浙江杭州人林西藩《隱憂續記》記載：杭州陷落後，「至江口見賊船密排如蟻，賊驅人運糧入城，力不能負者輒殺之。予避行山路，……半夜有城中逃出之二僧來同住，……其二僧人一被殺，一押去江口運糧。」[52]又如江蘇常熟人湯氏《鰍聞日記》云：「各家被擄之人，父母妻子，倚閭懸望，屢托鄉官入城查探。賊中勒索銀錢取贖。」[53]可知太平軍擄人，順從則活，違者即死；被擄之人，發派勞役、文書、軍兵之用，其中亦有借擄人勒索錢財者。

太平軍燒殺劫掠，搜遍各家，每入店屋宅室，必搜括搶奪，衣物、糧食、銀洋，無所不要。如遇不從反抗者，則臠割其肉，抽腸剖腹，百般凌虐；富豪地主、面白俊壯者，則晝夜吊打，逼獻金銀，而愈認殷富者，酷刑毒楚，苦傷尤甚。余治有〈現前地獄剖腹抽腸〉（見圖 19）描述慘遭凌虐之情景：

> 到處無常羅剎，原來多是長毛。抽腸剖腹火來燒。白日青天鬼嘯。　　地獄居然活現，滿前慘聽呼號。牛頭馬面不相饒。痛矣眾生苦惱。（〈西江月〉）

> 地獄刀山油鍋剉鋸碓磨之說，雖鑿鑿有據，而不信者均以為渺茫。今則種種情形，相逼而來，異樣酷刑，慘不忍睹。地獄之報，件件現前。剖腹抽腸，尤其常事。噫，閻羅之變相耶，眾生之孽重耶。[54]

---

50 清・劉貴曾口述，清・劉壽曾編錄：〈序〉，《餘生記略》，羅爾綱、王慶成主編：《太平天國》第 4 冊，頁 373-382。

51 清・李圭：《金陵兵事匯略》，羅爾綱、王慶成主編：《太平天國》第 4 冊，頁 250。

52 清・林西藩：《隱憂續記》，羅爾綱、王慶成主編：《太平天國》第 4 冊，頁 426。

53 清・湯氏：《鰍聞日記》，卷下，頁 336。

54 清・寄雲山人：《江南鐵淚圖》，頁 6 下。

圖 19　清・余治繪〈現前地獄剖腹抽腸〉（見《江南鐵淚圖》第六圖）

圖 20　清・余治繪〈吊打逼銀窮搜地窖〉（見《江南鐵淚圖》第三圖）

又有〈吊打逼銀窮搜地窖〉（見圖 20）描述吊打索銀之景：

> 何處叫號慘慘，幾人吊打難堪。憑君狡兔窟留三。托出和盤不算。　　哭喊王爺饒我，畢生積蓄都完。早知今日命相拚。悔不毀家紓難。（〈西江月〉）

> 賊愛財如命，逢人搜索銀洋。動輒吊打逼勒，百般拷掠，叫號之聲，震動天地。地窖藏金，發掘淨盡。嘗有友為余言：有長洲某，家巨富，應完錢粮入百金。庚申春（咸豐十年，1860），官以急用軍事托友向借上忙銀三百兩，某托言無有。迨常郡警報至，僱船向錢庄提寶銀八百隻，正欲出城而賊已到，遂并陷城中，被吊打逼出地窖銀七萬

兩而死。[55]

前則描寫太平軍手段凶殘，民眾慘遭「抽腸剖腹」，「慘聽呼號」。亦有「剖腹而飲其血者，有剁四肢者，有挖心而食者，有縛於柱而以爆竹密綴其四體燒震以為笑樂者」。[56]相映於圖畫之中，可見一名男子被綑綁於樹幹，長毛將其腹部剖開，抽出腸子；又見長毛持刀砍斫鄉民四肢，甚至將人裝入刑具中，倒頭腰斬；還有居民雙手遭反綁、丟入火海者。種種慘狀，慘不忍睹，宛如人間「活地獄」。後則寫一長洲富人，惜財如命，不捨捐資助餉，爾後城破，依戀家財，掘窟藏金，為貪財之賊，逼索金銀，吊縛拷打，「叫號慘慘」，震天動地。最後不但和盤托出，「畢生積蓄都完」，甚至還賠上性命。此圖畫面右半部分，主要是描繪居民遭太平軍吊綁屋樑，棒打逼銀，火烙淩虐。圖畫左下角，描繪居民攜銀逃命，中途遭太平軍攔截劫掠，還有居民被太平軍持刀逼問，因而供出藏銀之處，太平軍於是掘地挖銀。

值得注意的是，此二例表面看似是余治對太平軍打家劫盜、殘殺惡行的批判，然而細究其意，實則充滿勸善與果報思想。首先，就前則來說，文末云：「噫，閻羅之變相耶，眾生之孽重耶。」顯然是將戰爭發端，歸結為眾生之業債深重，因此於人間受盡果報地獄之苦。而後則乃借長洲富人故事，勸說人們錢財乃身外之物，莫要吝於捐餉助難，以免留下「早知今日命相拚，悔不毀家紓難」的悔恨。余治勸人樂捐為善，是融貫全書的中心主旨，認為：若不積德行善，老天將會降災懲罰，奪其所有。因此，其〈勸捐淺說〉云：「若不把來分救窮人，那時天老爺動起怒來，豈能放我過去，使我家財長保，非但家財不保，恐怕連自己性命也保不住，何況子孫。」[57]意旨即此。

不過，江南各地對於太平軍的侵略與到來處遇各異。當太平軍沿江東而

55 清・寄雲山人：《江南鐵淚圖》，頁 3 下。

56 清・王彝壽：《越難志》，羅爾綱、王慶成主編：《太平天國》第 5 冊，卷上，頁 143。

57 清・寄雲山人：《江南鐵淚圖》，頁 50 下。

下橫掃江南之時，鎮江、吳江的居民已率先紛紛遷出，數日城空，[58]因此傷亡人數較少。但如常州一地，在兩江總督何桂清出逃以前，下令禁止居民遷出，直至太平軍攻陷常州前五日，方有居民紛紛遷避，然而多數居民仍留在城中，因此殉難者較多。[59]何桂清由常州敗逃常熟後，人皆確知常州府已失，因此引起常熟居民一陣恐慌，「城中不論貧富，仍望各鄉遷避，舟載肩挑，連絡不絕，城門幾不可閉。至初八、九日始定。……初九日後，本城搬移將盡。仍有蘇州人裝載眷屬器用，大小船隻每日來者不斷。」[60]因此，常熟傷亡人數也相對較少。

避難，是一般人民對於戰禍將至最本能的反應與應激方式。余治在《江南鐵淚圖》中對於江南人民避難情景的描繪，主要呈現出兩個面向，其一為〈負母逃生孝子避地〉（見圖 21）：

> 幾見龍鍾白髮，有人背負逃奔。拚將膂力盡平生。道是生存之本。　　金帛何須係戀，最難捨者吾親。有兒在此請寬心。感謝皇天保命。（〈西江月〉）

> 賊到之時，父母兄弟往往有各不相顧者，然苟有天良，必不忍舍其父母。予見難民中多有不帶一物而獨負其父母逃奔者，更有媳負其姑，孫負其祖，弟挽其兄，依依不釋者。至性至情，見之不勝酸楚，此種人尤應另眼相看。俾各得生計，至閒（間）有子為親死，弟為兄死，媳為姑死者，此則尤大劫中變局，死者死於孝悌，與臣死於君者一

58　清・吳大澂：《吳清卿太史日記》，王重民等編：《太平天國》第 5 冊（上海：上海書店，2000），頁 328-335。清・陳慶年：《鎮江剿平粵匪記》（《太平天國史料叢編簡輯》第 1 冊，北京：中華書局，1961），頁 169。

59　侯竹青：《太平天國戰爭時期江蘇人口損失研究（1853-1864）》（北京：中國社會科學出版社，2016），頁 205-206。

60　清・湯氏：《鰍聞日記》，卷上，頁 296-297。

例。死而不死，旦死必成神，又當別論也。[61]

圖 21　清・余治繪〈負母逃生孝子避地〉（見《江南鐵淚圖》第二十一圖）

圖 22　清・余治繪〈江頭爭渡滅沒洪濤〉（見《江南鐵淚圖》第八圖）

其二為〈江頭爭渡滅沒洪濤〉（見圖 22）：

> 滿眼干戈擾攘，更從何處逃生。江邊幸有渡船橫。哀告長年救命。　　無奈人多舟窄，讓他捷足先登。奮身相躍逐波臣。那管洪濤滾滾。（〈西江月〉）

難民被賊窮追，逃至江邊，人多船少，濟渡不及，以致紛紛落水，同

---

[61] 清・寄雲山人：《江南鐵淚圖》，頁 21 下。

> 葬魚腹，不可數計。更有人數過多，猝遭風浪覆溺江心者；又有因封江嚴令，無從濟渡，痛哭投江者，更難屈指。種種情形，慘難殫述。此時若能設法僱船，濟渡萬眾，真不殊大士慈航也。[62]

前則描述避難情景，尤其著重負親逃難，歌詠孝親精神。圖畫與題詠相配合，描繪孝子帶母逃生，有孝子只攜帶一席臥、一提籃，帶老母逃生者；亦有孝子負囊牽母逃生者；更有甚者，身無所攜，只負老母逃生者。相較前述長洲富豪，多戀家產，攜銀逃難，逃之不成，反被毛賊吊打逼銀，為錢財所累，此孝孫子媳，一心負其父母逃生，不戀家財，視錢財為身外之物，有明顯的反差與對比。余治如此重視孝道，與其成長經歷密切相關。幼時，母親因病過世，父親將他過繼給二叔，由叔嬸撫養。叔嬸待他如親生兒子，呵護備至。十三歲時，二叔因病去世，余治半耕半讀與嬸母相依為命。二十三歲時，嬸母病重，余治一邊教書養家，一邊拜師學習，課後即立刻回家照顧嬸母。爾後，嬸母過世，其已孑然一身。咸豐十年（1860），余治避地陰沙、靖江時，嘗見兒孫子媳，「拚將膂力」，不帶一物，「獨負其父母逃奔者」，心裡尤其深受感動。是以，余治格外強調「負母逃生孝子避地」之事，雖有配合其宣講鄉約之教化意義，但也不難想見當中帶有自我身世的投射，因而有意識地在題詠中大力宣揚人間的至性至情、至情至孝。

後則描述渡船逃難的種種情景，或有落水、投江者，又是一番悲慘苦難。由於江南多水，是故避難多行水路，以舟船渡濟，逃往江北或上海。[63]富人多重金僱船，而一般人民則一舟十餘人，因此容易沉溺翻覆。圖畫與題詠相互配合，圖面右上方描繪太平軍持刀舉旗，「難民被賊窮追」，紛紛由

---

62 清・寄雲山人：《江南鐵淚圖》，頁 8 下。

63 《咸同廣陵史稿》云：「（咸豐六年，1856 年 6 月）初五六日，江南難民逃走江北不下廿餘萬民。」薛鳳九《難情雜記》云：「自昆山以東無不逃至滬地。」清・佚名：《咸同廣陵史稿》，羅爾綱、王慶成主編：《太平天國》第 5 冊，卷下，頁 130。清・薛鳳九：《難情雜記》，羅爾綱、王慶成主編：《太平天國》第 5 冊，卷下，頁 282。

右上往左下奔逃，男女老幼聚集江邊，渴望渡船逃難。舟船密密麻麻乘坐了十餘人，「人多舟窄」，因此數名難民紛紛落水，還有浮沉於舟船邊緣，根本無處容身者。而江邊諸多無船可渡的難民，紛紛佇立江邊，遙望舟濟，舉起右手，做出「等等，不要走」的手勢，情狀堪哀。

時有「航船專載難民，不取船價」，[64]亦有藉機敲詐，索取高價者，「每雇一舟，需價五六千，巨艘竟值銀二三十兩」。[65]江蘇常熟人曾含章《避難記略》記云：「有夫婦二人，攜一子渡江避難，船進大安港，所帶行李僅有錢一千、被一條、粗布衣一包而已。船人需索不已，至盡所有付彼而猶不足，其婦曰：我所以冒險而來者，為膝前一子耳，今即得登岸，食用俱無，復何望哉？抱其子投於江中。」[66]可見即使費盡千辛萬苦渡江避難，最終也可能因高額船價而陷入困境。是時，又有封江拒敵之令，若遇封江，更是無處可逃。因此，余治借佛家有謂：「阿彌陀佛與觀世音大勢至二菩薩，悲憫眾生，乘大願船，泛生死海，就此婆娑世界，呼引眾生上大願船，送至西方。」[67]期許世人應懷有菩薩「倒駕慈航」之心，「濟渡萬眾」，解救眾生於苦海之中。

（二）批判太平軍對古蹟文物的摧毀

洪秀全以梁發牧師所著《勸世良言》為立國基礎，[68]自稱奉承天父誅妖救世之大任，大力宣揚基督教。金田起事之初，太平天國頒布《天條書》諭令民眾遵守。其後，又刊布《天父下凡詔書》、《新遺詔聖書》、《欽定舊遺詔聖書》、《天兄聖旨》、《天父聖旨》等詔書，皆以基督教為名義、依統治所需而加以刪改之作。太平天國極力推崇基督教，脅迫佔領地區的城中

64　清・林西藩：《隱憂續記》，頁 427。

65　清・湯氏：《鰍聞日記》，卷上，頁 296。

66　清・曾含章：《避難記略》，羅爾綱、王慶成主編：《太平天國》第 5 冊，頁 348。

67　清・俞行敏重輯：《寶蓮淨土全書》（《嘉興大藏經》第 33 冊，臺北：新文豐出版公司，據明萬曆年間（1573-1620）五臺等地刻徑山藏版影印，1987），卷上，頁 19 下。

68　顧衛民：《基督教與近代中國社會》（上海：上海人民出版社，1996），頁 154-173。

男女拜奉上帝，而對中國傳統文化則下令焚毀，黃再興〈詔書蓋璽頒行論〉云：「當今真道書者三，無他，《舊遺詔聖書》、《新遺詔聖書》、《真天命詔書》也。凡一切孔孟諸子百家妖書邪說者，盡行焚除，皆不准買賣藏讀也，否則問罪也。」[69]馬壽齡〈禁妖書〉亦云：「爾本不讀書，書於爾何辜。爾本不識孔與孟，孔孟於爾亦何病。搜得藏書論擔挑，行過廁溷隨手拋，拋之不及以火燒，燒之不及以水澆。讀者斬，收者斬，買者賣者一同斬，書苟滿家法必犯，昔用撐腸今破膽。」[70]可見太平天國極力排斥孔、孟等傳統典籍，無論買、賣、藏讀皆視同犯法，必須受處斬。

自太平天國建都天京後，主要活動範圍皆圍繞於江南一帶。江南自古多書院、書坊、士紳門第與藏書之家，而太平軍主要多是流氓無賴，但凡所見書籍，不論孔、孟一律焚毀，是以，諸多珍藏之書籍、繪畫與文物，皆付之一炬。余治在〈圖書古玩盡委泥沙〉（見圖23）深表痛心：

> 頃刻煙雲過眼，傷心天地菁英。圖書珠玉盡成塵。爨下桐焦孰問。　　幾輩名流青眼，收藏如寶如珍。漫言聲價值千金。心血半生堪恨。（〈西江月〉）

圖23　清・余治繪〈圖書古玩盡委泥沙〉（見《江南鐵淚圖》第十四圖）

69　清・黃再興：〈詔書蓋璽頒行論〉，王重民等編：《太平天國》第1冊，頁313。
70　清・馬壽齡：《金陵癸甲新樂府》，王重民等編：《太平天國》第4冊，頁735。

> 賊到之處，但知搜索銀洋，兼及衣飾。而於法書名畫，古玩珍奇，略不顧惜。幾世幾年，珍藏什襲，一旦盡歸兵燹，負名流之青眼，混奇寶於紅塵，弔古傷懷，能無惻惻。[71]

書籍即如讀書人之生命。宋真宗〈勸學文〉云：「富家不用買良田，書中自有千鍾粟。安居不用架高堂，書中自有黃金屋。出門莫恨無人隨，書中車馬多如簇。娶妻莫恨無良媒，書中有女顏如玉。」[72]勸人多讀書，功名利祿自然隨之而至，極為符合士人憑藉科舉以達「治平天下」的期許。因此，書籍是讀書人內修自我與外治他人的重要知己，購書、藏書更成為士人生活的品味與嗜好。但如今，太平軍愛金銀財寶，卻將士人「收藏如寶如珍」的「圖書珠玉」視為糞土。圖中描繪一所遭劫後的房舍，牆壁殘破，屋外遭撕壞毀棄的書卷一片狼藉，是圖畫與題詠相配合之處；枉費江南幾代書香世家，「幾輩名流青眼」，是題詠對圖畫的深意闡釋。一名可能是書主的讀書人見狀，約莫思及「幾世幾年，珍藏什襲」，耗盡「心血半生」，盡為烏有，不由得面露哀淒，而另一名攜僕之讀書人，見一殘卷書籍則面露喜悅，情態兩異。圖書焚毀，「傷心天地菁英」，代表的不僅是士人對於珍稀圖書的價值衡量，也象徵中國千年文化遭逢浩劫與士人科舉宦途的幻滅。

太平天國下令焚毀諸子百家之書的同時，亦自編、出版《三字經》、《幼學詩》等附會基督教的書籍，並於南京開科取士，「所取皆打油與文義不通者」，[73]深為讀書人所哀痛。相對余治而言，其早年因家境貧苦，熱衷功名，在私塾教授蒙童之餘，時常利用機會拜師學習，曾獲薛城起、李兆洛等名儒指導，但余治仕途並不順遂，自道光九年（1829）至咸豐二年（1852），曾五次赴鄉試不中，此後絕意進取，轉向慈善之路。余治仕途困

---

[71] 清・寄雲山人：《江南鐵淚圖》，頁 14 下。

[72] 宋・趙恆：〈勸學詩〉，宋・黃堅編，（朝鮮）宋伯貞音釋，明・劉剡校正：《詳說古文真寶大全》（《域外漢籍珍本文庫》第 2 輯第 30 冊，重慶：西南師範大學出版社，據朝鮮正祖年間（1776-1800）刊本影印，2011），卷 1，頁 1 上-下。

[73] 清・佚名：《金陵紀事》，羅爾綱、王慶成主編：《太平天國》第 5 冊，頁 73。

蹇，卻不似洪秀全詆毀中國典籍，相反的，余治肯定傳統典籍中忠孝節義、雅頌之聲的教化意義，甚至利用書籍的傳播與流通性，配合其慈善事業編著童蒙書、鄉約書、善書與勸善雜劇，將書籍的最大功用定位在勸善教化。尤其是戰爭期間，太平天國好尚《三國演義》、《水滸傳》中官逼民反的情節，[74]並拘梨園演劇。據王彝壽《越難志》記載：一日，「偽天預某，招鄉官飲，令伶人演《龍虎鬥》，至歐陽仿害呼延壽廷，怒甚，令擒至，大罵奸賊陷害忠良」，毛賊裂眦盛怒，諸鄉官紛紛跪求，最後杖責伶人一百，方為稱快。[75]太平軍背德喪義，如若禽獸。在此期間，余治戮力撰寫皮簧劇本《庶幾堂今樂》，寓託風教之旨，並集合優伶演出，以期教化民心。[76]至咸豐十年（1860）太平軍佔領無錫，余治為遷避災禍，不得已停止創作，所編《得一錄》亦毀於兵燹，逮至同治八年（1869）得友人贊助，方得以重補刊行。[77]由此可見，余治肯定中國典籍中美刺思想的風教意義，因此對於太平軍刻意焚毀書籍的行徑深感痛心。

除了私家收藏的圖書文物慘遭滅頂之災，由官方編纂的大型書籍——「南三閣」所藏《四庫全書》，也於戰爭期間遭到焚毀。鎮江文宗閣，於道光二十二年（1842）鴉片戰爭時，首先遭到英軍破壞，至咸豐三年（1853）太平軍攻克鎮江後，文宗閣及其藏書皆付之一炬。揚州文匯閣，於咸豐四年（1854）太平軍攻揚州時遭到焚毀。而杭州文瀾閣，於咸豐十一年（1861）太平軍第二次攻克杭州時遭遇戰火，圖書散佚，爾後經丁申、丁丙兄弟搜集、補鈔，方得勉復舊觀。[78]

---

[74] 劉貴曾《餘生紀略》云：「其司兵權者，常讀《三國》、《水滸演義》。」清・劉貴曾口述，清・劉壽曾編錄：《餘生紀略》，羅爾綱、王慶成主編：《太平天國》第 4 冊，頁 378。

[75] 清・王彝壽：《越難志》，卷下，頁 162。

[76] 清・寄雲山人：〈自序〉，《庶幾堂今樂》（清光緒六年（1880）蘇州元妙觀得見齋刊本），頁 3 上-4 下。

[77] 清・余蓮村輯：〈跋〉，《得一錄》（《近代中國史料叢刊》第 3 編第 92 輯第 913 冊，新北：文海出版社，2005），頁 1 上-下。

[78] 張連生：〈景印文淵閣四庫全書後記〉，臺灣商務印書館編：《景印文淵閣四庫全書

太平天國以焚毀中國典籍控扼思想，表示對基督教的推崇，亦以信奉耶穌為唯一真神，將其他宗教視為「邪神」而下令焚毀。咸豐三年（1853），楊秀清、蕭朝貴詔諭：「茲建王業，切誥蒼生，速宜敬拜上帝，毀除邪神，以獎天哀，以受天福，士農工商，各力其業。」[79]太平軍痛惡神佛，所到之地，必貫徹實行。《金陵紀事》云：「以天為父，以狗肉敬之，以耶穌為天兄，即其祖師。以二三十字為諱，改丑為好、亥為利（開），凡姓王者皆改姓汪或姓黃。以神廟為妖廟，毀神佛抛於水與廁。」[80]《越難志》云：「偽主將頒律令，……曰擅拜妖神者斬。賊最惡神佛，遇祠廟必毀，否則以刀斫塑像，或以糞汙塗之，目為土妖，故有是令。」[81]太平軍稱滿清為「妖」，所拜神像為「妖神」，因此斫斬神像，即如斬妖除魔；糞汙塗之，抛於水與廁，表示侮蔑。

圖24　清・余治繪〈寺廟焚燒神像毀壞〉（見《江南鐵淚圖》第二十三圖）

余治本身即是好佛之士，因此無法容忍太平軍焚毀神像的惡行，其〈寺廟焚燒神像毀壞〉（見圖24）云：

> 邪說横流釀禍，托名天父為宗。何來三教廟重重。此日

目錄索引》（臺北：臺灣商務印書館，1986），頁2。

[79] 清・楊秀清、蕭朝貴：〈楊秀清、蕭朝貴會銜誥諭〉，王重民等編：《太平天國》第2冊，頁692。

[80] 清・佚名：《金陵紀事》，頁72。

[81] 清・王彝壽：《越難志》，卷上，頁144。

都歸無用。　　毀盡莊嚴法相，焚完金碧瑤宮。讓他應劫一時。雄天福終歸自哄。（〈西江月〉）

賊借天主教為名，而又另造一種邪說，如贊美之類，文理既不可通，意見尤屬可笑。因天主教不崇象教，遂胆敢焚燒寺廟，毀壞神象。自以為是，肆無忌憚，無識狂夫，又從而助之。而三教聖人神道設教之苦心，至此一槩抹盡。時耶數耶，虐燄未終，則神靈亦退處於無權，而無數琳宮古刹，金碧輝煌，盡為灰燼，良可慨也。[82]

題詠中痛批太平軍假托天父之名，亂以邪說，力辟儒、釋、道三教，「毀盡莊嚴法相，焚完金碧瑤宮」，致使江南古剎寺院，「盡為灰燼」，十分可憎。圖畫中描繪太平軍舉旗進軍，放火焚燒佛寺，烈火沖天，氣燄之甚。畫面中，余治特別描繪一尊莊嚴佛像，因太平軍的焚寺而遭劫難，佛像正朝地墜落。而佛寺旁有數名長毛圍觀，等待完成燒毀寺廟的任務。圖畫只能呈現太平軍焚毀寺廟的行動，而無法呈現太平天國排斥三教的具體思想，因此，余治藉由題詠補充畫面無法呈現之「托名天父為宗」的批判意識。

洪秀全竭力貶斥儒、釋、道三教，實是深受梁發《勸世良言》摒棄三教的影響。其書有謂：「即如儒釋道三教，各處人尊重者，即儒教亦有偏向虛妄也」，而「佛祖不過係死了之人，自顧不暇，焉能護佑他們」，更重要的是，梁發指出：拜文昌、魁星，「亦是儒教中人，妄想功名之切，遂受惑而拜這兩個偶像」。[83]洪秀全未受神佛庇佑，順利考取功名，又在應舉失敗罹患重病之時，夢見與《勸世良言》內容相仿之幻境，因此更加篤信基督神力，而排斥神佛。但凡賢像、神像、佛像皆令焚毀，尼僧逼令留髮還俗。余治云：「賊借天主教為名，而又另造一種邪說」，指其信奉的是基督教教派體系中的天主教。然而，太平天國信天主教之說，是一般人對於基督教的籠

---

[82] 清・寄雲山人：《江南鐵淚圖》，頁23下。

[83] 清・梁發：《勸世良言》（《中國史學叢書》第 14 冊，臺北：臺灣學生書局，據美國哈佛大學藏本影印，1985），頁5上-6下。

統概念，在傳教士眼中，洪秀全所認識的基督教是「新教」，而非天主教。[84]太平天國仿《聖經》詩篇編纂〈原道救世歌〉、〈太平救世歌〉等讚美詩，並於早晚飯前，跪念贊美文二十四句。洪秀全對於基督教認識不清，「復以為天父即上帝」，「時以天父下凡哄人」，[85]又恣意竄改教義，亦引起當時外國傳教士強烈的不滿。[86]尤其是基督教強調聖父、聖子、聖靈「三位一體」，受到洪秀全的嚴重曲解。洪秀全起事之初，曾建立拜上帝會，稱天為天父，稱耶穌為天兄，並自稱為上帝之次子。假藉上帝會之名，一則是為了隱瞞他們具三合會的背景組織，一則又可假托上帝之名，自行解釋「三位一體」。[87]因此，洪秀全稱為大哥，楊秀清為二哥，蕭朝貴為三哥，其實是以三合會「爺哥」的稱呼，強加解釋「三位一體」之說。洪秀全任意竄改《聖經》，全然背離基督教教義，「尤屬可笑」，又打著基督教名義迫害中國三教，枉費「三教聖人神道設教之苦心」，豈能不教衛道人士所痛心？

太平天國以基督教之名大肆焚毀中國文化，著使廣大士人義憤填膺，甚至甘心投身戰爭，剿滅太平天國。咸豐四年（1854），曾國藩〈討粵匪檄〉云：「粵匪竊外夷之緒，崇天主之教，自其偽君偽相，下逮兵卒賤役，皆以兄弟稱之。……舉中國數千年禮義人倫、詩書典則，一旦掃地蕩盡。此豈獨我大清之變，乃開闢以來名教之奇變，我孔子、孟子之所痛哭於九原！凡讀書識字者，又烏可袖手安坐，不思一為之所也！……粵匪焚郴州之學宮，毀宣聖之木主，十哲兩廡，狼藉滿地。嗣是所過郡縣，先毀廟宇。即忠臣義士，如關帝、岳王之凜凜，亦皆汙其宮室，殘其身首。以至佛寺、道院、城隍、社壇，無廟不焚，無像不滅。斯又鬼神所共憤怒，欲一雪此憾於冥冥之

84 〈天主教南京教區主教趙方濟的一封信〉，羅爾綱、王慶成主編：《太平天國》第 9 冊，頁 51。

85 清・佚名《金陵紀事》，頁 72。

86 〈意大利方濟各會傳教士里佐拉蒂的一封信〉，羅爾綱、王慶成主編：《太平天國》第 9 冊，頁 41-43。

87 〈美國長老會哈巴安德牧師的一封信〉，羅爾綱、王慶成主編：《太平天國》第 9 冊，頁 85。

中者也！」[88]徐凌霄、徐一士認為：曾國藩「於傳統的忠君思想之外，更有名教與文化之關係」，因此「甘心戮力」，效命沙場，而「湘軍將帥，多起自儒生，蹈履奮發，誓死如歸，亦此種信念有以致之。」[89]

（三）批判鄉官盜匪趁火打劫

戰爭期間，江南人民遭到的殘殺迫害，主要除了來自太平軍的反動勢力外，還要面對鄉官劣紳、鄉勇盜匪的多重剝削與擄掠打劫，民間克剝極苦。余治《江南鐵淚圖》中，對此二類人亦有描寫。〈逼勒貢獻醜類誅求〉（見圖 25）刻畫鄉官的醜態：

> 苦極鄉民被陷，誅求惘喝難堪。如狼如虎逼鄉官。打箇先鋒你看。　　事楚事齊莫定，火籤火票催完。為言買靜且求安。不字一聲誰敢。（〈西江月〉）

> 賊到之處，假托安民，逼人貢獻，面賊頭不一，往往號令紛出，一波未平，一波又起。無識小民，買靜求安，不得已因能幹者設為貢獻之謀，而該賊即命之為鄉官。苛派勒索無所不至，小民殘破之餘，脂膏幾何，而更供此無厭誅求，水益深，水益

圖 25　清・余治繪〈逼勒貢獻醜類誅求〉
（見《江南鐵淚圖》第十五圖）

88　清・曾國藩：《曾國藩全集》第 14 冊，頁 140。

89　徐凌霄、徐一士：《曾胡譚薈》，頁 52。

熱，呼號於陷穽之中，其誰聞之耶。[90]

太平軍佔領各地後，每以詔誥安撫人民，執旗大書「納貢」二字，[91]要求民眾獻納金銀、插旗、懸掛門牌，並於各鄉設館立官，「立鄉導官曰軍帥、師帥、里（旅）帥、百長，置監軍於晟舍，常賦正捐外，有門牌捐、船捐、丁口捐、絲車捐諸名目」，[92]捐目繁多。可恨的是，還有鄉紳「為言買靜且求安」，甘願屈身作偽官。畫中描繪鄉民攜帶稻作、豬隻、魚貨，經由水陸，不遠千里來到插著有太平軍軍旗的官邸進行納貢。畫面中，面向左方的是蓄髮的太平軍，面向右方的是鄉官與平民百姓。左上方穿著紳服的鄉官，首先站在官邸的門口，滿面笑容，彎腰作揖，引領後面鄉民進獻納貢，而兩名太平軍亦拱手回敬，狀似滿意。然而，在圖畫中看似和平安樂的表象下，余治真正想表達的是詩中所謂「苦極鄉民」的背後畫意。

這些「如狼如虎逼鄉官」，不知保民，助賊「苛派勒索」，亦冠賊冠，尤其可惡。據浙江山陰人王彝壽《越難志》記載：「偽主將陸順德出示安民。令各獻金銀，名曰『進貢』。……十一月，賊發門牌，下令民間，有不以牌懸門首者，殺無赦。牌紙須費銀二餅，鄉官肥己又加半也。」[93]又如湯氏《鰍聞日記》記載鄉官抽取贖金利潤云：「各家被擄之人，父母妻子，倚閭懸望，屢托鄉官入城查探。賊中勒索銀錢取贖。偽軍帥邵、偽師帥金兩人苛派，每名輸洋錢三五十元，視其家產，不論貧窮。吝者，囑賊勿放。至賄滿貪壑，方得回家。如邵心慎子，賊中勒措菜油八十擔，番餅一百元，才得放還。鄉官染指不少。」[94]由此可見，人民不僅要面對太平軍的威逼與掠取，還要面對鄉官從中自肥、抽取利潤的雙倍掠奪，更甚者，鄉官還介入收賄金額的多寡，倘若家富而吝惜者，則「囑賊勿放」。太平軍與鄉官竭盡萬

---

90 清・寄雲山人：《江南鐵淚圖》，頁 15 下。

91 清・顧汝鈺：《海虞賊亂志》，王重民等編：《太平天國》第 5 冊，頁 359。

92 清・李光霽：《劫餘雜識》，王重民等編：《太平天國》第 5 冊，頁 320。

93 清・王彝壽：《越難志》，卷上，頁 143-144。

94 清・湯氏：《鰍聞日記》，卷下，頁 336。

民脂膏，陷民於水火、「呼號於陷穽之中」，真可謂衣冠禽獸。

維時毛賊肆虐，世風澆薄，捻匪、回匪等不肖之徒藉機作亂，各地盜匪猖獗。更甚者，鄉勇假托官府名義，盤查各家，打劫擄掠。余治〈假托盤查團丁截殺〉（見圖 26）即刻畫了鄉勇的醜態：

> 俾得逃生有路，盤查借局為名。銀洋搶盡命難存。總說長毛探信。　　大帥楚歌吹散，固知兵法攻心。為叢毆爵幾多人。無怪賊徒併命。（〈西江月〉）

圖 26　清・余治繪〈假托盤查團丁截殺〉（見《江南鐵淚圖》第十六圖）

> 被擄難民，時時乘間逃出，或而有刺字，或身有銀洋，或頭髮未剃。各處鄉民，往往借名團練，以盤查為名，指為奸細，並不解官，搶其銀物，剝其衣服，甚至害其性命。董事不能禁止，屈殺良民無數，以致被擄者，聞風畏懼，塞其逃生之路，即堅其從賊之心，賊黨之所以日多，殺劫之所以未已也。甚至有少年無識■■聽■義勇■■，往往亦不察來由，多有蹈此習者。便宜行事之權，一落于小人之手，遂致草菅人命，屈殺多人，嗚冤無自，此則所望于當事者之時時告誡矣。[95]

---

[95] 清・寄雲山人：《江南鐵淚圖》，頁 16 下。

太平天國以蓄髮明志，推翻滿清，因此稱為「長毛」。而被擄之人，亦脅逼蓄留長髮，面刺「太平」、「太平天國」、「自願投降」、「自投長毛」、「奉天誅妖」、「太平天國除妖某姓名」等字樣，[96]以示效忠。被擄之人，往往假作服從，效其作為，博取信任，爾後伺隙逃脫。脫逃以後，「或而有刺字，或身有銀洋，或頭髮未剃」，每被誤為長毛，故需用藥銷滅刺青，剃髮換衣。戴熙《吳門被難記略》描述被擄脫逃後，有數婦人疑其為賊，乃詳告細情，方可泊舟登渡，婦並囑曰：「此地無賊，到前面數武即有白頭團練，爾等服色不可前去。」遂將衣褲換去，丟棄槍、刀、麻袋等物。[97]其時長毛善為奸細，常假裝難民、乞丐，或扮小販、優伶、敗兵，潛伏鄉勇營中，是以出逃之人，鬢髮新剃，每每「多被鄉勇巡查覷破」，指為奸細，拘禁獄中。[98]而文員所招鄉勇，類皆地痞無賴，常同賊中搶掠姦淫，吸食鴉片，[99]乃至「大帥楚歌吹散」，漫無軍紀。因茲「盤查借局為名」，指為「長毛探信」，藉掠居民，甚至害其性命。

圖畫左上方描繪一名逃出之人，身著長毛衣服，遭到兩名鄉勇包圍搜查，一個「剝其衣服」，一個盤查搜身，身攜一串銅錢掉落地上，不由得面露愁容。右方則描繪一名逃出之人，手掩面目，似是遮掩臉上刺字，同樣遭到兩名鄉勇捉拿與剝衣，前方地上有銅錢散落，右下方亦另有兩名鄉勇，正搜其包裹，「搶其銀物」，面帶喜悅之情。而圖畫右上方描繪一名董事出來制止，但似乎並無奏效，鄉勇仍舊恣肆劫掠，「不能禁止」。此與「假托盤查，團丁截殺」圖旨相顯些許格格不入，更凸顯出鄉勇的貪婪恣意與董事的無可奈何。被擄脫逃之人，「倖得逃生有路」，復又深陷無妄之災，無數良

---

96 清・曾含章：《避難記略》，頁 351。清・龔又村：《自怡日記》，羅爾綱、王慶成主編：《太平天國》第 6 冊，卷 20，頁 72。清・湯氏：《鰍聞日記》，卷上，頁 309。

97 清・戴熙：《吳門被難記略》，頁 398。

98 清・湯氏：《鰍聞日記》，卷上，頁 294。

99 清・陳才芳：《思痛錄》，羅爾綱、王慶成主編：《太平天國》第 4 冊，頁 433-434。清・佚名：《咸同廣陵史稿》，卷下，頁 115、頁 121-122。

民枉遭屈殺，以致被擄之人，「堅其從賊之心」，漸而淪為盜匪，成為嚴重的社會問題。詞末：「為叢敺爵幾多人」，乃以《孟子》〈離婁上〉：「為淵敺魚者獺也，為叢敺爵者鸇也。為湯、武敺民者，桀與紂也。」[100]暗諷政治敗壞，民心背離，與畫中表達鄉勇非所以愛民，實所以害民之意相吻合。

二、戰後死況與倖存者的處境

亂境過後，河井街路，屍橫遍野，臭穢薰天。常州、無錫、江陰、蘇州，又多忠烈之士，若非自殺殉節，便守城殉難。其中，江陰之地，民團數萬，誓不投降，故於城陷後，圍殺甚多，死傷最為慘烈。而這些屍骨，堆積道路，大多無人埋葬，曝骨履腸，淪為豬狗之食。余治〈遍地尸骸猪拖狗食〉（見圖27）寫其情狀：

圖27　清・余治繪〈遍地尸骸猪拖狗食〉（見《江南鐵淚圖》第五圖）

> 世事天翻地覆，尸屍遍地橫陳。淋漓血肉亂紛紛。不辨頭銜名姓。　狗彘無知狂噬，居然仗賊兇爭。輪迴六道枉為人。不若畜生遠甚。（〈西江月〉）

賊過之後，巷無居人，被害

[100] 戰國・孟子著，漢・趙岐注，宋・孫奭疏，廖名春、劉佑平整理，錢遜審定：〈離婁上〉，《孟子注疏》，卷7下，頁234。

> 男婦，無人收斂，往往為狗彘所食。東拖西拽肢體分離，雖有孝子慈孫，無從識認，真狗彘不若矣。嘗細核各方遭劫男婦，凡不孝父母翁姑者，十有五六，蓋忘恩負義，行同狗彘。天道昭昭，必非無故，可以鑒矣。[101]

圖中描繪戰後「尸屍遍地橫陳」的情狀，畫面下方有孝子抬走屍體，亦有孝子挖土埋殮；上方有更多斷頭、斷手、斷腳的屍體，橫路草間，慘遭「狗彘無知狂噬」，死無全屍。余治題詠最有意思的是，他還藉此延伸出「畫外意」——「人如豬狗」的人倫道理。先以豬狗噬屍暗諷太平軍賊，再以死屍曝野，無人收斂，諷諭「不孝父母翁姑者」；賊是豬狗，不孝子孫亦與豬狗與賊無異。表面看似是寫賊人無道，亂後屍橫血泊，慘絕人寰，然而實際上卻帶入了忠孝思想，呼籲人們應盡孝道，否則六道輪迴，枉為是個「人」。佛教有謂天道、修羅道、人間道、畜生道、餓鬼道、地獄道之「六道輪迴」，乃眾生輪迴之道途。六道之中，天道、人道、修羅道為善道，畜生道、餓鬼道、地獄道為惡道；善有善報，惡有惡報，今生所思所為，預決來世之禍福，因此，多行善事便能趨於天道，乃至西方極樂世界，而行惡則入地獄受殘酷之刑。[102]余氏借佛教六道輪迴之說，勸人應行善盡孝，累積福報，以超脫苦海，免於墮入鬼畜地獄輪迴之苦。

至於倖存者雖有幸逃過太平軍的刀兵劫難，然而，面對日後的生存問題卻又是一番苦境。江南人民多以紡織耕種為活計，而「賊過之地，房屋燒盡，戶口散亡，以致田地荒蕪，荊榛遍野」，[103]「家中一切紡車布機、牛犁耒耜，蕩焉無存」。[104]不僅失去賴以為生的耕織器具，無技謀生，太平軍佔領江南後，按日抽釐，層層剝削，諸貨昂貴，又流亡日久，乏親可托，

---

[101] 清・寄雲山人：《江南鐵淚圖》，頁 5 下。

[102]（印度）龍樹菩薩著，後秦・鳩摩羅什譯：《大智度論》上冊（臺北：真善美出版社，1967），卷 30，頁 121。

[103] 清・寄雲山人：〈華屋良田鞠為茂草〉，《江南鐵淚圖》，頁 13 下。

[104] 清・寄雲山人：〈耕織乏具坐困無聊〉，《江南鐵淚圖》，頁 17 下。

終致深陷貧寒饑凍的困境。再加以連年瘟疫盛行，[105]更加速了人民的死亡。

余治在《江南鐵淚圖》中，有不少關於難民饑凍挨餓、無處棲身，以及被虎狼追逼的描寫，如〈雞棲蝟縮牆角哀吟〉描繪當時難民流離輾轉，無家可歸，往往只能雞棲於屋簷之下、溷廁之旁，暫且遮風擋雨；[106]〈鵠面鳩形迎風倒斃〉描繪難民無糧可食，皆骨瘦如柴，鵠面鳩形，饑餓瘦弱；[107]〈雪夜冰天死亡枕藉〉描繪難民於冬日尤其甚苦，無衣無褐，寒冷饑凍，死者之多，「必十倍於平日」；[108]〈四野流離轉填溝壑〉描繪難民餐風露宿，日久月長，紛紛倒斃，轉填溝壑，淪為他鄉餓殍。[109]有些難民輾轉歸里，然因焚掠以後，人煙稀少，草長數尺，往往有虎狼出沒，因此遭到野獸追趕，如〈蔓草荒煙虎狼日逼〉描述是也。[110]余治描繪難民的悲慘處境，表面意義是批判太平天國戰爭帶給人民的苦難，深層之意還是希望善心人士捐衣助餉、收容難民。

除了雞棲死亡的描述，余治也描繪了難民在面臨饑餓死亡恐懼時的應激、求生歷程。其中，最單純而直接的反應是：乞食借糧、尋找樹皮野草等物果腹充饑。首先，關於乞食借糧的描寫，可依乞討對象的不同分為「向人乞食」與「向親友乞糧」。前者如〈攜孤覓食節婦呼天〉（見圖 28）：

> 一曲離鸞腸斷，有兒正在垂髫。強顏乞食為宗祧。未忍琵琶別抱。　　哭說孤兒命苦，生偏喪亂親遭。望夫石畔聽呼號。泣血呱呱誰保。（〈西江月〉）

---

[105] 李文海、林敦奎、周源、宮明：《近代中國災荒紀年》（長沙：湖南教育出版社，1990），頁 210-245。

[106] 清・寄雲山人：《江南鐵淚圖》，頁 28 下。

[107] 清・寄雲山人：《江南鐵淚圖》，頁 27 下。

[108] 清・寄雲山人：《江南鐵淚圖》，頁 25 下。

[109] 清・寄雲山人：《江南鐵淚圖》，頁 7 下。

[110] 清・寄雲山人：《江南鐵淚圖》，頁 31 下。

亂離之後，凡孤兒寡婦之無以為活者不可數計。往往有攜其弱小孤兒、孤女，沿門乞食，而不顧他適者，其志可嘉，其情更屬可憫。予目擊有中年難婦死於路旁，旁有七八歲幼孩，伏地號哭者。時值雨後，衣盡濕，問之則知因連日陰雨，婦冒雨攜子乞食，寒餓不支，遂以倒斃耳。急僱人為斂埋，而送其子於恤孤局收養，另有恤嫠章程附後。[111]

圖 28　清・余治繪〈攜孤覓食節婦呼天〉（見《江南鐵淚圖》第二十二圖）

圖 29　清・余治繪〈乞借難通情極自盡〉（見《江南鐵淚圖》第十八圖）

後者如〈乞借難通情極自盡〉（見圖 29）：

111 清・寄雲山人：《江南鐵淚圖》，頁 22 下。

最苦瓶罍交罄，擬從親故相求。呑饑忍餓走長途。無奈貧都似我。　　千死終歸一死，猶留殘喘如何。空含血淚訴閻羅。生賊何庸生我。（〈西江月〉）

平日親友緩急可通，至此日則親友亦各不相顧。至乞借無路，羞顏難出，輾轉思維，竟欲以一死了事，情亦慘矣。有無錫北鄉某，向其親家借米一斗不得，徒手回，號哭一場，即自沉於河。又有因借不得而歸，即闔戶自縊者，臨死恨恨，聞之泣下。[112]

前則描寫一名寡婦冒雨攜子「強顏乞食」，最後因「寒餓不支」，倒臥而死。後則描寫難民「瓶罍交罄」，「擬從親故相求」，卻不得親友相助，因此憤而投河自縊。前一幅圖畫沒有描繪「婦冒雨攜子乞食」的雨天背景，主要是描繪戰亂過後，諸多寡婦攜子緣門乞食的情形。畫面右上方，有一名善心婦人煮粥賑濟，因此使前來乞食的孤兒寡婦皆面露喜悅。畫中沒有全盡題詠中「難婦死於路旁，旁有七八歲幼孩，伏地號哭者」的景象描述，只有描繪一名孤兒倒臥在地，「伏地號哭」，似是與雙親失散，抑或是失去雙親。圖畫左下方，則有一名婦女攜其小兒，饑餓力弱，頹坐路旁，目光緊望手抱襁褓之婦女，似在懇求幫助。後一幅圖畫描繪難民向親友乞借不成，妻子上吊自縊，丈夫倉皇失措，欲救不得；又有諸多男男女女，憤而投河自盡，留下橋上孤兒悲哭不已。圖面右上方描繪一名男子，身無冬衣、冬被，無可乞借，只好雙手環胸，寒臥草席，忍受凍冷之苦，此則為題詠之中所無。

咸豐十一年（1861），余治避地靖江縣時，嘗與江北善士「設粥局於如皋縣之石莊永樂橋、靖江縣之斜橋生祠堂、四墩子、泰興縣之口岸新鎮市竝壽興沙、常陰沙、太平洲等處，全活甚眾。」[113]維時各地皆有好善之家，捐助米錢，煮粥以食難民，然而，由於難民過多，又四散各地，有些地方更

---

[112] 清・寄雲山人：《江南鐵淚圖》，頁 18 下。

[113] 清・吳師澄：《余孝惠先生年譜》，頁 12 下-13 上。

是「地荒力盡，周濟無人」，[114]因此難民饑寒死亡。當日難民，「無糧可飽，拋兒棄女，委壑填溝間」，[115]「孩子嬰兒棄斃路傍，投入縊木」，[116]不一而足。因此，前則除了有讚揚母愛攜子乞食的偉大，亦對於該名婦女「不願他適」改嫁他人的婦德節操表示肯定與嘉賞。是時常昭等地，設有難生局等組織，余治一面「急僱人為歛埋」，亦「送其子於恤孤局收養」。此可與日後同治元年（1862）之時，余治在上海設立保息局撫卹難民之善舉相繼呼應。[117]

其次，相較於乞食借糧所帶來的難堪與挫折，有更多難民選擇的是拆賣破屋、掘食草根樹皮、水草浮萍、舊牛皮箱等物，略充一飽。余治〈剜肉補創破屋拆賣〉、〈草根挑盡樹皮劚光〉描繪的即是難民拆屋變賣、以草根樹皮為食的求生反應。更有甚者，割食人肉充饑，「始割已死之人，後並不待死而即割之」。[118]不僅難民爭相咀嚼，還有百姓索性公然斫屍賣肉，藉機斂財。余治〈羅雀掘鼠人肉爭售〉（見圖30）即是描繪戰亂之時，百姓食人賣肉的情形，並藉此抒發內心的悲哀與痛心：

圖30　清・余治繪〈羅雀掘鼠人肉爭售〉
（見《江南鐵淚圖》第三十圖）

---

[114] 清・寄雲山人：《江南鐵淚圖》，頁24下。
[115] 清・佚名：《咸同廣陵史稿》，卷下，頁127。
[116] 清・湯氏：《鰍聞日記》，卷下，頁330。
[117] 清・吳師澄：《余孝惠先生年譜》，頁13上。
[118] 清・陳才芳：《思痛錄》，頁439。

> 底事雲愁月慘，民間又動兵戈。殺人養命痛如何。狼籍刀砧慘睹。　　漫說狐悲兔死，都成變相閻羅。餓夫血肉本無多。能夠幾人腹果。（〈西江月〉）
>
> 壬戌（同治元年，1862）秋，聞宜興、溧陽人相食，猶信疑參半，以江南民風柔弱，當不至此。至癸亥（同治二年，1863）秋冬，則常郡陽湖、無錫各鄉，竟有市賣人肉者，目擊情形，至於此極，實為數千年來所僅見。安得大有心大有力者，破產捐卹，代謀生計，為千百萬垂死難民，作重生父母耶？[119]

根據華學烈〈杭城再陷紀實〉所記：杭人「將人尸分割煮食以充飢。」[120]可知食人之事，其實在咸豐十一年（1861），甚至更早以前，即已存在。同治元年（1862）余治始聞其事，乃世風漫延後的結果。圖畫上方描繪屋裡男女老幼正在煮食人肉，一名男子正伏低炊火，另一名男子已迫不及待夾肉咀嚼，旁邊小孩雙手高舉，似乎也想品嚐；屋外有難民向內張望，冀望分得一杯羹。圖畫下方描繪居民斫屍販賣，一人手持秤仔，一人推銷販賣，買家比劃手指，似在與賣家商量屍肉部位。題詞則對畫抒發悲痛之情，以「兵戈」（戰爭）為起，暗諷民心日益澆薄，居然「都成變相閻羅」，走上與賊匪無異的殺人食人之路。余治感嘆江南原來「民風柔弱」，人民被戰爭逼迫，乃至喪盡天良，剜食人肉。更可悲的是，還明目張膽於市井販賣人肉，豈不教儒生聞之哀嘆？不過，余治雖然批評人民這種殺人求生的行為，但更多的心意是投注對「千百萬垂死難民」的悲憫。因此，即使食人可作為一時之計，然而「餓夫血肉本無多」，救得了一時，也救不了永遠，當務之急仍將期盼放在「大有心大有力者」，捐資助民，以救蒼生。

此外，戰亂也加劇了人口販賣與溺嬰的社會問題。余治對此二者皆有描

---

[119] 清・寄雲山人：《江南鐵淚圖》，頁 30 下。

[120] 清・華學烈：〈杭城再陷紀實〉，王重民等編：《太平天國》第 6 冊，頁 628。

寫，〈賣男鬻女臨別牽衣〉（見圖 31）云：

> 窮極更無可賣，甘將兒女圖錢。者番團聚更何年。未免臨岐戀戀。　瞠目如呆如醉，一腔別緒難言。嬌痴不比在娘邊。還乞主人青眼。（〈西江月〉）

> 難民變賣衣飾，各已淨盡。至無可賣，而并其幼年子女，亦願賣之以過活，拋骨血於他鄉，博微金以活命，牽衣惜別，怨痛難言。予往往見之，而自顧力綿，無術挽救，中懷惻怛，歉何如也？[121]

圖 31　清・余治繪〈賣男鬻女臨別牽衣〉（見《江南鐵淚圖》第十九圖）

圖 32　清・余治繪〈枵腹臨盆產嬰棄水〉（見《江南鐵淚圖》第二十圖）

---

[121] 清・寄雲山人：《江南鐵淚圖》，頁 19 下。

〈枵腹臨盆產嬰棄水〉（見圖 32）云：

> 產育原為喜事，胡為竟委清波。怪他滅理更傷和。中有苦情難訴。　　腸斷兒兮薄命，生偏值此干戈。阿娘未識命如何。先向黃泉待我。（〈西江月〉）

> 近世各鄉多溺女之風，甚至竟有溺男者，滅理傷和，莫此為甚。殺劫之召，未必無因。至此時勢，在抱者尚多拋棄，何況初產，呱呱墮地，即付波臣，慘苦之情十有八九，欲援之以道，有心人亦徒喚奈何而已。向嘗擬災區恤產保嬰條約，如遇水旱之災，急先查造各鄉圖懷孕貧婦清冊，諭以生下男女切勿拋棄。一面集資，准於產後報明局中，給以棉衣褲各一件，白米一斗，錢二百文，俾調理產婦，善撫嬰孩。以後每月照貼，以半年為止，則產婦嬰孩，兩可保全，恂可推廣勸辦。[122]

余治幼時母親病歿，爾後父親將他過繼給叔叔，自幼即離開親生父母身邊，但叔嬸待他宛如親生般悉心照顧，因此，余治對叔嬸相當孝順，連帶也影響他日後在行善勸化時，對於孝親、養育之事格外關心。此二題詠，前則寫戰後貧困，父母「窮極更無可賣」，遂「拋骨血於他鄉」，變賣兒女予人為奴，換取錢財；後則寫戰後溺嬰風氣昌熾，不僅女嬰被溺，男嬰亦不得倖免。前一幅圖畫，描繪一對貧窮夫妻，將其幼子賣給富有人家，換取錢財。但見僮僕牽往左方而去，幼子回望、牽拉母親的衣角，母親向他揮手道別，身後大兒子則掩面而泣。後一幅圖畫，描繪一戶家徒四壁的貧窮人家，貧窮丈夫欲將新生嬰兒抱至江邊淹死，其妻坐於屋內簡陋床上掩面哭泣，江邊一拄杖老翁見狀，企圖伸手阻止。

圖畫主要呈現事件本身，而題詠多是借畫抒發感懷。余治本身家境貧困，善款多是募捐而來。當他看見賣子鬻女、骨肉分離情景，每每懷有「無

---

[122] 清・寄雲山人：《江南鐵淚圖》，頁 20 下。

術挽救」的遺憾。而余治針對習來已久的溺女風氣，[123]早於道光二十三年（1843）在家鄉無錫創設保嬰會，並擬定條約，[124]期望協助產婦恤撫嬰孩，隨後又偕同洪自含等善士設立保嬰局。[125]然而，太平天國戰爭後，民生凋敝，人民貧困，溺嬰更盛，據常州《武陽志餘》記載：「兵燹後，元氣未復，室家多艱，於是莠民澆俗，各鄉間往往有搶孀溺女之事。」[126]江蘇《高淳縣志》記載：「難後戶口凋敝，物力空虛，稍有水旱偏災，民間溺女之風日熾，遂有並男孩而亦遺棄於道路者。」[127]此等「滅理更傷和」之事，余治尤其撻伐，但畢竟其本身家境貧困，並非不能理解貧窮之苦，因此也站在百姓立場，設想「中有苦情難訴」的不得已苦衷，重要的是，余治擬議比照昔時恤產保嬰條約，以拯溺嬰風氣，並希望善心人士捐款贊助。

第三節　宣揚戰後建設與教化的願景歌詠

同治三年（1864），湘軍攻破天京，太平天國滅亡，戰事大抵平定。然而，戰時的焚燒毀壞，造成城鄉殘破，人民流離失所，經濟受創，都是戰後亟需重建的工作。余治《江南鐵淚圖》第三十三圖至第四十二圖，除了描繪戰後清廷的重建措施，亦配合宣講鄉約與推廣善戲，力圖廣宣教化，以期感化社會各階人士。

---

123 清順治年間，御史魏裔介奏云：「福建、江南、江西等處，甚多溺女之風。」可見清代溺女風氣，在清初即已相當普遍。清・福臨：《大清世祖章（順治）皇帝實錄》（《大清歷朝實錄》第7冊，臺北：臺灣華文書局，1964），卷125，頁11下。

124 清・余蓮村輯：《得一錄》，卷2，頁2下-7下、頁16上-18上。

125 清・余治：〈題金石林保嬰冊〉，《尊小學齋文集》，卷4，頁4上-5下。

126 清・陸鼎翰、莊毓鋐纂修：《光緒武陽志餘》（《中國地方志集成》第38冊，南京：江蘇古籍出版社，據清光緒十四年（1888）活字本影印，1991），卷3，頁11上。

127 劉春堂修，吳壽寬纂：《民國高淳縣志》（《中國地方志集成》第34冊，據民國七年（1918）刻本影印），卷2，頁14下。

一、賑濟撫卹，拓荒勸織

余治受傳統儒家忠君愛國思想影響很深，認為「率土之濱，莫非王臣」，[128]「君恩與親恩同一罔極」，[129]恩深難酬，地厚天高，國家有難，當竭誠效國。因此，戰時余治在地方的勸善教化活動，基本上是配合清政府的「聖諭」宣講活動相輔進行。而余治推崇皇恩浩蕩的君恩思想，亦反映在《江南鐵淚圖》之戰後建設的首要題詠中。第三十三圖〈恩詔頻頒萬民感泣〉（見圖 33）題詠云：

> 聖德如天浩浩，謄黃傳到■■。東南赤子久沉淪。勞我九重垂屢。　　洞悉倒懸情勢，深宮齋禱頻仍。心脾酸楚感皇恩。轉覺淚珠滾滾。（〈西江月〉）
>
> 近年屢奉上諭，深憫小民陷溺之苦，飭妥為安撫，并悉從賊者不得已之情，許令自拔來歸，准予寬宥，不許勇丁擅殺。網開三面，惻怛哀矜，仰見聖德寬仁恩宏覆載，敬讀之下，人人感泣，職此故也。[130]

圖 33　清・余治繪〈恩詔頻頒萬民感泣〉（見《江南鐵淚圖》第三十三圖）

---

[128] 清・寄雲山人：〈劫海迴瀾啟〉，《江南鐵淚圖》，頁 1 下。

[129] 清・寄雲山人：〈題詞〉，《庶幾堂今樂》，頁 6 上。

[130] 清・寄雲山人：《江南鐵淚圖》，頁 33 下。

圖畫中描繪戰爭過後，皇上頒布恩詔，張貼於牆，鄉里無論貧富貴賤、男女老幼，皆攜往同看，有面露悅色者，亦有垂淚感泣者，表現感念皇恩之情。而題詠即寫感念皇恩浩蕩，憐憫「小民陷溺之苦」，常於「深宮齋禱」，為民祈福，充滿歌功頌德的意味。不過，詞題看似是宣揚皇恩，其實意中也寄託余治為那些被擄從盜之人請命的祈願。余治〈解散賊黨說〉有謂：「觀之賊之數雖多，其實半由於脅從，脅從者易散。我軍謀敵制勝，未有不願賊之散而反願其聚者也。」[131]因此，對於不得已「悉從賊者」，應惠化招撫，「不許勇丁擅殺」，不僅可減少盜賊肆虐，亦可使百姓「心脾酸楚感皇恩」，歸為良民。此又可與第三十六圖〈脅從遣散各返家鄉〉[132]後來的實際政策相互呼應。余治的思考路徑，主要是從戰亂起於民心之向背為出發點，因此認為平亂首要還是在於安民。

其次，余治在〈憲仁撫卹行路涕零〉、〈水火出離重見天日〉的題詠中，主要傳達對於平定戰亂之王師軍隊的感恩戴德之情。而前則（見圖34）又特別強調了君王飭辦撫卹、王師助賑災民的恩澤，云：

圖 34　清・余治繪〈憲仁撫卹行路涕零〉（見《江南鐵淚圖》第三十四圖）

> 不是王師如雨，伊誰慰我蒼生。散財發粟濟饑貧。所至歡呼慶幸。　合志共扶大局，相期全活斯人。勞來安

131 清・余治：《尊小學齋文集》，卷 1，頁 20 下。

132 清・寄雲山人：《江南鐵淚圖》，頁 36 下。

集體皇仁。都道民為邦本。（〈西江月〉）

現在統兵文武，暨地方當道，於難民生計，無不各殫心力，所至拯援，全活無算。仁者之師，所向無敵，宜乎屢克堅城，如摧枯拉朽也。[133]

圖畫描繪官府「散財發粟」的情形，以曲線流動方式分隔上、下部分，除了引導讀者的視線轉移，也表述上、下畫面異地同時的事件進行。上方描繪的是官府在鄉里賑濟難民的情形，右方官役發贈錢糧給老嫗，左方僕役傾倒米糧給前來的難民，而道旁則有許多分得錢糧的難民馱負而歸。下方描繪的是官府在難民局裡賑濟難民的情形，右方有僕役正煮粥賑民，前方聚集了許多難民，有人在排隊，有人在吃粥，也有正待前往者；左方有一名醫生正在為老婦把脈，旁邊圍繞著數名等待診治的難民。圖畫主要描繪的是賑濟的具體行動，而題詠主要是讚揚王師驍勇善戰，「屢克堅城」，「如摧枯拉朽」，勢如破竹，救蒼生於水火之中，又「散財發粟濟饑貧」，協助君王共扶國家大局，功勞浩大。余治在此特別強調君王與王師卹災的恩澤，其實是為了表述戰時「上憲更盡分波之力，而軍需支絀，博濟為難」的艱苦處境，但儘管軍需短絀，朝廷亦竭盡所能，「興如雨之師，撫卹瘡痍」。[134]戰時國家財政艱困，尚且如此殫盡心力，又何況暖衣飽食之人？因此，余治最終目的還是懇勸善心人士感念皇恩，「少紓聖主如傷之隱」，[135]助資捐餉。

不過，勸捐賑濟畢竟只能是短時間的應急之策，倘若一國人民長期只依賴救濟而無生產，國家缺乏經濟稅收，必將衰敗。因此，除了戰後賑濟外，最重要的是協助難民恢復維生之計。由於戰爭期間，土地、耕具、織器皆遭破壞，人民無以維生，四處流離，而土地、紡織的長期荒廢，也嚴重影響了朝廷的賦稅來源。戰亂過後，協助難民重建家園，恢復生產，成為地方政府

[133] 清・寄雲山人：《江南鐵淚圖》，頁 34 下。
[134] 清・寄雲山人：〈序〉，《江南鐵淚圖》，頁 1 上。
[135] 清・寄雲山人：〈序〉，《江南鐵淚圖》，頁 43 下。

刻不容緩的工作。余治描繪的產業重建，主要以「農耕」與「紡織」為主。〈牛種有倫惠及耕夫〉（見圖35）云：

> 粒食善謀全局，萊蕪頓闢崇朝。多方補助護良苗。非種誅鋤已早。　好趁一犁春雨，催耕布穀無勞。西成轉盼慶豐饒。祇有正供仰報。（〈西江月〉）

> 亂離之後，戶口散亡，田多荒廢，欲謀耕植，而牛犁耒耜蕩焉無存，買辦無錢，耕夫束手。幸上憲垂情及此，給貲補助，設局勸農，並撥種糧，俾令播種，此生民大計，非區區小補也，苟有人心能無感動。[136]

圖35　清・余治繪〈牛種有倫惠及耕夫〉（見《江南鐵淚圖》第三十七圖）

江南土壤肥沃，人民多以農業為生，然而隨著戰爭爆發，「戶口散亡」，人口大量銳減，「田多荒廢」，無人耕種。大亂過後，「田畝既荒，又乏農具，能種下者不過十之三、四。」[137]因此，朝廷為恢復地力，大力推行「招墾」政策，於各州縣設立「招墾局」、「勸農局」、「招耕局」等機構，「給貲補助」，借給牛具、籽種，

---

[136] 清・寄雲山人：《江南鐵淚圖》，頁37下。

[137] 清・姚濟：《小滄桑記》，王重民主編：《太平天國》第6冊，頁503。

「多方補助護良苗」，期盼重振國家「闢崇朝」，人民安居「慶豐饒」。圖畫中描繪人民在得到政府多方補助後，開始耕鋤、趕牛犁田、收稻、踩水車灌溉的情景，左方稻田旁還有一名婦女攜子前來，挑籃送飯，呈現出豐饒、生機的農村景象。余治在題詠最後，也代替人民對於政府之惠政表示感謝。

政府推行「招墾」政策，除了有鼓勵本地居民還鄉墾荒的用意，亦廣招各地人民前來墾荒。如安徽鳳陽、定遠的招墾分局張貼〈興辦屯墾告示〉云：「本地連年兵荒，逃亡病故，十去七、八。今舉行開墾，若專用土著之民，則地廣人稀，拋荒仍多，如有外來客民，情願領田耕種，取具的保，由總局察驗實係安分農民，一體借與牛力籽種，准其開墾，其繳價收租，較土著之民一律辦理。」[138]可見地方政府在戰後重建、推廣墾荒的不遺餘力。

江南農業雖然發達，但僅因應本省人口食用，真正帶來繁榮者，乃仰賴鹽業與紡織業，而其中又以紡織最為俯仰。中國封建制度取代奴隸制度後，「男耕女織」成為小農社會的基本型態。清代中外生絲貿易發達，「鴉片戰後，我國生絲及絲織品出口，占世界第一位」。[139]紡織「商品化」，使平常小民，日不敷出，得以全賴女紅。蘇州、杭州、南京一帶，一直是民間絲綢最大產區，產量遠勝官營織造，蘇州更有「絲綢之府」的美稱。然而，太平軍侵略，破壞人民生活，「江蘇南部受害最重，織機染坊多燬於兵燹，機戶多逃亡」。[140]因此，振興紡織業成為政府戰後重建的重大政策之一。〈機杼代謀歡騰織婦〉（見圖 36）云：

> 但得機絲有賴，何愁日斷炊煙。朝朝抱布見青錢。活命全叩恩憲。　　久矣姬姜憔悴，頓看喜上眉尖。買絲爭欲繡平原。粧閣心香一點。（〈西江月〉）

---

[138] 清・唐訓方：〈興辦屯墾告示〉，《唐中丞遺集》（《清代詩文集彙編》第 636 冊，據清光緒十七年（1891）刻本影印），頁 8 下。

[139] 王樹槐：《中國現代化的區域研究：江蘇省 1860-1916》（《中央研究院近代史研究所專刊》第 48 輯，臺北：中央研究院近代史研究所，1984），頁 394。

[140] 王樹槐：《中國現代化的區域研究：江蘇省 1860-1916》，頁 97。

> 江南人民生計最重耕織，耕之利固大，然必須先有資本，且必待夏秋兩熟收成，為期甚遠。若紡織則資本既輕，一舉手間便能得利，日獲數十文，即可自餬其口，故俗語有云：「不怕升米六十錢，只怕棉貴布價賤。」今布頗有利，苦於紡織無具，無可藉手。幸蒙上憲撥欵（款）製備綿車布機，且命立局勸織，從此老幼男婦，皆可自食其力。歡聲載道，職此故也。[141]

題詠首先指出紡織對於江南人民的重要性：「江南人民生計最重耕織」，「但得機絲有賴」，是以不愁斷炊。紡織資本雖輕，然利潤高，以蘇州、松江二地為例，據《畿輔通志》記載：「江南蘇、松繁庶，而貧民俯仰有資者，女子七、八歲以上，即能紡絮，十二、三歲即能織布，一日經營，供一人之用度有餘。」[142]因此，余治云：「日獲數十文，即可自餬其口」，表示紡織對人民生計有極大助益。但如今織機焚毀，「無可藉手」，「姬姜憔悴」，是以太平天國戰爭結束後，在曾國藩的倡導下，江蘇長江南北兩岸設立了不少蠶桑局，各地官員也紛紛推行「獎勵蠶桑」

圖36　清・余治繪〈機杼代謀歡騰織婦〉
（見《江南鐵淚圖》第三十八圖）

---

[141] 清・寄雲山人：《江南鐵淚圖》，頁38下。

[142] 清・李鴻章等修，清・黃彭年等纂：《光緒畿輔通志》（《續修四庫全書》第638冊，上海：上海古籍出版社，據民國二十三年（1934）商務印書館影印清光緒十年（1884）刻本影印，1998），卷231，頁441。

的應對措施。[143]「勸課蠶桑」是傳統儒家的重要思想，孟子云：「五畝之宅，樹之以桑，五十者可以衣帛矣。」[144]自古勸課蠶桑即屬地方官的職責。蠶桑局結合了傳統勸課蠶桑與近代地方局務機構的形式，可使人民自食其力，富民強國，達到教養相輔的實際效用。此中也隱含了余治作為一名傳統儒士，欲協助官府宣傳勸課蠶桑，實現濟世救民的理想。圖畫中描繪人民在政府「撥欵（款）製備綿車布機」，推行織具補助後，有男子扛著紡車歸家，屋內、屋外皆有無數姬姜婦女正在從事紡絮。左上方描繪的是人民家中紡織的情景，右上方描繪的是織坊裡織造的情形，除了有女子在刺繡，一旁還有管事、買辦等。全圖呈現出戰後紡織業的復甦與蓬勃，也是余治題詠中，欲代人民傳達感謝的政府德政。

此外，戰爭期間，主要承辦官絲製造的「江南三織造」——江寧織造、蘇州織造、杭州織造，也於咸豐三年（1853）、十年（1860）、十一年（1861），先後遭到太平軍破壞而停止生產，因此，戰亂平定後，清廷擬議恢復織造，但因經費短絀，直至同治十一年（1872），方由蘇州織造德壽集費修建落成。[145]但是，後期織局的生產規模已無法與戰前相比，緞匹來源也逐漸仰賴民間，或由民間購買，或直接雇用民間生產。到了光緒三十年（1904），清廷考量「現在物力艱難，自應力除冗濫」，[146]下令裁撤江寧織造局，民間絲織生產也愈加重要。

二、宏宣教化，恐懼脩省

余治深感教化對國家政治興衰的重要性，認為：「人心一日不正，戾氣

---

[143] 王翔：《晚清絲綢業史》上冊（上海：上海人民出版社，2017），頁 369-383。

[144] 戰國．孟子著，漢．趙岐注，宋．孫奭疏，廖名春、劉佑平整理，錢遜審定：〈梁惠王上〉，《孟子注疏》，卷 1 上，頁 12。

[145] 清．德壽：〈重建蘇州織造署記〉，蘇州博物館、江蘇師範學院歷史系、南京大學明清史研究室合編：《明清蘇州工商業碑刻集》（南京：江蘇人民出版社，1981），頁 33-34。

[146] 清．朱壽朋：《東華續錄》（《續修四庫全書》第 385 冊），卷 187，頁 13 上。

一日不消，即天心一日不轉。」[147]因於咸豐三年（1853），自薦「稟請當道，宣講鄉約」，[148]並自編《鄉約新編》，奔赴各地宣講，企圖化民善俗，挽救人心。而教化相較賑濟而言，更需要長期的努力才能達到成效，因此，戰爭結束後，余治仍繼續以教化民心為一生志業，奔走宣講，乃至「舌敝唇焦」，是以人皆有「木鐸老人」之誚。[149]而余治將勸捐作為《江南鐵淚圖》創作目的的同時，同樣也將宣教化民的思想作為本書最終的宗旨。〈創鉅痛深前車共凜〉以江南人民遭受戰爭的荼毒，宣化民眾應記取前車教訓，「痛定思痛，改過向善」，但也寄託對於「後車之能鑒者幾人耶」的脩省與擔憂。[150]〈恐懼修省劫海同超〉則以「天心可轉看人心」，勸誡人民應時時懷有「恐懼脩省」之心，多行善事。[151]

至於在具體的宣教實踐上，余治主要是配合他自己本身在戰爭期間曾經「宣講鄉約」、「推行善戲」的活動而作宣傳。宣講鄉約方面，如〈鄉約重興宏宣教化〉（見圖 37）：

> 不教終淪禽獸，由來世教堪憂。煌煌聖諭溯源頭。無奈具文已久。　天道昭彰可畏，人心悔改能不。潛移默化釜薪抽。化俗全憑善誘。（〈西江月〉）

---

[147] 清・余治：〈鄉約新編跋〉，《尊小學齋文集》，卷 4，頁 13 下。

[148] 清・吳師澄：《余孝惠先生年譜》，頁 9 下。

[149] 清・齊學裘：〈余晦齋雜論〉，《見聞隨筆》（《續修四庫全書》第 1181 冊，上海：上海古籍出版社，據華東師範大學圖書館藏清同治十年（1871）天空海闊之居刻本影印，2002），卷 1，頁 12 下。「木鐸」乃金屬響器，舌分木製與銅製，以木為舌者曰「木鐸」，以金為舌者曰「金鐸」。古時宣布新令時，必奮木鐸以警眾人。《論語》〈八佾〉有謂：「二三子何患於喪乎？天下之無道也久矣，天將以夫子為木鐸。」因此，「木鐸」又可用以比喻宣講教化之人。春秋・孔子口述，魏・何晏注，宋・邢昺疏，朱漢民整理，張豈之審定：〈八佾〉，《論語注疏》，卷 3，頁 48。

[150] 清・寄雲山人：《江南鐵淚圖》，頁 39 下。

[151] 清・寄雲山人：《江南鐵淚圖》，頁 40 下。

> 鄉約一事，為化俗一大端，而奉行不力，日久遂成具文，并以為迂而不行者有之，殊不知此事原為勸化愚民起見。《聖諭十六條》，不過一个式樣，其因勢利導循循善誘，期於感動人心之處，全在於臨時說法，如能實力奉行，無不可見成效。蓋天下無不可化之人，惟在於誠心感動耳。[152]

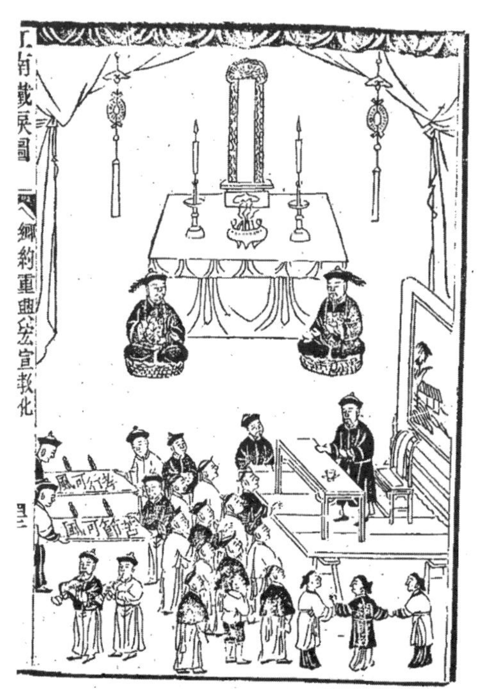

圖 37　清・余治繪〈鄉約重興宏宣教化〉
（見《江南鐵淚圖》第四十一圖）

圖畫中描繪鄉約局裡的情形，畫面上方供奉著神牌，下方有鄉官正在臺上宣講鄉約，臺下聚集了眾多鄉民，一旁還有官隸拿著「孝行可風」、「苦節可風」的牌匾，左下方則有官隸吹角號召鄉民前來。全圖描繪戰後鄉約重興的景象，寓託余治期許政治昌明的想望。題詠的重點在強調鄉約的重要，以及鄉約存在的缺點與具體實行的困難處。余治特別提到康熙九年（1670）頒布的《聖諭十六條》，[153]側面反映出清代鄉約制度實來已久。清代鄉約制度，其實早在順治年間頒布《聖諭六訓》以後便逐步成立。至康熙年間，又另外頒布《聖諭十六條》，此後雍正繼之，便加以逐條解釋，著成《聖諭廣訓》，而《聖諭十六條》也在此後清朝統治時期，成為士民必讀的教化條目。清代帝王重視鄉約宣講，將教化納入治國重點之一，

[152] 清・寄雲山人：《江南鐵淚圖》，頁 41 下。

[153] 清・玄燁：《大清聖祖仁（康熙）皇帝實錄》（《大清歷朝實錄》第 8 冊），卷 34，頁 21 上-下。

並令縣官在地方定期宣講。余治肯定教化意義的重要，認為人若不教「終淪禽獸，由來世教堪憂」。然而，追溯《聖諭》之起源，雖由來已久，但余治也指出鄉約最大的弊病在於：「無奈具文已久」，經年累月，「不過一个式樣」，由是民心生厭，漸失其效。因此，余治認為宣講的要點，「全在於臨時說法」是否能夠「感動人心」。換言之，宣講之人倘若一味照本宣科，而無「誠心」，便難以達到「感化」人心的效果。

道光二十九年（1849），余治博採古今各種善舉章程，輯成《得一錄》。「得一」之義，「蓋取得一善，則拳拳服膺之意，將以資觀感、利推行也。」[154]取自《中庸》：「子曰：『回之為人也，擇乎中庸，得一善，則拳拳服膺而弗失之矣。』」[155]意思是：得一善事，即小心翼翼遵守而不失其道。余治《得一錄》也提到了鄉約之弊：「鄉約之舉，為地方風化所關，反以為老生常談，偏不肯破半日工夫，偕來集會。輕薄者以為迂闊，耽逸者不耐瑣煩。」因此，對此提出「鄉約會講變通法」，希望透過變通宣講的時機與場合，兼以圖畫輔助宣傳等方式，吸引民眾前往聽講。[156]

推行善戲方面，如〈樂章再正共慶昇平〉（見圖 38）：

> 一曲梨園釀亂，厲階若箇推詳。誨淫誨盜禍包藏。化俗捷於影響。　　說法何人頭點，圜橋萬眾觀場。好教鞠部換新腔。繪出中興氣象。（〈西江月〉）

> 梨園演劇，本係勸忠勸孝，化導世人，而襲謬承訛，遂變而為誨淫誨盜，傷風敗俗，默化潛移，釀亂之階，莫此為甚。蠱毒中於人心，禍變關乎世運，此尼山正樂之後，萬不料其至於此極者。所望當代仔肩世道大君子，登高提倡，重定樂章，赤手迴瀾，昇平共慶，為國家成

---

[154] 清・余蓮村輯：〈跋〉，《得一錄》，頁 1 上。

[155] 漢・鄭玄注，唐・孔穎達疏，龔抗雲整理，王文錦審定：《中庸》，《禮記正義》（《十三經注疏》第 15 冊），卷 52，頁 1666。

[156] 清・余蓮村輯：《得一錄》，卷 14，頁 17 上-20 上。

中興氣象。幸甚幸甚。[157]

圖 38 清・余治繪〈樂章再正共慶昇平〉（見《江南鐵淚圖》第四十二圖）

圖畫上方描繪梨園戲臺上的演員正在演戲，畫面下方的舞臺下則有無數觀眾群聚，或坐或站，仰首觀劇，一旁還有小販販售零食，整幅圖畫呈現一派和樂融融的昇平氣象，可與題詠之中「繪出中興氣象」相互呼應。而余治在題詠中，更明確地表示反對「誨淫誨盜」的梨園劇。太平天國好尚《水滸》、《三國》，並引以為反清革命的思想根柢，為余治所批評。余治認為戲劇創作本應承載「勸忠勸孝，化導世人」的風教意涵，然而，梨園為求娛樂觀眾，「襲謬承訛」，漸變為「誨淫誨盜」，助長傷風敗俗風氣的形成。因此，余治在戰爭期間，也全力投入戲曲創作，目的即是為了導正「一曲梨園釀亂」的歪邪風氣，恢復民間善良風俗。余治《庶幾堂今樂》自序對此有詳細的論說：「優伶子弟顛倒錯雜於其間，所演者遂多不甚切於懲勸，近世輕狂佻達之徒，又作為誨淫誨盜諸劇以悅時流之耳目，演《水滸傳》則以盜賊為英雄，而奸民共生豔羨；演《西廂記》則以狹邪為韻事，而少年羣效風流。其他一切導欲增悲不可為訓者，且紛然雜出，使觀之者蕩心失魄，以假為真，而古人立教之意，遂蕩焉無存，風教亦因以大壞甚矣。樂章之興廢，實人心風化轉移向背之機，亦國家治亂安危之所係也。」[158]由

---

[157] 清・寄雲山人：《江南鐵淚圖》，頁 42 下。

[158] 清・寄雲山人：〈自序〉，《庶幾堂今樂》，頁 3 上-下。

此可見，余治批判的不僅是梨園劇對於《水滸傳》以盜為英雄的宣傳與揄揚，還包括《西廂記》狹邪淫穢對於民風的浸染。根據吳師澄《余孝惠先生年譜》記載，余治在道光二十七年（1847）時，便有「收燬淫書」之舉。[159]由於戲曲對於「人心風化轉移」的影響，關乎「國家治亂安危」的盛衰興亡，因此，余治在戰爭結束以後，仍接續咸豐十年（1860）因戰亂而中斷的戲曲創作，以化暴為良、反對淫戲，「好教鞠部換新腔」，重現國家中興氣象。

值得一提的是，余治反對淫戲的主張，在當時也得到政府官員的響應與支持。同治七年（1868），江蘇巡撫丁日昌查禁淫詞小說，有〈計開應禁書目〉、〈小本淫詞唱片目〉、〈計開續查應禁淫書〉之呈請單目。[160]倘若將丁日昌〈計開應禁書目〉、〈小本淫詞唱片目〉與余治《得一錄》〈計燬淫書目單〉、〈勸收燬小本淫詞唱片啟〉、〈永禁淫戲目單〉[161]相互比對，可以發現：丁日昌兩篇文章所列禁書，與余治三篇文章所列禁書目單有半數重複的情形。[162]是以可見，余治「反淫戲」的主張對於後來丁日昌的禁書活動有著不容小覷的影響力。

小　結

余治在四十四歲以前，積極進取，醉心科舉，「五赴棘闈，兩薦不售」，[163]此後絕意進仕，轉以慈善為一生志業。咸豐元年（1851），太平

---

[159] 清・吳師澄：《余孝惠先生年譜》，頁 7 下。

[160] 王利器輯錄：《元明清三代禁毀小說戲曲史料（增訂本）》（上海：上海古籍出版社，1981），頁 142-149。

[161] 清・余蓮村輯：《得一錄》，卷 11，頁 11 下-13 下、頁 14 上-15 下、頁 27 上-28 上。

[162] 相關研究，可參丁淑梅〈丁日昌設局禁書禁戲論〉。丁氏將余治〈勸收燬小本淫詞唱片啟〉、〈（翼化堂條約）永禁淫戲目單〉與丁日昌〈小本淫詞唱片目〉禁書目錄相對照，發現有半數書目重複出現，因此，推斷二者之間的密切關聯性。丁淑梅：〈丁日昌設局禁書禁戲論〉，《陝西師範大學學報》40.1（2011.1）：146-147。

[163] 清・吳師澄：《余孝惠先生年譜》，頁 9 下。

天國戰爭爆發，太平軍西征、北討、東進，戰火延燒中國半壁江山。余治自薦宣講鄉約，創作善戲，並繪製 42 幀《江南鐵淚圖》勸捐助餉。他雖無功名，然於戰時奉獻心力，奔走宣講，因此屢獲朝廷肯定與加賞，是其一生慈善事業的巔峰期。《江南鐵淚圖》以善書形式於戰爭期間刊刻行世，此後，同治、光緒年間，善書坊仍不斷將此書重新刊刻，廣布流通，不無可見該書在當時民間的影響性。

余治《江南鐵淚圖》以自繪自題、一圖一詠的創作方式，描繪戰時江南人民遭遇的種種苦難，以及戰後重建社會秩序的願景；題詠當中，融入了余治宣揚教化與佛教因果報應的思想，在批判太平軍引發災難的同時，亦寄託對江南災民的深切同情，並期許人們應時時懷有「恐懼脩省」之心，行善積德，消災增福。值得注意的是，余治深受儒家「忠孝節義」、「忠君愛國」思想影響很深，因此，其慈善活動背後，實是以官方立場為進行。然而，余治在《江南鐵淚圖》中，也如實地呈現出戰時鄉官與鄉勇藉機敲詐、魚肉鄉民的惡行，具有相當的資鑑意義。余治以通盤性地書寫方式，描繪戰時災難的各種面向，可與時人的筆記、日記、方志等紀載相互映證。殊為可惜的是，此書並未反映湘軍在攻破天京後，對於平凡百姓的搶掠與屠殺。[164]那麼，在戰後重建的願景中，一則除了表現出感念皇恩對於「荒地招墾」與「撥賑織具」的歌頌，呼應「耕織圖」的傳統文化；二則在具體行動的實踐上，余治也配合其慈善事業，將自己致力「宣講鄉約」與「推行善劇」的善舉融注其間，兼或隱含自我標榜的意味。

雖然《江南鐵淚圖》是以勸捐行善為目的刊刻行世，世俗化意味濃厚，然而細究是書，仍可看見余治在詩文中表露的才學根柢，尤其是余治保留了「題畫詩」的書寫傳統，於每幅圖畫之前，附加一段文字說明之外，亦各題

---

[164] 趙烈文《能靜居日記》云：「計破城後，……城上四面縋下老廣賊匪不知若干，其老弱本地人民不能挑擔，又無窖可挖者，盡情殺死。沿街死屍十之九皆老者，其幼孩未滿二、三歲者亦斫戮以為戲。匍匐道上，婦女四十歲以下者，一人俱無，老者無不負傷，或十餘刀，數十刀，哀號之聲達於四遠。」清．趙烈文：《能靜居日記》，頁 274。

有 1 闋〈西江月〉。值得注意的是，余治有意識地選擇「俗調」〈西江月〉以配合善書的通俗性質，可見其對於詞體與擇調的清楚認識。[165]再者，余治不以詩為題，而以詞為題，亦顯露余治在「辨體」與「用體」上的精熟與謹慎。儘管清初詞體復興，將詞上攀至《風》、〈騷〉之同等地位，然而，「詩言志」，「詞緣情」，詩、詞本身即有功用內涵之別。道光年間，常州詞派興起，周濟從「比興寄託」中推衍出「詞史觀念」，更能符合余治寓託於詞體，寄託對太平天國戰爭的批判、對於江南人民身罹苦難的同情，乃至對於國家承平的期望。

[165] 張宏生曾針對《江南鐵淚圖》中余治選用〈西江月〉詞調作詳細的分析。詳見張宏生：〈戰亂、民瘼與文圖記憶——論余治《江南鐵淚圖》〉，香港浸會大學「創傷與記憶：中國文學發展中的心靈書寫」國際學術研討會，2019.11。

第五章
左軍征討捻亂回變的思親念鄉之情
——〈疏勒望雲圖〉題詠與侯名貴從軍效國之志

自咸豐元年（1851）太平天國起事以後，淮北一帶的捻亂（1853-1868）、雲南回亂（1856-1873）、陝甘回亂（1862-1873）、新疆回亂（1863-1877），亦繼而昌熾紛起，蔓延數年。咸、同時期的中國，可說是天下動盪，亂黨橫行，四處烽火連天。同治三年（1864），湘軍攻破天京，太平天國分崩離析，亂事大抵弭平，然而，在淮北的捻亂與西北、西南的回亂，卻仍然持續燃燒。原來參與剿滅太平天國的僧格林沁、曾國藩、李鴻章、左宗棠等人，在太平天國殲滅後，亦相繼奉命再戰捻軍。僧格林沁中伏覆滅，曾國藩因連吃敗戰而下臺，李鴻章在捻亂平定後赴貴州督辦苗亂軍務，左宗棠則繼續往赴陝甘整治匪亂與回亂。左宗棠從太平天國、捻亂、陝甘回亂，乃至新疆回亂的軍事行動，可說是他生涯中一段連續性、系列性的剿匪過程。侯名貴（1836-1897）是參與左宗棠出征新疆時的其中一名武將。光緒初年，左軍駐軍喀什噶爾時，侯名貴曾繪〈疏勒望雲圖〉寄懷思鄉憶親之情，圖畫完成後，遍徵名士為圖賦詩題詠。以「史」的角度視之，〈疏勒望雲圖〉記錄了此時期士人從軍效國的心態，以及國家整體的政治局勢，既是個人內在的反映，也是國家社會的投射。

第一節　侯名貴〈疏勒望雲圖〉的本事

陝西、甘肅、新疆三省，自古以來一直都是攸關中國存亡的重要據點。左宗棠將此三省視為彼此相依、不可分割的整體，因此，在奉命平定陝甘後，仍繼續用兵新疆，企圖收復失去的半壁江山。陝甘回亂是左宗棠西征之戰的啟點，也是奠定日後左軍決戰新疆的重要關鍵。

一、左軍出征陝甘

捻亂與回亂的發生，其實比太平天國要來得早。捻亂可追溯至嘉慶中葉的捻眾，[1]主要產生於淮北一帶，組成份子多為地方游民、無賴，或白蓮教漏網之徒，或遣撤之鄉勇，他們是賭棍、鹽梟與盜匪，卻同時也是仲裁事端的「響老」。[2]因此，就某種層面而言，他們獲得當地民眾的信任與支持。而回亂自有清以來，反清暴動就不曾停止。中國回民由阿拉伯、土耳其、波斯、中亞、近東等種族組成，活動範圍較廣，如北京、西安、蘭州、西寧、甘肅、濟南、成都等地區，都有回教徒聚居。在清廷的眼中，他們勇敢好鬥，兇悍成性，因此對於回民的立法也較他族嚴苛。每當漢、回發生衝突，官府往往坦護漢人，是以回民長期飽受不平待遇，進而演變成回民抗官事件。自鴉片戰爭以後，腐敗吏治、賦稅增加與天災兵燹的摧殘，不斷加深人民的痛苦，刺激饑民的生存意識。當太平天國起事以後，潛伏地方的捻與回民，怒火也被點燃，紛紛舉事響應，蔓延成大規模的叛亂活動。

太平天國與捻亂、回亂雖起自不同地域，然而彼此有時會交流訊息，甚

1　「捻」活動之紀載，最早見於嘉慶十九年（1814）陶澍〈敬陳三急五宜，以靖紅鬍匪徒搰子〉：「安徽之廬、鳳、潁、亳，河南之南、汝、光、陳等處，向有匪徒名曰『紅鬍子』，……查紅鬍原係白蓮教匪漏網之人，間出偷竊，身帶小刀為防身之具。人以其凶猛，故取戲劇中好勇鬥狠面掛紅鬍者名之。然匪徒聞知，猶以為怒也。近則居之不疑，成群結隊，白晝橫行。每一股，謂之一捻子。」清・陶澍著，陳蒲清主編：《陶雲汀先生奏疏》（《陶澍全集》第 1 冊，長沙：嶽麓書社，2010），卷 1，頁 16。

2　陳華：《捻亂之研究》（臺北：國立臺灣大學出版委員會，1979），頁 17。

至集會合流，藉此壯大勢力。同治三年（1864），太平天國深陷危急之勢，由陝西回援天京的太平軍在陝西、河南、湖北邊界與捻眾聚會合流，組成「新捻軍」，分路東下。到了同治五年（1866），張宗禹、賴文光、任柱於河南禹州會合，賴文光「恐獨立難持，孤立難久」，[3]派張宗禹等人入陝西聯合回眾，而賴文光、任柱則繼續留守中原，捻軍遂分東、西二捻。是年11 月，東捻軍滅曾國荃六千湘勇，而曾國藩則因沙河、賈魯河、運河防線接連失利，被迫下臺。[4]另一方面，出任陝甘總督楊岳斌雖有戰績，但作戰不久便陷入軍糧短缺的困境，到後來甚至全軍潰散，士兵淪為盜匪。清廷改任李鴻章與左宗棠為欽差大臣，分別攻打東、西捻軍。同治六年（1867）12月，東捻軍受困運河，為李鴻章殲滅，而西捻軍則在同治五年（1866）10月入陝西華陰，配合回民軍作戰。正當東捻軍受困之際，張宗禹率軍馳援東捻軍，一度逼近保定、天津。然援救未及，東捻軍已滅亡，而西捻軍反受困清軍，最後只好撤出直隸，突圍南下。同治七年（1868），西捻軍於山東茌平南鎮之役慘遭痛擊，全軍覆沒，捻軍終告滅亡。

同治六年（1867），左宗棠受命都辦陝甘軍務，主張「進兵陝西，必先清關外之賊；進兵甘肅，必先清陝西之賊；駐兵蘭州，必先清各路之賊。」[5]訂定先剿滅捻軍，再進剿陝甘的作戰計畫。陝西動亂主要來自兩股勢力，一為回亂，二為土寇。是以，捻軍既平，左宗棠繼續將目標對準陝西東北的土匪勢力與陝西西南的董志原十八營回軍。而左宗棠有鑑於先前楊岳斌遇到「兵多糧少」的困境，故於「備而後戰」的前提下，對於西征前的籌兵、籌餉與轉運問題，皆有嚴密周詳的計畫。在兵源、糧餉、交通準備就緒後，即採取「緩進速戰」的策略進擊亂匪。同治七年（1868），左宗棠派劉松山進攻陝北，迅速掃蕩董福祥的十萬軍隊，董福祥及其父、弟均歸降清軍。隨

3　清・賴文光：〈賴文光自述〉，王重民等編：《太平天國》第 2 冊，頁 863。

4　清・曾國藩：〈欽奉諭旨再陳下悃請開各缺摺〉，《曾國藩全集》第 9 冊，同治五年（1866）12 月奏稿，頁 255-256。

5　清・左宗棠著，劉泱泱等校點：〈敬陳籌辦情形摺〉，《左宗棠全集》第 3 冊，同治六年（1867）1 月奏稿，頁 327。

後，轉戰董志原一帶的十八回營。同治八年（1869）2 月，雙方交戰鎮源縣北，回軍死傷慘重。此後連日血戰，左軍攻克董志原，繼而收復慶陽，陝境之亂大抵弭平。[6]而回軍餘眾則轉向甘肅馬化龍金積堡撤退。

左軍繼續向甘肅進兵，追擊陝西回軍。甘肅回酋以馬化龍金積堡為中心。表面上，馬化龍雖向清廷歸降，並極力表現效忠清廷，但暗地裡卻持續以金積堡為中心，縱黨滋擾，援助軍火與糧食，協助回軍對抗清朝。[7]左宗棠看出馬化龍無就撫之誠意，且「西事樞紐，全在金積」，[8]因此視金積堡為「陝甘必討之賊」。[9]左軍在靈州攻克之後，移駐平涼，朝金積堡進剿，而馬化龍見求撫不成，再度反叛。同治九年（1870）正月，劉松山在攻擊馬五寨之時，為回軍槍子擊中，負傷陣亡。劉松山之死，震驚朝野，清廷乃命李鴻章協剿回軍，然而，李氏協剿時間並不長。是年 5 月，李鴻章受命接辦原本由曾國藩負責的天津教案，於是剿回重責又再度回到左宗棠身上。劉松山的原部隊，改由其侄劉錦棠統率，繼續對抗金積堡。不過，金積堡蠻攻不易，短短半年內，兵隊死傷慘重，因此，戰爭一直持續至該年 11 月，馬化龍終於不敵左軍戰略攻勢，糧盡援絕，難以固守，不得不棄械投降。而回軍殘眾則轉由金積堡退往河州，再西走西寧。

隔年，左宗棠進駐甘肅，向河州進攻。同治十一年（1872），雙方交戰太子寺，戰況慘烈，回軍兩度大勝，左軍統帥傅先宗、提督徐文秀、總兵鄭守南等人，則相繼陣亡。雖然回軍大獲全勝，但河州回軍首領馬占鰲、馬永福等人卻在獲勝後歸降朝廷，[10]左宗棠遂順勢將馬占鰲編入清軍，以助朝廷

---

6 李恩涵：〈同治年間陝甘回民事變中的主要戰役〉，《中央研究院近代史研究所集刊》7（1978.6）：109-110。

7 清．易孔昭、胡孚駿、劉然亮編：《平定關隴紀略》（《近代中國史料叢刊續編》第100輯第993冊），卷7，頁1下-2上。

8 清．左宗棠著，劉泱泱等校點：《左宗棠全集》第 11 冊，同治九年（1870）致胡雪巖書信，頁182。

9 清．左宗棠著，劉泱泱等校點：《左宗棠全集》第 11 冊，同治八年（1869）致劉松山書信，頁150。

10 清．奕訢等編纂：《平定陝甘新疆回匪方略》（《清朝治理新疆方略彙編》第1輯第

剿滅河州回軍勢力。馬占鰲為表效忠，協助左宗棠剿平殘回，生擒馬化龍餘黨馬彥龍、馬聲子、楊繼芳，獻俘左軍，甚至在左宗棠接下來肅清西寧的過程中，擒獲竄踞西寧已久的馬桂源、馬本源兄弟，協助消滅該區回軍，收復西寧。左宗棠見馬占鰲助剿賣力，上奏請恩：「准給馬占鰲花翎、五品頂帶，馬永瑞藍翎、五品頂帶，馬悟真五品頂帶，以資觀感，出自鴻施。」[11]而白彥虎的殘餘回軍，則向大通、肅州撤退，再逃往新疆投靠阿古柏。

左宗棠此行最後一戰在肅州。在進攻河州之前，左宗棠已派遣提督徐占彪率軍由蘭州、涼州、甘州進攻肅州。[12]徐軍雖有新式砲槍，然「肅城本邊關重鎮，城高三丈六尺，厚三丈有奇，外環深濠，深二丈有奇，闊可十丈」，[13]如此「城堅濠深」，[14]儘管力圖拔攻，終難攻克。在此兵力不足的情況下，左宗棠請兵原駐靈州的將軍金順，以及原駐綏遠河套的湖南提督宋慶，並加強砲槍彈藥的威力，於同治十二年（1873）8 月親往肅州督剿。劉錦棠「聞節帥親赴前敵」，亦率部由西寧前來助剿。[15]在各部合圍的攻擊下，肅州回酋馬文祿「自知生路已絕，哀懇出城乞撫」，[16]終於是年 9 月向清投降，結束歷時 3 年的肅州之戰。

左宗棠從同治六年（1867）出任陝甘總督，乃至同治十二年（1873）平定回亂，前後共耗費 6 年的時間。這段剿匪平回的期間，予以左宗棠表現堅強的軍事實力，並在此一步步向西推進的戰役中，堅定了左氏下一步進軍新

---

14 冊，北京：學苑出版社，2006），卷 266，頁 13 上-14 上。

11 清・左宗棠著，劉泱泱等校點：〈請給回目馬占鰲等翎頂片〉，《左宗棠全集》第 5 冊，同治十二年（1873）1 月 27 日奏稿，頁 377。

12 清・左宗棠著，劉泱泱等校點：〈派兵前赴肅州摺〉，《左宗棠全集》第 5 冊，同治十年（1871）7 月 27 日奏稿，頁 104。

13 清・易孔昭、胡孚駿、劉然亮編：《平定關隴紀略》（《近代中國史料叢刊續編》第 100 輯第 994 冊），卷 12，頁 22 下。

14 清・左宗棠著，劉泱泱等校點：〈逼攻肅州迭獲勝仗并甘涼防軍剿賊情形摺〉，《左宗棠全集》第 5 冊，同治十一年（1872）6 月 25 日奏稿，頁 266。

15 清・易孔昭、胡孚駿、劉然亮編：《平定關隴紀略》，卷 12，頁 32 下。

16 清・易孔昭、胡孚駿、劉然亮編：《平定關隴紀略》，卷 12，頁 33 上。

疆而做出的前行準備。

二、左軍用兵新疆

原本左宗棠督辦陝甘軍務的職責，主要是平定陝甘回亂，並無涉及新疆之平定。且自乾隆以來，主管新疆軍政之將軍與都統，均由滿人擔任，漢人無法涉足。然而，左宗棠將西北問題看成是一個相屬關聯的整體，尤其自同治三年（1864），喀什噶爾的叛亂者向浩罕汗國求援，引發阿古柏入侵南疆，佔領喀什噶爾、葉爾羌、和闐、庫車、阿克蘇等地，建立「哲德沙爾汗國」（七城之國），隨後更引來英、俄兩國的覬覦。同治十年（1871），俄國借「代收」名義侵佔伊犁，使得原來「本擬收復河、湟後，即乞病還湘」的左宗棠，頓時「斷難遽萌退志」，[17]而將肅州之戰視為下一步「一意西指」、[18]通往新疆的前哨戰。

在左宗棠之前，清廷曾派遣榮全赴俄交涉，但最終談判失敗，無功而返。而左宗棠雖一意將重心轉往關外，並且積極向朝廷獻策謀略，但他這份保疆衛國的用心，卻未得到朝廷官員的全然支持。朝中對於出兵新疆一事，發起「海防」與「塞防」的爭論。李鴻章主張放棄塞防，停止西征之餉，「勻作海防之餉」，[19]表示放棄新疆。此時，沈葆楨為得臺灣，同樣需要大量經費，因此也上奏反對用兵新疆。[20]面對各種反對聲浪撲天而來，左宗棠始終堅定自我立場，在奏呈〈覆陳海防塞防及關外剿撫糧運情形摺〉指出此戰之關鍵：倘若「自撤藩籬，則我退寸而寇進尺」，必將招致英、俄滲透，

---

17 清・左宗棠著，劉泱泱等校點：《左宗棠全集》第 11 冊，同治十年（1871）致劉錦棠書信，頁 220-221。

18 清・左宗棠著，劉泱泱等校點：〈派兵前赴肅州摺〉，《左宗棠全集》第 5 冊，同治十年（1871）7 月 27 日奏稿，頁 104。

19 清・李鴻章：〈籌議海防摺〉，《李鴻章全集》第 2 冊（長春：時代文藝出版社，1998），同治十三年（1874）11 月 2 日奏稿，卷 24，頁 1070。

20 清・沈寶楨、吳元炳：〈沈寶楨、吳元炳摺片〉，清・左宗棠著，劉泱泱等校點：《左宗棠全集》第 6 冊，光緒二年（1876）奏稿，頁 372-376。

因此主張海防與塞防並重。[21]左宗棠的主張得到軍機大臣文祥的全力支持，同時也堅定了光緒與慈禧的決心，授命左宗棠為欽差大臣督辦新疆軍務，任命金順為烏魯木齊都統，協力收復新疆。

光緒二年（1876），左宗棠由蘭州啟行，所部已陸續拔行，[22]而侯名貴即是該時期參與左氏出征新疆的其中一員。侯名貴，字桂舲，號熊湘，湖南長沙人，能詩善書畫，「暇輒讀經世書，作擘窠大字，師法平原（顏真卿）」，[23]著有《陟屺清吟錄》。[24]咸豐十一年（1861），侯名貴入湘軍擔任教習，其後隨易佩紳出兵往援，先後為先鋒營中哨哨長、儘先把總、儘先守備、陞用都司。[25]是以可知，侯名貴此時被選為參戰新疆的一員，與其早年投身湘軍幕府有極大關係。據光緒二年（1876）左宗棠上奏〈揀員借補陝甘各營參游都守各缺摺〉可知，侯名貴起初是以「補用游擊」的身分從軍作戰。[26]此軍銜稱謂乃綠營之軍階。清代綠營延續自明朝軍隊之編制，軍階由高至低為：提督、總兵、副將、參將、游擊、都司、守備、千總、把總。總兵、副將、參將、游擊，皆稱將軍；都司、守備、千總、把總，皆為營官。[27]「游擊」即「游擊將軍」之簡稱，隸屬總兵轄下的中階武官。綠營原屬國

---

[21] 清・左宗棠著，劉泱泱等校點：〈覆陳海防塞防及關外剿撫糧運情形摺〉，《左宗棠全集》第 6 冊，光緒元年（1875）3 月 7 日奏稿，頁 176-183。

[22] 清・左宗棠著，劉泱泱等校點：〈會報抵蘭出塞日期摺〉，《左宗棠全集》第 6 冊，光緒二年（1876）2 月 21 日奏稿，頁 388。

[23] 清・慶恩：〈序〉，清・袁緒欽編：《疏勒望雲圖題詠》（清光緒十九年（1893）刻本），頁 10 下-11 上。本文所引題詠之詩、詞、文，皆援引自此一版本。

[24] 長沙市地方志辦公室編：《長沙市志》第 16 卷（長沙：湖南人民出版社，2002），頁 531。

[25] 清國史館編：《清國史》第 11 冊（北京：中華書局，據嘉業堂鈔本影印，1993），頁 401。

[26] 清・左宗棠著，劉泱泱等校點：〈揀員借補陝甘各營參游都守各缺摺〉，《左宗棠全集》第 6 冊，光緒二年（1876）1 月 22 日奏稿，頁 370。

[27] 清朝綠營編制，基本上是沿襲自明朝，分省建置。清・傅維麟：《明書》（《中國野史集成》第 20 冊，成都：巴蜀書社，1993），卷 66，頁 34 上。清・伊桑阿等修：《大清會典・康熙朝》（《近代中國史料叢刊三編》第 73 輯第 721 冊，新北：文海

家經制軍隊，然而在乾、嘉以後，已隨著政治腐敗與軍紀廢弛逐漸走向衰退。自嘉慶初年白蓮教起義時，綠營因無作戰能力，不得不招募鄉勇作戰，至太平天國起事，曾國藩以募勇取代綠營，成為清廷對抗太平軍的主力。[28]由此可見，募勇已在時代的變遷與推演中，逐漸成為軍事上的要角。左宗棠招募兵勇建立的「楚軍」，係為湘軍的支系，雖也同樣不屬於國家經制的軍隊，但仍保有綠營舊制之軍階。

左宗棠此行進攻新疆的方略，是先平定北疆，再底定南疆。北疆由阿古柏匪幫所佔領，白彥虎從甘肅逃往新疆，便與之聯合代為統治烏魯木齊、瑪納斯等城市。左宗棠觀察情勢，知「北可制南，南不能制北」，[29]故以北疆為進剿的首要目標。自光緒二年（1876）4 月開始，左宗棠先後派遣各部軍隊出關作戰。赴前敵作戰者，主要有劉錦棠馬步二十五營、徐占彪馬步五營、金運昌馬步十營、侯名貴等三營，以及董福祥等部隊。陸續出關的軍隊，由東向西依序進駐哈密、巴里坤、古城、濟木薩。到了 8 月之時，大軍開始突襲黃田，並迅速包抄古牧地，直搗烏魯木齊、昌吉、呼圖壁。9 月，左宗棠令劉錦棠一方面分布後路，一方面留守烏魯木齊以屯集糧餉軍火。左宗棠恐劉錦棠「全軍分而見單」，著令侯名貴所管炮隊、總兵章洪勝、方友升等率領的馬隊，前赴烏魯木齊，歸劉錦棠調遣。[30]此時，侯名貴已晉升為參將。

清軍佔領烏魯木齊的同一日，瑪納斯北城也被攻克。瑪納斯城雖小，但實際上地勢險要難攻。進攻瑪納斯南城不若北城順利，不但耗時費力，先後又有總兵張大發、杜生萬、提督楊必輝等人殉職。戰爭一直持續至該年 9 月 21 日，總集金順、羅長祐、譚拔萃、劉宏發、董福祥、徐學功等各軍之

出版社，1993），卷 86，頁 2 上。

28 羅爾綱：《綠營兵制》（《羅爾綱全集》第 14 卷），頁 266-273。

29 清．左宗棠著，劉泱泱等校點：〈復陳海防塞防及關外剿撫糧運情形摺〉，《左宗棠全集》第 6 冊，光緒元年（1875）3 月 7 日奏稿，頁 179。

30 清．左宗棠著，劉泱泱等校點：〈搜剿竄賊布置後路進規南路摺〉，《左宗棠全集》第 6 冊，光緒二年（1876）9 月 17 日奏稿，頁 507-508。

力，才終於攻克瑪納斯南城。[31]至此，北疆盡為清軍收復，阿古柏在北疆的勢力也徹底被剷除。然而，經瑪納斯一役，清軍損失慘重，其後歷時半年多的休整，才向南進軍。

光緒三年（1877）3 月，劉錦棠、張曜、徐占彪開始兵分三路向南推進，進兵達坂城。達坂城佈有阿古柏的精銳部隊，劉錦棠命侯名貴炮兵朝城轟炸，城中由於不堪猛烈炮火，死傷慘重。阿古柏之子代父向清投降，達坂城於是克復。隨後，又陸續攻取克闢展、吐魯番、托克遜等地，徹底突破阿古柏在天山關隘佈下的防線，而通往南疆的門戶也因此打開。該時期戰役之勝負，以及推進日後戰爭成敗之關鍵，主要取決於達坂城之役。因此，由〈疏勒望雲圖〉的題詠可見，「達坂」為詩人不斷反覆吟詠的重要地名。如以下詩作所見：

> 力定新疆地，功收達坂城。凌煙高閣上，千載永垂名。（沈國器）[32]

> 冰天雪窖縱橫過，偉裂尤傳達版城。捷奏九重動顏色，翠翎黃褂膺殊錫。（錢清蔭）[33]

> 達版城堅嵎負虎，鱷鯨引頸膏蕭斧。一聲霹靂袄祲開，尸逐昷禺踏成土。犂庭掃穴窮車師，捷書入告天顏怡。翠羽黃衣頒寵命，特教留鎮阿摩支。（陳棨仁）[34]

---

31 郭廷以：《近代中國史事日誌》上冊，頁 626-627。

32 清・沈國器：〈題疏勒望雲圖〉，清・袁緒欽編：《疏勒望雲圖題詠》，卷 3，頁 6 下。

33 清・錢清蔭：〈題疏勒望雲圖〉，清・袁緒欽編：《疏勒望雲圖題詠》，卷 2，頁 13 上。

34 清・陳棨仁：〈題疏勒望雲圖〉，清・袁緒欽編：《疏勒望雲圖題詠》，卷 2，頁 6 下。

> 臨湘將軍人中虎，威名早日播西部。計將軍立功關隴其時年僅三十餘歲。昔人三箭定天山，將軍一礮破強虜。丁丑春（光緒三年，1877），回疆達版城之役，將軍手然洋礮轟裂堅壘，遂乘勢攻克各城，以底肅清。捷書朝馳入紫宸，懋賞夕沛出帝閽。貂冠耀首猩紅豔，犀甲著體鵞黃新。（金東）[35]

「達坂」又作「達版」。由這些詩作可見，詩人在描寫達坂城之役時，後面緊接的無非都是名列「凌煙高閣」與「翠翎黃褂」（「翠羽黃衣」）的榮耀賞賜。在金東（生卒年不詳）的題詩裡，更強調侯名貴在達坂城之役礮轟堅城的英勇與戰績。隨後，「遂乘勢攻克各城」，屢戰屢勝。光緒三年（1877）4月25日，左宗棠上奏〈攻克達坂城及托克遜堅巢會克吐魯番滿漢兩城詳細情形請獎恤出力陣亡各員弁摺〉，請恤論功行賞。由因侯名貴的炮兵在此場戰役中發揮極大的作用，故左宗棠奏請：「補副將侯名貴，請賞加總兵銜，並賞給勇號」。[36]侯名貴在此征戰的過程中，亦從最初的「游擊」身分，一路向上爬升。

南疆方面，在得悉達坂城、吐魯番、托克遜相繼失守後，各地紛而繼起反對阿古柏的統治，而阿古柏「知人心已去，日夜憂泣」，便「飲藥自斃」。[37]此時，庫倫大臣上言畫定疆界，復奏請停止西征：「西征費鉅，今烏城、吐魯番既得，可休兵。」而左宗棠抗疏爭之：「今時有可乘，乃為畫地縮守之策乎？」終得上位者支持，得以繼續用兵。[38]左宗棠再次得到朝廷支持後，便朝開都河進發。白彥虎得知阿古柏仰藥而死的消息，「即壅開都

---

35 清・金東：〈題疏勒望雲圖〉，清・袁緒欽編：《疏勒望雲圖題詠》，卷2，頁8上-下。

36 清・左宗棠著，劉泱泱等校點：〈攻克達坂城及托克遜堅巢會克吐魯番滿漢兩城詳細情形請獎恤出力陣亡各員弁摺〉，《左宗棠全集》第6冊，光緒三年（1877）4月25日奏稿，頁613。

37 清・左宗棠著，劉泱泱等校點：〈逆酋帕夏仰藥自斃摺〉，《左宗棠全集》第6冊，光緒三年（1877）6月16日奏稿，頁645-646。

38 清・趙爾巽：《清史稿》第39冊，卷412，頁12032。

河水以阻官軍」，[39]待清軍抵達喀喇沙爾時，白彥虎已棄城逃亡。此後，陸續克復庫爾勒、庫車、拜城、阿克蘇、烏什、喀什噶爾、葉爾羌、英吉沙爾、和闐等城市的同時，白彥虎也趁機逃往俄國境內，尋求俄國保護。[40]至此，新疆除伊犁以外，全境盡皆收復。光緒四年（1878），上諭獎勵出戰有功者，侯名貴以總兵之銜，「著賞穿黃馬褂」，[41]以表大功於國。

三、圖畫創作本事

侯名貴〈疏勒望雲圖〉作於光緒三年（1877）11 月大軍進駐喀什噶爾之時。喀什噶爾，即古之疏勒，其城富庶繁榮，地勢險要，扼守天山南北通道，極具軍事地位。駐軍喀什噶爾，代表著離成功已相距不遠，是件可喜可賀的事。而身為西征主將的左宗棠，必然是要為侯名貴該幅深具紀實意義的圖畫題詩歌詠。其詩云：

> 昔在咸同間，盜起東南陬。小醜不自隕，志欲攖神州。羣帥領部曲，走檄艱運籌。長沙多子弟，奮起撞戈矛。殺賊不顧身，嘑歘動山邱。侯生亦矯矯，捷若鷹脫韝。仗劍投予軍，所至名城收。豫章及浙閩，轉戰無沓休。餘賊殲嶺東，始釋朝廷憂。回眾聚關隴，蠢動肆咆咻。爪距雖自矜，不足膏斧鉥。持節督西征，遠過交河流。蕩平關內外，萬里通置郵。防秋戍姑墨，勒兵屯尉頭。高秋朔吹發，白雁飛南投。鬱鬱龍城將，各起懷鄉愁。侯生感行役，亦有陟屺謳。既築望雲臺，復繪望雲圖。今還領專閫，迎養榮八騶。毋忘涅背言，叱吒撫吳鉤。

39　清・左宗棠著，劉泱泱等校點：〈進規新疆南路連復喀喇沙爾庫車兩城現指阿克蘇摺〉，《左宗棠全集》第 6 冊，光緒三年（1877）10 月 14 日奏稿，頁 699。

40　郭廷以：《近代中國史事日誌》上冊，頁 637-640。

41　清・左宗棠著，劉泱泱等校點：〈諭晉封左宗棠劉錦棠並獎恤回疆一律肅清案內出力陣亡（各）員弁〉，《左宗棠全集》第 7 冊，光緒四年（1878）2 月 12 日上諭，頁 42。

當殄鯨鱷族，勿令犬羊羞。援筆題斯篇，黽勉善所求。[42]

詩以太平天國之亂為起，首先描寫咸豐十一年（1861）侯名貴入幕湘軍，而後隨軍出戰的往日壯志。當時，湘軍招募勇兵，主要鎖定以湖南一地的鄉勇為主。侯名貴以其地緣關係，得此機緣入幕湘軍，開啟日後一連串的報國事業與軍旅生涯。據《清國史》記載：「三年（同治三年，1864），（侯名貴）以兵追賊於江西，擒賊子洪幅（福）瑱，剿餘逆李世賢、汪海洋等於福建克連城、南陽諸城。」[43]是以，「豫章及浙閩，轉戰無番休」，應指侯名貴西征新疆前的戰功。值得注意的是，詩中左宗棠特別強調「長沙多子弟，奮起擅戈矛」，不僅是為讚賞侯名貴「捷若鷹脫韝」的個人英勇，實則也涵蓋了自己與其他湖南同鄉人忠貞報國、堅守作戰的共同志向。左宗棠從上奏用兵新疆，乃至由北疆轉往南疆之時，不斷遭受廷臣的強烈反彈，若非該群驍勇善戰的子弟兵共赴沙場，即若左宗棠有收復新疆的野心，也終難獨立完成西征之壯舉。是以，在左宗棠的詩意裡，不無可見其帶有強烈地域性意識與自豪感。

其次，左宗棠連用四句描寫當時「回眾聚關隴」，「持節督西征」，乃至「蕩平亂匪」的征戰過程，充滿氣概磅礴、臨危無懼的壯闊氣勢。姑墨、尉頭，位於新疆阿克蘇市，為古絲綢之路上的重要驛站。《舊唐書》〈陸贄傳〉：「又以河隴陷蕃已來，西北邊常以重兵守備，謂之防秋。」[44]唐時，西北突厥、吐蕃等游牧民族，常趁著秋高馬肥之時南侵中原，故需調兵警衛，加強防守。光緒三年（1877）大軍進駐南疆後，雖已順利收復庫爾勒、庫車、拜城等地，但仍不忘適時派兵防守、整頓軍隊，因此詩云：「防秋戍姑墨，勒兵屯尉頭。」最後，寫道侯名貴築臺望雲、繪作〈疏勒望雲圖〉的緣由，是為思鄉憶親，寄懷「陟屺」之思。

---

[42] 清・左宗棠：〈題疏勒望雲圖〉，清・袁緒欽編：《疏勒望雲圖題詠》，卷 1，頁 1 上-下。

[43] 清國史館編：《清國史》第 11 冊，頁 401。

[44] 後晉・劉昫等著：《舊唐書》第 12 冊，卷 139，頁 3804。

光緒四年（1878）12 月至五年（1879）10 月，侯名貴又陸續參與剿滅安集延糾眾謀逆，以及安集延、布魯特合謀進犯南疆等戰役，獲記名優先補缺提督、總兵之資格，「並賞給三代正一品封典」，[45]衣錦榮歸。新疆之戰結束後，光緒七年（1881）侯名貴奉命統帶福建建威中左兩營練兵，以備海防。[46]由此可見，戰事已平，侯名貴可以帶著「迎養榮八騶」的榮耀，孝養高堂，但他仍專閫京城以外權事，繼續籌海防夷，為國效力。最後，左宗棠不忘囑其「毋忘涅背言，叱吒撫吳鉤」，並題下「當殄鯨鱷族，勿令犬羊羞」的殷切期許。可知左宗棠此詩應為新疆平定以後所作。

左宗棠的題詠，大致已將侯名貴繪製〈疏勒望雲圖〉的緣由作了說明。那麼，從光緒二年（1876）出戰至今，轉戰南北，攻城略地，為什麼侯名貴要選擇在此時繪作這幅〈疏勒望雲圖〉呢？據張兆棟（1821-1887）序云：

> 國家當恢張撻伐之際，功名之士應運而興，往往辭親作萬里遊。及其馳驟風雲，勳業成就，羈身絕域，悵望鄉關，輒憮然於定省久虛，動陟屺瞻違之感。此王事靡盬，詩人所以有鴇羽之嘆也。提督長沙侯公，少孤，賴母教成立。弱冠，值天下多故，仗劍從軍，由豫章而浙、而閩粵、而關隴、而天山以外，所向有功，洊膺專閫。當其廓清回疆，駐軍疏勒，軍書少暇。每念親舍云遙，盡然心傷，即其地築臺望遠，以寄瞻依之慕。復繪為圖，晨夕肅對，如親笑言，名曰：「望雲」，亦猶狄梁公思親之意也。甲申（光緒十年，1884）夏出是圖徵序於余，余覽之重有感矣。[47]

此為光緒十年（1884）張兆棟應侯名貴之邀而作。由序中可知，侯名貴少時喪父，賴母親教導成人。適逢家國不靖，「天下多故」，侯名貴與當日許多

---

[45] 清・左宗棠著，劉泱泱等校點：〈諭獎恤賊酋糾眾犯邊官軍追剿獲勝各案內出力陣亡員弁〉，《左宗棠全集》第 7 冊，光緒五年（1879）10 月 14 日上諭，頁 370。

[46] 清國史館編：《清國史》第 11 冊，頁 401。

[47] 清・張兆棟：〈序〉，清・袁緒欽編：《疏勒望雲圖題詠》，頁 1 上。

有識之士一樣，在通往仕途的道路上選擇棄文從武，「廓清回疆」，保衛國土。當大軍歷經一年多的時間，終於抵達喀什噶爾，代表著離收復新疆實已相距不遠，而離鄉三萬里的思念，也隨著戰爭愈近成功而擴展漫延。張氏連用兩首《詩經》典故，藉以傳達侯名貴思鄉念親的心情。其一為《魏風・陟岵》：「陟彼屺兮，瞻望母兮。」[48]傳達孝子行役，登高望遠，心懷歸里，以喻思親深切。其二為《唐風・鴇羽》：「肅肅鴇羽，集於苞栩。王事靡盬，不能蓺稷黍。父母何怙？悠悠蒼天！曷其有所？」〈毛詩序〉云：「〈鴇羽〉，刺時也。昭公之後，大亂五世，君子下從征役，不得養其父母，而作是詩也。」[49]詩中描寫晉國政治黑暗，賢人君子離鄉從軍、不得事親的無奈，借古喻今，諷諭時政，意味深長。尤其對於與母親相依為命的侯名貴而言，盤旋於孝忠兩難全的掙扎與糾結，自是有更深的感觸。是以，當戰爭愈近告捷，心中愈難以克制對母親的思念，遂興陟屺之思，「即其地築臺望遠，以寄瞻依之慕」，「復繪為圖」，取狄仁傑（630-700）「望雲思親」之意，[50]題名為「疏勒望雲圖」。

「疏勒」之名，起源於西域疏勒國，指「水草豐美」之意。疏勒河綿延千里，灌溉城市綠洲，振興此地繁榮。「望雲圖」與「慈雲圖」、「春暉圖」皆為思親圖中常見之名，用以傳達對父母的永久思念。侯名貴〈疏勒望雲圖〉，今已不知所蹤，尚待日後考證。光緒十九年（1893），侯名貴囑其女婿袁緒欽（1857-？）編校《疏勒望雲圖題詠》，[51]集中也沒有收錄侯名貴的圖畫，只收錄 1 幅朱寶善（1820-1889）繪製的〈疏勒望雲圖〉，該圖為木刻版畫（見圖 39）。

---

[48] 漢・毛亨傳，漢・鄭玄箋，唐・孔穎達疏，龔抗雲、李傳書、胡漸逵、肖永明、夏先培整理，劉家和審定：《毛詩正義》（《十三經注疏》第 4 冊），卷 5，頁 431。

[49] 漢・毛亨傳，漢・鄭玄箋，唐・孔穎達疏，龔抗雲、李傳書、胡漸逵、肖永明、夏先培整理，劉家和審定：《毛詩正義》（《十三經注疏》第 4 冊），卷 6，頁 462-463。

[50] 據《舊唐書》記載，狄仁傑在并州任參軍時，其親在河南別業。一日，途經太行山，登山南望，見白雲孤飛，謂左右云：「吾親所居，在此雲下。」徘徊良久，直至白雲飄走。後晉・劉昫等著：《舊唐書》第 9 冊，卷 89，頁 2885。

[51] 清・袁緒欽：〈跋〉，清・袁緒欽編：《疏勒望雲圖題詠》，頁 1 上。

圖 39　清・朱寶善繪〈疏勒望雲圖〉（見《疏勒望雲圖題詠》，清光緒十九年（1893）刻本，上海圖書館藏）

李子榮（1854-？）序云：「萬里迢遙，漠漠長榆之塞，頻年征戍，蕭蕭細柳之城，故興詩人陟屺之思，遂動梁公望雲之感。於是度一弓之隙地，建百尺之崇搆，依亭闢圃，旁植慈竹，鑿沼引流即為孝。水投壺既輟，射石方還笳鼓不喧，烽煙無警，拾級聯登，引領延睇，牛羊數點，目窮戈壁之沙，鴻雁千行，夢斷瀟湘之路。」[52]可知望雲臺有百尺之高，周圍有亭閣、園圃環繞，並種有慈孝竹，鑿沼引流以為孝。今雖無法得見侯名貴原圖，但從朱寶善畫中構圖可見：畫面下方前景綠樹、屋舍櫛比鱗次，曲溪蜿蜒，延伸至中景小橋人家，亭宇相間，形成空間深入的效果。自中景而上，山石、草樹將空間延伸至高而深遠的後景，右方高臺，一人獨自眺望遠方，望斷極

[52] 清・李子榮：〈序〉，清・袁緒欽編：《疏勒望雲圖題詠》，頁 3 上。

目，彷彿無限心事，構成思遠的隱喻符號；左方山河環繞，廣闊無邊，形成悠遠的空間結構。在此圖中，畫面右方為實際空間的北方，畫面左方為實際空間的南方。因此，人物由右望左，實際上即是面向南方，由北望南。人物遠眺南方山河，內在的思念與孤寂，亦隨著無盡綿延的空間，層層漫延。如龔顯曾（1841-1885）序中所謂：「關塞迢遙，思更深於苞栩」[53]充滿無限悠悠思念。

第二節　歌詠「移孝作忠」之精神

〈疏勒望雲圖〉取意狄仁傑「望雲思親」為名，本質上即隱含游子他鄉、不得孝親的無奈。而在左宗棠等人的題詠裡，已然可見諸上對於「自古忠孝兩難全」命題的論述與辯析，甚而以此延伸出「移孝作忠」的詮釋視角，企圖權衡「忠」、「孝」之間的矛盾。

一、忠孝古難全

西征戰爭結束後，光緒七年（1881），侯名貴奉命統帶福建營兵，以備海防，隨行不忘攜帶〈疏勒望雲圖〉，「及來閩，遍徵學士能詩文者紀之，此亦公欲顯揚其親之微念也兮。」[54]是以，經此廣布流傳，朝中各階官員紛紛參與題詠，至光緒十九年（1893）袁緒欽編校《疏勒望雲圖題詠》，包含序跋，共得 140 人、211 篇題詠，可謂「雄篇偉製，繽駢炳耀，亦總集之鉅觀也」。此書共分 5 卷，按五言古詩、七言古詩、五言律詩、七言律詩、絕句，「分體相次，錄付槧工」。[55]人名之下，著錄字號、籍貫與官職，唯各詩之下無著錄題詠時間，是為缺憾。第一卷前有張兆棟、李子榮、龔顯曾、薛紹元、陳世清、慶恩、侯材驥 7 人題序，第五卷後有袁緒欽題跋。諸士序言緊扣侯名貴盡忠報國、無以母為念，故繪〈疏勒望雲圖〉「以志孝思」的

53 清・龔顯曾：〈序〉，清・袁緒欽編：《疏勒望雲圖題詠》，頁 5 下。

54 清・薛紹元：〈序〉，清・袁緒欽編：《疏勒望雲圖題詠》，頁 8 下。

55 清・袁緒欽：〈跋〉，清・袁緒欽編：《疏勒望雲圖題詠》，頁 1 上。

創作動機作為開展。因此可說，〈疏勒望雲圖〉的創作本意是建立在「幼失乾蔭早，慈父之見背」[56]的前提下，有意識地凸顯侯名貴移孝作忠、彰顯侯母之賢德、歌頌侯名貴英勇善戰，以及揚名顯親之孝行。

中國傳統以孝道為維繫社會之根本，但凡「立身治國之道」，無不盡在其中。[57]而當有戰爭或重大事件發生時，「忠」與「孝」往往互相牴觸，難以兩相權衡。因此，劉炳照（1847-1917）〈菩薩蠻・題侯桂舲軍門朝貴疏勒望雲圖〉云：「將軍立馬千山雪。衡陽道遠音書絕。萬里覓封侯。親恩何日酬？」[58]楊昌濬（1826-1897）云：「忠孝一生事，艱難百戰場。披圖期努力，愛日報方長。」[59]顯現出忠孝兩全——覓封侯——報答親恩三者的緊密關連與必然矛盾。古來忠孝兩難全，一直是游子征人最深的糾結，也是〈疏勒望雲圖〉題詠中最常見的論題，裴坤（生卒年不詳）云：「英雄孤立易，忠孝兩成難。」[60]吳曾祺（1852-1929）云：「忠孝兼全古所難，如公誠足慰瞻韓。」[61]王步蟾（1853-1904）云：「吁嗟忠孝難兩全，兒能許國親欣然。」[62]王福培（生卒年不詳）云：「古來忠孝難兩全，未得報親先報國。」[63]此其當中，王步蟾、王福培更將「忠孝兩難全」推至「報親先報

---

56 清・陳世清：〈序〉，清・袁緒欽編：《疏勒望雲圖題詠》，頁 9 上。

57 宋・司馬光著，李文澤、霞紹暉校點：〈再乞資蔭人試經義劄子〉，《司馬光集》第 2 冊（成都：四川大學出版社，2010），卷 41，頁 913。

58 清・劉炳照：《留雲借月盦詞》（《清代詩文集彙編》第 766 冊，據清光緒十九年（1893）陽湖劉氏刻二十一年（1895）續刻本影印），卷 2，頁 2 上-下。

59 清・楊昌濬：〈題疏勒望雲圖〉，清・袁緒欽編：《疏勒望雲圖題詠》，卷 3，頁 1 上。

60 清・裴坤：〈題疏勒望雲圖〉，清・袁緒欽編：《疏勒望雲圖題詠》，卷 3，頁 5 下。

61 清・吳曾祺：〈題疏勒望雲圖〉，清・袁緒欽編：《疏勒望雲圖題詠》，卷 2，頁 8 上。

62 清・王步蟾：〈題疏勒望雲圖〉，清・袁緒欽編：《疏勒望雲圖題詠》，卷 2，頁 36 下。

63 清・王福培：〈題疏勒望雲圖〉，清・袁緒欽編：《疏勒望雲圖題詠》，卷 2，頁 13 上。

國」的層次，體現「移孝作忠」在忠孝權衡過程中的推移與轉化。是以，本節將立基於「移孝作忠」的根本論題，從而對〈疏勒望雲圖〉之創作及其題詠展開深究。

從諸士的題序裡，大抵已可確定〈疏勒望雲圖〉的創作本事，及其各家題詠意涵，然而，在此 7 人的題序中，最值得注意的是薛紹元（1850-？）的序文。薛氏的題序提供了一個有別於其他作序者的觀看視角，他以侯母的角度切入，論其教育兒子的觀點與理念，進而推演出「移孝作忠」的本質內涵。其序云：

> 太夫人勖以致身之義，報國之忠，積二十年，其志益勵。行役所向，雖三塗太室之險，九谿之毒，絕塞萬里，冰天雪窖，履之如衽席也。髮匪之眾，捻之疾，回之勁悍，橫槊銜鏃，風櫛雨沐，而枕籍兵革，安之如室家也。夫親志在乎扶持仰搔其職易盡者，至於勳業竹帛，古人以為難，公乃豐功偉績，彪炳當代，是太夫人之志遂矣。[64]

是時，捻回肆虐，國步方艱，侯母以「致身之義」，「積二十年，其志益勵」，策勉侯名貴盡忠報國，義不容辭。此中癥結在於：寡母含辛茹苦養大親兒，豈忍兒子離鄉遠去，前赴沙場，深入「絕塞萬里」、「冰天雪窖」之地，忍受「風櫛雨沐」的跋涉與辛勞？然而，侯母深知「覆巢之下，復有完卵乎？」[65]國家興亡，茲事體大，因此，為顧全大局，不以私情為念，勵子從戎，效力國家。不僅表現侯母識大體的無私精神，亦體現出賢德恭良的母範美德。至肅清新疆，「公乃豐功偉績，彪炳當代」，薛氏以為：「是太夫人之志遂矣」。換言之，侯名貴移家為國的心念與行動，實是遂志侯母之心願，也可說是全盡孝道的一種表現。

藉由該篇序文流露的訊息，可延伸若干值得思考的問題：其一，侯名貴

---

64 清・薛紹元：〈序〉，清・袁緒欽編：《疏勒望雲圖題詠》，頁 8 上-下。

65 南朝宋・劉義慶著，南朝梁・劉孝標注，余嘉錫箋疏：〈言語〉，《世說新語箋疏》上冊，卷上之上，頁 69。

在晚清亂世中，選擇捨身救國、為國盡忠的道路，顯然與其母親「以忠訓子」的教育思想極其相關。而在中國儒家重視孝道精神、以孝為本的思維脈絡中，究竟是如何推演出「移孝作忠」之思想，並且深化人們的心中？其二，父系制度體制下的婦女，如何在丈夫故歿後，由基本對兒子的養育照顧到承擔起代父教子的責任，完成士人眼中對「賢母」形象的期許，培育出一個深具仁義道德的賢人君子？其三，侯名貴協助左宗棠完成西征之後，以其「豐功偉績」榮耀寡母，顯然是儒家「揚名顯親」孝道精神的最大光榮。侯材驥（1837-1893）序云：「軍門之不忘母訓，所以發名成業者，固不可以無述也。」[66]亦凸顯時人對於功成名就以「揚名顯親」的重視。是以，倘若回歸「移孝作忠」、「揚名顯親」的根本論題上，觀者究竟該如何予以〈疏勒望雲圖〉最佳詮解，即是題詠此圖最貼近創作本意的問題。

二、盡忠即盡孝

中國儒家講究人倫道德，以「五倫」為道統之起點，視其為維繫人際關係與社會秩序的基礎。而「五倫」之根本在於以「孝」為出發點。孔子認為：「君子之事親孝，故忠可移於君；事兄悌，故順可移於長；居家理，故治可移於官。」[67]孔子「孝」的重點是家庭倫理之孝，「孝」是「忠」的前提，是衡量一個人德行的標準。以孝觀人，同樣可見於《唐虞之道》論述堯擇舜之事：「古者堯之與舜也：聞舜孝，知其能養天下之老也；聞舜弟，知其能事天下之長也；聞舜慈乎弟，象□□，知其能為民主也。」[68]在〈疏勒望雲圖〉題詠中，王葆辰（1835-？）云：「真為朝廷培士氣，由來忠孝屬人倫。」[69]唐炳（生卒年不詳）云：「真不愧君親君不見，古來孝子皆忠

---

[66] 清・侯材驥：〈序〉，清・袁緒欽編：《疏勒望雲圖題詠》，頁 13 上。

[67] 唐・李隆基注，宋・邢昺疏，鄧洪波整理，錢遜審定：《孝經注疏》（《十三經注疏》第 26 冊），卷 7，頁 55。

[68] 李零：《郭店楚簡校讀記》（北京：中國人民大學出版社，2007），頁 124。

[69] 清・王葆辰：〈題疏勒望雲圖〉，清・袁緒欽編：《疏勒望雲圖題詠》，卷 4，頁 5 下。

臣。」[70]郭炳章（生卒年不詳）云：「古來忠臣皆孝子，望雲臺並雲臺高。」[71]曾光斗（1815-1897）云：「自古忠臣必孝子，忠孝兩全照青史。」[72]何璟（1817-1888）云：「從古忠臣皆孝子，至今絕塞重邊材。」[73]皆反映從古至今「忠臣必於孝子之門」的觀念，始終深化士人的心中。而孔子在藉由「父攘羊，而子證之」的事例中，更闡明當忠孝發生衝突時，理應堅守「父為子隱，子為父隱」的原則，先孝而後忠。[74]郭店楚簡〈六德〉論喪服之禮云：「為父絕君，不為君絕父。」[75]彰顯的是「父重於君」、「孝先於忠」的思想。《唐風・鴇羽》云：「王事靡盬，不能蓺稷黍。父母何怙？」意謂終年服役，離父母遠行，是為不孝，同樣流露出「孝先於忠」的觀點。

然而，至戰國中期以後，「先孝而後忠」的觀念發生改變。[76]由於封建君主專制制度的確立，父權與君權之間產生矛盾衝突，致使「忠」與「孝」之間出現輕重先後的問題。為了因應時代變遷，配合國家政治所需，致使原本孔子主張「以義輔親」的思想無可避免地走向衰頹。其後《孝經》更在繼承孔子、曾子的思想基礎上，由孝悌之道推衍出忠君之道，認為「以孝視君則忠」，[77]將家庭倫理之孝與社會政治相結合，加以融通轉化，發展出「以孝勸忠」、「移孝作忠」的思維觀。此後，荀子更是極力將儒家孝道推往封

---

70 清・唐炳：〈題疏勒望雲圖〉，清・袁緒欽編：《疏勒望雲圖題詠》，卷 2，頁 28 上。

71 清・郭炳章：〈題疏勒望雲圖〉，清・袁緒欽編：《疏勒望雲圖題詠》，卷 2，頁 34 下。

72 清・曾光斗：〈題疏勒望雲圖〉，清・袁緒欽編：《疏勒望雲圖題詠》，卷 2，頁 37 上。

73 清・何璟：〈題疏勒望雲圖〉，清・袁緒欽編：《疏勒望雲圖題詠》，卷 4，頁 1 上。

74 春秋・孔子口述，魏・何晏注，宋・邢昺疏，朱漢民整理，張豈之審定：《論語注疏》，卷 13，頁 201。

75 李零：《郭店楚簡校讀記》，頁 171。

76 徐儒宗：《人和論——儒家人倫思想研究》（北京：人民出版社，2008），頁 13。

77 唐・李隆基注，宋・邢昺疏，鄧洪波整理，錢遜審定：《孝經注疏》，卷 2，頁 16。

建孝道。其〈臣道〉云：「從命而利君，謂之順。從命而不利君，謂之諂。逆命而利君，謂之忠。逆命而不利君，謂之篡。」[78]其以為：對君主盡忠，即是為國盡忠，亦即是維繫國家利益，是以從「忠」與「孝」本質的互通性，彰顯君恩重大。如遇忠、孝衝突時，應秉持先忠後孝的原則。自此以後，「孝」便依附於「忠」的需求中，強化個人對於國家之認同，進而將儒家倫理推向政治化的道路。[79]宋代程頤有謂：「古人謂忠孝不兩全，恩義有相奪，非至論也。忠孝，恩義，一理也。不忠則非孝，無恩則無義，並行而不相悖。故或捐親以盡節，或舍君而全孝，惟所當而已。」[80]明代袁可立為張家瑞作墓誌銘云：「為親而出，為親而處。出不負君，移孝作忠。處不負親，出藉孝崇。在三大節，克全厥功。漢有毛義，我有明公。堪並青史，千載同風。宜爾子孫，以孝還孝，以忠還忠。」[81]無不表露對於「移孝作忠」思想的接受與肯定。時至晚清，經世思想興起，「治平天下」，「移孝作忠」，更是深植士人心中。咸豐七年（1857），太平天國之亂方興未艾，曾國藩以父丁憂，不俟朝命，匆遽治喪，左宗棠基於「移孝作忠」之觀點，加以「奪情」論辯，即是一個鮮明的例子。

此外，母親角色對於士人思想的養成與影響力，也是本節探究的重點之一。田夫〈從《列女傳》看中國式母愛的流露〉指出：中國的母愛「主要不在對子女的撫愛或衣食呵護，而在如何將忠孝仁義的道德灌輸在子女的身上。」又說：「善於教養的母親，為社會培育出可為道德典範的子女，這樣

---

78 戰國・荀子著，熊公哲註譯：《荀子今註今譯》（臺北：臺灣商務印書館，2010），卷 9，頁 297。

79 王長坤、張波：〈從「曲忠維孝」到「移孝作忠」——先秦儒家孝忠觀念考〉，《管子學刊》1（2010）：50-55、75。

80 宋・程頤：《河南程氏文集》（《二程集》第 1 冊），卷 8，頁 585。

81 明・袁可立：〈山東費縣張家瑞墓誌銘〉，張之清修，田春同纂：《河南省考城縣志》（《中國方志叢書》第 456 冊，臺北：中國地方文獻學會，據民國十三年（1924）鉛印本影印，1976），卷 12，頁 21 下。

的母愛才受到承認和讚揚。」[82]換言之，史書中呈現出士人眼中的「賢母」典範，並非僅止於基本的生養照顧，而更重要的是教子有方。尤其當父親早逝，母親需在國家社會的期待中，肩負起代父教子的責任，培育出心慈仁孝、忠君愛國，深具道德典範的子女。[83]自古以來，有不少關於賢母教子，勉勵其子當於國家危難之時，捨身就義，竭忠報國的例子。如東漢時，趙苞任職遼西太守，遣人迎母及妻，道經柳城，為鮮卑劫質。趙母遙謂：「威豪，人各有命，何得相顧，以虧忠義！」[84]寧捨己命，亦不願兒子失忠於國。宋時，岳飛從軍抗金，岳母恐其日後背國失忠，遂於其背刺上「盡忠報國」四字，勉其矢志不移，做一名貫徹始終的忠臣。明末，李自成舉兵攻明，周遇吉固守難為，急奔岱州，突圍見母，周母唯恐兒子以己為念，於是放火自焚。此三則故事展現出賢母訓子、殉國忘身的無私大義，趙母、周母甚至為免兒子牽掛，無法盡心報國，選擇犧牲自己的生命。是以可見，捨己救國、移孝作忠的觀念，不但在歷史的流轉裡，深植於士人的內心，也成為賢母身體力行、教育子女的遵循典範。

楊浚（1830-1890）云：「母兮能教忠，功業當勉卒。一襲游子衣，寸寸手中物。」[85]管辰熙（生卒年不詳）云：「一聲驪唱心黯然，含詞再拜阿母前。母曰能忠即能孝，往哉予季尚慎旃。……玉門關外苦寒威，臨行密密縫裳衣。」[86]寫出侯母勖子盡忠及其內心的不捨。然其時國步維艱，侯母

---

82 田夫：〈從《列女傳》看中國式母愛的流露〉，《歷史月刊》4（1988.5）：108、110。

83 相關研究可參鄭雅如：〈中古時期的母子關係——性別與漢唐之間的家庭史研究〉，李貞德編：《中國史新論——性別史分冊》（臺北：聯經出版事業公司，2009），頁135-190。

84 南朝宋・范曄著，唐・李賢等注：《後漢書》第9冊（北京：中華書局，1973），卷81，頁2692。

85 清・楊浚：〈題疏勒望雲圖〉，清・袁緒欽編：《疏勒望雲圖題詠》，卷1，頁3上。

86 清・管辰熙：〈題疏勒望雲圖〉，清・袁緒欽編：《疏勒望雲圖題詠》，卷2，頁5上-下。

「勖以竭忠報國，無以母老為念」[87]的無私精神，反映的是歷來士人眼中的賢母形象，也因此成為諸士題詠的歌頌重點。如諸詩所見：

> 慈訓黽勉從王事，曰忠曰孝並傳經。況今倭寇肆猖狂，侵我藩封擾帝鄉。鯨鯢波動秋風起，海浪掀空溢閩疆。中興宿將復幾人，微公孰為整戎行。烈士暮年心未已，願為請纓報君王。（尹銘綬）[88]

> 家國從來難兩顧，錦衣爭識將軍樹。既報君恩即報親，望鄉卻指湘江路。揭來列戍屯齊雲，都人重復識將軍。寫將許國思親意，披圖如識雲中君。（陳榮儀）[89]

> 邇來海疆苦多事，板輿緩迓慈雲至。知公寸草春暉心，不歉當年望雲意。吁嗟忠孝難兩全，兒能許國親欣然。願移孝思作忠悃，雲臺繼武千秋傳。（王步蟾）[90]

詩中圍繞「忠孝兩難全」的論題，彰顯母訓「黽勉從王事」的陶染與影響，並以為「寫將許國思親意」、「兒能許國親欣然」實乃實現母親的冀望與認同，故可藉此消彌「忠」與「孝」之間的矛盾界線，甚而將二者推移至「既報君恩即報親」、「願移孝思作忠悃」的同等關係。

光緒十一年（1885），左宗棠再題 3 首詩，詩中涉及「忠孝兩難全」、「移孝作忠」、「慈訓黽勉」之相關議題。詩云：

---

[87] 清・慶恩：〈序〉，清・袁緒欽編：《疏勒望雲圖題詠》，頁 10 下。

[88] 清・尹銘綬：〈題疏勒望雲圖〉，清・袁緒欽編：《疏勒望雲圖題詠》，卷 2，頁 38 下。

[89] 清・陳榮儀：〈題疏勒望雲圖〉，清・袁緒欽編：《疏勒望雲圖題詠》，卷 2，頁 6 上。

[90] 清・王步蟾：〈題疏勒望雲圖〉，清・袁緒欽編：《疏勒望雲圖題詠》，卷 2，頁 36 下。

男兒有志在四方，欲求親顯須名揚。自來盡忠難盡孝，征人有母不遑將。

提戎自少貧且賤，學書不成去學劍。膂力剛強原過人，手挽烏號長獨擅。適值潢池盜弄兵，東南半壁烽煙橫。我時陳師掃群丑，三千貔虎屯長營。提戎牽裾別慈母，誓志從戎來江右。隸我軍籍隨我征，勇氣百倍無與偶。浙閩東粵及秦中，轉戰所向皆有功。戎馬馳驅度西隴，勛名懋著何英雄！嗣後回酋肆猖獗，我復出關持節鉞。提戎敵愾效前驅，馬蹄蹴破天山雪。萬里遄征久未歸，遠羈疏勒隔庭闈。登亭南望一翹首，多情時逐白雲飛。雲彌高兮不可步，親舍迢遙渺何處？邊塞秋風匝地寒，吹起心旌無定住。遍年捧檄來閩疆，絜養猶然憾未遑。同是異鄉空陟屺，此懷綿邈長更長。

嗟呼舉世趨薄俗，每以途人視骨肉。提戎雅有至性存，尚有一言為爾勖。我今解組老歸田，不忘魏闕心猶懸。海防善後事孔急，將士還須猛著鞭。提戎素來稟慈訓，身受君恩逾感奮。終當移孝作忠臣，為我國家扶厄運。[91]

此三首詩分別描寫：征前「盡忠難盡孝」的兩難、征時「提戎牽裾別慈母」的決意，以及征後「終當移孝作忠臣」的總結。是以可見，詩作之間不但彼此互相連貫，也可視為是一組包含起承轉合的連續性組詩。第一首詩，開啟「盡忠難盡孝」的論題。第二首詩，首先以「提戎自少貧且賤，學書不成去學劍」說明從軍緣由，一為家貧，二為科舉困蹇。次寫同治三年（1864）至九年（1870）由浙閩轉戰陝西，立下汗馬功勞；而後遠征天山，久征未歸，眷戀庭闈，頓起思親之情。詩中：「登亭南望一翹首」，可與畫中人物登臨

91 清・左宗棠著，劉泱泱等校點：〈題疏勒望雲圖〉，《左宗棠全集》第 13 冊，頁 414-415。

望雲臺，南望遠眺相呼應。至而今，「捧檄來閫疆」，同樣又是「異鄉空陟屺」，言下之意，似乎永無孝親之日。第三首詩，扣緊「孝」為論點，批評世俗「每以途人視骨肉」的看法，反以自身為例，言己雖已「解組老歸田」，但仍猶記「慈訓」與「君恩」，「不忘魏闕」，心懷家國，並勉勵侯名貴「海防善後事孔急，將士還須猛著鞭」，以為「爾勛」盡心努力。換句話說，左宗棠的論點是回歸「孝」的根本目的，立基於「移孝作忠」的本質，稟承慈訓與身受君恩的原則而展開；當「賢母」的影響力透過兒子，由家庭延伸至國家，母教成就兒子一生的榮耀，而兒子則藉由受獲爵祿，回報母親的教養之恩。

晚清經世思想興盛，將「國」視為是「家」的擴大，主張國家危機之時，濟世利民，經邦安國。「移孝作忠」在以不廢孝道的前提下，由個人推至國家，盡忠報國，竭誠事君，視國家大義為家族榮耀、個人光榮；功成名就以後，由國家往返個人本身，個人的成就與榮耀，即是報以父母「揚名顯親」、「光耀門楣」的最大孝道。而侯名貴少忝科名，立功關隴年僅三十餘歲，光榮返鄉，衣錦承歡，即是一個顯例。是以可見，「移孝作忠」不但解決「忠孝兩難全」的抉擇困境，而其將個人成就與國家利益相結合的本質內涵，實際上也更能符合人之常情。

第三節　援引漢將典故的賦歌讚詠

觀察〈疏勒望雲圖〉的題詠作品可以發現：士人喜愛援引漢將典故入詩。漢時，匈奴犯境，邊患問題嚴重，當時除了將領出兵邊塞，亦有不少文人投筆從戎，加入征戰行列，是以，邊塞詩成為漢代詩歌中的一項重要題材。左軍出征新疆，本質與漢代西域邊防意義等同，因此，諸士藉此作為「以漢喻清」的根本條件。

一、「以漢為喻」的邊塞詩

新疆位於中國西北邊際，西漢年間稱之為「西域」，乾隆年間改名為

「新疆」。新疆地理位置掌握邊塞要勢，關乎國之存亡，歷來無數戰爭在此展開，亦留下不少著名邊塞詩篇。如王之渙〈涼州詞〉、王昌齡〈出塞〉、高適〈塞上聽吹笛〉、岑參〈白雪歌送武判官歸京〉等。李白、杜甫雖未親臨邊塞，但也有邊塞詩作，如李白〈關山月〉、〈從軍行〉、〈塞上曲〉、〈塞下曲〉，杜甫〈前出塞〉、〈後出塞〉。那麼，何謂「邊塞詩」？根據胡大浚廣泛定義：「舉凡從軍出塞，保土衛邊，民族交往，塞上風情；或抒報國壯志，或發反戰呼聲，或借咏史以寄意，或記現世之事件；上自軍事、政治、經濟、文化，下及朋友之情、夫婦之愛、生離之痛、死別之悲；只要與邊塞生活相關的，統統都可以歸入邊塞詩之列。」[92]由此觀看〈疏勒望雲圖〉之題詠，其本質乃立基於歌功頌德的前提而展開，且參與題詠的詩人，絕大多數均未曾親赴戰場，詩中涉及邊塞風光的描寫，或從史書延承的傳統意象借此喻彼，徵引想像，援筆撰就，然詩中所呈現報國壯志、征戍艱辛、思鄉念遠的主題意涵，實已具備構成邊塞詩的基本條件。

推溯邊塞詩的起源，可上溯自先秦時期的征戍詩。《詩經》、《楚辭》中保有不少關於征戰的詩篇，是目前可見邊塞詩的最早源頭。[93]時至漢代，因漢匈衝突劇烈，戰爭頻繁，各種描寫生死離別的詩作，都可以在漢樂府中管窺洞見。而在與匈奴的長期抗戰中，有不少士人投筆從戎，赴關邊疆，是以造就出如衛青、霍去病、李廣、班超、竇憲、馬援、終軍一類的英雄人物；他們的勳功偉業，不但在歷史冊頁中留下永垂不朽的聲名，亦成為詩歌文學作品裡士人喜愛比附援引、歌詠稱頌的典範。初、盛唐國力強盛，開疆拓土，連年征伐，邊塞戰事終無休止，赴邊從軍的文人大為增多，因此連帶影響邊塞詩之盛行，甚而發展成唐詩中的一支流派。在唐人心中，昔日的漢代英雄猶如精神生命的模範，當他們借詩言志之時，設想以古喻今，借漢言唐，援引前朝名將入詩，反射內在心理的期許。如王維〈隴頭吟〉：「蘇武

---

92 胡大浚：〈邊塞詩之涵義與唐代邊塞詩的繁榮〉，《唐代邊塞詩研究論文選粹》（蘭州：甘肅教育出版社，1988），頁44-45。

93 佘正松：〈邊塞詩研究中若干問題芻議〉，《文學遺產》4（2006）：60。

纔為典屬國，節旄落盡海西頭。」[94]王昌齡〈出塞〉：「秦時明月漢時關，萬里長征人未還。但使龍城飛將在，不教胡馬度陰山。」[95]李白〈塞下曲〉：「陣解星芒盡，營空海霧消。功成畫麟閣，獨有霍嫖姚。」[96]李益〈塞下曲〉：「伏波惟願裹尸還，定遠何須生入關。莫遣隻輪歸海窟，仍留一箭射天山。」[97]李昂〈從軍行〉：「春雲不變陽關雪，桑葉先知胡地秋。田疇不賣盧龍策，竇憲思勒燕然石。」[98]分別借用蘇武、李廣、霍去病、馬援、班超、竇憲的典故，以期透過遙追漢將不畏臨敵、驍勇善戰的精神，傳達對於今時戰爭勝利的期許。

宋、明時期的邊塞詩，質量雖不及唐，然而詩中對於漢將典故的援引，及其詩人內在情感的投射，皆映照出不同時代的不同歷史面貌。自宋朝建國以來，邊患頻仍，遼、金、西夏、蒙古相繼侵犯，因此產生不少邊塞詩。如寇準〈塞上〉：「征人臨迴磧，歸雁別滄州。我欲思投筆，期封定遠侯。」[99]郭昭著〈塞上曲〉：「胡馬秋肥塞草黃，彎弧直擬犯漁陽。歸鞭卻避弓閭水，知是嫖姚舊戰場。」[100]陸游〈軍中雜歌〉：「匈奴莫復倚長戈，來款軍門早乞和。鐵騎如山尚可避，飛將軍來汝奈何。」[101]明朝邊患來自北方蒙古瓦剌、俺答、土蠻、西番、韃靼與東北的女真，由於這些少數民族長期威脅疆土，因此有防守戍邊之必要，連帶影響邊塞詩的產生。如祝顥〈漁家傲・追和范文正公題塞垣〉：「漫築長城遮萬里。蕭墻不守非良計。試看和親

---

[94] 清・彭定求等編：《全唐詩》第 4 冊（北京：中華書局，1996），卷 125，頁 1256-1257。

[95] 清・彭定求等編：《全唐詩》第 4 冊，卷 143，頁 1444。

[96] 清・彭定求等編：《全唐詩》第 5 冊，卷 164，頁 1700。

[97] 清・彭定求等編：《全唐詩》第 9 冊，卷 283，頁 3231。

[98] 清・彭定求等編：《全唐詩》第 4 冊，卷 120，頁 1209。

[99] 黃麟書編輯，程少籍校補：《宋代邊塞詩鈔》上冊（臺北：東明文化基金會，1989），頁 22。

[100] 黃麟書編輯，程少籍校補：《宋代邊塞詩鈔》上冊，頁 37。

[101] 黃麟書編輯，程少籍校補：《宋代邊塞詩鈔》中冊，頁 773。

並拓地。如醉寐。李陵臺下昭君淚。」[102]李夢陽〈秋望〉：「黃塵古渡迷飛輓，白月橫空冷戰場。聞道朔方多勇略，只今誰是郭汾陽？」[103]戚繼光〈盤山絕頂〉：「但使雕戈銷殺氣，未妨白髮老邊才。勒名峰上吾誰與，故李將軍舞劍臺。」[104]這些詩歌不但反映出邊塞的存亡安危，詩人在徵引漢將故實的用意上，也多借以反襯出悲涼蒼勁、感傷沉鬱的音調。

降及清代，邊塞詩再次出現高峰。[105]清代邊塞詩之興盛，其因與文人貶戍流放、沙俄侵略，以及噶爾丹、阿睦爾撒納、大小和卓、張格爾等叛亂有密切的關聯。由清初丁澎、吳兆騫，乃至中、晚清時期的洪亮吉、林則徐、鄧廷楨、張景祁、劉家謀等，或遭謫遣戍，流放邊塞，或從軍出征，身經戰事，各以不同的詮釋面向呈現邊塞詩的主題內涵。〈疏勒望雲圖〉創作的時代背景，誠如前述所言，也與外夷入侵有關。浩罕汗國軍官阿古柏入侵新疆，威脅大清存亡，左宗棠懷抱收復新疆的決心，徵調軍員，組織軍隊，整體展現出紀律嚴謹、誓死捍衛的強大氣勢。在〈疏勒望雲圖〉的題詠中，士人在看待這場邊塞戰爭，似乎有意藉由遙追李廣（？-前 119）、衛青（？-前 106）、霍去病（前 140-前 117）、鄭吉（？-前 49）、趙充國（前 137-前 52）、馬援（前 14-49）、班超（32-102）、耿恭（生卒年不詳）等漢代將領，託古喻今。《疏勒望雲圖題詠》中援引這些漢代將領的典故，約佔全書四分之一的比例。

二、前引：李子榮題序

在李子榮的序文中，藉由遙追歷史人物之故實，寓託左軍出征新疆之企圖與野心有詳細的論述：

---

[102] 饒宗頤、張璋編：《全明詞》第 1 冊（北京：中華書局，2004），頁 261。

[103] 清・朱彝尊選編：《明詩綜》第 3 冊（北京：中華書局，2007），卷 29，頁 1504-1505。

[104] 清・朱彝尊選編：《明詩綜》第 5 冊，卷 49，頁 2457。

[105] 閻福玲：〈中國古代邊塞詩的三重境界〉，《北方論叢》4（1999）：64-65。

馬文淵素有大志，霍去病深知方略。雙戟在手，不愧壯士之稱；千錢置盤，能為行陣之狀。當赭寇滋擾，蹂躪江淮；黑山白石，嘯聚為群。青犢黃巾，驛騷無已，乃矢同仇之悃，欲賦從軍之樂。太夫人念大鳥之兆生時，鄙阿奴之依目下。仁恕濟軍旅之事，憲英戒辛琇瀕行；忠臣出孝子之門，孫氏勖虞潭討賊。會左文襄公視師江右，招募材官，異其虎癡，奇此猿臂。引郝廷玉為愛將，拔程務挺於偏裨。感激自效，驍勇益奮。獨出獨入，循尉繚之法；八戰八克，高師德之勳。遂使峨峨廬嶽，草木皆兵；岌岌吳門，鯨鯢封觀。隨歷閩疆，達乎粵海。酌甘甯之銀盌，士氣飛騰；破劉豐之玉璽，賊膽驚裂。既而回酋煽燄，潛結外夷；元老出征，再伸天討。遂乃踰秦關，越隴阪，掃赤眉之賊，窮白龍之堆。短兵鏖戰，神箭屢發。車鳴霹靂，遠震皋蘭；陣壯風雲，直過渾窳。衛青之出高闕，障上郡而逐賢王；鄭吉之破車師，中西域而立幕府。金人祭天，靡逃撻伐；留犁燒（應作「撓」）酒，咸奉誓言。昆彌名馬，願輸漢室之閑；單于古鼎，拜獻周家之器。帝嘉爾猷，俾任專閫。蹛林秋淨，式建高牙；甌脫煙清，仍遠斥侯。蒲類將軍屯田而藝嘉穀，戊己校尉拜井而涌飛泉。[106]

該段文字運用無數漢朝典故，層層推進，從戰前的謀略策劃、到出戰時的攻克捷勝，乃至戰後的建設整治，今昔相映，時空交錯，借古喻今。李氏借用東漢新莽時期，張豐迷信「石破玉璽，貴為天子」而叛漢稱王、[107]新莽末年青犢之亂，以及靈帝時期的黃巾之亂，對舉今時洪秀全自為「天王」而起事金田、陝甘之回民叛亂，甚至是阿古柏入侵新疆等亂事，交相呼應。是以可見，漢、清叛亂起事的政治環境極其相似，亂局始終在歷史中輪轉不息。

---

[106] 清・李子榮：〈序〉，清・袁緒欽編：《疏勒望雲圖題詠》，頁 2 上-3 上。

[107] 據《後漢書》記載：東漢太守張豐（？-28），「好方術，有道士言豐當為天子，以五綵囊裹石繫豐肘，云石中有玉璽。豐信之，遂反。」南朝宋・范曄著，唐・李賢等注：《後漢書》第 3 冊，卷 20，頁 739-740。

天下紛亂，「驛騷無已」，侯母念及「大鳥之兆生時」，[108]意寓國邑昌盛之兆，勖勉兒子莫要「阿奴之依目下」，[109]碌碌無為，應投效軍旅，為國效力。接著，李氏又借曹魏時期辛憲英戒子羊琇守節盡責、[110]東晉時期虞潭母親孫氏勖子討賊的典故，[111]彰顯侯母的大義與賢德。會左宗棠視師，招募人才，侯名貴以其天賦異材，為左氏所用；李氏借唐時李光弼引郝廷玉為愛將，後協助討伐安史叛軍的典故，[112]表現李、郝（左、侯）之間，建立在英才卓礫與拔賢識才之關係，因而互助珍惜。左宗棠「緩進急攻」的作戰策略，以及左軍接連捷勝的攻略行動，均顯示左氏本身的謀略智慧與領導能力。而李氏藉由馬援「聚米為山谷，指畫形埶」以助漢光武帝擊潰隗囂、[113]衛青初戰匈奴凱旋而歸、[114]尉繚助秦統一六國，[115]稱許左軍人才濟濟，

---

108 《孔子家語》〈五儀解第七〉云：「昔者殷王帝辛之世，有雀生大鳥於城隅焉，占之者曰：『凡以小生大，則國家必王，而名必昌。』」是以，「大鳥之兆生時」乃指祥瑞之兆。王國軒、王秀梅譯注：《孔子家語》（北京：中華書局，2009），卷 1，頁 59。

109 「阿奴之依目下」典故出自《世說新語》〈識鑒〉：晉時，周顗母冬至舉酒賜三子，喜家有相，無復憂愁。周顗之弟周嵩起而跪泣曰：「不如阿母言。伯仁（周顗）為人志大而才短，名重而識闇，好乘人之弊，此非自全之道。嵩性狼抗，亦不容於世。惟阿奴（周謨，小字阿奴）碌碌，當在阿母目下耳！」爾後，周顗、周嵩果為王敦所害。李子榮反用此典，以為侯母不願兒子跟在身邊而碌碌無為。南朝宋．劉義慶著，南朝梁．劉孝標注，余嘉錫箋疏：《世說新語箋疏》中冊，卷中之上，頁 471-472。

110 辛憲英（191-269）為曹魏侍中辛毗之女，羊耽之妻。景元三年（262），鎮西將軍鍾會召其子羊琇為參軍，辛憲英極為憂慮，羊琇固請於文帝，未允，辛憲英戒子行事守節仁恕。後鍾會叛變，羊琇直言勸諫，因此得以保全。唐．房玄齡等著：《晉書》第 8 冊，卷 96，頁 2508-2509。

111 虞潭母親孫氏（248-342）為孫權族孫女。永嘉五年（311），杜弢謀反，孫氏勖勉虞潭以必死之義出兵討伐，並傾其資產犒勞戰士。咸和二年（327），蘇峻作亂，孫氏勖勉虞潭捨生取義，勿以其年老所累，並盡發家僮，隨潭出戰，貿其環珮以充軍資。唐．房玄齡等著：《晉書》第 8 冊，卷 96，頁 2513-2514。

112 後晉．劉昫等著：《舊唐書》第 12 冊，卷 152，頁 4067-4068。

113 南朝宋．范曄著，唐．李賢等注：《後漢書》第 3 冊，卷 24，頁 834。

114 漢．班固著，唐．顏師古注：《漢書》第 8 冊，卷 55，頁 2472-2473。

115 漢．司馬遷著，宋．裴駰集解，唐．司馬貞索隱，唐．張守節正義：《史記》第 1

不乏助君平亂的才能之士。

由閩疆、粵海、甘寧、秦關、隴阪至白龍，一路斬將殺賊，「陣壯風雲」，李氏連用了三個漢代典故：衛青敗右賢王於高闕；[116]鄭吉功戰車師、降服日逐王，後以西域都護，建立幕府，鎮撫各國；[117]霍去病擊破匈奴休屠王城，奪走匈奴人的「祭天金人」。[118]漢武帝元狩四年（前 119）以前，漢朝與匈奴和議訂盟，匈奴單于「以徑路刀金留犁（飯匙）撓酒，以老上單于所破月氏王頭為飲器者共飲血盟」，[119]以示不相侵犯。然而，冒頓單于「咸奉誓言」，屢背盟約，數犯邊境。因此，漢武帝派衛青、李廣、霍去病等人北伐匈奴，此後漢宣帝亦派鄭吉、趙充國征討匈奴。李氏借用衛青、鄭吉、霍去病典故之用意，無非是為比喻左軍氣勢浩大，轉戰各地，「靡逃撻伐」，聲威遠播，「遠震皋蘭」，「直過渾窳」，所向披靡，戰績卓著。接著，李氏借用東漢明帝之時，竇固攻打匈奴，戰勝後，烏孫昆彌「遣使獻名馬，及奉宣帝時所賜公主博具，願遣子入侍。」[120]以及竇憲出兵匈奴時，南單于於漠北贈其周朝仲山甫古鼎的典故，[121]以示歸順勝利。按顏師古注：「蹛者，繞林木而祭也。鮮卑之俗，自古相傳，秋天之祭，無林木者尚豎柳枝，眾騎馳遶三周乃止。」[122]「蹛林」即匈奴秋季的祭天活動。相對漢族王朝「南郊祭天」的活動，自古以來，一直都是國家重要的祭典。因此，此以匈奴「蹛林秋淨，式建高牙」暗指漢王朝對匈奴的征服，亦指滿清王朝對陝甘、新疆回族的收復。陝甘、新疆平定後，皇帝俾任左宗棠專主權事。左氏對於駐防屯田相當重視，「蒲類將軍屯田而藝嘉穀，戊己校

冊，卷 6，頁 297-298。

[116] 漢・班固著，唐・顏師古注：《漢書》第 8 冊，卷 55，頁 2474-2475。

[117] 漢・班固著，唐・顏師古注：《漢書》第 9 冊，卷 70，頁 3005-3006。

[118] 漢・班固著，唐・顏師古注：《漢書》第 8 冊，卷 55，頁 2479。

[119] 漢・班固著，唐・顏師古注：《漢書》第 11 冊，卷 94 下，頁 3801。

[120] 南朝宋・范曄著，唐・李賢等注：《後漢書》第 3 冊，卷 19，頁 720。

[121] 南朝宋・范曄著，唐・李賢等注：《後漢書》第 3 冊，卷 23，頁 817。

[122] 漢・班固著，唐・顏師古注：《漢書》第 11 冊，卷 94 上，頁 3752。

尉拜井而涌飛泉」，運用西漢蒲類將軍趙充國屯田湟中計策，[123]以及東漢戊己校尉耿恭拜天掘井的典故，[124]表明左軍將持續在此屯田駐軍，誓死戍邊守疆。

值得一提的是，左宗棠平定關隴後，為了禁斷鴉片，重建西北經濟，因此主張推廣植桑養蠶，勸課蠶桑。光緒六年（1880），上疏〈辦理新疆善後事宜摺〉云：「新疆南北產桑，土人但取葚代糧，或稱藥材，蠶織之利未廣。俄羅斯及諸邊種人購絲於新疆，不足，仍議入蜀購絲。……前飭滬局採運委員胡光墉延訪德國開河、鑿井、織呢師匠，帶購機器來蘭州，入製造局教習西法；並飭募雇湖州士民熟習蠶務者六十名，交委員祝應燾由籍管領，並帶桑秧、蠶種及蠶具前來，教民栽桑、接技、壓條、種葚、浴蠶、飼蠶、煮繭、繅絲、織造諸法。……期廣浙利於新疆也。」[125]欲將蠶桑技術引入新疆，富國利民，可見左氏實業報國的理想。

李子榮序文彰顯了左軍守護邊疆的愛國之志，文中用典繁多，橫跨西漢至唐，幾近句句用典、字字有來歷之境地。其中，又以引用漢朝典故為多。在描寫對抗外敵之事，援引西漢衛青、鄭吉、霍去病、趙充國與東漢馬援、竇固、竇憲、耿恭抗擊匈奴的典故；描寫引動內亂之事，則借用東漢青犢、黃巾、張豐叛亂的典故。其目的反映了漢、清二代在面臨邊患侵擾與內亂起事有著相似的政治環境，也藉由平亂將領的故實，闡明因這群有識之士身先士卒、不畏強敵的愛國精神，才得以維持疆土的完整。李氏此序提供引領觀看題詠的視角，諸士透過邊塞詩「借漢比興」的書寫傳統，「以漢喻清」，

---

[123] 漢宣帝神爵元年（前 61），趙充國為徹底解決羌族進犯，準備長期駐軍，因此上書漢宣帝屯田湟中，以解決軍糧問題，得到皇帝讚賞。漢・班固著，唐・顏師古注：《漢書》第 9 冊，卷 69，頁 2983-2992。

[124] 竇固攻克車師後，曾仿西漢舊例，重建西域，以關寵、耿恭為戊己校尉，分駐柳中城、金蒲城，施行屯田。其後匈奴再度叛漢，耿恭圍困疏勒，單于迫降，耿恭誓死不屈，糧盡水絕，遂向井祝禱，深掘枯井，得水湧出。南朝宋・范曄著，唐・李賢等注：《後漢書》第 3 冊，卷 19，頁 720-721。

[125] 清・左宗棠著，劉泱泱等校點：〈辦理新疆善後事宜摺〉，《左宗棠全集》第 7 冊，光緒六年（1880）4 月 17 日奏稿，頁 467-468。

遙承漢朝的時代精神。

三、引用西漢武將典故

諸士題詠喜愛引用漢代人物典故，依數量多寡為：班超、霍去病、耿恭、李廣、馬援、衛青。其中，「衛、霍」、「定遠、嫖姚」又常並稱連用，有些題詠者甚至同時連用數個人物典故。詩人隸事用典，往往有其寄託用意，因此藉由探討諸士所引用之漢代將領的故實，可深掘出其中的比興意義。

（一）衛青、霍去病

首先，以西漢霍去病為論。諸士題詠筆下對霍去病的書寫模式，與李子榮借霍去病破休屠王城、奪匈奴「祭天金人」闡揚其英勇無畏有所不同。如以下詩作所見：

> 建牙九塞靖塵囂，心逐雲飛驛路遙。遠志不殊陶太尉，奇勳再見霍嫖姚。（吳宗彥）[126]

> 乾坤昔日肆羣醜，憤激侯公興畎畝。琱戈百戰定中原，旌旗復指天山右。蕩蕩軍聲動地行，一震威傾南八城。去病論功居第一，幕南從此無王庭。（萬鵬）[127]

> 用兵不數醫無閭，銘功豈獨狼居胥。天山岧嶤未云遠，疏勒更在天西隅。侯家將軍奇男子，氣如虓虎才尤美。分統偏師出玉關，經旬底定踰千里。電掣星奔鼓角飛，禽蒐草薙成長圍。直馳疏勒始駐足，雄風開闔蚩尤旂。

[126] 清・吳宗彥：〈題疏勒望雲圖〉，清・袁緒欽編：《疏勒望雲圖題詠》，卷 4，頁 6 下-7 上。

[127] 清・萬鵬：〈題疏勒望雲圖〉，清・袁緒欽編：《疏勒望雲圖題詠》，卷2，頁23下-24 上。

……嗟余薄宦不稱意，憾未從君掌書記。題圖不覺搖壯心，墨瀋何如磨盾鼻。（張賡年）[128]

忠孝由來屬豪傑，既酬遠志念當歸。豈知又踏天山雪，天山之高高入天。黃埃極目稀人煙，漢唐以來尠人至。惟有霍衛窮遙邊，將軍慨然歌出塞。驅兵渡漠揚長鞭，堅冰積山地欲裂。……紅柳萬樹天相連，封狼居胥奏奇績。立燕然石功同鐫，大功既定烽煙息。（莊湙孫）[129]

霍去病為衛青外甥。衛氏家族因衛子夫受寵於漢武帝而飛黃騰達，連帶霍去病也受到重用。霍去病年方十七歲即隨其舅衛青出征匈奴，領兵百騎，俘虜單于叔父與國相，並斬殺單于祖父等二千多名匈奴，軍功顯著，受封嫖姚校尉，故有「霍嫖姚」之稱。元光六年（前 129），衛青與李廣、公孫敖、公孫賀兵分四路，攻打匈奴，四人之中，唯僅衛青凱旋而歸。霍去病首戰匈奴，即有此佳績，可堪比衛青當年初戰匈奴，因此「衛、霍」並稱，除了有隱喻舅甥關係之外，重點還是在揄揚二人有著相同的勇謀與功勳。此後，衛、霍數度交戰匈奴。元狩四年（前 119），衛、霍分別斬殺右賢王與左賢王，霍去病更乘勝追擊，追至狼居胥山，並在此祭天封禮，以表成功。後又追至瀚海（今貝加爾湖），方才收兵。自此，匈奴遠遁，「幕南從此無王庭」。對映左軍西進之戰，由北疆烏魯木齊、昌吉、呼圖壁、瑪納斯城、達坂城、吐魯番、托克遜，而至南疆喀喇沙爾、庫爾勒、庫車、拜城、阿克蘇、烏什、喀什噶爾、葉爾羌、英吉沙爾、和闐等地，「蕩蕩軍聲動地行，一震威傾南八城」，掃盪亂匪，收復天山南北，最後更平定安集延、布魯特再度進犯，勢如破竹，可與當年「霍衛窮遙邊」、「慨然歌出塞」相比擬。

霍去病戰功彪炳，年少得志，比之侯名貴立功關隴，雖已三十有餘，但

---

[128] 清・張賡年：〈題疏勒望雲圖〉，清・袁緒欽編：《疏勒望雲圖題詠》，卷 2，頁 14 上-下。

[129] 清・莊湙孫：〈題疏勒望雲圖〉，清・袁緒欽編：《疏勒望雲圖題詠》，卷 2，頁 21 上-下。

於晚清仕宦艱辛的時局裡，侯名貴相對算是早立功名，因此，「以霍喻侯」，更可凸顯侯名貴的奇勳與不凡。而在這些援引霍去病典故的題詩裡，詩人們尤其喜愛表彰霍去病「封狼居胥」以告功成之事，藉此喻託侯名貴築臺疏勒的功成寓意。「封狼居胥」不僅代表霍去病征戰生涯的巔峰成就，亦在往後歷史長流中，引以為歷代將領的最高旌表，甚而成為詩歌反覆吟詠的典事。是以，詩人反覆歌讚：「奇勳再見霍嫖姚」、「去病論功居第一」、「封狼居胥奏奇績」，目的無非是為彰顯侯名貴的少將之才與功勳彪炳，彷彿如見當年霍去病。張賡年（1901-？）詩甚至藉由疑問反詰：「銘功豈獨狼居胥？」企圖超越霍去病為大漢建立的勳功偉業，標榜大清之中，不乏有侯名貴等立功關塞之英雄，足以獲此至高殊榮。張詩甚至反寫自我：「嗟余薄宦不稱意，憾未從君掌書記。題圖不覺搖壯心，墨瀋何如磨盾鼻。」意指自己仕宦不得志，遺憾未如侯君投筆從戎，在軍中磨墨起草文書。張詩寄寓個人失意，亦為該圖題詠中的少見之作。

（二）李廣

相較於霍去病典故的援引，雖然同是西漢將領，諸士對於李廣事蹟的引典則明顯鮮少許多。試觀諸詩：

> 卻惜李騫期，寄戀匈奴疆。願學陳叔達，歸奉蒲萄觴。（黎景嵩）[130]

> 冰紈潑墨誰所為，大李小李精權奇。一亭松石偶皴染，忽忽滿紙征人思。（何承道）[131]

> 牽裾黯黯別高堂，二十年餘歷戰場。獨騎搴旗驚李廣，羣酋下馬拜汾

130 清・黎景嵩：〈題疏勒望雲圖〉，清・袁緒欽編：《疏勒望雲圖題詠》，卷 1，頁 7 上。

131 清・何承道：〈題疏勒望雲圖〉，清・袁緒欽編：《疏勒望雲圖題詠》，卷 2，頁 11 上。

陽。邊防久已屠鯨鰐，妙算還資制犬羊。（王肅辰）[132]

良馬因時出，慈烏返哺聞。高臺真獨立，誰寫李將軍。（楊昌濬）[133]

詩中除了援引李廣斬將搴旗、擊抗匈奴的典故，也運用張騫、李敢與唐朝郭子儀、陳叔達的典故。張騫因開拓西域，功封博望侯，拜中郎將，後有立功邊疆之意，遂請兵出征。元狩二年（前 121），武帝派李廣與張騫一同攻打匈奴，李廣被匈奴包圍，而張騫軍隊遲時方至，貽誤軍期。事後，張騫將功抵過，貶為庶人，李廣無過，亦無功賞。[134]黎景嵩（1847-1910）詩云：「卻惜李騫期，寄戀匈奴疆。」意中即流露出對於李、張寄戀立功邊疆的執念與惋惜，而下句「願學陳叔達，歸奉蒲萄觴。」則反借陳叔達得賜蒲萄，因思母患口乾，欲歸奉遺母，[135]謂其不如歸而孝養，以盡孝思。郭子儀在平定安史之亂、攻阻吐蕃與回紇聯兵入侵，功不可沒，勳業顯赫；其為人誠情重義，回紇反敵為友，眾兵捨兵下馬拜之，尊之為父。[136]王肅辰（生卒年不詳）似藉此喻彼，讚許侯名貴軍功的同時，亦表示對其人品之敬重。何承道（生卒年不詳）詩中，獨借李氏一門「大李小李精權奇」，標舉李氏世代忠勇的愛國精神。然而，楊昌濬詩中：「高臺真獨立，誰寫李將軍？」流洩而出的卻是一股深感惋惜的悲音。

李廣一生馳騁沙場，征戰無數，其驍勇善戰，足以令匈奴畏懼，號曰「飛將軍」。[137]然而，李廣終其一生未得封侯，最後引劍自刎，留下千古

[132] 清・王肅辰：〈題疏勒望雲圖〉，清・袁緒欽編：《疏勒望雲圖題詠》，卷 4，頁 5 下。

[133] 清・楊昌濬：〈題疏勒望雲圖〉，清・袁緒欽編：《疏勒望雲圖題詠》，卷 3，頁 1 上。

[134] 漢・班固著，唐・顏師古注：《漢書》第 8 冊，卷 54，頁 2444-2445。

[135] 後晉・劉昫等著：《舊唐書》第 7 冊，卷 61，頁 2363。

[136] 後晉・劉昫等著：《舊唐書》第 11 冊，卷 120，頁 3449-3462。

[137] 漢・司馬遷著，宋・裴駰集解，唐・司馬貞索隱，唐・張守節正義：《史記》第 9 冊，卷 109，頁 3471。

遺憾。元狩四年（前 119）漠北之戰，李廣迷途大漠，延誤軍期，事後為衛青責問，愧而自殺。其子李敢懷恨於心，以箭射傷衛青，而霍去病為了為舅舅報仇，一箭射死李敢。[138]天漢二年（前 99），其孫李陵出征匈奴，血戰數日，終因後無援兵，寡不敵眾，兵敗投降。消息傳至長安，武帝盛怒，夷其三族，母弟妻子盡皆誅滅，[139]而司馬遷也因為其辯護遭受宮刑。李氏家族雖然忠勇愛國，但不論是李廣、李敢或李陵，最終結局都是下場淒涼，成為千古歷史之中的悲劇英雄。儘管李廣受人景仰，但相較於霍去病的年少得志，「李廣難封」的一生寫照，似乎並不符合侯名貴此次戰役「封侯還故里」[140]之亨通顯達，這也是為什麼諸士較少援引李廣典故的主要原因。

四、引用東漢武將典故

西漢漢匈之戰，經由李廣、衛青、霍去病、張騫、李廣利、李陵、鄭吉等人長期的征討與經營，才終於將匈奴逐出西域。然而，東漢時期西羌、匈奴再度犯境，於是朝廷先後又派馬援、竇固、班超、耿恭等人赴邊殺敵，經營西域，是以他們的愛國精神，廣受世人景仰，留下無數歌詠篇什。

（一）馬援

東漢光武帝時，西羌犯擾，馬援以隴西太守率軍攻伐，破西羌於臨洮，後拜為伏波將軍。至匈奴、烏桓侵擾邊境，馬援以為：「男兒要當死於邊野，以馬革裹屍還葬耳，何能臥牀上在兒女子手中邪？」[141]主動請兵討伐。馬援「馬革裹屍」代表著戰死沙場的無畏與決心，其愛國志節深受世人景仰，亦因而成為後世將領立志效仿的精神典範。如詩所述：

江浙閩粵歷關隴，不堪陟屺涕屢傾。十餘年來人事速，電掃天山功破

[138] 漢・班固著，唐・顏師古注：《漢書》第 8 冊，卷 54，頁 2447-2450。

[139] 漢・班固著，唐・顏師古注：《漢書》第 8 冊，卷 54，頁 2451-2457。

[140] 清・吳穆：〈題疏勒望雲圖〉，清・袁緒欽編：《疏勒望雲圖題詠》，卷 4，頁 6 下。

[141] 南朝宋・范曄著，唐・李賢等注：《後漢書》第 3 冊，卷 24，頁 835-841。

竹。自分馬革誓裹尸，居然虎頭飛食肉。（孫翼謀）[142]

公乃伏波橫海徒，酒酣虎帳挽雕弧。執鞭我欲從公後，願附風雲重繪圖。待看寰海清如鏡，九譯鬼方皆奠定。（萬鵬）[143]

孫翼謀（1822-1889）的題詩引用馬援的典故，藉以說明侯名貴「江浙閩粵歷關隴」，出生入死，必然是抱持猶如「馬革裹屍」誓死如歸的決心，才得以堅持十餘年的從軍生涯；所幸兵威已振，勢如破竹，最終不是「馬革裹屍」，而是「飛而食肉」，八騶榮歸。萬鵬（生卒年不詳）的題詩，則以馬援、韓說皆曾統兵南征，降伏亂匪，因此受封伏波將軍與橫海將軍，寓託猶有侯名貴一類的大將之才，橫海擊越，平蕩亂世。

（二）班超

東漢光武帝建武二十四年（48），匈奴發生內訌，分裂南、北二部，南匈奴歸順漢朝，而北匈奴則於明帝時期不斷入侵河西，嚴重威脅邊塞，朝廷任命竇固前往討伐，班超即是參與此戰的其中一員。如前所述，在諸士的題詠之中，援引班超事典者尤其之多，試舉觀之：

回鶻叩關來，蠻氛起魋結。蒼狗幻須臾，胡笳清曉咽。卯金奔命書，重疊如白雪。萬騎趣前行，齧足時解韈。戈壁月生毛，天山霜夾膝。進規得有涯，迅雷忽排折。關戾正洞中，焚衝毀馬褐。霹靂真如神，陰陽賴申泄。遍下南八城，犬羊嗟縮慄。帝覽捷書歡，彤弓錫上列。疏勒付畀專，雨風臣沐櫛。西南莎車望，夕陽紅一抹。東北有焉耆，莽蒼海水闊。飲器月氏頭，且療酒後渴。法曲聽龜茲，何似蜩螗喝。

[142] 清・孫翼謀：〈題疏勒望雲圖〉，清・袁緒欽編：《疏勒望雲圖題詠》，卷 2，頁 11 下。

[143] 清・萬鵬：〈題疏勒望雲圖〉，清・袁緒欽編：《疏勒望雲圖題詠》，卷 2，頁 24 上。

我懷班定遠，此地鞾鼓聒。（楊浚）[144]

疏勒山連塞垣紫，莎車日夕烽煙起。……此時日逐盡驚竄，此地天驕仍屬漢。奚須薛訥箭三連，祇用哥舒槍半段。捷書馳奏甘泉宮，帝嘉乃績頒彤弓。紅柳絲垂鈴閣靜，黃沙日射戟轅雄。牙笏旌幢春晝永，倚閭目極心常耿。立功絕域當承歡，何似萊衣勤定省。山川滿目黃雲飛，陟屺南望何時歸。……吁嗟乎、班生投筆西驅馳，遠志奚若當歸時。請歌杜甫從軍樂，為補束晢（應作「晳」）循陔詩。（呂澂）[145]

昔日龍沙未解兵，登臺南望白雲橫。即今鼓吹轅門日，回首秋風槃槖城。《後漢書》〈班超傳〉：龜茲、姑墨數發兵攻疏勒，超守槃槖城。（侯材驥）[146]

毳帳胡天落日黃，清笳吹冷白山霜。龜茲夜雪馳飛騎，直斬樓蘭洗劍鋩。《後漢書》〈班超傳〉：破白山，臨蒲類。注：西域，有白山，通歲有雪，亦名雪山。（王良弼）[147]

定遠功成未還國，陳湯猶是屯絕域。萬里白雲親舍遙，築臺望雲駐疏勒。（金東）[148]

---

144 清・楊浚：〈題疏勒望雲圖〉，清・袁緒欽編：《疏勒望雲圖題詠》，卷 1，頁 3 上-下。

145 清・呂澂：〈題疏勒望雲圖〉，清・袁緒欽編：《疏勒望雲圖題詠》，卷 2，頁 30 下-31 上。

146 清・侯材驥：〈題疏勒望雲圖〉，清・袁緒欽編：《疏勒望雲圖題詠》，卷 5，頁 2 上。

147 清・王良弼：〈題疏勒望雲圖〉，清・袁緒欽編：《疏勒望雲圖題詠》，卷 5，頁 2 下。

148 清・金東：〈題疏勒望雲圖〉，清・袁緒欽編：《疏勒望雲圖題詠》，卷 2，頁 8 下。

班超出生書香世家，為史家班彪之子、班固之弟，然班超未隨父兄走向文學道路，而是選擇投筆從戎，立身軍旅。永平十六年（73），竇固攻打匈奴，任命班超為假司馬，率兵進攻伊吾盧，雙方交戰蒲類海，班超大勝而返。爾後奉命出使西域，以盤橐城為根據地，率軍駐紮，蕩平匈奴，平定莎車、龜茲、姑墨、溫宿、焉耆、尉犁等城市，撫鎮西域，長達十餘年，是以此城又名「班超城」。諸士題詠藉由班超征伐西域之事，遙映今時左軍西征新疆，一步步收復莎車諸城，其間雖已相隔千年歷史，然而「即今鼓吹轅門日」，又見「昔日龍沙未解兵」、「龜茲夜雪馳飛騎」的戰爭場景，彷彿歷歷在目。相似的時代背景，是詩人們選擇「以漢喻清」的首要因素。而該群題詠之中，又以楊浚的題詩值得注意。同治六年（1867），左宗棠征伐捻亂之時，邀請楊浚入幕，擔任記室，協管軍需供應。然而，同治八年（1869）楊浚便赴臺灣，擔任板橋林本源之教師。[149]因此，實際上楊浚參與左宗棠西征之戰的時間唯僅兩年。而詩中描繪「回鶻叩關來，蠻氛起魋結」一連串的戰爭過程，甚至是抒發「我懷班定遠，此地鼙鼓聒」的從軍心情，皆流露出當時參戰的深刻感觸。

班超收復西域諸城，恢復漢朝對西域的統治權，被受封為定遠侯。此後數年，班超仍滯留西域，撫鎮各城，直至永元十二年（100），班超因年老思鄉，欲歸故里，上疏懇請：「臣不敢望到酒泉郡，但願生入玉門關。臣老病衰困，冒死瞽言，謹遣子勇隨獻物入塞。及臣生在，令勇目見中土。」[150]著令和帝感動，遂召回京。金東（生卒年不詳）題詩以「定遠功成未還國，陳湯猶是屯絕域」，相映左軍在克復諸城之後，並未立刻撤兵離去，而是在此屯兵建設，強調對於西域善後經營的重視。陳湯於漢元帝建昭三年（前 36）遠征郅支單于，殲滅部眾上千人，捷勝之後，上疏有謂：「明犯

---

[149] 歐陽英修，陳衍纂：《福建省閩侯縣志》（《中國方志叢書》第 13 號，臺北：成文出版社，據民國二十二年（1933）刊本影印，1966），卷 72，頁 16 上-下。張子文、郭啟傳、林偉洲：《臺灣歷史人物小傳——明清暨日據時期》（臺北：國家圖書館，2003），頁 620。

[150] 南朝宋・范曄著，唐・李賢等注：《後漢書》第 6 冊，卷 47，頁 1583。

彊漢者，雖遠必誅。」[151]自此留名青史。然陳湯屢次貪汙，數度入獄，品行有損，故少為人徵引。呂澂（1896-1989）的題詩緊扣「望雲思親」之核心意涵，著重功成孝親的重要，由班超投筆從戎至年老歸里發為感嘆：「吁嗟乎、班生投筆西驅馳，遠志奚若當歸時。請歌杜甫從軍樂，為補束晢（應作「皙」）循陔詩。」[152]認為循陔孝親應及時，以免留下「何似萊衣勤定省」的老大傷悲與終生遺憾。

（三）耿恭

在班超出使西域時期，參與漢匈之戰者，主要除了竇固、耿秉、班超以外，尚有耿秉堂兄耿恭。永平十七年（74），敗車師，耿恭以戊己校尉駐師金蒲城，隔年，北匈奴進攻車師，攻擊金蒲城，耿恭以毒箭擊退匈奴。之後移兵疏勒，匈奴進軍圍攻，城中糧盡源絕，耿恭困守孤城，拜井求泉，始終堅守不屈。時值明帝駕崩，新帝登基，朝臣對於發兵救援莫衷一是，直至建初元年（76），援兵抵達時，耿恭軍隊僅剩二十餘兵，後與援軍會合，再戰匈奴，至玉門關時，僅剩 13 人。耿恭志節高尚，忠貞自守，時人鮑昱有謂：「恭節過蘇武」，[153]後人亦敬重其忠烈苦節之精神。那麼，諸士又是如何藉由耿恭的典故，表露對侯名貴的褒讚呢？試觀以下諸作：

人間第一最奇境，必待第一奇才領。天留疏勒待奇人，自昔耿恭曾拜

---

[151] 漢・班固著，唐・顏師古注：《漢書》第 9 冊，卷 70，頁 3010-3015。

[152] 〈南陔〉為《詩經》有目無辭之篇，由西晉束晳補作。詩云：「循彼南陔，言采其蘭。眷戀庭闈，心不遑安。彼居之子，罔或游盤。馨爾夕膳，絜爾晨餐。循彼南陔，厥草油油。彼居之子，色思其柔。眷戀庭闈，心不遑留。馨爾夕膳，絜爾晨羞。有獺有獺，在河之涘。凌波赴汨，噬魴捕鯉。嗷嗷林鳥，受哺於子。養隆敬薄，惟禽之似。勖增爾虔，以介丕祉。」〈毛詩序〉云：「〈南陔〉，孝子相戒以養也。」李善注：「循陔以采香草者，將以供養其父母，喻人求珍異以歸。」故此，後人稱奉養父母為「循陔」。南朝梁・蕭統編，陳宏天、趙福海、陳復興主編：《昭明文選譯注》第 2 卷，頁 279。

[153] 南朝宋・范曄著，唐・李賢等注：《後漢書》第 3 冊，卷 19，頁 723。

井。不圖後有千餘年，將軍繼起善籌邊。（施槃）[154]

天山橫接葱嶺北，西風鼓角屯營幕。飛泉重拜校尉井，貢道遂通都護國。和門日靜煙塵清，登高悄然鄉思生。（陳棨仁）[155]

塞下能談耿伯宗，軍中信有韓擒虎。陷陣黃騶正少年，手量準線發狼煙。洪聲一震收甌脫，朱鷺鐃歌唱凱旋。（郭式昌）[156]

齧氊拜井等閑事，要使忠孝揚天閶。戍樓紞紞動嚴鼓，受降城下開軍府。牙旗卷地擁轅門，霜月橫天照鄉土。（張景祁）[157]

施槃（生卒年不詳）詩中借耿恭「天留疏勒」、守城孤戰之故實，遙映今時左軍駐守疏勒，屯兵防衛；雖時隔千年，猶待奇人，「繼起善籌邊」，以見相同衛國之心。耿恭移防疏勒，不僅是因為此地源水充沛，且地勢險要，易守難攻，更有扼守天山南北通道之用意。是以，陳棨仁（1836-1903）詩中，更進一步藉由「飛泉重拜校尉井，貢道遂通都護國」，表明左軍鎮守疏勒以護衛天山通道之意。郭式昌（1830-1905）詩中，以耿恭之堅毅、韓擒虎之英勇，比喻左軍不乏騏驥之才。張景祁（1827-1891）的題詩，先是企圖透過反面論說，將蘇武「齧氊」、[158]耿恭「拜井」，予以「等閒事」視

154 清・施槃：〈題疏勒望雲圖〉，清・袁緒欽編：《疏勒望雲圖題詠》，卷 2，頁 25 上。

155 清・陳棨仁：〈題疏勒望雲圖〉，清・袁緒欽編：《疏勒望雲圖題詠》，卷 2，頁 6 下。

156 清・郭式昌：〈題疏勒望雲圖〉，清・袁緒欽編：《疏勒望雲圖題詠》，卷 2，頁 24 下。

157 清・張景祁：〈題疏勒望雲圖〉，清・袁緒欽編：《疏勒望雲圖題詠》，卷 2，頁 8 下。

158 據《漢書》記載：漢武帝天漢元年（前 100），蘇武奉命以中郎將身分，護送留於漢朝之匈奴使者。單于扣留，欲降蘇武，乃幽其於大窖之中，絕其飲食。天雨雪，蘇武

之，藉此強化「忠孝揚天閶」的至高精神；而後再以「戍樓紞紞動嚴鼓，受降城下開軍府」，意味左軍在此蘇武、耿恭曾經遭迫受降之地，愈發堅定初心，奮戰到底。張景祁另有〈八聲甘州・長沙侯桂舲軍門隨左侯相統兵出關，剿平回虜，駐軍疏勒，築臺寄望雲之思，繪疏勒望雲圖徵題，為譜此闋〉：「念我馳驅王事，便橫戈瀚海，敢唱刀環。誓雄心許國，尺組繫樓蘭。待歸來、印懸如斗，解征袍、還舞彩衣斑。憑誰問、挂琱弓處，雪壓天山。」[159]亦同樣表彰侯名貴誓死效國的決心。

由上述論述可知，人物最終結局得以功成名就、衣錦榮歸，是諸士選擇徵引其典的重要關鍵。霍去病、班超分別在西漢、東漢建立功勳，並且封侯拜相，榮歸故里，足可比擬侯名貴此行西征之戰。耿恭單兵困守疏勒，堅守不屈，卒全忠勇，而後受封為騎都尉。[160]過程雖異，然功成身退、榮耀歸里，同樣也是諸士選擇耿恭事典的主因。而李廣雖然英勇善戰，令匈奴畏之曰「飛將軍」，但其最終飲劍自刎，以悲劇結束一生，乃是諸士引典較少的原因。馬援雖功在沙場，拜為伏波將軍，封新息侯，然因病死軍中，死後又遭誣陷獲罪，草率下葬。其後，馬援妻子、侄子六度上奏為其申冤，皇帝終於不予追究，馬援屍體才得以遷葬歸里，入土為安。[161]是以，諸士援引馬援典故亦不甚多。

從歷史的發展來看，清初時期，準噶爾入侵，威脅邊境安危，清廷於是發兵征伐，至乾隆二十年（1755），清軍打敗達瓦齊，消滅「準噶爾汗國」，清廷重新統一新疆。此後，分裂與反叛仍未停止，直至左宗棠戡定新疆，天山南北才為清朝收復。漢匈之戰，由西漢武帝、宣帝平復以後，維持

臥齧雪與旃毛並咽之，終不屈降。漢・班固著，唐・顏師古注：《漢書》第 8 冊，卷 54，頁 2459-2463。

159 清・張景祁：《新蘅詞》（《續修四庫全書》第 1727 冊，上海：上海古籍出版社，據南京圖書館藏清光緒九年（1883）百憶梅花仙館刻本影印，2002），卷 5，頁 13 上-下。

160 南朝宋・范曄著，唐・李賢等注：《後漢書》第 3 冊，卷 19，頁 723。

161 南朝宋・范曄著，唐・李賢等注：《後漢書》第 3 冊，卷 24，頁 843-846。

百年和平，至東漢之時，匈奴捲土重來，才又展開大規模的征伐行動。歷史翻轉輪迴的相似性，是多數詩人選擇援引東漢人物典故的原因。其中，班超對於西域的防駐與開拓，猶似左軍在西域的屯兵與建設，以此對比霍去病雖年少得志、但卻英年早逝，班超的生平事蹟似乎又更貼近左軍的西征之行，以及對於侯名貴立功建勳之褒揚。是以，楊鼎勳（1835-1868）詩云：「梁公心事班生志，寫入丹青百感生。」[162]指侯名貴有狄仁傑望雲思親心事、班超之志向，可謂全盡〈疏勒望雲圖〉的創作本意。

小　結

俄國初佔伊犁，向清表示：「代為收復，權宜派兵駐守，俟關內外肅清，烏魯木齊、瑪納斯各城克復之後，即當交還。」[163]左宗棠的西征之行，原無包括收復新疆，然俄國侵占伊犁及其侵略中國的野心，勾起左宗棠奏請收復新疆的決心。由捻亂、陝甘回亂至新疆回亂，乃左宗棠一系列用兵西北之戰爭，亦代表其平生事業的巔峰。西征之行，成就的非但僅只左宗棠個人而已，侯名貴在此戰役之中，以其英勇摧堅之姿，異軍突起，功績炳耀，顯身揚名，在歷史扉頁留下紀錄。相較晚清當時許多困蹇科場的士人來說，侯名貴的境遇相對較為通達順遂。

〈疏勒望雲圖〉為左軍駐軍疏勒之時，侯名貴因思親念遠，取狄仁傑「望雲思親」之意所繪而成。為圖題詠者，除了有當時參與戰爭的左宗棠、張曜、楊浚等人，其餘多為當世名士，可謂匯集「學士能詩文者」[164]之宏篇著作。而該群題詠者在緊扣西征背景，以及〈疏勒望雲圖〉的創作本意，展開圖畫之題詠，主旨大抵圍繞對於侯名貴馳驅萬里，英勇善戰，竭忠盡孝

---

[162] 清・楊鼎勳：〈題疏勒望雲圖〉，清・袁緒欽編：《疏勒望雲圖題詠》，卷 4，頁 3 上。

[163] 清・王樹楠、王學曾：《新疆圖志》（《清朝治理新疆方略彙編》第 1 輯第 20 冊，北京：學苑出版社，2006），卷 54，頁 2 下。

[164] 清・薛紹元：〈序〉，清・袁緒欽編：《疏勒望雲圖題詠》，頁 8 下。

之讚揚。諸士的題詠多藉由圖畫闡發出「移孝作忠」的轉化意涵，以及以漢代英雄為標榜的精神寄託，補充圖畫難以呈現的歷史脈動與人文精神。其時，「移孝作忠」與「經世致用」相結合。當諸士面臨「勞王事而不得養父母」之困境，轉而採取「移孝作忠」為詮釋，將忠君愛國視為孝親之道，既可使有志之士成全大義於天下，亦可權衡「忠」、「孝」之兩難。最後，侯名貴藉由立功邊塞，揚名顯親，全盡對母親之最大孝道。晚清時期，整個國家雖已日趨下游，然而仍有左軍一類赴邊殺敵的愛國之士。是以，諸士企圖藉由衛青、霍去病、李廣、班超、耿恭、馬援之事蹟，隸事用典，「以漢喻清」，透過漢將昂揚向上、不屈不撓的戰鬥精神，寄託左軍將士驍勇善戰、臨危無懼的愛國節操。從整體來說，《疏勒望雲圖題詠》主要以揄揚褒功為旨歸，題詠中較少借畫寄託題詠者的自我情懷。

左宗棠收復新疆以後，俄國仍拒不交還伊犁。光緒四年（1878），清廷派遣崇厚至俄國談判，簽下《里瓦幾亞條約》，俄國雖交還伊犁，但卻割去霍爾果斯河以西、特克斯河流域，以及穆素爾山口等要地。光緒六年（1880），清廷又派曾紀澤赴俄談判，議改條約，並令左宗棠整軍備戰。正當左宗棠懷抱收復這片已失江山之期望，屯軍哈密，向伊犁前進的同時，列強也紛紛向清廷施壓，而李鴻章等人主張和平解決，屢向朝廷陳說。最終，清廷以「現在時事孔亟，俄人意在啟釁，正須老於兵事之大臣，以備朝廷顧問」[165]為由，將左宗棠召回京師，終結左宗棠再次西征、為國效命的可能。

[165] 清・載湉：《大清德宗景（光緒）皇帝實錄》（《大清歷朝實錄》第 86 冊），卷 115，頁 6 下。

第六章　戊戌變法後沉鬱悲壯的詞境——〈春明感舊圖〉題詠與王鵬運之感時憶友

光緒二十年（1894）甲午戰爭爆發，清廷戰敗，隔年與日本簽訂《馬關條約》，除了巨額賠款以外，還割讓臺灣、澎湖，並允許日本在華設廠、增闢通商口岸，是繼第一次鴉片戰爭後危及清朝國勢最深的不平等條約。有識之士深感國家頹敗衰弱，組織強學會，推動維新變法，但最後都以失敗告終。王鵬運〈春明感舊圖〉是戊戌變法失敗以後，由鄭文焯（1856-1918）為其所繪的一幅圖畫，寓託了當時的政治環境，以及王鵬運思念在京故友與憂時傷國的心情。此後，伴隨晚清時局的變化與朝中友人的相繼隕歿，以王鵬運為中心所展開的〈春明感舊圖〉題詠，也因循戊戌政變、庚子事變、辛亥革命的時序發展而層層轉變。由於王鵬運在晚清詞壇有著重要的地位及影響力，是以吸引不少詩家詞人為其題畫賦詠，藉此抒發自我感懷。

第一節　王鵬運在京交游與〈春明感舊圖〉的本事

王鵬運為晚清時期的重要詞人，他在京期間曾加入龍繼棟組織的「覓句堂唱和」活動，其後又與端木埰（1816-1892）、許玉瑑（1828-1894）、彭鑾（1832-1891 後）、況周頤（1859-1926）相互唱和，留下不少詞作。王鵬運、端木埰、許玉瑑、況周頤因同官薇省，並以詞互相唱酬，因此有「四中書詞人」之稱。光緒二十五年（1899）、二十六年（1900），王鵬運曾先後為〈春明感舊圖〉題作 2 首詞，抒發對端木埰、彭鑾等舊友的思念，是以可見，是圖與王鵬運在京的交游密切相關。

一、王鵬運的詞學交游

王鵬運在京詞學活動，主要可分為兩個時期：一為同治十年（1871）至光緒八年（1882），二為光緒十年（1884）至光緒二十七年（1901）。[1]第一個時期以王鵬運加入龍繼棟「覓句堂唱和」為主；第二個時期，以王鵬運與端木埰、許玉瑑、彭鑾、況周頤在「四印齋」的唱和活動為主。端木埰、許玉瑑、彭鑾皆為王鵬運的前輩。端木、許二人分別於光緒十八年（1892）、二十年（1894）卒逝，而彭鑾於光緒十四年（1888）奉命出守廣西，況周頤則於光緒二十一年（1895）離京。因此，本節將以光緒二十二年（1896）以前王鵬運在京的詞學交游為前導。

（一）覓句堂之唱和

王鵬運，字佑遐、幼霞，號半塘、半塘老人、鶩翁，廣西臨桂人，被譽為「清季四大詞人」之首。王氏在詞學史上的地位，以校勘詞集、組織唱和，引領後進，以詞會友，帶動晚清詞人創作活動為最。王鵬運學詞大約始於三十二歲之時。自同治十年（1871）王鵬運入京應試不第，便棲遲京師，其後「以內閣中書，分發到閣行走，旋補授內閣中書」，[2]滯留北京。同治十三年（1874），祖父過世，翌年王鵬運扶柩南歸，至光緒二年（1876）服滿入京。王鵬運在京期間，曾加入龍繼棟組織的「覓句堂唱和」，學習倚聲，開啟學詞之路。龍榆生〈跋槐廬詞學〉云：「槐廬（龍繼棟）與半塘老人生同里閈，又於光緒初同往北京，應禮部試不售，留京任職，每以填詞相唱和，弘度（劉永濟）藏有二氏唱酬詞稿一冊，即作於光緒六年庚辰

---

[1] 光緒二十七年（1901）5 月，王鵬運請長假南歸，至光緒三十年（1904）6 月病逝蘇州以前，皆未曾再有入京行跡。

[2] 清・況周頤：〈王鵬運傳〉，《學衡》27（1924）：3733。又《清代官員履歷檔案全編》云：王鵬運於「（同治）十三年（1874）十二月到閣行走」。秦國經主編：《清代官員履歷檔案全編》第 6 冊（上海：華東師範大學出版社，1997），頁 123。

（1880）前後。」[3]此段文字旨在說明王鵬運、龍繼棟之交游及彼此以詞相唱酬，並有《王龍唱和詞》傳世。[4]

「覓句堂」為龍繼棟在京寓所的中堂。據光緒八年（1882）11 月 26 日唐景崧《請纓日記》記載：「松琴（龍繼棟）為道光辛丑（二十一年，1841）殿撰、江西布政使翰臣（龍啟瑞）先生之子，一字槐廬，壬戌（同治元年，1862）舉人，高雅好學，工篆籀、詩詞，在京師有覓句堂。余與韋伯謙（韋業祥）、王佑霞（王鵬運）、侯東洲（侯紹瀛）、謝子石（謝元麒）時造廬為文字飲。……此外則浙江袁碌秋（袁昶），安徽俞潞生（俞炳輝），山西王粹甫（王汝純），順天白子和，亦時與會。」[5]可知參與覓句堂唱和者，大多是臨桂官吏，包含龍繼棟、唐景崧、韋業祥、王鵬運、侯紹瀛、謝元麒，皆為覓句堂唱和中的主要成員；除此之外，還有袁昶、俞炳輝、王汝純、白子和等外籍人士參與其中。

從王鵬運〈臨江仙・待雨〉、〈憶少年・賞雨〉、〈踏莎行・苦雨〉、〈高陽臺・奉和槐廬詞伯城東紀游之作〉、〈解語花・六月望日，同龍槐廬、王粹甫兩農部游南泡子及天寧寺，歸集覓句堂，同拈此解。並約韋伯謙太史同賦〉、〈解語花・游南湖之次日，以事過積水潭。儷綠妃紅，花事甚盛，再用前解，呈覓句堂〉等詞中，可見當時王鵬運參與覓句堂活動與唱和贈答的行跡，而這些作品，又多為詠物、遊賞之作。其時活動之中最值得注意的是，光緒六年（1880）王鵬運曾邀同端木埰、王汝純、龍繼棟、韋業祥、唐景崧相聚其「四印齋」寓所，為北宋詞人蘇軾祝壽填詞。[6]為蘇軾祝壽的活動，起於乾隆三十八年（1773）翁方綱所發起的「為東坡壽」吟詠活動。此後，由翁氏門生梁章

---

[3] 龍榆生：《龍榆生詞學論文集》（上海：上海古籍出版社，1997），頁 521。

[4] 《王龍唱和詞》手稿，今藏於廣西壯族自治區圖書館，為民國五十三年（1964）龍榆生捐贈。

[5] 清・唐景崧著，李寅生、李光先校注：《請纓日記校注》（上海：上海古籍出版社，2016），卷 1，頁 44-45。

[6] 王鵬運〈大江東去〉序云：「坡公生日，招同疇丈（端木埰）、粹甫、槐廬、伯謙、薇卿（唐景崧），設祀四印齋，敬賦。」清・王鵬運著，沈家莊、朱存紅校箋：《袖墨詞》（《王鵬運詞集校箋》上冊，上海：上海古籍出版社，2017），頁 27。

鉅、李彥章賡續發揚，久而久之，為東坡祝壽便成為文人聚會時的一項重要活動。[7]此時，王鵬運設祀為蘇軾祝壽，除了有追步前賢之意，亦有聯繫與友人情誼的用心。

至光緒八年（1882）春天，王鵬運父親丁憂，南歸扶柩，因而暫離京師。是年 11 月，龍繼棟因雲南報銷案而解任候質，覓句堂的唱和活動也自此告終。關於覓句堂唱和活動的起迄時間，歷來說法多端。據李惠玲考證，覓句堂唱和的活動時間，應為同治十年（1871）至光緒八年（1882）這十餘年之間。[8]換言之，除卻王鵬運南歸為祖父服喪的三年時間，在京期間一直與覓句堂相終始，以奠定日後倚聲填詞的基礎。

（二）王鵬運與薇省友人之唱和

光緒十年（1884），王鵬運服闋期滿，再次入都，受到京師友朋的熱情歡迎，端木埰、許玉瑑、彭鑾等人皆有詞為記。王鵬運〈齊天樂〉序云：「甲申（光緒十年，1884）十月，服闋入都。疇丈、瑟公（彭鑾）、鶴老（許玉瑑）諸前輩，皆有喜晤之作。感舊述懷，倚此奉答。」[9]端木埰《碧瀣詞》自序云：「甲申（光緒十年，1884）以後，與彭瑟軒太守多同日值，今比部許君鶴巢（許玉瑑）、閣讀王君幼霞（王鵬運）亦皆擅倚聲，賡和益

7　魏泉：〈翁方綱發起的「為東坡壽」與嘉道以降的宗宋詩風〉，《士林交游與風氣變遷：19 世紀宣南的文人群體研究》（北京：北京大學出版社，2008），頁 34-70。

8　譚志峰據王鵬運上京應試時間及其〈憶舊游〉之創作時間，推斷覓句堂的活動時間為同治九年（1870）至光緒十二年（1886）之間。胡麗華則根據龍啟瑞在京時間及其與王拯交游時間，推斷覓句堂活動時間為道光二十三年（1843）至光緒十二年（1886）之間。而李惠玲據龍繼棟與韋業祥唱和時間、龍繼棟至北京的時間，以及王鵬運〈憶舊游〉小序所言，考證覓句堂唱和時間應為同治十年（1871）至光緒八年（1882）之間。按《大清德宗景（光緒）皇帝實錄》，光緒八年（1882）11 月，龍繼棟因雲南報銷案解任候質，隔年 5 月被發往軍臺效力，覓句堂活動遂告終結。因此，應以李惠玲考證為確。清・載湉：《大清德宗景（光緒）皇帝實錄》（《大清歷朝實錄》第 87 冊），卷 155，頁 1 上；卷 163，頁 20 上。李惠玲：《清代嶺西詞人群研究》（桂林：廣西師範大學出版社，2015），頁 153。

9　清・王鵬運著，沈家莊、朱存紅校箋：《磨驢集》（《王鵬運詞集校箋》上冊），頁 80。

多。幼霞尤痂耆拙詞，見即懷之。」[10]端木埰、許玉瑑、彭鑾都比王鵬運要年長許多，既是前輩，也是師友。唐圭璋《夢桐詞話》云：

> 朱氏（朱祖謀）從王鵬運學詞，王氏則從吾鄉端木埰前輩學詞。吾鄉夏仁虎前輩云：「彊村晚年，嘗語余曰：『僕亦金陵詞弟子也。』」可見朱氏學詞之師為端木氏，王氏則在師友之間。[11]

此段文字說明了端木埰、王鵬運、朱祖謀（1857-1931）之間的師承關係。端木埰，字子疇，號碧瀣，江蘇江寧人。道光二十九年（1849）優貢，以薦除內閣中書，充會典館總纂，升內閣侍讀。[12]端木埰填詞宗法常州張惠言，王鵬運學詞受其影響尤深。光緒六年（1880），端木埰將其所藏《山中白雲詞》轉贈王鵬運。隔年，王鵬運開始校刻詞集，將姜夔《白石道人歌曲》與張炎《山中白雲詞》合刻成書，定名為《雙白詞》；又刻李清照《漱玉詞》，有端木埰為之作序。爾後，許玉瑑以《詞林正韻》相贈，王鵬運刊刻「坿葉三家詞（《雙白詞》、《漱玉詞》）後」，[13]作為填詞之必備。許玉瑑，原名賡颺，字起上，號鶴巢，江蘇吳縣人，同治三年（1864）舉人，其後屢試不第，滯留京師，入貲中書舍人，轉為刑部郎中。晚年與王鵬運、端木埰、彭鑾往來頻繁，相與酬唱。[14]是以可見，王鵬運從端木埰等前輩學詞、朱祖謀從王鵬運學詞，形成一脈相承的詞學思想體系，也奠定他們亦師亦友的交友關係。

王鵬運此次入都，雖無覓句堂的詩酒活動，然王鵬運與端木埰、許玉瑑

---

10 清・端木埰：〈自序〉，《碧瀣詞》，清・彭鑾輯：《薇省同聲集》（《清末民國舊體詩詞結社文獻彙編》第 23 冊，據清光緒間（1875-1908）刻本影印），頁 2 上。

11 唐圭璋：《夢桐詞話》（《詞話叢編續編》第 5 冊），卷 2，頁 3365。

12 清・陳作霖：〈端木侍讀傳〉，清・繆荃孫纂錄：《續碑傳集》，卷 20，頁 23 上-下。朱德慈：〈端木埰行年考〉，《南陽師範學院學報》2.1（2003.1）：60-66。

13 清・王鵬運：〈跋〉，《詞林正均（韻）》，《四印齋所刻詞》（上海：上海古籍出版社，據清光緒七年（1881）四月重梓刻本影印，1989），頁 1 下。

14 林玫儀：〈晚清許玉瑑詞作之蒐集與整理〉，《詞學》30（2013）：225-226。

私下的交游唱和仍然持續不斷。光緒十一年（1885），王鵬運招端木埰遍歷城西南諸剎，晚更招許玉瑑共飲，相約和姜夔詞調。[15]是年 9 月，王鵬運有寄唐景崧書云：

> 運自客冬入都，閉門息景，游樂全非，回首舊歡，了不可續。不敢謂長安城裡絕少名賢，只以憂患之餘，神形都索。即間一展卷，亦不知於意云何。意興如斯，尚敢於酒國詩城少為馳騁耶？春卿丈（唐景崇）相去咫尺，往還尚稀，他可知矣。同署疇丈、鶴老皆老健如昔，僳直之暇，時一談藝，同鄉則近延左紉鶴課讀猶子阿龍，朝夕聚首。子石見過時多。李子和（李鶴年）先生公子文石，名葆恂，少年英俊，博雅能文，為近年新交中畏友，不可不告君知之。朋友之樂止此。松琴緘札時通，月二三次，襟抱似尚寬闊。昨郵寄手書許氏《說文》，至為精美。欲肆力著書，規模已具者，為《經史地理韻編》，造端宏大，觀成自尚需時。前有書來，約運共為小詞，奉題執事〈請纓圖〉。渠亦有〈長城飲馬圖〉，擬求大筆。嗟乎！同是圖也，其境地相去為何如耶？又豈當年覓句堂促膝蓋時所能逆睹者耶？[16]

唐景崧為王鵬運堂叔之女婿，亦為覓句堂唱和活動之成員。光緒八年（1882），王鵬運服柩南歸，是年，法越事起，唐景崧自薦請纓抗法，前往越南，謝元麒繪〈萬里請纓圖〉以壯形色。[17]信中，王鵬運回首當年在京與諸君宴游唱和，聯吟覓句堂，謝元麒曾繪圖紀事，以致樂也。[18]然而，如今

---

15 端木埰〈一萼紅〉序云：「乙酉（光緒十一年，1885）人日，幼霞閣讀招作清游，遍歷城西南諸剎，晚更招鶴巢共飲，同人相約和石帚調。先是甲申（光緒十年，1884）人日，君尚留滯大梁，曾填此調奉裒。歲星既周，舊雨重聚，撫今思昔，快與感俱，仍填此志喜，即呈兩君政和。」清・端木埰：《碧瀣詞》，清・彭鑾輯：《薇省同聲集》，卷上，頁 7 上-下。

16 清・唐景崧著，李寅生、李光先校注：《請纓日記校注》，卷 10，頁 425-426。

17 清・唐景崧著，李寅生、李光先校注：〈跋二〉，《請纓日記校注》，頁 459。

18 光緒十三年（1887），王鵬運作〈憶舊游・曩與薇卿、伯謙諸君，聯吟於槐廬之覓句

龍繼棟謫居，覓句堂已併入貴人邸寓，而唐景崧則在光緒十年（1884）遠宦福建臺灣道。短短數年，人事換變，「游樂全非」，「了不可續」，令人感慨萬千。然而，可幸的是，端木埰、許玉瑑俱「老健如昔」，近又與李鶴年之子李葆恂結識，其「少年英俊，博雅能文」，因此尚有歡欣可喜之事。王鵬運甚至作有〈金縷曲・贈李文石公子〉：「怪青眼、竟逢仙李。」[19]讚許李葆恂之詩才。全文對比昔時文字之交、朋友之樂，字裡行間難掩今昔之感。

此後，王鵬運居京任內閣侍讀，多與端木埰、許玉瑑、彭鑾邀約唱酬，不廢詞事。光緒十三年（1887）3 月，王鵬運與端木埰、許玉瑑於龍樹寺補禊。[20]秋日，又約與端木埰、許玉瑑、彭鑾相和姜夔〈長亭怨慢〉，[21]其後，端木埰招飲諸士至其「竹平安室」書齋，王鵬運、許玉瑑、彭鑾皆即席有作。[22]時至隔年，彭鑾奉命出守廣西南寧，王鵬運與端木埰、許玉瑑聚集四印齋為其餞行。彭鑾，字瑟軒，江西寧都人。同治五年（1866）任內閣中書，後官會典館提調、廣西南寧知府。[23]王鵬運作有〈百字令・同人集寓齋拜坡公生日，即餞瑟老出守南寧〉云：「君去嶺外春回，婆娑笠屐，弔古應回首。曾是前賢行役地，雅稱文章太守。顧我清吟，城南社冷，松竹成三友。故山雲樹，更添幾許僝僽。」[24]彭鑾離京以後，王鵬運與端木埰、許玉瑑依舊維持相邀唱酬的聚會。在荷誕節之日，三人小憩咫村，把酒為荷花祝壽，

堂，曾倩子石作圖紀事，致樂也。今則槐廬謫居，薇卿遠宦，伯謙、子石先後歸道山，所謂覓句堂者，已併入貴人邸第矣。門巷重經，琴尊已杳，賦寄薇卿、槐廬，想同此懷抱也〉感慨人事已非。清・王鵬運著，沈家莊、朱存紅校箋：《磨驢集》，頁 102-103。

19 清・王鵬運著，沈家莊、朱存紅校箋：《梁苑集》（《王鵬運詞集校箋》上冊），頁 70。

20 清・王鵬運著，沈家莊、朱存紅校箋：《磨驢集》，頁 98-99。

21 清・王鵬運著，沈家莊、朱存紅校箋：《磨驢集》，頁 104。

22 清・王鵬運著，沈家莊、朱存紅校箋：《磨驢集》，頁 118-119。

23 清・彭鑾：〈敘錄〉，清・彭鑾輯：《薇省同聲集》，頁 1 上。秦國經主編：《清代官員履歷檔案全編》第 4 冊，頁 494、頁 592。

24 清・王鵬運著，沈家莊、朱存紅校箋：《磨驢集》，頁 127。

並有聯句之作。[25]隨後，他們又邀約登陶然亭，倚聲填詞。[26]時至 2 月期間，況周頤自四川入京，與王鵬運結識，他們的詩酒聯吟，遂又成為四人的唱和活動。

況周頤，原名周儀，字夔笙，號蕙風，與王鵬運同為廣西臨桂人。況周頤與王鵬運的結識，可說是訂交於與詞結緣的因緣上。況周頤與王鵬運相識的時間，較之端木埰、許玉瑑、彭鑾都來得晚，然而，況周頤學習倚聲的年紀，卻比王鵬運要早。況周頤十二歲時，觀讀黃蘇《蓼園詞選》，「詫為鴻寶，由是遂學為詞」，[27]並師授王拯，[28]遂性嗜倚聲。起初，況周頤填詞「好為側豔語」，「把臂南宋竹山、梅溪之林」。[29]然而自從「戊子（光緒十四年，1888）入都後，獲睹古今名作，復就正子疇、鶴巢、幼遐三前輩，寢饋其間者五年始決。」[30]自此詞格遂變，由輕巧側豔之風轉而沉著內斂。其中，以端木埰、王鵬運對況周頤的指導與影響為最。據唐圭璋云：「端木氏對況氏學詞，督責頗嚴，況氏二十歲時作〈綺羅香〉云，『冬風吹盡柳綿矣』，端木氏見之，甚不為然，申誡至再。」[31]而況周頤受王鵬運「重、拙、大」的詞學觀影響甚深，其《餐櫻詞》自序云：「己丑（光緒十五年，1889）薄游京師，與半塘共晨夕，半塘於詞夙尚體格，於余詞多所規誡，又以所刻宋元人詞屬為斠讎，余自是得窺詞學門徑。所謂重、拙、大，所謂自然從追琢中出，積心領神會之，而體格為之一變。」[32]況周頤弟子趙尊嶽

---

[25] 清・王鵬運著，沈家莊、朱存紅校箋：《中年聽雨詞》（《王鵬運詞集校箋》上冊），頁 132。

[26] 清・王鵬運著，沈家莊、朱存紅校箋：《中年聽雨詞》，頁 132-133。

[27] 清・況周頤：〈蓼園詞選序〉，清・黃氏：《蓼園詞評》（《詞話叢編》第 4 冊），頁 3017。

[28] 況周頤〈鶯啼序・題王定甫（王拯）師媭砧課誦圖〉序云：「周頤年十二，受知定甫先師，忽忽四十餘年。」清・況周頤著，秦瑋鴻校注：《菊夢詞》，《況周頤詞集校注》（上海：上海古籍出版社，2013），頁 378。

[29] 趙尊嶽：《蕙風詞史》，龍榆生主編：《詞學季刊》1.4（1934）：69。

[30] 清・況周頤著，秦瑋鴻校注：〈存悔詞序〉，《況周頤詞集校注》，頁 532。

[31] 唐圭璋：《夢桐詞話》，卷 2，頁 3366。

[32] 清・況周頤著，秦瑋鴻校注：〈餐櫻詞自序〉，《況周頤詞集校注》，頁 534-535。

《蕙風詞史》考其詞風之變云：「自佑遐進以重大之說，乃漸就為白石、為美成，以抵於大成。《新鶯》詞格之變，草線可尋。」況周頤早期詞作見於《存悔詞》與《新鶯詞》，二集多為「少年興會，固無所謂感事」，故詞筆「往往似為之讖」，[33]《新鶯詞》以後之《二雲詞》、《餐櫻詞》、《菊夢詞》等作品，力避淫詞、鄙詞、游詞，而轉為「重大」之筆。是以可見，端木埰、王鵬運在況周頤學習倚聲填詞的生涯裡，有著不可小覷的啟發性與影響力。

王鵬運、況周頤於京期間，不僅共同研討詞藝，也共同校勘《樂府指迷》、《梅溪詞》、《東山寓聲樂府補鈔》等詞集；他們聚會唱和，組織詞事活動，活躍京師詞壇。光緒十四年（1888），王鵬運在京師創立「宣南詞社」，吸引不少當時的名流相聚唱和，包括文廷式、況周頤、盛昱等，皆紛紛加入詞社。[34]除了詞社唱酬，王鵬運、端木埰、許玉瑑、況周頤於四印齋的唱和活動，也是其時詞人匯聚唱和的一股重要力量。光緒十五年（1889），況周頤應試禮部未中，按例官內閣中書。當時，況周頤與端木埰、許玉瑑，時常燕集王鵬運「四印齋」寓所，鑽研詞藝，互相唱酬，因此時人稱其四人為「四中書詞人」。起初，他們燕集四印齋吟唱並非刻意定期的聚會。據端木埰〈齊天樂〉序云：「仲秋十一日，偶過四印齋，夔笙（況周頤）亦至，主人投轄挽留，並招鶴巢，把酒論文，竟夕歡聚，明日卻寄一篇用致感悃。」[35]由於主人的傾談好客，歗侶招邀，乃至後來會聚於四印齋的不定期唱酬，彷彿成為一種慣例。光緒十六年（1890），彭鑾將端木埰《碧瀣詞》、許玉瑑《獨弦詞》、王鵬運《袖墨集》、況周頤《新鶯詞》集

---

33 趙尊嶽：《蕙風詞史》，龍榆生主編：《詞學季刊》1.4（1934）：68-69。

34 宣南詞社至《庚子秋詞》、《春蟄吟》（劉毓盤稱之為「宣南詞社之終局」）問世以前，前後匯聚了不少晚清民國之重要詞人。王易《詞曲史》云：「清末詞人聚於都下者有宣南詞社之集，名流唱和，盛極一時而國事日非，朝政益紊，往往形諸咏嘆。宛然《小雅》怨誹之音。其有集著於世者如盛昱、文廷式、陳銳、王鵬運、鄭文焯、況周儀、朱祖謀，皆社中人也。」劉毓盤：《詞史》（上海：上海書店，1985），頁210。王易：《詞曲史》（北京：東方出版社，2012），頁408。

35 清・端木埰：《碧瀣詞》，清・彭鑾輯：《薇省同聲集》，卷下，頁20上-下。

結為《薇省同聲集》，付梓刊刻，留下四人共同唱和的紀錄。此書面世，即引起京師詞人熱烈回響，「一時興起者眾」，「以半塘為領袖」。[36]從覓句堂唱和之終結，乃至宣南詞社、四印齋唱和之延續，象徵著王鵬運由一名倚聲學習者，逐漸成為詞壇的組織者與引導者。

光緒十六年（1890），況周頤離京返鄉，至光緒十八年（1892）才回到北京。而端木埰也於光緒十八年（1892）春天卒逝。此後，王鵬運的詞學活動，主要是與況周頤、鍾德祥、繆荃孫、張祥齡等人進行，此中又以況周頤與王鵬運往來最密。他們主要藉由聯句唱和的方式，游藝文字之樂，交流彼此的感情，以達詞學交流的目的。況周頤嘗云：「初學作詞，最宜聯句、和韻。始作，取辦而已，毋存藏拙嗜勝之見。久之，靈源日濬，機括日熟，名章俊語紛交，衡有進益於不自覺者矣。」[37]光緒十八年（1892），況周頤由蘇州返京，是夜與劉福姚（1864-？）前往四印齋拜訪王鵬運，席間三人聯句作〈東風第一枝〉，「行為夔笙祝也」，[38]以表情誼。

此外，又有《珠玉詞》聯句唱和。光緒二十年（1894），況周頤與張祥齡過四印齋拜訪王鵬運，一時文字之樂，遂約盡和《珠玉詞》，越 5 日而成，得詞 138 闋。[39]是年，許玉瑑過世。光緒二十一年（1895）清明日，劉溎焴招同傅澧、王鵬運、況周頤游陶然亭，傅澧期而不至，王鵬運回憶曩昔與端木埰、許玉瑑從游情景，不禁感逝傷今而作〈壽樓春〉，並囑況周頤和詞繼聲。[40]是年 4 月，中日簽訂《馬關條約》，中國淪為日本半殖民地，國格淪喪，國勢日下。王鵬運與況周頤以瓶中芍藥為喻，聯句作〈大酺〉，抒

36 夏緯明：〈記蘇州鷗隱詞社〉，張伯駒編：《春游社瑣談》（北京：北京出版社，1998），卷 2，頁 72。

37 清・況周頤：《蕙風詞話》（《詞話叢編》第 5 冊），卷 1，頁 4415。

38 清・王鵬運著，沈家莊、朱存紅校箋：《味梨集》（《王鵬運詞集校箋》上冊），頁 191-192。

39 清・王鵬運：〈序〉，清・王鵬運等著：《和珠玉詞》（《王鵬運集》第 2 冊），頁 2 上。

40 清・王鵬運著，沈家莊、朱存紅校箋：《味梨集》，頁 203-204。清・況周頤著，秦瑋鴻校注：《蕙風詞》，《況周頤詞集校注》，頁 137。

發感時傷國之悲。[41]5 月，王鵬運與張祥齡、王以敏（1855-1921）唱和，作〈採綠吟〉，況周頤「以姬人病，不克赴」，後「用草窗韻，賦詞志恨」，自填 1 首詞。[42]時至 9 月，況周頤離開京師前往南京。此後，兩人仍以詞代書，不時有書信往返。

光緒二十二年（1896）王鵬運上諫太后「駐蹕頤和園」，「誠天下臣民所至願者」，[43]險遭不測，特地束寄一書予遠方友人，述己目前現況。而況周頤得此書信後，作〈齊天樂・丙申（光緒二十二年，1896）七夕前二日，半塘書來，云將出都，似甚憔悴者。宇宙悠悠，半塘將何之！十五夜，月明如畫。傷時念遠，憮然有作，並寄節盦（梁鼎芬）鄂中〉，[44]為遠在京師的友人處境而感傷。由是可見，王、況不僅是訂交於詞的筆墨文友，亦是相知有素的知己。

二、圖畫創作本事

鍾賢培、汪松濤《廣東近代文學史》錄曾習經〈尉遲杯・題半塘老人春明感舊圖〉詞云：「〈春明感舊圖〉是清末著名詞人王鵬運所作的一幅畫，戊戌政變後，曾以此畫遍徵題詠。」[45]該段文字指出兩件事：一是繪圖者為王鵬運本人，二是圖畫徵題在戊戌政變發生以後。

據光緒二十六年（1900）八國聯軍入京時，王鵬運為〈春明感舊圖〉自題〈綺寮怨〉序云：

> 忍盦（劉福姚）為題〈春明感舊圖〉，依調約漚尹（朱祖謀）重作。於時瑟軒下世亦已數年，舊時吟侶盡矣。黃公壚下，往事消魂，況益

---

[41] 清・王鵬運著，沈家莊、朱存紅校箋：《味梨集》，頁 219-220。

[42] 清・況周頤著，秦瑋鴻校注：《蕙風詞》，頁 145。

[43] 清・況周頤：〈王鵬運傳〉，《學衡》27（1924）：3733。

[44] 清・況周頤著，秦瑋鴻校注：《薆景詞》，《況周頤詞集校注》，頁 151。

[45] 鍾賢培、汪松濤主編：《廣東近代文學史》（廣州：廣東人民出版社，1996），頁 281。

以新亭涕淚耶。[46]

詞序主要透露兩項訊息：一、〈春明感舊圖〉作於光緒二十六年（1900）以前，此詞乃「重作」之題詠；二、題詞之目的，一則在追憶故友，懷念昔時與友人在京唱和的情景，一則藉由故友凋零，痛傷京師換變、新亭涕淚，國土淪亡。此詞與劉福姚、朱祖謀的同題唱和之作，一起收於《春蟄吟》中。

透過詞序的訊息，可知光緒二十六年（1900）王氏的題詠是依據原調「重作」，因此可循線追溯至〈綺寮怨〉的原題：

以疇丈、鶴公所書聯吟詞卷，屬叔問（鄭文焯）作〈感舊圖〉於後。卷中同人，唯瑟公與余尚無恙，而十年久別，萬里相望，歎逝傷離，不能已已。用美成澀體，以寫嗚咽。

莫向黃壚回首，斷歌催恨生。聽燕語、似惜年華，行吟處、蘚徑塵凝。東風吹愁不去，空贏得、淚墨懷袖盈。憶舊游、望杳孤雲，人天感、歎息還自驚。　想念素襟共傾。闌干萬里，花前惜別同憑。顧影伶俜。剩華髮、對山青。江關故人無恙，試說與、若為情。今宵酒醒。空梁月落處，愁更明。[47]

此詞收於《蜩知集》中，與光緒二十六年（1900）的重作，除了都以「同調（〈綺寮怨〉）」為題之外，按所用韻部來說，此詞用「庚」韻，重作用「青、蒸」韻，皆屬第十一部平聲韻。按詞序云：「以疇丈、鶴公所書聯吟詞卷，屬叔問作〈感舊圖〉於後。」可知此圖乃王鵬運囑託鄭文焯所繪，而

46 清・王鵬運等著：《春蟄吟》（《王鵬運集》第 2 冊），頁 4 下-5 上。同見清・王鵬運著，沈家莊、朱存紅校箋：《春蟄吟》（《王鵬運詞集校箋》下冊），頁 621-623。

47 清・王鵬運著，沈家莊、朱存紅校箋：《蜩知集》（《王鵬運詞集校箋》下冊），頁 394-395。

非鍾賢培、汪松濤所說為王鵬運自作。其次，從時間上來說，按《蜩知集》所收的詞作可見，此書應為光緒二十四年（1898）王氏所作的詞集。再者，依詞集編排，此詞前有〈花犯．集次珊（張仲炘）寓齋，用美成韻，為叔問錄別〉、〈瑞鶴仙．四月十日待漏作〉，後有〈點絳唇．臨桂城東半塘尾之麓，吾家先隴在焉，余以半塘自號，蓋不忘誓墓意也。叔問云：蘇州去城三四里，有半塘彩雲橋，是一勝跡，宜君居之。異日必為高人嘉餞，嘗擬作小詞記之，盍先唱歟？為賦是解〉，可知〈春明感舊圖〉為鄭文焯離京至蘇州以前所作。換言之，〈春明感舊圖〉應完成於光緒二十四年（1898）4 月 10 日前後。

鍾賢培、汪松濤結合當時晚清的政治情勢，由曾習經詞中引向秀（227-272）「山陽思舊」典故的意涵，推斷詞中隱含了政治寓意，是曾氏為戊戌政變後被貶死斥逐之友所作。然而，戊戌變法發生的時間為光緒二十四年（1898）6 月至 9 月，亦即是說，鄭文焯為王鵬運繪〈春明感舊圖〉時，戊戌變法尚未發生，圖畫的原意並非是為戊戌政變後被貶死斥逐之友而作。曾習經的題詠，應是後來政變發生後，詞人「借畫發揮」抒發思友的題吟。

那麼，王鵬運囑託鄭文焯作〈春明感舊圖〉的原意為何？按詞序云：「以疇丈、鶴公所書聯吟詞卷，屬叔問作〈感舊圖〉於後。卷中同人，唯瑟公與余尚無恙，而十年久別，萬里相望，歎逝傷離，不能已已。」王鵬運看到舊時與端木埰、許玉瑑聯吟的詞卷，想起過去那段詩詞唱和的日子，因此囑託鄭文焯作〈感舊圖〉。由此可見，「感舊」意指感嘆歲星流轉，故友凋零，人事已非。四人之中，端木埰、許玉瑑皆已下世，唯彭鑾與己，尚且視息人世。彭鑾離京時為光緒十四年（1888），至今也已「十年久別」，故此亦可映證王鵬運此詞確為光緒二十四年（1898）所作。

王鵬運詞中借王戎、嵇康（224-263，一作 223-262）、阮籍「黃壚傷別」[48]的典故思懷故友。回思往昔，邀友唱和，「素襟共傾」，無盡歡樂，

---

[48] 王戎任職尚書令時，嘗經過昔時與嵇康、阮籍酣飲的黃公酒壚，觸景傷情，而謂後車客曰：「吾昔與嵇叔夜、阮嗣宗共酣飲於此壚，竹林之游，亦預其末。自嵇生夭、阮公亡以來，便為時所羈紲。今日視此雖近，邈若山河。」南朝宋．劉義慶著，南朝梁．劉孝標注，余嘉錫箋疏：〈傷逝〉，《世說新語箋疏》中冊，卷下之上，頁 749。

反觀今日，「萬里相望，歎逝傷離」，今昔之感，悵觸深切。「黃壚傷別」表面上是王戎為思念故友而感傷，然而背後的故實卻隱含了嵇康被司馬昭所殺，阮籍不敢言說、隱於酒狂的一段心史。王鵬運詞云：「江關故人無恙」，不僅傳達對故友的思念，也反映出內心對國家政局的憂心。倘若將時間往前追溯，在光緒二十一年（1895）時，王鵬運曾加入康有為在北京組織的「強學會」，力圖挽救國家危局。然而，強學會不到半年的時間，便遭彈劾嚴禁，而文廷式、黃紹箕諸友也紛紛遭貶驅逐。爾後，王鵬運上諫太后「駐蹕頤和園」，險遭不測。是以，此詞表面上是王鵬運為思念故友而作，然而實際上則是借用「黃壚傷別」的典故，以王戎自比，悲嘆傷逝，寓託自己雖滯留京師，但卻「為時所羈紲」的心情。詞中王氏又借杜甫〈夢李白〉：「落月滿屋梁」的典故，[49]借此喻彼，寄託對那些遭遣罷黜之友的思念。由此可見，王鵬運的題詠也是「借畫發揮」，藉由題寫「春明感舊」，意味感時傷世，追憶春明美好、承平盛世的心情。

時經百年，王鵬運〈春明感舊圖〉今已不知所在。據王鵬運詞序云：「卷中同人，唯瑟公與余尚無恙」，可知此圖描繪的是王鵬運與端木埰、許玉瑑、彭鑾在京填詞唱和的情形。雖然圖畫沒有流傳下來，但所幸尚有文人的詩詞別集傳世；透過王鵬運與友人的題詠詩詞，可知悉圖畫的創作時間，以及文人在不同時期的題詠中所折射出的時代氛圍，這也是文本留予讀者「觀看」與「再創作」的詮釋意義。

第二節　戊戌政變前後的吟傷題詠

光緒二十一年（1895），甲午戰爭失敗，有識之士為效仿日本明治維新，變法圖強，銳意新政。然而，不論是光緒二十一年（1895）康有為在北京組織的「強學會」，或是光緒二十四年（1898）推動的戊戌變法，最後都

---

[49] 唐・杜甫著，清・楊倫箋注：《杜詩鏡銓》（臺北：華正書局，1980），卷 5，頁 231。

以失敗告終。其間，王鵬運曾加入強學會、與維新派人士往來交游。無論從時間上來說，或是王鵬運的政治交游來說，強學會可視為是戊戌變法的前導。因此，筆者將強學會成立至戊戌變法結束視為一個連續的整體。維新派失敗，反映「后黨」與「帝黨」之間的政治衝突，更間接促成日後許多知識份子走向反清革命的道路，對於晚清的政治改革具有重要的劃時代意義。

一、強學會的成立與結束

光緒二十年（1894）甲午戰爭爆發，朝中主和派佔上風，王鵬運、高燮曾、安維峻等皆以御史身分，上摺諫言時政，抨擊主和樞臣。親帝官員以社稷為重，諫陳「請停頤和園工程以充軍費」，惹怒慈禧太后。[50]爾後，慈禧以瑾、珍二妃倚恃皇帝之寵，「屢有乞請之事」，將二妃降為貴人，後又調任珍妃堂兄志銳至烏里雅蘇臺，以示警戒。志銳調任烏里雅蘇臺，王鵬運、沈曾植（1850-1922）、文廷式、盛昱皆作有〈八聲甘州〉贈別，表現情深義重的友誼。期間，安維峻曾上〈請誅李鴻章疏〉，抨擊慈禧獨擅專權：「皇太后既歸政皇上矣，若猶遇事牽制，將何以上對祖宗，下對天下臣民？」並譏刺太監李蓮英左右朝政，對日主和。[51]慈禧大怒，光緒深恐安維峻慘遭嚴懲，提前頒布諭旨，將其發戍軍臺。文廷式、翁同龢等官僚皆贈銀為其送行，而王鵬運則有〈滿江紅・送安曉峰（安維峻）侍御謫戍軍臺〉贈別。[52]志銳、安維峻的謫調貶戍只是「親帝與親后」、「主戰與主和」派系政爭的序幕，此後，二派由於不同的政治立場始終互相牴牾、彼此對立。

光緒二十一年（1895），甲午戰爭結束，中國與日本簽訂喪權辱國的《馬關條約》，群輩士人無不義憤填膺、痛心疾首，為痛思失敗之教訓，力圖變法圖強，挽救危局，康有為首先在北京組織「強學會」，得到王鵬運、文廷式、沈曾植等憂時愛國之士的響應與支持。他們聚會小集，針砭時弊，

50　梁啟超：《變法通議》（《梁啟超全集》第1冊），頁208。

51　清・安維峻：〈請誅李鴻章疏〉，《諫垣存稿》（蘭州：甘肅人民出版社，1991），卷4，光緒二十年（1894）12月12日奏稿，頁118-119。

52　清・王鵬運著，沈家莊、朱存紅校箋：《味梨集》，頁194-195。

評議時政。其後，康有為又赴南京遊說兩江總督張之洞在上海成立強學會。然而，不到半年的時間，竟遭御史楊崇伊參劾「植黨營私」而遭封禁，迅告終結。[53]北京強學會被禁，上海強學會也隨勢瓦解，朝野又恢復諱言新政的狀態。

文廷式是強學會遭彈劾後，首當其衝被革職回籍之人。文廷式，字芸閣，號道希，江西萍鄉人。其以珍妃緣故，特為光緒賞拔，銳意推行新政。文廷式個性正直不屈，遇事敢言，與黃紹箕、盛昱等名列政壇「清流」。由於平素與翁同龢、志銳交好，再加上甲午戰爭之時，上疏請罷慈禧生日慶典，彈劾李鴻章對外求和妥協，[54]故為「后黨」所忌恨，種下日後褫職之根。強學會遭禁後，光緒二十二年（1896）2 月，慈禧迫使光緒以「遇事生風，常於松雲庵廣集同類，互相標榜，議論時政，聯名執奏」之罪名，將其革職，「永不敘用，並驅逐回籍」。[55]爾後，王鵬運上諫太后「駐蹕頤和園」，險遭罹禍。7 月，王鵬運致文廷式〈高陽臺〉，懷念往昔一同吟詩的情形；[56]9 月，文廷式作〈高陽臺・次半塘、乙盦（沈曾植）韻見寄之作〉覆答。[57]

有意思的是，是年秋天，王鵬運在柬寄書信告知況周頤自己險遭罹禍後，況周頤拓寄「金陵棲霞寺獲江總殘碑二段」予之，[58]王鵬運因此繪作 1 幅〈秋窗憶遠圖〉，寄託臨窗憶友、思懷友人之情。圖成以後，王鵬運囑託

53 湯志鈞：《戊戌變法人物傳稿》（《近代中國史料叢刊續編》第 32 輯第 318 冊），上編，卷 4，頁 127。

54 御史楊崇伊乃李鴻章之姻親，參劾強學會，實有報仇文廷式彈劾李鴻章之意。湯志鈞：《戊戌變法人物傳稿》，上編，卷 4，頁 127。

55 錢仲聯：《文雲閣先生年譜》（《晚清名儒年譜》第 12 冊），卷 3，頁 10 上。

56 清・王鵬運著，沈家莊、朱存紅校箋：《鶩翁集》（《王鵬運詞集校箋》下冊），頁 314-315。

57 清・文廷式著，陸有富校點：《雲起軒詞鈔》，《文廷式詩詞集》（上海：上海古籍出版社，2017），頁 246-247。

58 清・程頌萬著，徐哲兮校點：〈題王幼霞御史秋窗憶遠圖詩序〉，《楚望閣詩集》，《程頌萬詩詞集》（長沙：湖南人民出版社，2009），頁 374。

友人賦詩題詠，而文廷式也參與此題活動，作〈鷓鴣天・王幼霞御史得其友人由江南搨寄江總殘碑，因作秋窗憶遠圖屬題，為賦此闋〉：

> 壁滿花穠世已更。讀碑猶記擘箋名。屋梁月落懷人夢，易水霜寒變徵聲。　　家國恨，古今情。鏡中白髮可憐生。君知六代忽忽否，今夕沙邊有雁驚。[59]

文廷式借六朝古都金陵，暗喻清朝將有六朝易代之危。心雖懷有荊軻「易水霜寒」的壯志雄心，然而無奈換得的卻是家國逐客心，「白髮可憐生」的落寞。文廷式以杜甫〈夢李白〉：「落月滿屋梁」的典故，喻己對京師友人的思念，也是為自己與李白同遭驅逐流放之命運而感傷。李白在安史之亂爆發後，投效永王李璘幕下。爾後，李璘在皇帝政爭下被視為叛軍，李白也因此被流放夜郎。文廷式此時的境遇與李白相似，因此能引起內心強烈的共感。

除了文廷式的題詠，王以敏也作有〈摸魚兒・王幼遐侍御得況夔生（笙）舍人金陵書，有江總持殘碑拓本之寄，因繪秋窗憶遠圖索題，為賦此解〉，反映當時王鵬運曾冒著生命危險為康有為上呈奏摺之事。詞云：

> 幾何時、瓊枝璧月，青山六代同老。雁飛不管興亡恨，還帶秣陵書到。金薤倒。認滴滴、南朝淚墨中心繞。懷人夢曉。甚詠藥期門，剜苔蕭寺，不是舊時抱。　　西臺筆，避客工焚諫草。愁添霜鬢多了。而今僕射人才眾，那得擘牋同調。吟望悄。是一幅前身，杜牧悲秋藁。蒼煙古嶠。待共檢行縢，碑尋處士，披笠看殘照。攝山舊有明徵士僧紹碑。[60]

王以敏，原名以慜，字子捷，號夢湘，湖南武陵人。詞中上闋寫況周頤自南

59　清・文廷式著，陸有富校點：《雲起軒詞鈔》，頁229。

60　清・王以敏：《檗隖詞存》（清光緒九年（1883）刊本），卷3，頁11下-12上。

京東寄殘拓、書信之事，並透過「金薤倒」、「剜苔蕭寺」的景物描寫，感嘆時間之摧殘與人事更迭的無奈，而那「認滴滴、南朝淚墨中心繞」的殘碑墨淚，象徵的是易代興亡的血淚，亦是文人墨客悲心難言的一把辛酸淚。下闋描寫王鵬運關心國事，並讚其為官謹慎。光緒十九年（1893），王鵬運改官江西道監察御史，尋轉禮科掌印給事中，諫垣時政。[61]甲午戰敗後（1895），王鵬運曾上〈李鴻章父子不可假以事權摺〉等奏摺，在此期間，王鵬運也屢為康有為代遞奏摺。而每有獻論時事，則「避客工焚諫草」，慮及危禍，顯見官場之險惡，行事必當謹慎。至光緒二十二年（1896），王鵬運上〈請暫緩園居疏〉諫帝、后駐蹕頤和園，險遭嚴譴。儘管王鵬運心繫國家，乃至「愁添霜鬢多了」，但自古以來，悲秋憂世終究是騷人獨飲，寡於知音，因此，詞末王以敏借南朝明僧紹高逸澡雪的節操為喻，[62]將王鵬運一片的耿介忠心，寄託予金石殘碑之中。

〈秋窗憶遠圖〉題詠反映出強學會時期及其後王鵬運與京師友人的政治態度與動向。沈曾植也曾為圖題作〈水龍吟・夔笙拓江總碑殘字，半塘得之，因為秋窗憶遠圖徵題〉，寄託對遭遣出京之友人黃紹箕的思念。云：

白頭江令還家，吳天極目迷殘照。歸心何處，桐陰井識，柳前門到。家國蒼涼，人天悲憤，江山憑弔。付殘碑翠墨，懷人千里，圖畫裏、

61　清・況周頤：〈王鵬運傳〉，《學衡》27（1924）：3733。

62　明僧紹博通經儒，為元嘉時期（424-453）秀才，永光年間（465），朝廷徵辟功曹，其不就而隱，居嶗山，聚徒講筵，不涉世事。隔年，淮北四州淪陷於北魏，明僧紹南下建康，其後輾轉鬱洲，至齊高帝建元二年（480）往返建康，隱居攝山，永明年間（483-493）卒逝。其間，宋、齊帝王皆數次以官授祿，然明僧紹始終辭就不受。上元三年（676），唐高宗撰〈攝山栖霞寺明徵君碑銘〉，以「徵君」譽之。唐・李延壽：《南史》第 4 冊（北京：中華書局，1975），卷 50，頁 1241-1242。蔡宗憲：〈五至七世紀的攝山佛教與僧俗網絡〉，《臺灣師大歷史學報》55（2016.6）：47-101。（日）吉川忠夫著，王維坤譯：〈五、六世紀東方沿海地域與佛教——攝山棲霞寺的歷史〉，《敦煌學輯刊》2（1991）：91-103。南朝梁・蕭子顯：《南齊書》第 3 冊，卷 54，頁 927-928。清・董誥等編，孫映逵等點校：《全唐文》第 1 冊（太原：山西教育出版社，2002），卷 15，頁 107-108。

西風悄。　　太息騷人潦倒。總一例、雨啼煙嘯。暮年詞賦，暮秋行旅，昔愁今抱。如此江山，數行雁落，一鉤月皎。感余懷天末，芳馨脈脈，引幽蘭操。時久未得仲弢（黃紹箕）消息。[63]

沈曾植，字子培，號巽齋、乙盦，浙江嘉興人。詞中上闋借江總（519-594）歷經易代之變，晚年由長安歸還揚州所感「家國蒼涼，人天悲憤」的心緒幽懷，抒發國破家亡的身世之悲。江總在陳朝滅亡後，情感變得沉悶抑鬱，詩中所寫已非香豔浮華的豔詩，而是流露出蒼涼悲慨的亡國隱痛。江總殘碑翠墨與江山興亡流轉付諸於文人的歷史意義，正是折射出當時晚清政局的頹危，以及文人感時憂國的愛國情感。下闋描寫奸邪當權，賢者遭受打壓，獨懷騷人之志。自強學會遭封禁後，志同道合之友「數行雁落」，文廷式、黃紹箕等人紛紛被逐出朝廷。文廷式有〈木蘭花慢·送黃仲弢（黃紹箕）前輩解官奉親赴大梁，即題其載書泛洛圖〉，[64]葉恭綽評云：「此詞先生原稿注乙未（光緒二十一年，1895）作。時仲弢亦為時宰所忌，故詞語云爾。」[65]而黃紹箕也作有〈題王幼霞秋窗憶遠圖〉，感嘆國事變異，時不我與。[66]沈曾植以杜甫〈天末懷李白〉：「涼風起天末，君子意如何？」[67]喻己懷友之思，亦借孔子〈幽蘭操〉（又稱〈猗蘭操〉）以蘭自喻，感傷蘭草淪與眾草為伍、生不逢時，寄託有識之士的報國之心與獨懷幽貞的志節。[68]由於他們

---

63 清·沈曾植：《曼陀羅寱詞》（《清代詩文集彙編》第 772 冊，據民國十四年（1925）上海商務印書館鉛印本影印），頁 3 上。

64 清·文廷式著，陸有富校點：《雲起軒詞鈔》，頁 212。

65 龍榆生校錄：〈雲起軒詞評校補編〉，龍榆生主編：《同聲月刊》3.1（1943）：80。

66 清·黃紹箕：《鮮庵遺稿》，《二黃先生集》（民國三年（1914）刻本），頁 14 下。

67 唐·杜甫著，清·楊倫箋注：《杜詩鏡銓》，卷 6，頁 248。

68 蔡邕《琴操》云：「〈猗蘭操〉者，孔子所作也。孔子歷聘諸侯，諸侯莫能任，自衛反魯，過隱谷之中，見薌蘭獨茂，喟然嘆曰：『夫蘭當為王者香，今乃獨茂，與眾草為伍，譬猶賢者不逢時，與鄙夫為倫也。』乃止車援琴鼓之云：『習習谷風，以陰以雨。之子于歸，遠送於野。何彼蒼天，不得其所。逍遙九州，無所定處。世人闇蔽，

之間有著相同的政治情感與理念追求，因而使其彼此知遇相惜，於浮沉遺世中得以相與慰藉、相互支持。

值得一提的是，江總曾於陳太建十四年（582）、至德元年（583）與至德三年（585），登臨攝山，恣情淹留，留下不解之緣，[69]因此於至德四年（586）撰〈攝山棲霞寺碑〉。[70]江總雖醉心佛門，但始終未離塵世，而是積極入仕為官。陳朝尚未滅亡以前，江總以五、七言為善，「傷於浮豔，故為後主所愛幸」，任宰相之時，「不持政務，但日與後主遊宴後庭」，由是國政日頹，以至於滅，故江總有陳朝「佞臣」、後宮「狎客」之稱。[71]聲名毀譽，流傳史冊。明太祖朱元璋嘗謂仕臣：「朕觀唐虞君臣，賡歌責難之際，氣象雍容。後世以諂諛相歡，如陳後主、江總輩，汙穢簡策，貽笑千古，此誠可為戒。」[72]以陳後主與江總「諂諛相歡」的君臣關係規誡群臣。王世貞〈游攝山栖霞寺記〉云：「今者垂暮而復與觀栖霞之勝，獨老且衰，不能守三尺蒲團地，而黽勉一出，遠愧僧紹。然猶能自為計，庶幾異日不至作總持哉。」[73]亦以陳後主與江總遊宴亡國為誡，自許期勉。

江總生平典故予以後世的啟示，不僅為物體——「殘碑」本身象徵的時代遺蹟，也是人物本身得以資鑑後人的歷史意義與精神慰藉。歷史或可為後世鑑鏡，但要成就唐太宗與魏徵這般明君賢臣的佳話，畢竟終究仍是少數。晚清朝政在慈禧太后的把持之下，以「后黨」為主的樞臣官僚，循私己利，

不知賢者。年紀逝邁，一身將老。』自傷不逢時，託辭於薌蘭云。」漢・蔡邕：《琴操》（北京：中華書局，1985），卷上，頁3-4。

[69] 隋・江總：〈入攝山棲霞寺詩序〉，清・嚴可均輯：《全上古三代秦漢三國六朝文》第4冊，卷10，頁8下。

[70] 江總〈攝山棲霞寺碑〉全文可見清・嚴可均輯：《全上古三代秦漢三國六朝文》第4冊，卷11，頁8上-10上。

[71] 唐・姚思廉：《陳書》第2冊（北京：中華書局，2002），卷27，頁347。

[72] 明・余繼登輯：《皇明典故紀聞》（北京：書目文獻出版社，據明刊本影印，1995），卷4，頁20上。

[73] 明・王世貞：〈游攝山栖霞寺記〉，《弇州山人續稿》（《明人文集叢刊》第1期第7冊，新北：文海出版社，1991），卷63，頁23上。

賣國求榮，打壓「帝黨」之中遇事敢言的士大夫；光緒帝向來懼於慈禧太后的權威，即使有心作為，亦處處受限牽制，無可奈何，只能藉由驅逐、發戍軍臺，表面「以示儆戒」，實為保全這群親帝的清流之士。難以逆挽的政治局勢，在歷史中往復循環，留給士人猶如「江總恨別」的深切嘆息。

二、組織咫村詞社、校夢龕詞社，邀友題詠

儘管政治黑暗險惡，朝中同僚一個個被驅京遣戍，但在文學的領域裡，王鵬運仍然不廢創作，持續與詩友結社唱酬。光緒二十二年（1896）冬天，王鵬運在京發起「咫村詞社」，適逢朱祖謀至京，遂「強邀同作」，延攬入社。[74]朱祖謀，一名孝臧，字藿生、古微，號彊村，浙江歸安人。在此之前，朱祖謀從未學過倚聲，由於王鵬運的盛情邀約，遂開學習之路。朱祖謀在繼文廷式、王以敏、沈曾植之後，亦作有〈木蘭花慢・題半塘老人秋窗憶遠圖。圖為沉夔笙舍人拓寄江總棲霞殘碑而作〉。詞云：

> 冶城山翠裏，幾深淺，白門潮。恁壁滿花穠，等閒換了，碑老落彫。迢迢。盪青谿恨，有滄桑、依樣惹魂銷。眼底江鴻不落，天邊遼鶴空招。　　巖椒。禪語況淒寥。無句挽仙橈。算抗疏功名，分牋伴侶，一例飄蕭。今宵。酒醒月落，怕西風、吹雪上顛毛。卷起一封翠墨，傷心都付南朝。[75]

此詞約莫作於光緒二十二年（1896）至二十四年（1898）之間。上闋借「山翠」、「花穠」、「青谿」之景，描寫山色信美；借南朝建康「白門」（宣陽門的舊稱）、棲霞寺江總殘碑「碑老落彫」之物，描寫南京的時代易變與

---

[74] 朱祖謀云：「予素不解倚聲。歲丙申（光緒二十二年，1896）重至京師，半塘翁時舉詞社，強邀同作。翁喜獎借後進，於予則繩檢不少貸。」清・朱祖謀：〈序〉，《彊村詞賸稿》（《清代詩文集彙編》第 783 冊，據民國間遞刻彊村遺書本影印），頁 2 下。

[75] 清・朱祖謀：《彊村詞賸稿》，卷 1，頁 1 下。

人事滄桑。其中，「恁壁滿花穠，等閒換了」奪胎自文廷式「璧滿花穠世已更」，寓情於景，寄託物是人非的時序變化。下闋以杜甫〈秋興〉：「匡衡抗疏功名簿」，[76]比喻當今時人未如匡衡議論朝政受到重用，反遭貶官遣戍「一例飄蕭」，時命乖舛，流露困蹇不遇的無盡悵惘與感慨。家國山河日夕，日升月落，循環往復，一如往常。然而，在秋天蕭瑟的夜晚，不僅引起詞人「怕西風、吹雪上顛毛」的年華欲催之感，亦憂懼西風「卷起一封翠墨」，翻起一頁頁的歷史篇什，最終「傷心都付南朝」，重蹈南朝興亡的歷史。朱祖謀在加入咫村詞社前，專力於詩，「素不解倚聲」，但在王鵬運的引導之下，漸擅詞事，將國事日非、外患日亟的憂國情深寄託詞中，兼義比興，不無可見王鵬運對其學詞的影響。

彼其同時，政治局勢也不斷陷入危境。強學會雖以終結收場，然而光緒二十三年（1897）德國出兵佔領膠州灣，隨即引發列強的瓜分風潮，致使中國深陷危機，康有為遂上書光緒帝，希望透過變法挽救當前局勢，並與梁啟超在北京成立「保國會」。光緒二十四年（1898）6 月，維新變法在光緒皇帝的主導下，正式展開改革運動。變法旨在仿效日本明治維新，學習西方，培養新式人才，改革政治、經濟、教育、軍事等舊有制度。然而，由於改革過激，傳聞康有為建議將慈禧太后囚禁、暗殺，以致維新變法唯僅維持 3 個月，慈禧隨即發動戊戌政變，軟禁光緒，下令將譚嗣同、康廣仁、楊深秀、楊銳、林旭、劉光第「戊戌六君子」斬首東市，結束變法。

翌年，王鵬運囑託鄭文焯作〈春明感舊圖〉，並自題〈綺寮怨〉，寄託思念故友、追憶承平與春明不再的感慨。〈春明感舊圖〉與〈秋窗憶遠圖〉皆有寄託政治諷諭與思念友人的寓意。從創作時間來說，〈秋窗憶遠圖〉作於光緒二十二年（1896）強學會遭禁以後，〈春明感舊圖〉作於光緒二十四年（1898）戊戌政變爆發以前。二圖無論就創作本意，或是在後人借畫發揮的題詠中，皆明顯可見寓含反映時政的深刻意義。

咫村詞社社友夏孫桐題有〈瑞鶴仙・王半塘春明感舊圖〉，寄託悼念故友

---

[76] 唐・杜甫著，清・楊倫箋注：《杜詩鏡銓》，卷 13，頁 645。

的情懷。詞云：

> 瘦苔寒更積。話夢痕前度，古庭煙寂。琴尊幾年隔。又東風人世，晨星詞客。愁縑恨墨。護塵封、籠紗自碧。恁悤悤、吟到黃壚，容易鬢絲催白。　　還憶。山青嶺外，花發城南，那番屐屧。芳韶暗惜。憑翠羽、訴陳迹。縱看花人在，霜濃春淺，怕聽梅邊舊笛。只孤絃、猶抱冬心，歲寒耐得。[77]

夏孫桐，字閏枝、悔生，號龍高、閏庵，江蘇江陰人。光緒二十三年（1897），由吳門至京，從王鵬運、朱祖謀游，被拉入咫村詞社。[78]不同於朱祖謀的是，夏孫桐並非「素不解倚聲」的初學者，他在蘇州時，曾經與劉炳照、鄭文焯、費念慈等人結「鷗隱詞社」，取義比興，自傷飄零身世，寓託國事感傷。「春明」即春天，除了意指季節的轉換外，也象徵承平將至，或轉借唐都長安春明門，暗指清廷所在的首都北京。此詞以時間為主軸，透過苔痕、夢痕、古庭、白鬢、芳韶等意境，呈現時光難倒的流逝之感。上闋寓託黃壚傷別典故，描寫酒朋詩侶久經傷別；借竹林七賢恣意酣暢、無畏強權之形象，象徵戊戌六君子之愛國精神。詞人感嘆昔時所作詩詞縑墨，業已塵封網罥，蛛網纏繞，徒留思念，催人易老。下闋借姜夔〈暗香〉詞意：「舊時月色，算幾番照我，梅邊吹笛。」[79]暗惜芳韶荏苒、憂時傷國之心。即使臨對官場險阻，仍然期許自己，「猶抱冬心，歲寒耐得」，不改其志。

光緒二十五年（1899），王鵬運與朱祖謀等人舉辦「校夢龕詞社」，吸引不少在京詞人參與，宴集四印齋。章華是校夢龕詞社中的成員，他作有〈蘭陵王・題王半唐（塘）春明感舊圖〉：

---

[77] 清・夏孫桐著，夏志蘭、夏武康箋注：《悔龕詞箋注》（呼和浩特：內蒙古大學出版社，2001），頁 21。

[78] 清・夏孫桐著，夏志蘭、夏武康箋注：《悔龕詞箋注》，頁 1。

[79] 宋・姜夔著，夏承燾箋校：《姜白石詞編年箋校》（上海：上海古籍出版社，1998），卷 3，頁 48。

> 晚風急。燭燄搖成瘦碧。西窗外、曾照幾人，死別生離去京國。題襟記勝集。應識坡仙舊客。經年事、都付夢婆，一縷春魂漫尋覓。
> 何郎擅詞筆。賸酒酹籠紗，塵黯歌席。南飛孤鶴誰家笛。甚彈指吹罷，數聲翻轉，山陽悽怨淚暗滴。舊情待追憶。　　斜立。玉欄側。祇楊柳蕭疏，相對衰白。吟懷渺渺傷今昔。恁珠泡涵影，印泥留跡。丹青圖畫，怕好景，似過翼。[80]

章華，字緩仙，號嘯蘇，湖南長沙人。按章華光緒二十四年（1898）《盔山舊館詞》集中並無此詞，此詞見於民國十九年（1930）所刻《澹月平芳館詞》；此詞之後，收錄多首校夢龕社集的作品，是以推斷此詞應為光緒二十五年（1899）所作。〈蘭陵王〉分上、中、下三片，第一片旨在描寫強學會遭禁後，文廷式等人被驅逐出京之事；第二片旨在思念故友，暗傷戊戌政變中慘遭殺害的友人；第三片旨在撫今追昔，借畫思友，暗諷賢人遭小人所害。

第一片由景入情，透過「晚風燭燄」、「搖成瘦碧」的景象描寫，漸次帶出作圖者鄭文焯與王鵬運、文廷式等人題襟唱和的往事。鄭文焯作有《瘦碧詞》，光緒十四年（1888），易順鼎作序云：「既別一年，始刊《瘦碧詞》二卷，郵寄示余。」[81]光緒十四年（1888）以前，鄭文焯與文廷式、易順鼎、易順豫（1865-？）、蔣文鴻、張祥齡於蘇州結「壺園詞社」。[82]光

80　清・章華：《澹月平芳館詞》（《民國名家詞集選刊》第9冊，北京：國家圖書館出版社，據民國十九年（1930）刻本影印，2015），頁5下-6上。

81　清・易順鼎：〈序〉，清・鄭文焯：《瘦碧詞》（《民國詞集叢刊》第26冊，據民國九年（1920）刻本影印），頁2上。

82　關於「壺園詞社」的結社時間，目前可見三種說法：一是光緒十一年、十二年（1885、1886）間，二是光緒十三年（1887），三是光緒十五年（1889）。卓清芬《清末四大家詞學及詞作研究》依據冒廣生《小三吾亭詞話》：「由甫（易順豫）兄弟嘗與文道希、鄭叔問、蔣次湘（蔣文鴻）、張子苾（張祥齡）結詞社於壺園。」並按鄭文焯與張爾田書云：「自乙酉丙戌之年（光緒十一年、十二年，1885-1886），余舉詞社於吳，即專以連句和姜詞為程課。」指出壺園詞社結社時間為光緒十一年、

緒十四年（1888），王鵬運在京師創立宣南詞社，文廷式、鄭文焯皆參與其中。由此可見，他們在不同時間、不同地點，以文會友，以詞唱和，猶似東坡與文友舊客——秦觀、黃庭堅、晁補之等人，朝吟夕詠，流連詞場，串起彼此情誼。然而，「經年事、都付夢婆」，轉眼間，人事換變，「死別生離去京國」，說的即是文廷式在強學會遭禁後被驅逐離京。

第二片用了四則與彈詞作曲有關的典故，前二則與填詞、題詠相關，後二則與音樂相關，意在讚許詩友的才華、寄託思念故友與憂時憂國的感傷。「何郎擅詞筆」出自姜夔〈暗香〉：「何遜而今漸老，都忘卻春風詞筆。」[83]意指：而今我似南朝何遜漸老，都已忘卻往日春風般絢麗的文筆。章華隱筆為「何郎擅詞筆」，實有借姜夔難拾華麗彩筆，痛傷國勢，暗喻詩酒席散，人世繁華靡麗，過眼皆空。「籠紗」一般多指紗製燈籠，此乃借王播（759-830）出任重位後，其昔日題詩被僧人用碧紗籠罩，[84]意指名士手迹。是以，「賸酒酹籠紗」與「何郎擅詞筆」可相互呼應，是讚揚王鵬運的

十二年（1885、1886）間。陳松青《易順鼎研究》按光緒十三年（1887）易順鼎《吳波鷗語》〈連句和白石詞序〉云：「今年春，與叔問、子苾（張祥齡）、叔由（易順豫）舉詞社於吳，次湘自金陵至。」指出壺園詞社結社時間為光緒十三年（1887）。吳文治《中國文學史大事年表》云：「（光緒十五年，1889）十月，文廷式離開北京南下至蘇州，與鄭叔問（文焯）、王壬秋游；旋又與鄭叔問、蔣次湘、張子苾等結詞社於叔問之壺園。」所據不知為何。是以，當以前二說較為可信。又鄭文焯信中所言乃憶昔之說，而易順鼎〈連句和白石詞序〉乃結社當年所作，因此可信度較高。卓清芬：《清末四大家詞學及詞作研究》（臺北：國立臺灣大學出版委員會，2003），頁24。冒廣生：《小三吾亭詞話》（《詞話叢編》第5冊），卷3，頁4705。清．鄭文焯著，葉恭綽輯錄：《鄭大鶴先生論詞手簡》（《詞話叢編》第5冊），頁4329。陳松青：《易順鼎研究》（長沙：湖南人民出版社，2011），頁41-42。清．易順鼎：〈連句和白石詞序〉，《吳波鷗語》，龍榆生主編：《詞學季刊》3.1（1936）：112。吳文治：《中國文學史大事年表》下冊（合肥：黃山書社，1993），頁3041。

83 宋．姜夔著，夏承燾箋校：《姜白石詞編年箋校》，卷3，頁48。

84 王定保《唐摭言》〈起自寒苦〉云：「王播少孤貧，嘗客揚州惠昭寺木蘭院，隨僧齋餐。諸僧厭怠，播至，已飯矣。後二紀，播自重位出鎮是邦，因訪舊游，向之題已皆碧紗幕其上。」五代．王定保著，陽羨生校點：《唐摭言》（上海：上海古籍出版社，2012），卷7，頁48。

詞學才華，而「塵黯歌席」則是感傷昔時與友人詩酒唱和的情景已不復見。「南飛孤鶴誰家笛」的典故出自蘇軾〈李委吹笛并引〉詩：「山頭孤鶴向南飛，載我南遊到九疑。下界何人也吹笛，可憐時復犯龜茲。」詩序云：宋神宗元豐五年（1082），東坡生日，置酒赤壁磯下，酒酣，忽聞江上美妙笛聲，乃進士李委「作新曲曰〈鶴南飛〉以獻」。[85]章華借蘇軾讚揚李委笛聲超逸絕塵，如乘雲野鶴南遊九嶷山下，樂聲中還不時變換龜茲樂調，比喻王鵬運在倚聲與詞韻上的才學與精熟。下句詞意一轉，在「數聲翻轉」、彈指之間，舊京故友紛紛離京下世。「山陽悽怨淚暗滴」用的是「山陽思舊」的典故。魏晉時期，向秀與嵇康、呂安友善，嵇、呂被司馬昭殺害後，向秀途經山陽故居，聞鄰人有吹笛者，音聲嘹亮，「追思曩昔游宴之好，感音而嘆」，作〈思舊賦〉。[86]因此，「山陽悽怨淚暗滴」，即是感傷那些在戊戌政變中慘遭殺害的友人。

第三片撫今追昔，吟懷傷今亦傷昔，思懷舊游情景，深怕好景似翼，幻化涵珠泡影，因此最後指出作圖與題詠的本意在以「丹青圖畫」、「印泥留跡」記錄與故友相聚唱和的往事。

此外，又如吳慶燾〈南浦・題王佑遐前輩春明感舊圖，次其游龍樹寺均〉：「回首總魂銷，看泥仍，爪印愁難眉掃。陳迹付新圖，傷心是、蓬萊水淺天小。當年玉局，鶴飛高出風塵表。儘有命宮。磨蝎恨也算，幾生修到。　而今一夢槐安，剩宣南荒屋，竹圍松繞。春色二分空，誰相約、更與數花尋艸。憑闌放眼，遠山皴碧摩空峭。讀罷離騷。隣笛咽腸斷，舊游人少。」[87]此詞約作於光緒二十四年（1898），詞中同樣蘊藉「山陽思舊」的典故，傳達舊友零落、人世滄桑的悲嘆。

---

[85] 宋・蘇軾著，陳應鸞校注，馬德富審訂：《蘇軾詩集校注（四）》（《蘇軾全集校注》第 4 冊），卷 21，頁 2406-2407。

[86] 南朝梁・蕭統編，陳宏天、趙福海、陳復興主編：《昭明文選譯注》第 2 卷，頁 83-87。

[87] 清・吳慶燾《韡珠仙館詩存》（《清代詩文集彙編》第 782 冊，據民國鉛印本影印），頁 4 上-下。

戊戌變法告終後，清廷詔有言責之諸臣，指陳變法得失。面對如此情勢，王鵬運只好上疏〈請端學術以正人心摺〉表明己態，藉以自保。[88]其實當時康有為聲名頗受譏謗，經常遭到疏劾，京師之人以他為病狂，「所以然者，忌之、恨之、畏之」，[89]即使是光緒帝也不敢多召見。加之他在變法期間，視守舊者猶如仇敵，認為凡是阻撓新政者，必要時應採取誅盡殺絕之手段。言辭過激，急公好義的行事作風，引起守舊者的不滿與忌恨，也將新法改革一步步推向絕境。是以，王鵬運選擇自保，其中原委，不難理解。不過，雖然康有為行止與心態頗受時人針砭撻伐，然其變政思想是順應時代發展、針對清廷體制之弊端而展開，因此其策略仍有可資採納的價值與意義，這也是此前王鵬運何以甘冒風險為康有為代遞奏摺的主要原因。

第三節　庚子時期與《春蟄吟》的賦題吟詠

戊戌政變，光緒被幽禁瀛臺，慈禧欲廢光緒，改立端郡王載漪之子溥俊為儲。詔書頒布，天下譁然，各國公使出面干預，拒絕入宮朝賀，慈禧心恨不已。適值民間拳會昌熾，以「扶清滅洋」為幟、[90]仇教禦敵為名，慈禧遂聽從毓賢之言，意圖縱容拳民，剷滅列強，不料引發八國聯軍，攻陷北京。王鵬運、劉福姚、朱祖謀困陷京城，日夕以詞相唱和，排解憂憤心緒。

88　湯志鈞：《戊戌變法人物傳稿》，上編，卷4，頁145。

89　清・蘇繼祖：《清廷戊戌朝變記（外三種）》（桂林：廣西師範大學出版社，2008），頁32。

90　關於義和團旗幟口號，據時人記載，有「興清滅洋」、「保清滅洋」之名。而旗幟之產生，郭棟臣云：「在這一地區的義和拳，趙三多是最高的首領。他們原來的口號是反清復明，是秘密的，當時沒有什麼旗幟，後來經過張老先的勸導，才樹立『扶清滅洋』的旗幟，張老先是河北邵固人，……是趙三多的姐夫。……旗幟上寫的就是這些口號——『助清滅洋，殺盡天主教』。」山東大學歷史系中國近代史教研室編：《山東義和團調查資料選編》（濟南：齊魯書社，1980），頁208-213、頁313-314。

一、《春蟄吟》的同題吟唱

義和團原是從山東一帶的民間武術團體大刀會發展而來，最初興起的目的，是為保衛身家，抵禦強盜亂匪。但隨著甲午戰爭以後，列強侵略加劇、教案衝突，以及戰後的巨額賠款，都使人民生活愈陷苦難，再加以天候乾旱，造成難民激增，種種危機逼迫生存，促使愈來愈多人選擇加入拳會。地方官擔憂義和團的勢力持續擴張形成民變，因此採取強制鎮壓。而由於民團源出於保衛身家之目的，本質上有異於強盜徒匪，對於政府控制地方匪亂、維持社會秩序，具有一定的協輔作用。是故，在拳會本意不與清廷對抗的前提下，「扶清滅洋」的起義動機便足以構成滿清政府縱其發展的理由。

光緒二十五年（1899），英國傳教士卜克斯（S.M. Brooks）被義和團殺害，列強遂開始關注義和團的存在與行動。當各國意識到義和團正一步步對他們構成威脅，在光緒二十六年（1900）之時，各國公使聯合照會，要求清廷取締拳會、頒布上諭嚴加禁止，但清廷只是虛與尾蛇，依舊對義和團採取懷柔政策，並無嚴禁控管之意。是年 5 月，清廷更應允義和團進駐北京，任其展開滅洋行動。至此，義和團的行動實際上已由單純的反教，演變成廣泛的排外。[91]拳亂麋沸，間道出都者，連翩不絕。當時，太守劉可毅於潞河途中為亂眾所殺，「遺蛻不歸，罹禍尤慘」，[92]可見亂匪昌熾，更遑論引起各國駐使的恐懼與不安。是以，俄、德、法、美、日、奧、義、英八國聯軍，連衡入京。

戰爭之始，聯軍先以佔領大沽炮臺作為日後撤軍之退路。5 月，順利攻占大沽炮臺，援軍再以進攻天津作為挺進北京的前戰。6 月，天津失陷，不久，聯軍進逼京城，攻陷北京，慈禧太后、光緒帝與親貴大臣倉皇西逃。當此之時，王鵬運、朱祖謀、劉福姚坐困城中，因王鵬運居處地處偏僻，朱、劉先後避難於王鵬運四印齋，三人哀痛世運之凌夷，砭心刺骨，「乃約夕拈

91 （美）柯文（Cohen）著，杜繼東譯：《歷史三調：作為事件、經歷和神話的義和團》（南京：江蘇人民出版社，2005），頁 33-35。

92 清・郭則澐：《清詞玉屑》（《詞話叢編續編》第 4 冊），卷 6，頁 2693。

一二調以為程課」，[93]抒懷「忠義憂憤之氣，纏綿悱惻之忱，有動於中而不能以自已」之情。[94]此間，宋育仁亦參與唱和。由 8 月至 11 月，得詞 621 首，結集為《庚子秋詞》。12 月以後，鄭文焯、張仲炘、曾習經、劉恩黻、于齊慶、賈璜、吳鴻藻、恩淳、楊福璋、成昌、左紹佐也陸續加入唱和。此唱和諸友，多為咫村詞社成員。至次年 3 月，共得詞 159 首，結集為《春蟄吟》。王鵬運《春蟄吟》題記云：「春非蟄時，蟄無吟理。蟄於春不容已於蟄也，蟄而吟不容已於吟也。漆室之歎，魯嫠且然：曲江之悲，杜叟先我。蓋自《庚子秋詞》斷手又兩合朔且改歲矣。春雷之啟，其有日乎？和聲以鳴，敬竢大雅君子，吾儕詹詹有餘幸焉。」[95]時臨國難，「漆室之嘆」、「曲江之悲」，情動於中，是以《春蟄吟》乃於痛傷國難的時代背景下，借詞抒憤悲慨，發怨嘆息，根本上即延續了《庚子秋詞》題詠的創作旨意。

在《春蟄吟》的吟詠中，〈春明感舊圖〉題詠也是詞人再續創作的一項重要活動。王鵬運在此次的同調唱和中，亦為〈春明感舊圖〉再題一詞。〈綺寮怨・忍盦為題春明感舊圖，依調約漚尹重作。於時瑟軒下世亦已數年，舊時吟侶盡矣。黃公壚下，往事消魂，況益以新亭涕淚耶〉：

> 瞥眼秋雲何在，倚風心暗驚。更短角、訴盡邊愁，平蕪渺、淚接孤城。當時花前俊約，空回首、夜笛飛恨聲。感夢華、影事依依，紅牙按、舊曲誰共聽。　對鏡自傷瘦生。夷歌數起，翻憐醉魄騎鯨。暮色零星。剩山意、向人青。淒涼袖中詩卷，尚偎影、共疏燈。愁懷倦醒。闌干舊憑處，塵正凝。[96]

---

93 清・王鵬運：〈序〉，清・王鵬運等著：《庚子秋詞》（《王鵬運集》第 1 冊），頁 1 上。

94 清・徐定超：〈序〉，清・王鵬運等著：《庚子秋詞》，頁 1 下。

95 清・王鵬運：〈題記〉，清・王鵬運等著：《春蟄吟》，頁 1 上。

96 清・王鵬運等著：《春蟄吟》，頁 4 下-5 上。同見清・王鵬運著，沈家莊、朱存紅校詞序中指出劉福姚為題〈春明感舊圖〉、依調約朱祖謀題詠，是開啟此次唱和的機緣。雖然聚會唱和的填詞活動仍然持續進行著，然而時序人事之變，尤其最令人傷感，昔時燕聚四印齋之詞友，況周頤羈旅他鄉，端木埰、許玉瑑、彭鑾皆已下世，離經傷別，難再聚首，「感夢華、影事依依」，「紅牙按、舊曲誰共聽」，感觸尤為深切。詞中借李白「醉魄騎鯨」捉月而死的典故，[97]謂已對亡友之思念。因庚子國難，「夷歌數起」，王鵬運、劉福姚、朱祖謀淪為城中孤臣，他們避居四印齋，日夕以詞相唱酬。王鵬運借「新亭對泣」的典故比擬其處境，宛如王導等過江諸士，徒然遙望山河，感傷風景不殊，相與對泣。[98]而舊友新侶燕集四印齋的創作活動，在「夜笛飛恨聲」的時代變局下，呈現的歷史意義，分別代表了不同時期的國政局勢，從甲午戰爭到庚子國難，中國面臨列強入侵的處境一次比一次更為殘酷、更為慘烈。夢華影事，平蕪孤城，暮色零星，均暗示對過去的美好嚮望已成夢憶；國土淪亡，徒留傷心詞客，「對鏡自傷瘦生」。

劉福姚〈綺寮怨・為半塘翁題春明感舊圖〉在創作本意上，即是延續王鵬運感慨舊友零落的詞情，傳達此時困守京城相與對泣的感傷。詞云：

> 廿載歡游如夢，倚風殘淚傾。記綺陌、貰酒尋詩，飛花句、唱遍春城。黃塵年年笑蹋，新霜換、倦客衰鬢驚。認翠牋、淡墨依然，凝塵埽、暗觸秋恨生。　怕問歲寒舊盟。西樓甚處，空餘落照新亭。怨笛聲聲。故人在、也愁聽。傷心庾郎詞賦，更伴我、訴飄零。闌干倦

箋：《春蟄吟》，頁 621-623。

97 杜甫〈送孔巢父謝病歸游江東兼呈李白〉有云：「幾歲寄我空中書，南尋禹穴見李白。」仇兆鰲註：「南尋句，一作『若逢李白騎鯨魚』。按：騎鯨魚，出〈羽獵賦〉。俗傳太白醉騎鯨魚，溺死潯陽，皆緣此句而附會之耳。」故後人以「醉魄騎鯨」作為詠李白之典。唐・杜甫著，清・仇兆鰲註：《杜詩詳註》第 1 冊（臺北：里仁書局，1980），卷 1，頁 56-57。

98 南朝宋・劉義慶著，南朝梁・劉孝標注，余嘉錫箋疏：〈言語〉，《世說新語箋疏》上冊，卷上之上，頁 109-110。

> 憑。知音賸幾輩，同醉醒。[99]

劉福姚，原名福堯，字伯崇，號忍庵，廣西臨桂人。詞中以今昔之比，回憶舊時與詩友「貰酒尋詩」、「唱遍春城」的唱酬吟詠，對比今日「知音賸幾輩」的飄零凋殘，在「新霜換、倦客衰鬢驚」的時光催逝中，人事之變，暗觸秋恨愁更生。王鵬運的四印齋位於北京西南宣武門外的胡同裡，雖地處偏僻，卻曾是「歲寒舊盟」的燕集之地，但如今舊友零落，「西樓甚處，空餘落照新亭」，尤顯格外冷清。整首詞在感嘆知音飄零中，充滿蕭瑟淒涼的況味。庚子國難，列強進攻北京，燒殺擄掠，城中戰火綿延，一片狼藉，「怨笛聲聲」，慘況可想而知。戰火雖未波及至四印齋，然而痛心國難、感傷國家淪亡的心情，都在「空餘落照新亭」、「傷心庾郎詞賦」的詞意中隱隱流洩。

外在時局的變化，不斷衝擊詞人的內在心境。朱祖謀自光緒二十二年（1896）應王鵬運之邀開始學詞，至今國難當前，感賦〈綺寮怨・為半塘翁題春明感舊圖〉，比興寄託也更加深刻。詞云：

> 笛裡呼杯人盡，凍醪和淚凝。對冷月、臥仰空梁，楓林黑、斷夢無憑。年時黃壚聚別，傷高眼、倦客相向青。怪瘴花、悴折朱絃，瑟軒集名。息息去、夜壑尋墜盟。　　最是故人茂陵。摩挲翠墨，情懷似醉還醒。細說飄零。有哀雁、兩三聲。天邊喚回遼鶴，教認取、舊春城。詩魂定驚。花陰甚處是，塵暗生。[100]

詞中以王戎、嵇康、阮籍「黃壚聚別」與司馬相如「故人茂陵」的典故，傳達故友星散、悲念傷遠的物是人非之感。朱祖謀入京以後，除了受到王鵬運邀約加入咫村詞社，光緒二十五年（1899），也曾與王鵬運舉辦校夢龕詞社

---

[99] 清・王鵬運等著：《春蟄吟》，頁5下-6上。

[100] 清・王鵬運等著：《春蟄吟》，頁5上-下。

社集，與張仲炘、裴維侒、左紹佐、王以敏、章華等人有詞學交游。[101]後來，王以敏乞外出都、張仲炘以言事忤太后被放。詞中引李商隱〈寄令狐郎中（令狐綯）〉詩云：「休問梁園舊賓客，茂陵秋雨病相如。」[102]寓託在此秋雨淒涼的處境裡，想起過去相聚的美好時光，因此格外思念友人。李商隱早年受「牛黨」令狐楚賞識，後娶「李黨」王茂元女兒為妻，因此在政治的夾縫中，終身抑鬱不得志。詞中借李商隱詩傳達思念故友的心情，亦藉此感慨人事變化，翻覆無常。然而，那些遺世的「摩挲翠墨」，文筆墨跡，都記錄著過去彼此曾經賡和唱疊的印記，而今世態侵奪，「悴折朱絃」，文章落寞，徒留無盡哀思。整首詞旨大抵圍繞在思懷故友的層次，並無明顯憂國感事的心情抒發。不過，詞人在藉由丁令威仙化鶴歸的典故，[103]想像召喚化鶴歸來之故友，「教認取、舊春城」，筆意之中，卻已隱隱道出春城日非、山河淪陷的憂國情懷。舊城春華，騷壇結契，歡快而美好。如今時已日非，舊友難聚，家國日危，定知感慨到詩魂。

事實上，當慈禧欲借義和團之力消滅列強、視其為「義民」之際，朝野上下出現兩派意見分歧的看法。一派是以毓賢、廷雍、載漪、裕祿、李秉衡等人為主，醉心其術，為迎合慈禧、諂諛討好而支持假手義和團打擊列強的朝臣；另一派則是以朱祖謀、袁昶、劉坤一、鹿傳霖、王之春、張亨嘉等人為主，認為義和團不可恃、奏言「亂民不可用，邪術不可信，兵端不可開」，[104]懷有憂患意識的朝臣。光緒二十六年（1900）正月，朱祖謀嘗激

---

[101] 清・王鵬運著，沈家莊、朱存紅校箋：《校夢龕集》（《王鵬運詞集校箋》下冊），頁427-428。

[102] 唐・李商隱著，清・馮浩箋注：〈寄令狐郎中〉，《玉谿生詩集箋注》（上海：上海古籍出版社，1998），頁224-225。

[103] 據《搜神後記》記載：遼東人丁令威，學道後化鶴歸遼，徘徊空中而有言：「有鳥有鳥丁令威，去家千年今始歸。城郭如故人民非，何不學仙冢壘壘。」晉・陶潛著，汪紹楹校注：《搜神後記》（北京：中華書局，1981），卷1，頁1。

[104] 清・李希聖：《庚子國變記》（《義和團文獻彙編》第1冊，臺北：鼎文書局，1973），頁15。

切陳諫「與洋人萬不可戰」，[105]倘若釁端一起，必貽禍國家。朱祖謀此舉無疑是與主戰派的主張相對立，為此險遭不測。李希聖《庚子國變記》云：

> 朱祖謀請毋攻使館，上使容祿召問狀，祖謀具為祿言宜罷兵，祿不肯白。祖謀敢言，匪初起，祖謀首建議，請驅除，啟秀惡之，揚言曰：「非祖謀無足與任此者」，太后亦不樂祖謀。曾廉聞之曰：「祖謀沮大計，可斬也。」[106]

鄉民設團自衛，若能安分守己，將有助官府管理地方秩序，維持社會安寧，然而團民良莠不齊，間有奸民會匪附入其中，滋端生事，煽惑人心，時日漸久，很可能演變成地方叛亂勢力，此乃朱祖謀等人擔憂反對的理由之一。官中稱義和團為「拳民」、「義民」，[107]但在士人眼裡，他們是亂民邪匪。黃遵憲〈初聞京師義和團事感賦〉：「無端桴鼓擾京師，猶記昌陵鼎盛時。今日黃天傳角道，非徒赤子弄潢池。冠纓且教宮人戰，繡臅還充司隸儀。晝夜金吾曾不禁，未知盜首定何誰？」[108]乃以盜匪稱之。而今，主戰者不計後果，恣意縱容，仇視反對者的忠言勸諫，甚至將許景澄、袁昶、徐用儀、立山、聯元五名忠心愛國的主和大臣下詔處死。朱祖謀雖有幸保全性命，不過從曾廉揚言「祖謀沮大計，可斬也」的厲聲攻訐中，可知當時朱祖謀有觸怒當權而喪命的危機。因此，從該時期朱祖謀題詠中所流露的國時憂危與今昔之感，都可以感受較之題詠〈秋窗憶遠圖〉時更加抑鬱而深沉的情感。王鵬運《彊村詞賸稿》序云：「公詞庚辛（光緒二十六年、二十七年，1900-1901）之際是一大界限，自辛丑（光緒二十七年，1901）夏與公別後，詞境

---

[105] 清・吳永口述，清・劉治襄記：《庚子西狩叢談》（桂林：廣西師範大學出版社，2008），卷 1，頁 25。

[106] 清・李希聖：《庚子國變記》，頁 17。

[107] 清・吳永口述，清・劉治襄記：《庚子西狩叢談》，卷 1，頁 9。

[108] 清・黃遵憲著，錢仲聯箋注：《人境廬詩草箋注》（香港：中華書局，1973），卷 10，頁 314-315。

日趨於渾，氣息亦益靜，而格調之高簡，風度之矜莊，不惟他人不能及，即視彊村己亥（光緒二十五年，1899）以前詞，亦頗有天機人事之別。」[109]指出朱氏詞自事變以後益趨渾厚、格高。

黃濬《花隨人聖庵摭憶》錄有一封王鵬運致鄭文焯的書信，書中抒發困坐城中的心境，亦提及戰前朱祖謀上奏力諫之事：

> 困處危城，已逾兩月，如在萬丈深阱中，望天末故人，不啻白鶴朱霞，翱翔雲表。又嘗與古微言，當此時變，我叔問必有數十闋佳詞，若杜老天寶、至德間哀時感事之作，開倚聲家從來未有之境，但悠悠此生，不識尚能快睹否？不意名章佳問，意外飛來，非性命至契，生死不遺，何以得此。與古微且論且泣下，徘徊展讀，紙欲生毛。古微於七月中旬，兵事棘時，移榻來四印齋，里人劉伯崇殿撰亦同時來下榻，兩月來尚未遽作芙蓉城下之游，兩公之力也。古微當五六月間，封事再三上，皆與朝論不合，而造膝之言，則尤為侃侃，同人無不為之危，而古微處之泰然。七月三日之役，不得謂非幸免，人生有命，於此益可深信，人特苦見理不真耳。鄙人嘗論天下斷無生自入棺之人，亦斷無入棺不蓋之理，若今年五月以後之事，非生自入棺耶？七月以後之我，非入棺未蓋耶？以橫今振古未有之奇變，與極人生不忍見不忍問不忍言之事，皆於我躬丁之，亦何不幸置耳目於此時，而不聾以盲也。八月以來，傅相（李鴻章）到京，庶幾稍有生機；到京已將一月，而所謂生機者，仍在五里霧中。京外臣工，屢請乘輿回鑾，乃日去日遠，且日促各官去行在。論天下大事，與近日都門殘破滿眼，即西遷亦未為非策。特外人日以此為要挾，和議恐因之大梗。況此次倡謀首禍諸罪臣，即以國法人心論之，亦萬不可活，乃屢請而迄未報允，何七月諸公歸元之易，而此輩絕頸之難也？是非不定，賞罰未昭，即在承平，不能為國，況今日耶！鬱鬱居此，不能奮飛，相見

109 清・王鵬運：〈序〉，清・朱祖謀：《彊村詞賸稿》，頁1下。

之期，尚未可必，足下謂弟是死過來人，恐未易一再逃死。至於生氣，則自五月以來消磨淨盡，不唯無以對良友，亦且無以質神明，晚節頹唐，但有自愧，尚何言哉！尚何言哉！中秋以後，與微徼伯崇，每夕拈短調，各賦一兩闋，以自陶寫，亦以聞聞見見，充積鬱塞，不略為發洩，恐將膨脹以死，累君作挽詞，而不得死之所以然，故至今未嘗輟筆。近稿用遁渚唱酬例，合編一集，已過二百闋；芸子（宋育仁）檢討屬和，亦將五十闋。天公不絕填詞種子，但得事定後始死，此集必流傳，我公得見其全帙。茲先撮錄十餘闋呈政，詞下未注明誰某，想我公暗中摸索，必能得其主名，雖伯崇詞於公為初交，然鄙人與古微之作，公所素識，坐上孟嘉，固不難得也。[110]

黃濬將王鵬運此書信分段詮注，大旨有五個重點。其一，書云得鄭文焯新詞者，乃指鄭氏於庚子之變，有〈賀新郎〉2 首、〈謁金門〉3 首及〈漢宮春〉，甚為悲哀沉痛。又據戴正誠《鄭叔問先生年譜》中，「所謂〈謁金門〉三解，每闋以『行不得』、『留不得』、『歸不得』三字發端，沉鬱蒼涼，如伊州之曲是也。」指其書中所云與朱祖謀且讀且泣下者，當是此詞。其二，5、6 月間封事與造膝之言，乃指朱祖謀、袁昶、許景澄等奏斥義和團，及召見之時，朱祖謀抗聲力諫，慈禧瞋目怒問大聲者誰？因朱氏班次稍遠，后未細查，幸免罹禍。其三，書中所謂 7 月 3 日之役，乃指袁昶、許景澄被殺之日。其四，李鴻章至京後仍無生機，兩宮無意回鑾，而首禍罪臣亦未誅戮，可見焦盼之甚。其五，王鵬運寄示《庚子秋詞》數首，鄭文焯答以一詞，此詞鄭氏《樵風樂府》不載，在《比竹餘音》中，〈浣溪沙〉題為「樓居秋暝得鶩翁書卻寄」。

由信中內容可知，此書寫於光緒二十六年（1900）8 月以後。是月，八國聯軍攻破北京、占領全城後，聯軍仍持續大舉增兵，全力清剿義和團。京師淪陷，兵火連天，人民深陷苦難水火。聯軍駐京，不肯退兵，慈禧只好派

---

110 清・黃濬著，李吉奎整理：《花隨人聖庵摭憶》上冊，頁 414-416。

遣李鴻章、奕劻向列強求和。書中所謂「傅相到京」，即指與列強求和之事。翌年 1 月，李、奕與列強簽訂《議和大綱》，聯軍請誅禍首，王鵬運、朱祖謀奏請斬首禍魁：

> 二十日，李鴻章、奕劻合劾載漪等罪重法輕，請嚴議。時德美書請殺首謀，乃並奏焉。給事中王鵬運亦言非嚴議不足以謝外人。久之而事下鴻章、奕劻治論，分別圈禁遣戍，朱祖謀、王鵬運，及御史李擢英、萬本敦，又連名請斬載漪、載勛。[111]

在近代研究義和團扶清滅洋的行動中，有學者指出：義和團從某種層面來說，是出於保家愛國的動機，但是為何卻反被士人所仇視？從根本原因上探討，認為它與階級、意識形態有關。士人看見的是中國制度本身的腐敗，因此主張通過學習西方，富國強兵，而下層民眾則是借助排外的方式，企圖回歸傳統。[112]前者從提升自我的競爭力著手，後者則從武裝暴力著手，本質上都是出於關心國家的心理，只是採取的方式不同。在朱祖謀、王鵬運、李擢英、萬本敦等人的眼中，義和團之亂引發八國聯軍，不僅危及中國國防、政治、經濟，也將國命安危推向懸崖，是故，從一開始他們就反對清廷利用義和團打擊列強，更認為造成如今局面者，當以朝中守舊派為禍首，是以應當加以嚴懲，否則「不足以謝外人」。由此可見王、朱之政治立場。

二、裴維侒、劉恩黻與曾習經的題詠

該時期除了《春蟄吟》中的題詠以外，尚有裴維侒（1856-1925）、劉恩黻（1861-1905）與曾習經（1867-1926）的題詠。八國聯軍攻入北京時，裴氏最初留守北京，不久奉命隨扈。曾、劉二人則坐困京師，並陸續拈作新詞、為圖歌詠，藉由昔時與故友歡聚之記憶，傳達對被害友人的思念。

---

[111] 清・李希聖：《庚子國變記》，頁 31。

[112] 趙泉民：〈試析晚清新知識分子對義和團運動的心理〉，《華東師範大學學報》32.3（2000.5）：50-55。

曾習經雖然參與王鵬運《春蟄吟》的唱和活動，然〈尉遲杯・題半塘老人春明感舊圖〉的創作時間，實際上要比《春蟄吟》唱和稍早幾個月。詞云：

> 長安路。漸歲晚、哀樂傷如許。深深徑草人稀，愁送流光輕羽。凝塵畫壁，誰記省、清時共歡聚。黯情懷、淚墨空淹，小窗還展緗素。　　因念九陌生塵，幾題葉吹花，勝事如故。最苦山陽聞夜笛，仍慣見、河梁客去。如今向、天涯海角，迴遙夜、商歌獨自語。便相思、斷袂零襟，夢魂空恁凝佇。[113]

關於此詞寫作時間，孫淑彥《曾習經先生年譜》以為此詞乃光緒二十四年（1898）冬月所作；[114]巨傳友〈臨桂詞人年表〉則以為此詞乃光緒二十六年（1900）中秋以後所作。[115]按曾習經《蟄庵詞》編載，此詞前有〈桂枝香・庚子閏中秋〉，是故應以巨氏所言為是。曾習經，字剛甫，號蟄庵，廣西揭西人。詞中引用「向秀思舊」典故，暗喻遭受遣戍、被殺害之友人。戊戌變法時，曾習經雖未投身政治活動，但他支持變法改革。變法失敗後，六君子被殺，同窗梁啟超逃亡日本，好友張元濟亦遭受處分，無不令其深感悲痛。其時途經長安路上，昔時與友人歡游之足跡已不復存在，尤其在歷經政變與戰火摧殘以後，道途如今已變為「徑草人稀」、「九陌生塵」的荒煙之景，人事已非之感傷，猶似向秀思舊。

曾氏此詞收於《蟄庵詞》中，朱祖謀將曾氏詞集與梁鼎芬、沈曾植、裴維侒、李岳瑞、夏孫桐、曹元忠、張爾田、陳洵、陳曾壽、馮幵 11 位詞人詞集，集結為《滄海遺音集》。林立《滄海遺音：民國時期清遺民詞研究》評論曾習經的詞云：其詞以小令居多，頗似馮延巳風致，但其中有許多情詞

---

[113] 清・曾習經：《蟄庵詞》（《滄海遺音集》第 2 冊，民國三十一年（1942）刊本），頁 13 下-14 上。

[114] 孫淑彥：《曾習經先生年譜》（北京：中國文史出版社，2006），頁 99-100。

[115] 巨傳友：《清代臨桂詞派研究》（上海：上海古籍出版社，2008），頁 297。

並無深刻的意義。[116]所言大抵為是。然而觀曾氏該首為王鵬運〈春明感舊圖〉所作之長調，詞中藉由時光人事的流逝與變換，寄託傷時憫亂的內在憂懷，情感真摯，寓意深刻。

在裴維侒《香草亭詞草》中，亦收有 1 闋〈八聲甘州・題王幼霞前輩春明感舊圖卷〉：

> 問城南松竹舊吟廬，臥雲幾經秋。賸飛香詩句，銷魂畫本，殘夢痕留。一樣文窗棐几，一樣小簾鈎。明月共千里，心事悠悠。　已是天涯回首，認前因鴻雪，到處閒愁。更飄零詞筆，風景強登樓。捲飛嵐、灑空涼翠，颭酒帘、瞥影廿年游。懷人處，作江天想，紅蓼花稠。[117]

是詞未收入《滄海遺音集》中。裴維侒，字韻珊，號君復，河南祥符人。庚子事變時，裴氏最初以鴻臚寺少卿身分留守北京，不久，奉命到西安隨扈。此詞應為光緒二十六年（1900）所作，詞旨為懷友思舊，上闋回憶過往與友人吟廬唱和的情景，下闋則以「更飄零詞筆」點出今日與友人相別的孤寂之感；雖然咫尺天涯，仍但願千里共嬋娟。今昔對比鮮明，暗喻國勢幻變，充滿感傷情調。裴維侒曾經加入咫村詞社、校夢龕詞社。吳文英，號夢窗，其詞常以「夢」、「窗」入詞，建構一種夢幻朦朧的意境，亦表示現實中不可捉摸的虛無與空幻。裴氏詞云：「賸飛香詩句，銷魂畫本，殘夢痕留。」意謂過去彷彿如夢一般，然而殘夢依舊縈繞於心，引起內心無盡地懷想與眷戀。

劉恩黻〈綺寮怨・題王半塘給諫前輩春明感舊圖〉作於 7 月之時，內容同樣是描寫感憶舊昔、與友相招唱和的往日情懷：

---

116 林立：《滄海遺音：民國時期清遺民詞研究》，頁 207-208。

117 清・裴維侒著，裴元秀整理，徐昚如標校，劉夢芙審訂：《香草亭詩詞》（合肥：黃山書社，2014），頁 160。

唱了春城飛絮，綺寮秋怨生。怪短篴、暮倚誰家，西風裏、似訴漂零。聲聲分山斷碧，招魂至、為說離亂情。料故人、化鶴歸來，黃壚渺、舊曲愁再聽。　　自笑鳳池夢醒。牙絃靜抱，無緣問訊秦青。素節霓旌。悔歌辨、總無靈。風流後人誰繼，數舊雨、賸孤星。陽春未成。薇花謝盡後、塵暗凝。余挂名薇省前後四年。[118]

上闋與朱祖謀一樣用了丁令威仙化鶴歸，以及王戎、嵇康、阮籍黃壚傷別的典故，傳達對亡友的思念與感傷。下闋藉由伯牙絕絃、[119]薛譚學謳於秦青[120]的典故，描繪劉恩黻與王鵬運、朱祖謀舊時曾於京師譜歌吟絃的過往。雖已成往事，然而詞人依舊在「舊曲愁再聽」、「牙絃靜抱」的獨吟中，反覆追念傷懷。劉恩黻，字新甫，號麐楥，江蘇儀徵人。光緒十四年（1888）中舉，官於禮部。[121]詞末小註：「余挂名薇省前後四年」，即指其在京任職翰林院之時。據朱祖謀《麐楥詞》跋云：「余初識新甫於半塘翁齋中，稍論及倚聲，或合或否，各出所作相質問，亦未嘗敢少諛也。新甫少孤，終鮮兄弟，一子未成童而殤，遂無子侘傺失志，故所為詞多嗚咽危苦誦之者，輒不能終其篇。半塘翁嘗規之。新甫則曰：『吾有幽憂之疾不能瘉，詞其萱蘇

118 清・劉恩黻：《麐楥詞》（清光緒三十四年（1908）仁和吳昌綬雙照樓刊本），頁 1 下。

119 相傳先秦時期，俞伯牙（前 387-前 299）善於彈奏《高山流水》，然而無人能懂其琴音。一日，伯牙彈琴於荒山野地，樵夫鍾子期（前 413 年-前 354）聽之，曰：「善哉乎鼓琴，巍巍乎若太山」，「善哉乎鼓琴，湯湯乎若流水」。伯牙甚為驚訝。其後，子期故歿，伯牙痛失知音，破琴絕絃，自此不再彈琴。戰國・呂不韋等著，許維遹集釋，梁運華整理：《呂氏春秋集釋》（北京：中華書局，2016），卷 14，頁 269-270。

120 戰國時，薛譚（生卒年不詳）從秦青（生卒年不詳）學習唱歌，未窮盡秦青之技能，自謂其已盡矣，遂辭別老師。秦青弗能止之，餞行郊衢，「撫節悲歌，聲震林木，響遏行雲」。薛譚為老師歌聲感動，忽覺自己所學唯僅皮毛而已，遂向老師認錯，請求返回重新學習。自此，終身不敢言歸。周・列禦寇著，楊伯峻集釋：《列子集釋》（北京：中華書局，1996），頁 177-178。

121 顧廷龍編：《清代硃卷集成》第 178 冊（臺北：成文出版社，1992），頁 5 上。

爾。』」[122]可知劉恩黻在京之時，與王鵬運、朱祖謀交游，相互唱酬，討論詞學。「牙絃靜抱，無緣問訊秦青」，乃指別後無法再切磋詞學，只能獨抱琴絃，聊以自慰。朱祖謀指出劉恩黻因喪子之痛，故詞多感傷悲調，多有投射身世之感，借詞「萱蘇」，[123]忘憂釋勞。藉由此詞中所流露孤寂悲傷的音調，即可明顯體現出「詞緣情」的本質意涵，深刻反映出劉氏的個人情感。

該時期之題詠，無論是《春蟄吟》中王鵬運、劉福姚、朱祖謀的詞作，或是曾習經、裴維侒、劉恩黻的題詞，皆從感舊往昔、思念故友的角度切入，表面雖無明顯涉及國家政治的描寫，然而深究其意，實則轉借嵇康、呂安的被殺，影射那些遭后黨殺害的友人，暗諷政治之險惡。有意思的是，王鵬運與朱祖謀雖是朝中激進的反對派，但他們不以詞評議，而是輾轉藉由抒懷人是已非、舊友零落，寄託時政局勢與人事變遷，情感幽微而含蓄，體現出常州詞派所謂比興寄託、「意內言外」的詞學思想。

第四節　亡國前後託興於畫的悲歌吟詠

甫經義和團、聯軍炮火的肆虐與摧殘，中國嚴重受創，領土更加殘破不堪，因此，衡亙於士人心中覆巢無完卵的憂懼之感益愈發深刻沉重。光緒二十七年（1901）以後，由於王鵬運的廣闊交游及其影響力，為〈春明感舊圖〉的題詠活動仍不止息。目前可見者，有王繼香（1846-1905）、陳銳（1855-1923）、胡延（1862-1904）、易順豫、陳曾壽（1878-1949）之題詠。士人藉由為圖題詠，寄託山陽思舊、紅羊劫換的心緒，情感的厚度也因整體大環境的臨逼、迫促而流露出更為抑鬱深沉的感傷。

---

[122] 清・朱祖謀：〈序〉，清・劉恩黻：《麐椶詞》，頁1上。

[123] 《初學記》引三國魏王朗〈與魏太子書〉云：「不遺惠書，所以慰沃，奉讀歡笑，以藉飢渴，雖復萱草忘憂，皋蘇釋勞，無以加也。」後以「萱蘇」指忘憂釋勞之意。唐・徐堅：《初學記》（臺北：鼎文書局，1976），卷27，頁668。

一、庚子事變後的題詠

除了前述王鵬運、夏孫桐、朱祖謀、曾習經、劉恩黻、劉福姚等詞人以外，在該時期的題詠中，仍然可見文人好用魏晉名士典故的跡象。光緒二十八年（1902）3月望夕，王繼香作有2首〈綺寮怨・半塘以春明感舊圖卷乞題，即和其自題韻〉。第一首題詠以數個典故遞進鋪排，抒寫知音凋零、物是人非的感慨，云：

> 驀地牙琴彈破，審音先涕零。思前度、勺藥吟紅，須臾頃、宿草霾青。衹餘淋漓賸墨，試聽取、尚作金石聲。更不消、腔笛山陽，披圖處、按拍愁倍增。　　最慨散亡廣陵。河山滿目，參軍忍賦蕪城。淚灑新亭。念詞客、早騎鯨。何當返魂香炷，共展卷、定愁生。風淒露清。孤弦尚自撫，移我情。[124]

王繼香，字子獻、止軒，浙江會稽人。起首以伯牙絕絃的典故傷逝故友，次以向秀山陽思舊抒發想念之情，前後均扣緊「音樂」作書寫，在銀笙按拍聲中，一聲聲訴說痛失知音的感傷。下闋連用《廣陵散》、鮑照〈蕪城賦〉、「新亭對泣」的典故，委婉道出時局不靖、山川殊異之變，充滿無盡哀傷。《廣陵散》為著名古曲，典故起源聶政刺韓相，後因嵇康臨刑絕奏而聞名於世。作者取意著重後者。嵇康以《廣陵散》抒發胸中鬱憤，悼懷四位曹魏忠臣，[125]至嵇康被陷斬首，《廣陵散》自此聲名大噪，比附賢士，寄託遙

---

[124] 清・王繼香：《醉盦詞》（《清詞珍本叢刊》第17冊，南京：鳳凰出版社，據清稿本影印，2007），頁409-410。

[125] 據《舊唐書》〈韓滉傳〉記載：「晉乘金運，商，金聲，此所以知魏之季而晉將代也。慢其商弦，與宮同音，是臣奪君之義也，所以知司馬氏之將篡也。司馬懿受魏明帝顧託後嗣，反有篡奪之心，自誅曹爽，逆節彌露。王陵都督揚州，謀立荊王彪；毌丘儉、文欽、諸葛誕前後相繼為揚州都督，咸有匡復魏室之謀，皆為懿父子所殺。叔夜以揚州故廣陵之地，彼四人者，皆魏室文武大臣，咸敗散於廣陵，《散》言魏氏散亡自廣陵始也。」後晉・劉昫等著：《舊唐書》第11冊，卷129，頁3605。

深。南北朝時，劉誕（433-459）據廣陵起兵造反，沈慶之（386-465）率軍征討，城破後大舉燔燒，餘留荒涼。鮑照（409-466）登臨劫餘後的蕪城，眼見城摧垣頹，荒煙蔓草，已不復見漢時繁榮，感慨遂作〈蕪城賦〉。[126] 山景變異，心中的感時憂國、黍離之悲，也唯有昔時與之「新亭對泣」的知音者能夠懂得。作者此詞採用如此之多的典故，實際上都是為了暗喻那些因戊戌變法而遭殺害的友人，他們懷抱著一種猶如王陵等人匡復曹魏之心的經世愛國志向，亡命仕途，騎鯨西去。雖然通首詞境淒清，表面看來都是為孤弦自撫、知音斷絕而感傷，但實際上作者也在託古喻今之中，暗諷官場政治的黑暗，實乃真正導致國家走向衰敗的主因。

第二首詞云：

> 一卷殘縑霝綀，遺愁愁轉生。是曩日、韋杜城南，題衿罷、幾度神凝。而今風流頓盡，衹留取、妙墨巾笥盈。倩畫圖、補記游蹤，摩抄遍、歌闋風雨驚。　　況復海波陡傾。銅駝荊棘，燕臺欲弔難憑。山鬼伶俜。化十點、凍燐青。黃壚故人如在，睹幸草、一作認爪印。也傷情。東華夢醒。燈窗展玩處，猶眼明。[127]

此詞與第一首本義相同，藉由銅駝荊棘、燕臺招賢、黃壚故人的典故，再次針對當權者壓迫忠臣諫士提出反諷；對於宦海風波的憂懼，對於故友欲弔難平的傷情，皆流洩於字裡行間。

郭傳璞為王繼香《醉盦詞》作序云：「君之洊丁離亂，漂泊湖海，風木之悲，荊樹之感，與夫覽古傷今之寫豔詠物之篇皆在。而難堪之境，難達之情，難顯之景，乾端坤倪，軒豁呈露，詞之能事畢矣。」[128]深切王繼香詞之內容與風格。其實，王繼香在光緒十八年（1892）之時，便與王鵬運相

---

126 南朝梁・蕭統編，陳宏天、趙福海、陳復興主編：《昭明文選譯注》第 1 卷，頁 534。

127 清・王繼香：《醉盦詞》，頁 410。

128 清・郭傳璞：〈序〉，清・王繼香：《醉盦詞》，頁 248。

識。[129]此時王繼香為〈春明感舊圖〉題詠，應與庚子國變後目睹清朝正步入危亡，遂生感慨有關。尤其值得注意的是，王氏詞中所用典故幾乎都是亡國才有的悲慨。

以魏晉名士典故為寄託，蔚然成風，儼然成為文人們題詠創作的傾向。易順豫〈南浦・題幼霞丈春明感舊圖，即次其舊遊龍樹寺韻〉：「龍樹晚婆娑，覓詞仙，舊題苔徑誰掃。呼酒對西山，斜陽外、依依數峯青小。鶴眠應穩，墨痕搖夢松雲表。一般秀句從去後，便有碧紗籠到。　那堪俊侶飄零，更夜笛、山陽悽音愁繞。玉宇獨歸遲，平生意、贏得美人香草。高吟健在，鬢絲無奈春寒峭。幾時重續，莫待鳳城花少。」[130]詞中也借用了向秀山陽思舊的典故，抒懷思友之情。倘若細查可以發現，「黃壚聚別」與「山陽思舊」的典故，實際上皆與嵇康有關。因此不得不追問，為什麼文人們要不斷藉由與嵇康相關的典故反覆疊唱？用意何在？

「嵇康」在文人的詩歌裡宛如圖像符號，象徵一種精神符碼，代表魏晉士人的風度。在魏晉當時，嵇康的為人與風骨已令不少人傾慕，山濤曾推舉嵇康為官，目的是希望藉此保其性命，但卻忽略嵇康傲骨、堅毅的品格，反遭回以〈與山巨源絕交書〉，彼其同時，也在無意之間，深化嵇康與司馬昭之間的矛盾。直到嵇康為呂安作證其兄侮妻之事，政治陰謀一觸即發，嵇康遭同誣陷下獄，判刑斬首。受戮當日，三千太學生為之請願，都被司馬師駁回拒絕。是以可見，嵇康的人格魅力在當時已深植人心，成為一種人格典範。流傳後世，文人更有宛若「嵇康情結」的美好寓託，而《廣陵散》也成為文人對嵇康形象的投射。晚清清議之士，本持近似「嵇康式」的操持，儘管他們的生命已盡終結，然而真正使士人追懷景仰的，正是那股如嵇康般不屈服、不沉淪的精神。

---

[129] 光緒十八年（1892），王繼香作有〈百字令・謝王佑遐閣讀鵬運惠四印齋詞集〉、〈百字令・謝佑遐薇省同聲集〉，可見王繼香與王鵬運此時即已認識。清・王繼香：《醉盦詞》，頁 393。

[130] 清・易順豫：《琴思樓詞》（《民國詞集叢刊》第 8 冊，據民國三年（1914）石印本影印），頁 16 上-下。

在光緒二十七年（1901）清廷與聯軍公使簽訂《議和大綱》、局勢稍微穩定以後，王鵬運便於 5 月離開京師，請長假南歸。從光緒二十八年（1902）11 月至隔年 2 月，王鵬運皆客居上海。期間，曾與陳銳、繆荃孫、張仲炘、張謇、徐乃昌等人往來同席。陳銳作有〈浣溪沙・題王幼遐給諫春明感舊圖，時同客滬上將別矣〉3 首：

> 一弓生綃拂酒塵。歌吟曾見太平春。貞元朝士更無倫。　夢裏河山鷕寂寂，望中樓閣雪紛紛。北風殘笛送車輪。
>
> 一去燕臺暗恨生。詞人幾輩似晨星。也知喬木厭譚兵。　撥甕浮蛆新世界，看花啼鳥舊心情。銅仙清淚為誰傾。
>
> 隔雨飄鐙更不歸。畫闌惆悵幾多時。間君行李又何之。　佳會也如錢易散，閒情惟與伎相宜。中年禁得鬢成絲。[131]

陳銳，原名盛松，字伯弢，號裒碧，湖南常德人。第一首上、下闋互為對比，上闋回憶清代太平之時，如唐代貞觀、開元之盛世，下闋描寫現時山河孤危，時序異變，同樣藉由向秀夜聞笛的典故，抒發故友零落、慘遭殺害的感傷。對此，第二首進而以燕昭王築燕臺招賢的典故，比喻那些因諫言被殺的友人，實為國家難得的賢才。渠輩命運宛若晨星，未及為國建功立業，便已殞落。眼看國事日非，局勢新變，詞人卻始終懷抱對過去的無盡想望，甚而感慨：「銅仙清淚為誰傾？」將心中傷感付託於彼，喻己哀痛。第三首描寫當下行旅雖有幸相聚，然而「佳會也如錢易散」，終無不散之筵席，緊扣詩題「將別」之旨。陳銳〈長亭怨慢〉序云：「壬寅（光緒二十八年，1902）歲杪，半唐老人受儀董學堂之聘。」[132]可知詞中所謂「將別」之

---

[131] 清・陳銳：《裒碧齋詞》（《清代詩文集彙編》第 781 冊，據清光緒三十一年（1905）揚州刻本影印），頁 8 下-9 上。

[132] 清・陳銳：《裒碧齋詞》，頁 12 上。

事，即指王鵬運將赴揚州儀董學堂講席。時光荏苒，「中年禁得鬢成絲」，無非是為國感憂、為情傷懷、流轉徙遷所致。三首詞以時間為次第，從太平之日、新世界，寫到流寓上海之現況，層層遞進，有時光的流轉，也有人事的變化，濃深愁重的憂傷充滿詞中。

在王鵬運客居上海期間，胡延也曾相約留飲、填詞。王鵬運、繆荃孫、徐乃昌、陳銳等人皆同席。[133]胡延曾作〈氐州第一・題王半唐春明感舊圖〉：

> 丹鳳城南，方朔舊隱，回思二十年事。蠹管塵牋，依微和得，當日瑤篇錦字。筠榭松廳，更寫出、薇郎高致。日下思玄，雲間嘆逝，此圖應是。　　泊翠評紅吟歗地，憶年少、絜蹤曾寄。白馬清流，紅羊浩劫，換卻人間世。驀相逢、驚歲晚，淒涼處、聊拚一醉。試眄煙霄，叩靈脩、無言有淚。[134]

胡延，字長木，號研孫，四川成都人。庚子事變，慈禧攜光緒逃至西安，胡延當時任內廷支應局督辦，每日可見慈禧，他將平日所見，撰成《長安宮詞》。胡氏將王鵬運比喻為東方朔，借其直言切諫之形象，形容王鵬運出入「筠榭松廳」，諫議監察。東方朔被漢武帝以俳優視之，終其一生未得重用，晚年退隱故里。是故，詞中以「方朔舊隱」喻王鵬運離京南歸之現況。次以東漢張衡作〈思玄賦〉寄託自己雖然親隨皇帝左右，卻時常懼怕宦官讒言，深感福禍倚伏，不敢表露真意，猶言政治黑暗。……是以，詞人以為此圖既表露身在朝野，猶有張衡〈思玄賦〉憂讒畏譏之懼，亦有陸機〈嘆逝賦〉感嘆萬物變化無常，傷痛賢士消亡之意。下闋，作者借用「白馬清流」的典故，以李振讒害有德之士，[135]再次傳達當今士人遭受讒言、迫害的政

---

[133] 清・繆荃孫：《藝風老人日記》第4冊（北京：北京大學出版社，1986），頁49上。

[134] 清・胡延：《苾芻館詞集》（《清代詩文集彙編》第788冊，據清光緒二十九年（1903）金陵糧儲道廨刻本影印），卷6，頁5上-下。

[135] 《梁書》〈李振傳〉：「天祐中，唐宰相柳璨希太祖旨，譖殺大臣裴樞、陸扆等七人於滑州白馬驛。時振自以咸通、乾符中嘗應進士舉，累上不第，尤憤憤，乃謂太祖

治處境。唐末牛李黨爭轉喻於清末政壇，即是帝黨與后黨的政治鬥爭；牛李黨爭的後果，將原本即已腐朽衰落的唐代推向滅亡，而清朝帝、后兩黨的政爭，也是使國本分裂、朝政衰落，進而走向毀滅的推力。歷史在紅羊浩劫中循環輪迴，即使歷史可以資治，卻終難以通鑑，最終徒留靈脩美人獨抱孤潔，憂國傷世。其詞諷諭政治，託興遙深，顧復初為胡延《苾芻館詞集》作序云：「通乎諷喻，未可以淺說罄也。」[136]即言詞中喻意之深。

二、清亡以後的題詠

宣統三年（1911）辛亥革命爆發，隔年，清廷下詔退位，結束中國帝制。面對清朝覆亡、民國到來，士人心中其實是充滿悲慨與質疑，他們不認為「革命」是推進中國邁向進步的契機，而是毀滅國本的摧花辣手。該群士人即使深知滿清政府昏庸腐敗，卻始終以古為尚，堅守舊制，認為傳統體制才是維繫國家興亡的根本。例如陳曾壽〈題春明感舊圖〉即深刻反映出批判革命的思想：

> 春秋誅亂賊，其始萌一敢。改官先去禮，國本實已斬。含生化毛角，䶦䶦供獵獮。是關族興亡，豈直祚修短。根鑱飾微末，張皇開禮館。諸老信辛勤，彌縫嗟已晚。舊事忍重論，有責誰可逭。慘酷人禽哀，漫託興廢感。後死竟何樂，熟視餘憤懣。圖中話舊人，隔世空懷緬。[137]

此詞約莫作於民國十九年（1930）至二十年（1931）之間。陳曾壽，字仁先，號蒼虬，湖北蘄水人。《左傳》云：「禮，國之幹也。」[138]春秋時

曰：『此輩自謂清流，宜投於黃河，永為濁流。』太祖笑而從之。」宋・薛居正等著：《舊五代史》第1冊（北京：中華書局，1976），卷18，頁253。

136 清・顧復初：〈序〉，清・胡延：《苾芻館詞集》，頁1上。

137 清・陳曾壽：《蒼虬閣詩》（《民國詩集叢刊》第1編第88冊，臺中：文听閣圖書有限公司，據民國二十九年（1940）刻本影印，2009），卷7，頁6下。

138 周・左丘明著，晉・杜預注，唐・孔穎達正義，浦衛忠、龔抗雲、胡遂、于振波、陳

期，亂臣賊子四起，邪說暴行有作，各諸侯僭越改制，人倫喪亂，「孔子懼，作《春秋》」。陳氏認為，造成世道日喪、「慘酷人禽」的根本原因即在於禮樂崩毀；一國禮樂崩毀，影響「豈直祚修短」，更危及「是關族興亡」。詩人藉由題畫寄託憂世之情，反映出強烈的愛國思想，更寓含了深刻地諷諭刺世之意，發人深省。

清末民初時期，以舊體詩詞創作、集結成社的文學社團組織相當繁榮興盛。關賡麟（1880-1962），字穎人，廣東南海人。民國三十九年（1950）創立「咫社」，前後為時 3 年，集社達 30 次。值得一提的是，在《咫社詞鈔》第 12 集「題夏閏枝（夏孫桐）先生《刻燭零牋》冊子」的社課中，關賡麟回顧夏孫桐與王鵬運等人的詞學交游，亦兼及「咫村詞社」與「咫社」的延承關係。此集首題云：

> 丁卯（民國十六年，1927）二月，江陰夏閏枝先生寓居麻刀胡同時，以光緒中葉京師詞人集會其家，唱和詞牋及庚子歲彙抄詞稿，有王半塘、朱彊村、劉忍庵、宋芸子、左笏卿（左紹佐）、張瞻園（張仲炘）、王夢湘、易實甫（易順鼎）、由甫諸老之作，皆一時名雋。滄桑後，裝裱成冊，題曰《刻燭零牋》，並詳跋其歲月，留為光宣間詞壇之掌故，今藏令子慧遠（夏緯明）家。慧遠能讀父書，為咫社後起之秀，擕社徵題，為述其緣起如此。[139]

此集之中，夏仁虎〈金縷曲〉序云：

> 茲冊所存，為半塘、彊村、閏庵、瞻園、芸子、實甫、由甫弟兄諸先生庚子亂前所作。其手錄者，則彊村錄寄閏庵所謂《庚子秋詞》者也。於時鄭叔問、曾剛甫亦曾參加酬倡，所作並闕，殆偶未與集耶。

詠明整理，楊向奎審定：《春秋左傳正義》，卷 13，頁 418。

[139] 關賡麟輯：《咫社詞鈔》（《清末民國舊體詩詞結社文獻彙編》第 12 冊），卷 2，頁 42 下。

聯軍方據，京師國勢危於綴旒，諸先生憂傷憔悴，託諸謳吟，以擬碧山、叔夏諸人之會，殆為近之。[140]

根據兩段敘述可知，在庚子之亂尚未爆發前，王鵬運、朱祖謀、劉福姚、宋育仁、左紹佐、張仲炘、王以敏、易順鼎、易順豫，曾會集於夏孫桐位於京師麻刀胡同的寓所，他們聚會唱和，憂傷亂世，感傷國危。光緒二十六年（1900），庚子之亂爆發後，王鵬運、朱祖謀、劉福姚、宋育仁聚會唱和，集成《庚子秋詞》；其後，鄭文焯、左紹佐、張仲炘、曾習經等人亦陸續加入唱和，集成《春蟄吟》。事隔二十餘年後，民國十六年（1927），夏孫桐將光緒中葉在京詞人的唱和詞牋，以及庚子時彙抄之詞稿，表裱成冊，題名為《刻燭零牋》。值得注意的是，當時參與唱和者，唯鄭文焯、曾習經的作品「殆偶未與集耶」，未收錄《刻燭零牋》中，有失收之憾。至民國三十九年（1950）咫社成立後，夏孫桐之子夏緯明，將詞集攜往社中，遍請社友徵題。

在《咫社詞鈔》第 12 集的首吟中，社長關賡麟賦〈齊天樂‧題悔龕（夏孫桐）師刻燭零牋冊子〉提及王鵬運徵題〈春明感舊圖〉之事：

承平尊俎風流盡，貞元每思朝士。四印居停，卅年掌故，愁絕春明花事。彊村、忍庵庚子（光緒二十六年，1900）秋同居半塘四印齋。〈春明感舊圖〉，半塘徵諸人題詠卷也。危城送晷。賸小令無題，它年詩史。《庚子秋詞》皆無題，以六十字內調為限。密字秋聲，夜牕燭跋替垂淚。　逢辰衣鉢舊忝，恨歐梅節拍，傳授曾未。庚子（光緒二十六年，1900）鄉薦座師裴、夏兩公，以庚辰（光緒六年，1880）、壬辰（光緒十八年，1892）入翰林。余亦甲辰（光緒三十年，1904）通籍。《香草亭詞》、《悔龕詞》，皆為彊村所賞，選入《滄海遺音》。而余少喜填詞，中歲棄不復為，老始結社，不及受教於兩公也。遼鶴重來，霓裳換譜，彈指滄桑幾世。吟壇又啟。問咫

140 關賡麟輯：《咫社詞鈔》，卷 2，頁 45 下-46 上。

社何如，咫村諸子。《咫村吟集》為庚子（光緒二十六年，1900）前，半塘、彊村、瞻園、夢湘、由甫等分韻填詞，迭為賓主，所在韻珊（裴維侒）師、閏枝師皆與焉。識我詞人，有靈須喚起。[141]

通首幾乎每句詞尾都有註解說明，方便讀者瞭解詞意。上闋言庚子事變時，王鵬運、朱祖謀、劉福姚避居四印齋，王氏徵題〈春明感舊圖〉及其三人賦著《庚子秋詞》之緣起。感舊承平、貞元盛世已不復再，京師困陷危城，詞人淚垂。下闋描寫恩師裴維侒、夏孫桐，以及王鵬運、朱祖謀、張仲炘等當時著名詞人，雖已下世，然彈指吟謳之精神，仍延綿後世，復使咫社成立，「吟壇又啟」。光緒二十七年（1901），關賡麟應廣東鄉試中舉，其時正考官為裴維侒，副考官為夏孫桐，故關氏以裴、夏為師。[142]而裴、夏二人又與王鵬運等人往聲通氣，互為唱酬，彼此為倚聲之友。自宣統三年（1911）開始，關賡麟在北京稊園第宅先後創立「寒山詩社」、「稊園詩社」、「青溪詩社」、「咫社」與「稊園吟社」，宴集社友賦詩徵和，分題吟詠。[143]這些社團大多專力為詩，唯咫社力主為詞，吸引了當時詞學名家葉恭綽、夏敬觀、夏仁虎、冒廣生等人參與，帶動詞學的發展。關賡麟在第一次集會有謂「咫社」之由來：「昔趙松雪（趙孟頫）在萬柳堂賞荷賦詩有『誰知咫尺京城外，便有無窮千里思』之感，時議重舉詞集，即以咫為社，名於是焉始。」[144]不過，從「咫社」命名與王鵬運「咫村詞社」有近似雷同的傾向看來，其中似乎也隱含著紀念與傳承的意義。

民國三十九年（1950）以前，中國政治仍處於國政混亂、內憂外患的局

---

[141] 關賡麟輯：《咫社詞鈔》，卷 2，頁 42 下-43 上。

[142] 清・夏孫桐：〈辛丑廣東鄉試錄後序〉，《觀所尚齋文存》（《民國文集叢刊》第 1 編第 28 冊，臺中：文听閣圖書有限公司，據民國二十五年（1936）鉛印本影印，2008），卷 2，頁 1 上。夏志蘭、夏武康：〈詞人夏孫桐的嶺南情緣〉，《人杰風華》3（2009）：46-48。

[143] 關於關賡麟創「稊園社」的緣起，可參杜翠雲：《稊園社發展史論》（蘇州：蘇州大學中國文學研究所碩士論文，2015）。

[144] 關賡麟輯：《咫社詞鈔》，卷 1，頁 1 上。

勢中。自辛亥革命以後，民國建立，由北洋政府領政，建立新政府，中國一度由帝制轉為總統制。民國五年（1916），袁世凱恢復帝制，廢除民國，最終在反對聲浪與護國戰爭中宣告結束。袁世凱逝世後，北洋軍閥陷入割據時代，北洋派分裂為直系、皖系與奉系，三大派系彼此攻訐角逐，政治鬥爭不絕。民國十四年（1925），國民黨成立國民政府，由蔣介石領軍北伐，至十七年（1928）北伐結束，中國政權才由國民政府所取代。然而，隨後又陷入國共內戰、中日戰爭的內憂外患處境中。民國三十四年（1945），第二次世界大戰結束，臺灣、澎湖均回歸主權。到了三十八年（1949），國、共兩黨結束長達二十餘年的軍事內戰，共產黨在北京建立中華人民共和國，而國民黨則撤退臺灣，形成海峽對峙、分立分治的情勢。

關賡麟創立咫社的時間點，正好是國、共政權消長的時期。咫社從創立到終結，雖然僅只維持 3 年的時間，不過可以看出民國文人為延續傳統、追懷盛世的擬古憶舊之心態，無非都是追尋過去的美好、反襯今不如昔的悵惘。是以，王鵬運〈春明感舊圖〉在歷經清末、民國時空的移轉中，其精神仍持續永恆留駐於人們的心中。

小 結

藉由〈春明感舊圖〉三個階段的題詠可見，緣發於外在時局變化的衝擊，反映於文人詩詞中的心緒各有不同。

第一階段的題詠由甲午戰爭結束到強學會遭禁彈劾，乃至戊戌政變爆發，以支持帝黨之志銳、安維峻、文廷式、黃紹箕、戊戌六君子等人，或遭遣戍，或流亡海外，或被捕殺害，作為詞中不能言不可說的隱曲心事。王鵬運藉由對亡友端木埰、許玉瑑，以及身在遠方之彭鑾的思念，寄託國事日非、政治黑暗的感傷。而此期夏孫桐的題詠，亦同樣寄託對京師友人遭遣被害的心情與自我的憂國情懷。第二階段的題詠與庚子國難相牽繫。當時，王鵬運、朱祖謀、劉福姚坐困城中，感傷國難，日夕相唱和。王鵬運思及昔時與端木埰等人相唱酬的美好時光，而此時彭鑾業已下世，因此承續原題〈春明感舊圖〉思懷故友的本意，依據原調再作〈綺寮怨〉，寄託承平難再的心情。同席劉福姚、朱祖謀亦緣承王鵬運思友本意，作〈綺寮怨〉相賡和，並寄託聯軍入京的心情。曾習經、裴維侒、劉恩黻的題詠與王、朱、劉三人相同，都是從思懷故友的視角切入，從而抒發政治黑暗與國事日非的感慨。第三階段的題詠，由王繼香、易順豫、陳銳、胡延至陳曾壽，諸士詩詞中皆涉及紅羊換劫、隔世緬懷之亡國意象，反映出亡國前後士人面臨國家走入敗亡之心境，流露深刻悲痛的傷世情懷。

倘若將諸士題詠互文比對，可以發現：王鵬運先後引用了「黃壚聚別」與「新亭對泣」的典故，夏孫桐、朱祖謀、劉恩黻的題詠皆引用「黃壚聚別」的典故，劉福姚、王繼香的題詠皆引用「新亭對泣」的典故，而章華、吳慶燾、曾習經、王繼香、易順豫的題詠，又都引用了「山陽思舊」的典故。值得注意的是，「黃壚聚別」、「山陽思舊」的典故，皆與嵇康有關。此現象反映出：詞人之間相賡唱的承續性，以及詞人們寓託嵇康高蹈不屈之形象，影射那些遭受后黨殺害、為國犧牲的友人始終堅持自我信念，不因政治險惡而屈服的精神。

民國三十九年（1950）以後，關賡麟在《咫社詞鈔》第 12 集的首吟中，復又提及王鵬運徵題〈春明感舊圖〉與賦著《庚子秋詞》的往事，不僅暗喻了「咫村詞社」與「咫社」之間的傳承關係，亦為庚子時期以王鵬運為中心展開的詞學活動作了扼要的說明。是以可見，儘管歷經易代換世，本於文人胸中的詞筆詩心，依舊伴隨時間流轉未曾止息。

第七章　清亡之後思賢念遠的集體追憶——〈春帆入蜀圖〉題詠與清遺民的故國之思

清亡以後，中國進入新的時代。民國二年（1913），周慶雲（1864-1933）、劉承幹（1882-1963）在上海組織「淞社」，發起詩酒唱酬活動。是年消寒會上，社中成員戴啟文（1844-1918）出示家藏〈春帆入蜀圖〉徵題吟詠。此圖原為戴啟文之先叔高祖戴三錫（1758-1830）所有，圖畫創作時代與嘉慶元年（1796）川楚白蓮教之亂有千絲萬縷的關係，也是戴三錫建立平生功業、顯身榮耀的促發點。圖畫在太平天國時期，曾因戰亂流落肆市，其後輾轉傳到戴啟文手裡，並由他肩負徵題賦詠的重責。這些題詠，反映出滿清未亡以前到進入民國以後，士人對於觀看昔賢文物抱持的不同心態。

第一節　戴三錫〈春帆入蜀圖〉的本事

〈春帆入蜀圖〉是嘉慶年間呂星垣（1753-1821）為戴三錫所作的圖畫。是圖有二，一為嘉慶二十四年（1819）呂星垣於邯鄲官舍所作，二為嘉慶二十五年（1820）呂星垣於邯鄲旅邸所作。[1]呂星垣，字叔訥，號湘皋、映微、應尾，江蘇武進人。工詩能文，少有才名，與洪亮吉、孫星衍、楊

1　清・呂星垣：〈陽湖呂叔訥大令星垣弟（第）一圖題款〉、〈又弟（第）二圖題款〉，清・戴振聲輯：《春帆入蜀圖題詠》（民國十九年（1930）鉛印本），頁1上、頁2上。本文所引題詠之詩、詞、文，皆援引自此一版本。

倫、黃景仁、趙懷玉、徐書受齊名，時稱「毘陵七子」，[2]又與洪亮吉、孫星衍、黃景仁並稱「四才子」。[3]呂星垣兼擅書畫，書摹黃庭堅、李邕，畫宗王原祁。[4]呂星垣與戴三錫為姨表親戚，次子又與戴三錫女兒締結姻緣，[5]因此，呂星垣自然成為戴三錫囑託繪圖的最佳人選。圖畫第一卷卷首有劉墉（1719-1805）題耑。劉墉，字崇如，號石庵，謚號文清，山東諸城人。其書法造詣深厚，字體豐腴飽滿，渾厚雄勁，得鍾繇、顏真卿精髓，[6]尤為當時所重，有「濃墨宰相」之稱。徐珂云：「劉文清書法，論者譬之以黃鐘、大呂之音，清廟、明堂之器，推為一代書家之冠。」[7]劉墉為戴三錫應舉時的主考官。戴三錫邀請劉墉題耑，可以名家之筆，達到為圖增輝之目的。劉墉病逝於嘉慶九年（1805），題耑比呂星垣繪圖時間早了十餘年，是以，呂星垣跋：「既請劉文清公作書題額，並屬予寫是圖。」[8]即說明先有劉墉題耑，後才有呂星垣圖畫。

按戴啟文〈先叔曾祖羨門尚書公春帆入蜀圖跋〉云：

> 叔曾祖羨門公，諱三錫。乾隆癸丑（五十八年，1793）進士，以知縣出宰山右，旋引疾歸養。起復，特旨發往四川，歷任縣令丞倅守牧，垂二十年，迨備兵建昌，不三年，擢四川總督。七年中屢署成都將軍，內召用工部侍郎，薨於京邸。優詔加尚書，銜照尚書例賜、卹

2　清・趙爾巽：《清史稿》第 44 冊，卷 485，頁 13391。

3　清・錢林輯，清・王藻編：《文獻徵存錄》（《清代傳記叢刊》第 10 冊，臺北：明文書局，據清咸豐八年（1858）刻有嘉樹軒藏板影印，1985），卷 4，頁 66 下。

4　清・呂景端：〈題春帆入蜀圖詩序〉，清・戴振聲輯：《春帆入蜀圖題詠》，頁 15 上。

5　清・呂景端：〈題春帆入蜀圖詩序〉，清・戴振聲輯：《春帆入蜀圖題詠》，頁 14 上-下。

6　清・竇鎮：《清朝書畫家筆錄》（《三十三種清代人物傳記資料匯編》第 42 冊），卷 2，頁 2 下。

7　清・徐珂：《清稗類鈔》第 9 冊，頁 4055。

8　清・呂星垣：〈跋語〉，清・戴振聲輯：《春帆入蜀圖題詠》，頁 1 下。

> 賜、奠賜、祭葬，遇至渥，恩至隆矣。蓋公束身清勤，植志堅定，所至皆有惠政，故能上結主知恩禮有加，始終弗替。生平酷嗜翰墨，尤工漢隸，得其寸縑尺楮，視若拱璧。惜自道光壬寅（二十二年，1842）遭英夷之難，故鄉淪陷，遺物蕩然。諸伯叔兄弟間有珍藏遺墨者，類皆游宦四方，於骨董肆搜索得之。同治丁卯（六年，1867），子餘從兄於金陵市上得公〈春帆入蜀圖卷〉，有公之座師劉文清公題額。按圖成於嘉慶己卯、庚辰（二十四年、二十五年，1819、1820）間。追溯其年，乃升任寧遠府出都還蜀時所作。歷數十載，仍歸戴氏，物之顯晦有數，不其然與，今子餘從兄轉以畀予，予維公之一生宦蹟多在蜀中，山水有緣，經歷殆遍，繪圖紀勝，亦固其宜。予生也晚，不及見公顏色，而乃於七十七年後獲見斯圖，則斯圖之存，俾我後人於以證雪鴻之陳迹，尤不可謂非厚幸也，爰誌顛末如此。[9]

戴三錫，字晉藩，號羨門，江蘇丹徒人，工書法，精漢隸。[10]乾隆五十八年（1793）進士，授山西臨縣知縣，因父母年高，引疾歸養。爾後父母丁憂，嘉慶六年（1801）服闋，發往四川，是時，正逢川楚白蓮教起事。至嘉慶九年（1804）亂平，戴三錫署四川緜州，其後又轉任馬邊廳、峨邊廳、資州、眉州、邛州、茂州等地。治蜀二十餘年之間，「所至皆有惠政，故能上結主知」，屢次被詔褒獎。[11]官位升遷，由知縣、通判、知州、知府、按察使，乃至總督、將軍，皆與四川相終始。直到道光九年（1829）因為年力就衰，特召至京，署工部侍郎。翌年，薨於京邸，上諭：「念其前在四川宣力有

9　清・戴啟文：〈又跋語〉，清・戴振聲輯：《春帆入蜀圖題詠》，頁 1 上-下。

10　清・戴楫：〈尚書公家傳〉，清・繆荃孫纂錄：《碑傳集續編》（《清朝碑傳全集》第 3 冊），卷 21，頁 15 下、頁 17 下。

11　據戴楫〈尚書公家傳〉記載：道光二年（1822），帝知其可大用，召對 7 次；七年（1827），召見 5 次；十年（1830），召見 1 次。清・戴楫：〈尚書公家傳〉，清・繆荃孫纂錄：《碑傳集續編》，卷 21，頁 16 下-17 上。

年，辦理公務妥協，官聲尚好」，[12]「優詔加尚書」，按尚書例賜卹，隆恩備至。清代戴氏宗族名人輩出，其中又以戴三錫官位最高、聲名最顯。戴啟文乃戴三錫之族曾孫，字子開，號壺翁。[13]根據戴啟文跋云：〈春帆入蜀圖〉成於嘉慶二十四年（1819）、二十五年（1820）之間，即戴三錫「升任寧遠府出都還蜀時所作」。換言之，即戴三錫由知州升任知府不久以後所作。[14]爾後，道光二十年（1840）至二十二年（1842），第一次鴉片戰爭爆發，「故鄉淪陷，遺物蕩然」，此圖也隨之淪落市肆。直至同治六年（1867），戴啟文的堂兄子餘輾轉從金陵市上購得此卷，方才重拾先祖遺物。〈春帆入蜀圖〉代表著戴三錫「一生宦蹟多在蜀中，山水有緣，經歷殆遍」的生命履歷，也是戴三錫建功於蜀的最佳標榜。因此，相隔七十餘年後，戴啟文能夠重見先人遺物，懷親遠祖，其喜悅之情自然可想而知。

由戴啟文題跋提供的訊息，大致已知悉〈春帆入蜀圖〉的創作時間，以及戴三錫當時升任之官職。然而，關於圖畫之創作背景，尚有值得深究的問題。如戴三錫為何要在任職四川十餘年後，囑託呂星垣為繪此圖？當時有何機緣觸動了他？而戴三錫又意圖藉由〈春帆入蜀圖〉傳達什麼意涵？對此，可從呂星垣的題跋窺其一二：

> 羨門早歲即有夢徵，輒夢乘舟江行，仰見峭壁危峰，矗空倒景，厓間或刻化人像。問之人，人稱蜀山類。然追釋褐令山右訝，所夢不符。後仕蜀，歷戎馬簿書，至守寧遠，則所涉江山一夢中所見也。既請劉文清公作書題額，並屬予寫是圖。羨門於蜀，今履春臺矣，應賦色寫春，爰以思翁（董其昌）、麓臺（王原祁）法寫成斯卷。昔趙文度（趙左）、王石谷（王翬）每為二家，捉刀工者，人亦辨之。茲寫二

12 王鍾翰校：《清史列傳》第 9 冊，卷 35，頁 2733。

13 陳玉堂：《中國近現代人物名號大辭典（全編增訂本）》（杭州：浙江古籍出版社，2005），頁 1340。

14 嘉慶二十三年（1818），戴三錫署寧遠府知府。秦國經主編：《清代官員履歷檔案全編》第 2 冊，頁 589。

家法，差不似文度、石谷也。圖成，附口占七截於後，並政之羨門。羨門興至賜和，亦增翰墨緣也。六十年前夢境奇，簿書戎馬始知之。期君蜀道還山早，共訪金焦賦好詩。老寫春容鬢已殘，感於壯歲共飢寒。盡成錦繡江山景，也似明珠出掌難。叔訥又題。[15]

文中揭示戴三錫創作〈春帆入蜀圖〉之動機，乃因早年嘗夢蜀山「峭壁危峰，矗空倒景」，然至蜀為官數年，所見景物俱與夢境迥異，而後轉任寧遠，竟意外得見從前夢中景色，故請呂星垣繪成圖畫。必須注意的是，劉墉題耑「春帆入蜀圖」的時間早於呂星垣繪圖的時間，而劉墉卒於嘉慶九年（1805），亦即是說，早在嘉慶六年（1801）戴三錫發往四川的前三、四年裡，便已有繪作〈春帆入蜀圖〉的意念，因此先請劉墉題耑。那麼，從題耑到繪圖，中間相隔十餘年之久，應是受到種種因素所限，可能是尚未找到合適的繪圖人選，也可能是戴三錫一直未能實現舊時夢景，尚在等待適當的機緣。是以，當他入蜀為官多年，不僅官階一路擢升，同時也因升遷寧遠的機緣，如願得見夢中景物，正是適合完成圖畫的最佳時機。戴三錫的生平猶如夢境的暗示與預兆，「入蜀」象徵其一生與川蜀密不可分的關聯性，並代表其日後功在川蜀、顯身揚名的一段重要經歷。

按題跋所述，此時呂星垣前往蜀地拜訪戴三錫，酒席飯間，受邀囑託，遂仿趙左、王翬為人捉刀代筆，摹以董其昌、王原祁之法，「賦色寫春」，「寫成斯卷」。董其昌為中國書畫之集大成者，明末時期，其書畫已名重當時。趙左與董其昌為翰墨摯友，當時董其昌「疲於應酬，每倩趙文度（趙左）及雪公（珂雪）代筆，親為書款」，[16]因此，「流傳董蹟，頗有出文度手者」。[17]清初「四王」——王時敏、王鑑、王翬、王原祁皆為宮廷畫家，畫學承襲董其昌，被尊為「正統」。他們彼此之間又有親屬或師承關係。王

---

[15] 清・呂星垣：〈又跋語〉，清・戴振聲輯：《春帆入蜀圖題詠》，頁 1 下-2 上。

[16] 清・朱彝尊：〈論畫和宋中丞〉，《曝書亭集》，卷 16，頁 11 上。

[17] 明・姜紹書著，印曉峰點校：《無聲詩史　韻石齋筆談》（上海：華東師範大學出版社，2009），卷 4，頁 78。

時敏、王鑒是同鄉，也是世交，並曾先後為王翬之師，而王原祁則為王時敏之孫。[18]呂星垣畫宗王原祁，亦即董氏畫學一脈相承。圖成之後，呂星垣口占 1 首詩，附於圖後，戴三錫興而和之，結下兩人的書畫墨緣。惜戴三錫和詩目前未可得見，是為憾事。

文末呂星垣纂錄自己的題詩，多有寄託個人生平之意。首聯描述戴三錫於今所見蜀山春色，乃印證六十年前夢中情景，亦開啟此次翰墨之機緣。頷聯寫其盼望趁此春光，共賞金焦，攜手賦詩，留下美好深刻的情誼。然而，儘管眼前春光明媚，光陰似錦，但見戴三錫數年光景，業已擢升寧遠知府，而自己輾轉數年，如今也只是邯鄲河間知縣，[19]悵然所感，是以，頸聯借景抒情，以「春容」反襯自我「鬢已殘」的老大傷悲，感嘆欲住難留的時光年華。乾隆三十五年（1770），呂星垣家境日漸衰敗，「數口無養，一切變蕩，即圖書几研祖父摩挲愛惜者，十不一存。」[20]最後不得已鬻賣舊宅，遷居陋巷。[21]因此，詩云：「感於壯歲共飢寒」，乃生活窘迫之自況。尾聯看似企圖透過「盡成錦繡江山景」，表明自己將致力繪畫創作，然而，當其面對光陰似箭、盛年不再的生命現實，不免深感「也似明珠出掌難」的有心難為，故而藉此投射自我仕途的坎蹇失意。

嘉慶二十五年（1820），呂星垣再作第二圖，有題款云：

> 兩行秦樹直，萬點蜀山多（應作「尖」）。思翁仿子久（黃公望）筆也，山谷老人（黃庭堅）每寫之。昔壬辰（乾隆三十七年，1772）春，見董、王兩卷，大致如此。羨門屬寫〈春帆入蜀圖〉，爰橅其意。嘉慶庚辰（二十五年，1820）暮春月，叔訥作於邯鄲旅邸。[22]

---

[18] 徐琛、張朝暉：《中國繪畫史》（臺北：文津出版社，1996），頁 277-281。

[19] 清・趙爾巽：《清史稿》第 44 冊，卷 485，頁 13392。

[20] 清・呂星垣：〈太保公自書古文稿跋〉，《白雲草堂文鈔》（《清代詩文集彙編》第 436 冊，據清嘉慶八年（1803）刻本影印），卷 7，頁 7 下。

[21] 清・呂星垣：〈先考對宸府君行狀〉，《白雲草堂文鈔》，卷 6，頁 27 上。

[22] 清・呂星垣：〈又弟（第）二圖題款〉，清・戴振聲輯：《春帆入蜀圖題詠》，頁 2 上。

文中引用杜甫〈送張十二參軍赴蜀州，因呈楊五侍御〉：「兩行秦樹直，萬點蜀山尖。」楊倫箋注：「秦樹言所經之途，蜀山言所至之境。」[23]詩境極具畫意。黃公望擅畫山水，為「元四家」（吳鎮、倪瓚、王蒙、黃公望）之一，有〈蜀山圖〉、〈秋林草亭圖〉、〈丹崖玉樹圖〉等傳世。其畫作嘗為董其昌所收藏，因此，便於董其昌臨摹學習。爾後，再經王翬等人摹臨，代代相傳。在此文中，呂星垣又再一次申明此乃爰摹董、王筆法繪成，表明自己的師承與家法。然而，為什麼呂星垣在繪成第一圖之後的隔年還要再續作第二圖呢？關於此問題，文中沒有詳細的紀載，僅說：「羨門屬寫〈春帆入蜀圖〉」，可知第二圖仍然是呂星垣受到戴三錫囑託所繪。而據今所見戴振聲（生卒年不詳）集結的《春帆入蜀圖題詠》，依舊保存著呂星垣的第一圖題跋與第二圖題款，可見當時兩幅圖應為合裝，隨後一起流入市肆。

依據前述戴啟文的題跋所言，〈春帆入蜀圖〉乃同治六年（1867）戴子餘從金陵市上購得。然而，何以圖畫後來卻輾轉由其姪戴振聲輯成題詠呢？據戴振聲跋云：

> 曩子餘從伯與先大夫同官浙中，光緒丙申（二十二年，1896）仲夏，倦游假歸，瀕行出所購得先叔高祖羨門尚書公〈春帆入蜀圖〉長卷，貽我先君藏之。受而重付裝治，並追考作圖緣起，跋諸卷尾，每遇當代名流與兩浙耆宿，出以徵求題詠。截至丙辰（民國五年，1916），歲星兩轉，先後得四十九人，琳琅滿紙，聲價益重，洵足秘作家珍，永垂世寶也。惟念先君棄養，今逾十稔，而斯卷留存，亦越百年。小子不敏，偶一展覽，懼墜遺緒，爰迻錄一帙，以活字版印之，藉貽同好，以存先澤云。庚午孟秋（民國十九年，1930）男振聲謹識於西泠湧金河畔厲齋。[24]

---

[23] 唐・杜甫著，清・楊倫箋注：《杜詩鏡銓》，卷 2，頁 52。

[24] 清・戴振聲：〈跋〉，清・戴振聲輯：《春帆入蜀圖題詠》，頁 1 下-2 上。

文中說明幾件事：一、光緒二十二年（1896），戴子餘將〈春帆入蜀圖〉轉交由戴振聲的父親戴啟文收藏。二、其後，「每遇當代名流與兩浙耆宿」，戴啟文便出示圖畫以徵求題詠。三、從光緒二十二年（1896）至民國五年（1916），中間歷經二十年的時間，已得 49 人題詩。在此期間，戴啟文曾於民國二年（1913）之時，徵請淞社社友繆荃孫（1844-1919）、汪洵（1846-1915）、劉炳照（1847-1917）、周慶雲、劉承幹等人為圖題詠，並收入《壬癸消寒集》中。[25]戴啟文過世十餘年後，戴振聲「懼墜遺緒」，遂「以活字版印之」，於民國十九年（1930）刊成《春帆入蜀圖題詠》，傳於後世。是集當中，同樣也收錄淞社諸士的題詩。藉由此文可知，當時戴三錫請呂星垣繪成〈春帆入蜀圖〉以後，應無廣徵題詠，而是到了戴啟文手上，方才遍徵海內名士，賦詠斯圖。題詠集收錄的作品止於民國五年（1916），而戴啟文則於民國七年（1918）逝世，換句話說，集中收錄的題詠都是戴啟文生前囑託友人所作，更可以看出戴啟文是發起〈春帆入蜀圖〉題詠活動的主要徵題者。

〈春帆入蜀圖〉流入市肆後，由戴氏後人購得私藏，戴振聲輯《春帆入蜀圖題詠》亦無收錄此圖，因此筆者難以窺見圖畫面貌，是為遺憾。《春帆入蜀圖題詠》分為詩、詞 2 卷，編排「以紀年先後為序」，然無錄題詠年月。卷前收有戴啟文、戴振聲跋，以及題耑者劉墉、繪圖者呂星垣的題跋；卷後則有程恩澤〈丹徒戴羨門尚書神道碑銘〉、戴振聲題誌、〈福州梁茝林中丞章鉅楹聯續話廟祀門〉、〈佳話門〉、〈句吳錢楳谿參軍泳履園叢話耆舊門〉、〈虞山蔣霞竹處士寶齡墨林今話〉、《近代中國人名大辭典》2 則，以及〈京江七子應地山徵君讓澹雅山堂集詩〉，共計 9 篇雜記。由於題詩乃光緒二十二年（1896）以後，由戴啟文徵求囑題，因此參與題詠者，大多是生活於道光十年（1830）以後至民國初年之間的文人。統計是編所輯，包含戴啟文、戴振聲、呂星垣的題跋，共計有 52 人 94 篇題詠。

25　清・周慶雲輯：《壬癸消寒集》（《晨風廬叢刊》，民國年間烏程周氏夢坡室刻本），頁 46 上-49 上。

第二節　四川險峻與治蜀之艱辛

四川形勢險要，逶迤曲折（見圖 40），難於治理。李白〈蜀道難〉有云：

> 噫吁嚱！危乎高哉！蜀道之難，難於上青天。蠶叢及魚鳧，開國何茫然！爾來四萬八千歲，不與秦塞通人烟。西當太白有鳥道，可以橫絕峨眉顛。地崩山摧壯士死，然後天梯石棧相鈎連。上有六龍迴日之高標，下有衝波逆折之回川。黃鶴之飛尚不得過，猿猱欲度愁攀援。青泥何盤盤！百步九折縈巖巒。捫參歷井仰脅息，以手撫膺坐長嘆。問君西遊何時還，畏途巉巖不可攀。但見悲鳥號古木，雄飛雌從繞林間。又聞子規啼，夜月愁空山。蜀道之難，難於上青天，使人聽此凋朱顏。連峯去天不盈尺，枯松倒挂倚絕壁。飛湍瀑流爭喧豗，砯崖轉石萬壑雷。其險也若此，嗟爾遠道之人胡為乎來哉！劍閣崢嶸而崔嵬。一夫當關，萬夫莫開。所守或匪親，化為狼與豺。朝避猛虎，夕避長蛇。磨牙吮血，殺人如麻。錦城雖云樂，不如早還家。蜀道之難，難於上青天，側身西望長咨嗟。[26]

〈蜀道難〉為樂府舊題，《樂府詩集》列入相和歌辭，梁簡文帝、劉孝威、陰鏗皆曾作此詩。[27]李白詩以「蜀道之難，難於上青天」貫串主旨，分別於開頭、中段、結尾再三出現，反覆吟詠，凸顯蜀道之險。首段描寫古蜀國開國神話、太白山高危難行，以及青泥嶺入蜀之峰巒縈迴，九轉曲折。中段描寫連峰絕壑，水勢奔騰如雷，驚險萬分之狀。末段描寫劍閣群峰如劍，高峻險要，以及詩人思歸之情。此詩表面描寫蜀道之艱險，而其內在真正主旨，是為寓託自我入長安後，深感實現政治理想之難、仕途曲折坎坷。據詹鍈考

---

[26] 唐．李白著，瞿蛻園、朱金城校注：《李白集校注》上冊（上海：上海古籍出版社，1998），卷 3，頁 199。

[27] 宋．郭茂倩：《樂府詩集》第 2 冊（北京：中華書局，1998），卷 40，頁 590-592。

訂：李白此詩與〈劍閣賦〉、〈送友人入蜀〉乃先後之作。又南朝詩人陰鏗〈蜀道難〉詩末云：「蜀道難如此，功名詎可要？」暗喻功名難求。是以，李白本於陰鏗詩意，借蜀道艱險比喻仕途之難，忠告友人功名不可強求。[28]而李白詩中也化用張載〈劍閣銘〉：「形勝之地，匪親勿居」，[29]引以為戒，借「狼」、「豺」、「猛虎」、「長蛇」喻據險作亂之人，表達憂國之思，深得風人之旨。

賀知章觀李白〈蜀道難〉，讚嘆數四，號為謫仙。[30]爾後，此詩流傳千古，絕唱不朽。在參與題詠〈春帆入蜀圖〉的諸士作品中，不乏可見依循李白〈蜀道難〉開展題詠者，如以下詩云：

> 蜀道難行如登天，青蓮一再入吟箋。河流順軌履道坦，公獨穩坐春水舡。風正帆懸真實境，夢游歷歷仙乎仙。斯時賴公作舟楫，一生宦蹟遍西川。鴻爪雪泥偶寄意，丹青年久化雲煙。楚弓楚得璧歸趙，神物呵護有由然。載公偉烈郡國史，傳公風趣此一編。文孫宦浙山水窟，良二千石治譜傳。歷時七十有七載，後先輝映京江邊。愧余飛輓走塵俗，忽增眼福亦前緣。絹素金石無量壽，願君永寶世綿延。（鄭

圖 40　明・謝時臣繪〈蜀道圖〉（見《海外藏中國歷代名畫》第 5 卷，（美）王己千藏）

嵩齡）[31]

宦海風波本不平，青天蜀道況難行。誰知卅載勛名盛，屢見巴童竹馬迎。（楊崇伊）[32]

鄭嵩齡（1835-？）首句一開始即援引李白詩意，描寫蜀道艱險難行，下開戴三錫「一生宦蹟遍西川」，治蜀有方，偉烈國史，乃子孫之典範榮耀，是以彰顯圖畫「緗素金石無量壽，願君永寶世綿延」的珍貴價值。楊崇伊（1850-1909）第一、二句化用李白「蜀道之難，難於上青天」詩句，以謂歷來「宦海風波本不平」的政治現實。第三句「誰知」二字，轉折語意，開啟下述讚嘆戴三錫「卅載勛名盛」、「巴童竹馬迎」的蜚聲治績。鄭、楊二人雖皆取意李白〈蜀道難〉，然詩旨與李白以蜀道喻仕途坎蹇意義懸殊。此處「蜀道難」不僅象徵了政治黑暗，仕途難行，也象徵戴三錫治蜀當時亂匪肆虐、動盪不安的社會環境。是以，鄭、楊二人藉由蜀道之曲折難行，襯托戴公不畏艱險，平亂無數，大功於國的赫赫政績。

四川雖然地理環境險阻，民族多樣複雜，不易治理，然而，四川地處中原通往西南之孔道，土地肥沃，易守難攻，因此為歷來兵家必爭之地。戰國時，秦惠文王欲伐蜀而不知蜀國之路，命人作五石牛，置黃金於石牛尾下，言能屎金，蜀王聞之，令五丁力士引金牛成道，秦道乃通。[33]故事雖為杜撰，不可以史料觀之，然而卻反映蜀地位居要衝、蜀道險峽難至的事實。三

---

28 唐・李白著，瞿蛻園、朱金城校注：《李白集校注》上冊，卷 3，頁 209。

29 南朝梁・蕭統編，陳宏天、趙福海、陳復興主編：《昭明文選譯注》第 6 卷，頁 339。

30 唐・孟棨著：《本事詩》，頁 38。

31 清・鄭嵩齡：〈題春帆入蜀圖〉，清・戴振聲輯：《春帆入蜀圖題詠》，頁 1 下-2 上。

32 清・楊崇伊：〈題春帆入蜀圖〉，清・戴振聲輯：《春帆入蜀圖題詠》，頁 11 下。

33 宋・李昉等著：《太平御覽》第 4 冊（北京：中華書局，1960），卷 888，頁 2 下-3 上。

國時，劉備據益州，建立蜀漢政權，並與曹魏相抗衡，同樣也反映蜀地位置的險要特性。四川地處西南，番夷雜處，本不易控制，而地方官員貪腐剝削，欺凌壓迫，激發民族矛盾、階級衝突，起兵舉事者歷來有之，如漢代鄭躬之亂、黃巾之亂，唐代阡能之亂，宋代王小波、李順之亂，明代蔡伯貫之亂等，都是發生在四川的農民運動。由這些過去的事件可知，四川頻繁的戰亂並非單一時期的歷史現象。

倘若從四川發生戰亂的背景與頻率觀之，實際上是可以看出嘉慶元年（1796）川楚教亂的爆發並非偶然。戴三錫甫至四川任營山知縣時，正值川楚白蓮教起事，「蜀方治軍」，「縣當四達之衝」，其以「供帳絡繹」，籌備軍需。[34]在如此吏治混亂、難於治理之地，戴三錫如何治蜀？如何防止戰亂、協調官民之間的矛盾？如何使百姓安居樂業？無不考驗著一個地方官的才能與智慧。考察中國歷史可知，白蓮教之亂不是嘉慶年間獨有的現象。白蓮教淵源於南宋時期，江蘇延祥院僧茅子元仿天臺宗，偈歌四句，佛念五聲，男女一起集會，懺悔修行，戒殺生，避葷酒，號曰「白蓮菜」。[35]雖被正統佛教視為異端，然而基本上仍屬宗教組織。至元代蒙古入主中原，隨著日益激化的種族矛盾、社會壓迫與不平等，最終發展成一股巨大的革命力量。元末，白蓮教與農民起義相結合，推翻元朝統治政權，白蓮教並在此發展過程之中，逐漸走向反壓迫的秘密宗教組織，甚至更加普及、深入民間。明代自嘉靖以後，由於朝政腐敗、土地兼併、社會矛盾激烈，引發人民起義反抗事件不勝枚舉，而以白蓮教為中心的秘密宗教活動在四川相當活躍，如蔡伯貫、彭普貴、洪眾、劉應選的反抗鬥爭。這些事變的發生，同樣也反映出白蓮教對於元、明時期之社會政治與國祚修短舉足輕重的影響力。

至清朝建國以後，白蓮教仍持續秘密活動民間。嘉慶元年（1796）爆發的白蓮教之亂，蓄積楚、川、豫、陝、甘五省人民的反抗力量，成為一場大

---

[34] 清・程恩澤：〈戴尚書神道碑〉，清・繆荃孫纂錄：《碑傳集續編》，卷 21，頁 13 下。

[35] 宋・宗鑒：《釋門正統》，楊訥編：《元代白蓮教資料彙編》（北京：中華書局，1989），卷 4，頁 280。

規模的戰亂。造成此起教亂爆發的原因，主要有五點：一、乾隆六十年（1795）苗民起義，清廷為籌措軍費，不僅賦上加賦，且地方官員貪汙成習，趁機苛斂；二、清廷下旨搜索白蓮教，官吏藉機搜刮人民，甚至隨意捕人；三、災害頻仍，土地兼併劇烈，農民可耕地遽減；四、清廷為增加財政收入，嚴禁私鹽私鑄販賣，造成大批群眾失業，淪為流民；五、出於信仰與理念，企圖奪取政權。[36]在此社會背景之下，民怨沸騰，激而生變。張正謨、聶傑人首先在枝江、宜都二縣舉事，隨後，當陽縣、竹山、保康相繼被攻破；是年 9 月，戰亂蔓延至四川，徐添德、王三槐、冷添祿、徐添富、張子聰等人，紛紛率領白蓮教教友發動戰爭；11 月，教亂又從四川蔓延至陝西安康。[37]整起教亂前後共歷時 9 年，嘉慶九年（1804），白蓮教之亂被勒保、額勒登保等人所率領的軍隊所擊敗。

第三節　戴三錫治蜀偉業之題贊

戴三錫治理四川期間，適逢白蓮教起事到亂後治理的重要時期，因此能否治蜀得當、安定當地社會秩序，便成為影響其平生功業、政治聲名，以及官階擢遷的關鍵因素，也是題詠者藉以讚揚、寄託的根本題旨。

---

36 梁上國〈論川楚教匪事宜疏〉舉出苗亂、嚴禁私鑄私鹽販賣、查拿邪教為教亂之根源。近代學者戴玄之認為明清白蓮教之亂與經濟因素並無直接的關聯，白蓮教作為革命集團，本質毫無「民族意識」存在，主要是為了奪取政權。筆者認為戴氏之說雖有其可信度，然而，從整體社會環境，以及造成如此大規模民變的發生，原因不可能僅此一端，必須從個體人類的生平、生存與複雜性多方考量，因此，歸納出此五點原因。清・梁上國：〈論川楚教匪事宜疏〉，清・賀長齡：《皇朝經世文編》（《近代中國史料叢刊》第 74 輯第 731 冊，新北：文海出版社，1972），頁 2 上-3 上。戴玄之：《中國秘密宗教與秘密會社》上冊（臺北：臺灣商務印書館，1990），頁 110-279。

37 清・勒保：《平定教匪紀事》（《近代中國史料叢刊續編》第 20 輯第 196 冊），頁 2 下-7 上。

一、時人的讚詠

教亂期間，朝廷採用寨堡與團練鄉勇以助平亂，但教亂結束後，寨堡的存留與否、鄉勇如何妥善安排以防淪為亂匪，反成為重要的社會問題。再者，有鑑於長期以來四川官吏貪污、剝削壓迫人民的惡習，教亂後又該如何安定民心、重整治理以控制地方，才是真正考驗地方官員的難題。從楊文瑩（1838-1908）的題詩裡，可見他特別強調白蓮教之亂結束後，戴三錫對四川的治理。詩云：

> 平生足跡不到蜀，少陵山水詩枉讀。忽若飛仙下成都，眼明見此春帆圖。萬峯削玉夾江起，畫舩容與東風裏。中有彊臺直上人，不是嘉陵誇道子。尚書通籍排金闕，起家邑長軔初發。是時白蓮匪甫平，璽書敦勉修文術。大翼培風海鵬出，神足籋雲天馬逸。始悟李夢天姥奇，已兆韋領劍南吉。峨眉山月閬中花，錦繡百城歸節鉞。八十年來萬事非，搔首歎息承平日。廚畫飛去去復還，祖德清芬孫有述。訥老丹青已自奇，況得石菴相國晚。年筆彈壓西川肅，鼓笳定有遺愛謳。三巴錦江春色一，匣賖永永留與尚書家。[38]

詩中首先描述〈春帆入蜀圖〉的畫中之景，透過安史之亂唐玄宗逃往四川，回京以後，令吳道子重返巴蜀，描繪嘉陵百里風光，說明四川奇景壯麗，令人嚮往。[39]其次描寫教亂之後，戴三錫遵循璽書「敦勉修文術」，整頓書院，增設義學，興教化俗。詩中有謂：「是時白蓮匪甫平」，並非指戴三錫到任四川的時間，而是以教亂結束後戴三錫治理四川的時間而言。戴三錫「起家邑長」，開始只不過是四川地方的一名小官，然而教亂後的整飭與防

38　清・楊文瑩：〈題春帆入蜀圖〉，清・戴振聲輯：《春帆入蜀圖題詠》，頁 4 下-5 上。

39　唐・朱景玄著，鄧喬彬整理，徐中玉審閱：《唐朝名畫錄》，頁 17-18。

亂，予以戴三錫「大翼培風」、[40]「籋雲天馬」[41]施展才能的機會，是其宦途爬升的起點。接著，詩人先以李白作〈夢遊天姥吟留別〉抒發對神仙夢境之嚮往，[42]再以韋皋出任劍南西川節度使戡定邊患之事典，[43]強調戴三錫治蜀有成，以致「錦繡百城歸節鉞」，中央得以有效控制地方。最後，從詩中「八十年來萬事非」之句，可推知楊文瑩題畫的時間大約是光緒二十五年（1899）。楊文瑩本為錢塘人，其家毀於太平天國之亂，而後輾轉流寓湖北大冶縣，開授私塾，以為餬口。[44]詩人撫今追昔，「搔首歎息承平日」，難掩心中感慨。但儘管如此，詩人並未任憑感傷過度宣洩，以維持詩歌「中正和平」、「哀而不傷」的含蓄本質，而將題畫宗旨回歸至對於戴三錫平生功業、「匣賒永永留與尚書家」的頌德揚芬。

實際上，朝廷對於教亂善後的措施，除了興修書院、教化風俗之外，還包括屯田墾殖、減免賦稅、[45]卹賞鄉勇、[46]施行保甲法。[47]嘉慶九年（1804），

40　「大翼培風」典出《莊子》〈消遙遊〉：「風之積也不厚，則其負大翼也無力。故九萬里，則風斯在下矣，而後乃今培風；背負青天而莫之夭閼者，而後乃今將圖南。」戰國．莊子著，陳鼓應註譯：《莊子今註今譯》（臺北：臺灣商務印書館，2013），頁 7-8。

41　「籋雲天馬」典出《漢書》〈禮樂志〉：「太一況，天馬下，霑赤汗，沬流赭。志俶儻，精權奇，籋浮雲，晻上馳。」顏師古注引蘇林曰：「籋音躡。言天馬上躡浮雲也。」漢．班固著，唐．顏師古注：《漢書》第 4 冊，卷 22，頁 1060。

42　唐．李白著，瞿蛻園、朱金城校注：《李白集校注》上冊，卷 15，頁 898-899。

43　後晉．劉昫等著：《舊唐書》第 12 冊，卷 140，頁 3822-3824。

44　清．吳慶坻著，劉承幹校，張文其、劉德麟點校：《蕉廊脞錄》（北京：中華書局，1990），卷 3，頁 85。

45　嘉慶七年（1802）12 月 18 日，內閣奉上諭：「川楚陝及河南、甘肅等省被賊近賊，各州縣應徵地丁漕米等項，前經隨時降旨分別蠲緩，以紓民力。現在大功勘定，地方全就肅清，小民等復業歸農，漸臻樂利，……。嘉慶元年（1796）至本年為止，其因被賊近賊，不能完納。現在帶徵、徵民、借民，欠一切銀米等項，分別開單，奏聞候朕施恩豁免。該督撫等，務當實力詳查，毋得稍有遺漏，……。」《川陝楚善後事宜檔》（臺北：故宮博物院），00005。

46　嘉慶八年（1803）1 月 25 日，內閣奉上諭：「所有軍營陣亡、受傷及列功後病故各民壯，俱著加恩照鄉勇議卹之例一體，咨部給與卹賞，以昭激勸該部知道。」《川陝楚

戴三錫署緜州知州，緜州甫離兵火，人民多失業，其至，「勸農桑，築陂塘，行保甲」，[48]經畫罔遺，助益戰後建設。四川不僅一直是白蓮教散布的主要之地，也常是其他秘密宗教的宣揚、散播地。雖然此時白蓮教已為清廷所滅，但仍有不少反清組織企圖舉兵，是以防範教亂復熾再起，亦成為戴三錫治理四川責無旁貸的要職。陳豪（1839-1910）的題詩同樣強調戴三錫對四川之治理，但又比楊文瑩更進一步強調戴三錫「坐鎮擁八騶」、「備兵遂秉鉞」的軍事防備。詩云：

> 山水亦大佳，平生憶楚游。夷陵古郡縣，入蜀為必由。峽江中流束，激湍等奔牛。歸巴灘最惡，猨聲古今愁。王公此設險，守國固金甌。緬昔乾嘉盛，皇威被遐陬。白蓮偶萌蘗，芟薙甯復留。尚書羨門公，坐鎮擁八騶。起家始牧令，民隱罔勿求。備兵遂秉鉞，歲月經三周。天子正聖武，用汝喻作舟。錦江成湯沐，夢境真神謀。瞬息踰兩世，海氛醒蛟虯。藩籬腹背撤，西顧憂神州。盟府孰籌筆，夕陽滿高樓。丹青展圖畫，我心滋悠悠。[49]

「白蓮偶萌蘗，芟薙甯復留」，點出時間為白蓮教亂後，戴三錫鎮守四川，協助君王作舟治民的數年期間。「用汝喻作舟」典出《荀子》〈王制〉：「君者，舟也；庶人者，水也。」[50]以「君」喻舟船，以「水」喻人民。是

善後事宜檔》，00097。

47　自康熙時期奠定保、甲、牌三級方式，至乾隆初年，全國已普遍實施。嘉慶五年（1800），諭內閣：「向來保甲一法，原係比閭族黨之遺制，稽查奸宄，肅清盜源，實為整頓地方良法。」教亂平定後，中央仍採取保甲統治地方，以達監控人民、糾查盜匪之目的。清・顒琰：《大清仁宗睿（嘉慶）皇帝實錄》（《大清歷朝實錄》第48冊），卷58，頁13下。

48　徐世昌：《大清畿輔先哲傳》（《中國古代地方人物傳記匯編》第5冊，北京：北京燕山出版社，2008），卷5，頁21下。

49　清・陳豪：〈題春帆入蜀圖〉，清・戴振聲輯：《春帆入蜀圖題詠》，頁6下-7上。

50　戰國・荀子著，熊公哲註譯：《荀子今註今譯》，卷5，頁166。

以謂：「天子正聖武，用汝喻作舟」，指戴三錫權掌地方、輔君治理的職責。據史傳記載，嘉慶二十一年（1816），戴三錫署邛州知州，州民黃子賢以治病為名，創鴻鈞教，嘯聚亡命之徒，約州試日起事，其偵而逮捕，「戮首惡一人，餘以次軍流」。[51]上聞其事，特旨褒美，擢茂州直隸州知州。至道光元年（1821）戴三錫升建昌兵備道時，雲南永北夷匪滋事，因與寧遠僅隔一金沙江，川民騷動，戴三錫遂招募鄉勇，嚴守壁壘，以為防衛，並且撫卹從永北避難而來的老嫗赤子。道光八年（1828），戴三錫署四川總督之時，新都縣民楊守一傳習青蓮教，其以「妖言惑眾」將楊守一斬首示眾。[52]又有越巂生番劫奪商旅、掠婦女，戴三錫飭吏緝捕，救出被俘男婦，給貲安撫。爾後，緝獲粵西會匪劉子耀等人，獲上嘉賞「不分畛域，急公緝匪，深屬可嘉。」[53]由是可見，至道光九年（1829）戴三錫召至回京以前，他對於四川亂事之治理，一直是清慎公勤，克盡厥職。因此，陳詩借周朝「方伯為朝天子，皆有湯沐之邑於天子之縣內」，[54]以謂「錦江成湯沐，夢境真神謀」，說明戴三錫夢境成真，坐鎮四川，擁湯沐之邑，施澤於民。不過，由於陳氏題詠的時間，已是甲午戰爭以後、中國面臨外強侵略的時局裡，因此，其詩後半段道出現時的政治情勢，並寄託「西顧憂神州」的憂國情懷。

教亂之後，朝廷有鑑於叛亂的警訊，決心整飭四川吏治，推動地方建設，並有戴三錫等官員協同治理，因此，自嘉慶九年（1804）教亂結束至道

---

51 徐世昌：《大清畿輔先哲傳》，卷 5，頁 21 下。

52 道光八年（1828）5 月 27 日，四川總督戴三錫〈審明妄布邪言惑眾案由〉奏摺，《清代宮中檔奏摺及軍機處檔摺件》（臺北：故宮博物院），第 060196 號。

53 清．戴楫：〈尚書公家傳〉，清．繆荃孫：《碑傳集續編》，卷 21，頁 17 上。

54 典出《禮記》〈王制〉：「方伯為朝天子，皆有湯沐之邑於天子之縣內，視元士。」鄭玄注：「湯沐之邑，給齊戒自潔清之用，浴用湯，沐用潘。」孫希旦集解：「方伯湯沐之邑在天子之縣內者，即《左氏》、《公羊》所謂『朝宿之邑』也。《左氏》、《公羊》以在京師者為朝宿之邑，在泰山下者為湯沐之邑，其實京師及泰山下之邑，皆為朝王而居宿，皆所以齊戒自潔清也。」是故湯沐之邑指周代諸侯朝見天子之時，供住宿沐浴的封地。清．孫希旦著，沈嘯寰、王星賢點校：《禮記集解》上冊（北京：中華書局，1998），卷 14，頁 396。

光九年（1829）戴三錫離開蜀地，基本上四川都未曾再發生大起叛亂事件。亦因此，歌詠戴三錫治蜀之豐功偉業，成為此起題畫活動的中心主題。魯鵬（1850-？）的題詩將戴三錫比為唐代戴叔倫（732-789），推崇其才能出色，政績卓著。詩云：

> 巴蜀留名宦，羣推戴叔倫。下車從邑令，秉節到疆臣。入覲風雲會，辭朝雨露新。蒲帆安穩挂，淼淼錦江春。[55]

此詩主要以中唐詩人戴叔倫為中心，描寫其仕宦歷程乃至辭官歸隱之平生經歷。大曆元年（766），戴叔倫得吏部尚書兼鹽鐵轉運使劉晏賞識，上表推薦為九品秘書正字，並召為幕僚。大曆四年（769），戴叔倫押解錢糧，途經四川，遭叛匪楊子琳劫持，勒索金幣，戴氏寧死不屈，並成功勸其歸降。[56]其後，「自秘書正字三遷至監察御史」，不久，又以監察御史出任東陽縣令。建中二年（781），赴湖南嗣曹王李皋幕，先後為「湖南、江西上介」，並且「由大理寺司直再轉至尚書祠部郎中」。貞元元年（785），任撫州刺史，四年（788），改為容州刺史。[57]魯鵬詩云：「巴蜀留名宦，羣推戴叔倫」，即指戴叔倫功於四川叛亂之事；對照戴三錫平定黃子賢、楊守一企圖謀反作亂，皆有功於國。其次，「下車從邑令，秉節到疆臣」，是謂戴叔倫由監察御史、東陽縣令、大理寺司直、侍御史，乃至撫州、容州刺史之宦途遷轉；映照戴三錫由知縣至總督之仕途升轉，一路向上爬升。再者，「入覲風雲會，辭朝雨露新」，即以戴叔倫卸官後，受封譙縣開國男，加授

---

[55] 清・魯鵬：〈題春帆入蜀圖〉，清・戴振聲輯：《春帆入蜀圖題詠》，頁 11 上。

[56] 宋・歐陽修、宋祁：《新唐書》第 15 冊，卷 143，頁 4690。蔣寅：《年譜簡編》，唐・戴叔倫著，蔣寅校註：《戴叔倫詩集校註》（上海：上海古籍出版社，2010），頁 275-277。

[57] 唐・權德輿：〈朝散大夫使持節都督容州諸軍事守容州刺史兼侍御史充本管經略招討制置等使譙縣開國男賜紫金魚袋戴公墓誌銘并序〉，清・董誥等編，孫映逵等點校：《全唐文》第 4 冊，卷 502，頁 3029。傅璇琮：〈戴叔倫的事迹繫年及作品的真偽考辨〉，《唐代詩人叢考》（北京：中華書局，1996），頁 365-370。

金紫服之榮恩，比喻戴三錫歿後「詔加尚書」之榮耀。最後，「蒲帆安穩挂，淼淼錦江春」，則寫二人辭官以後之安適心境。表面上，魯氏此題似是歌詠巴蜀名宦戴叔倫，實乃透過二人相似之生平，借此喻彼，歌讚戴三錫。

李白：「蜀道之難，難於上青天」，是否為不可打破的神話？答案為否。戴三錫從攝營山縣知縣至四川總督、成都將軍，青雲直上，仕途順遂，產生與李白〈蜀道難〉截然相反的結局與意義。張亨嘉（1847-1911）云：「羨公生及昇平日，不信人間蜀道難。」[58]支恒榮（1848-1914）云：「安排琴鶴壓危灘，莫道青天蜀道難。」[59]袁嘉穀（1872-1937）云：「使君政策超嚴武，詞客休吟蜀道難。」[60]孫炳奎（生卒年不詳）云：「七十年來祖澤守，時平不歌蜀道難。」[61]可見諸士在李白〈蜀道難〉詩意的脈絡底下，藉由反向否定筆法，道出「蜀道並非艱難」之事實，進而彰顯戴三錫一生的赫赫偉業。

二、後人吟傷時局

光緒時期的中國，戰爭頻繁，不僅有外患侵擾，亦有內憂兼迫，以致國勢急衰。陳璚（1827-1906）的題詩，在歌頌戴三錫的功業與榮耀之外，亦藉由題畫映射出光緒二十八年（1902）紅燈教舉兵起事、陳氏前赴鎮壓的背後故實。詩云：

> 乾嘉諸老戴尚書，出迺名臣處碩儒。前身本占蓬萊籍，小謫好隸丹徒居。丹徒山水古佳麗，春風紅杏秋風桂。就中一枕小游仙，雲衢振翼天人際。我聞夢三刀，棨戟森嚴門第高。又聞夢天姥，峯巒嶔巇風烟古。蜀江沉綠蜀山青，牙檣錦纜恍曾經。壘石縱橫魚腹浦，彤雲掩映杜鵑亭。使君栽花復薙草，直等武侯表征討。天子論功召內廷，巴童

58 清・張亨嘉：〈題春帆入蜀圖〉，清・戴振聲輯：《春帆入蜀圖題詠》，頁 5 下。
59 清・支恒榮：〈題春帆入蜀圖〉，清・戴振聲輯：《春帆入蜀圖題詠》，頁 12 下。
60 清・袁嘉穀：〈題春帆入蜀圖〉，清・戴振聲輯：《春帆入蜀圖題詠》，頁 13 下。
61 清・孫炳奎：〈題春帆入蜀圖〉，清・戴振聲輯：《春帆入蜀圖題詠》，頁 13 下。

渝叟今頌禱。況復南豐傳瓣香，荊關妙筆相頡頏。楚弓楚得有神護，世人那得知其詳。顧余暫擁西川節，五福華堂愧前哲。節署有五福堂。江上風濤紛吼聲，峽中猿鳥多啼血。玉壘浮雲撇眼過，錦城春色今若何。感時直可唾壺碎，干祿羞為扣角歌。邈爾前塵付杯酒，居然寫入丹青手。璚平蜀匪有〈衣冠巷戰圖〉。何如我公賢子孫，寶傳世澤名不朽。[62]

此詩首先描述戴三錫夢境之兆，藉由王濬「夢喜三刀」典故、[63]李白〈夢游天姥吟留別〉之幻境描寫，指其夢兆高升，乃至權貴顯要之宦途。其次，借用諸葛亮北伐曹魏前，曾上呈劉禪〈出師表〉之事，比喻戴三錫竭心為國與政治才能。再以陳師道點燃一瓣香，敬獻其師曾鞏，[64]比喻呂星垣為繪〈春帆入蜀圖〉有記錄、敬獻戴三錫功業之用意。並將呂星垣的繪畫功力，比為五代畫家荊浩、關仝之妙筆，堪為頡頏名輩。然而，筆鋒一轉，照見現時政局動盪，如「江上風濤紛吼聲」，戰爭紛亂四起。面對如此局面，詩人憂憤難平，乃借王敦「唾壺擊缺」典故，[65]抒發內心「感時直可唾壺碎」之慷慨激憤、感時憂國心情。更以「甯戚扣角」自求用世的典故，[66]反喟自己（甚

---

62 清・陳璚：〈題春帆入蜀圖〉，清・戴振聲輯：《春帆入蜀圖題詠》，頁 7 下-8 上。

63 《晉書》〈王濬傳〉：「濬（207-286）夜夢懸三刀於臥屋梁上，須臾又益一刀。濬驚覺，意甚惡之。主簿李毅再拜賀曰：『三刀為州字，又益一者，明府其臨益州乎？』及賊張弘殺益州刺史皇甫晏，果遷濬為益州刺史。」後以「三刀」作為刺史之代稱。唐・房玄齡等著：《晉書》第 4 冊，卷 42，頁 1208。

64 陳師道〈觀兗國文忠公家六一堂圖書〉：「向來一瓣香，敬為曾南豐。」宋・陳師道著，宋・任淵注，冒廣生補箋，冒懷辛整理：《後山詩注補箋》上冊（北京：中華書局，1995），卷 3，頁 99。

65 南朝宋・劉義慶著，南朝梁・劉孝標注，余嘉錫箋疏：〈豪爽〉，《世說新語箋疏》中冊，卷中之下，頁 703。

66 《淮南子》〈道應訓〉云：「甯越（生卒年不詳）欲干齊桓公，困窮無以自達，於是為商旅將任車，以商於齊，暮宿於郭門之外。桓公郊迎客，夜開門，辟任車，爝火甚盛，從者甚眾。甯越飯牛車下，望見桓公而悲，擊牛角而疾商歌。桓公聞之，撫其僕之手曰：『異哉！歌者非常人也。』命後車載之。」是以，「扣角」指不遇之士自求

或是反諷位高權貴）「干祿羞為扣角歌」，無功於國。當然，此乃陳璚自謙才淺之詞。

陳璚，字鹿笙、六笙，廣西貴縣人。光緒六年（1880）署嘉興知府，後官至四川按察使。光緒二十八年（1902），紅燈教廖九妹以「滅清剿洋」為宗旨，在四川石板灘起事。6 月，紅燈教企圖攻打龍潭寺，以為進擊成都之前哨，四川總督奎俊急忙派遣陳璚領兵鎮壓。紅燈教因不敵陳軍猛烈砲火，死傷慘重，只好退回石板灘，其後又向金堂、三水關、清江鎮等地轉移，企圖奮力一搏。然而，是年 9 月，「臬司陳璚帶隊直逼蘇家灣匪巢，奪其隘口，各軍左右分抄，三路並進，斃匪一千數百人，當將匪巢攻破，生擒匪首唐玉龍等正法，餘匪竄散。」[67]最終結束叛亂。陳璚在亂平之後，繪有〈衣冠巷戰圖〉記此亂事，[68]是以，其詩在題贊戴三錫治蜀功業的同時，也帶入自己剿平亂匪的事蹟。由是觀之，倘若〈春帆入蜀圖〉為戴三錫平生功業之表徵，那麼，〈衣冠巷戰圖〉便是陳璚一生功績的展現。因此，俞樾〈陳鹿笙方伯八十壽序〉有云：「祝君富貴又壽考，再畫衣冠盛事圖。」[69]將平定紅燈教亂視為陳璚平生盛事之功業。

不過，倘若從歷史整體的視角觀之，從白蓮教、青蓮教到紅燈教之亂，其實即是反清活動一連串撲熄與復熾的抗鬥過程。青蓮教屬羅教支派，教義與白蓮教「真空家鄉，無生老母」相同，主要流行於四川、雲貴、湖北等地。[70]紅燈教屬白蓮教之支派，自白蓮教遭滿清鎮壓後，便改以不同名稱活動民間，是以產生紅燈教。紅燈教與青蓮教雖然淵源不同，然二者之教義、

用世。漢．劉安等著，何寧集釋：《淮南子集釋》中冊（北京：中華書局，1998），卷 12，頁 844-846。

67　清．載湉：《大清德宗景（光緒）皇帝實錄》（《大清歷朝實錄》第 91 冊），卷 502，頁 13 上。

68　林京海：《清代廣西繪畫繫年》下冊（桂林：廣西師範大學出版社，2017），頁 768。

69　清．俞樾：《春在堂襍文補遺》（《春在堂全書》第 4 冊），卷 3，頁 13 下。

70　馬西沙：《中國民間宗教史》下冊（北京：中國社會科學出版社，2004），頁 815-858。

偶像崇拜、戰術等，皆有共同之處。不論他們是否出於同一教派，他們反清態度的本質是一致的。而這些此起彼伏的教亂，不但是嘉慶到光緒年間四川一直以來的政治隱憂，也成為串聯戴三錫與陳璚歷官四川的共同經歷。由此觀之，陳璚藉由題詠〈春帆入蜀圖〉導引出自繪〈衣冠巷戰圖〉的歷史背景，實際上是帶有歷史賡續與寄託意識的創作。

而陳璚的題詩也在日後楊葆光（1830-1912）受邀囑題之時，引發追步唱和的腳步。詩云：

> 光緒乙巳（三十一年，1905）長夏，子開先生方伯屬題羨門尚書〈春帆入蜀圖〉，次卷中陳鹿笙制軍韻。鹿公昔守台州，葆光嘗參公軍事，仙居匪亂，從公守城。及公節制蜀中，衣冠巷戰，葆光權知龍游，值江匪連陷江常，急聚士民練團殺賊，得固藩籬，雖巨細不同，事則相類，今和此篇，亦從其類也。

> 清廉郡守携琴書，身為名宦兼通儒。種花拔茶皆往事，閭閻早使人安居。岷山水接錦江麗，閱盡巖花與巖桂。斯時一舸出其間，恍惚奇情來夢際。料峭春寒風似刀，危峯矗空雲影高。上刻化人與仙姥，峭壁森立形模古。天半縱橫螺髻青，雋山瀘水如慣經。蜀道雖難公獨異，輕舟已過合江亭。惠政何殊風偃草，藩條時臬悉探討。北門鑠鑰節樓開，花濃旌節薰香禱。尚書更染御爐香，汾陽富貴堪頡頏。外秉節鉞內臺閣，國史列傳言之詳。此圖珍重歸時節，卷首標題重先哲。圖第一卷首有劉文清公題楣。一從餓隸亂東南，遂使收藏汙戰血。京江瞬息劫塵過，神物來歸喜若何。裝潢重著游仙夢，紀事到處徵長歌。徵題勸爾一盃酒，墨緣須入賢孫手。世家名句兩流傳，縑素不隨金石朽。[71]

[71] 清・楊葆光：〈題春帆入蜀圖〉，清・戴振聲輯：《春帆入蜀圖題詠》，頁 9 上-10 上。

題詩是對於戴三錫宦途與功業之歌讚。詩中描寫初遇岷山江麗達奇幻夢境，猶若戴三錫從一名文士儒臣到持柄節鉞，由地方知縣至總督將軍，官階位升，名列國史。因此，楊氏從李白〈蜀道難〉之觀看視角，推演出「蜀道雖難公獨異」之非必然性，凸顯戴三錫的政治才能。後半部分描寫圖畫歷經散佚至失而復得之過程，最終所幸「墨緣須入賢孫手」，綿恆不朽。詩中雖以歌功頌德為宗旨，然而也道出太平天國戰爭「一從餓隸亂東南，遂使收藏汙戰血」的離亂與殘酷。相映於詩序中楊氏謂己與陳璚都曾歷經抗匪守城，可見時局雖換，然戰亂終不止息，是以撫今追昔，託詩寄興之意甚明。由詩序可知，同治十一年（1872）陳璚任浙江台州知府時，[72]正值捻亂侵擾，楊氏「嘗參公軍事」，「從公守城」，可見陳、楊之間的交誼。

楊葆光，字古醖，號蘇庵，別號紅豆詞人，江蘇婁縣人。光緒二十六年（1900），楊葆光任浙江龍游縣令，嘗有江山匪警，其「日夜與團練，巡察警備」，致使江匪不得趁虛而入，遂散撤兵。[73]其守城戮力，保住衢城未受侵害，猶如陳璚平反紅燈教亂，同樣功不可沒。是以，陳璚詩作於前，楊氏次韻唱和在後，不僅展現二人情誼，亦記錄二人分守四川、浙江，「雖巨細不同，事則相類」的愛國精神。

然而，雖然叛亂一再遭到滿清鎮壓，但群眾的反清意識卻仍持續支持著他們的祕密活動。至宣統三年（1911）5 月，清廷宣布收川漢鐵路、粵漢鐵路為國有，嚴重侵害到人民的權益，引發群起反動，組織保路同志軍，起義抗爭，捍衛路權。正在此時，紅燈教的餘眾也順隨這股潮流，匯入同志軍的革命運動，壯大革命勢力。保路運動由四川率先起義，隨後，湖北、湖南、廣東亦紛紛組建保路同治會，呼應反對鐵路國有政策。清廷方面，在得知成都被圍之後，急忙派遣武昌新軍入川鎮壓，但同時也導致武昌空守，予以革命黨人起義的機會。是年 10 月，武昌起義爆發，數月之後，全國各省紛紛響應，相繼脫離清朝統治。

72　秦國經主編：《清代官員履歷檔案全編》第 4 冊，頁 531-532。

73　余紹宋：《浙江省龍游縣志（一）》（《中國方志叢書》第 80 號，臺北：成文出版社，據民國十四年（1925）鉛印本影印，1970），卷 1，頁 23 下-24 上。

清廷昏庸腐敗，企圖出賣國權，將路權轉予列強，是以壯大革命力量，推翻滿清。由此觀之，滿清覆亡，乃民意所向，時勢所趨，是衰世歷史必然的結果。然而，儘管滿清滅亡帶有咎由自取的意味，但對於不少士人而言，國家就如同他們精神的認同象徵，「覆巢之下無完卵」的思想一直根植在他們的心中。國滅亡，家何在？是以，在滿清滅亡以後，從諸士的題詠中可見，士人藉由圖畫寄託的不是喜悅，也不是憂國憂民的情懷，而是易代亡國的傷痛。如：

> 蜀山萬點青無際，斜帆夢中曾倚。蠻徼弓衣，渝州鼓角，贏得一襟詩思。乾坤竟毀。算倦鶴歸來，孤城猶是。楚魄難招，荒波瑟瑟漾空翠。　　夔門昔題殘字，甚錦江重到，身似秋蒂。南磧沙頹，西窗雨暗，為問人間何世。感時濺淚，凭杜宇催春，誰哀古帝。莫更披圖，滄桑經幾易。（馮煦〈齊天樂〉）[74]

> 大江瓴建山盤錯，扁舟舊經行處。激石鳴榔，乘風挂席，別有綠波南浦。來時細雨。問野館濃花，者回開否？樹老雲荒，拜鵑依約見臣甫。　　瞿塘西上更遠，莫黃牛極目，朝暮如故。聚鶴尋峰，啼猿度峽，消得韶華如許。天涯倦旅，待著意酬春，錦官城路。畫裏前塵，放翁曾記取。（況周頤〈臺城路・題戴錫三（應為「戴三錫」）春帆入蜀圖〉）[75]

馮煦（1842-1927）詞作借用屈原〈招魂〉戀君哀亡、杜宇啼血的典故，寄託「滄桑經幾易」的亡國悲痛。「感時濺淚」奪胎自杜甫〈春望〉：「國破山河在，城春草木深。感時花濺淚，恨別鳥驚心。」[76]見時局而感傷，花開而落淚，借花鳥傾訴家國之思。而況周頤的詞作主要以回憶著筆，藉由「扁

---

[74] 清・馮煦：〈題春帆入蜀圖〉，清・戴振聲輯：《春帆入蜀圖題詠》，頁 1 上。

[75] 清・況周頤著，秦瑋鴻校注：《況周頤詞集校注》，頁 469。

[76] 唐・杜甫著，清・楊倫箋注：《杜詩鏡銓》，卷 3，頁 128。

舟舊經行處」之推移，將時光帶入過去「朝暮如故」的緯度思維裡。從表面看來，日月恆常，青山依舊，順隨自然的定律，然而，在時光的流轉裡，人事終難抵抗時間的變化，「消得韶華如許」，世事換變，昨是今非。詞中「問野館濃花，者回開否？」化用杜甫〈送翰林張司馬南海勒碑〉：「野館濃花發，春帆細雨來。不知滄海上，天遣幾時迴。」[77]描寫時光難留的不定感。「拜鵑依約見臣甫」借用杜老拜鵑典故，寄託故國之思。杜甫〈杜鵑〉詩云：「杜鵑暮春至，哀哀叫其間。我見常再拜，重是古帝魂。」[78]是謂安史之亂時，杜甫避難入蜀，嘗聞杜鵑哀鳴而下拜，以表愛國心事。

從二首詞中可見，馮煦、況周頤都同樣枕藉杜詩囊括入句。《全唐詩》云：「蓋其出處勞佚，喜樂悲憤，好賢惡惡，一見之於詩，而又以忠君憂國，傷時念亂為本旨。讀其詩，可以知其世，故當時謂之詩史。」[79]詩有「詩史」，詞亦有「詞史」。晚清時期，國事衰朽，經世思想抬頭，張惠言提出「意內而外」、「上攀風騷」的詞學思想，強調詞中比興寄託的重要性。此後，周濟從張惠言的比興寄託說中，延伸出「詞史」的概念，認為詞之功用，不應僅是「道賢人君子幽約怨悱不能自言之情」，[80]而更應具備「可為後人論世之資」[81]的紀史意義。由於馮、況身歷滿清傾覆的時代處境，使其二人對杜甫自覺地產生一股異代同悲的認同共鳴，是以，在立基「詞緣情」的本質之下，取意杜詩紀實與感時憂世的「詩史」精神，藉由婉約含蓄、比興寄託筆法，借他人酒杯，澆自己塊壘，將心中欲言難言的情感，凝鍊於杜詩的典故之中。

---

[77] 唐・杜甫著，清・楊倫箋注：《杜詩鏡銓》，卷 4，頁 179。

[78] 唐・杜甫著，清・楊倫箋注：《杜詩鏡銓》，卷 12，頁 582。

[79] 清・彭定求等編：《全唐詩》第 7 冊，卷 216，頁 2251。

[80] 清・張惠言：〈詞選序〉，《張惠言論詞》，頁 1617。

[81] 清・周濟：《介存齋論詞雜著》，頁 1630。

第四節 淞社社友的同題吟唱

辛亥革命以後，士人為求避難，紛紛逃往上海、青島、天津、徐州、兗州、南京、北京、南昌、蘇州、廣州等主要城市。其中，又以上海、青島兩地最為繁多。寓居青島者，大多是堅決的守舊份子，而上海則多為原來的帝黨份子。他們或發起詩酒聯吟，或著書立作，或聯絡復辟，藉以傳達自我的國家認同與政治態度。[82]民初發起的詩社活動中，以上海「淞社」規模最大。民國二年（1913），由淞社成員組成、參與的第 2 集消寒會中，戴啟文出示家藏〈春帆入蜀圖〉以供觀覽，並且徵求諸士題詩賦詠。

一、淞社與《壬癸消寒集》

自太平天國戰爭以來，大量的江南士民為求躲避戰亂，紛紛移居上海，至辛亥革命爆發以後，上海租界區更成為大批紳商士庶避賃而居的輻輳地。大批士人離開故鄉匯聚於此，其實心境上是帶著一種寓居他鄉、無可奈何的感傷。由於他們相同的身世境遇，使其得以緊密連結在一起。他們發起社團，定期雅集，藉由詩酒流連、唱和贈答，相互依偎，排遣時日。是以，在民國成立的前十年裡，便有希社、超社、淞社、漚社、逸社、春音詞社、進社、鳴社、心社、松風社等諸多社團相繼產生，豐富民初上海文壇。

《壬癸消寒集》是民國元年壬子（1912）消寒會與民國二年癸丑（1913）消寒會的詩歌合集，將此與《淞濱吟社集》對比參照，可知參與者多為「淞濱吟社」成員。如下表所見：

[82] 李康化：《近代上海文人詞曲研究》（上海：上海人民出版社，2009），頁 236-240。

表 1　《消寒集》與《淞濱吟社集》的成員比較

消寒集		淞社	
《壬癸消寒集》	《甲乙消寒集》	《淞濱吟社集》甲集	《淞濱吟社集》乙集
劉炳照、繆荃孫、汪洵、潘飛聲、劉承幹、沈焜（琨）、錢溯耆、周慶雲、施贊唐、吳俊卿、許溎祥、陸樹藩、朱錕、吳慶坻、錢綏槼、陶葆廉、張鈞衡、趙湯、繆朝荃、諸以仁、楊晉、長尾甲雨山、王伯恭、吳昌言、吳士鑑、戴啟文、呂景端、汪煦	繆荃孫、潘飛聲、劉炳照、吳俊卿、戴啟文、沈焜、惲毓齡、惲毓珂、陶葆廉、周慶雲、劉承幹、章梫、張鈞衡、楊鍾羲、朱錕、白曾然、施贊唐、潘蠖、洪爾振、汪煦、劉世珩、錢衡璋	沈守廉、潘飛聲、錢溯耆、劉炳照、許溎祥、周慶雲、吳俊卿、劉承幹、沈焜、李瑞清、金武祥、劉世珩、陶葆廉、朱錕、錢綏槼、章梫、張鈞衡、陸樹藩、費寅、汪洵、繆荃孫、施贊唐、惲毓齡、吳慶坻、潘蠖、惲毓珂、唐宴、胡念修	章梫、劉世珩、呂景端、胡念修、潘飛聲、劉炳照、周慶雲、繆荃孫、許溎祥、吳俊卿、劉承幹、朱錕、費寅、潘蠖、張鈞衡、沈焜、沈守廉、惲毓珂、惲毓齡、施贊唐、吳慶坻、汪洵、錢溯耆、褚德彝、戴啟文、白曾熺、戴振聲、白曾然、徐珂、楊兆鋆、孫德謙、長尾甲雨山、趙湯、程頌萬、吳昌言、喻長霖、李詳、楊鍾羲、汪煦、鄭孝胥、王蘊章、李岳瑞、繆朝荃
※曾參與過「消寒集」與「淞社」的成員有：劉炳照、繆荃孫、汪洵、潘飛聲、劉承幹、沈焜、錢溯耆、周慶雲、施贊唐、吳俊卿、許溎祥、陸樹藩、朱錕、吳慶坻、錢綏槼、陶葆廉、張鈞衡、呂景端、戴啟文、白曾然、長尾甲雨山、趙湯、吳昌言、楊鍾羲、汪煦、繆朝荃、惲毓齡、惲毓珂、章梫、潘蠖、劉世珩。			

淞濱吟社，簡稱淞社，成立於民國二年（1913）之時，以周慶雲、劉承幹為主要領導者。[83]周、劉皆為浙江吳興人，並且同為南潯富商世家。二人都喜愛文史、書畫、金石、文物，嗜好藏書，周慶雲建有「晨風廬」、「夢坡室」藏書閣，[84]劉承幹則有「嘉業堂」、「求恕齋」、「詩萃齋」、「希古樓」、「留餘草堂」等藏書閣。[85]晚清時局動盪，天災人禍，諸多藏書家散出書籍，或流入坊肆，或流落海外，是以激發周慶雲、劉承幹有志保存中國文化，大量收購書籍，什襲珍藏。周慶雲，字景星，號湘舲，別號夢坡，浙江吳興南潯人。周氏雅愛詩詞書畫，以千金藏書存古，勤奮著述，有《夢坡詩存》、《夢坡文存》、《夢坡詞存》、《潯溪詩徵》、《潯溪文徵》、《潯溪詞徵》、《歷代兩浙詞人小傳》等傳世。[86]周慶雲遷居上海以後，更是積極參與詩詞吟社，由他資助、組織或主持的社團，包括「希社」、「淞社」、「春音詞社」、「息園社」、「漚社」等。[87]夏敬觀云：「君雖日與商賈狎處，顧勤著述，工詩文詞，能書畫，善雅琴，精鑒別，考訂金石文字。晚歲嘗命嘯儔侶結吟社，登高臨流，景慕前躅，見之者不知君一生擔荷之艱巨，而徒羡其優游自得也。」[88]可見周慶雲投身文藝不遺餘力。劉承幹，字貞一，號翰怡、求恕居士，晚年自稱嘉業老人，浙江吳興南潯人。比起周慶雲的集社活動，劉承幹更醉心於藏書。劉承幹定居上海後，不惜耗資購藏，網羅 22 萬冊 60 萬卷藏書，為近代私人藏書家之巨擘。[89]繆荃孫、吳

---

[83] 周延礽：《吳興周夢坡先生年譜》（《近代人物年譜輯刊》第 10 冊，北京：國家圖書館出版社，據民國二十三年（1934）鉛印本影印，2012），頁 22 上-下。

[84] 梁戰、郭群一：《歷代藏書家辭典》（西安：陝西人民出版社，1991），頁 257。

[85] 梁戰、郭群一：《歷代藏書家辭典》，頁 117。

[86] 夏敬觀：〈吳興周夢坡墓表〉，卞孝萱、唐文權編：《民國人物碑傳集》，卷 4，頁 241。

[87] 羅惠縉：《民初「文化遺民」研究》（武漢：武漢大學出版社，2011），頁 163-164。吳可嘉：《周慶雲與《淞濱吟社集》研究》（杭州：浙江工業大學中國語言文學研究所碩士論文，2014），頁 11-12。

[88] 夏敬觀：〈吳興周夢坡墓表〉，卞孝萱、唐文權編：《民國人物碑傳集》，卷 4，頁 240。

[89] 項文惠：《嘉業堂主——劉承幹傳》（杭州：浙江人民出版社，2005），頁 69。

慶坻（1848-1924）等人都曾為其藏書與刻書做過貢獻。[90]劉承幹有《再續清代碑傳錄》、《清遺民錄》、《求恕齋日記》等傳世。

藏書之外，周、劉二人也致力於刻書。周慶雲刻有《晨風廬叢刊》、《夢坡室獲古叢編》等叢書，劉承幹刻有《嘉業堂叢書》、《吳興叢書》、《求恕齋叢書》、《留餘草堂叢書》、《希古樓金石叢書》等叢書。劉氏所刻書籍，約百餘種，[91]質量精美。友人著作，有其付梓者，如吳慶坻《蕉廊脞錄》、沈焜（1871-1938）《一浮漚齋詩選》、朱祖謀《國朝湖州詞錄》，都是由劉承幹刊刻出版。由於周、劉雅愛文墨，喜愛收藏，又不吝出資贊助集社、複印刊刻，使其二人得以廣結大批文人墨客，活躍上海文壇，乃至維持淞社集會長達 12 年之久，成為民國時期上海社集活動時間最長的詩社。李詳《藥裹慵談》有云：「今之南潯富紳寓上海者，有周夢坡廣文慶雲、劉翰怡京卿承幹、張石銘觀察鈞衡，皆善刻書。聚賓客，有宛平查氏、祁門馬氏之風。淞社之立，周劉兩君，持之甚久。」[92]說明周、劉的資金贊助與刻書、社團維持的連帶關係。

淞社的性質與其成員身分有很大的關係。淞社成員大抵多為江、浙一帶流寓至滬的鄉紳文士，他們以遺老自居，詩酒唱和，是謂典型的遺民集社。[93]周慶雲《淞濱吟社集》序云：「當辛壬（宣統三年至民國元年，1911-

[90] 項文惠：《嘉業堂主——劉承幹傳》，頁 212-230。

[91] 關於劉承幹所刻書籍，據近人研究統計，呈現紛呈不一的現象。蘇精、傅璇琮、謝灼華統計有 174 種，李性忠統計劉氏刻書有 179 種，項文惠統計有 184 種。蘇精：《近代藏書三十家》（臺北：傳記文學出版社，1983），頁 220。傅璇琮、謝灼華：《中國藏書通史》下冊（寧波：寧波出版社，2001），頁 1219。李性忠：《劉承幹與嘉業堂》（北京：文物出版社，1994），頁 38-47。項文惠：《嘉業堂主——劉承幹傳》，頁 121-133。

[92] 清・李詳著，李稚甫點校：《藥裹慵談》，卷 5，頁 90。

[93] 關於「遺民」的定義，歷來說法多端。王偉勇〈辨析汪元量之「遺民」身分及其集句詞所流露之另類心聲〉統整歷代對遺民之說云：「『遺民』兩字，可用指前朝遺留之百姓、劫後遺留之百姓、後代子孫、改朝換代不仕新朝之遺老、高賢隱士、淪陷區之百姓、一般平民百姓等。……用指前朝遺留之百姓、劫後遺留之百姓、後代子孫、改朝換代不仕新朝之遺老等，漢代以前已然見之；至若用指高賢隱士、淪陷區之百姓、

1912）之際，東南人士胥避地淞濱，余於暇日，仿月泉吟社之例，招邀朋舊，月必一集，集必以詩。……每當酒酣耳熱，亦有悲黍離麥秀之歌，生去國離鄉之感者。」[94]仿宋遺民謝翺、方鳳、吳思齋結「月泉吟社」，[95]抒寫鼎革國變感傷，是淞社成立的本意。當時民初的社團活動，除了有吟社組織以外，還有依歲時舉辦的消寒會、同年會、一元會等各種集會。四季節氣之中，古人最重視消寒與消夏。孟元老《東京夢華錄》云：「十一月冬至。京師最重此節。雖至貧者，一年之間，積累假借，至此日更易新衣，備辦飲食，享祀先祖，官放關撲，慶賀往來，一如年節。」[96]古人根據陰陽五行推算，冬至來臨以後，需歷經九九 81 天的寒冬，春天才會到來，因此繪有〈九九消寒圖〉，數九迎春。而士大夫往往在舊俗入冬以後，會出資舉辦「消寒會」，[97]「約同人圍爐飲酒」，[98]宴飲作樂，消磨漫長冬日。周慶雲

一般平民百姓等，則見於唐朝以後。」嚴迪昌《清詩史》按黃宗義〈謝時符先生墓誌銘〉所論將遺民群體分為二類：「遺民群體大抵可分為矢志恢復和徬徨草澤兩大類，並均係『天地之元氣』所鍾。」劉威志〈清遺民的「理屈」與「詞窮」——論朱祖謀〈鷓鴣天・廣元裕之宮體八首〉〉由朱祖謀詞中析釐出「清遺民」分別有「悲落葉」與「繫金鈴」兩派，前者固守舊節，與君同殉；後者自詡從龍中興，被視為漢奸。在此二元交匯的地帶中，作者明確地辨析出坐實遺民的一個重要前提是：遺民所以為遺民，必須承認新姓既起，且勝朝中興再無希望，如此，方坐成「遺」之可能。「淞社」成員多以纂修史志、詩酒唱和等方式表現對故國的思念，唯少數成員積極參與復辟活動，因此淞社被視為是典型的遺民集社。王偉勇：《詞學面面觀》下冊（臺北：里仁書局，2017），頁 416-420。嚴迪昌：《清詩史》上冊，頁 292。劉威志：〈清遺民的「理屈」與「詞窮」——論朱祖謀〈鷓鴣天・廣元裕之宮體八首〉〉，《中國詩學》23（2017.10）：197-232。

94 清・周慶雲：〈序〉，清・周慶雲輯：《淞濱吟社集》（《清末民國舊體詩詞結社文獻彙編》第 10 冊，據民國四年（1915）刻本影印），頁 1 上。

95 明・田汝耔：〈刻月泉吟社詩敘〉，元・吳渭輯：《月泉吟社詩》（北京：中華書局，1985），頁 1 上。

96 宋・孟元老著，伊永文箋注：《東京夢華錄箋注》（北京：中華書局，2007），卷 10，頁 882。

97 五代・王仁裕著，丁如明等校點：《開元天寶遺事（外七種）》（上海：上海古籍出版社，2012），卷上，頁 8。

98 明・史玄，清・夏仁虎，清・闕名：《舊京遺事　舊京瑣記　燕京雜記》（北京：北

《甲乙消寒集》序云：「開元遺事，王仁裕每值大雪，掃徑延賓為煖寒之會。■之朝士大夫率於歲晚務閑，更番釀飲，易其名曰消寒。承平樂事，其風古矣。吾生不幸，運罹陽九滄江臥晚，吟望低垂，猶幸海上寓公，多識賢達，縞紵投贈，尊俎流連，藉以排其歲暮不樂之感。」[99]儘管今時國家更迭，周慶雲與其他僑居上海的淞社文人，依然維持舊時消寒的習俗，開筵聚會，聯吟酬酢，意味寒冬將過，春天將至。從民國元年（1912）至民國四年（1915），消寒會總共維持 4 年的時間。其後，周慶雲將詩歌集結出版，刊成《壬癸消寒集》、《甲乙消寒集》。

此二集之中，皆各有 9 集，每期人數不定，每次都有一特定題目，或題畫，或聯詩，或祝壽，或歌詠名物瓷器……，參與者針對一個共同主題，抒發自己的情懷。以《壬癸消寒集》來說，壬子年（1912）消寒第 1 集，周慶雲首先出示所藏趙孟頫遺琴，徵得劉炳照、繆荃孫、汪洵、潘飛聲（1858-1934）、劉承幹等諸君題詠。其後所集，分別為：次東坡聚星堂詩韻、題〈頤園永懷圖〉、詠臘八粥、為坡公祝生日、和東坡岐山歲莫詩、即席分韻、蘇味道火樹銀花合星橋分韻、觀朱子念陶百鏡屏。癸丑年（1913）消寒第 1 集，仍以周慶雲為首，題詠任邱邊先生詩稿墨蹟。第 2 集由戴啟文出示家藏〈春帆入蜀圖〉，徵求淞社社友題詠。此後所集為：查初白此意天能諒分韻、李嶠三陽偏勝節分韻、賀劉翰怡嫡子誕生、精忠柏斷片歌、詠刀魚、分詠十春詞、分詠後十春詞。從集中題詠可見，歌詠內容泰半與過去歷史、人物與器物有關。當文人們透過集體性地歌詠活動，假藉故實文物聯吟懷舊，彷彿是為重拾過去記憶進行一場象徵性儀式，表明自己身處新舊交替中的兩難與無奈。這種消極性的懷念活動，在周、劉這類的遺民群體中，比起積極鼓吹復辟之士要占絕大多數，甚至成為有閒階級排遣終日的玩意。[100]

京古籍出版社，1986），頁 119。

[99] 清・周慶雲：〈序〉，清・周慶雲輯：《甲乙消寒集》（《晨風廬叢刊》，民國六年（1917）烏程周氏夢坡室刻本），頁 1 上。

[100] 李康化在「中興之臣」與「遺民」同屬為「遺老」的脈絡下，將遜清遺老的懷念活動，歸納為積極性與消極性兩大類：積極性的活動，如奔走聯絡進行復辟或著書撰文

此其當中，詠物懷舊可說是遺民集社中十分重要的環節。

二、癸丑消寒會之題詠

民國二年（1913）第二次消寒會雅集，戴啟文攜帶家藏〈春帆入蜀圖〉，徵請與會友人為圖題詠。參與此集題詠者，有戴啟文、繆荃孫、錢溯耆（1844-1917）、汪洵、吳慶坻、劉炳照、呂景端（1859-1930）、周慶雲、沈焜、劉承幹 10 人，總計共得 14 首詩詞。年紀最長者為戴啟文、繆荃孫、錢溯耆，而劉承幹為當中最年輕的後輩。是以，此集少長咸集，群賢畢至，不計年歲。在滿清未亡國以前，有些文人實已相識，甚至有參與詩詞吟社之印跡，如劉炳照、繆荃孫曾參加「鷗隱詞社」，[101]繆荃孫、汪洵、呂景端曾參加「鯨華社」，[102]沈焜、劉炳照、錢溯耆曾參加「南園賡社」。[103]而此次消寒集會之作品，除了戴啟文的題詩未收入《春帆入蜀圖題詠》、繆荃孫題詩與《春帆入蜀圖題詠》所收有異以外，其他社員的題詩皆收入後來由戴振聲編輯刊印的題詠集中。

戴啟文首題〈消寒第二集出家藏先叔曾祖羡門尚書公春帆入蜀圖，徵淞社諸君題詠〉：

> 趙璧重歸豈偶然，圖為公官蜀時所作，遭亂遺失，無意購歸，相距七十七年。崑岡倖免玉生煙。孫枝繼續逾三世，祖硯留貽共百年。私幸丹青

鼓吹復辟，此乃少數遺老的營生方式；消極性的活動，如拜謁崇陵、纂史修志、提倡尊孔，詩酒唱和等，此則屬於大多數遺老的排遣方式。李康化：《近代上海文人詞曲研究》，頁 240-242。

[101] 方慧勤：《夏孫桐詩詞研究》（蘇州：蘇州大學中國文學研究所碩士論文，2016），頁 16。

[102] 呂景端編有《鯨華社鐘選》2 卷。清・呂景端輯：《鯨華社鐘選》（《清末民國舊體詩詞結社文獻彙編》第 26 冊，據清光緒三十一年（1905）石印本影印）。

[103] 錢溯耆編有《南園賡社詩存》1 卷。清・錢溯耆輯：《南園賡社詩存》（《清末民國舊體詩詞結社文獻彙編》第 8 冊，據清宣統元年（1909）刻本影印）。

遺卷軸，還期翰墨結因緣。披圖莫負徵題意，願藉詩人筆下傳。[104]

首聯、頷聯說明獲得此圖的緣起，以及詩人的寄寓與期望。詩註所謂「七十七年」，乃指嘉慶二十四年（1819）呂星垣繪成〈春帆入蜀圖〉至光緒二十二年（1896）戴啟文獲得圖畫的這段時間。中間雖然曾因戰亂佚失、流落坊間，所幸圖畫仍舊「趙璧重歸」，物歸戴氏宗族。南宋時期，大臣樓鑰（1137-1213）即曾因友人張致遠購贈祖父樓异〈嵩嶽圖〉而作詩傳達心中喜悅：「先世前蹤不可追，君從何處得全碑。上横嵩嶽三千丈，下列齊公廿四詩。室號揖僊懷舊事，菴名面壁認遺基。青氈真是我家物，欲以瓊瑤厚報之。」[105]因重獲祖父遺物而願以重金回報，表示對祖先文物的重視。戴啟文失而復得的喜悅與樓鑰當時「如獲拱璧」的心情如出一轍，甚至期許藉由「孫枝繼續逾三世，祖硯留貽共百年」的世代相傳，延續先祖遺留的恩澤與榮耀。歷來詩會雅集提供士人一個以文會友、展閱家藏文物的平臺空間，在此不但可以展露自我，還能藉由書墨交流，聯繫彼此的情誼。戴啟文在詩的頸聯、尾聯，道出自己「還期翰墨結因緣」的徵題動機，更直接表露期望「披圖莫負徵題意，願藉詩人筆下傳」的徵題訴求。與其說戴啟文此詩為題畫詩，毋寧說它更像是一首徵稿詩。而或許也正因如此，戴振聲才未將此詩收入題詠集中。

在確定此次消寒會的題詠主題、並由戴啟文提出命題要求後，諸士亦不負戴君所望，依循「徵題意」展開創作，或緣題而作，或自抒身世，各以平生才學為圖增輝，豐富題詠內涵。緣題旨而作者，包括繆荃孫、錢溯耆、汪洵、周慶雲、呂景端的題詠。其中，呂景端尤其格外重視戴三錫與呂星垣的親戚關係，頗具存人存史的價值。詩云：

---

[104] 清・戴啟文：〈消寒第二集出家藏先叔曾祖羨門尚書公春帆入蜀圖，徵淞社諸君題詠〉，清・周慶雲輯：《壬癸消寒集》，頁46上。

[105] 宋・樓鑰著：〈嵩嶽圖〉，顧大朋點校：《樓鑰集》第2冊（杭州：浙江古籍出版社，2010），卷10，頁239。

成皇初政憂勤日，彰癉嚴明吏治新。井絡天彭形（《春帆入蜀圖題詠》作「欣」）勝地，十年鑠鑰畀勞臣。

琴鶴當年盡（《春帆入蜀圖題詠》作「畫」）接回，布帆重溯蜀江隈。剡溪尺幅傳家紙，為寫岷峨萬里來。

歐王僚婿最情親，新特崔盧本舊姻。先澤摩挲記鴻爪（《春帆入蜀圖題詠》作「雪」），丹青無恙抵貞珉。先高王父叔訥公與尚書公同婚張氏為僚婿，先曾大母即公女也。叔訥公嫺績事，宗麓臺，得舅氏錢文敏公之傳。是卷兩圖為官邯鄲令時所作。（註見《壬癸消寒集》）

南蘭北固話鄉閭，各有清芬誦不虛。海上相逢戴安道，風標想見老尚書。子開丈冲襟雅抱鬚眉偉然。（註見《春帆入蜀圖題詠》）[106]

此為四首聯章。第一首讚揚戴三錫宵旰憂勤，嚴明吏政，治蜀有方，乃指其嚴懲黃子賢等生事作亂，並募勇防衛，撫卹黎民。「天彭」為四川縣治所在地。由因戴公坐鎮四川要地，百端補治，方使井絡吏治煥然一新。第二首稱許戴公治理蜀地數十年來，清高廉潔，官聲素好，因此呂星垣繪〈春帆入蜀圖〉，以記德政。第三首借古時歐王、崔盧之姻親關係，表示戴、呂二人的親戚關係。歐陽修、王拱辰二人是同榜進士，也都是薛奎的女婿。王拱辰先娶薛奎三女，歐陽修娶薛奎四女；王妻歿後，復娶薛奎五女。[107]崔氏、盧

---

[106] 清・呂景端：〈題春帆入蜀圖〉，清・周慶雲輯：《壬癸消寒集》，頁 47 下-48 上。同見清・呂景端：〈題春帆入蜀圖〉，清・戴振聲輯：《春帆入蜀圖題詠》，頁 15 下-16 上。

[107] 邵伯溫《邵氏聞見錄》云：「王懿恪公拱辰與歐陽文忠公同年進士，文忠自監元、省元赴廷試，銳意魁天下。……後懿恪、文忠同為薛簡肅公子婿，文忠先娶懿恪夫人之姊，再娶其妹，故文忠有『舊女婿為新女婿，大姨夫作小姨夫』之戲。」此乃邵氏誤讀。宋・邵伯溫、邵博著，王根林校點：《邵氏聞見錄　邵氏聞見後錄》（上海：上海古籍出版社，2012），卷 8，頁 47。詳細考證可參陳希豐：〈「婚姻」與「趨

氏皆山東士族大姓，自魏晉以來，便以姻親累代，維護門第。[108]故此表明呂星垣繪圖意義，不僅是為闡揚戴公德政，更有記錄僚婿姻親之情、「摩挲記鴻爪」之意。歲星輪轉，「丹青無恙」，堪比貞珉石碑，以垂永紀，如同二人情誼。第四首描寫諸君相逢海上，歌詠揚芬，興會所至，如王子猷夜訪戴安道（戴逵），盡其風流雅興。最後讚許戴啟文風標偉然，由此「想見老尚書」之風采，表達對於徵題者的由衷感謝。

呂景端竭力凸顯戴三錫與呂星垣的姻親關係，在諸士題詠中是難得一見的獨特現象。但為什麼呂景端要如此強調戴、呂之關係？《春帆入蜀圖題詠》載錄了一段《王癸消寒集》未收錄的詩序，云：

> 〈春帆入蜀圖〉者，丹徒戴羨門尚書由四川茂州直刺擢守甯遠，次年入覲自都回任時，乞先高王父湘皋公所作也。高王父字叔訥，晚號湘皋。高王父與尚書公皆壻於丹徒張氏，婦翁為珮瑜先生成璧。先生為方望溪高弟，與劉海峯並稱。先生有三女，長適高若洲孝廉駿，次即先高王母三適尚書公，高王母與尚書公夫人尤友愛，早有兒女婚姻之約。尚書公僅一女，即先曾大母，以乾隆壬子（五十七年，1792）生長於先曾大父桂陽公，一歲襁褓中，即締好焉爾。時尚書公甫釋褐，初以進士宰山右，繼宦蜀中，二十年而歷監司，不三載，陟開府。高王父以名德宿學，為阿文成諸公所汲引，乾隆丙午（五十一年，1786）以薦入內廷，纂中秘書，因親老戀鄉土，就學官，以苜蓿盤為菽水資，亦幾二十年，嗣由特薦擢宰畿輔，除贊皇令，量移邯鄲。是卷第一圖為邯鄲官舍所作，第二圖為邯鄲旅邸所作，時為嘉慶己卯、庚辰（二

向」：以北宋王拱辰家族婚姻網絡為中心〉，《國學研究》38（2017）：83-117。

108 《新唐書》云：「魏氏立九品，置中正，尊世冑，卑寒士，權歸右姓已。其州大中正、主簿，郡中正、功曹，皆取著姓士族為之，以定門冑，品藻人物。……山東則為『郡姓』，王、崔、盧、李、鄭為大。」宋・歐陽修、宋祁：《新唐書》第 18 冊，卷 199，頁 5677-5678。王、崔、盧、李、鄭，婚媾之盛。可參夏炎：《中古世家大族清河崔氏研究》（天津：天津古籍出版社，2004），頁 268-321。

十四年、二十五年，1819、1820），高王父春秋六十有七八，尚書公亦已花甲逾二三越歲。道光改元尚書，公由寧遠守升建昌道按察使，而高王父遽以是秋捐館舍矣。高王父為毘陵七子之一，文章經濟名滿天下，餘事為文學，吏治所掩，後罕知者。書摹山谷、北海（李邕），畫宗麓臺，得舅氏錢文敏（錢維城）公之傳，今觀是卷，良不虛也。著述尤富，傳世者為《白雲草堂詩文集》。集為嘉慶癸亥（八年，1803）五十一歲時所手定，故是圖詩跋皆不載集中。景端生晚，慨念先澤，幼時聞先大母丁太淑人言：高王父未梓遺著有兩大簏，咸豐庚申（十年，1860）悉燬於寇，家乘中僅存其目。每引為恨，既思佚稿，不可復得，乃求書畫之猶在人間者，數十年來渺不一遇。至光緒丁未（三十三年，1907），始購得錢竹初（錢維喬）先生〈三幻圖〉，卷中有高王父跋語手蹟，如獲瑰寶，猶以未見績事為憾。比晤子開表丈，始知藏有斯卷，亟受而讀之，瞻仰摩挲，幾忘寢食。殆先人靈爽，鑒於後裔，誠求之心，特假手吾丈出其家珍，以饜予小子之願望也。丈命述兩家先世親誼及高王父事蹟，大略謹書如右，並成四截句，綴諸卷末，用誌欣幸云。[109]

序中可分三個層面論說：爬梳人物之間的親屬關係、說明呂星垣繪作〈春帆入蜀圖〉的時間及其著作去向、交代此次題詠之原委。首先，以親屬關係論之，戴三錫、呂星垣皆為張成璧女婿，其後呂星垣次子呂振鎔娶戴三錫獨女，兩家結為姻親。呂景端，字幼舲，號蟄盦、藥禪，江蘇陽湖人，光緒八年（1882）舉人，「少以文章經濟知名海內」。[110]從詩序之記述可推知：呂星垣為其高祖父，戴啟文為其表丈。錢維城為乾隆時期著名宮廷畫家，能

[109] 清・呂景端：〈題春帆入蜀圖〉，清・戴振聲輯：《春帆入蜀圖題詠》，頁 14 上-15 下。

[110] 清・張惟驤：《清代毗陵名人小傳稿》（《江蘇人物傳記叢刊》第 15 冊，揚州：廣陵書社，據民國三十三年（1944）常州旅滬同鄉會鉛印本影印，2011），卷 9，頁 22 下。

詩善畫，官至刑部侍郎，乃朝廷重臣。乾隆三十八年（1773），丁憂居里，偶見毘陵七子詩文，尤為激賞，[111]而後更著手編選《毘陵七子詩》。[112]錢維城與錢維喬為兄弟，亦為呂星垣之舅父。是以可見，該群文人之間，不僅存在師友關係，亦有緊密的親屬關係。而呂景端身為呂星垣之玄孫，釐清呂氏親族淵源與戴、呂之關係，自當為其首要義務。其次，以嘉慶二十四年（1819）呂星垣繪作圖畫的時間為論，是年為呂星垣由贊皇縣知縣調署邯鄲知縣的隔年，而該年則是戴三錫「由寧遠守升建昌道按察使」，雖然都是調遷，但呂星垣依舊只是地方知縣，故此主要是為恭賀戴三錫擢升而作。呂星垣雖無顯赫宦迹，卻有真才實學，是故呂景端序中描述呂星垣「文章經濟名滿天下」、「今觀是卷，良不虛也」、「著述尤富」，皆有彰顯高祖父才學之意。唯惜咸豐十年（1860）爆發庚申之變，太平軍攻陷蘇州，[113]呂星垣尚未付梓遺著，「悉燬於寇」。在此呂景端強調傳世《白雲草堂詩文集》，已於嘉慶八年（1803）之時，經呂星垣手定，因此「是圖詩跋皆不載集中」，顯見該圖墨跡之難得。最後，述己偶得錢維喬〈三幻圖〉，「卷中有高王父跋語手蹟」，殊為難得，「如獲瑰寶」，因而欣喜不已。最後道出自己在得悉戴啟文藏有〈春帆入蜀圖〉以後，誠求瞻仰之心願。由此可知，此次戴啟文公開展示〈春帆入蜀圖〉的主因，實為滿足呂景端「以饜予小子之願望」，而呂景端則藉由記錄戴、呂兩家「先世親誼」之好，彰顯戴啟文身為長輩對晚輩之厚愛，以表示內心的感激。

繆荃孫等人與戴啟文屬同輩之交，他們的題詠側重於褒揚人物，酬贈成分大於自我抒懷。如詩所見：

昔年五度蜀中行，巫峽波濤夢亦驚。仰止召棠思茇舍，重歸趙璧寶連

---

111 清・呂培：《洪北江先生年譜》，清・洪亮吉著，劉德權點校：《洪亮吉集》第5冊，頁2331。

112 清・徐書受：〈教經堂詩集提要〉，中國科學院圖書館整理：《續修四庫全書總目提要（稿本）》第4冊（濟南：齊魯書社，1996），頁555。

113 郭廷以：《太平天國史事日誌》（臺北：臺灣商務印書館，1976），頁668-735。

城。名流遺跡殊難遇，圖為呂叔訥先生繢，劉文清公引首。治譜傳家舊有聲。一事莫忘如畫裡，山青水碧片颿輕。（繆荃孫）[114]

入覲天顏返蜀都，乘風破浪送襜艫。錦江宦蹟符塵夢，瀘水行程補畫圖。展卷心香三世爇，傳家手澤百年濡。東萊妙繢同珍重，圖為陽湖呂叔訥先生手筆。（註見《春帆入蜀圖題詠》）靈寶休教竊顧廚。（錢溯耆）[115]

尚書清望滿邛都，述職遄行溯郡符。全蜀威棱紓策久，中天榮遇紀恩殊。滄桑歷劫留詩卷，師友論交證畫圖。珍重徵題逢海上，幸詒手墨景前模。（汪洵）[116]

蜀國峙奇峯，錦江騰急浪。春色來天地，氣象一何壯。時有片雲飛，輕裝載畫舫。歷歷夢中景，公早年曾夢游蜀中。（註見《壬癸消寒集》）鎮日推篷望。魚鳥如相識，奇幻難名狀。勝游前身緣，素願此時償。勳業炳千秋，公以乾隆癸丑（五十八年，1793）成進士，出宰山右，旋引疾歸養。起復發往四川，由縣令至總制勳業，都在蜀中。後任工部尚書，薨於位。（註見《壬癸消寒集》）彌憶襟懷曠。百年傳畫稿，不與身俱葬。滄桑兩度劫，手澤幸（《春帆入蜀圖題詠》作「笑」）無恙。賢裔趙壁珍，流

---

[114] 清・繆荃孫：〈題春帆入蜀圖〉，清・周慶雲輯：《壬癸消寒集》，頁 46 上-下。戴振聲輯《春帆入蜀圖題詠》中的繆荃孫題詩為：「尚書十載鎮天彭，春水揚帆一櫂輕。仰止召棠吟芠舍，復歸趙壁重連城。名流舊蹟殊難覯，呂先生畫索不經見。治譜傳家夙有聲。蜀道令人多繫戀，山青水碧畫中行。荃孫甲子（同治三年，1864）到蜀，蜀人士猶頌督部公之德政。」清・繆荃孫：〈題春帆入蜀圖〉，清・戴振聲輯：《春帆入蜀圖題詠》，頁 16 下-17 上。

[115] 清・錢溯耆：〈題春帆入蜀圖〉，清・周慶雲輯：《壬癸消寒集》，頁 46 下。同見清・戴振聲輯：《春帆入蜀圖題詠》，頁 18 上。

[116] 清・汪洵：〈題春帆入蜀圖〉，清・周慶雲輯：《壬癸消寒集》，頁 46 下。同見清・戴振聲輯：《春帆入蜀圖題詠》，頁 16 下。

傳來海上。試展鵝溪絹，無限春風肌。（周慶雲）[117]

汪洵、周慶雲的題詠，從戴三錫功在治蜀之生平，標榜其「勳業炳千秋」、「中天榮遇紀恩殊」的一生榮耀，凸顯圖畫主人的不凡身分。《春帆入蜀圖題詠》纂錄繆荃孫題詩，註云：「荃孫甲子（同治三年，1864）到蜀，蜀人士猶頌督部公之德政。」[118]足見戴三錫已從身體力行的實踐上，證明卒逝三十餘年之後，依然受到蜀民的追思與愛戴。倘若無此〈春帆入蜀圖〉，戴公恩澤早已永垂千古，流芳百世，而此圖遺留後世真正存在之意義，是後輩子孫心裡的精神象徵，也是往哲先賢的典範代表。尤其在歷經易代鼎革之後，圖畫逃脫被毀劫難，輾轉「流傳來海上」，成為雅集聚會之中「師友論交證畫圖」的品評對象，對此詩人們無不懷著一份「珍重徵題」的誠意看待此次品題。早在同治三年（1864）之時，繆荃孫即因搶氛日逼，輾轉避難蜀地。[119]自同治七年（1868）至光緒二年（1876），四度赴京應試，往返京城與四川之間。其後赴京任官，直至光緒六年（1880），「赴蜀迎先大夫並媵屬入都」，舉家遷移，定居京城。[120]其詩所謂：「昔年五度蜀中行」，應指其四次赴試及最後一次往返京城與四川。然而，繆荃孫此詩重點不在抒懷自我，而是扣緊「莫負徵題意」的題詠宗旨，著力書畫品題，標舉「圖為呂叔訥先生繢，劉文清公引首」為「名流遺跡」，因此格外珍惜這份「殊難遇」的機緣。錢溯耆的題詠，甚至藉由東漢士大夫以「俊廚顧及」互相標榜的典故，[121]既稱許呂、劉之才，亦標榜在座雅士彼此欣賞、相互珍惜之

---

117 清・周慶雲：〈題春帆入蜀圖〉，清・周慶雲輯：《壬癸消寒集》，頁 48 上-下。同見清・戴振聲輯：《春帆入蜀圖題詠》，頁 16 上。

118 清・繆荃孫：〈題春帆入蜀圖〉，清・戴振聲輯：《春帆入蜀圖題詠》，頁 17 上。

119 清・繆荃孫著，張廷銀、朱玉麒編：《藝風老人年譜》，《繆荃孫全集・雜著》（南京：鳳凰出版社，據民國二十五年（1936）文祿堂印本影印，2014），頁 166。

120 清・繆荃孫著，張廷銀、朱玉麒編：《藝風老人年譜》，頁 168-174。

121《後漢書》〈黨錮傳〉云：「自是正直廢放，邪枉熾結，海內希風之流，遂共相標搒，指天下名士，為之稱號。上曰『三君』，次曰『八俊』，次曰『八顧』，次曰『八及』，次曰『八廚』，猶古之『八元』、『八凱』也。」南朝宋・范曄著，唐・

意。

關於「癸丑」之意，可作三解。其一，據周慶雲詩註：戴三錫「乾隆癸丑（五十八年，1793）成進士，出宰山右」，剛好是120年前的癸丑年，意味著是年乃戴公擠身仕途的重要之年。其二，從文學史角度來說，「癸丑」也象徵文人詩酒聯吟，寄懷山水的隱逸志向。晉穆帝永和九年（353），歲在癸丑，王羲之與王凝之、王徽之、王操之、王獻之、孫統、李充、孫綽、謝安、支遁、王蘊等人，宴集會稽山陰，飲酒賦詩，暢敘幽情，是為蘭亭雅集。[122]此後，文人修禊，傳承有緒，絡繹不絕。民國二年（1913）剛好是永和後的第 26 個癸丑年，諸友聚首聯吟，似乎正象徵著蘭亭雅集的傳承與延續。其三，從清代歷史的視角觀察，從康熙三藩之亂、乾隆白蓮教之亂，乃至咸豐太平天國之亂，剛好都是發生在癸丑年。「癸丑」隱喻現時滿清衰頹的處境，期許如同過往從戰亂中化險為夷，隱含著遺老們對嚴冬將逝、春天將至的盼望。是以，戴啟文選擇在癸丑消寒會上展示〈春帆入蜀圖〉，不論從家族、文學或歷史的層面來說，都具有相當重要的紀念性意義。

劉炳照、吳慶坻、沈焜、劉承幹之題詠，則是立基於「莫負徵題意」的前提之下，寄託自我家世，抒發思舊情懷。吳慶坻的題詠，除了描述自己過往宦蜀經歷，亦上溯自先祖之宦迹，思親念祖，寓情於畫。詩云：

> 昔我少壯再入蜀，南棧北棧蹋盡千夫容。巫山巫峽足跡所未到，按部祇到夔門東。夔門形勝甲天下，岷江西來建瓴瀉。瞿塘灩澦徵舊聞，失喜重看好圖畫。畫中樹色青參天，輕帆入峽東風便。尚書清名滿蠻徼，此時一障初乘邊。卭部昌州坐綏靖，旄牛徼外清戈鋋。十年典郡遂開府，御夷有道要使德意遐荒宣。先人官轍（《春帆入蜀圖題詠》作「蹟」）昔曾共，蜀國山川浩吟諷。先曾祖與尚書公同官蜀，公子吏部君又與先大父（《春帆入蜀圖題詠》作「先大夫」）甲戌（嘉慶十九年，1814）同

李賢等注：《後漢書》第 8 冊，卷 67，頁 2187。

[122] 宋・李昉：《太平廣記》第 5 冊，卷 207，頁 1581。

年。百年時局幾遷流，俛仰今昔增感慟。尚書後人世濟美，鄭笏留貽倍矜重。披圖莫唱蜀絃悲，繼起（《春帆入蜀圖題詠》作「幹略」）終當為世用。君不見、喜馬拉山高崔嵬，弱水西流不復回。籌邊樓迴風雲壯，終古誰為撫馭才。[123]

吳慶坻，字稼如、敬疆，號子修，晚號補松老人，別署悔餘生、蕉廊，浙江錢塘人。光緒十二年（1886）進士，改翰林院庶吉士，後授編修，充會典館，幫總纂中外圖籍。二十三年（1897），任四川學政，掌管地方教育與科考。二十九年（1903），改雲南鄉試副考官、湖南學政。[124]吳慶坻自幼「隨祖父在任，自蜀而歷陝、鄂、晉各省，耳濡目染，所得已多。」[125]劉承幹稱吳氏：「中年足跡半天下」。[126]然而，此詩云：當年所至，「按部祇到夔門東」。究其本意，實有揄揚戴公閱歷廣遍，自謙尚不及「巫山巫峽」之博大境界。而今假託「畫中樹色青參天」，持作臥遊覽勝，一償夙願。夔門，又名瞿塘峽、瞿塘關，位於重慶奉節縣，是長江由四川入三峽之門戶，亦為東入蜀道之關隘。兩岸斷壁如削，夾江對峙，河道幽深狹隘，水勢湍急，形成天然關隘，鐵柱鎖江。[127]此地形勢險要，易守難攻，有「雄莫若劍閣，險莫若夔門」之譽。[128]凡取巴蜀，必先取此關，因此，自秦以來為軍事用兵之地。據《後漢書》〈西羌傳〉記載：羌人爰劍曾孫忍之季

---

[123] 清・吳慶坻：〈題春帆入蜀圖〉，清・周慶雲輯：《壬癸消寒集》，頁 47 上-下。同見清・戴振聲輯：《春帆入蜀圖題詠》，頁 7 上-下。

[124] 清・姚詒慶：〈清故湖南提學使吳府君墓誌銘〉，清・閔爾昌錄：《碑傳集補》，卷 20，頁 18 下-19 上。

[125] 張文其、劉德麟：〈點校說明〉，清・吳慶坻著，劉承幹校，張文其、劉德麟點校：《蕉廊脞錄》，頁 1。

[126] 劉承幹：〈序〉，清・吳慶坻著，劉承幹校，張文其、劉德麟點校：《蕉廊脞錄》，頁 1。

[127] 清・曾秀翹修，清・楊德坤纂：《奉節縣志（一）》（《新修方志叢刊》第 54 冊，臺北：臺灣學生書局，據清光緒十九年（1893）刻本影印，1971），卷 5，頁 6 下-7 上。

[128] 清・曾秀翹修，清・楊德坤纂：《奉節縣志（一）》，卷 3，頁 1 上。

父，「畏秦之威，將其種人附落而南，出賜支河曲西數千里，與眾羌絕遠，不復交通。其後子孫分別，各自為種，任隨所之。或為氂牛種，越巂羌是也；或為白馬種，廣漢羌是也；或為參狼種，武都羌是也。」[129]由此可知，「旄牛」為羌族的支脈。旄牛羌主要分布於沈黎郡（今四川漢源）一帶。漢武帝元鼎六年（前 111）置沈黎郡，天漢四年（前 97），「并蜀為西部，置兩都尉，一居旄牛，主徼外夷，一居青衣，主漢人。」[130]「旄牛徼外」之「徼」字，指木柵、障塞、邊塞的意思。[131]漢時，蜀郡與「徼外夷」之間的邊界以旄牛縣作為劃分，「旄牛徼外」所指即旄牛縣以西。此詩有謂：「輕帆入峽東風便，尚書清名滿蠻徼」、「旄牛徼外清戈鋋，十年典郡遂開府」，乃指戴三錫坐鎮綏靖，緝捕越巂旄牛蠻夷，平亂治蜀，留下赫赫政績。

吳慶坻家世顯耀，祖輩皆有功名，尊享恩榮。[132]曾祖父吳昇「與尚書公同官蜀」，而祖父吳振棫與戴公之子戴於義為嘉慶十九年（1814）同年進士。曾祖父吳昇為乾隆四十八年（1783）舉人，以知縣分四川。[133]祖父吳振棫歷雲南知府、山東知府、安徽知府、貴州按察使、四川布政使等職，後擢雲南巡撫、陝西巡撫，累官至四川、雲貴總督，以平定雲南回亂有功。[134]當年，「先人宦轍昔曾共，蜀國山川浩吟諷」，汲取山川之美，作刺時之詩。[135]只可惜「百年時局幾遷流」，人事幻化，今已非昔。舊時曾經光

---

[129] 南朝宋・范曄著，唐・李賢等注：《後漢書》第 10 冊，卷 87，頁 2875-2876。

[130] 南朝宋・范曄著，唐・李賢等注：《後漢書》第 10 冊，卷 86，頁 2854。

[131] 《漢書》〈鄧通傳〉云：「居無何，人有告通盜出徼外鑄錢……。」顏師古注：「徼猶塞也。東北謂之塞，西南謂之徼。塞者，以障塞為名。徼者，取徼遮之義也。」故知「徼」即「塞」即邊塞之意。漢・班固著，唐・顏師古注：《漢書》第 11 冊，卷 93，頁 3723-3724。

[132] 常宇鑫：〈吳慶坻小傳〉，卜永堅、李林編：《科場・八股・世變——光緒十二年丙戌科進士群體研究》（香港：中華書局，2015），頁 232-234。

[133] 顧廷龍輯：《清代硃卷集成》第 57 冊，頁 2 上。

[134] 清・趙爾巽：《清史稿》第 40 冊，卷 424，頁 12211-12213。

[135] 劉勰《文心雕龍》〈辨騷〉有云：「才高者菀其鴻裁，中巧者獵其豔辭，吟諷者銜其山川，童蒙者拾其香草。」以四種不同類型讀者分析閱讀《楚辭》所得的感受。南朝

耀顯貴，如今淪為故國遺民，此情所感，世事興亡，猶如「弱水西流不復回」，過眼皆空。圖畫勾起過去回憶，思懷家族之美好記憶，由是衷心感謝「尚書後人世濟美，鄭笏留貽倍矜重」之徵題情意，並冀望「繼起終當為世用」的殷切期許。此詩雖流露時變滄桑之感，然吳氏在正視當下現實之中，仍寄望後起濟世之才。

相較之下，劉炳照的家世不及吳慶坻顯達，而其題詩之中，仍以畫寓情，緬懷先父，抒發思親憶舊之情。詩云：

> 蜀中好山水，風引（《春帆入蜀圖題詠》作「送」）使君舟。歷宦符前夢，披圖感舊游。心香三世爇，手澤百年留。換劫終完璧，英靈在上頭。
>
> 己卯登科記，先公賦鹿鳴。東萊留妙續，北澤溯歸程。前後兩圖均吾鄉叔訥先生手筆，乃嘉慶己卯（二十四年，1819）擢守寧遠出都旋蜀時所作。是歲，先大夫北闈秋捷，予時尚未生也。（註見《壬癸消寒集》）易代楹書守，傳家棠笏榮。感君珍重意，觸我念親情。[136]

劉炳照，原名照行，字光珊、柏蔭，號語石、蕢塘，晚號復丁老人，江蘇陽湖人，以縣學生出身，候補訓導。[137]其平生「磊落抑塞，久困名場」，[138]然文壇地位重要，清末亡國以前，曾參加「鷗隱詞社」、「風餘詞社」與「宣南詞社」，以詩詞聞名。此題第一首描述戴三錫「歷宦符前夢」因而囑

梁・劉勰著，范文瀾注：《文心雕龍注》（《民國時期文學研究叢書》第 1 編第 5 冊，臺中：文听閣圖書有限公司，據民國二十五年（1936）開明書店本影印，2011），卷 1，頁 30 上。

[136] 清・劉炳照：〈題春帆入蜀圖〉，清・周慶雲輯：《壬癸消寒集》，頁 47 下。同見清・戴振聲輯：《春帆入蜀圖題詠》，頁 16 上-下。

[137] 朱德慈：《近代詞人考錄》（北京：中國社會科學出版社，2004），頁 133。

[138] 清・金武祥：〈序〉，清・劉炳照：《留雲借月盦詞》，頁 4 下。

託呂星垣繪圖之背景，並慶幸此圖雖曾遭逢劫亂，如今尚能完璧歸趙，手澤百年傳承。第二首乃借嘉慶二十四年（1819）呂星垣作〈春帆入蜀圖〉為戴三錫「擢守寧遠出都旋蜀」之時，遙憶是年即父親劉汝誠鄉試「北闈秋捷」的重要之年，藉此寄託思親情懷。劉氏以作圖時間紀念父親「賦鹿鳴」之年，反映出古人對於科舉的重視，同樣的，也隱微地投射出自我困蹇科場的失意。數年滄桑，人事已非，時移勢易，幸甚「易代楹書守」，未滅舊時榮耀。心思憶而不忘，忠孝之心，日月可鑑，並以詩傳達：「感君珍重意，觸我念親情」的深切感謝。

沈焜的題詩著力描寫四川景物，在融情於景之中，抒發今昔之比，寄懷身世之感。詩云：

> 灩澦如馬瞿塘牛，誰為砥柱障峽流。舟中有客神仙儔（《春帆入蜀圖題詠》作「紫綺裘」），風波不驚歌宦游。錦帆迤邐川河脩，柳絲搖綠春漲浮。兒童拍手笑不休，竹馬爭迎郭細侯。爾時返櫂自皇州，擢守寧遠帝眷優。好風一路（《春帆入蜀圖題詠》作「千里」）颺旌斿，高山（《春帆入蜀圖題詠》作「青山」）兩岸啼猿猴。三朝三暮滄水郵，若為前驅雙白鷗。茫茫身世等浮漚，畫中人去勝迹留。今夕何夕酒滿甌，披圖如見使君舟。巫山巫峽尺幅收，煙雲中有峨嵋不。發船打鼓與何道，時（《春帆入蜀圖題詠》作「承」）平那識行旅愁。壺翁（《春帆入蜀圖題詠》作「戴顒」）述舊搔白頭，宦海曾亦風帆抽。半生蹤跡之江陬，願憑縑（《春帆入蜀圖題詠》作「尺」）素摹行騶，一家兩畫傳千秋。[139]

此詩首先以比興手法，借瞿塘地勢比喻戴公治蜀艱險，寓景言人。杜甫〈灩澦堆〉云：「巨石水中央，江寒出水長。沉牛答雲雨，如馬戒舟航。」[140]

---

[139] 清・沈焜：〈題春帆入蜀圖〉，清・周慶雲輯：《壬癸消寒集》，頁48下-49上。同見清・戴振聲輯：《春帆入蜀圖題詠》，頁17上-下。

[140] 唐・杜甫著，清・楊倫箋注：《杜詩鏡銓》，卷13，頁634。

王讜《唐語林》亦云：「大抵峽路峻急，故曰：『朝離白帝，暮宿江陵。』四月、五月尤險，故曰：『灩澦大如馬，瞿唐不可下；灩澦大如牛，瞿唐不可留；灩澦大如襆，瞿唐不可觸。』」[141]是謂瞿塘險峻湍急，江中矗立巨石堆，當江寒水淺時，巨石出水極高，不宜航行。詩人以瞿塘險灘比喻仕宦之途，謂戴公歷官四川，猶如行江擺盪的船隻，然而，「風波不驚歌宦游」，年來治蜀有方，行經暗礁激流，乃至春光迤邐之境。所至縣邑，老幼相迎，比之東漢郭伋，歷官地方，「兒童拍手」，「竹馬爭迎」，政績斐然。[142]其次，描寫戴公「返櫂自皇州」、「擢守寧遠」之時，正是「好風一路颺旌旂」的官順時期，亦即呂星垣作〈春帆入蜀圖〉的最佳時機。橫卷披展，但見巫山巫峽、煙雲、峨嵋，水天相接，州官行旅，泛乘江上。然而，歲星流轉，時序更迭，「茫茫身世等浮漚，畫中人去勝迹留」，景物依舊，人事已非。詩人感慨前賢已逝，亦以江海浮漚喻己身世浮沉。

沈焜，字醉愚，浙江石門人。沈父長年在外，「館穀所入，恆苦不敷家用」，生活困頓。自光緒十五年（1889）首次參加科考，其後屢次應試，始終不第。宣統元年（1909），至劉承幹處擔任文案之職，起草各類文書。著有《一浮漚齋詩選》，乃沈焜歿後，由劉承幹所刻。[143]以「浮漚」命名詩集，猶若詩中所謂：「茫茫身世等浮漚」，寓託沈焜自我生命之寫照。題詩最後感謝戴啟文披圖展畫，「述舊搔白頭」，以慰遺老，並期許「願憑縑素摹行騶，一家兩畫傳千秋」，傳之不朽。

至於劉承幹的題詠，乃此次消寒會中，唯一以詞體創作的人。其〈浪淘沙〉云：

---

141 宋・王讜著，周勛初整理：《唐語林》（《全宋筆記》第 3 編 2，鄭州：大象出版社，2008），卷 8，頁 289。

142 據《後漢書》記載：東漢郭伋（前 39-47），字細侯。歷任漁陽太守、穎州太守、并州太守，有政績，「所到縣邑，老幼相攜，逢迎道路」。因此，後人以「郭細侯」借指有政績者。南朝宋・范曄著，唐・李賢等注：《後漢書》第 4 冊，卷 31，頁 1091-1093。

143 蔡聖昌：〈詩人性本愛疏狂——記民國詩人沈醉愚〉，《書屋》3（2018）：47-50。

琴鶴載扁舟。攬景西游。東風無恙上江樓。記取當年塵夢在，此卷長留。　　萍迹付飄浮。幾費窮搜。新詩題遍彩囊收。淒絕鵑啼（《春帆入蜀圖題詠》作「嘑鵑」）空悵望，頓觸離愁。[144]

劉承幹為光緒三十一年（1905）貢生，是年 9 月，清廷下令廢除科舉，硬生生截斷劉承幹渴求金榜題名、光耀門楣的志向。此後，劉承幹以捐銀賑災，累獲分部郎中、三品卿銜、四品京堂，故有「京卿」之稱。由此可見，劉氏之思想，為中國傳統典型文人。[145]不過，儘管劉承幹未以科名顯世，該詞之中，亦無為此感嘆，而是將更深的悲慨寄予「江山有異，平居故國，輒懷禾黍之悲」[146]的亡國哀痛。此詞上闋旨在描寫〈春帆入蜀圖〉的繪圖時間與創作本事。回思當年戴公宦蜀之時，為官清廉，嚴有治績，「東風無恙」，「攬景西游」，江山依舊。乘舟江行，「記取當年塵夢」，仰見懸崖峭壁，兀立奇峰，因此囑託呂星垣繪作斯圖，長留後世。詞中下闋，一以圖畫失而復得、乃至今日題遍豐碩為喜，二以國變劫換、物是人非為悲。道光年間，國勢日衰，戰亂頻仍，圖畫亦隨「萍迹付飄浮」而佚失，「幾費窮搜」，所幸最後得歸戴公後人收藏。戴啟文幾經遍徵名士，徵題囑詠，二十年間，已是「新詩題遍彩囊收」，累篇甚多，尤為可喜。無奈畫中勝景，已成殘山勝水，「踰年辛亥，武漢告警，烽燧達於江左」，[147]劉承幹於是舉家避居滬上。儘管劉承幹「迭經喪亂，家業漸替」，[148]尚稱富裕，然而，面對人世換化，杜鵑空啼，一夕之間，江山半壁人離亂，亦不免頓觸悲感。

---

[144] 劉承幹：〈題春帆入蜀圖〉，清・周慶雲輯：《壬癸消寒集》，頁 49 上。同見清・戴振聲輯：《春帆入蜀圖題詠》，頁 1 上-下。

[145] 項文惠：《嘉業堂主——劉承幹傳》，頁 17-18。

[146] 劉承幹：〈嘉業老人八十自敘〉，清・繆荃孫、吳昌綬、董康：《嘉業堂藏書志》（上海：復旦大學出版社，1997），頁 1407。

[147] 劉承幹：〈嘉業藏書樓記〉，清・繆荃孫、吳昌綬、董康：《嘉業堂藏書志》，頁 1405。

[148] 劉承幹：〈嘉業老人八十自敘〉，清・繆荃孫、吳昌綬、董康：《嘉業堂藏書志》，頁 1410。

辛亥革命爆發後，最終雖然成功顛覆滿清政權，但對於許多士人而言，身臨亡國劇變，故國禾黍之悲，實難於短時間之內消彌。是以，該群遺老藉由詠懷先人遺物，歌頌戴三錫的功績，以緬懷對故國之記憶，抒發國破家亡的悲思，完成他們共有的「集體記憶」（Collective Memory），[149]其中，更有些文人藉此投映自我困蹇科場的失意，寄託時不我與的抑鬱之感。有意思的是，儘管科舉使許多文人在舊時代裡備受失意與艱辛，但隨著改朝換代的時序推移，他們並沒有因此忘懷過去的得失，而是持續將這股憂灪感傷帶入新時代裡。這種矛盾的情感很值得玩味。遺民們歌詠前賢文物的本意，原是為了透過詩詞寫志緣情，借物比興，將過往美好的事物儲存於另一個新的時空裡；然而，當他們回顧自身過往經歷之時，那些深植於個人生命中的榮辱得失、窮達貴賤與升沉變異，卻反而成為自傷哀悼，最難忘卻的記憶。

三、消寒會後的淞社詩友吟詠

未參與癸丑第 2 集消寒會而曾經為〈春帆入蜀圖〉題詠的其他淞社成員，還包括潘飛聲、章梫（1861-1949）、楊鍾羲（1865-1940）三人。按戴振聲《春帆入蜀圖題詠》的編排次序觀之，三人的題詠皆晚於吳慶坻、繆荃孫、劉承幹等人，可知他們當時應是未及參與第 2 集第 1 次的消寒會，之後才加入題詠的活動。他們的題詩主要仍以「思舊」為中心，再擴展其側重之宗旨，大抵可分：揄揚戴公政績、追懷祖德、抒懷故國之思三個層面。

以潘飛聲所作 2 首題詩觀之，他透過融情於景筆法，暗喻國勢顛簸，漸而導引出戴三錫治蜀功業，頌揚其德政斐績，永垂青史。詩云：

> 玉壘風雲藏畫軸，錦江天地欲低回。尚書清節過嚴武，認取春帆入蜀來。

149（法）莫里斯・哈布瓦赫（Maurice Halbwachs）著，畢然、郭金華譯：《論集體記憶》（上海：上海人民出版社，2002）。

> 勳業文章世久知，棠陰留得後人思。賢孫治譜傳家法，蜀越分刊德政碑。[150]

潘飛聲，字蘭史，號劍士、心蘭，別署老劍、劍道人、說劍詞人，亦為革命詩社「南社」成員。第一首詩隱括杜甫〈登樓〉而來。杜詩云：「花近高樓傷客心，萬方多難此登臨。錦江春色來天地，玉壘浮雲變古今。北極朝廷終不改，西山寇盜莫相侵。可憐後主還祠廟，日暮聊為梁甫吟。」[151]玉壘山位於四川省理縣東南，後多代指成都。潘詩首句奪胎自杜詩，表面看似寫景，實以山川寄寓古今人事變化莫測。唐代宗廣德元年（763），吐蕃攻陷長安，代宗出逃，不久復辟。潘氏隱筆杜詩「北極朝廷」、「西山寇盜」之意，影射嘉、道年間政治憂危，內憂外患，亂匪肆虐。杜詩尾聯以後主劉禪因寵信宦官乃至亡國與諸葛亮賢佐劉備遙相對比，闡明賢能佐職與讒言禍國的重要性。對映潘詩中對於戴三錫「清節過嚴武」之稱揚，同樣也闡發以德為政的深層意涵，緊密扣合杜甫詩題要旨。第二首詩旨在歌功頌德，藉由周時召公「棠陰決獄」典故，稱揚戴公之惠政。據《史記》〈燕召公世家〉記載：「召公之治西方，甚得兆民和。召公巡行鄉邑，有棠樹，決獄政事其下，自侯伯至庶人各得其所，無失職者。召公卒，而民人思召公之政，懷棠樹不敢伐，哥詠之，作〈甘棠〉之詩。」[152]〈毛詩序〉云：「〈甘棠〉，美召伯也。召伯之教，明於南國。」[153]戴三錫治蜀二十餘年，為官清廉，盡心民事，賑災撫卹，平治亂匪，復興教育，立功為國，立德於民，堪比召伯。是以，後世賢孫記其勳業德政，「治譜傳家法」，榮耀後世。

---

150 清．潘飛聲：〈題春帆入蜀圖〉，清．戴振聲輯：《春帆入蜀圖題詠》，頁 18 上-下。

151 唐．杜甫著，清．楊倫箋注：《杜詩鏡銓》，卷 11，頁 520。

152 漢．司馬遷著，宋．裴駰集解，唐．司馬貞索隱，唐．張守節正義：《史記》第 5 冊，卷 34，頁 1876。

153 漢．毛亨傳，漢．鄭玄箋，唐．孔穎達疏，龔抗雲、李傳書、胡漸逵、肖永明、夏先培整理，劉家和審定：《毛詩正義》（《十三經注疏》第 4 冊），卷 1，頁 91。

楊鍾羲的家世在清朝頗具地位。其題詩意涵與吳慶坻相似，都是藉由遙溯先世的顯赫功業，思親懷祖，寄託易代感傷。詩云：

> 得士先朝仲若賢，京江耆舊世爭傳。卻從海水成田後，重話巴山捧檄年。開府功名留史乘，諸孫醉隱已華顛。遺書藳落驂鸞錄，先高祖侍郎公乾隆間曾權廣西撫篆。祖德追懷各黯然。[154]

首聯以古之人君，得賢佐國，世爭相傳，暗喻戴公之賢仁。然而，白衣蒼狗多翻覆，滄海桑田幾變更，如今已換了人世。是以，頷聯筆鋒一轉，「重話巴山捧檄年」，遙憶戴公任官巴蜀之時，摒擋整飭，江山尚在。頸聯敘寫鼎革以後，子孫已華顛白首，歷經人事滄桑，唯借追懷「開府功名」，回憶往昔盛景。尾聯著重抒寫楊鍾羲自我之家世，透過范成大出知靜江之時，曾著《驂鸞錄》以記沿途所聞，比喻先高祖虔禮寶也曾歷任地方，關懷社會風俗、黎民百姓，留下不朽政績。維時，卻是易代時移，人事已非，徒留無盡追思與感傷。

楊鍾羲，原名鐘廣，姓尼堪氏（滿文指「漢人」），光緒二十五年（1899）冠姓楊，改名鍾羲，字子晴、子勤、芷晴，號留垞、雪橋、聖遺居士，世居遼陽。[155]清太宗天聰二年（1628），先祖楊討塞因協助清軍入關中原，「隸滿洲都統內務府正黃旗頭班管領」，[156]深受皇帝寵信，以軍功顯後。當時，楊家與曹雪芹祖輩同為滿洲包衣。「包衣」滿文指「家奴」之意。[157]郭則澐《知寒軒談薈》云：「『包衣』者，清語謂『奴』也。……其內務府包衣旗，頗有由漢人隸籍者，其先亦多係罪人家屬；而既附旗籍，

---

[154] 清・楊鍾羲：〈題春帆入蜀圖〉，清・戴振聲輯：《春帆入蜀圖題詠》，頁 18 上。

[155] 雷恩海、姜朝暉：〈前言〉，清・楊鍾羲著，雷恩海、姜朝暉校點：《雪橋詩話全編》第 1 冊（北京：人民文學出版社，2011），頁 2。

[156] 清・楊鍾羲著，雷恩海、姜朝暉校點：《雪橋自訂年譜》（《雪橋詩話全編》第 4 冊），頁 2829。

[157] 鄭天挺：《探微集（修訂本）》（北京：中華書局，2009），頁 108-110。

即不復問其原來氏族；其子孫之入仕者，官途升轉，且較漢籍為優。」[158]包衣的奴僕身分，僅對於皇室王公而言，其地位與八旗中的一般旗人基本上屬於同一等級；包衣由於與統治階層較為親近，因此地位高於一般漢人，入仕機會也比一般漢人為優。楊鍾羲的高祖父虔禮寶（楊席珍）即乾隆六十年（1795）的舉人。隨著滿清政權日益穩定，因功蔭子的家族必會日漸衰落，虔禮寶以科舉入仕宦之途，是延續先祖榮耀與基業的最好辦法，也是將家族帶入書香世家的開始。虔禮寶原任廣西巡撫，歷官山西高平知縣、廣西布政使、署刑部侍郎、兵部侍郎等職，所至從政有聲。[159]乾隆年間，由廣西按察使入覲，「高宗以清語問答，未能嫻習，命改漢軍。自是始為漢軍正黃旗人。」[160]儘管虔禮寶被乾隆逐出滿洲，不過，楊氏家族自虔禮寶開始，已透過科舉漸入官僚體系，成為具有科舉功名的包衣世家。尤其楊氏在詩中強調先高祖「曾權廣西撫篆」之職，明顯可見他對君臣聖恩、祖輩榮耀，依舊充滿著難以抹滅的懷思。

而楊鍾羲本身為光緒十五年（1889）進士，授翰林院庶吉士，散館授編修。曾任順天鄉試、會試同考官、兩湖文科高等學堂提調、仕學院文牘教習、湖北襄陽知府、江寧知府等職。辛亥革命以後，避居上海，專心著書。[161]辛亥以前，楊鍾羲與表兄盛昱有鑑於八旗制度日益衰敗，曾合編《八旗文經》，欲振八旗文教，而後又獨自編校八旗詞人詞作為《白山詞介》，首例姓名，下注字號，爵里事實，以詞存人。[162]清亡以後，編寫《雪橋詩話》，涵蓋清朝典章制度、經濟民生、社會風俗、藝文流派、文苑軼事等各層面，尤致力八旗文獻之搜集，企圖以詩存人，以人存事。楊鍾羲如此發憤

---

[158] 黃孝平：〈罪人家屬，戰俘給功臣或披甲人為奴，北魏已有〉，清・郭則澐主編，郭久祺點校：《知寒軒談薈》（北京：北京出版社，2015），卷 3，頁 255。

[159] 清・楊鍾義著，雷恩海、姜朝暉校點：《雪橋自訂年譜》，頁 2829-2830。

[160] 清・楊鍾義著，雷恩海、姜朝暉校點：《雪橋自訂年譜》，頁 2830。恩華著，關紀新點校：《八旗藝文編目》（瀋陽：遼寧民族出版社，2006），頁 141。

[161] 清・楊鍾義著，雷恩海、姜朝暉校點：《雪橋自訂年譜》，頁 2851-2907。

[162] 清・楊鍾義著，李雅超校注：《白山詞介》，《白山詩詞》（長春：吉林文史出版社，1991）。

著書以傳承故國文化的心理，反映其認同的舊有文化已然將失，而情感上卻仍懷藏著一股不願斷割串聯家族記憶的一切過往，因以著書垂後，希冀保存祖國文化精神。

章梫與楊鍾羲同樣致力著書以維繫中國文化，有《康熙政要》、《旅綸金鑑》等史籍傳世。章梫的題詠以景入情，借描寫蜀山峽江帶出故國江山，側重思國之情。詩云：

> 峽江峭壁插青天，我亦曾從蜀使船。今日千山啼杜宇，那堪帆影認當年。[163]

詩中對比手法鮮明。一以今昔之比，描寫昔時所見蜀山之景與今日之非，寄託「千山啼杜宇」的故國之思。二以動靜之比，描寫「峽江峭壁」乃恆常不變之景，帆船即如流動變化的時間與人事，寄託人世更迭之慨。章氏此詩篇幅短小，全寫自我感觸，旨指易代銅駝之悲，而無隻字提及戴公事蹟，此乃章梫與其他淞社諸士題詠最大的不同之處。

值得一提的是，淞社之中有少數社員曾參加張勳的復辟活動，而章梫即是其中的一位。章梫，初曰桂馨，字立光，號一山，浙江寧海人，光緒三十年（1904）進士，由翰林院庶吉士授職檢討。歷任國史館纂修、實錄館纂修、功臣館總纂，兼充京師譯學館提調、監督，大學堂經文科提調，郵傳部丞參上行走。[164]雖然章梫於清職位不高，然忠於滿清，仇視民國，並且積極參與民國六年（1917）張勳策畫的復辟活動。不過，復辟事件引發外界強烈反彈，熊希齡從財政、外交、軍政、民生、清皇室之憂危五端提出反對意

---

[163] 章梫：〈題春帆入蜀圖〉，清・戴振聲輯：《春帆入蜀圖題詠》，頁 18 下。

[164] 章乃羹：〈清翰林院檢討學部左丞寧海章先生行狀〉，卞孝萱、唐文權編：《辛亥人物碑傳集》，卷 12，頁 554。魏橋：《浙江省人物志》（杭州：浙江人民出版社，2005），頁 1033。

見，[165]並且得到馮國璋、田中玉、閻錫山、李純、譚浩明等人的贊同。[166]熊氏之說，以第五點認為高舉復辟是陷皇室於危境，成為復辟失敗後重創遺民聲望的重要關鍵。革命推翻滿清，顯示共和政體取代帝國統治的人民願望與時代趨勢，而袁世凱、張勳先後兩度復辟，最終都以失敗告終。倘若再將時間緯度拉長至民國十三年（1924）爆發的北京政變，更足以證明熊希齡對清室憂危的考量，極有先見之明。反觀鄭孝胥等積極為溥儀謀畫的諸人，原本企圖假借吳佩孚、馮玉祥、張作霖之力以牽制內務府，最終卻反而牽連溥儀被迫出宮，既無法改變現狀，更將清室推入慘境。

這些種種護衛滿清的活動，一而再、再而三的失敗告終，都顯現出新朝難以推翻、「時事迫之」不可逆挽的必然性。而章梫詩中「那堪帆影認當年」業已表露自知其理的思維，只是在對應外在復辟浪潮之時，又帶有不甘隨時易轉的心態，自陷於「心存故主」與「社會現實」之中，自相矛盾。如章梫一類以積極行動護衛自我認同之士，堅貞操持與愛國精神固然難人可貴，然而在驟然劇變、高舉民主的新時代裡，愈是固守舊往，反而愈亦加深夾縫求生、無可奈何之感。是以，如何正視歷史潮流與現實處境，一直以來都是歷來身經易代亡國之士共同的困境與難題。

小　結

戴三錫〈春帆入蜀圖〉的創作緣起，與其實現昔時夢境有直接的關聯，而圖畫完成的時間點為戴三錫擢升寧遠知府以後，因此，是圖可視為戴三錫平生治理四川、功績偉業、晉升擢遷的表徵。

戴三錫從初至四川到離川至京，與當時白蓮教亂起到亂後治理有密切的關聯性，亦即為成就一生功業的關鍵所在。綜觀諸士的題詠，詩中最常借用李白〈蜀道難〉：「蜀道之難，難於上青天」之論題，推演「蜀道實非艱

---

[165] 清・熊希齡：〈通電痛陳復辟不可行五端〉，何智霖編：《閻錫山檔案：要電錄存》第2冊（新北：國史館，2003），卷6，頁403-406。

[166] 何智霖編：《閻錫山檔案：要電錄存》第2冊，卷6，頁406-413。

難」的事實。是以，在此脈絡底下，戴三錫治蜀偉業即成為李白詩意的反證，而諸士便得以藉此凸顯戴三錫的治蜀功業與政治才能，達到揄揚褒讚的目的。陳璚、楊葆光的題詩，立基於歌功頌德的題畫本質，在歌詠戴三錫治蜀之功的同時，也帶入自我曾經平定教匪亂寇的另一段故實；在追懷承平之時，也寄託一股潛在的感時憂世心情。清朝覆滅以後，士人心境由憂世轉為傷悲。在馮煦、況周頤的題詠裡，皆同樣枕藉杜甫的詩句，抒發異世同悲的亡國感傷。

民國以後，許多士人轉往滬上避居，並藉由詩酒聯吟，群聚唱和，聯繫對過去共同的記憶。民國二年（1913）第 2 集消寒會中，觀賞、題詠〈春帆入蜀圖〉的活動，即是一種藉由吟詠先哲文物，思賢念遠，串聯士人「集體記憶」的儀式活動。呂景端的詩序透露此起題詠活動的緣起，與呂、戴二氏之間的親族交誼，以及呂景端誠求觀覽有關。繆荃孫、錢溯耆、汪洵、周慶雲的題詠，旨在標榜戴三錫一生的彪炳偉業，亦藉由題畫寄託諸士流寓異鄉的共同情懷，因此格外珍惜這份難得相聚的緣份。劉炳照、吳慶坻、沈焜、劉承幹的題詠，則是在揄揚戴三錫的前提之下，延伸對自我家世與生平境遇之寄託。劉炳照、吳慶坻皆以回憶先輩之仕宦，扣合〈春帆入蜀圖〉對於昔賢的讚揚，寄託易代時變的感傷。沈焜的題詠，寓含了過去自我宦途的失意。而劉承幹的題詠，則流露出一股「迭經喪亂」、由盛轉衰的惆悵。

其他曾為〈春帆入蜀圖〉題詠的淞社成員，還包括潘飛聲、章梫、楊鍾羲。潘飛聲的題詩，主要以歌讚戴三錫為旨。楊鍾羲的題詩與吳慶坻近似，皆以追憶先祖功業，寄託物是人非、易代淪亡的傷痛。至於章梫的題詠，不同於多數的題詠者，詩中無任何讚揚戴三錫的隻字片語，而將詩旨凝鍊於短短數語之中，遞傳國破家亡的悠遠感慨。是以可見，清亡以後，士人企圖寓藉題詠文物，追憶逝水往事，重拾生命的餘溫，然而，彼其同時，亦不無感到現實處境的無奈，以及湧上心間的一抹悲涼。

第八章
南社社友革命未竟的失意與期許
——〈花前說劍圖〉題詠與
高旭的革命之志

自古以來，中國士人相信朝廷即是國家，忠君即是愛國，並以此為己任。因此，當晚清列強侵擾、太平天國舉事、紅燈教舉兵反滿之時，傳統知識份子即使痛斥政治腐朽，依然站在「心存君國」的立場，觴詠國事，懷憂喪國，期許國家承平，海晏河清。然而，隨著晚清國勢日下，有識之士主張變法維新，救亡圖存，留學海外人士亦日益增多。在接受西方事物與民主思想以後，觀念思維受到啟發刺激，相信改革方可救國，成為知識份子的信念。在此當中，主張改革救國、與傳統文人愛國精神相對的，乃是追隨孫中山投身民主革命、反滿抗清，如陳去病（1874-1933）、高旭（1877-1925）、柳亞子（1887-1958）一派的南社文人。「南社」初創之時，以革命為基礎而創立，逮至民國建國以後，革命政治意識不再是社員們的共同目標，因而各自走向不同的領域道路。柳亞子專意於南社文學社務，而高旭則繼續在政治領域裡揮戟使劍，積極參與國事。高旭〈花前說劍圖〉作於民國以前，是其經世思想的映射，也是南社最初革命本衷的投影。

第一節　高旭革命思想與〈花前說劍圖〉的本事

甲午戰爭失敗以後，有識之士深感中國貧弱腐敗，企欲變法求新，救亡圖存。當時康有為、梁啟超倡導維新運動，變法圖強，深獲高旭等青年知識份子仰慕崇拜。然而，隨著梁啟超宣布放棄共和，不再言革，高旭的政治思想也逐漸從「保皇改革」走上「反清革命」的道路。

一、高旭由保皇到革命思想的形成

高旭，原名垕，後更名堪，字天梅、慧子，號劍公、鈍劍，江蘇金山人。他曾以秦陰熱血生、秦風、自由齋主人、江南快劍、愛祖國者、漢劍、壽黃、哀蟬等筆名，在《政藝通報》、《新民叢報》、《警鐘日報》、《女子世界》、《覺民》、《復報》、《民權報》、《醒獅》、《民呼日報》等報刊雜誌上發表詩文。[1]

光緒二十四年（1898），光緒帝主導維新運動，試圖變法求新。當時康有為、梁啟超倡導維新運動，變法圖強，有許多像高旭一樣的知識青年，無不對康、梁表示尊敬崇拜，深受維新派的啟發。[2]然而，光緒二十九年（1903）5 月，梁啟超自美洲回到日本，認為中國不適合共和制度，因此宣布與共和訣別。高旭為此作詩表示不滿：「新相知樂敢嫌遲，醉倒共和卻未痴。君涕滂沱分別日，正余情愛最濃時！」[3]隨後，高旭閱讀章炳麟、鄒容發表於《蘇報》上的〈駁康有為論革命書〉與〈革命軍〉以後，對於革命又有新一層的認識。6 月底，《蘇報》因號召推翻滿清而遭查抄，章炳麟、鄒容等人被捕入獄，[4]高旭意識到滿清政府對內鎮壓、對外投降妥協，即使維

---

[1] 郭長海：〈高旭的筆名字號考〉，高旭著，郭長海、金菊貞編：《高旭集》（北京：社會科學文獻出版社，2003），頁 706-708。

[2] 高旭曾作〈書南海先生（康有為）〈與張之洞書〉後，即步其〈贈佐佐友房君〉韻〉高讚：「赤心謀保皇，萬姓環一己。……南海真吾師，張賊最何鄙。」高旭著，郭長海、金菊貞編：《天梅佚詩（一）》，《高旭集》，卷 17，頁 336。

[3] 高旭著，郭長海、金菊貞編：〈讀任公所作〈伯倫知理學說〉題詩三章，即以寄贈〉，《天梅佚詩（一）》，卷 17，頁 353。

[4] 《蘇報》創刊於光緒二十二年（1896），為胡璋所辦，鄒弢主筆，內容以市井瑣事、社會新聞為主。爾後，江西知縣陳範因教案落職，移居上海，買下報館，《蘇報》遂成為許多愛國師生發表言論之地。光緒二十九年（1903），陳範改請章士釗為主筆，

新保皇也無法救國的真相，是以捨棄先前維新派以「保皇」為基礎、服膺於君的政治傾向，轉而走向反滿抗清的革命道路。同時，高旭的詩歌發表亦從《清議報》、《新民叢報》移轉至《國民日日報》、《警鐘日報》等革命派報刊。他在《警鐘日報》發表〈題章太炎先生〈駁康氏政見〉癸卯（光緒二十九年，1903）十月〉：「豪傑不可睹，夸士莽縱橫。岳岳章夫子，正義不可傾。種禍日益棘，憂患曷有程。蚩尤幻作霧，天地誰肅清？當頭一棒喝，如發霹靂聲。保皇正龍頭，頓使吃一驚。從此大漢土，日月重光明。」[5]表示對章炳麟的支持，以及漢滿意識的抬頭。

爾後，高旭與叔父高燮（1878-1958）、弟弟高增、友人顧景淵組織「覺民社」，創辦《覺民》（1903-1904）月刊，[6]本以「況乎欲掃千年之蠻風，不可不覺民；欲刺激國民之神經使知合群愛國之理，不可不覺民；欲登我國於樂土，不可不覺民；欲為將來行地方自治之制，不可不覺民；欲破大一統之幻想，不可不覺民；欲尊人格以尊全國，不可不覺民。」[7]之宗旨，喚醒國民意識，鼓吹革命。

光緒三十年（1904），高旭前往日本留學，就讀東京法政大學速成科學

《蘇報》言論更趨激進，「以聳動當世觀聽」。是年6月29日，報社節錄章炳麟《駁康有為論革命書》的一段文字，冠以〈康有為與覺羅君之關係〉發表於報刊，文中最使清廷忌恨的一段是：「蓋自乙未（光緒二十一年，1895）以後，彼聖主所長慮卻顧，坐席不煖者，獨太后之廢置我耳。殷憂內結，智計外發，知非變法無以交通外人得其歡心，非交通外人得其歡心，無以挾持重勢而排沮太后之權力。戴湉小醜，未辨菽麥，鋌而走險，固不為滿洲全部計。」是以觸怒清廷，下令查封《蘇報》。張篁溪：〈蘇報案實錄〉，柴德賡等編：《辛亥革命》第1冊（上海：上海書店，2000），頁367-386。中國國民黨中央委員會黨史史料編纂委員會編：《蘇報》（臺北：中央文物供應社，1983），頁418。王敏：《蘇報案研究》（上海：上海人民出版社，2010）。

5 高旭著，郭長海、金菊貞編：《未濟廬詩》，《高旭集》，卷2，頁33-34。

6 郭長海：〈高旭〉，柳無忌、殷安如編：《南社人物傳》（北京：社會科學文獻出版社，2002），頁569。

7 高旭著，郭長海、金菊貞編：〈《覺民》發刊詞〉，《天梅文》，《高旭集》，卷21，頁480。

習法律。自甲午戰爭失敗後，清廷求才若渴，極欲培養才士，是以鼓勵士人赴外留學。有鑑於日本取法歐美，明治維新，國勢富強，故以仿效日本為推動留學的首要選擇；而日本政府方面，為增加外匯收入、培養親日派人士，亦積極招收中國留學生，歡迎中國派遣留學生前往日本學習。[8]是以，在此兩相推波助瀾之下，興起一股留學日本的盛大風潮。[9]而高旭也在這股時勢潮流中，東渡日本，學習西方各國憲政，接受西方民主政治思想。實際上，在戊戌變法失敗後，維新派與革命派人士皆陸續流亡日本，因此，留日群體可說是革命份子的中樞核心。高旭在留學期間，結識流亡日本的宋教仁、陳天華，以及孫中山等人。光緒三十一年（1905），中國同盟會於東京成立，高旭參加入會，成為首批入會的會員。9 月，高旭於東京創辦《醒獅》（1905-1906）雜誌，以繼《覺民》之旨，「警叫一聲中華大帝國，天聲瀧瀧震動軒轅宮」，[10]喚醒東亞睡獅，覺醒國民。

清廷積極鼓勵士人赴外留學，在光緒三十一年（1905）下令廢除科舉，原意是希望藉此培養新式人才，以待歸國之後效力國家，壯大清朝國力。然而，令清廷始料未及的是，當光緒二十九年（1903）留日學生掀起一陣拒俄運動之時，[11]卻被靦顏媚外的滿清政府視為「犯上作亂」的行為，要求日本政府加以控管、鎮壓，致使許多原本抱持著愛國情懷的留學生轉向投身革

---

[8] 光緒二十四年（1898）5 月 14 日總理衙門之奏片云：「查本年閏三月間，准日本使臣矢野文雄函稱：『該國政府擬與中國倍敦友誼，藉悉中國需才孔亟，倘選派學生出洋習業，該國自應支付其經費。』」清．康有為著，孔祥吉編：〈請議游學日本章程片〉，《康有為變法奏章輯考》（北京：北京圖書館出版社，2008），頁 209。

[9] 光緒二十二年（1896），中國第一批留日學生唯僅 13 人；光緒二十五年（1899），增至二百餘人；至光緒三十一年（1905）之時，已達八千多人。屈春海：〈清末留日學生事件對留學政策之影響〉，中國第一歷史檔案館編：《明清檔案與歷史研究論文集》下冊（北京：新華出版社，2008），頁 1521-1539。

[10] 高旭著，郭長海、金菊貞編：《未濟廬詩》，卷 2，頁 53。

[11] 光緒二十六年（1900），八國聯軍入侵中國期間，俄國趁機出兵進犯中國東北。《辛丑條約》簽訂後，俄國仍不肯退兵。至光緒二十九年（1903）企圖再向清廷提出七項要求，以利永久佔領。消息傳至日本，留日學生憤而組織「拒俄義勇隊」，為赴沙場，爭取主權。

命，意欲推翻滿清。是年，張之洞上奏〈籌議約束鼓勵游學生章程摺〉擬約束遊學生。[12]獲經朝廷同意後，張之洞又奏〈擬議約束游學生章程〉，[13]協同日本政府立法監管留日學生。光緒三十一年（1905）年底，日本政府頒布〈取締清國留學生規則〉，由於「取締」二字頗為敏感，隨即引起留學生一陣譁然，甚而集體罷課抗議。日本報紙批評中國留學生「放縱卑劣」，陳天華認為：「取締規則之頒，其剝我自由，侵我主權，固不待言。」因此為「雪日本報章所言，舉行救國之實」，遂投海自盡。[14]陳天華之死，帶給留學生不小震撼，隨後大批中國留學生紛紛整裝由日返國。

高旭歸國後，於上海擔任同盟會江蘇分會會長，並以其號召力，延攬吳濤、朱梁任、柳亞子等人加入同盟會。接著，又於上海縣城寧康里創立健行公學，聘請柳亞子擔任國文教職，以反清革命思想教育學生。因為共同的反清意識將他們集結在一起，高旭與柳亞子在健行公學還共同主辦《復報》（1906-1907）月刊，鼓吹民族革命，提倡民主政治。是年，柳亞子也將同里發起的學生自治學會移至健行，改稱「青年自治會」，並羅致高旭、朱少屏入會。而健行公學後面由同盟會會員夏昕蕖租賃的寓宅，實即同盟會在上海的總部機構，但凡江蘇、上海地區的同盟會會員皆在此祕密會議，門楣標名「夏寓」以作掩護。「夏寓」暗喻「華夏」之意，指不忘故國。

時至光緒三十二年（1906）年底，健行公學、夏寓、《復報》已遭到清廷密切關注。隔年年初，兩江總督端方緝捕革命黨人，[15]楊卓林被捕，自始至終堅毅不屈，為清廷所殺。同案黨人廖子良、李根發供稱：健行公學為革

---

[12] 清・張之洞著，苑書義、孫華峰、李秉新主編：〈籌議約束鼓勵游學生章程摺〉，《張之洞全集》第 3 冊（石家莊：河北人民出版社，1998），卷 61，光緒二十九年（1903）8 月 16 日奏稿，頁 1580-1581。

[13] 清・張之洞著，苑書義、孫華峰、李秉新主編：〈擬議約束游學生章程〉，《張之洞全集》第 3 冊，卷 61，光緒二十九年（1903）8 月 16 日奏稿，頁 1582-1584。

[14] 曹亞伯：〈陳天華投海〉，柴德賡等編：《辛亥革命》第 2 冊，頁 235-236。

[15] 端方嘗派員赴日偵查留日學生投入孫中山的革命活動，並在華緝拿革命黨人，嚴防孫中山購運軍火發動起事。葉秀雲：〈兩江總督端方偵緝孫中山革命活動史料〉，《歷史檔案》22（1986.5）：42-44。

命機關，夏寓乃同盟會分會機構，任事人為朱少屏、高某等人。[16]是以，夏寓時有偵探窺伺，朱少屏、高旭屢被指名查捕，身陷危境。在此情景之下，高旭只好關閉夏寓，將健行公學合併於南洋中學，[17]暫時返鄉避難。逮至春天之時，才又至上海與朱少屏、劉季平（原名劉鍾龢）等人相聚。

光緒三十三年（1907），徐錫麟於安慶起義被捕。隨後，秋瑾也因響應起義遭到逮捕，兩天後，以造反之罪處決紹興古軒亭口。秋瑾就義消息傳出，震驚革命黨人，高旭作〈悲秋四章——哀鑒湖女俠也〉，[18]表示沉痛哀思。而陳去病原本欲為秋瑾舉行追悼會，但為避免受到清廷注意，經友人勸阻後，轉由成立聯絡革命文化人士的團體，取意魏晉竹林七賢「神交」之誼，約同高旭、朱少屏、劉季平、沈礪、柳亞子、鄧實、吳梅等人共結「神交社」，以繼明末「幾社」、「復社」之陳子龍等人的抗清精神。[19]

同年 9 月，又爆發蘇浙鐵路保路運動。高旭憤作〈路亡國亡歌〉，批判「帝國侵略主義其勢日擴張」，諷刺清廷「獨我神州此權喪失倒太阿」，激勵群眾「倘使我民一心一身一腦一膽團結與之競，彼雖狡焉思啟難逞強權強」，成為當時人人傳唱的保路歌曲。[20]蘇浙鐵路保路運動始肇光緒二十四年（1898）英國向清廷請准承造蘇杭甬等五條鐵路，並與清廷訂定草約。[21]此後，英國因發動南非殖民地戰爭而久未動工。光緒三十一年（1905），江浙紳商為抵制英國掠奪鐵路主權，集議自辦鐵路。英商知悉，脅迫清廷勒令

16 馮自由：《中華民國開國前革命史》（《民國叢書》第 2 編第 76 冊，上海：上海書店，1990），上編，頁 273-278。

17 郭長海：《高旭年譜》，高旭著，郭長海、金菊貞編：《高旭集》，頁 694。

18 高旭著，郭長海、金菊貞編：《未濟廬詩》，卷 3，頁 75。

19 陳去病著〈神交社雅集小啟〉追憶明末文社林立，東林黨首開議政風氣，表示神交社有繼承幾社、復社的清議論政與抗清意涵。柳亞子有謂：「神交社，隱然是南社的楔子。」陳去病著，張夷主編：〈神交社雅集小啟〉，《啟箋集》（《陳去病全集》第 1 冊，上海：上海古籍出版社，2009），頁 352-353。柳棄疾：《南社紀略》（《近代中國史料叢刊續編》第 26 輯第 253 冊），頁 6。

20 高旭著，郭長海、金菊貞編：《未濟廬詩》，卷 3，頁 77。

21 宓汝成編：《中國近代鐵路史資料：1863-1911》第 2 冊（北京：中華書局，1963），頁 433-436、頁 448-451。

停工。清廷深懼得罪英國，為求兩全，因此提出「借款築路」的辦法。光緒三十三年（1907）消息傳出，江、浙民眾群起忿激，發動集會宣傳，籌集路股，贏得社會各階層民眾踴躍響應，因而掀起一陣大規模的拒款保路運動。[22]

是年，高旭繪〈花前說劍圖〉，並自題1首詩。就圖畫繪成時間而言，其前因革命同志被緝捕而叛變，致使高旭不得不關閉「夏寓」、解散健行公學，爾後，秋瑾因響應徐錫麟安慶起義被捕就義，不久，又爆發蘇浙鐵路保路運動，凡此種種，都使高旭義憤填膺，感觸甚深，因此繪作〈花前說劍圖〉自抒己懷。圖畫完成後，高旭曾邀友賦題，廣徵題詠。[23]雖圖畫今已不知所蹤，然仍可借高旭自題詩及其友人之題詠，探析圖畫的意義與宗旨。

二、慕效龔自珍

龔自珍（1792-1841）是許多晚清士人尊崇的對象，也是高旭等南社文人共同的信仰。龔自珍嗜好梅花，並曾經「以花自喻」。在龔氏作品中，「劍」、「簫」是兩個常見的象徵物，「劍氣簫心」象徵他經世濟民的思想，而「花」則寓意自我之風骨。高旭〈花前說劍圖〉涵蓋「花」、「劍」兩種意象，可相應反射出高旭對龔自珍的仰慕。

（一）劍氣簫心

辛棄疾〈破陣子‧為陳同甫賦壯詞以寄之〉云：「醉裏挑燈看劍，夢回吹角連營。八百里分麾下炙，五十絃翻塞外聲。沙場秋點兵。」[24]又〈水龍吟‧登建康賞心亭〉云：「落日樓頭，斷鴻聲裏，江南遊子。把吳鈎看了，欄干拍遍，無人會，登臨意。」[25]詞中藉由「劍」、「吳鈎」寓託殺敵報國

---

[22] 宓汝成編：《中國近代鐵路史資料：1863-1911》第2冊，頁850-890。

[23] 高旭曾致周祥駿書云：「走近有〈花前說劍圖〉及〈聽秋圖〉之作，意欲廣為徵詩。公能以大句見賜否？至盼！至盼！」然而，根據陳劍彤、康明超編《晚眺》之中所收周祥駿的詩文作品，並未得見周祥駿的題詠。高旭著，郭長海、金菊貞編：《天梅書信》，《高旭集》，卷22，頁531。周祥駿著，陳劍彤、康明超編：《晚眺》（北京：中國文史出版社，2017）。

[24] 宋‧辛棄疾著，辛更儒箋注：《辛棄疾集編年箋注》第3冊，卷8，頁823-824。

[25] 宋‧辛棄疾著，辛更儒箋注：《辛棄疾集編年箋注》第2冊，卷6，頁559。

之豪情與壯志。高旭「花前說劍圖」寓含以劍抒懷，寄託報國壯志之意。其〈虞美人・題辛稼軒集〉云：「中興望斷腥膻遍，亂世傷生賤。我今同把古人憂，空倚危樓灑淚看吳鈎。」[26]可見其心憂戚，同與稼軒。

不過，高旭作品中慕效對象最甚者，實為龔自珍。龔自珍，字璱人，號定庵，浙江仁和人。龔自珍家世清望，外祖父為段玉裁。他出生時正逢國家盛世，此後朝政日益腐朽，由盛轉衰。二十三歲嘗作〈明良論〉針砭時政，批判當朝文武百官，頗具見地。龔自珍為文尖銳，譏議時忌，不受官僚所喜，以致屢挫科場，一生不得志。自嘉慶二十三年（1818）中舉後，曾參加六次應試，直至道光九年（1829）才考上進士。龔自珍於殿試對策中，仿王安石〈上仁宗皇帝言事書〉，作〈御試安邊綏遠疏〉提出改革主張，為主持殿試大學士曹振鏞以「楷法不中程」為由，不得入翰林，而以內閣中書任。[27]道光十九年（1839），龔自珍「為粵鴉片案主戰」，動觸時忌，得罪穆彰阿，[28]是以棄官歸里。

龔自珍思想深受《公羊傳》「三世」、「三統」影響尤甚，其〈五經大義終始答問一〉云：「〈洪範〉八政配三世，八政又各有三世。願問八政配三世？曰：食貨者，據亂而作。祀也，司徒、司寇、司空也，治升平之事。賓師乃文致太平之事，孔子之法，箕子之法也。」[29]公羊學以「大一統」、「撥亂反正」為核心，對於晚清學術有重要影響力。常州莊存與、劉逢祿為當時公羊學派宗師，試圖藉由研究、闡釋《公羊傳》之「微言大義」，探尋經世救國之道。龔自珍師從劉逢祿學習公羊學說，將公羊學思想，實際運用於政治社會與批判現實中。其〈古史鈎沉論一〉大膽批評衰世中的封建制度：「昔者霸天下之氏，稱祖之廟，其力彊，其志武，其聰明上，其財多，

26　高旭著，郭長海、金菊貞編：《天梅佚詞》，《高旭集》，卷20，頁477。

27　樊克政：《龔自珍年譜考略》（北京：商務印書館，2004），頁327-332。

28　錢穆：《中國近三百年學術史（二）》（《錢賓四先生全集》第17冊，臺北：聯經出版事業公司，1995），頁715。

29　清・龔自珍著，王佩諍校：《龔自珍全集》（上海：上海古籍出版社，1999），第1輯，頁46。

未嘗不仇天下之士，去人之廉，以快號令，去人之恥，以嵩高其身；一人為剛，萬夫為柔，以大便其有力彊武；而胤孫乃不可長，乃誹，乃怨，乃責問，其臣乃辱。」[30]龔自珍學說不僅奠定後來戊戌變法的理論基礎，甚至成為革命派反滿抗清的思想根基。時人有謂：「近數十年來士大夫誦史鑒、考掌故，慷慨論天下事，其風氣實定公開之。」[31]後來，梁啟超亦云：「晚清思想之解放，自珍確與有功焉；光緒間所謂新學家者，大率人人皆經過崇拜龔氏之一時期。」[32]足以可見龔自珍對於晚清士人的影響力。

影響所及，南社文人推崇龔自珍，不僅嗜吟其詩，亦集其詩句，是以「集定庵句」蔚為風行。在高旭的詩詞集中有 19 首「集定庵句」之作，其中，提及「一簫一劍」者，各有 1 首詩和 1 闋詞：

> 怕聽花間惜別詞，卿籌爛熟我籌之。**一簫一劍平生意**，慚愧飄零未有期。（〈鈍根（傅熊湘）以所效定庵囈詞屬題，仍集定庵句，書其後〉）[33]

> 東華獻賦真無計，且老溫柔裡。**一簫一劍絮平生**，回首羽琌山下碧雲深。　棱棱俠骨千年矣，誰慰傷讒意？長林豐草不勝秋，交盡燕邯屠狗欲何求？（〈虞美人・題龔定庵詞〉）[34]

「劍」、「簫」是龔自珍詩詞中經常出現的意象，並為解讀龔氏作品的重要關鍵。「劍」象徵的是獻身報國之壯志；「簫」象徵的是憂國憂民之情懷，亦指其寄託於詩文創作的熱情。即如南社之創立，本於革命之精神，借詩文

---

30 清・龔自珍著，王佩諍校：《龔自珍全集》，第 1 輯，頁 20。

31 佚名：〈定庵文集後記〉，孫文光、王世芸編：《龔自珍研究資料集》（合肥：黃山書社，1984），頁 174。

32 梁啟超：《清代學術概論》（臺北：臺灣商務印書館，1994），頁 122-123。

33 高旭著，郭長海、金菊貞編：《未濟廬詩》，卷 6，頁 159。

34 高旭著，郭長海、金菊貞編：《簫心劍膽詞》，《高旭集》，卷 12，頁 291。

作宣傳。龔自珍「劍態簫心」不無可說是一種名士情結的自我標榜。道光二年（1822），吳文徵曾為龔自珍作〈簫心劍態圖〉，[35]刻劃他的名士風流形象。而龔自珍也因這股自負的名士氣，不得官僚賞識，終生不得志。但儘管如此，龔自珍辭官以後，並沒有收起他的用世之劍。道光二十年（1840）鴉片戰爭爆發，隔年，龔自珍致函江蘇巡撫梁章鉅，約定辭去書院講席，赴滬參加英夷侵略之戰，只是未及其時，龔自珍即暴疾捐館。[36]由此可見，龔自珍的簫劍情懷與愛國之心，始終常伴此生，至死不渝。

除了「集定庵句」以外，在高旭的著作裡也時常融貫「劍」、「簫」的意象。如：

> 一琴一劍平生意，老死空山無所求。（〈題薛劍公（薛始亨）像〉）[37]

> 一簫一劍飄零甚，老去英雄喚奈何！（〈烟雨樓題壁〉）[38]

> 碧海難填，蒼天何醉？心緒非相似。江湖滿地，擊劍吹簫去矣。（〈百字令・題陳慎庵宣南話舊圖〉）[39]

> 醉後吹簫狂說劍，荒唐三十六華年。（〈次韻，和劍華（俞鍔）元旦詩〉）[40]

> 簫心劍氣兩徘徊，一記殷勤手自裁。（〈題紅薇感舊記，為傅鈍

35　樊克政：《龔自珍年譜考略》，頁 212。

36　樊克政：《龔自珍年譜考略》，頁 530-531。

37　高旭著，郭長海、金菊貞編：《未濟廬詩》，卷 4，頁 101。

38　高旭著，郭長海、金菊貞編：《未濟廬詩》，卷 6，頁 142。

39　高旭著，郭長海、金菊貞編：《歇浦漁唱》，《高旭集》，卷 11，頁 275。

40　高旭著，郭長海、金菊貞編：《變雅樓詩》，《高旭集》，卷 7，頁 165。

根〉）[41]

要除鰲足揮長劍，肯殉蛾眉謚洞簫。（〈次韻，和鄧爾雅（鄧溥霖）〉）[42]

高旭作品提及「劍」者不勝枚舉，所舉諸例只是其中的一小部分。前三首為民國未建國以前所作，後三首為民國建國以後所作，是以可見，高旭的用世之劍，亦與龔自珍一樣伴其平生。

高旭對於「劍」的喜愛，不僅可從他的作品中得見，其以「劍」命名詞集為《簫心劍膽詞》，亦是一個例證；而在當時南社文人標舉龔自珍的時風裡，高旭號「鈍劍」，與南社社友俞鍔（劍華）、傅熊湘（君劍）、潘飛聲（劍士），並稱為「南社四劍」，此又為一個明證。名士劍氣固然可謂文人對自我形象的標榜，然而，倘若無此自我人品道德的標舉，又何以義正辭嚴地高呼愛國？是以，「說劍」可視為高旭對於內在自我的道德期許，亦是對外自我的標榜象徵。

（二）以花自喻，以梅自比

道光十九年（1839），龔自珍在辭官往返南北的途中，目睹大好河山，以及生活於苦難之中的百姓，作有〈己亥雜詩〉315 首。[43]其五：「浩蕩離愁白日斜，吟鞭東指即天涯。落紅不是無情物，化作春泥更護花。」[44]詩中以花自喻，謂己眼下雖身處艱難，然而關心百姓疾苦、國家興亡的愛國之心，始終不渝，即使落為春泥，依然冀望滋養出新鮮花朵，感召下一代的青年志士。詩意裡充滿一股自信自負、不畏險阻的向上力量，即是龔自珍思想最能感染革命志士的原因所在。

值得注意的是，龔自珍與高旭都鍾愛梅花，他們的知梅與嗜梅，是從生

---

41 高旭著，郭長海、金菊貞編：《變雅樓詩》，卷 8，頁 212。

42 高旭著，郭長海、金菊貞編：《變雅樓詩》，卷 10，頁 262。

43 樊克政：《龔自珍年譜考略》，頁 493。

44 清・龔自珍著，王佩諍校：《龔自珍全集》，第 10 輯，頁 509。

活、著作，深入至靈魂。龔自珍辭官南歸後，曾作〈病梅館記〉，[45]以「梅」比喻人才，將世人眼中「以曲為美」、「以欹為美」、「以疏為美」的梅花姿態，隱喻為遭受封建統治者摧殘與扼殺的才士。在時風扭曲、以病為美的社會環境裡，江浙的梅樹都成為「病梅」，其所購得三百盆梅樹，盡是如此。因此，龔自珍以療救病梅為己任，闢築「病梅館」，貯存、治療遭受殘害的病梅。龔自珍以「病梅」隱喻八股科舉制度對士人思想的禁錮，「闢病梅之館以貯之」意味著龔氏針砭時弊，以求變法改革的經世思想。而高旭對梅花的喜愛，一則可由字號得見，其字天梅，又字枕梅，別號梅痴道人；二則，高旭妻名周紅梅，「因耽於愛」，故於宅舍周圍種植梅花，稱為「萬梅花廬」，又名「萬樹梅花繞一廬」，並繪圖記之。[46]其〈自題萬樹梅花繞一廬卷子〉云：「天下愛花誰似我，畫梅端合署梅痴。曾自號梅痴道人。」[47]表明自己愛梅成痴。再者，高旭著有〈咏梅，步顧靈石（顧景淵）先生韻〉：「崢嶸支幹矯欲舞，俠骨稜稜戰風雨。老梅爾非近代物，種自何年或盤古。抱負不作第二人，萬花頂上占陽春。」[48]〈虞美人・落梅〉：「滿庭香雪紛紛影，翠羽啼難醒。怕遭汙踏不開門，拚與冷風打做楚騷魂。」[49]將梅花擬人化，以其傲雪凌霜之形象，比喻自己俠骨堅忍，同與楚騷之志節。

高旭〈花前說劍圖〉畫名中的「花」並無特指何種花，屬於抽象而寬泛的概念。「花」與「劍」在高旭〈花前說劍圖〉中，恰好呈現「一柔一剛」的對比意象。倘若將高旭畫中「對花」之意，釋為「以花自喻」的象徵，「花」指的不僅是外在的個體本身，也包含了個人的內在情感。「以梅自喻」作為花體具體的所指，其於嚴寒之中，獨天下而春的傲骨精神，最適合

---

45 清・龔自珍著，王佩諍校：《龔自珍全集》，第 3 輯，頁 186-187。

46 郭長海：〈高旭的筆名字號考〉，高旭著，郭長海、金菊貞編：《高旭集》，頁 706。

47 高旭著，郭長海、金菊貞編：《未濟廬詩》，卷 3，頁 69。

48 高旭著，郭長海、金菊貞編：《未濟廬詩》，卷 1，頁 16。

49 高旭著，郭長海、金菊貞編：《蕭心劍膽詞》，卷 12，頁 283。

表現高旭傲然、堅貞與不畏的內在情懷。當高旭在「對花說劍」、「對梅說劍」之時，實則即是一種對鏡自言、自抒懷抱、自我期許的表徵。

三、圖畫創作本事

胡樸安《南社詩話》有一段關於高旭作〈花前說劍圖〉之記載：

> 春秋佳日，各地南社社友，嘗雅集一次。第一次雅集在蘇州，以後雅集多在上海舉行。雅集前二三日，各地社友皆到滬上。雅集之日，不過開會一報而已，大概於康腦脫路徐園舉行，而於正式雅集之前後二三日，文酒宴會，興致頗豪。天梅〈南社集滬江席上賦詩〉云：「良宴今番卻悵神，墜歡重拾渺如塵。銅琵樂府聲何壯，金粉南朝迹易陳。招隱秋深吟桂樹，論交海上證蘭因。不須更覓登高處，已覺風光惱殺人。」其二云：「新知舊雨一時兼，無限心情到筆尖。小雅詩人工怨悱，大千世界自莊嚴。香銷豆蔻狂名減，秋老芙蓉客思添。惆悵交游半新鬼，死生疑信太遲淹。」其宴會也，稱心而談；其賦詩也，援筆即就。每宴會必有多數賭酒者，間亦徵妓以助興。余豪於飲，每為賭酒之一人。天梅酒後，而興愈豪，而話愈多，余戲賦一絕句調之云：「燕燕鶯鶯稱盛會，酒酣耳熱氣豪粗。把杯笑問高天子，能向花前說劍無。」南社社員，多有稱子者，如亞盧稱亞子，鳳石（姚光）稱石子，余因戲稱天梅為天子。花前說劍，天梅曾繪圖以寓意，而〈自題〉云……。[50]

此段文字主要說明兩件事：其一，高旭〈花前說劍圖〉之創作與南社雅集有關；其二，胡樸安是促發高旭作圖的推動者。先從第二點來說，根據文中指出：高旭之所以繪〈花前說劍圖〉，乃因胡樸安曾於宴會上戲賦一絕句，詩

---

50 胡樸安：《南社詩話》，楊玉峰、牛仰山校點：《南社詩話兩種》（北京：中國人民大學出版社，1997），頁 115-116。

中有「能向花前說劍無」之句，因此高旭引「花前說劍」為名，繪圖題詩，寄託其志。再者，從全文的敘述脈絡觀之，胡氏首先提及南社雅集的地點多在上海舉行，接著引高旭作〈南社集滬江席上賦詩〉2 首為例，說明上海詩酒雅集的情形，最後再寫高旭酒後總是興致特別高昂「而話愈多」，因此胡氏才賦此絕句戲之。在高旭《變雅樓詩》中，〈南社集滬江席上賦詩〉題作〈九日南社雅集滬上，即席賦此〉，[51]寫作時間為民國二年（1913）重陽日。換句話說，倘若就此文的敘述脈絡觀之，胡氏言下之意似乎是說高旭〈花前說劍圖〉作於宣統元年（1909）南社成立以後。

然而，倘若細查高旭的作品，其《未濟廬詩》收有 1 首〈自題花前說劍圖〉，寫作時間是光緒三十三年（1907）高旭三十一歲時，而此時南社尚未成立。此詩收於高旭個人詩集當中，因此就寫作時間來說，應以光緒三十三年（1907）為確。詩云：

> 提三尺劍可滅虜，栽十萬花堪一顧。人生如此差足奇，真風流亦真雄武。男兒不作可憐蟲，唾壺敲缺聲欲聾（《南社叢刻》作「光焰紅」）。圖中人兮別懷抱，花魂劍魄時相從。要離死去俠風歇，一杯酒灑冢中骨。青衫紅粉兩無聊，指掌高譚古荊聶。東風浩蕩催花開，紅顏從古解憐才。誓洗媕婀（《南社叢刻》作「清談」）名士習，頓生遲暮美人哀。美人應比花長（《南社叢刻》作「萵常」）好，萬紫千紅天不老。一室猶秋孤劍鳴，四海皆春群花笑。月明吹徹玉簫聲，錦繡湖山大有情。前擁貔貅後鶯燕，長驅漠北索虜平。手中之鐵心中血，以斗澆之恨難滅。海風著意吹不涼，冷鐵千秋化成熱（《南社叢刻》作「熟」）。天生我才竟何用，匣裏光芒雪華凍。時至終酬知己恩，數奇枉作封侯夢。封侯夢醒淚長流，閑看鴛鴦繡并頭。金閨國士知多少，寂寞魚龍江海秋。人間冷落好匕首，心肝爭向路人嘔。愛國無妨兼愛花，屠龍不成盍屠狗。憤來拔劍肝胆粗，銀屏畫燭歌嗚嗚（《南

51 高旭著，郭長海、金菊貞編：《變雅樓詩》，卷 7，頁 201。

社叢刻》作「鳴鳴」）。可憐馬上殺賊手，教（《南社叢刻》作「題」）寫花前說劍圖。[52]

詩中用典繁多，可分四部分論說。第一部分，先以王敦「唾壺擊缺」，抒己壯心，接著，藉由要離刺慶忌、[53]荊軻刺秦王、[54]聶政刺俠累的典故，[55]說明任俠好義、重義輕生的精神，應為後人繼承仿效，以藉此誓洗魏晉士人清談避世、崇尚玄風的「名士習氣」，作為革命黨人激揚俠風的表彰。高旭援引要離、荊軻、聶政三位先秦人物的典故，都具有慷慨悲壯、視死如歸的共同特質，無論生回死歸，最終都只為「義」而死，象徵的是陳天華、楊卓林、徐錫麟、秋瑾一類的革命志士。第二部分，借明代劉綎「鶯燕導前，貔貅擁後」的典故，說明革命志士無分男女，女性巾幗不讓鬚眉的愛國精神，同樣可與男性匹比。據況周頤《眉廬叢話》記載，劉綎姬妾二十餘，極燕趙

[52] 高旭著，郭長海、金菊貞編：《未濟廬詩》，卷 3，頁 87。同見南社編：《南社叢刻》第 3 集（《清末民國舊體詩詞結社文獻彙編續編》第 10 冊，北京：國家圖書館出版社，據清宣統二年（1910）鉛印本影印，2015），頁 25 上-下。胡樸安編：《南社叢選》（《清末民國舊體詩詞結社文獻彙編續編》第 24 冊，據民國十三年（1924）上海國學社鉛印本影印），頁 35 下-36 上。

[53] 春秋時，伍子胥派遣要離（？-前 513）前去刺殺吳王僚之子慶忌。要離自斷其臂，獲取慶忌信任。爾後，要離趁其不備，借順風之利，猛刺慶忌。慶忌倒提要離，沉溺水中，並令左右放其還吳，隨後倒臥血泊而死。要離感念慶忌死前，饒其不死，乃自斷手足，伏劍自盡。漢．趙曄著，張覺校注：《吳越春秋校注》（長沙：嶽麓書社，2006），卷 4，頁 64-68。

[54] 戰國時，荊軻（？-前 227）受燕太子丹委託前往秦國，計畫以進獻燕國督亢地圖與秦國叛將樊於期首級為由，接近秦王。荊軻至秦，成功得到秦王召見。然而，在進獻燕督亢地圖時，圖窮匕見，最終行刺失敗，荊軻被殺。漢．司馬遷著，宋．裴駰集解，唐．司馬貞索隱，唐．張守節正義：《史記》第 8 冊，卷 86，頁 3066-3075。

[55] 戰國時，嚴仲子上奏宰相俠累之過，深懼遭受報復，遂請託聶政（？-前 397）為其行刺。聶政以母尚在，辭之不受。爾後，聶母過世，聶政為酬知己，隻身前赴東孟，刺殺俠累。功成之後，聶政怕累及親人，以劍自毀顏面，削雙目，引劍自盡。漢．司馬遷著，宋．裴駰集解，唐．司馬貞索隱，唐．張守節正義：《史記》第 8 冊，卷 86，頁 3061-3065。

之選，出巡時，諸姬戎裝，騎馬為前導，四勇士舉刀繼之，劉綎在後。[56]高旭援引此典，將其改為：「前擁貔貅後鶯燕」，喻指光緒三十三年（1907）秋瑾響應徐錫麟安慶起義之事。雖然秋瑾最後被捕就義，但高旭欲藉此反映：如秋瑾一樣的女性，在這場反清革命的抗爭中，同樣抱持著義無反顧、大義凜然的犧牲精神為國家共和而奮戰。而秋瑾為國奉獻的精神，也將前仆後繼引導後人追隨的腳步，持續抗爭到底。

第三部分，詩境一轉，藉由李廣生平武功蓋世，然時命不佳，終生未得封侯，感嘆自己「天生我才竟何用」、「數奇枉作封侯夢」的失意。接著，高旭運用兩句龔自珍、杜甫的詩句，「金閨國士知多少」援引龔自珍〈己亥雜詩〉：「留報金閨國士知」，[57]只是龔自珍詩為肯定語句，而高旭則是採取反問語句，自嘲雖為才俊之士，然滿清朝廷委靡黑暗，無法用志於世，即使腹笥豐贍，又有誰知？「寂寞魚龍江海秋」引自杜甫〈秋興〉：「魚龍寂寞秋江冷」，並在語句上作了改動。杜甫此詩的下一句是：「故國平居有所思」，指當國破、秋江清冷之時，仍時常憶起在長安的生活。高旭將龔自珍、杜甫二詩融合：「金閨國士知多少，寂寞魚龍江海秋。」強化自己懷才不遇、感時傷國的心情。

詩中透露：「不得志於時」是高旭走向反滿抗清的重要癥結。但高旭究竟為何有如此自傷失意之感呢？高旭自幼出生傳統知識家庭，接受儒家教育，七歲進學，十三歲學詩書，十七歲以詩名噪鄉里，其後，又師從顧蓮芳

---

56 況周頤《眉廬叢話》云：「（劉綎，1558-1619）姬妾二十餘，極燕趙之選，皆善走馬彈械。綎每出巡，諸姬戎裝著小皮韉，跨善馬為前導，四勇士共舉刀架繼之，綎在其後。旁觀者意氣亦為之豪。據此，則岸次蹴僧之少娘，屬虎帥擁紈之列矣，鶯燕導前，貔貅擁後。」據史料記載，劉綎平生歷經大小數百戰，威名震海內，有「晚明第一猛將」之稱。其曾出兵抗擊緬甸侵犯，平定羅雄之亂，遠征朝鮮，後又平息楊應龍之亂。萬曆四十六年（1618），劉綎參加抗擊後金軍隊，後戰敗殉國。高旭借劉綎之事典，有寓託革命人士無分男女，皆英勇無懼、懷抱誓死為國的決心。清・況周頤：《眉廬叢話》（《況周頤集》第 4 冊，桂林：廣西師範大學出版社，2012），頁 415-416。清・張廷玉等著：《明史》第 21 冊，卷 247，頁 6389-6396。

57 清・龔自珍著，王佩諍校：《龔自珍全集》，第 10 輯，頁 533。

與莊瘦岑，詩藝愈進，[58]且「自經史詞章，以及百家諸子，罔不參稽博考。」[59]舊學根底深厚，才華橫溢。唯可惜，世衰亂危之中，雖有滿腹才華，卻無以施展、報效國家，亦是枉然。究其根源，不僅是國家制度問題，更重要的是滿清政府諂媚外敵、欺凌百姓的為政心態，致使高旭決意走向抗清道途，爭取效國用世的可能。

是以，第四部分高旭跳脫自傷失意的情懷，決心將自己的才華與抱負，化為一柄用世寶劍，推進中國走向共和。高旭「屠龍不成盍屠狗」句中，借用春秋時期朱泙漫「枉學屠龍」與漢代樊噲「少以屠狗為事」的典故，喻託自己從「維新保皇」到「反清革命」的人生轉折。據《莊子》〈列禦寇〉記載：朱泙漫從支離益學習屠龍技巧，散金家產，三年學成，方覺世上無龍可斬，行遍天下，無處施展。[60]高旭藉此比喻自己早年也曾學習八股，求取功名，但在晚清風雨如晦、扼殺人才的年代裡，不僅無法使其受用於世，亦無法實際挽救國家衰敗。據《史記》〈樊噲傳〉記載：樊噲原以屠狗賣肉為生，與劉邦隱藏於鄉間。爾後，樊噲跟隨劉邦起兵反秦，兵戰項羽，至劉邦稱帝後，樊噲又助其平定臧荼、韓信之叛亂，受封為舞陽侯。[61]後人以「屠狗」借指地位卑下的豪傑之士。高旭此以「屠狗」自比，有期許自己如樊噲一般，追隨劉邦（孫中山）起兵革命的腳步，以建立民主共和新政權之意。

值得一提的是，在高旭的詩集中，時常喜用「屠狗」、「狗屠」代指自己及志同道合之友。如〈題莊瘦岑先生遺稿〉：「交結狗屠復牛醫，下筆英雄雜仙佛。」[62]〈席上〉：「雕蟲我亦嗤余技，屠狗誰能覓賞音。」[63]〈懷小進（馬駿聲），即用其夜泊長崎韻〉：「喜交屠狗為狂啖，恨未騎鯨作壯

---

[58] 郭長海、金菊貞：〈前言〉，高旭著，郭長海、金菊貞編：《高旭集》，頁 1。

[59] 高鏐：〈高天梅先生行述〉，高旭著，郭長海、金菊貞編：《高旭集》，頁 678。

[60] 戰國・莊子著，陳鼓應註譯：《莊子今註今譯》，頁 802-804。

[61] 漢・司馬遷著，宋・裴駰集解，唐・司馬貞索隱，唐・張守節正義：《史記》第 8 冊，卷 95，頁 3215-3222。

[62] 高旭著，郭長海、金菊貞編：《未濟廬詩》，卷 1，頁 13-14。

[63] 高旭著，郭長海、金菊貞編：《未濟廬詩》，卷 3，頁 71。

游。」[64]〈次韻，答楚傖（葉葉）汕頭〉：「狂嘯時登城上樓，憤來遍逐狗屠游。」[65]龔自珍〈湘月・王申（嘉慶十七年，1812）夏，泛舟西湖，述懷有賦，時予別杭州蓋十年矣〉亦嘗云：「屠狗功名，雕龍文卷，豈是平生意。」[66]乃指功名、文章皆過眼雲煙。而高旭將渠輩比喻為屠狗樊噲，除了有謂革命如樊噲為劉邦打天下一般的艱辛，同樣也有自許鄙薄功名利祿之意。

第二節　南社社友的「反清革命」讚詠

宣統元年（1909），高旭與陳去病、柳亞子等人發起組織南社，作為同盟會的犄角，以詩詞文章宣傳革命思想，是晚清民初時期最具革命色彩的文學團體。參與高旭〈花前說劍圖〉的題詠者，大多是南社友人，除了其妻何昭、南社創始人陳去病與柳亞子以外，《南社叢刻》尚收有社員 12 人的題詠。這些題詠，表露出高旭的革命志向，以及題詠者對高旭的評價。

一、約結南社，輔助抗清

光緒三十二年（1906）春，高旭重返上海，與陳去病、朱少屏、沈礪、劉季平，相約由上海前往蘇州遊覽。遊歷路徑由閶門，過山塘，經五人墓，登虎丘，止於張國維祠。張國維（1595-1646）為明末抗清英雄，字玉笥，浙江東陽人。順治二年（1645），南都陷，張國維擁立魯王監國。隔年，方國安叛降，張國維還守東陽。其後，清兵破義烏，張知勢不可支，救國無望，遂穿戴衣冠，與母訣別，投水殉節。[67]此行謁張國維祠，高旭作有〈百

---

[64] 高旭著，郭長海、金菊貞編：《未濟廬詩》，卷 6，頁 141。

[65] 高旭著，郭長海、金菊貞編：《未濟廬詩》，卷 6，頁 147。

[66] 清・龔自珍著，王佩諍校：《懷人館詞選》，《龔自珍全集》，第 11 輯，頁 564-565。

[67] 明・張岱：《石匱書後集列傳》（《明代傳記叢刊》第 104 冊，臺北：明文書局，1991），卷 40，頁 339-342。清・張廷玉等著：《明史》第 23 冊（北京：中華書局，1974），卷 276，頁 7062-7065。

字令・綠水灣謁張國維中丞祠〉：

> 高祠展拜，憶張侯，當日志存匡濟。馬罪未誅時局裂，緩死文山非計。十載提戈，一篇負國，來者須能繼。楚氛甚惡，鬼雄上訴天帝。　　誰教十萬胡兒，義烏橫掃，洪水滔天勢。熱血東陽拚一灑，絕痛華夷倒置。龍虎無堆，雞豚有社，千古齊揮涕。忠魂肯死，北廷空自來祭！[68]

詞中「絕痛華夷倒置」道出高旭強烈的夷夏觀，亦為革命黨人「以夏變夷」、革命反滿的共同主張。中國歷史上，元、清分別是蒙古、滿族兩個異族「韃虜」統治的時代，從朱元璋農民舉兵起義，乃至興中會成立，都以「驅除韃虜，恢復中華」為口號，其中涉及的並非僅只國家興亡的易代問題，更重要的是民族認同的問題。高旭〈悲莫悲〉有言：「蕩虜此其時，朱元璋自是後人師。」[69]由此可見，革命黨認為真正的「愛國」，是宣揚「道統」，是恢復「華夏」民族的地位。張國維堅守明朝，抵抗清軍，寧死不屈，展現出排滿抗清、護衛家國的愛國精神，亦即是革命黨人的衷心期望。是以，即使「忠魂」隔空百年，高旭等人追思憑弔，張國維的英勇形象彷若搖蕩士人心中，以繼矢志。而此次吳門之遊，亦為兩年後南社成立虎丘奠定機緣。

具體擬劃成立南社的時間是光緒三十四年（1908）的上海酒樓聚會。是年元月，劉師培偕妻子何殷震（又名何震）自日本歸國，柳亞子邀其夫婦與高旭、楊篤生、鄧實、黃節、陳去病、朱少屏、沈礪、張家珍宴集上海酒樓，約為結社之舉。[70]陳去病〈題懺慧詩集〉有云：「為約同人掃南社，替

68 高旭著，郭長海、金菊貞編：《黼心劍膽詞》，卷 12，頁 288-289。

69 高旭著，郭長海、金菊貞編：《未濟廬詩》，卷 2，頁 39-40。

70 柳亞子作有〈偕劉申叔（劉師培）、何志劍（何殷震）夫婦暨楊篤生、鄧秋枚（鄧實）、黃晦聞（黃節）、陳巢南（陳去病）、高天梅、朱少屏、沈道非（沈礪）、張聘齋（張家珍）酒樓小飲，約為結社之舉，即席賦此〉。柳亞子著，中國革命博物館

君傳布廿年詩。」[71]言明「結社」即「結南社」。然而，結社之事遲遲未立。爾後，陳陶遺由日本攜帶槍支炸藥歸國，預計謀殺端方，遭到劉師培出賣，反被拘捕。隔年，陳陶遺出獄，與高旭、柳亞子酩酊狂歡，同往虎丘訪張國維祠，意欲重振幾社、復社餘緒，約定由柳亞子擬定社例事宜，更進一步推進了南社的形成。

事實上，高旭不僅是南社的創辦人之一，更是首位約結南社之人。根據光緒三十四年（1908）陳去病〈有懷劉三（劉季平）、鈍劍、安如（柳亞子）並苦念西狩（章炳麟）、無畏（劉師培）〉寫道：

> 吾有數同好，性行皆軼倫。……其二有漸離，生來恥帝秦。報仇志不遂，往往多哀呻。要我結南社，謂可張一軍。[72]

以高漸離比喻高旭，並明白表示最先「約結南社」的人是高旭。而高旭本人則在〈丁未（光緒三十三年，1907）十二月九日國光雅集寫真題兩絕句〉說：「傷心幾復風流盡，忽忽於茲二百年。記取歲寒松柏操，後賢豈必遜前賢。」[73]申明約結詩社，有追述復、幾風流的本意。

宣統元年（1909），高旭、柳亞子、陳陶遺拜謁張國維祠後，愈發加速南社成立的腳步。時至 10 月 17 日，高旭正式在《民吁報》發表〈南社啟〉，打出「南社」旗號。其云：

> 國魂乎，盍歸來乎！抑竟與唐虞、姬姒之版圖以長逝，聽其一往不返

編：《磨劍室詩初集》（《磨劍室詩詞集》上冊第 1 輯，上海：上海人民出版社，1985），卷 5，頁 56。

71 陳去病著，張夷主編：〈題懺慧詩集〉，《浩歌堂詩鈔》（《陳去病全集》第 1 冊），卷 4，頁 66。

72 陳去病著，張夷主編：〈有懷劉三、鈍劍、安如並苦念西狩、無畏〉，《浩歌堂詩鈔》，卷 4，頁 68。

73 高旭著，郭長海、金菊貞編：《天梅佚詩（二）》，《高旭集》，卷 18，頁 402。

> 乎！惡，是何言，是何言！國有魂，則國存；國無魂，則國將從此亡矣！夫人莫哀於亡國，若一任國魂之飄蕩失所，奚其可哉！然則國魂果何所寄？曰：寄於國學。欲存國魂，必自存國學始；而中國國學之尤為可貴者，端推文學。蓋中國文學為世界各國冠，泰西遠不逮也。而今之醉心歐風者，乃奴此而主彼，何哉？余觀古人之滅人國者，未有不先滅其言語文字者也。……
>
> 或謂：國學固不宜緩，然又奚必社為？曰：一國之事，非一二人所能為，賴多士以贊襄之。華盛頓之倡新國，非一華盛頓之力，乃眾華盛頓之力也。社又烏可已哉！然而社以南名，何也？《樂》：「操南音不忘其舊」，其然，豈其然乎！南之云者，以此社提倡於東南之謂。「率土之濱，莫非王臣」，原無分於南北，特以志其始也云爾。鄙人竊嘗考諸明季，復社頗極一時之盛。其後，國社既屋矣，而東南之義旗大舉，事雖不成，未始非提倡復社諸公之功也。因此知保國之念，鬱結於中，人心所同。……特余所深鄙者，科舉癘疾，更甚曩時；門戶標榜，在所不免。要其流弊，歷史遺羞。……
>
> 今者不揣鄙陋，與陳子巢南、柳子亞盧有南社之結，欲一洗前代結社之積弊，以作海內文學之導師。余惟文學之將喪是憂，幾幾乎忘其不自量矣！試問今之所謂文學者，何如乎？嗚呼，今世之學為文章者、為詩詞者，舉喪其國魂者也。[74]

文中指出成立南社的根本在於保存國學。國學代表一國之歷史、制度與文化，捨棄國學即如失去國家主權（國魂），即使引入再多外來學術，亦唯僅是「奴隸之學」，終將催促國家滅亡。由此可見，高旭身處「揚西抑中」的學術氛圍裡，雖也曾經東渡日本，學習西方教育，然而始終未嘗丟棄中國固有文化而全盤接受新學。「保存國學」是南社文人之間普遍的共識，光緒三十一年（1905），鄧實、黃節等人成立「國學保存會」，高旭亦參加入社。

---

[74] 高旭著，郭長海、金菊貞編：《天梅文》，卷21，頁498-500。

是以，革命黨雖然倡言改革，然而保存國學、不忘舊學是他們對自我身分認同的表徵，也是他們表現愛國的方式。次段說明結社之由，是為仿明末復社，集結眾人之力，發揚中國文化。將社團命名為「南社」，取意「操南音不忘其舊」，以示反清革命。[75]究其本意，實為繼承復社經世致用，針砭時政、忠愛國家的「保國之念」。不過，復社後來成為東林黨後繼，「吳應箕楊已任張溥之徒，又以復社繼之。包攬生員升黜，暗操朝綱國政」，結黨營私，標榜門戶，以致「黨禍之烈，訖於明亡」。[76]因此，文末高旭標舉繼承復社精神之際，「欲一洗前代結社之積弊」，冀望達成弘揚國粹之結社宗旨。

宣統元年（1909）11 月 13 日，齊集社員 17 人，以及來賓張采甄、張志讓父子，依循前年高旭與陳去病、朱少屏、沈礪、劉季平遊歷吳門之路線，至虎丘張國維祠舉行南社成立大會。復社曾於虎丘舉行集會，而蘇州同時也是復社、幾社，以及楊廷樞、顧咸正、陳子龍、夏完淳等抗清志士的主要活動地，因此，南社選擇在蘇州虎丘舉行成立大會，借鏡於晚明的歷史記憶，除了有繼承復社遺風，亦有追隨明末愛國志士之意。當時與會的 17 名南社社員中，有陳去病、柳亞子、朱錫梁、龐樹柏（1884-1916）、陳陶遺、沈礪、俞鍔（1886-1936）、馮平、趙正、林礪、朱少屏、諸宗元、林之夏、景耀月 14 人參加同盟會，[77]是故南社成立於「中華民國紀元前三年」，是以「和中國同盟會做犄角」為目的而成立的。[78]換言之，南社本質上屬於「革命的文學團體」，社員以推翻清朝統治為共同的政治主張。是日，高旭因兒

75　陳去病〈在南社長沙雅集宴會上的講話〉云：「南者，對北而言，寓不向滿清之意。」寧調元〈南社詩序〉云：「鍾儀操南音，不忘本也。」陳去病著，張夷主編：《政論雜著集》（《陳去病全集》第 2 冊），頁 537-538。寧調元：〈南社詩序〉，南社編：《南社叢刻》第 2 集（《清末民國舊體詩詞結社文獻彙編續編》第 10 冊，據清宣統二年（1910）鉛印本影印），頁 1 上。

76　鄧嗣禹：《中國考試制度史》（臺北：臺灣學生書局，1967），頁 354。

77　柳棄疾：《南社紀略》，頁 12-15。

78　柳棄疾：《南社紀略》，頁 122。

子生病未得前往，[79]由與會者選出重要幹部，分別是：文選編輯陳去病、詩選編輯高旭、詞選編輯龐樹柏、書記柳亞子、會計朱少屏。[80]自此，南社正式成立。

二、何昭的支持相隨

高旭〈花前說劍圖〉作於南社成立以前，而《南社叢刻》第 1 集出刊始自宣統二年（1910），其〈自題花前說劍圖〉收入是年第 3 集的詩集中，換句話說，《南社叢刻》的作品並非都是南社成立以後所作。由因這些題詠作品被收入《南社叢刻》，以作為高旭的革命象徵與南社的革命宗旨，故此即使是南社成立前所作，在南社成立後，亦將之收入集中。

高旭之妻何昭（1877-1966）是南社社員，也是高旭革命道途上最大的支持者。高旭原有一聘妻張氏，尚未過門以前，即已去世。[81]其後，高旭娶周紅梅為妻，結縭八年。光緒三十年（1904），丁初我創辦《女子世界》，聘請高旭為贊成員，周紅梅為表示對丈夫的支持，曾捐款贊助。不久，周紅梅因病故歿，高旭作〈悼亡妻紅梅〉4 首，[82]抒己哀傷。是年，高旭赴日留學，臨行前與何昭結識。赴日後，高旭以詩為書，作〈東京寄亞希（何昭）女士〉、〈東京寄亞希〉傳遞自己的憂愁與情意。〈東京寄亞希女士〉寫作

---

79 柳亞子謂高旭未與會原因為：「一個謠言說，虎丘雅集有危險的可能，於是天梅杜門避矰繳不來了。」然而，根據高旭〈和哲夫（蔡守）重九見懷韻〉：「敗人佳興豚兒病，待我明春虎阜游。」可知當時高旭正值兒子生病，因此不得前往。柳棄疾：《南社紀略》，頁 11。高旭著，郭長海、金菊貞編：《未濟廬詩》，卷 4，頁 114。

80 柳棄疾：《南社紀略》，頁 15。

81 高旭作有〈虞美人・題聘妻張氏遺影〉：「人天無據春無信，現出曇花影。傷心南浦月難圓，半面何曾偏也算因緣。舊時訂婚都不覿面。　　畫師怕我痴情死，故作無鹽氏。所繪甚陋，度其生時，斷不至此。今生何必再憐他，待到他生顏色定如花。」此詞頗為諧趣，謂己與聘妻未曾謀面，卻見聘妻畫像，甚為貌醜，幸免魂牽夢縈、相思痴情而死，故可放下傷心憐懷之情。高旭著，郭長海、金菊貞編：《滄桑紅淚詞》，《高旭集》，卷 13，頁 297。

82 高旭著，郭長海、金菊貞編：《未濟廬詩》，卷 2，頁 31。

的時間較早，內容以「中原浩劫痛無涯」為旨，多與憂心國事有關。[83]〈東京寄亞希〉詩，省略了「女士」尊稱，直稱其名，可以見得此時二人關係更加親近。詩云：

鴻雁影婆娑，春風一度過。青山環舊夢，黃海瀉回波。文字相知少，佳人善病多。蘭荃滿懷抱，騷怨奈儂何！

挑燈誰與語？時復讀離騷。此日沉湘水，他日謚洞簫。綠蕉愁裡聽，紅豆酒來澆。國破山河在，西風骨已銷。

萬種恨茫然，秋來欲化烟。黃金君好鑄，碧海我能填。故國懷芳草，天涯聽杜鵑。滄桑感身世，相見倍淒然。

人生最辛苦，石爛海枯時。磊磊五色玉，蓬蓬萬斛絲。胡笳難獨聽，漢月替相思。縱使思皆隱，無山採紫芝。[84]

第一首寫兩人「文字相知少」，未及深入瞭解彼此，自己即離開家國。第二首寫自己身處異鄉之孤獨，時常復讀〈離騷〉，心懷家國。第三首感嘆國力衰微，不得不流寓他鄉，向日本學習，內心不免有種寄人籬下、「滄桑感身世」的悲苦淒涼。第四首總合自己對何昭的情思、家國的鄉思、置身異鄉的愁思，及其內心「石爛海枯」的深情與執著。紙短情長，但願「漢月替相思」，千里共嬋娟，情意真摯深切。

爾後，高旭由日歸國。光緒三十二年（1906）與何昭共結連理，成為當時文壇佳話。何昭，字亞希，號亞君，江蘇金山人。與高旭同樣出生書香世家，自幼接受傳統教育。二十五歲時，入上海務本女學讀書，課暇之餘，時

---

[83] 高旭著，郭長海、金菊貞編：《天梅佚詩（一）》，卷 17，頁 368。

[84] 高旭著，郭長海、金菊貞編：《未濟廬詩》，卷 2，頁 55-56。

常閱讀新書新報，接受新學思潮。畢業後，於無錫女學任教。光緒三十四年（1908），高旭與何昭於家鄉張堰留溪創辦欽明女校，提倡女權與女子教育，夫妻皆在此任教。宣統元年（1909），何昭與高旭一起加入南社，成為社員。是以可見，何昭與高旭有著相似的出身背景、求學經歷，更重要的是，他們都受新學影響，傾向民主思想，重視女權，也正因如此，他們互相為對方所吸引，願成為意氣相投的靈魂伴侶。

宣統二年（1910），《南社叢刻》第3集由柳亞子主編的詩選裡，收錄了高旭〈自題花前說劍圖〉，緊接其後，又收錄何昭〈題鈍劍花前說劍圖〉。將其夫妻詩作一前一後編錄集中，彷彿夫婦相隨，可見編者之用心。何昭詩云：

> 渠儂擊劍我吹簫，愁湧心頭把酒澆。便遇名花能解語，談兵畫地恨難消。[85]

據《列仙傳》記載：「蕭史者，秦穆公時人也。善吹簫，能致孔雀白鶴於庭。穆公有女字弄玉好之，公遂以女妻焉。日教弄玉作鳳鳴，居數年，吹似鳳聲，鳳凰來止其屋，公為作鳳臺，夫妻止其上，不下數年。一日，皆隨鳳凰飛去，故秦人為作鳳女祠於雍宮中，時有簫聲而已。」[86]因蕭史、弄玉吹簫引鳳的愛情故事，簫聲又被稱為仙樂。詩的首句「渠儂擊劍我吹簫」，即以劍魂簫韻、一簫一劍象徵高旭與何昭一唱一和、夫唱婦隨的鶼鰈情深。第三句「名花解語」出自《開元天寶遺事》，唐玄宗指楊貴妃示左右曰：「爭如我解語花」。[87]此乃何昭自指為丈夫的知音之人。第二、四句，描寫丈夫革命未成、壯志難酬的愁情與憤恨。而何昭在此表白了自己願與君劍簫相伴，相知相隨，相互扶持。此詩展現自古以來，名花旨酒、英雄美人之風流蘊藉，更寓含妻子對丈夫柔情照拂的真情，可說是何昭的自我誓言，以及對

85　南社編：《南社叢刻》第3集，頁26上。

86　漢・劉向著，王叔岷校箋：《列仙傳校箋》（北京：中華書局，2007），頁80。

87　五代・王仁裕著，丁如明等校點：《開元天寶遺事（外七種）》，卷下，頁25。

丈夫之愛的表白。

宣統元年（1909），柳亞子嘗作〈天梅出示何亞希夫人詩文，為題一律，即用前韻〉，表達對高旭、何昭夫妻二人之才學、信念、感情的看法與評價：

> 憔悴裙釵一代羞，閨中今喜睹名流。文才倜儻能憂國，詩思高華不怨秋。最幸同衾得同調，那須多病復多愁。留溪一水堪偕隱，媧石辛勤未便休。君夫婦手創欽明女校。[88]

金山高氏是當地望族，高旭與叔父高燮、弟弟高增，皆以詩文著名，人稱一門三俊。而何昭為務本女學之高才生。柳亞子以為高旭、何昭「同衾」、「同調」，郎才女貌，天造地設，「頗有英雄兒女相得益彰之概」。[89]詩中更謂高旭與何昭以女媧補天、開天闢地之精神，在家鄉留溪創辦欽明女校。「留溪一水堪偕隱」，看似彷彿相偕歸隱，實指夫妻合力相協，共同將民主主義、男女平等思想擴及鄉里，顯現夫妻二人同調和諧的教育理念。事實上，南社之中有多對夫妻同隸社籍，如柳亞子與鄭瑛、朱少屏與岳雪、姚光（1891-1945）與王粲等，皆為一時佳話。在革命艱巨的時代裡，英雄美人相協互助，同仇敵愾，本質上可以視為是他們共同的美好期待與互相標榜的方式。

三、去病，亞子，題詠相頌

柳亞子〈十一日得小進來書，以陳巢南、高天梅二君遺墨索題，並媵一詩，次韻奉和〉詩序引南社社友馬駿聲詩云：「開山南社陳高柳。」[90]指陳去病、高旭、柳亞子乃南社之創始人。三人之中，陳去病、高旭為同輩，陳

---

[88] 柳亞子著，中國革命博物館編：《磨劍室詩初集》，卷 7，頁 103。

[89] 柳亞子：〈高天梅傳〉，高旭著，郭長海、金菊貞編：《高旭集》，頁 676。

[90] 柳亞子著，中國革命博物館編：《圖南集》（《磨劍室詩詞集》下冊第 5 輯），頁 924。

去病年紀最長，高旭次之，柳亞子最小。其時，陳去病、高旭無論是資歷、聲望或地位，都比柳亞子高，柳亞子對陳、高二人亦尊敬有加。初時，三人時常「函牘往來，詩詞唱和」，[91]留下不少共同唱和交游的印跡。高旭作〈花前說劍圖〉與題詩，抒寫自我，寓託革命情懷，陳、柳身為高旭的知己好友，自然是要為圖題詩歌詠，記上一筆。

陳去病，原名慶林，江蘇吳江人。光緒二十九年（1903），以漢代霍去病為榜樣、自勉期許，故以去病為名。其字佩忍、巢南、病倩，別號垂虹亭長。[92]光緒三十年（1904），高旭前往上海，結識陳去病，因政治立場相同而訂交。陳去病〈清平樂・題鈍劍花前說劍圖〉云：

> 沉沉簾幙。午夢人初覺。一劍鋩寒花影簇。知有翠眉飛綠。　悲歌莫認漸離。疏寮竹屋依稀。獨我飄零長鋏，何年去逐鴟夷。[93]

此詞為光緒三十三年（1907）所作。上闋第一、二句，描寫室內簾幙沉沉、午夢初醒的景象；第三、四句，以「一劍鋩寒」、「翠眉飛綠」借指英雄美人，夫妻仗劍相隨。明代吳江葉紹袁（1589-1648）是南社文人葉葉（1887-1946）的先祖，他有一座觀園名為「午夢堂」。葉氏一門文采風流，妻子兒女皆富才情，詩名盛極當時，輯有《午夢堂集》。明末金兵入塞南下，明朝滅亡，葉紹袁薙髮為僧，遁入佛門。此後餘生，除了參禪皈佛、著書立作外，亦與抗清白頭軍吳易往來，為其出謀籌畫，反滿抗清。[94]陳去病本身為吳江人，此謂「午夢人初覺」，或有雙關二義，是午夢覺醒後心猶未滅的志

---

91 柳亞子：〈高天梅傳〉，高旭著，郭長海、金菊貞編：《高旭集》，頁677。

92 楊天石：〈陳去病〉，柳無忌、殷安如編：《南社人物傳》，頁314。

93 南社編：《南社叢刻》第12集（《清末民國舊體詩詞結社文獻彙編續編》第13冊，據民國三年（1914）鉛印本影印），頁21下。陳去病著，張夷編：《病倩詞》（《陳去病全集》第1冊），頁270。

94 明・葉紹袁編，冀勤輯校：《甲行日注》（《午夢堂集》下冊，北京：中華書局，1998），頁918-947。

向，亦隱含追效葉氏壯志不滅之意。說的是高旭，也是自己。陳去病與高旭同樣自幼嫻讀四書五經，接受中國傳統儒家教育。甲午戰爭失敗後，受維新變法影響，曾於家鄉同里組織雪恥學會。光緒二十九年（1903），陳去病赴日留學。是年，俄國不撤退駐軍東北的軍隊，留日學生組織拒俄義勇隊，打算前赴疆埸爭取主權。[95]陳去病即是當時參與、響應這起拒俄運動的當事人。然清廷懦弱媚外，下令鎮壓留日學生，激起陳去病的憤怒與不滿，轉而走向抗清之路。其〈革命其可免乎〉云：「革命乎，革命乎！其諸海內外英材傑士，有輟耕隴畔而撫然太息者乎？則予將伏劍從之矣。」[96]謂己倚劍革命的壯懷。

下闋先後用了高漸離擊筑悲歌送荊軻、[97]范蠡隱遁五湖的典故。[98]「悲歌莫認漸離」反用高漸離擊筑悲歌原典，申言革命志士即使為此犧牲了他們的生命，革命精神仍會持續下去，不會走向荊軻易水送別、「壯士一去兮不復返」的終結之路。光緒三十三年（1907），秋瑾殉難以後，陳去病先後創立「神交社」與「秋社」，是為了紀念革命同志之犧牲，也為後人繼起革命而勉勵。詞作最後又借范蠡隱遁五湖的典故，強化即使在「獨我飄零長鋏」的孤軍奮戰之中，相信終會回歸留溪茅廬，如范蠡一樣功成身退，泛遊五湖四海。該首詞中，蘊含才子佳人的愛情、革命任俠的悲壯、持劍獨飲的孤寂，同時也寄託對於革命成功的盼望與期待，深刻描繪出革命人士內在的複雜心境。

柳亞子，原名慰高，字安如，江蘇吳江人。十六歲時，以亞洲盧梭自命，改名人權，字亞盧。十八歲時，仿陳去病名，改名棄疾，字稼軒，以示

---

95 張夷主編：《陳去病年譜》，陳去病著，張夷主編：《陳去病全集》第 6 冊，頁 17、頁 31、頁 35-38。

96 陳去病著，張夷主編：《政論雜著集》，頁 393。

97 戰國時，荊軻受太子丹囑託，入秦刺秦王，送別於易水，高漸離（生卒年不詳）悲歌擊筑，荊軻和而歌。漢・司馬遷著，宋・裴駰集解，唐・司馬貞索隱，唐・張守節正義：《史記》第 8 冊，卷 86，頁 3067。

98 春秋時，范蠡（前 536-前 448）佐越王勾踐滅吳，功成身退，自稱鴟夷子，乃乘扁舟，遁入五湖。漢・趙曄著，張覺校注：《吳越春秋校注》，卷 10，頁 258-279。

對愛國詞人辛棄疾的仰慕。光緒三十二年（1906），柳亞子赴上海，學理化不成，遂入健行公學，與高旭結識，並共同執教國文。[99]高旭嫌「盧」字筆畫多，常於詩箋作「亞子」，後來便漸漸採用為名。[100]關於柳亞子的題詩，未收錄於《南社叢刻》之中。林香伶《南社文學綜論》云：「《南社叢刻》有不少柳亞子與高旭來往的書信，亞子曾經替丁三在、王蘊章、周芷畦、凌景堅、龐樹柏、吳梅等人的畫作寫過題畫詩，但是卻從未為高旭寫過任何一首題畫作品。」[101]是說乃就《南社叢刻》而言，事實上，在柳亞子的詩集中收有4首〈為天梅題花前說劍圖，集定公句〉。詩云：

> 何日重生此霸才，九州生氣恃風雷。從茲禮佛燒香罷，悄向龍泉祝一回。
>
> 不能雄武不風流，自拜南東小子侯。誰分蒼涼歸棹後，笛聲叫破五湖秋。
>
> 更何方法遣今生，難遣當筵遲暮情。為恐劉郎英氣盡，兒談梵夾婢談兵。
>
> 我亦陰符滿腹中，美人如玉劍如虹。明年三月猰貐死，第一親彎射羿弓。[102]

此四首詩為宣統二年（1910）所作，主要是集句龔自珍詩作而成。第一首詩集錄龔自珍〈己亥雜詩〉第136、125、275與第7首詩。〈己亥雜詩〉雖為

---

[99] 孫之梅：《南社研究》（北京：人民文學出版社，2003），頁149。

[100] 楊天石：〈柳亞子〉，山東大學文史哲研究所主編：《中國歷代著名文學家評傳》第6卷（濟南：山東教育出版社，1997），頁417。

[101] 林香伶：《南社文學綜論》（臺北：里仁書局，2009），頁368。

[102] 柳亞子著，中國革命博物館編：《磨劍室詩初集》，卷8，頁130。

道光年間龔自珍辭官以後所作，然從其詩：「九州生氣恃風雷，萬馬齊瘖究可哀！我勸天公重抖擻，不拘一格降人材。」[103]仍可見龔自珍期許皇帝廣聽言路、選拔人才，方可使中國如風雷炸響般，充滿生機。柳亞子藉此稱許高旭才氣縱橫，可為撼動九州之國家棟樑。龔自珍與高旭皆深好佛學，但兩人瓣香參佛、浸濡佛學各有其因。龔自珍在遭逢母親逝世、科場屢挫的人生起落時，冀圖從佛學尋求精神的解脫，而高旭則是在維新變法失敗後，感到政府的無能，現實的殘酷，盛怒幽憂之下，尋求佛學慰藉，超脫苦悶。但儘管如此，龔、高二人並未自此走向消極避世、忘懷現實的道路，而是融注佛家「悲天憫人」情懷於儒家「修齊治平」的經世濟民之中，企圖施展自己的抱負。龔自珍在京期間，時常向龍泉寺僧借經閱讀，故其詩有謂：「借經功德龍泉僧」。[104]龔詩「悄向龍泉祝一回」，前一句是「先生宦後雄談減」，[105]指其為官以後，已收斂青年時的論政鋒芒，而今罷官後，又私向祝願回復昔時針砭時弊之心。是以，柳亞子此謂：「從茲禮佛燒香罷，悄向龍泉祝一回。」實是暗指高旭祝願投身革命，即便遭逢挫敗，仍堅持到底的決心。

第二首詩的第一句：「不能雄武不風流」，出自龔自珍〈定風波〉：「倘若有城還有國，愁絕，不能雄武不風流。」[106]謂己為國愁極，既無法威武雄壯地做一番大事，亦無法暢快風流，溺於享樂。第二句：「自拜南東小子侯」，出自〈夢中作四截句十月十三夜也〉：「忽聞海水茫茫綠，自拜南東小子侯。」[107]指其藐視權貴，後悔入世為官。柳亞子集其二句為：「不能雄武不風流，自拜南東小子侯。」指包括自己與高旭等人在內的傳統知識份子，皆曾為仕途功名所累，然而在外敵入侵、國家危急之際，既無法引劍殺敵，亦無法安之若素，進退不得。第三句：「誰分蒼涼歸棹後」，出

---

[103] 清・龔自珍著，王佩諍校：《龔自珍全集》，第10輯，頁521。

[104] 清・龔自珍著，王佩諍校：《龔自珍全集》，第10輯，頁512。

[105] 清・龔自珍著，王佩諍校：《龔自珍全集》，第10輯，頁509。

[106] 清・龔自珍著，王佩諍校：《庚子雅詞》，《龔自珍全集》，第11輯，頁586。

[107] 清・龔自珍著，王佩諍校：《龔自珍全集》，第9輯，頁496。

自〈己亥雜詩〉第 96 首：「少年擊劍更吹簫，劍氣簫心一例消。誰分蒼涼歸棹後，萬千哀樂集今朝。」[108]前述已言，劍、簫是龔自珍詩中常見的意象，「劍」象徵壯志用世之心，「簫」象徵憂國憂民之心。此指龔氏年少時的劍氣與簫韻，已被現實逐漸消磨殆盡；罷歸以後，或有感到人世的蒼涼，亦有歸隱後的釋然，種種哀樂悲喜，五味雜陳，如今都匯集於胸臆之中。第四句：「笛聲叫破五湖秋」，出自〈浪淘沙・書願〉：「雲外起朱樓，縹渺清幽，笛聲叫破五湖秋。」[109]形容清越笛聲吹破五湖肅殺的涼秋。柳亞子集其二句為：「誰分蒼涼歸棹後，笛聲叫破五湖秋。」所指應為高旭當年不得已解散健行公學，為避矰繳，歸隱鄉里，而柳亞子其時亦歸返鄉里。但儘管如此，高旭心中始終懷抱激揚越音、高倡革命之意念，不曾消退。

健行公學解散後，高旭作有〈風馬兒・弔健行公學〉，以「鵑聲帶血劇淒清」為起，將健行公學喻為「今生愛戀」，[110]表示投注心力之深。而柳亞子亦作有〈金縷曲・健行殂落，慧子（高旭）以詞哀告，倚此和之，知天涯猶有傷心人也〉和之，同樣以「啼血鵑聲苦」為起，喻健行殂落，乃「枉殺填橋靈鵲愿」，[111]猶如愛情受阻。是年，高、柳往來詩作尤多，高旭《願無盡廬詩話》云：「丁未（光緒三十三年，1907）春月，余作倚聲，每成一解，必寄亞盧。亞子為一一和之。」[112]由此可見，高旭不得已結束健行公學的事業，內心其實是帶著不捨和哀痛，柳亞子知其心意，以詩相和，寬慰友人，表現惺惺相惜的友情。

第三首詩集錄龔自珍〈己亥雜詩〉第 275、233、252 與 178 首詩。龔詩「更何方法遣今生」，前一句是「絕業名山幸早成」，[113]指其不廢筆耕，

---

108 清・龔自珍著，王佩諍校：《龔自珍全集》，第 10 輯，頁 518。

109 清・龔自珍著，王佩諍校：《影事詞選》，《龔自珍全集》，第 11 輯，頁 571。

110 高旭著，郭長海、金菊貞編：《簫心劍膽詞》，卷 12，頁 291。

111 柳亞子著，中國革命博物館編：《磨劍室詞初集》（《磨劍室詩詞集》下冊），頁 1758。

112 高旭著，郭長海、金菊貞編：《愿無盡廬詩話（下）》，《高旭集》，卷 25，頁 600。

113 清・龔自珍著，王佩諍校：《龔自珍全集》，第 10 輯，頁 534。

以著書立作，成就今生名山事業。第二句「難遣當筵遲暮情」，原詩前一句是「燕蘭識字尚聰明」，[114]指其兒子已能識字，而自己卻有年紀老大之感。柳亞子集其二句為：「更何方法遣今生，難遣當筵遲暮情。」指高旭著述甚多，名山事業已成，但終難排遣年漸遲暮之感。古人深感年華老去，老大徒傷悲，通常都是因為仕途困蹇，而此當指年歲漸長，然革命尚未成功。第三句「為恐劉郎英氣盡」，乃龔自珍化用自辛棄疾〈水龍吟・登建康賞心亭〉：「求田問舍，怕應羞見，劉郎才氣。」[115]指許汜雖有國士之名，卻在天下大亂、帝主失所之時，只想著求田問舍，不知救國救民，不僅為陳登所不恥，亦無顏面見劉備。[116]此指懼怕年力漸衰，革命未成，喪失志氣，故借「劉郎英氣」比喻高旭，以為勉勵。龔詩「兒談梵夾婢談兵」，下一句是「消息都防父老驚」，[117]指為避免父老擔憂，故將談兵論政之國家大事，梵夾於說經貝葉中。柳亞子取其前句，意在申明高旭雖好佛學，但仍胸懷大志，時刻不忘革命志業。

第四首詩的第一句：「我亦陰符滿腹中」，出自〈己亥雜詩〉第 265 首：「美人才地太玲瓏，我亦陰符滿腹中。」[118]前句是讚美其妾靈簫聰明剔透，玲瓏空靈，後句則自指胸懷文韜武略，嫻熟深藏。第二句：「美人如玉劍如虹」，出自〈夜坐〉：「萬一禪關砉然破，美人如玉劍如虹。」[119]形容美人美如白玉，寶劍發光如長虹，寫出英雄美人、才子佳人的風姿綽約。此詩寫於道光三年（1823），龔自珍三十二歲之時，其在都供職，第四次會試未第，心情鬱悶，但仍期許自己如發光寶劍，為國效力。柳亞子集其二句為：「我亦陰符滿腹中，美人如玉劍如虹。」指高旭與何昭男才女貌，

---

[114] 清・龔自珍著，王佩諍校：《龔自珍全集》，第 10 輯，頁 531。
[115] 宋・辛棄疾著，辛更儒箋注：《辛棄疾集編年箋注》第 2 冊，卷 6，頁 559。
[116] 晉・陳壽著，南朝宋・裴松之注，陳乃乾校點：《三國志》第 1 冊（北京：中華書局，1990），卷 7，頁 229-230。
[117] 清・龔自珍著，王佩諍校：《龔自珍全集》，第 10 輯，頁 526。
[118] 清・龔自珍著，王佩諍校：《龔自珍全集》，第 10 輯，頁 533。
[119] 清・龔自珍著，王佩諍校：《龔自珍全集》，第 9 輯，頁 467。

智勇雙全。第三句：「明年三月猰貐死」，出自〈己亥雜詩〉第 172 首。[120]「猰貐」謂敵人，此借指滿清。第四句：「第一親彎射羿弓」，出自〈己亥雜詩〉第 89 首。[121]柳亞子集其二句為：「明年三月猰貐死，第一親彎射羿弓。」指高旭投身革命，執劍射羿，期許來年反清告成，敵人將被消滅。

從題詠中可見南社三位創始人志同道合的信念，以及相知相惜的友情。據南社社員鄭逸梅《南社叢談：歷史與人物》云：「高天梅和柳亞子本是同學，天梅是高吹萬（高燮）的侄子，實際天梅的年齡反比吹萬大一歲，以輩分關係，稱吹萬為叔，亞子隨著天梅，也稱吹萬為叔。可見是很融洽的了。」[122]鄭氏書後又收錄 1 篇柳亞子與柳非杞的通信云：

> 二十歲那年，我在上海健行公學教書，和亡友高天梅同主《復報》筆政。天梅嫌我亞盧的盧字筆劃太多，常常在贈答詩箋上面寫作亞子。他說：「子者，男子之美稱也。」天梅別號鈍劍，又稱劍公，當時高柳齊名，便以柳亞子與高劍公作為對稱的名詞。我也不自覺地漸漸自己應用起來，於是柳亞子頗為一般人所知道了。[123]

此段文字說明：柳亞子字、號的更改與高旭有極大的關係，可見當時二人交往頗密。然而，以〈花前說劍圖〉作為高旭自我標榜與友人建立交際的管道，《南社叢刻》收錄陳去病的題詞，以及不少社員為高旭題詠的詩歌，但為什麼卻反而未收錄柳亞子的題詠呢？

---

[120] 清・龔自珍著，王佩諍校：《龔自珍全集》，第 10 輯，頁 526。

[121] 清・龔自珍著，王佩諍校：《龔自珍全集》，第 10 輯，頁 518。據劉逸生《龔自珍己亥雜詩注》云：「按，作者在詩中顯有所影射。當時可能有個學者受到門生弟子的強烈攻擊，所以作者拿羿的故事作比，言下頗有諷刺的意味。」所據不知為何，此列為參考。清・龔自珍著，劉逸生注：《龔自珍己亥雜詩注》（北京：中華書局，1998），頁 128。

[122] 鄭逸梅：〈南社的糾紛和鬥爭〉，《南社叢談：歷史與人物》（北京：中華書局，2006），頁 38。

[123] 鄭逸梅：〈柳亞子自談名號〉，《南社叢談：歷史與人物》，頁 482。

高旭雖然年長柳亞子十歲，但兩人曾經是同學，又都有些脾性，時常發生齟齬。鄭逸梅《南社叢談：歷史與人物》記載不少關於高旭與柳亞子的糾紛，如：高旭自負詩才，自詡為「江南第一詩人」，柳亞子很不服氣，作詩嘲諷；又南社第一次虎丘雅集，高旭未得前往，柳亞子笑他「杜門避著矰繳」。[124]由此可見，柳亞子對於高旭是帶著一股較勁與嫉妒並陳的意味。而真正影響兩人友情的關鍵，是南社編輯權的爭奪與掌控。鄭氏云：

> 《南社叢刻》第一集是天梅編輯的，出版了，亞子認為編制太雜亂，沒有條理，說：「天梅書生習氣，做事太馬虎。」這又加添了天梅的思想疙瘩。南社第三次雅集，地點是在上海味蒓園（俗稱張家花園），到了十九人，天梅也不在其內。亞子等提出修改條例，再依條例推選職員，景耀月、寧太一（寧調元）、王無生（王鍾麒）分任文、詩、詞編輯，庶務為包天笑及張佚凡女士，書記為朱少屏，會計為柳亞子。巢南、天梅兩人都落了空。巢南素不計較，天梅卻是計較到底的。又一次雅集，天梅來參加了，聚餐時，和亞子大鬧酒陣，爭某一問題，斷斷不已。同座有袒天梅的，有袒亞子的，而袒亞子的人數較多，亞子占著優勢，那位後來擔任北伐隊隊長的張佚凡女士，又來加助一臂之力，亞子這時很得意地說：「這真叫做『得道者多助』哩！」天梅又吃了一次虧，懷恨更甚了。
>
> 一九一二年（民國元年），南社舉行第七次雅集，地點在上海愚園。社友到了三十五位，天梅便是三十五位之一。這次雅集，亞子提議再度修改條例，主要是把編輯員三人制改為一人制。……頓時引起天梅激烈的反對。可是當時在座的，大都默不作聲，有人卻認為眾擎易舉，獨立難成，還是三頭制好。亞子孤掌難鳴，氣得悶不開口。這問題後以投票方式來解決，及揭曉，反對票多，贊成票少。天梅笑著道：「這究竟誰是得道，誰是多助呢？」……亞子受了這個刺激，明

---

[124] 鄭逸梅：〈南社的糾紛和鬥爭〉，《南社叢談：歷史與人物》，頁 38-39。

天就擬了永遠脫離南社的聲明，登在報上。[125]

南社第一次雅集，陳去病被選為文選編輯，高旭未與會，也被選為詩選編輯，而被視為南社發起人的柳亞子，卻只是擔任書記一職，心頗不甘。是以，從《南社叢刻》第 1 集出版後，柳亞子批評高旭編輯雜亂，到提出修改條例，改選景耀月、寧調元、王鍾麒為詩文詞編輯，拉攏包天笑及張佚凡，都顯露柳亞子一步步計畫獨攬編輯權的意圖。三位創始人對此態度不同，陳去病素不計較，而高旭卻是計較到底，至民國元年（1912）柳亞子登報脫離南社，兩人的爭端可謂達到沸點。柳亞子登報脫社，諸多社友皆勸其歸社，而高旭也做出讓步，最終，社員們便依照柳亞子的意願，改編輯員制為主任制，方使柳亞子重回南社。

由上述可見，高、柳之爭，其實早在民國以前即已存在，至南社成立、民國建立以後，彼此更因失去共同的政治目標與文化期待，終致內在分化成歧異的道路。雖然，最終南社修改條例依照柳亞子的意願而完滿終結，然而從支持者少、反對者多的投票結果看來，柳亞子負氣任性離社，不僅是因為高旭的冷嘲熱諷，也間接表達對其他反對改制社員的無聲抗議。柳亞子此舉非但重創南社社員的凝聚力，對於高、柳二人的友情也劃下一道無法縫合的裂痕。此後，高旭不再熱衷於南社，高、柳亦不似從前時常「函牘往來，詩詞唱和」。相較《南社叢刻》所收柳亞子〈分湖舊隱圖〉題詠的豐碩盛況，高旭〈花前說劍圖〉題詠顯然寥落許多。那麼，以高、柳二人早年的交情來看，為什麼《南社叢刻》自始至終都未將柳亞子為高旭所作的題畫詩收入集中？是漏收？抑或是柳亞子刻意為之？此中原委，或可隱約反映出兩人關係惡化的跡象。而柳亞子也在「自請出社」以後，囑託陸遵熹繪〈分湖舊隱圖〉以示歸隱。其後，又廣徵社友為圖題詠，似乎有意確立、彰顯自己在南社的地位，甚至不願讓高旭專美於前。有意思的是，高旭在民國三年（1914）為柳亞子題〈分湖舊隱圖為柳亞子題，次原韻〉4 首詩中云：「亂

---

[125] 鄭逸梅：〈南社的糾紛和鬥爭〉，《南社叢談：歷史與人物》，頁 39-40。

餘人物例菰蘆，況是江東舊酒徒。朝局如棋渾不管，高人心事屬分湖。」「濯足清流不世情，倦游儂亦漸忘名。東華塵土消除盡，讀畫焚香遣此生。」[126]詩中隱約反映出兩人的矛盾關係，亦寓含了褒貶、自清之意。

四、其他南社社友的題詠

《南社叢刻》收錄〈花前說劍圖〉的題詠，尚有葉葉、陳子範（1883-1913）、黃鈞（？-1943）、陽兆鯤（生卒年不詳）、周實（1885-1911）、張素（1887-1945）、高燮、姚錫鈞（1893-1954）、俞鍔、沈昌直（1882-1949）、龐樹柏、蔡寅（1873-1934）12 人的作品。後來接任柳亞子主任職位的姚光，[127]是高燮的外甥，與高旭有表親關係，他的別集中也收有 2 首未錄於《南社叢刻》的題詩。諸士題詠多為辛亥革命以前所作，唯蔡寅的題詠為民國以後所作，因此，蔡寅的題詩將置於下一節作討論。綜觀諸士之作，大抵皆緊扣「劍」、「花」主題為開展，援引歷代英雄美人、名花寶劍的典故史實，歌詠高旭之革命精神，以及知音難覓的可貴。除了葉葉、姚錫鈞以外，諸士在凸顯「劍」的意象上，尤愛援引歷代寶劍「龍泉」、「太阿」、「湛盧」、「干將」、「莫邪」、「倚天」、「青鋒」、「昆吾」之名，融合「鑄劍者——寶劍——持劍者」之精神，展現高旭的尚俠好義。

（一）以龍泉、太阿、湛盧讚許俠義精神

前述柳亞子〈為天梅題花前說劍圖，集定公句〉4 首，第一首詩中集有龔自珍〈己亥雜詩〉：「悄向龍泉祝一回」。龔詩「龍泉」所指為龍泉寺之

---

[126] 高旭著，郭長海、金菊貞編：《變雅樓詩》，卷 8，頁 213。同見南社編：《南社叢刻》第 14 集（《清末民國舊體詩詞結社文獻彙編續編》第 14 冊，據民國四年（1915）鉛印本影印），頁 67 下。

[127] 自民國六年（1917）柳亞子與朱璽發生「唐宋之爭」以後，柳亞子對南社漸趨消極。直至下一任主任改選，柳亞子辭去主任之職，推薦由姚光主持南社。「朱、柳公案」係指民國六年（1917）社內對於「唐宋之爭」的論戰。事端起因於社友胡先驌在致柳亞子的書信中讚譽「同光體」，引發柳亞子不滿，並隨後公開批評江西詩派。朱璽為此與柳亞子大開筆戰，乃至惡語相罵，最後，柳亞子擅自將朱璽逐出南社。成舍我為朱璽抱不平，遭柳亞子警告，成舍我遂宣告脫離南社，柳亞子亦將成舍我逐出南社。

佛僧。而在其他社友的題詩裡，「龍泉」指的則是：春秋、戰國時期，歐冶子、干將師徒所鑄的「龍淵劍」。唐時，為避高祖李淵諱，因此改稱「龍泉劍」。[128]根據《越絕書》記載：

> 楚王召風胡子而問之曰：「寡人聞吳有干將，越有歐冶子，此二人甲世而生，天下未嘗有。精誠上通天，下為烈士。寡人願齎邦之重寶，皆以奉子，因吳王請此二人作鐵劍，可乎？」風胡子曰：「善。」於是乃令風胡子之吳，見歐冶子、干將，使之作鐵劍。歐冶子、干將鑿茨山，洩其溪，取鐵英，作為鐵劍三枚：一曰龍淵，二曰泰阿，三曰工布。[129]

該段文字主要透露三點訊息：一、寶劍鑄造之時，正值東周列國戰爭頻繁的時代。二、楚莊王派風胡子至吳，請歐冶子、干將作鐵劍，除了鑄成「龍淵」以外，還有「泰（太）阿」、「工布」二柄寶劍。三、古人深信鑄劍者必須具備「精誠上通天」的品德，凝結天、人、劍為一體的凜然正氣，才能鑄出寶劍的俠義精神。而持劍者亦同樣必須具備高潔的操守，方能手持慧劍，成為一名真正的俠義烈士。

爾後，寶劍隨著時代變遷埋沒塵土。時至晉代，龍泉、太阿被發現埋於江西豫章豐城，因此又有「豐城劍」之稱。根據《晉書》〈張華傳〉記載：

> 初，吳之未滅也，斗牛之間常有紫氣，道術者皆以吳方強盛，未可圖也，惟華以為不然。及吳平之後，紫氣愈明。華聞豫章人雷煥妙達緯

---

128 據《大明一統名勝志》記載：「括蒼黃鶴鎮有劍池，……世傳歐冶子鑄劍於此，號龍淵。唐避高祖諱改曰龍泉。」明・曹學佺：《處州府志勝》，《大明一統名勝志》（《四庫全書存目叢書》第 169 冊，臺南：莊嚴文化事業有限公司，據中央民族大學圖書館藏明崇禎三年（1630）刻本影印，1996），卷 8，頁 33 下。

129 漢・袁康著，李步嘉校釋：《越絕書校釋》（北京：中華書局，2013），卷 11，頁 302-303。

> 象，乃要煥宿，屏人曰：「可共尋天文，知將來吉凶。」因登樓仰觀。煥曰：「僕察之久矣，惟斗牛之間頗有異氣。」華曰：「是何祥也？」煥曰：「寶劍之精，上徹於天耳。」華曰：「君言得之。吾少時有相者言，吾年出六十，位登三事，當得寶劍佩之。斯言豈效與！」因問曰：「在何郡？」煥曰：「在豫章豐城。」華曰：「欲屈君為宰，密共尋之，可乎？」煥許之。華大喜，即補煥為豐城令。煥到縣，掘獄屋基，入地四丈餘，得一石函，光氣非常，中有雙劍，並刻題，一曰龍泉，一曰太阿。其夕，斗牛間氣不復見焉。[130]

此段紀載充滿讖緯預言、占測吉凶的神秘色彩。龍泉、太阿的再度面世，與晉、吳之戰相關聯。初時，晉武帝與羊祜謀畫伐吳，群臣反對，唯張華（232-300）贊成。爾後，羊祜病篤，帝遣張華詣羊祜，問伐吳之計。隨後，帝以張華為度支尚書，量計運漕。當時，「斗牛之間常有紫氣」，道術者認為此乃吳國強盛之兆，因此反對伐吳。至吳滅以後，「紫氣愈明」，而張華也因「有謀謨之勳」，受封廣武縣侯，名重一時，「有台輔之望焉」。[131]因此，張華更深信「紫氣」乃吉祥之兆，遂請雷煥前往豐城任職縣令，以挖掘寶劍。雷煥從獄中掘得龍泉、太阿，復始二柄寶劍再度問世。無論此則故事是否帶有迷信色彩，龍泉、太阿寶劍的紫氣光芒，在後世的流傳裡，象徵著豪俠志士的浩然正氣，亦比喻有聲譽、才華之人，能為國家帶來承平安定。是以，龍泉、太阿寶劍出匣，即暗喻著張華才人將出之意。

高旭為革命奮鬥，企圖見用於世的心願與期許，正如龍泉、太阿散發紫氣光芒，因而成為諸士歌詠的主題。如以下題詠所見：

> 那信萬里歸來，悲歌抑塞，豪氣垂垂盡。絕好龍泉誰拂拭，匣裏鳴聲

---

[130] 唐・房玄齡等著：《晉書》第 4 冊，卷 36，頁 1075。
[131] 唐・房玄齡等著：《晉書》第 4 冊，卷 36，頁 1070。

> 如恨。（高燮〈百字令・題鈍劍花前說劍圖〉）[132]

> 詩成長嘯鬼神走，披圖痛飲樽中酒。飛泉出匣不平鳴，夜夜光芒冲北斗。（陳子範〈題鈍劍花前說劍圖〉）[133]

> 古今來、英雄委頓，風塵誰識。幸結龍泉為知己，豪氣向人蓬勃。（張素〈金縷曲・題鈍劍花前說劍圖〉）[134]

> 漫說封侯前度夢，豈是平生初意。只未減、看花英氣。慧業三生都懺盡，算恩仇、了了應能記。好珍重，劍華紫。（龐樹柏〈賀新涼・鈍劍屬題花前說劍圖〉）[135]

《莊子》〈刻意篇〉云：「夫有干越之劍者，柙而藏之，不敢輕用也，寶之至也。」[136]是謂寶劍珍貴，捨不得使用，因此裝藏匣中。高燮、陳子範的題詩，以寶劍匣中自鳴，比喻高旭隱沒匣中的不平則鳴與壯志難酬。晚唐西蜀雷氏造有連珠式琴，名曰「飛泉」。按陳子範詩之前後文意，其所謂「飛泉出匣不平鳴」應指「龍泉」寶劍，而非指「飛泉」琴。高旭雖不得志，然張素寬慰其「幸結龍泉為知己」，一身肝膽，必得世人景仰。龐樹柏亦勉其莫辜負平生英氣，「好珍重，劍華紫」，勿忘矢志。諸士有此失意之說，是針對高旭〈自題花前說劍圖〉：「天生我才竟何用」、「數奇枉作封侯夢」所作的回應，只是諸士採取不同的視角，感嘆革命艱辛，功業未成，亦勖勉

[132] 南社編：《南社叢刻》第 6 集（《清末民國舊體詩詞結社文獻彙編續編》第 11 冊，據民國元年（1912）鉛印本影印），頁 18 上。
[133] 南社編：《南社叢刻》第 5 集（《清末民國舊體詩詞結社文獻彙編續編》第 11 冊，據民國元年（1912）鉛印本影印），頁 16 下。
[134] 南社編：《南社叢刻》第 6 集，頁 10 下。
[135] 南社編：《南社叢刻》第 7 集（《清末民國舊體詩詞結社文獻彙編續編》第 11 冊，據民國元年（1912）鉛印本影印），頁 8 下。
[136] 戰國・莊子著，陳鼓應註譯：《莊子今註今譯》，頁 387。

高旭不為功名所役，兀自努力。

此外，在諸士的題詠中，又以俞鍔〈花前說劍圖為鈍劍題〉最饒富深意。詩云：

> 天梅先生詩窖子，詩成長自書窗紙。長歌多作蛟龍鳴，短韻工裁春旖旎。廬花萬樹鎖幽芳，君有《萬樹梅花繞一廬》卷子。尊邊月底饒吟腸。翠袖驚寒玉團光，先生起舞劍似霜。牢落興悲遲暮心，豐城埋紫忍銷沉。天荒地老無知音，江湖結客須黃金。金盡客散歡難再，花落花開歲歲在。知否邯鄲輕薄兒，一心冰炭暮朝背。侯門彈鋏徒復爾，解語從來好花是。恩怨分明誰得如，神遊夜半薛家婢。玉龍三尺網千絲，趙女之手西施眉。爭王說霸事難期，傾國傾城信有之。結託終慙豎子身，不如來與花為鄰。花光劍氣盤春雲，千載團圞壽主人。主人妙思異等恒，落筆常欲千人驚。圖成粉本寫平生，英雄肝膽兒女情。[137]

詩可分四部分論說。第一部分，俞氏讚賞高旭詩作豐盛，兼善長歌、短韻，用筆使轉，曲盡其妙，極具詩才。並謂高旭胸懷大志，常於「萬樹梅花繞一廬」中，對月酌飲，起舞揮劍，吟詩暢懷。無奈國事蜩螗，高旭耗盡青春，蹉跎年華，終至三十一歲仍然一事無成。是以，第二部分感慨高旭雖有詩才與抱負，卻生逢國家政治腐敗、頹危衰敗之時，無所作為，猶如「豐城埋紫忍銷沉」，才華埋沒於世。當然，詩意是針對滿清政府對內壓迫人民、對外諂媚列強的批判。若非清廷的腐朽與軟弱，又何以激起渠輩的滿、漢意識，甚而反清革命？革命烈士如同古代江湖俠士，為求道義，亡命天涯。只可惜，自古俠士知音少，「金盡客散歡難再」，「一心冰炭暮朝背」，散盡千金也難交到真心朋友。在龔自珍〈金縷曲・癸酉（嘉慶十八年，1813）秋出都述懷有賦〉有云：「願得黃金三百萬，交盡美人名士，更結盡燕邯俠子。」[138]

---

[137] 南社編：《南社叢刻》第7集，頁28上。

[138] 清・龔自珍著，王佩諍校：《懷人館詞選》，第11輯，頁565。

是言知音難得。而俞氏詩中應是暗指劉師培反背，向端方告密、出賣友人之事。第三部分，藉由袁郊〈紅綫〉故事，紅綫為報答潞州節度使薛嵩的恩情，因此夜盜金盒，助其對抗魏博節度使田承嗣，[139]比喻何昭心解丈夫憂愁，為高旭的知音之人。接著，又引西施助越王勾踐滅吳國的典故，寓託何昭美人慧心，可助高旭成就革命霸業。第四部分，總結全詩，讚賞高旭的妙思才華，以及何昭的慧心解語，乃英雄美人、知己相隨的佳話。

歐冶子為中國鑄劍鼻祖，他除了與徒弟干將鑄造龍淵、太阿、工布三劍外，亦鑄有湛盧、純鈞、勝邪、魚腸、巨闕五柄寶劍。[140]陽兆鯤〈題鈍劍花前說劍圖〉引用龍泉、太阿與湛盧入詩：

> 高生高生荊軻徒，天鑄七尺生鐵軀。氣凌嵩華吞太湖，酒酣斫地罵豎儒。猿臂獨令紅袖扶，英雄自古起釣屠。豐城之氣何時無，但恨俗眼非風胡。知寶鉛刀棄湛盧，美人遲暮空嘆吁。壯心寫作丹青圖，龍泉三尺花千株。柔腸俠骨併為吾，胭脂山向庭中趨。英風嶽嶽驚彼姝，秖今豺虎食騶虞。洛陽荊棘廣陵蕪，上方莫斬賊頭顱。浣紗少艾忘沼吳，安得君行劍與俱。右手按劍左援枹，天花亂墜血模糊。百年重滌腥膻汙，君聞我歌愁應紓。大雄那懼吾道孤，有時壁上叱且呼。木蘭怒開神色殊。[141]

詩以荊軻比喻高旭，言其氣宇非凡，氣勢凌人，英勇無懼。然而，感嘆世上少有風胡子一類識才之人，是以，藉由「豐城之氣何時無」、「知寶鉛刀棄湛盧」，表示寶劍見棄，才華埋沒於世。「胭脂山向庭中趨」應是借漢武帝之時，霍去病過焉支山（胭脂山），首虜八千餘級，[142]稱其英勇無畏。並

---

[139] 唐・袁郊：〈紅綫〉，楊家駱主編：《唐人傳奇小說》（臺北：世界書局，1997），頁 260-263。

[140] 漢・袁康著，李步嘉校釋：《越絕書校釋》，卷 11，頁 301-302。

[141] 南社編：《南社叢刻》第 6 集，頁 22 下-23 上。

[142] 漢・班固著，唐・顏師古注：《漢書》第 8 冊，卷 55，頁 2479。

以「祇今豺虎食騶虞」，[143]諷刺當今列強如豺狼虎豹，欲噬食騶虞義獸，企圖瓜分中國領土。感嘆雖有洛陽荊棘、[144]廣陵荒蕪[145]的危機意識，但如今，「上方莫斬賊頭顱」，中國只能不斷被強敵剝削，甚至路權被清廷出賣。詩中亦引用西施助越滅吳的典故，謂高旭有何昭的支持與相助。「右手按劍左援枹」，劍、枹緊密配合，亦象徵夫婦合力相隨，一起開啟中國新局勢。最後，陽氏借「大雄」、「木蘭」，分別比喻高旭、何昭。「大雄」本指對佛之尊稱。《長阿含經》云：「如來於大眾中廣說法時，自在無畏故號師子。」[146]《維摩詰經》〈佛國品〉云：「『師子吼』——無畏音也，凡所言說不畏群邪異學，諭師子吼眾獸下之。」[147]因高旭崇尚佛教，故以「大雄」比喻高旭。「有時壁上吼且呼」，乃指其秉持正義，心無畏懼，激昂慷慨。「木蘭怒開神色殊」，則以花木蘭比喻何昭，言其紅顏一怒為巾幗，不讓鬚眉。此意在否定自古以來「英雄失路，世無知音」的說法，認為高旭有何昭志同道合，知音相隨，因此無懼道寡。

（二）以干將、莫邪稱許犧牲精神

「干將」、「莫邪」寶劍是干將、莫邪夫妻所鑄造的一對雌雄寶劍。莫

---

143 「騶虞」為古代傳說中的義獸。《詩經》〈召南〉云：「彼茁者葭，壹發五豝，于嗟乎騶虞！」《毛傳》：「騶虞，義獸也。」漢・毛亨傳，漢・鄭玄箋，唐・孔穎達疏，龔抗雲、李傳書、胡漸逵、肖永明、夏先培整理，劉家和審定：《毛詩正義》（《十三經注疏》第 4 冊），卷 1，頁 124-125。

144 「洛陽荊棘」典出《晉書》〈索靖傳〉：「靖（239-303）有先識遠量，知天下將亂，指洛陽宮門銅駝，歎曰：『會見汝在荊棘中耳！』」唐・房玄齡等著：《晉書》第 6 冊，卷 60，頁 1648。

145 「廣陵蕪」指宋文帝元嘉二十七年（450），北魏南犯，廣陵太守劉懷之燒城逃走；孝武明帝大明三年（459），竟陵王劉誕據廣陵反，兵敗死焉。十年之間，廣陵兩遭兵禍，城市荒蕪，鮑照感而作〈蕪城賦〉。南朝梁・蕭統編，陳宏天、趙福海、陳復興主編：《昭明文選譯注》第 1 卷，頁 534。

146 後秦・佛陀耶舍、竺佛念譯，中國佛教文化研究所點校：《長阿含經》（北京：宗教文化出版社，2002），卷 16，頁 286。

147 晉・鳩摩羅什譯，後秦・僧肇、道生注：《注維摩詰經》（《經藏法海》第 21 冊，新北：妙音印經會，2014），卷 1，頁 19。

邪為歐冶子之女，干將是歐冶子的徒弟、女婿。根據《吳越春秋》記載：

> 城郭以成，倉庫以具，闔閭復使子胥屈蓋餘、燭傭，習術——戰騎射御之巧，未有所用，請干將鑄作名劍二枚。干將者，吳人也，與歐冶子同師，俱能為劍。越前來獻三枚，闔閭得而寶之，以故使劍匠作為二枚，一曰干將，二曰莫邪。莫邪，干將之妻也。
>
> 干將作劍，采五山之鐵精、六合之金英，候天伺地，陰陽同光，百神臨觀，天氣下降，而金鐵之精不銷淪流。……干將曰：「昔吾師作冶，金鐵之類不銷，夫妻俱入冶爐中，然後成物。至今後世，即山作冶，麻絰葌服，然後敢鑄金於山。今吾作劍，不變化者，其若斯耶？」莫邪曰：「先師親爍身以成物，吾何難哉？」於是干將妻乃斷髮剪爪投於爐中。使童女童男三百人鼓橐裝炭，金鐵乃濡，遂以成劍。陽曰干將，陰曰莫邪。陽作龜文，陰作漫理。[148]

而唐代陸廣微《吳地記》的紀載則是：

> 匠門，又名干將門。……闔閭使干將於此鑄劍，采五山之精，合五金之英，使童女三百人祭爐神，鼓橐，金銀不銷，鐵汁不下。其妻莫邪曰：「鐵汁不下，有計。」干將曰：「先師歐冶鑄劍之穎不銷，親鑠耳，以然成物，吾何難哉？可女人娉爐神，當得之。」莫邪聞語，投入爐中，鐵汁出，遂成二劍：雄號干將，作龜文，雌號莫邪，鰻文。[149]

二段文字皆記載干將、莫邪為闔閭鑄劍，過程遇鐵汁不流的故事。據《吳越春秋》的說法，干將、莫邪夫婦最後是採取「斷髮剪爪，投於爐中」的方法使金鐵融化，鑄成寶劍。而據《吳地記》的說法，則是以莫邪祭劍爐神，

---

[148] 漢・趙曄著，張覺校注：《吳越春秋校注》，卷 4，頁 58-59。

[149] 唐・陸廣微著，曹林娣校注：《吳地記》（南京：江蘇古籍出版社，1999），頁 25。

「投入爐中」，融化鐵精，鑄成二劍。故事看似荒誕迷信，但卻反映出古人深信神劍有靈，以人的頭髮、指甲，甚至是身軀，祭劍爐神，可使金鐵融化，增加劍的靈性。

干將、莫邪鑄劍故事本身即隱含俠士劍氣與男女愛情的成分，是中國鑄劍史上一段扣人心弦的紀載，後來甚至敷演出其子赤比復仇的故事，以及「三王墓」的典故由來，[150]足以可見後世對干將、莫邪故事的喜愛程度。姚光〈題花前說劍圖為鈍劍作〉引用干將鑄劍的典故，目的在宣示高旭堅毅的決心。詩云：

> 在昔干將鑄一劍，精金百煉非塵凡。霜鋒凜凜鏗然響，靈光萬丈森九寰。幾回渴飲胡兒血，摩崖勒功燕然山。埋沒要離冢中後，此劍久矣無消受。吳宮花草盡蕭條，夜夜匣中作怒吼。我友鈍劍當世豪，百年一旦落君手。平生襟懷干雲漢，狂來仗劍出門走。濁流滔滔無底止，時不利兮心未死。彈鋏歸來愿無盡，君自署其室曰：「愿無盡」。偕隱萬樹梅花里。君與其夫人亞希近移居吾里，有「萬樹梅花繞一廬圖」卷子。以酒澆愁愁更愁，君又有「以酒澆愁」館。哀蟬之哀一至此。君一字哀蟬。左看花，右把劍。夜深月冷披起衣。無劍花前花欲飛，抒我抑塞磊落意。淋漓酣暢寄平生，失意英雄視此例。我題此圖百感生，與君同是志未濟。君又有未濟廬。[151]

此詩可分四部分論說。第一部分，姚氏以干將「采五山之鐵精、六合之金英」，鑄成干將、莫邪二劍，比喻高旭如鐵劍般，精挑細選，千錘百鍊，鋒利英勇，光芒照耀九州大地。其心堅定，無日不忘反滿抗清，「渴飲胡兒血」，復興中華，成就像竇憲大破匈奴、班固書〈燕然山銘〉勒石記功之壯舉。只可惜其才華「埋沒要離冢中後」，革命未成，健行公學又被迫解散，

---

[150] 晉・干寶著，錢振民校點：《搜神記》（長沙：嶽麓書社，1989），卷 11，頁 88。

[151] 姚光著，姚昆群、昆田、昆遺編：《荒江樵唱》，《姚光全集》（北京：社會科學文獻出版社，2007），卷 2，頁 196-197。

時至今日，尚無成就一番大事，因而夜夜不平則鳴。此乃針對高旭〈自題花前說劍圖〉：「要離死去俠風歇，一杯酒灑冢中骨」所作的回應。第二部分，以「吳宮花草盡蕭條」暗喻晚清時局，以「夜夜匣中作怒吼」比喻高旭不為世所用的怒吼。然而，姚氏仍相信「我友鈍劍當世豪」，儘管現在「時不利兮」，其豪情壯志，終將不會輕易被打敗。第三部分，運用高旭「愿無盡」、「萬樹梅花繞一廬」、「以酒澆愁」三個室名，以及高旭之字「哀蟬」入詩。「以酒澆愁」、「哀蟬」，皆指其失意不得志於時。「愿無盡」本為佛家偈頌，指菩薩渡化眾生行願的願心沒有窮盡。此借指為高旭追求共和，為民謀福之心願，沒有止盡。「萬樹梅花繞一廬」，既指高旭如梅花凌霜傲雪之精神，亦指高旭與何昭「偕隱萬樹梅花里」的美好心願。第四部分，抒寫自己在此大時代裡，同與高旭一樣是「抑塞磊落」的「失意英雄」。該段引用高旭「未濟廬」室名，語意雙關，表明自己「與君同是志未濟」，傳達英雄相惜之感。

姚光還另外作有〈再題鈍劍花前說劍圖〉1 首詩，云：

> 君向花前說劍，我從湖上吹簫。劍氣簫心一例，孤懷渺渺魂消。[152]

諸士題詩所謂「劍」、「簫」，多指夫妻之情，而姚光此詩則指自己與高旭相互支持的真摯情誼。健行公學解散後，隔年，姚光與高旭等人共同創辦欽明女校，兼任文史教員。[153]民國元年（1912），高旭在〈次韻答石子（姚光）〉中說：「人生貴神交，原不在文學。今日忽然逢，逢亦何造次。握手談心期，男兒具心意。前途莽蒼蒼，豈無用武地？掬取烈士肝，披襟笑相視。況題說劍圖，辭與情兼至。」[154]是表示兩人友情的最好回應。

（三）以昆吾、倚天、青鋒讚揚豪氣與柔情

關於「昆吾」寶劍之由來，據《列子》〈湯問〉記載：

---

[152] 姚光著，姚昆群、昆田、昆遺編：《荒江樵唱》，卷 2，頁 200。

[153] 姚昆群：〈姚光〉，柳無忌、殷安如編：《南社人物傳》，頁 512。

[154] 高旭著，郭長海、金菊貞編：《天梅佚詩（三）》，《高旭集》，卷 19，頁 442。

> 周穆王大征西戎，西戎獻錕鋙之劍，火浣之布。其劍長尺有咫，練鋼赤刃；用之切玉如切泥焉。[155]

周穆王十二年（前 964 年），[156]「戎狄不貢，王乃西征犬戎」。[157]周軍大勝，犬戎獻昆吾劍與火浣布。按文中描述：昆吾劍長一尺八寸，鋼質純熟，切玉如泥，可知其劍刃鋒利。楊伯峻引《釋文》云：「昆吾，龍劍也。」又引《河圖》曰：「瀛州多積石，名昆吾，可為劍。」瀛州乃中國神話神仙所居之山。昆吾劍以瀛州神山積石所鑄而成，因此就其本質而言，即具有神聖與威力的特性。

沈昌直〈題鈍劍花前說劍圖〉借昆吾劍作為高旭之佩劍，除了有表現其豪俠尚義外，亦有以劍喻彼，彰顯其獨特身分之意。詩云：

> 男兒及壯當封侯，一劍光寒天地秋。匈奴未滅何家為，有鄉甯肯居溫柔。青丘高子情何多，名花寶劍相婆娑。風雲偉業寄兒女，此中疇識意云何。嗟君才本人中豪，意氣直欲干雲霄。腰間三尺昆吾劍，中宵起舞霜天高。一腔熱血數行淚，叵耐平生不得志。十年舉似世間人，可憐霜刃未嘗試。英雄生性本情癡，醇酒婦人古有之。濩落襟期誰解得，且將心事付蛾眉。蛾眉娟娟柔如水，此心肯逐寒灰死。寸鐵摩挲日幾迴，一生惟此真知己。吾思昔日重瞳楚項羽，拔山蓋世殊雄武。虞兮一歌艷生春，柔腹俠骨皆千古。本來豪士多艷史，千金慣結嬋娟子。會須奪得燕支山，歸來彼美同歡喜。況復嬋娟解用兵，桃花馬上請長纓。好擁萬花齊入陣，勿使匣中孤鐵夜夜空悲鳴。[158]

---

[155] 周・列禦寇著，楊伯峻集釋：《列子集釋》，頁 189。

[156] 南朝梁・沈約註：《竹書紀年》（臺北：臺灣商務印書館，據上海商務印書館縮印天一閣刊本影印，1965），卷下，頁 22。

[157] 南朝宋・范曄著，唐・李賢等注：《後漢書》第 10 冊，卷 87，頁 2871。

[158] 南社編：《南社叢刻》第 7 集，頁 48 下-49 上。

此詩首先借明代高啟（號青丘子）比喻高旭，指其二人情感、詩作豐盛，洋洋灑灑，累篇數秩，極具詩才。更重要的是，高啟個性孤高耿介，朱元璋嘗以官授祿，固辭不受，為文作詩反映時事，與高旭有一定的相似之處。其次，讚揚高旭為人中豪傑，「腰間三尺昆吾劍，中宵起舞霜天高」，在嚴寒的天氣裡揮劍起舞，更能折射出劍氣的燐光閃耀，映照出高旭的意氣干雲。只可惜，「一腔熱血數行淚，叵耐平生不得志」，「十年舉似世間人，可憐霜刃未嘗試」，感嘆高旭雖為革命中堅，並藉由筆桿、教育宣揚革命思想，感召廣大人民，然而，即使高旭有心作為，在滿清掌握政權的天底下，革命就等同是不合法的亂黨。因此，當高旭屢遭端方指名查捕，身陷危境，最終不得已只能選擇關閉夏寓與健行公學，結束其用世之心。接著，寫其失意之過渡，轉將心情寄託於「醇酒婦人」，[159]以解煩憂。雖然，「古英雄不得志，輒以醇酒婦人為結局者，不一其人。」[160]然而，這對高旭而言只是短暫的排解方式。沈氏透過「寸鐵摩挲日幾迴」撫劍動作的描寫，強化高旭的堅毅與執著，並將劍之精神，推許為高旭的「真知己」，是對高氏的最大讚美。是以，援引西楚霸王項羽之故實，比喻高旭同樣有「拔山蓋世殊」的氣魄與才能，同時，也藉由項羽、虞姬之愛情，展現蓋世英雄的俠骨柔情，為高旭、何昭的愛情，更增添英雄、美人的傳奇色彩。最後，引用秦良玉（1574-1648，一作 1584-1648）出戰清軍，化解京城之圍，獲崇禎帝賜詩旌之：「西蜀征袍自剪成，桃花馬上請長纓。世間多少奇男子，誰肯沙場萬里行。」[161]暗喻何昭實非一般女子。何昭與高旭共同創辦欽明女校、提倡女權，並與高旭一起加入南社，顯示出何昭的革命精神與民主思想。因此，沈

---

[159] 「醇酒婦人」典出《史記》〈魏公子傳〉：戰國魏公子無忌（？-前 243），遭秦毀謗，致魏王使人代其將，公子因此謝病不朝，日與賓客長飲醇酒，接近婦女。此後，「醇酒婦人」用以喻人頹廢消沉，溺於酒色。漢・司馬遷著，宋・裴駰集解，唐・司馬貞索隱，唐・張守節正義：《史記》第 7 冊，卷 77，頁 2896。

[160] 清・錢泳著，張偉點校：《履園叢話》上冊（《清代史料筆記叢刊》第 28 冊，北京：中華書局，1997），卷 8，頁 223。

[161] 明・王世德：《崇禎遺錄》（《四庫禁燬書叢刊》第 72 冊，據上海圖書館藏清鈔本影印），頁 11-12。

氏以其夫妻二人「齊入陣」、「勿使匣中孤鐵夜夜空悲鳴」作結，凸顯知音難得的可貴。

始自春秋戰國時期，劍的地位隨著戰爭的大量需要而提高，佩劍的風氣也逐漸成為貴族、名士日常盛行的裝飾，而劍也象徵一個人的身分、品德與尊嚴。三國劉備有青鋒配劍，相傳本是一對，稱為「青鋒雙劍」。後來劉備為報孫權殺關羽之仇，舉兵進攻東吳，不慎遺失一把。周實〈水龍吟・題鈍劍花前說劍圖〉借青鋒劍比喻高旭之才：

> 十年奔走風塵，竟無位置英雄地。花光燦爛，劍光騰躍，豪情難閟。狐兔猖狂，鯨鯢吞蝕，青鋒誰試。任嫣紅姹紫，嬌嬈開遍，風月事，休提起。　　聶政專諸而後，有何人、更精此技。橫磨十萬，縱橫摧剪，那時狂醉。四座皆驚，羣芳欲笑，談何容易。算風流雄俊，無雙問膽，落花神未。[162]

上闋首句同樣是以英雄失意的視角切入。面對當前國勢危急，「狐兔猖狂，鯨鯢吞蝕」，列強不斷侵略中國主權與領土，其憂心憤慨，「豪情難閟」，期待像青鋒寶劍為人重用，用志於世。周氏云：「風月事，休提起」，將英雄兒女，恩怨情長，暫且拋諸腦後，專注國家興亡大事。下闋則以聶政、專諸比喻高旭之英勇豪俠，「四座皆驚」，群芳為之傾倒，稱許其「風流雄俊」，無可匹敵。

周實有《無盡庵遺集》傳世，高旭為之作序時提到兩人相識的情形：「當胡虜猖獗時，不佞與友人柳亞盧、陳去病於同盟會後更倡設南社，……周子實丹聞不佞等之有此結合也，心焉企之，以書郵示，並贈詩數什，以為息壤。實丹本有同盟會之意志，而且兼有南社之特牲者也，其殆夐乎尚矣，弗可及矣。自是以後，屢以詩文詞相質證。庚戌秋（宣統二年，1910），予偕室人何亞希，從叔高吹萬、友人姚石子、蔡哲夫同游金陵，訪實丹於兩江

---

[162] 南社編：《南社叢刻》第6集，頁6上。

師範。亞希輩本未識實丹，予雖屢以詩詞相質證，顧亦未一面。是日晤實丹，竟不相識。然觀其動靜，竊以為，此必實丹也；而實丹見予，亦以為，此必鈍劍也。何以故？以非高鈍劍，斷無此狂態故。於是，乃相與握手大笑。」[163]又高旭《愿無盡廬詩話》云：「周實丹時時以詩寄我，觀其意，若甚有哀者。……周子新移家白下，有『六代江山屬寓公』之句，其自負可知矣。」[164]可以得見，高旭與周實意氣相投，周實更對高旭懷有一種崇敬的心理，並且將他視為知己。

黃鈞〈題鈍劍花前說劍圖〉先後引用了龍泉、倚天二柄寶劍。「倚天劍」是曹操的佩劍。相傳曹操有兩把佩劍，一曰「倚天」，一曰「青釭」；倚天劍由曹操自行佩帶，而青釭劍則是交由夏侯恩佩帶。[165]其詩云：

> 高子鈍劍人中龍，綺情豪氣夙所鍾。萬梅繞屋花正濃，酒酣斫地劍如虹。奇氣一發不可窮，對花說劍情醇醲。我聞古有虯髯公，袖花挾劍行天空。龍泉閃爍花影紅，掀髯一笑天生風。又聞公孫饒麗容，橫波迴睞嬌芙蓉。鴛鴦絲繫鳳頭驄，翩躚妙舞飛霜鋒。高談俊辯開心胸，花耶劍耶將毋同。阿誰渲染奪天工，著我風流雄武中。倚天問劍誰雌雄，大聲叱咤驚鴻濛。直掃胡貉吞羌戎，奠西海西東海東。還劍匣裏告成功。[166]

「花」、「劍」分別代表高旭的「綺情」與「豪氣」。黃氏引用杜光庭〈虯髯客傳〉故事中虯髯客豪俊柔情的形象，比喻高旭的「俠」與「柔」。詩中，「萬梅繞屋」、「劍如虹」，「對花說劍」，「袖花挾劍」，「龍

---

163 高旭著，郭長海、金菊貞編：《天梅文》，卷 21，頁 512。

164 高旭著，郭長海、金菊貞編：《愿無盡廬詩話（中）》，《高旭集》，卷 24，頁 584。

165 明・羅貫中著，陳曦鐘、宋祥瑞、魯玉川輯校：《三國演義（會評本）》上冊（北京：北京大學出版社，1998），頁 523。

166 南社編：《南社叢刻》第 5 集，頁 38 下-39 上。

泉」、「花影」，都是以「花」、「劍」為對舉，一剛一柔的描寫。花之心，既是高旭情感的展現，亦代表其心中所愛女子的美好形象。黃氏借唐朝宮廷藝人公孫大娘舞劍之時，眼波流動，姿態曼妙，比喻何昭之「麗容」、「橫波迴睞」。公孫大娘劍舞「翩躚妙舞飛霜鋒」，令杜甫讚不絕口，曾作〈觀公孫大娘弟子舞劍器行〉：「昔有佳人公孫氏，一舞劍器動四方。觀者如山色沮喪，天地為之久低昂。㸌如羿射九日落，矯如羣帝驂龍翔。來如雷霆收震怒，罷如江海凝清光。」[167]讚許公孫大娘舞姿氣勢恢宏，急速輕巧。此借以比喻何昭之才華出色，為當代才女。不過，話鋒一轉，詩人以為「花耶劍耶將毋同」，應將反清革命「直掃胡貉吞羌戎」置於首位。倚天、青釭本為雙劍。詩云：「倚天問劍誰雌雄」，即指倚天、青釭為雌雄二劍。而此以倚天劍「大聲叱咤驚鴻濛」，初闢天地，隱喻革命勢力強大，必能開闢新的政治局面。詩末，「還劍匣裏告成功」，肯定革命必然成功，充滿昂揚氣勢。此詩相較其他諸士的題詠來說，全詩未見隻字吟嘆失意之情。

第三節　民初政局搖盪下的英雄落寞

民國二年（1913），中華民國國會於北京成立。高旭被膺選為第一屆國會眾議院議員。其後，高旭前往北京，準備展現政治抱負，並在北京組織南社雅集。然而，隨著民初政局的動盪起伏，國會二度遭到解散，高旭徘徊於南北之間，北京南社也難以持續。民國十二年（1923），高旭因曹錕賄選案被逐出南社，此後一直被視為「賄選議員」，留下千古汙名，與早期形象形成鮮明對比。

一、入京參政至逐出南社

高旭從入京參政至離開政壇，中間不過十年的時間，不僅政治陷入更複雜紛擾的混亂期，高旭也從「革命志士」變成「賄選議員」，一生的升沉榮

---

[167] 唐・杜甫著，清・楊倫箋注：《杜詩鏡銓》，卷 18，頁 883。

辱、成敗毀譽，都發生在這十年之間。期間，南社社員蔡寅曾為〈花前說劍圖〉題詠 1 闋詞，題詠裡寓含了高旭這段期間的處境與蔡寅對高旭的看法。

（一）北京南社的成立與終結

辛亥革命期間，南方各省革命政府欲與清廷停戰議和，清廷委派袁世凱（袁派唐紹儀為代表）與南方革命軍代表伍廷芳於上海會談。議和尚未達成共識，孫中山在南京組織臨時政府，表示革命未達目的，無議和可言。爾後，因英美各國及立憲派、守舊官僚的介入與施壓，終使孫中山提出「清室優待條件」，聲明倘若清帝退位，袁世凱贊成共和，即讓位於袁。[168]袁世凱為求個人野心，威嚇隆裕太后接受「清室優待條件」，否則清室將有滅族之虞，脅迫清廷退位。隆裕太后眼見大勢已去，以維護皇室安全為大局，於民國元年（1912）2 月 12 日下詔退位，[169]結束滿清在中國二百六十餘年的專制統治。

南北議和達成後，袁世凱繼任大總統，將南京臨時政府遷往北京。同盟會也改組為國民黨，由秘密變成公開。許多南社社友紛紛北上，參與政治、新聞、文化、教育等工作。民國二年（1913），袁世凱發布國會召集令，高旭膺選為第一屆國會眾議院議員。3 月中旬，高旭赴京，投身政治活動。不久，宋教仁在上海遇刺身亡。4 月，南社於北京畿輔先哲祠舉行雅集，悼念宋教仁。此次雅集，予以高旭實現政治理想與文化理想的新契機。自高、柳之爭，柳亞子主持南社以後，高旭便淡出南社活動，轉而將注意力放在政治上。此次入京，對於高旭而言，不僅是新階段展現「劍氣」的開始，也是「簫心」的賡續與完成。骨子裡保有的傳統名士情結，尚須藉由詩酒雅集展現自我、建立人際，方可完成。是以，高旭對於此次南社北京雅集相當投入。〈南社開會紀事〉云：

南社雅集由高鈍劍君發起，於四月二十七日十二時假畿輔先哲祠開

[168] 羅家倫：《國父年譜初稿》上冊（臺北：中央文物供應社，1958），頁 302-303。

[169] 郭廷以：《中華民國史事日誌》第 1 冊（臺北：中央研究院近代史研究所，1979），頁 23。

> 會。社友到會者數十人，公推陳佩忍君為主席。陳君入席，報告南社組織之原因，根於皖、浙事敗，同志星散，故欲借文字以促進革命之實力，然社友不過寥寥數人而已。至己酉（宣統元年，1909）十月初一，在虎丘大會，社友始眾。及去歲光復，實心任國事者本社同人為最多數（如黃、陳、馬、宋、何、呂諸子）。去年南北統一，共和告成，本社之目的已達。今日集會於北方，同聲稱慶。今日開會，一為諸同志握手為歡，一為將來之進行。[170]

畿輔先哲祠位於北京宣武區下斜街，為光緒四年（1878）居京在朝的李鴻藻、張之洞、張佩綸等人所建，祠中供奉歷代忠義、名臣、孝友、循吏、獨行、儒林、文苑、隱逸、殉難文武官紳、士民兵勇、貞節孝婦。[171]此次雅集目的，在於集結北京南社社員，共同慶祝「南北統一，共和告成」，並借「畿輔先哲祠」創建之意義，告慰那些在革命中喪生的義士。當日參與集會者，包含高旭、陳去病、張心蕪、陳景賢、黃宗麟、江鏡清、邵瑞彭、周亮才、田桐、林百舉、林庚白等 31 人，[172]而現任國事者，又以「本社同人為最多數」。換言之，南社社員從反清革命到國事參與，本質上皆與政治脫離不了關係。雖然反清革命的目標業已達成，然而，新的政治局面又真正符合所有成員的期望嗎？事實上，在南北議和期間，南京臨時政府裡的南社成員，多半傾向擁護議和，但南社核心人物高旭、柳亞子，則是表態堅決反對議和，主張繼續北伐。高旭〈挽興漢諸烈士〉云：「議和議和議和，畢竟是何妖孽，來者努力，斷無遺恨失吞吳。」[173]果然，袁世凱很快曝露他的野心，尤其宋教仁之死，予以社員重大打擊。因此，此次北京雅集，仍冀望本於「欲借文字以促進革命之實力」的創社初衷，勖勉社員持續為追求民主共和而努力。

---

170 楊天石、王學莊：《南社史長編》（北京：中國人民大學出版社，1995），頁 323。

171 曹子西：《北京史志文化備要》（北京：中國文史出版社，2008），頁 351。

172 楊天石、王學莊：《南社史長編》，頁 323。

173 高旭著，郭長海、金菊貞編：《聯語》，《高旭集》，卷 26，頁 663。

高旭〈畿輔先哲祠分韻序〉云：

> 維癸丑（民國二年，1913）四月二十七日，南社同人宴集於畿輔先哲祠，修舊好，禮也。園林清絕，足障庾亮之塵；逸興飄然，堪續蘭亭之會。是日也，海棠正花，嬌嫣欲語；騷人咸集，意態若仙。張綺宴，述往事。高談漸稀，清歌斯作。或吟楊柳曉風之曲，翠管紅牙；或唱大江東去之詞，銅琵鐵板。非狷非狂，適來寄傲；一觴一咏，大可移情。所恨長夜漫漫，寧戚不聞扣角；桃源渺渺，宋玉尚未招魂。望舊雨而不來，嘆墜歡其難拾。既感死者之可悲，彌覺生者之無樂矣。用題數語，以質同儕。天梅識。[174]

〈南社雅集畿輔先哲祠，分韻得社字〉云：

> 醒時何兀兀，一醉千首寫。狂態忽大作，裂石聲振瓦。修禊遙集樓，呼朋倒金斝。海棠數十本，臨風恣嬌姹。至竟未忘情，向我襟袖惹。乾坤入懷抱，奇淚頓盈把。人為俎上肉，我為釜中鮓。相與同歸盡，吞炭寧喑啞。書生有長策，椽筆扶大廈。陽春白雪音，未必和者寡。同傾古肝膽，浩浩如濤瀉。鵬翼九萬里，圖南風斯下。吾道詎非耶，怨悱續小雅。陳夏振風騷，令人思復社。[175]

序與詩說明此次雅集目的，乃追效魏晉「蘭亭雅集」名士風流，亦表明自己從未忘情寫詩，甚至相當懷念「修禊遙集樓，呼朋倒金斝」、與友人相聚唱和的情景。因為社友之間有著「同傾古肝膽」志同道合的政治理念，使他們得以相與凝聚，相互支持，而也正因如此，他所追尋的信念與理想，才不致孤音少和，淪為「陽春白雪」、「曲高和寡」之境。雖然，「嘆墜歡其難

[174] 高旭著，郭長海、金菊貞編：《天梅文》，卷21，頁518。
[175] 高旭著，郭長海、金菊貞編：《變雅樓詩》，卷7，頁186-187。

拾」，「既感死者之可悲」，感嘆為革命而犧牲的志士，然亦化悲憤為力量，珍惜現下相聚的時光，更冀望持續繼承《小雅》、「風騷」詩旨，不忘當年本於復興「幾、復風流」的結社初衷。

此次會後決議將南社總機關設立於北京，高旭等 12 人被推舉為編輯員。一個多月以後，上海南社公開聲明：「四月念（廿）七日北京之會，乃在京同人所組織。北京交通部及民史館事，其所舉各職員即經（管）該部、館事務，雜誌亦為交通部中別集，皆與本部毫無關係也。」[176]不予承認北京南社雅集之決議，表明南、北各行其事。不過，這並不影響高旭的熱情，是年 6 月，又在崇效寺、陶然亭等地舉行雅集，凝聚北京同仁的向心力，也奠定高旭在北京南社雅集中的領導地位。

然而，北京惡劣的政治環境，阻礙了社集的穩定發展，最終導致北京南社走向末路。起初，高旭與眾議員滿懷期望來到北京，冀望一展鴻圖抱負，然而未料在袁世凱跋扈專權的掌控中，兩院與國會只是徒有虛名，而無實權。「一般性的提案整天吵鬧不休，雞毛蒜皮的事情也得進行『全體表決』。關鍵性的軍國大計根本摸不著邊兒，稍為有些不同意見，不合大總統的旨意，袁世凱便怫然生怒。」[177]而袁世凱為穩固勢力、剷除國民黨，刺殺宋教仁，並向英、法、德、俄、日五國訂立善後大借款，也引發國民黨的激憤與不滿。民國二年（1913）7 月，孫中山起兵討袁，發動二次革命。但由於國民黨人對於討袁之事，「內部分子，意見紛歧」，[178]無法團結，最終導致二次革命失敗，孫中山等人遭袁世凱通緝，流亡海外。袁世凱威迫國會選其為正式總統，隨後下令解散國民黨，撤消國民黨籍之國會議員。翌年，又下令解散國會。是以，高旭等人紛紛南下，南社在北京的活動也隨之告一段落。

民國四年（1915），袁世凱與日本簽訂《二十一條》國恥條約。接著，

---

176 楊天石、王學莊：《南社史長編》，頁 330。

177 郭長海：〈高旭〉，柳無忌、殷安如編：《南社人物傳》，頁 573。

178 孫文著，國父全集編輯委員會編：〈致陳新政暨南洋同志論組織中華革命黨之意義書〉，《國父全集》第 4 冊（臺北：近代中國出版社，1989），頁 315。

又假藉民意，以帝制自為，改年號為「洪憲」。以孫中山為首的中華革命黨、護國軍、舊國民黨、進步黨皆誓師起兵，聲伐討袁。民國五年（1916）3 月，袁世凱在全國輿論的反對聲浪中撤消帝制，結束 83 天的「洪憲帝制」。[179]是年 6 月，袁世凱病死，由黎元洪接任大總統，重新召集國會，高旭再度入京。自 8 月至 11 月之間，北京南社社員曾在中央公園、徐園舉行三次雅集。[180]然而，政治局勢並沒有自此而穩定，黎元洪與段祺瑞的「府院之爭」揭開另一場權力角逐與政治鬥爭。適時美國與德國斷交，黎、段對於參戰與否的問題出現紛爭。議會投票結果以反對票居多，段祺瑞授意督軍團要求解散國會，未果，段祺瑞離開北京，隨後支持段氏之各省督軍紛紛宣布獨立。黎元洪召請督軍團的盟主張勳入京調停，而張勳則暗地策畫溥儀復辟，因而要求黎元洪解散國會，否則不任調人。黎元洪不得已被迫解散國會，並通電宣布苦衷。[181]高旭憤而作〈猛虎行〉諷刺張勳，[182]並與其他議員再次離京，而北京南社雅集也自此終結。

欒梅健認為：「高旭作為一個隨意而又馬虎的自由文人，他在開頭總是喜歡將事情做得熱熱鬧鬧，但其後往往缺乏毅力與耐心，並不能將自己的主張貫徹到底。不僅沒有創辦如上海南社本部那樣的《南社》雜誌，而且『徵集明季以來諸先烈之遺聞軼事』的宏願也未見動靜，即使我們今天所看到的北京雅集時的一些詩歌，也是後來刊登於上海的《南社》中的。」[183]從南社創立開始，高旭對社事活動的參與確實不夠積極投入，尤其自從與柳亞子發生齟齬之後，高旭更從南社淡出，轉將重心全力放在政治上。因此嚴格來說，高旭的人生目標，比起文壇更傾向於政治抱負。革命告成，面對新的政治局勢，高旭滿懷憂喜，希望集結社員的凝聚力，共同為理想而奮鬥，也因

179 郭廷以：《中華民國史事日誌》第 1 冊，頁 185-228。

180 楊天石、王學莊：《南社史長編》，頁 428-433。

181 趙中孚：〈清室復辟〉，教育部主編：《中華民國建國史．民初時期（一）》第 2 篇第 3 冊（臺北：國立編譯館，1987），頁 118-125。

182 高旭著，郭長海、金菊貞編：《丁巳燕游草》，《高旭集》，卷 9，頁 253。

183 欒梅健：《民間文人雅集南社研究》（上海：東方出版中心，2006），頁 144。

此，高旭成為北京南社的重要核心人物。但若以此歸咎北京南社之終結，主因在於高旭的個性馬虎，似乎失於客觀。應將當時北京政治環境與社員的動向納入考量。隨著國會二度解散，社員在離京與進京之間游移，導致北京南社雅集難以在穩定中持續進行，最後不得不走向終結。

（二）蔡寅勸諫歸隱的題詠

袁世凱專政時期，高旭無法實現抱負，民國五年（1916）袁世凱死後，黎元洪接任大總統，召集國會，高旭再度前往北京。此後，高旭在京期間，除了與南社舊友詩酒唱和，也與鄭孝胥、易順鼎（1858-1920）等人結交相唱酬。當時，同樣身在北京從事法律編查工作的南社社員蔡寅，曾經為高旭題作〈百字令・為高鈍公題花前說劍圖，時同客燕邸〉云：

> 霜寒雪冷，只千錘百鍊、無情頑鐵。不信春魂籖大地，幻出蓮花粲舌。肝膽十年，滄桑幾閱，心事潮和血。問誰知己，塞雲黯黯淒絕。　　那堪似水年華，軟紅塵裏，潦到江南客。轉綠迴黃渾不定，又是落花時節。大俠疑仙，狂歌當哭，領略華嚴訣。不如歸去，神光一現如瞥。[184]

蔡寅，字清任，號青純、冶民，江蘇吳江人，為柳亞子之姑夫。光緒年間，東渡日本，攻讀法政，結識孫中山、黃興等人，與高旭同樣為最早的同盟會會員。辛亥年間，加入南社。詞中上闋讚揚高旭昔時忠肝義膽、「霜寒雪冷」的堅毅品格。數十年來，革命艱辛，閱盡人世滄桑，周實、阮式等友人相繼殞歿，知音日益寥落。此處所寫，不僅是高旭一人之心聲，也是蔡寅之心聲。蔡寅曾擔任周實、阮式被害案件的臨時審判庭長，也曾參與偵查宋教仁的刺殺案，但最後都因袁世凱的濫權，下令赦免姚榮澤、裁撤江蘇各級審檢廳，最後不了了之。民國五年（1916），陳其美又被袁世凱派人刺殺身

---

[184] 柳亞子編：《南社詞集》第2冊（《清末民國舊體詩詞結社文獻彙編續編》第32冊，據民國二十五年（1936）鉛印本影印），頁327。

亡，蔡寅雖深感悲憤，亦無力為之。[185]眼見友人一個個被害而死，卻始終無能為力，只能徒留黯然淒絕的感傷。下闋寫民國肇造，高旭耗盡半生年華為追求民主共和的理想而努力，而今卻被「軟紅塵裏」所誤，淪為「潦到江南客」。「軟紅塵裏」出自佛家語「十丈軟紅」，意味紅塵世界短暫，繁華稍縱即逝。此乃暗諷高旭在京與易順鼎交游唱和、捧坤伶之事。[186]因此，接著下句以「轉綠迴黃渾不定」，批評高旭心志不堅，忘其本衷，並借「領略《華嚴》訣」，勸其放下空名，「不如歸去」，保全聲名。上、下闋今昔之比、褒貶之意鮮明，此詞與昔時諸士題詠歌讚高旭的革命精神有極大的差異。

柳亞子〈論詩六絕句〉云：「鄭陳（鄭孝胥、陳三立）枯寂無生趣，樊易（樊增祥、易順鼎）淫哇亂正聲。一笑嗣宗廣武語，而今豎子盡成名。」[187]表露出對於同光體、京師捧伶的不滿，可作為蔡寅此詩之註腳。易順鼎在滿清未亡以前，以詩名滿天下，號為當代名士。辛亥革命以後，易順鼎貧不能自存，因與同鄉袁世凱之子袁克文投契，被委任政事堂印鑄局參事、局長。[188]易順鼎降志出山，為時人所輕視；他在京放任自我，每日徵逐聲色，看戲聽曲，詩酒唱酬，亦為時人所詬病。易順鼎追逐聲色，或為天性憐才好色使然，然而優伶飄零命運、求人賞識的心情，亦往往能激起淹留京城失意文人的感觸與共鳴。[189]民國五年（1916），高旭再度進京，已是袁世

185 沈恩得：〈蔡寅〉，柳無忌、殷安如編：《南社人物傳》，頁644-647。

186 楊天石、劉彥成：《南社》（北京：中華書局，1980），頁87。

187 柳亞子著，中國革命博物館編：《磨劍室詩二集》（《磨劍室詩詞集》上冊第2輯），卷2，頁215。

188 范志鵬：《易順鼎年譜長編》（上海：華東師範大學中國古代文學研究所博士論文，2013），頁346-347。

189 民初捧伶風氣是延續清代「品優文化」而來。龔鵬程在探究清代文人對優伶的態度時有云：「由於憐花也就是自憐，故品花非隔岸觀火式的客觀審美品評，而是牽動著自己存在之實感的生命體認。由於憐花也就是自憐，故其品評中流露的惜花、護花之情，並不只是一般意義的憐香惜玉，或居高臨下、狎玩畜愛寵物之類的感情；而是把自己和伶人放在同樣的存在處境上，或同樣的生命位置上，起一種同體之悲。」龔鵬程：〈品花記事：清代文人對優伶的態度〉，《中國文人階層史論》（蘭州：蘭州大學出版社，2004），頁227。

凱死後的另一段新局勢，然而，至此高旭一直無法真正發揮用世之志。其〈贈易實甫〉詩云：「絕世聰明禪可逃，法華一部即離騷。天生才子供何用？點綴群花足解嘲。」[190]流露出的是一種對於易順鼎宦海逐波、由名士到沉居下僚的深刻同情與深度理解，而其當中也不無投射自我生命的浮沉與寫照。

但儘管如此，高旭並沒有自此抽身政治的舞臺。民國六年（1917），張勳復辟失敗，黎元洪引咎辭職，段祺瑞拒絕恢復舊國會，孫中山電召北京舊國會議員組織新政府，高旭便應孫氏號召，前往廣州參加護法運動。其後，陳炯明叛變，孫中山出兵討伐，高旭反對，旋返上海。民國七年（1918），徐世昌獲段祺瑞支持，選舉為第二任中華民國大總統，至民國十一年（1922）直奉戰爭結束，徐世昌被驅逐，黎元洪復任總統，高旭才再度進京。隔年 6 月，直系軍閥曹錕野心日益顯露，高旭與友人紛紛離京南下，準備移地開會。曹錕逼黎去職，並通電「總統已辭職，應聽國會依法解決」。[191]時至 9 月，參眾兩院開會，高旭復往北京。家鄉金山教育公會發函勸其離京，以保名節，高旭復函：

> 誦來電，敬悉。政變陡興，是非淆亂。曹錕欲用金錢賄買總統，罪大惡極，令人髮指。所幸投票之權實操諸我，旭之鐵腕尚在也。所以遲遲未即南行者，特以此次之倡國會南遷論者，乃竟合全國所唾棄之安福、政學兩系為一氣，深恐故態復作，遺毒無窮，故鄭重考量耳！非絕對不南旋也。至人格之保存與喪失，以留京赴滬定之，要非探本之論矣。辱承教，愚敢布區區。[192]

信中表示自己將留京觀察，以揭發曹錕以金錢賄買總統之惡行，甚至相信「投票之權實操諸我」，不會讓曹錕陰謀得逞。

---

[190] 高旭著，郭長海、金菊貞編：《天梅佚詩（三）》，卷 19，頁 461。

[191] 郭廷以：《中華民國史事日誌》第 1 冊，頁 730。

[192] 高旭著，郭長海、金菊貞編：《天梅書信》，卷 22，頁 540-541。

可惜事與願違，曹錕以每票 5000 元賄選議員五百餘人，最後以 480 張選票成功當選為大總統。而高旭未及發出聲明，10 月 10 日，上海《申報》、《民國日報》即公布參加賄選名單，其中包括高旭、景耀月、景定成、馬駿聲、葉夏聲、陳家鼎、狄樓海、趙世鈺等南社成員 19 人在內。柳亞子致電高旭：「駭聞被賣，請從此割席。二十載舊交，哭君無淚，可奈何！」同年，南社社員、國會議員田桐發表〈致南社社友書〉：「前明先達，閹豎小人，不許入社，況其甚焉。國慶之夕，有議及開會除名者，至今闃然。萬望就近社員，即日集會議決，驅逐遼豕，投畀豺虎，以酬清議，振作士林。」建議將 19 名「豬仔議員」社友開除。此說一出，獲得汪精衛、于右任、陳去病、柳亞子、葉葉、邵力子、胡樸安、姚光等人聯署同意。[193]高旭自此被驅逐出社，結束與南社的關係。

二、南社社友與後世的正負評價

高旭因曹錕賄選案被驅出南社以後，長期以來一直與「賄選議員」畫上等號，飽受世人負面評價，幾乎已成歷史定論。然而，隨著晚近高旭致金山教育公會信函公開面世，學界開始對此問題重新進行追查與探究，發現諸多被忽略且存疑的證據足以推翻前說，予以高旭較為公允的歷史評價。

（一）負面評價

南社社友聯署公布將此 19 名「豬仔議員」社友開除，即表示對此 19 人於德有損的負面評價。身為高旭故友的柳亞子，對此直接的反應是公開表態割席，與其絕交。是時，胡樸安編《南社叢選》請傅熊湘、柳亞子作序，傅云：「歲戊申（光緒三十四年，1908），松陵陳佩忍、柳亞盧，倡南社於海上。」[194]柳云：「中華民國紀元前三年，余與陳巢南諸子，始刱南社，迄

---

193 楊天石、王學莊：《南社史長編》，頁 577、頁 582-583。

194 傅熊湘：〈序〉，胡樸安編：《南社叢選》（《清末民國舊體詩詞結社文獻彙編續編》第 21 冊，據民國十三年（1924）上海國學社鉛印本影印），頁 1 上。

今十五載矣。」[195]都直接將同為南社創始人之一高旭的名字省略，避而不談。民國十二年（1923），柳亞子發起新南社，高旭自始至終都未名列其中，徹底被視為南社罪人。

1930 年代，曼昭作《南社詩話》評價高旭云：

> 前紀之高劍公亦變節之一人，民二當選國會議員，民十二為曹錕買作豬仔矣。亞子痛哭貽書與之絕交，高復書尚謂士各有志也。偶於《南社叢選》見其〈壬子（民國元年，1912）舊除夕感賦〉云：「老大傷懷卻為誰，不關謠諑到蛾眉。萬千壯志歸淘浪，三十封侯已過期。」云云。時適飯畢，讀之胸次作惡不止，逾一小時始得平復，真可惡也。想見其於民元之際，眼熱旁人，腐心身世，搖頭擺尾，豬形已具，何待民十二始泰然登俎耶？胡樸安偏選此等詩，亦可謂嗜痂者。[196]

曼昭是誰？有兩種說法：一為汪精衛，二為李曼昭。認為曼昭為汪精衛者占絕大多數。最早指出曼昭疑為汪精衛的人是柳亞子。[197]鄭逸梅《南社叢談：歷史與人物》云：汪精衛別署曼昭。[198]爾後，宋希於、陳曉平、汪威廉、張憲光等人，[199]皆發文表示曼昭即是汪精衛。江絜生在 1930 年代時，曾任職南京政府監察院，因當時《南社詩話》頗受佳評，但不知作者是誰，

---

[195] 柳亞子：〈序〉，胡樸安編：《南社叢選》（《清末民國舊體詩詞結社文獻彙編續編》第 21 冊），頁 1 上。

[196] 曼昭：《南社詩話》，楊玉峰、牛仰山校點：《南社詩話兩種》，頁 65。

[197] 民國二十一年（1932）7 月 27 日致姜長林書信：「曼昭不曉得是什麼人，我有點疑心是老汪的化名，不知道究竟是與不是。」柳亞子著，上海圖書館編：《柳亞子文集・書信輯錄》（上海：上海人民出版社，1985），頁 149。

[198] 鄭逸梅：〈南社社友姓氏錄〉，《南社叢談：歷史與人物》，頁 374。

[199] 宋希於：〈「曼昭」是誰？〉，《東方早報・上海書評》，2012 年 9 月 2 日。陳曉平：〈「曼昭」就是汪精衛〉，《東方早報・上海書評》，2012 年 9 月 16 日。汪威廉：〈曼昭汪精衛同為一人——《南社詩話》手稿的發現〉，《明報月刊》48.12（2013.12）：45-48。張憲光：〈《南社詩話》與雙照樓詩注〉，《書城》2（2015）：42-47。

因此致信詢問汪精衛，「由汪精衛先生貽札中，稍稍悉其生平，蓋實為其時名記者李曼昭君所作也。」[200]汪夢川〈汪精衛與曼昭及《南社詩話》考辨〉，否定曼昭即汪精衛之説，認為江絜生說法較為可信，進而從論述口吻與行文方式，推測《南社詩話》應非出自一人之手，作者可能包括汪精衛、陳璧君、曾仲鳴、曾醒、林柏生、陳克文、朱樸等人，而「曼昭」則是他們共享的筆名。[201]如此一來，便無法確知這篇署名「曼昭」的文章是何人所寫。不過，文中痛詆高旭之甚，以捲入「賄選案」之事，論其從前詩作，「讀之胸次作惡不止」，難免有以今論昔、知人論世之弊，但也不難看出時人對於高旭眾口鑠金的負面評價。

此後，鄭逸梅《南社叢談：歷史與人物》云：「一九二三年（民國十二年），曹錕賄選總統，以每票五千元收買國會議員，天梅未能拔泥不染，受良心譴責，鬱鬱寡歡，當時亞子馳電詰責……。一九二五年（民國十四年）七月七日患濕溫傷寒逝世，年四十有九。」[202]楊天石、劉彥成《南社》云：「1923 年（民國十二年），曹錕賄選總統，他受賄投票，成為『豬仔議員』。『鮑魚腥裡我還來，收拾河山賦大哀。』（〈次韻示佩忍〉）儘管高旭曾經有過潔身自好的想法，但終於未能敵過『鮑魚』的腥氣。」[203]邵迎武《南社人物吟評》云：「1923 年（民國十二年），因未能抵拒曹錕賄選總統，受賄投票，受到輿論譴責；陳去病、柳亞子等南社詩人發表聲明，宣布『不再承認其社友資格』（《民國日報》，1923 年 10 月 29 日）。高旭自譴自疚，旋歸故里。1925 年（民國十四年）8 月 25 日悒鬱而終。」[204]諸說都對高旭抱持了相同的負面評價。

---

200 江絜生：〈吟邊扎記〉，《青年嚮導》12（1938）：8。

201 汪夢川：〈汪精衛與曼昭及《南社詩話》考辨〉，《南京理工大學學報》28.1（2015.1）：12-18。

202 鄭逸梅：〈南社社友事略〉，《南社叢談：歷史與人物》，頁 279。

203 楊天石、劉彥成：《南社》，頁 87。

204 邵迎武：《南社人物吟評》（北京：社會科學文獻出版社，1994），頁 253。

（二）正面評價

倘若仔細檢視陳去病的文集可以發現，他根據當時《北京社會日報》、《天津太晤士報》所刊載撰成的〈紀曹琨（錕）賄選案〉一文當中，實際上「豬榜」名單上並無高旭的名字。[205]而民國十八年（1929），陳去病作〈高柳兩君子傳〉對於高旭亦有較為公允的評價。其云：

> 高意氣傲岸，自負弘遠，喜飲酒，長於雄辯。醉則侵其座人，或嬲為聯句，不則自捉筆，為詩歌，纏綿數十百言立就。……
> 顧兩子不自矜伐，脩然一無所於其躬。高先任金山司法長，未幾去之。至今歲，始以被舉為眾議院議員來京師。柳則一為南京總統府秘書，即托病歸，至今不出。嗚呼，兩君子不誠賢士哉！
> 然余為之興感焉，今世冠蓋紛紛出入於通都大邑間者，當三數年前，其人類皆畏葸縮瑟如寒蟬仗馬，俯首屈服於奴虜之下，不以為可恥。期值光復，乃更軒眉攘臂，以號召於眾，謂天下事非我莫屬矣。甚且易其媚虜之心，以媚國狗，日夕造作詭謀，戕害勛故。嗚呼！若而人者，其視高柳不深愧耶！然而世且尊崇之，慕效之，至斯滅其良心而未已也。寧不悲哉！[206]

該文是對於高旭、柳亞子匡扶時局，奉獻革命，但卻「始終不居其功」的肯定與讚揚。民國肇造後，高旭出任國會議員，而柳亞子則稱病南歸，雖然二人選擇不同的道路，但陳去病仍肯定高、柳為「君子」、「賢士」，當之無愧。民國五年（1916），陳去病擔任參議院秘書長，隨後又參加孫中山的護法運動，護法失敗後，前赴南京東南大學執教。陳去病心知官場險惡，早日抽身，故不致毀譽謗身。但陳去病並未因此指責高旭，而是以較為客觀的角度，評斷高旭一生的是非功過。陳去病知道高旭生性「意氣傲岸」，抑或知

---

205 陳去病著，張夷主編：《政論雜著集》，頁 566-578。

206 陳去病：〈高柳兩君子傳〉，高旭著，郭長海、金菊貞編：《高旭集》，頁 674-676。

道高旭即使蒙受不白之冤，也不願為自己多作辯白。陳去病當時同意聯署開除 19 名「豬仔議員」社友，乃是出於對南社整體大局著想。晚年撰寫此篇傳記，也是予以世人較為公允的態度審視高、柳二人。

高旭亡歿後，陳去病等南社友人，作有挽聯、弔文以示哀悼：

> 江戶結同盟，壯歲雄圖成舊夢；津門嗟落魄，旗亭揮手至今哀。（陳去病〈挽高天梅〉）[207]

> 吁嗟天梅，人誰不死。何毀何譽，死則已矣。人之相知，貴相知心。君友姚光，諒君獨深。吁嗟天梅，素行堅白。庸肯磷緇，中其磨涅。孔無以易，天下滔滔。和而不同，孰謂可撓。（傅熊湘〈弔高天梅文〉）[208]

陳去病的挽聯，隱喻了高旭生逢亂世之中，有志難伸、壯志難酬的深深惋惜。傅熊湘的弔文，以「素行堅白」、「庸肯磷緇」公正評斷高旭的人品，也是對於高旭一生毀譽的公開辯白。

然而，儘管有陳、傅二人的辯白，自「賄選案」以來，高旭不斷遭受世人唾罵，直至 1980 年代以後，高旭〈致金山教育公會函〉的自白書信面世，歷史的真相才逐漸有了新的定論。近人郭長海撰有〈關於高旭參與賄選事件之探究〉一文，除了藉由高旭〈致金山教育公會函〉這封書信，證明高旭並無擁曹的心跡，亦藉由民國十年（1921）至十二年（1923）之間，高旭為《大公報》所寫的 274 篇針砭時事之政論文，以及選前兩年的活動軌跡，證明高旭一直都是持反曹立場，因此不可能將選票投給曹錕。那麼，高旭為何不為自己辯白呢？因為他無法辯白。當時北京在曹錕的控制底下，在選舉場地的城牆上都有架設機槍，會場外有軍警把守，還有軍車來回巡行，是個

---

207 陳去病著，張夷主編：《病倩詞附聯語箴銘》（《陳去病全集》第 1 冊），頁 280。

208 傅熊湘：〈弔高天梅文〉，高旭著，郭長海、金菊貞編：《高旭集》，頁 682-683。

沒有民主、沒有言論自由的時代。[209]經由郭氏此文的嚴密考證，足資提供證明高旭清白的有力條件，也讓後人願意相信：高旭並沒有變節其志、放棄自己一生追求的真理。

小　結

〈花前說劍圖〉作於高旭三十一歲之時。在此之前，曾歷經夏寓關閉、健行公學解散、秋瑾就義、蘇浙鐵路保路運動等事件。不斷惡化的時局，加深了高旭抗清的決心，亦反映出革命艱辛的現實處境，因此藉由圖畫寄託年華遲暮、壯志未酬，以及壯心不已的複雜情感，既自傷自憐（傷國、失意），亦自勵自許（革命、效國）。〈花前說劍圖〉猶如高旭一生革命路途的寫照。前期生活在滿清的統治之下，高旭以革命核心人物站上反清舞臺；後期生活在民初政治動盪的時局中，又必須對抗袁世凱、黎元洪、段祺瑞、曹錕等軍閥的爭權奪利，以致終生未能在政治上有所建樹，甚至光榮地全身而退。

諸士的題詠大多緣題「花」、「劍」為開展，針對高旭〈自題花前說劍圖〉中所流露的豪情與失意，作為題詠的中心主旨。前期的題詠，主要反映高旭反滿抗清的革命精神。其妻何昭的題詠，表現出知音相惜、夫唱婦隨的相伴與支持。柳亞子的題詠，以集龔自珍之詩句，讚揚高旭的豪情才氣與何昭的才貌雙全。陳去病、陳子範、黃鈞、陽兆鯤、周實、張素、高燮、姚錫鈞、俞鍔等人的題詠，蘊含英雄美人的愛情、反清革命的壯志、功業未成的失意，以及寄託革命成功的期盼，隱含了南社革命友人共同的期許。在何昭、陳去病、柳亞子、葉葉、姚錫鈞的題詩中，「劍」是抽象的精神概念，而在其他諸士的題詠中，則引借歷代寶劍之名，兼含具體與抽象的「能指」與「所指」。其中，龍泉、太阿、干將、莫邪都是屬於東周時期的寶劍，引

[209] 郭長海：〈關於高旭參與賄選事件之探究〉，《長春師範學院學報》22.4（2003）：51-56。

用比例佔絕大多數，不僅反映出士人對於吳越神劍精神的嚮往，也呼應了高旭詩中對於東周俠士要離、荊軻、聶政的讚譽與追效。

後期的題詠，主要以蔡寅的題詩映照高旭在入民以後生活京師的一個片段。在辛亥革命成功、民國建立以後，又發生宋教仁刺殺案、善後大借款、二次革命、解散國會、《二十一條》簽訂、洪憲帝制等事件，顯現革命尚未完全成功，現實與民主共和之路依舊遙遠。袁世凱死後，黎元洪繼任總統，高旭再次進京參加國會。其時與易順鼎相唱和、捧伶，不無帶有顧影自憐、同是天涯淪落人的相惜之感，而蔡寅為其題〈花前說劍圖〉對此寓含褒貶，勸其歸去，似是為高旭日後的政治生涯隱伏預言。爾後，黎元洪與段祺瑞之爭，導致國會再度遭到解散。國會二度解散，反映高旭在民國時期宦海浮波的平生際遇，也連帶影響了北京南社自此終結的命運。但儘管如此，高旭都未曾放下用世之心，他以筆政揭發軍閥陰謀，直至曹錕賄選案發生，被汙以「豬仔議員」，除籍南社，至此才終隱故里。

倘若高旭聽從蔡寅勸誡儘早抽身，或許也不會深陷晚節不保、抑鬱而終的困境，但若無高旭身歷其境，深入虎穴，又何以留下諸多揭露時政的文章？多年以來，世人評價高旭，認為他在入民以後，便沉溺於政治誘利而逐漸喪失革命初衷，是個虎頭蛇尾、未能貫徹始終的馬虎之人。而歷史存在的片面與不盡真實，終使人們願意相信高旭絕不會受到曹錕的利誘。是以，輾轉數十餘年過去，郭長海致力考證這段塵封的歷史，提出許多可疑、不具說服力的論點，並且大量搜集、引證相關材料，翻案前人說法，為高旭陳冤昭雪，可說是論定高旭一生功過最大的貢獻。

結 論

本書所探討的七個主題中，目前可見圖畫的有〈如此江山圖〉、〈銅官感舊圖〉、《江南鐵淚圖》與〈疏勒望雲圖〉。湯貽汾所繪〈如此江山圖〉尚流傳於世，由私人收藏。章壽麟〈銅官感舊圖〉的原圖已不知所蹤，目前可見張之萬、何維樸、林紓、姜丙、汪洛年等人的重繪之作。余治 42 幅《江南鐵淚圖》主要以版畫形式刊刻流傳，因此今日依然可見圖畫內容。侯名貴〈疏勒望雲圖〉的原圖目前不知何在，今日可見附刻於《疏勒望雲圖題詠》中的圖畫，乃依據朱寶善的補繪圖作刊刻而成。由此可見，四者唯〈如此江山圖〉的原圖尚流傳於世，因圖畫繪成以後，便藏之於自然庵中，經由歷代庵主悉心收藏，躲過太平軍與列強戰火的波及，一直到民國才流入肆市。而〈春帆入蜀圖〉雖也躲過戰火，復歸戴氏後人珍藏，然而民國十九年（1930）戴振聲刊印《春帆入蜀圖題詠》時，並未將圖畫收錄集中，因此未能使圖畫廣為流傳。是以可見，古代圖畫保存不易，倘若沒有刻成版畫行世，原圖往往伴隨像主的逝世而失傳，甚至隨著時代的變遷或戰火的摧殘而亡佚。

〈如此江山圖〉、〈銅官感舊圖〉、《江南鐵淚圖》、〈疏勒望雲圖〉、〈春明感舊圖〉、〈春帆入蜀圖〉、〈花前說劍圖〉原圖的創作時間，橫跨嘉慶二十四年（1819）至光緒三十三年（1907）之間，除了〈春帆入蜀圖〉與〈如此江山圖〉分別為嘉、道年間的作品，其餘都是光緒年間所作。圖中反映的史實，涉及白蓮教之亂、鴉片戰爭、太平天國戰爭、陝甘新疆回亂、戊戌政變、庚子事變（八國聯軍）、辛亥革命等歷史事件。就目前可見的〈如此江山圖〉、〈銅官感舊圖〉、《江南鐵淚圖》、〈疏勒望雲圖〉三組圖畫來說，它們的創作手法和圖幅形制，皆各具特色，可分別表示出不同的層面與意涵。《江南鐵淚圖》採取「寫實」的筆法，藉由 42 幅「組圖」的形式，以一個一個事件為軸心，描繪出太平軍入侵江南的各種情境與慘況。而〈如此江山圖〉、〈銅官感舊圖〉與〈疏勒望雲圖〉則是以「寫意」的筆法，將個人的情感與國家的憂危相互聯繫，託興於圖畫之中。〈如此江山圖〉採取「橫幅長卷」的形式，將京口山水浩瀚壯闊的景色凝固在畫面中，同時，也讓時間與空間彷彿隨著畫面的延展而無限延伸，形成橫跨今昔與未來連綿不斷的隱喻結構。由張之萬等人所繪〈銅官感舊圖〉收錄在《銅官感舊圖題詠冊》中，各以「單幅」形制呈現，或表現戰後中興局勢之山河樣貌，或展現戰時銅官戰氛陰霾情勢，百態各異，曲盡其妙。〈疏勒望雲圖〉亦採取「單幅」圖畫的形式，僅只擷取整體事件中的一個片段，有意識地藉由「望雲」的具象性，隱喻離鄉思親的抽象意涵，屬於「斷章取義式」的構圖模式。

本書中探討的各幅圖畫，可分別表示不同的像主身分與創作本意，〈如此江山圖〉投射朝中官員黃爵滋力主禁煙，而後遭受貶謫的宦途失意；〈銅官感舊圖〉寄託效國志士章壽麟意欲入幕報國，卻終其一生祿不弗及、沉鬱下僚的感傷；《江南鐵淚圖》藉由慈善家余治對太平天國戰爭的批判及其對難民的關懷，反映他行善濟民的思想；〈疏勒望雲圖〉反映從軍將士侯名貴忠君效國、移孝作忠的愛國精神；〈春明感舊圖〉寄寓晚清詞學家王鵬運對於舊友零落、國家承平不再的憂情感懷；〈春帆入蜀圖〉反映朝廷重臣戴三錫治蜀歷程及其仕宦升遷的豐功偉業；〈花前說劍圖〉投映革命志士高旭對於自我失意與革命未竟的期許。像主本身境遇的窮達與浮沉，是構成圖畫的本質意涵，此後圖畫經由流布傳播，透過題詠者的品評、再創造，形成相互共生或互補的關係，為文本注入更豐富、多層次的內涵。

圖畫題詠大致可分為「自題」與「他題」。在本書所探討的圖畫題詠中，除了侯名貴沒有為〈疏勒望雲圖〉自題任何詩文外，其他圖畫皆有像主的自題詩。余治《江南鐵淚圖》的創作動機主要以勸捐助餉為目的，因此 42 幅圖畫皆採取「自畫自題」的方式來完成。〈如此江山圖〉是湯貽汾為黃爵滋所作的圖畫，圖成之後，黃爵滋即次馬書城韻自題 1 首詩。〈春明感舊圖〉是鄭文焯受王鵬運囑託而作的圖，王鵬運分別在光緒二十四年（1898）、二十六年（1900）皆以〈綺寮怨〉各題1首詞。呂星垣為戴三錫作〈春帆入蜀圖〉，並題詠1首詩，戴三錫因此相和1詩。章壽麟〈銅官感舊圖〉、高旭〈花前說劍圖〉分別為光緒二年（1876）與三十三年（1907）所作，圖成之後，他們並各作1篇題記和1首題詩，記錄作圖本事。詩人在自題或自畫之時，面臨著不同創作角色的轉換，是圍繞不同藝術形式而展開的自我對話。就多數「他題」的作品而言，題詠的本意是為了促進像主與閱讀者之間的交流，在此閱讀與交流的過程中，題詠者也因其本身的才學與聲名，相應提高了圖畫的價值。例如參與黃爵滋〈如此江山圖〉題詠的詩人，有參加「西園吟社」的社員馮詢、「江亭雅集」的成員郭儀霄，以及晚清著名詞人王鵬運等。為侯名貴〈疏勒望雲圖〉題詠的詩人，則大多都是朝中的同僚與官員。參與王鵬運〈春明感舊圖〉題詠的詞人，大抵皆為「咫村詞社」、「校夢龕詞社」、「《春蟄吟》唱和」的成員。而為章壽麟〈銅官感舊圖〉題詠者，絕大多數也曾參與王鵬運〈春明感舊圖〉的題詠，其中並涵蓋了「宣南詞社」或「咫社」的成員。清亡以後，由戴啟文所徵題〈春帆入蜀圖〉的題詠者，即以「淞濱吟社」的成員為主。至於為高旭〈花前說劍圖〉題詠的詩人，主要皆為「南社」的成員。由此可見，題詠者的文壇地位或政治身分，對於推進圖畫題詠的活動與提高圖畫的價值有著相當重要的影響力。

再者，即使圖畫可能屬於不同時期的作品，但一個人卻可以藉由他的交游網絡，為同一個時期、不同的人物題畫，也可以橫跨時代的界限，為前人的畫作題詠。例如劉炳照在光緒年間曾經為同期時人侯名貴題詠〈疏勒望雲圖〉，時至清亡以後，又受到淞社成員戴啟文的囑託，為其先祖〈春帆入蜀圖〉題詠。又如王鵬運不僅為自己的〈春明感舊圖〉題詠，也曾經受到自然庵主的囑託，為前輩黃爵滋〈如此江山圖〉題詠；他也受到章同、章華昆仲的囑託，為章壽麟〈銅官感舊圖〉題詠。圖畫因為像主、收藏者與後代子孫的徵題得以傳承，而題詠者也在受邀題寫的過程中，與像主、囑託者形成交游酬酢的人際網絡，是以多有美化、歌讚的成分。值得注意的是，這段時期藉由題畫抒寫失意與憂世傷國的作品，比起唐、宋時期「以真寫畫」、「白描畫面」、「借詩論畫」的題詠內容來說，更傾向採取「借畫發揮」的方式來題詠。而這些「借畫發揮」的題詠所形成的內外的隱喻模式，不僅是題詠者與像主的外在對話，也是題詠者與自我的內在對話。劉炳照為戴啟文題〈春帆入蜀圖〉，除了有慶賀其先祖圖畫得以復歸流傳的美意外，也輾轉藉由「思懷」的題旨，傳達自己對先父的思念。〈如此江山圖〉原本即有寄託鴉片戰爭後江山異變、風景不殊的感慨，至王鵬運題詠時，甫經八國聯軍戰爭，因此題詠中所流露出的憂時傷國、期望英豪拯救危局的情懷，可與當年湯貽汾為黃爵滋繪圖的背後心曲相互聯繫。

圖畫題詠不僅是同一時代的詩人與畫家之間的精神互動，亦是隔代的詩人與畫家之間跨時空的對話；在多重對話關係中，畫作意義不斷地疊加豐富，逐漸成為一個固定的文化元素流傳下來。〈銅官感舊圖〉的題詠大多延續了前人「祿與不祿」的觀看視角論辯發揮，而〈春帆入蜀圖〉由原來記錄戴三錫治蜀擢升的豐功偉業，轉變成為淞社遺老思親念遠、傷懷故國的精神寄託，既有對圖畫本意的承繼，亦有「借畫發揮」的意義轉折，其層次變化相較他圖為大。值得一提的是，畫家呂星垣是乾隆時期宮廷畫家錢維城的外甥，畫學宗法董其昌、王原祁。王原祁是康熙時期宮廷畫家，清初「四王」（王時敏、王鑑、王翬、王原祁）之一，畫被宗為「正統」。「四王」影響清代畫壇深遠，包括錢維城也受其影響。而「正統」畫派位居清代畫壇的主導地位，實也隱喻封建統治者保守、專權的政治象徵。淞社遺民藉由題詠〈春帆入蜀圖〉回顧先祖的姻親關係與畫學的延承，就其精神來說，其實也是透過對於清代「正統」畫學的認同，來投射對於故國文化與政治體制的認同。

清末民初的題畫詩詞相較傳統有很大的變化，除了多以「借畫發揮」的方式進行題詠，在「人事類」與「寫實類」的層面也較以往增多，透露出清代經世思想下文人的傳世心態。文人通過圖繪生活情狀，留存自我行跡的心態，在晚清民初政局的風雲劇變中，更融合了「以詩為史」、「以詞為史」的詩學觀，轉而強調彰顯文人畫中「寫意」筆下的「畫史」寄託。是以，詩畫相輔相成，題畫詩詞反映世變，即是以圖像展示的詩史與詞史。故此，從橫向的微觀視角來看，這些題詠反映的是像主或個人本身的生命境遇，從縱向的宏觀視角來看，它們映照出的是晚清時局之下整體人類生存的現實處境。此可援引生命詮釋學家威廉・狄爾泰（Wilhelm Dilthey）《精神科學中歷史世界的建構》云：生命是思想的根源，任何的思想都不能踰越生命之外。生命在綿延不斷的時間中與自然環境、社會文化不斷交互作用，每一個自我都是由外部世界所決定，並反作用於這個世界，進而發展成一種具有社會性與歷史性不斷延伸的結構系統，構成「自我與世界的統一體」，用以拓深我們對歷史的認識。[1]在各門藝術中，狄爾泰尤其特別重視詩的作用，認為：詩抒發的是個人情感，是理解生命的喉舌。[2]同時，他也指出：「人性具有『同類性』（Gleichartigkeit），亦即都有相同的情感及意志力量（die Gemüts-und Willenskraft），都有追求生命需要、目標與評價的共同傾向，因此可以透過一種類同於詩人的『想像的過程』（Vorgang der Phantasie）而再現（nachbilden）行動的動機。」[3]圖畫本身除了有寄寓像主的生命之外，圖畫之於觀者的生命意義，即如詩歌作用於讀者身上的那種被觸動、與自身相應的情感；而由諸士寄寓於題詠的情感，可統合出人類群體相似的共同特性，甚而折射出晚清民初的時代面向。

晚清文人頻繁的雅集聚會，不僅是為交流友誼、抒發個人情志，更帶有學術交流與政治結盟的意義。在晚清政壇上，「清流」是經世致用中一股不容忽視的重要力量。黃爵滋以倡議嚴禁鴉片為當時清流。光緒初年，慈禧為與奕訢爭權，「廣開言路，諫議時聞」，開啟「前清流」的論政風氣。此時期主要的代表人物有李鴻藻、張佩綸、張之洞、陳寶琛、寶廷、黃體芳、鄧承修、吳大澂等人，多以北方人為主。至光緒十一年（1885）中法戰爭前

1 （德）威廉・狄爾泰（Wilhelm Dilthey）著，安延明譯：《精神科學中歷史世界的建構》（《狄爾泰文集》第 3 卷，北京：中國人民大學出版社，2010）。李超杰：《理解生命——狄爾泰哲學引論》（北京：中央編譯出版社，1994）。

2 張旺山：《狄爾泰》（臺北：東大圖書公司，1986），頁 279。

3 張旺山：《狄爾泰》，頁 190。

後，又有「後清流」出現。主要代表人物有翁同龢、文廷式、志銳、張謇、沈曾植、王仁堪、黃紹箕、王鵬運、丁立鈞、李文田等人，多以南方人為主。在這些清議人士當中，可以發現他們有一種近似的命運：不是被發配邊疆，就是被彈劾革職。黃爵滋主張嚴禁鴉片，後以御史任內失察銀庫之由，遭到參罷落職；寶廷在奕訢政權瓦解後，自知與慈禧黨人樹敵過多，因此假藉納妓之事參罷自己；而翁同龢、文廷式、志銳、黃紹箕、吳大澂等人，皆以支持「帝黨」而與「后黨」敵對，因此遭到遣戍、革職。是以，儘管政壇有一群感於國家衰敗而論政時弊之人，但在政治利益與黨派分歧的鬥爭中，「清議」往往只是表面上的言論開放，或者只是淪為上位者一時利用的政治手段。

張之洞早年雖為清流派的領袖，但他在政治上始終保持中立的態度，因此一生位居中樞，屹立不搖。在主持洋務運動時，他曾經創辦漢陽鐵廠、湖北織布局、蘆漢鐵路等輕重工業，也曾先後成立自強學堂、武備學堂與農務學堂。光緒二十一年（1895），康有為在北京組織強學會，並南下拜謁張之洞，邀其主持上海強學會。爾後，北京強學會遭彈劾禁止，張之洞隨即停止對上海強學會的捐款，此後更與維新派保持一定的距離。光緒二十六年（1900），義和團運動爆發，張之洞不顧慈禧對聯軍開戰之令，率兵鎮壓湖北亂匪，並會同劉一坤與各國領事議訂東南互保條例。張之洞的忠君與愛國表現在改革中國、維持地方秩序與國家和平，他企圖改革但不變國體，因此即使門生楊銳在戊戌政變中被殺害，他仍依舊穩坐中樞位置，自始至終在政治上保持中立的立場。相較於其他清流派人士而言，張之洞可說是其中難得少見仕途順遂的官員。

晚清自乾隆晚期以來，吏政腐敗，受賄行私，蔚為風氣，至道光即位以後，朝野因循疲玩，窮奢極侈，貪贓受賄，乃至國庫虧空，已達到積重難返的地步，在這種情況之下，一般士人想透過正常的科舉管道取得作官機會，根本是困難重重。舉凡洪亮吉、龔自珍、章壽麟、左宗棠、鄭文焯、劉炳照、沈焜等，都是長年困蹇場屋懷才不遇的失意者。當時有許多士人不得已選擇變賣家產，透過「捐官」取得一官半職，如會稽名士李慈銘在歷經數次落第失敗後，曾入貲為戶部郎中。是以，雖然早在嘉慶年間王念孫、洪亮吉上書指陳時弊之時，便已暴露滿清政治貪污腐敗的事實，然而貪污風氣並沒有因為和珅被治罪抄家而改善。時風日成，真正有才的人未能得選，失意者佔絕大多數。諷刺的是，吏治貪污腐敗致使人民生計維艱，是以洪秀全在多次應舉失敗後，趁機組織人民起兵抗爭，但卻也為士人創造了建功立業的機會。因此，如章壽麟、余治、左宗棠、侯名貴這類無法藉由科舉達到經世致用的知識份子，他們不甘沉淪於世，因而輾轉藉由從事慈善、投筆從戎來完成報效國家的使命。而如黃爵滋、王鵬運，則是在落職、離京之後，選擇透過教育後學，完成自我的經世理想。

仕途失意表面看來是個人小我之事，但從國家整體而言，映照的卻是大時代的凋敝與衰弱。革命黨人原來也是接受儒家傳統教育的知識份子，在國家面臨列強侵略、衰弱無力抵抗時，他們企圖藉由學習西方，改革中國，拯救危亡的政治局勢，然而，拒俄運動、蘇報案的爆發，使他們認清滿清政府對外妥協、對內鎮壓的真面目。革命黨雖然走的是與滿清政府敵對的道路，然本意於推翻滿清的腐敗衰弱，建立平等、自由的共和政權，就本質上來說，「革命」即是革命黨人心中一種經世致用的實踐，差別只是在於他們的立場與忠清人士不同。高旭〈花前說劍圖〉作於民國成立以前，代表南社反清革命思想的初衷。他在〈自題花前說劍圖〉中寄託自我年華已逝、一事無成與革命未竟的失意，同時也期許自己莫忘其志，充滿經世與失意的複雜糾結。逮至民國建立以後，高旭原本滿懷抱負前往北京參與政治，但是卻在袁世凱與軍閥的權力控制中，隨著國會二度解散而被迫離開京師。國家衰弱、經世致用、科舉失意，三者往往矛盾相生又彼此相輔相成，可以說是晚清的時代特徵，也是該時代人的普遍世相。民國初年，革命表面上是成功了，但實際上軍政大權仍然掌握在北洋軍閥手裡，共和並未真正建立。高旭的失意困頓，是由晚清延續至民初一系列的整體過程。不論是晚清、民初，甚或是現代社會，形成經世與失意之間矛盾、因果相循的癥結點，究其本因都是出於政府的專權與腐敗。

其次，文學與歷史、政治的結合，也是本論文探討的一項重點。在晚清常州學派的理論中，影響文壇最深的是常州詞派的「詞史」觀。詩與文的不同在於：詩是言情託興，文是說明事理。洪亮吉、黃爵滋、龔自珍、左宗棠、王鵬運等人的散文與奏疏，都是屬於直接反映政治的政論文。而「詩言志」、「詞緣情」，說明詩、詞功用本來即不同。張惠言將詞上攀《風》、〈騷〉，欲藉《詩經》「寓褒貶」之政治教化，以及〈離騷〉「香草美人」之託物言志，使詞同樣也具備言志載道的功用。周濟繼承張惠言的詞學觀，並進而提出「詞史」的概念，認為「詩有史，詞亦有史」。所謂「詞史」，即是將現實帶入詞中，關涉的不僅是個人「小我」本身，也擴大涵蓋至整體國家政治、社會群體之「大我」。以王鵬運為例，庚子時期八國聯軍入侵北京時，王鵬運與朱祖謀、劉福姚、宋育仁坐困京城，以詞相唱和，抒發「忠義憂憤之氣」，集成《庚子秋詞》。其後，又與咫村詞社社友鄭文焯、張仲炘、曾習經、劉恩黻、吳鴻藻、恩淳、楊福璋、成昌、左紹佐等人賡續唱和，集成《春蟄吟》。這些填詞雅集的聚會，已不純是文人風雅，更帶有一種抒懷自我、憂傷國事與反映政治現實的意義。

文學中引借歷史典故反映政治現實是詩歌中常見的表現手法。冒廣生在〈如此江山圖〉的題詠中，借用宋文帝北伐鮮卑，草草興亡，暗喻滿清之滅亡。王鵬運、劉福姚、王繼香在〈春明感舊圖〉的題詠中，引用王導與過江名士，遙望山河，感嘆風景不殊，「新亭對泣」，寄託聯軍入京、國土淪亡的感傷；章華、曾習經、王繼香、易順豫等人的題詠，則借嵇康、呂安被司馬昭殺害後，向秀作〈思舊賦〉，暗喻戊戌變法時期被殺害的朝中士人。在〈疏勒望雲圖〉的題詠中，諸士藉由漢代將領趙充國、衛青、霍去病、李廣、鄭吉、馬援、班超、耿恭等人的典故，讚揚侯名貴的效國精神，也反映出當時阿古柏入侵、俄國侵略中國的政治局勢。而在〈花前說劍圖〉的題詠中，諸士援引先秦時期要離、荊軻、聶政的典故，讚揚革命黨人重義輕生的精神，即是反映對滿清政權的反動。葉嘉瑩曾經指出：詩歌中有一種深微幽隱的「弱德之美」，它是在外界強大壓力之下所不得已而採取自加約束和屈抑的，屬於隱曲姿態的一種美。在外界強大壓力之下，詩人沒有絕望或放棄，而是堅持自己的操守，凝化其憂患一生中所恆持的生命之美。[4]詩人藉由隸事用典，借鑑歷史，引人生託喻之想，折射出相應於當時大環境世變中的政治情勢，亦映照出題詠者內在「幽約怨悱」、「不能自言之情」的心緒，隱指作者逆境守德的操持與信念。

在清末民初苦悶的時代中，題畫詩詞承載了精神療癒的功能，不僅發揮士人的精神價值和社會責任的寄託，同時也展現其幽微隱曲的心理歷程。題畫並非流連於純粹客觀的寫照，而是士人人生意象化的表達，是他們追求寄託、尋求慰藉的一種方式。

而文學之於社會與政治的功用，也隨著報刊雜誌、媒體傳播的興盛，成為革命黨宣傳反清革命思想的媒介。高旭不僅在報刊上大量發表批判滿清專制、鼓吹革命的應時文章，也先後創辦《覺民》、《醒獅》、《復報》雜誌，並創立革命文學團體「南社」，這些舉措無非都是為了試圖藉由文學達到政治宣傳的目的，激發更多民眾加入反清革命的行列。高旭甚至將他的反清思想化為具體行動，加入同盟會，擔任同盟會江蘇分會會長，創立健行公學與欽明女校，透過政治、教育團體達到「經世致用」，推進革命之路。在民國成立以後，高旭持續活躍政治舞臺，不若柳亞子選擇退出政壇、持守南社，強烈反映出高旭的「致用」思想。然而，在曹錕賄選案發生後，高旭被社友連署逐出南社，他不僅失去了政治地位，同時也失去了文壇後盾，自此抑鬱而終。或許有許多人不能理解、甚至是批判高旭為什麼不放下政治身分，像柳亞子一樣選擇自守節操？這是因為高旭以筆為武器，試圖利用文學達到喚醒國民目的的同時，他也看見「紙上談兵」對於政治的局限性，唯有身體實踐，力身而行，才能實際達到經世致用的效果。而這也是為什麼柳亞子在民國十三年（1924）江浙戰爭爆發以後，選擇停頓新南社社務，轉向投身政治，出任國民黨黨部委員的原因。

在此必須強調的是，儘管高旭強調身體力行的重要，但從未否定過文學本身的價值，尤其是面臨民國的到來，現代性必然會逐漸取代傳統文化，傳

4　葉嘉瑩：《弱德之美：談詞的美感特質》（北京：商務印書館，2019）。

統的結束將意味永久的失落，因此，民初有許多文人仍持續以舊體詩詞作為創作，目的即是為了透過保存中國文化樹立對國族的認同感。高旭雖然在民國元年（1912）與柳亞子發生齟齬後淡出南社，然而民國二年（1913）高旭入京參政後，又積極地在北京成立南社，希望再次藉由詩社與政治相輔相成，完成其「劍氣」與「簫心」的革命初衷。是以可見，高旭既肯定傳統詩歌文學的政治作用與價值，亦有意識地藉由文學創作來完成自我對傳統名士情結的期許。

綜觀上述可見，文學活動在整體上是一種社會文化實踐，文人之間互通聲氣，相互激發，相互砥礪，在特定的時代環境中還可以因此產生重大的影響，甚至形成一個時代的普遍文學趨勢。這種群體認同傾向在身分意識日漸覺醒的近代作家中更加明顯，他們在相同的文化環境中，面臨相似的民族與時代課題，努力尋求人生和藝術觀念的認同，並在此前提下進行創造性的藝術實踐，以期最大限度地發揮社會文化影響。就詩畫關係而言，詩歌對繪畫的影響主要體現在前者為後者提供了「命題」與「文人性」。另一方面，從文學所依託的傳媒機制來說，任何作家都需要群體協作的書刊傳媒來實現自己的創造性成果的社會化。而清末民初的題畫詩詞唱和，正是這些作家進行文化創造和文學實踐的一種交流機制與聯繫平臺。

最後，從晚清民初題畫詩詞的研究中，也可以反射出傳統大一統制度從穩固、深化，乃至瓦解的歷程。中國自秦始皇消滅六朝、統一中國，至漢武帝獨尊儒術，強化君權於儒家道統中的作用後，便正式確立中國走向大一統的文化制度。大一統制度鞏固了國家免於分裂割據的局勢，也確立君王的政治權力與統治地位，從「得天下」轉為「治天下」，使人民擺脫戰爭所帶來的痛苦，安定社會民生經濟，符合廣大民眾對和平生活的嚮往與期許；而也正因為如此，中國即使歷經無數分裂、改朝換代，甚至是元、清兩次外族統治，最後都能獲得統一。在大一統制度趨於穩定的同時，皇權與忠君觀念也被強化、宣揚，建立起「忠君即是愛國」的思維觀，並隨著教育普遍深植於儒家傳統知識份子的心理。

清代初年，雖有黃宗羲針對專制集權與君權制度進行批判，體現先進的民主思想，然而，隨著滿清對漢人採取恩威並施政策，以及朝政穩固、太平盛世的到來，反專制皇權思想並沒有受到關注，甚至是興起一股潮流。嘉慶年間，戴三錫在白蓮教之亂爆發時被派往四川，治理吏政，重建民生經濟，平定當地亂事，本意是出自忠君愛國的角度，協助清廷，安定國家政局。太平天國戰爭期間，余治以「率土之濱，莫非王臣」的忠君思想，配合官府在地方宣講鄉約，並繪作《江南鐵淚圖》，希冀善心人士能夠「少紓聖主如傷之隱」，助資捐餉。他在戰後重建的產業中，尤其強調農耕與紡織業，反映出傳統封建社會「男耕女織」的經濟型態，也投射出余治對大一統制度的肯定及其重視實業富國的愛國心理。而余治反對淫書、淫戲的主張，從歷史的脈動來看，與清初統治者提倡「誨淫誨盜」、禁燬書籍的文化政策，有著一定的呼應關係。從咸豐至光緒年間，左宗棠先後加入剿滅太平天國、捻亂、陝甘回亂，甚至在滿清只准滿人擔任新疆軍政職務的種族壓抑政策與李鴻章等人反對出兵新疆的情況之下，依然積極向朝廷獻策，請准西征，收復新疆，即是出自他忠君愛國的思想，期望維繫國家政治的穩定。而其幕僚侯名貴，在儒家倫理道德之下所建構的「忠君之義」、「移孝作忠」的教育思維裡，選擇離開寡母，遠赴沙場，以成全君國之大義，同樣也是受到忠君愛國思想的浸濡與影響。至八國聯軍即將爆發的前夕，朱祖謀以厲聲諫言反對慈禧假借義和團之力向列強宣戰，本質上也是出於忠君愛國的心理，而並無反清、反君權的思想。

然而，忠君愛國的思想隨著晚清深陷內憂外患的變局中，逐漸從穩固、嚴密，乃至僵化。在戊戌變法時期，維新派人士本於「保皇改革」之心，試圖變法圖強，挽救國家衰微，獲得光緒與慈禧的支持，但其後由於帝黨與后黨的利益衝突，導致變法陷入失敗，統治者倏然翻臉，戊戌六君子反被以「亂臣賊子」之名遭到殺害。相似情形也發生在義和團運動。義和團打出「扶清滅洋」口號，本為慈禧以「義民」利用消滅列強在中國的勢力，但是當八國聯軍進攻北京、慈禧與光緒倉皇逃往西安的途中，清廷卻下令各地官員派兵絞殺。彼其同時，俄國趁機出兵強佔中國東北。至光緒二十九年（1903）俄國仍不肯退兵，甚至向清廷提出七項要求，於是引發留日學生掀起一陣拒俄愛國運動，結果也同樣被清廷要求日本政府派兵協助鎮壓。清廷不斷對外屈辱求和，對內屠殺鎮壓，「忠君」與「愛國」之間的矛盾衝突，也逐漸開始在有識之士的心中產生質疑，進而加促中國歷來已久的「忠君愛國」思想走向崩毀。

晚清革命黨人大多是遊學海外、接受西方民主思想的遊學生，他們較之同時代人更清醒地意識到中華民族正處於滅亡危機，因此，他們組織國學保存會，以發揚傳統文化，保存國學確立民族的自覺性。高旭〈南社啟〉云：「國有魂，則國存；國無魂，則國將從此亡矣！」申言國學與國家存亡的重要性。而革命黨也在「復我國粹」、「固有之道德」，以及滿清對漢人的歧視與壓迫之中，激起強烈的民族意識，高舉「驅除韃虜，恢復中華」，企圖重申中華民族精神。他們主張恢復中華民族的精神與獨立統一的地位，並非指恢復大一統的君主制度，而是要建立民主、共和、獨立、統一的民族國家。因此，革命黨要重新建立人民對國家的關懷態度，喚起民眾投入救國危亡、反清革命的行列，他們設法透過筆政宣傳，打破儒家傳統灌輸人們「忠君即是愛國」的陳舊觀念，讓人民意識到自己才是國家真正的主人，「愛國」與「忠君」不能相互混淆。這種愛國精神，已然擺脫傳統文人以古代天下帝國為中心的「忠君愛國」思想，轉而強化了民族主義、愛國主義的色彩。

不過，儘管革命黨在武昌起義以前仍持續提倡反清革命，但反滿思想並未深入、改變所有士人心中對國家的認同。當時主張「君憲救國」的立憲派，試圖改革中國，仍堅持鞏固君權之地位。宣統三年（1911），四川保路運動爆發，立憲派主張以和平方式向清廷抗爭，然而在歷經三次請願失敗、遭到清廷以武力鎮壓後，立憲派對滿清政府感到失望，轉向與革命派合作，大力推進了革命派推翻滿清的道路。尤其在武昌起義以後，革命風潮更順勢擴及各省，繼之湖南、陝西、江西、山西、雲南、上海、杭州等地也發起響應運動，顯現人民愛國意識抬頭與君權制度正走向衰微的趨勢。時至民國成立，辛亥革命取得表面勝利，中國固有皇權心態仍未被徹底消滅，因此有袁世凱、張勳先後復辟，企圖恢復帝制事件。不過，兩起復辟最終都只是曇花一現，很快便消失在歷史舞臺。其歷史意義反映清末民初政體轉變之交的不穩定狀態，而專制皇權已然不再符合時勢所趨，人民追求民主自由的意念，正隨著新時代的到來，成為人類不斷追尋的理想世界。

參考文獻

一、圖錄、畫史畫論、題畫選集、題詠集

唐・張彥遠：《歷代名畫記》，新文豐出版公司編輯部編：《叢書集成新編》第 53 冊，臺北：新文豐出版公司，1985。

唐・朱景玄著，鄧喬彬整理，徐中玉審閱：《唐朝名畫錄》，張岱年、徐復等主編：《四庫家藏・集部》第 147 冊，濟南：山東畫報出版社，2004。

宋・鄧椿：《畫繼》，新文豐出版公司編輯部編：《叢書集成新編》第 53 冊，臺北：新文豐出版公司，1985。

宋・郭熙著，宋・郭思編：《林泉高致集》，臺灣商務印書館編：《景印文淵閣四庫全書》第 812 冊，臺北：臺灣商務印書館，1983，據國立故宮博物院藏本影印。

宋・佚名著，王群栗點校：《宣和畫譜》，杭州：浙江人民美術出版社，2012。

元・夏文彥：《圖繪寶鑑》，王雲五主編：《萬有文庫》第 1 集第 728 冊，上海：商務印書館，1930。

明・姜紹書著，印曉峰點校：《無聲詩史　韻石齋筆談》，上海：華東師範大學出版社，2009。

明・汪氏輯：《詩餘畫譜》，上海：上海古籍出版社，1988。

清・張照：《石渠寶笈》，任繼愈、傅璇琮主編：《文津閣四庫全書》第 273 冊，北京：商務印書館，2005。

清・王槩繪編：《芥子園畫譜》，天津：天津古籍出版社，1995。

清・孫岳頒等纂輯：《御定佩文齋書畫譜》，臺灣商務印書館編：《景印文淵閣四庫全書》第 819 冊，臺北：臺灣商務印書館，1983，據國立故宮博物院藏本影印。

清・焦秉貞繪：《御製耕織圖詩》，王德毅主編：《叢書集成續編》第 100 冊，臺北：新文豐出版公司，1989，據喜咏軒叢書本影印。

清・李濬之編，毛曉慶點校：《清畫家詩史》，杭州：浙江人民美術出版社，2014。

清・陳邦彥等編：《御定歷代題畫詩類》，臺灣商務印書館編：《景印文淵閣四庫全書》第 1435-1436 冊，臺北：臺灣商務印書館，1983，據國立故宮博物院藏本影印。

清・顧修：《讀畫齋題畫詩》，清嘉慶元年（1796）刻本。
清・章壽麟等著：《銅官感舊圖記》，清光緒間（1875-1908）鉛印本。
清・章同、章華輯：《銅官感舊集》，清宣統二年（1910）長沙章氏盋山舊館石印本。
清・章同、章華輯：《銅官感舊集》，沈雲龍主編：《近代中國史料叢刊》第 43 輯第 427 冊，新北：文海出版社，1969。
清・章同、章華輯：《銅官感舊集》，劉家平、蘇曉君主編：《中華歷史人物別傳集》第 58 冊，北京：線裝書局，2003。
清・章壽麟等著，袁慧光校注：《銅官感舊圖題詠冊校訂》，長沙：嶽麓書社，2010。
清・章壽麟等著，袁慧光校點：《銅官感舊圖題詠冊》，長沙：嶽麓書社，2012。
清・寄雲山人：《江南鐵淚圖》，臺北：臺灣學生書局，1969。
清・袁緒欽編：《疏勒望雲圖題詠》，清光緒十九年（1893）刻本。
清・戴振聲輯：《春帆入蜀圖題詠》，民國十九年（1930）鉛印本。
葛澤溥選評箋釋：《蘇軾題畫詩選評箋釋》，鄭州：河南大學出版社，2012。
光一編著：《吳昌碩題畫詩箋評》，杭州：浙江人民出版社，2003。
汪放、張炎中輯注：《四王題畫詩》，上海：上海人民美術出版社，2013。
孔壽山編著：《唐朝題畫詩注》，成都：四川美術出版社，1988。
戴麗珠編著：《明清文人題畫詩輯》，新北：學海出版社，1998。
吳企明編：《清代題畫詩類》，北京：國家圖書館出版社，2016。
洪丕謨選注：《歷代題畫詩選注》，上海：上海書畫出版社，1983。
任世杰編著：《題畫詩類編》，合肥：安徽美術出版社，1996。
趙蘇娜編注：《故宮博物院藏歷代繪畫題詩存》，太原：山西教育出版社，1998。
吳企明主編：《中國歷代題畫詩》，北京：語文出版社，2006。
任平編：《古今題畫詞精選》，杭州：中國美術學院出版社，1999。
海外藏中國歷代名畫編輯委員會：《海外藏中國歷代名畫》，長沙：湖南美術出版社，1998。
游宜潔、張均億編輯：《2008 書畫拍賣大典》，臺北：典藏藝術家庭，2008。
姚水、魏麗萍、朱曼華編輯：《2017 書畫拍賣大典》，臺北：典藏藝術家庭，2017。

二、典籍、工具書

(一) 經

周・左丘明著，晉・杜預注，唐・孔穎達正義，浦衛忠、龔抗雲、胡遂、于振波、陳咏明整理，楊向奎審定：《春秋左傳正義》，李學勤主編：《十三經注疏》第 17

冊，北京：北京大學出版社，2000。
春秋・孔子口述，魏・何晏注，宋・邢昺疏，朱漢民整理，張豈之審定：《論語注疏》，李學勤主編：《十三經注疏》第23冊，北京：北京大學出版社，2000。
戰國・孟子著，漢・趙岐注，宋・孫奭疏，廖名春、劉佑平整理，錢遜審定：《孟子注疏》，李學勤主編：《十三經注疏》第25冊，北京：北京大學出版社，2000。
漢・鄭玄注，唐・孔穎達疏，龔抗雲整理，王文錦審定：《禮記正義》，李學勤主編：《十三經注疏》第12、15冊，北京：北京大學出版社，2000。
漢・公羊壽傳，漢・何休解詁，唐・徐彥疏，浦衛忠整理，楊向奎審定：《春秋公羊傳注疏》，李學勤主編：《十三經注疏》第21冊，北京：北京大學出版社，2000。
漢・毛亨傳，漢・鄭玄箋，唐・孔穎達疏，龔抗雲、李傳書、胡漸逵、肖永明、夏先培整理，劉家和審定：《毛詩正義》，李學勤主編：《十三經注疏》第 4-5 冊，北京：北京大學出版社，2000。
漢・蔡邕：《琴操》，北京：中華書局，1985。
魏・王弼注，唐・孔穎達疏，盧光明、李申整理，呂紹綱審定：《周易正義》，李學勤主編：《十三經注疏》第1冊，北京：北京大學出版社，2000。
唐・李隆基注，宋・邢昺疏，鄧洪波整理，錢遜審定：《孝經注疏》，李學勤主編：《十三經注疏》第26冊，北京：北京大學出版社，2000。
清・孫希旦著，沈嘯寰、王星賢點校：《禮記集解》，北京：中華書局，1998。
楊宗稷：《琴學叢書》，中國藝術研究院音樂研究所、北京古琴研究會編：《琴曲集成》第30冊，北京：中華書局，2010。

（二）史

漢・司馬遷著，宋・裴駰集解，唐・司馬貞索隱，唐・張守節正義：《史記》，北京：中華書局，2014。
漢・班固著，唐・顏師古注：《漢書》，北京：中華書局，2014。
漢・趙曄著，張覺校注：《吳越春秋校注》，長沙：嶽麓書社，2006。
漢・袁康著，李步嘉校釋：《越絕書校釋》，北京：中華書局，2013。
漢・劉向：《說苑》，張元濟主編：《四部叢刊初編》第 75 冊，臺北：臺灣商務印書館，1967，據平湖葛氏傳樸堂藏明鈔本縮印。
晉・陳壽著，南朝宋・裴松之注，陳乃乾校點：《三國志》，北京：中華書局，1990。
南朝宋・范曄著，唐・李賢等注：《後漢書》，北京：中華書局，1973。
南朝梁・沈約註：《竹書紀年》，臺北：臺灣商務印書館，1965，據上海商務印書館縮印天一閣刊本影印。
南朝梁・沈約：《宋書》，北京：中華書局，1974。

南朝梁・蕭子顯：《南齊書》，北京：中華書局，1972。
南朝陳・顧野王著，顧恒一、顧德明、顧久雄輯注：《輿地志輯注》，上海：上海古籍出版社，2011。
唐・姚思廉：《陳書》，北京：中華書局，2002。
唐・房玄齡等著：《晉書》，北京：中華書局，2015。
唐・李延壽：《南史》，北京：中華書局，1975。
唐・陸廣微著，曹林娣校注：《吳地記》，南京：江蘇古籍出版社，1999。
後晉・劉昫：《舊唐書》，北京：中華書局，2016。
宋・李心傳：《建炎以來繫年要錄》，新文豐出版公司編輯部編：《叢書集成新編》第116冊，臺北：新文豐出版公司，1985。
宋・歐陽修、宋祁：《新唐書》，北京：中華書局，2003。
宋・薛居正等著：《舊五代史》，北京：中華書局，1976。
宋・樂史著，王文楚等點校：《太平寰宇記》，北京：中華書局，2007。
明・余繼登輯：《皇明典故紀聞》，北京：書目文獻出版社，1995，據明刊本影印。
明・王世德：《崇禎遺錄》，王鍾翰主編：《四庫禁燬書叢刊》第72冊，北京：北京出版社，2000，據上海圖書館藏清鈔本影印。
明・張岱：《石匱書後集列傳》，周駿富輯：《明代傳記叢刊》第104冊，臺北：明文書局，1991。
明・曹學佺：《大明一統名勝志》，四庫全書存目叢書編纂委員會編：《四庫全書存目叢書》第169冊，臺南：莊嚴文化事業有限公司，1996，據中央民族大學圖書館藏明崇禎三年（1630）刻本影印。
明・李濂：《汴京遺迹志》，任繼愈、傅璇琮主編：《文津閣四庫全書》第195冊，北京：商務印書館，2005。
清・張廷玉等著：《明史》，北京：中華書局，1974。
清・清國史館編：《清國史》，北京：中華書局，1993，據嘉業堂鈔本影印。
清・陳慶年：《鎮江剿平粵匪記》，太平天國歷史博物館編：《太平天國史料叢編簡輯》第1冊，北京：中華書局，1961。
清・勒保：《平定教匪紀事》，沈雲龍主編：《近代中國史料叢刊續編》第20輯第196冊，新北：文海出版社，1974。
清・蘇繼祖：《清廷戊戌朝變記（外三種）》，桂林：廣西師範大學出版社，2008。
清・李希聖：《庚子國變記》，楊家駱主編：《義和團文獻彙編》第1冊，臺北：鼎文書局，1973。
清・王先謙著，劉曉東等點校：《東華錄》，濟南：齊魯書社，2000。

清・吳永口述，清・劉治襄記：《庚子西狩叢談》，桂林：廣西師範大學出版社，2008。

清・朱壽朋：《東華續錄》，顧廷龍主編：《續修四庫全書》第 383、385 冊，上海：上海古籍出版社，1998，據復旦大學圖書館藏清宣統元年（1909）上海集成圖書公司鉛印本影印。

清・傅維麟：《明書》，中國野史集成編委會、四川大學圖書館編：《中國野史集成》第 20 冊，成都：巴蜀書社，1993。

清・素爾訥等纂修，霍有明、郭海文校注：《欽定學政全書校注》，陳文新主編：《歷代科舉文獻整理與研究叢刊》第 19 冊，武漢：武漢大學出版社，2009。

清・福臨等：《大清歷朝實錄》，臺北：臺灣華文書局，1964。

清・伊桑阿等修：《大清會典・康熙朝》，沈雲龍主編：《近代中國史料叢刊三編》第 73 輯第 721 冊，新北：文海出版社，1993。

清・賀長齡：《皇朝經世文編》，沈雲龍主編：《近代中國史料叢刊》第 74 輯第 731 冊，新北：文海出版社，1972。

清・易孔昭、胡孚駿、劉然亮編：《平定關隴紀略》，沈雲龍主編：《近代中國史料叢刊續編》第 100 輯第 993、994 冊，新北：文海出版社，1974。

清・奕訢等總裁，清・朱學勤等總纂：《欽定剿平粵（匪）方略》，《中國方略叢書》第 1 輯第 8 冊，臺北：成文出版社，1968，據清同治十一年（1872）刊本影印。

清・奕訢等編纂：《平定陝甘新疆回匪方略》，張羽新主編：《清朝治理新疆方略彙編》第 1 輯第 14 冊，北京：學苑出版社，2006。

清・王樹楠、王學曾：《新疆圖志》，張羽新主編：《清朝治理新疆方略彙編》第 1 輯第 20 冊，北京：學苑出版社，2006。

清・盧見曾：《焦山志》，國家圖書館分館編：《中華山水志叢刊》第 11 冊，北京：線裝書局，2004。

清・陳任暘：《焦山續志》，故宮博物院編：《故宮珍本叢刊》第 247 冊，海口：海南出版社，2001。

清・翟灝、翟瀚輯：《湖山便覽》，故宮博物院編：《故宮珍本叢刊》第 241 冊，海口：海南出版社，2001。

清・李銘皖等修，清・馮桂芬等纂：《江蘇省蘇州府志（五）》，成文出版社輯：《中國方志叢書》第 5 號，臺北：成文出版社，1970，據清光緒九年（1883）刊本影印。

清・李鴻章等修，清・黃彭年等纂：《光緒畿輔通志》，顧廷龍主編：《續修四庫全書》第 638 冊，上海：上海古籍出版社，1998，據民國二十三年（1934）商務印書館影印清光緒十年（1884）刻本影印。

清・陸鼎翰、莊毓鋐纂修：《光緒武陽志餘》，中國地方志集成編輯工作委員會編：《中國地方志集成》第 38 冊，南京：江蘇古籍出版社，1991，據清光緒十四年（1888）活字本影印。

清・周際霖等修，清・周項等纂：《江蘇省如皋縣續志（一）》，成文出版社輯：《中國方志叢書》第 46 號，臺北：成文出版社，1970，據清同治十二年（1873）刊本影印。

清・曾秀翹修，清・楊德坤纂：《奉節縣志（一）》，《新修方志叢刊》第 54 冊，臺北：臺灣學生書局，1971，據清光緒十九年（1893）刻本影印。

清・梁鼎芬等修，清・丁仁長等纂：《廣東省番禺縣續志》，成文出版社輯：《中國方志叢書》第 49 號，臺北：成文出版社，1967，據民國二十年（1931）刊本影印。

清・章學誠著，葉瑛校注：《文史通義校注》，北京：中華書局，2004。

清・趙烈文：《能靜居日記》，顧廷龍主編：《續修四庫全書》第 564 冊，上海：上海古籍出版社，1998，據民國五十三年（1964）臺灣學生書局影印稿本影印。

清・唐景崧著，李寅生、李光先校注：《請纓日記校注》，上海：上海古籍出版社，2016。

清・李慈銘：《越縵堂日記》，揚州：廣陵書社，2004。

清・李慈銘著，張寅彭、周容編校：《越縵堂日記說詩全編》，南京：鳳凰出版社，2010。

清・繆荃孫：《藝風老人日記》，北京：北京大學出版社，1986。

清・容閎著，徐鳳石等譯：《西學東漸記》，長沙：湖南人民出版社，1981。

清・陳韜：《湯貞愍公年譜》，臺北：成文出版社，1968，據清同治十二年（1873）刊本影印。

清・黃爵滋：《僊屏書屋初集年記》，王有立主編：《中華文史叢書》第 6 輯第 50 冊，臺北：華文書局，1968，據清道光刻本影印。

清・黎庶昌：《曾文正公（國藩）年譜》，沈雲龍主編：《近代中國史料叢刊分類選集》丙集第 43 冊，新北：文海出版社，1972，據民國十三年（1924）上海中華圖書館第六次代印本影印。

清・王代功編：《湘綺府君年譜》，北京圖書館古籍影印室輯：《晚清名儒年譜》第 13 冊，北京：北京圖書館出版社，2006。

清・曾紀芬口述，瞿宣穎筆錄：《崇德老人自訂年譜》，周和平等輯：《北京圖書館藏珍本年譜叢刊》第 182 冊，北京：北京圖書館出版社，1999，據民國二十二年（1933）鉛印本影印。

清・錢林輯，清・王藻編：《文獻徵存錄》，周駿富輯：《清代傳記叢刊》第 10 冊，臺北：明文書局，1985，據清咸豐八年（1858）刻有嘉樹軒藏板影印。
清・朱孔彰：《中興將帥別傳》，天津圖書館歷史文獻部編：《三十三種清代人物傳記資料匯編》第 32 冊，濟南：齊魯書社，2009。
清・繆荃孫纂錄：《續碑傳集》，《清朝碑傳全集》第 3 冊，臺北：大化書局，1984。
清・趙爾巽：《清史稿》，北京：中華書局，2003。
清・竇鎮：《清朝書畫家筆錄》，天津圖書館歷史文獻部編：《三十三種清代人物傳記資料匯編》第 42 冊，濟南：齊魯書社，2009。
清・張惟驤：《清代毗陵名人小傳稿》，江慶柏主編：《江蘇人物傳記叢刊》第 15 冊，揚州：廣陵書社，2011，據民國三十三年（1944）常州旅滬同鄉會鉛印本影印。
清・閔爾昌錄：《碑傳集補》，《清朝碑傳全集》第 4 冊，臺北：大化書局，1984。
清・汪兆鏞纂輯：《碑傳集三編》，《清朝碑傳全集》第 5 冊，臺北：大化書局，1984。
清・黃爵滋著，黃大受輯：《黃爵滋奏疏》，臺北：大中國圖書有限公司，1963。
清・文慶等編，齊思和等整理：《籌辦夷務始末（道光朝）》，北京：中華書局，2014。
清・寶鋆等編，李書源整理：《籌辦夷務始末（同治朝）》，北京：中華書局，2008。
清・安維峻：《諫垣存稿》，蘭州：甘肅人民出版社，1991。
清・康有為著，孔祥吉編：《康有為變法奏章輯考》，北京：北京圖書館出版社，2008。
清・余蓮村輯：《得一錄》，沈雲龍主編：《近代中國史料叢刊》第 3 編第 92 輯第 913 冊，新北：文海出版社，2005。
楊訥編：《元代白蓮教資料彙編》，北京：中華書局，1989。
王利器輯錄：《元明清三代禁毀小說戲曲史料（增訂本）》，上海：上海古籍出版社，1981。
故宮博物院編：《清光緒朝中日交涉史料》，新北：文海出版社，1963。
宓汝成編：《中國近代鐵路史資料：1863-1911》，北京：中華書局，1963。
山東大學歷史系中國近代史教研室編：《山東義和團調查資料選編》，濟南：齊魯書社，1980。
楊家駱主編：《鴉片戰爭文獻彙編》，臺北：鼎文書局，1973。
薛瑞錄主編：《清政府鎮壓太平天國檔案史料》，北京：社會科學文獻出版社，1992。
王重民等編：《太平天國》，上海：上海書店，2000。
羅爾綱、王慶成主編：《太平天國》，桂林：廣西師範大學出版社，2004。

邵循正等編：《中日戰爭》，上海：上海書店出版社，2000。

柴德賡等編：《辛亥革命》，上海：上海書店，2000。

中國國民黨中央委員會黨史史料編纂委員會編：《蘇報》，臺北：中央文物供應社，1983。

柳棄疾：《南社紀略》，沈雲龍主編：《近代中國史料叢刊續編》第 26 輯第 253 冊，新北：文海出版社，1974。

劉春堂修，吳壽寬纂：《民國高淳縣志》，中國地方志集成編輯工作委員會編：《中國地方志集成》第 34 冊，南京：江蘇古籍出版社，1991，據民國七年（1918）刻本影印。

歐陽英修，陳衍纂：《福建省閩侯縣志》，成文出版社輯：《中國方志叢書》第 13 號，臺北：成文出版社，1966，據民國二十二年（1933）刊本影印。

張之清修，田春同纂：《河南省考城縣志》，中國地方文獻學會編：《中國方志叢書》第 456 冊，臺北：中國地方文獻學會，1976，據民國十三年（1924）鉛印本影印。

周志靜（靖）：《光宣宜荊續志》，新興書局編：《宜興縣志》第 3 冊，臺北：新興書局，1965。

余紹宋：《浙江省龍游縣志（一）》，成文出版社輯：《中國方志叢書》第 80 號，臺北：成文出版社，1970，據民國十四年（1925）鉛印本影印。

蕪湖市地方志編纂委員會編：《蕪湖市志》，北京：社會科學文獻出版社，1995。

廣州市地方志編纂委員會編纂：《廣州市志》，廣州：廣州出版社，1996。

鎮江市地方志編纂委員會編：《鎮江市志》，上海：上海社會科學院出版社，1993。

長沙市地方志辦公室編：《長沙市志》，長沙：湖南人民出版社，2002。

曹子西：《北京史志文化備要》，北京：中國文史出版社，2008。

魏橋：《浙江省人物志》，杭州：浙江人民出版社，2005。

秦國經主編：《清代官員履歷檔案全編》，上海：華東師範大學出版社，1997。

顧廷龍主編：《清代硃卷集成》，臺北：成文出版社，1992。

孫文光、王世芸編：《龔自珍研究資料集》，合肥：黃山書社，1984。

林逸：《清洪北江先生亮吉年譜》，王雲五主編：《新編中國名人年譜集成》第 14 輯，臺北：臺灣商務印書館，1981。

魏應麒：《林文忠公年譜》，王雲五主編：《人人文庫》第 350 冊，臺北：臺灣商務印書館，1966。

錢仲聯：《文雲閣先生年譜》，北京圖書館古籍影印室輯：《晚清名儒年譜》第 12 冊，北京：北京圖書館出版社，2006。

孫淑彥：《曾習經先生年譜》，北京：中國文史出版社，2006。
周延礽：《吳興周夢坡先生年譜》，國家圖書館出版社整理：《近代人物年譜輯刊》第10冊，北京：國家圖書館出版社，2012，據民國二十三年（1934）鉛印本影印。
羅家倫：《國父年譜初稿》，臺北：中央文物供應社，1958。
徐世昌：《大清畿輔先哲傳》，國家圖書館古籍館編：《中國古代地方人物傳記匯編》第5冊，北京：北京燕山出版社，2008。
王鍾翰校：《清史列傳》，北京：中華書局，2016。
卞孝萱、唐文權編：《辛亥人物碑傳集》，南京：鳳凰出版社，2011。
湯志鈞：《戊戌變法人物傳稿》，沈雲龍主編：《近代中國史料叢刊續編》第32輯第318冊，新北：文海出版社，1974。
卞孝萱、唐文權編：《民國人物碑傳集》，南京：鳳凰出版社，2011。
故宮博物院藏：《川陝楚善後事宜檔》，臺北：故宮博物院。
故宮博物院藏：《清代宮中檔奏摺及軍機處檔摺件》，臺北：故宮博物院。
王雲五主編：《道咸同光四朝奏議》，臺北：臺灣商務印書館，1970。
何智霖編：《閻錫山檔案：要電錄存》，新北：國史館，2003。

(三) 子

周・列禦寇著，楊伯峻集釋：《列子集釋》，北京：中華書局，1996。
戰國・莊子著，陳鼓應註譯：《莊子今註今譯》，臺北：臺灣商務印書館，2013。
戰國・荀子著，熊公哲註譯：《荀子今註今譯》，臺北：臺灣商務印書館，2010。
戰國・呂不韋等著，許維遹集釋，梁運華整理：《呂氏春秋集釋》，北京：中華書局，2016。
漢・劉安等著，何寧集釋：《淮南子集釋》，北京：中華書局，1998。
漢・劉向著，王叔岷校箋：《列仙傳校箋》，北京：中華書局，2007。
漢・（印度）龍樹菩薩著，後秦・鳩摩羅什譯：《大智度論》，臺北：真善美出版社，1967。
晉・葛洪著，胡守為校釋：《神仙傳校釋》，北京：中華書局，2010。
晉・干寶著，錢振民校點：《搜神記》，長沙：嶽麓書社，1989。
晉・陶潛著，汪紹楹校注：《搜神後記》，北京：中華書局，1981。
晉・鳩摩羅什譯，後秦・僧肇、道生注：《注維摩詰經》，《經藏法海》第21冊，新北：妙音印經會，2014。
後秦・佛陀耶舍、竺佛念譯，中國佛教文化研究所點校：《長阿含經》，北京：宗教文化出版社，2002。
南朝宋・劉義慶著，南朝梁・劉孝標注，余嘉錫箋疏：《世說新語箋疏》，北京：中華書局，2007。
唐・徐堅：《初學記》，臺北：鼎文書局，1976。
五代・王仁裕著，丁如明等校點：《開元天寶遺事（外七種）》，上海：上海古籍出版社，2012。
五代・王定保著，陽羨生校點：《唐摭言》，上海：上海古籍出版社，2012。
宋・孟元老著，伊永文箋注：《東京夢華錄箋注》，北京：中華書局，2007。
宋・李昉等著：《太平御覽》，北京：中華書局，1960。
宋・李昉等編：《太平廣記》，北京：中華書局，1995。
宋・邵伯溫、邵博著，王根林校點：《邵氏聞見錄　邵氏聞見後錄》，上海：上海古籍出版社，2012。
宋・王讜著，周勛初整理：《唐語林》，朱易安、傅璇琮、周常林主編：《全宋筆記》第 3 編 2，鄭州：大象出版社，2008。
宋・趙希鵠著，鍾翀整理：《洞天清錄》，朱易安、傅璇琮、周常林主編：《全宋筆記》第 7 編 2，鄭州：大象出版社，2015。
明・羅貫中著，陳曦鐘、宋祥瑞、魯玉川輯校：《三國演義（會評本）》，北京：北京大學出版社，1998。
明・史玄，清・夏仁虎，清・闕名：《舊京遺事　舊京瑣記　燕京雜記》，北京：北京古籍出版社，1986。
明・郎瑛：《七修類稿》，《明清筆記叢刊》第 2 冊，北京：中華書局，1959。
清・錢泳著，張偉點校：《履園叢話》，《清代史料筆記叢刊》第 28 冊，北京：中華書局，1997。
清・張集馨著，杜春和、張秀清點校：《道咸宦海見聞錄》，《清代史料筆記叢刊》第 37 冊，北京：中華書局，1999。
清・徐書受：《教經堂談藪》，王德毅主編：《叢書集成續編》第 429 冊，臺北：新文豐出版公司，1989，據清乾隆刻本影印。
清・齊學裘：《見聞隨筆》，顧廷龍主編：《續修四庫全書》第 1181 冊，上海：上海古籍出版社，2002，據華東師範大學圖書館藏清同治十年（1871）天空海闊之居刻本影印。
清・歐陽兆熊：《水窗春囈》，《清代史料筆記叢刊》第 5 冊，北京：中華書局，1997。
清・陳其元：《庸閒齋筆記》，《清代史料筆記叢刊》第 10 冊，北京：中華書局，1997。
清・薛福成：《庸盦筆記》，南京：江蘇古籍出版社，2000。

清・吳慶坻著，劉承幹校，張文其、劉德麟點校：《蕉廊脞錄》，北京：中華書局，1990。
清・李詳著，李稚甫點校：《藥裹慵談》，南京：江蘇古籍出版社，2000。
清・徐珂：《清稗類鈔》，北京：中華書局，2010。
清・郭則澐主編，郭久祺點校：《知寒軒談薈》，北京：北京出版社，2015。
清・黃濬著，李吉奎整理：《花隨人聖庵摭憶》，北京：中華書局，2013。
王國軒、王秀梅譯注：《孔子家語》，北京：中華書局，2009。
楊家駱主編：《唐人傳奇小說》，臺北：世界書局，1997。
蘇州博物館、江蘇師範學院歷史系、南京大學明清史研究室合編：《明清蘇州工商業碑刻集》，南京：江蘇人民出版社，1981。
張伯駒編：《春游社瑣談》，北京：北京出版社，1998。
徐凌霄、徐一士：《曾胡譚薈》，沈雲龍主編：《近代中國史料叢刊續編》第 64 輯第 636 冊，新北：文海出版社，1974。
徐凌霄：《凌霄一士隨筆》，沈雲龍主編：《近代中國史料叢刊續編》第 64 輯第 639 冊，新北：文海出版社，1974。

（四）集

戰國・屈原著，黃靈庚集校：《楚辭集校》，上海：上海古籍出版社，2009。
戰國・屈原著，王瀣輯評：《離騷九歌輯評》，臺北：中華叢書編審委員會，1955。
南朝梁・蕭統編，陳宏天、趙福海、陳復興主編：《昭明文選譯注》，長春：吉林文史出版社，2007。
南朝梁・劉勰著，范文瀾注：《文心雕龍注》，張高評主編：《民國時期文學研究叢書》第1編第5冊，臺中：文听閣圖書有限公司，2011，據民國二十五年（1936）開明書店本影印。
漢・賈誼著，明・何孟春訂注，彭昊、趙勖點校：《賈誼集・賈太傅新書》，長沙：嶽麓書社，2010。
三國・諸葛亮著，張連科、管淑珍校注：《諸葛亮集校注》，天津：天津古籍出版社，2008。
唐・李白著，瞿蛻園、朱金城校注：《李白集校注》，上海：上海古籍出版社，1998。
唐・杜甫著，清・仇兆鰲註：《杜詩詳註》，臺北：里仁書局，1980。
唐・杜甫著，清・楊倫箋注：《杜詩鏡銓》，臺北：華正書局，1980。
唐・戴叔倫著，蔣寅校註：《戴叔倫詩集校註》，上海：上海古籍出版社，2010。
唐・李商隱著，清・馮浩箋注：《玉谿生詩集箋注》，上海：上海古籍出版社，1998。
唐・陸龜蒙著，何錫光校注：《陸龜蒙全集校注》，南京：鳳凰出版社，2015。

唐・孟啟著：《本事詩》，上海：文藝小叢書社，1933。
宋・邵雍：《伊川擊壤集》，王德毅主編：《叢書集成續編》第 165 冊，臺北：新文豐出版公司，1989，據宜秋館據明文靖書院刊本校刊本影印。
宋・司馬光著，李文澤、霞紹暉校點：《司馬光集》，成都：四川大學出版社，2010。
宋・蘇軾著，張志烈、馬德富、周裕鍇主編：《蘇軾全集校注》，石家莊：河北人民出版社，2010。
宋・張舜民：《畫墁集》，臺灣商務印書館編：《景印文淵閣四庫全書》第 1117 冊，臺北：臺灣商務印書館，1983，據國立故宮博物院藏本影印。
宋・孔武仲著，宋・王蓬編：《清江三孔集》，臺灣商務印書館編：《景印文淵閣四庫全書》第 1345 冊，臺北：臺灣商務印書館，1983，據國立故宮博物院藏本影印。
宋・黃堅編，（朝鮮）宋伯貞音釋，明・劉剡校正：《詳說古文真寶大全》，域外漢籍珍本文庫編纂出版委員會編：《域外漢籍珍本文庫》第 2 輯第 30 冊，重慶：西南師範大學出版社，2011，據朝鮮正祖年間（1776-1800）刊本影印。
宋・黃庭堅著，宋・任淵、史容、史季溫注，黃寶華點校：《山谷詩集注》，上海：上海古籍出版社，2003。
宋・陳師道著，宋・任淵注，冒廣生補箋，冒懷辛整理：《後山詩注補箋》，北京：中華書局，1995。
宋・釋惠洪著，（日）釋廓門貫徹注，張伯偉、郭醒、童嶺、卞東波點校：《注石門文字禪》，北京：中華書局，2012。
宋・陸游著，錢仲聯、馬亞中主編：《陸游全集校注》，杭州：浙江教育出版社，2011。
宋・樓鑰著，顧大朋點校：《樓鑰集》，杭州：浙江古籍出版社，2010。
宋・辛棄疾著，辛更儒箋注：《辛棄疾集編年箋注》，北京：中華書局，2015。
宋・葉適著，劉公純、王孝魚、李哲夫點校：《葉適集》，北京：中華書局，2010。
宋・程顥、程頤：《二程集》，新北：漢京文化事業有限公司，1983。
宋・郭茂倩：《樂府詩集》，北京：中華書局，1998。
宋・姜夔著，夏承燾箋校：《姜白石詞編年箋校》，上海：上海古籍出版社，1998。
元・劉仁本：《羽庭集》，任繼愈、傅璇琮主編：《文津閣四庫全書》第 406 冊，北京：商務印書館，2005。
元・吳渭輯：《月泉吟社詩》，北京：中華書局，1985。
明・王廷相：《王廷相集》，北京：中華書局，1989。
明・楊慎編，劉琳、王曉波點校：《全蜀藝文志》，北京：線裝書局，2003。
明・王世貞：《弇州山人續稿》，沈雲龍選輯：《明人文集叢刊》第 1 期第 7 冊，新北：

文海出版社，1991。
明・葉紹袁編，冀勤輯校：《午夢堂集》，北京：中華書局，1998。
明・徐師曾著，羅根澤校點：《文體明辨序說》，北京：人民文學出版社，1998。
清・梁發：《勸世良言》，吳相湘主編：《中國史學叢書》第 14 冊，臺北：臺灣學生書局，1985，據美國哈佛大學藏本影印。
清・錢謙益著，清・錢曾箋注，錢仲聯標校：《錢牧齋全集》，上海：上海古籍出版社，2003。
清・歸莊：《歸莊集》，上海：上海古籍出版社，2010。
清・施閏章著，何慶善、楊應芹點校：《施愚山集》，合肥：黃山書社，1992。
清・陳維崧著，陳振鵬標點，李學穎校補：《陳維崧集》，上海：上海古籍出版社，2010。
清・朱彝尊：《曝書亭集》，紀寶成主編：《清代詩文集彙編》第 116 冊，上海：上海古籍出版社，2010，據民國涵芬樓影印清康熙五十三年（1714）刻本影印。
清・呂留良著，徐正等點校：《呂留良詩文集》，杭州：浙江古籍出版社，2011。
清・陸隴其：《陸稼書先生文集》，新文豐出版公司編輯部編：《叢書集成新編》第 76 冊，臺北：新文豐出版公司，1985。
清・王士禛著，袁世碩主編：《王士禛全集》，濟南：齊魯書社，2007。
清・宋犖：《西陂類稿》，紀寶成主編：《清代詩文集彙編》第 135 冊，上海：上海古籍出版社，2010，據民國六年（1917）宋恪寀重刻本影印。
清・陳祖法：《古處齋詩集》，王鍾翰主編：《四庫禁燬書叢刊》第 128 冊，北京：北京出版社，2000，據清康熙刻本影印。
清・楊椿：《孟鄰堂文鈔》，顧廷龍主編：《續修四庫全書》第 1423 冊，上海：上海古籍出版社，2002，據華東師範大學圖書館藏清嘉慶二十四年（1819）楊魯生刻本影印。
清・洪亮吉著，劉德權點校：《洪亮吉集》，北京：中華書局，2001。
清・呂星垣：《白雲草堂文鈔》，紀寶成主編：《清代詩文集彙編》第 436 冊，上海：上海古籍出版社，2010，據清嘉慶八年（1803）刻本影印。
清・楊鳳苞：《秋室集》，顧廷龍主編：《續修四庫全書》第 1476 冊，上海：上海古籍出版社，2002，據清光緒十一年（1885）陸心源刻本影印。
清・惲敬著，萬陸、謝珊珊、林振岳標校，林振岳集評：《惲敬集》，上海：上海古籍出版社，2013。
清・包世臣著，李星點校：《包世臣全集》，合肥：黃山書社，1994。
清・包世臣著，潘竟翰點校：《齊民四術》，北京：中華書局，2001。

清・郭儀霄：《誦芬堂詩鈔五集》，紀寶成主編：《清代詩文集彙編》第 515 冊，上海：上海古籍出版社，2010，據清道光刻本影印。

清・湯貽汾：《琴隱園詩集》，紀寶成主編：《清代詩文集彙編》第 526 冊，上海：上海古籍出版社，2010，據清同治十三年（1874）刻本影印。

清・陶澍著，陳蒲清主編：《陶澍全集》，長沙：嶽麓書社，2010。

清・姚瑩：《東溟文後集》，紀寶成主編：《清代詩文集彙編》第 549 冊，上海：上海古籍出版社，2010，據清同治六年（1867）姚濬昌安福縣署刻中復堂全集本影印。

清・范仕義：《廉泉詩鈔》，紀寶成主編：《清代詩文集彙編》第 548 冊，上海：上海古籍出版社，2010，據清道光二十二年（1842）友石居刻本影印。

清・馮詢：《子良詩存》，顧廷龍主編：《續修四庫全書》第 1526 冊，上海：上海古籍出版社，2002，據上海圖書館藏清刻本影印。

清・龔自珍著，劉逸生注：《龔自珍己亥雜詩注》，北京：中華書局，1998。

清・龔自珍著，王佩諍校：《龔自珍全集》，上海：上海古籍出版社，1999。

清・黃爵滋：《仙屏書屋初集》，紀寶成主編：《清代詩文集彙編》第 580 冊，上海：上海古籍出版社，2010，據清道光二十六年（1846）翟金生泥活字印本影印。

清・黃爵滋：《仙屏書屋初集文錄》，紀寶成主編：《清代詩文集彙編》第 580 冊，上海：上海古籍出版社，2010，據清道光二十八年（1848）刻本影印。

清・黃爵滋：《戊申粵遊草》，紀寶成主編：《清代詩文集彙編》第 580 冊，上海：上海古籍出版社，2010，據清道光二十八年（1848）刻本影印。

清・黃爵滋：《戊申楚遊草》，紀寶成主編：《清代詩文集彙編》第 580 冊，上海：上海古籍出版社，2010，據清道光二十八年（1848）刻本影印。

清・黃爵滋：《己酉北行續草》，紀寶成主編：《清代詩文集彙編》第 580 冊，上海：上海古籍出版社，2010，據清刻本影印。

清・黃文涵：《憶琴書屋存藁》，紀寶成主編：《清代詩文集彙編》第 649 冊，上海：上海古籍出版社，2010，據清光緒二年（1876）刻二十三年（1897）補刻本影印。

清・陳方海：《計有餘齋文稿》，新文豐出版公司編輯部編：《叢書集成新編》第 78 冊，臺北：新文豐出版公司，1985。

清・劉繹：《存吾春齋文鈔》，林慶彰主編：《晚清四部叢刊》第1編第113冊，臺中：文听閣圖書有限公司，2010，據清光緒間（1875-1908）刻本影印。

清・沈兆霖：《沈文忠公集》，紀寶成主編：《清代詩文集彙編》第 608 冊，上海：上海古籍出版社，2010，據清同治八年（1869）吳縣潘祖蔭等刻本影印。

清・余治：《尊小學齋集》，紀寶成主編：《清代詩文集彙編》第 633 冊，上海：上海古籍出版社，2010，據清光緒九年（1883）無錫李氏刻本影印。

清・唐訓方：《唐中丞遺集》，紀寶成主編：《清代詩文集彙編》第 636 冊，上海：上海古籍出版社，2010，據清光緒十七年（1891）刻本影印。

清・曾國藩：《曾國藩全集》，長沙：嶽麓書社，2011。

清・曾國藩著，清・李瀚章編：《曾文正公（國藩）全集》，沈雲龍主編：《近代中國史料叢刊續輯》第 1 輯第 1 冊，新北：文海出版社，據光緒二年（1876）傳忠書局刊本影印，1974。

清・左宗棠著，劉泱泱等校點：《左宗棠全集》，長沙：嶽麓書社，2009。

清・鮑源深：《補竹軒詩集》，紀寶成主編：《清代詩文集彙編》第 650 冊，上海：上海古籍出版社，2010，據清光緒刻本影印。

清・李元度：《天岳山館文鈔》，長沙：嶽麓書社，2009。

清・俞樾：《春在堂全書》，臺北：中國文獻出版社，1968。

清・李鴻章：《李鴻章全集》，長春：時代文藝出版社，1998。

清・李慈銘著，劉再華校點：《越縵堂詩文集》，上海：上海古籍出版社，2012。

清・楊葆光：《蘇盦詩錄》，紀寶成主編：《清代詩文集彙編》第 717 冊，上海：上海古籍出版社，2010，據清光緒九年（1883）杭州刻本影印。

清・王闓運：《湘綺樓詩文集》，長沙：嶽麓書社，1996。

清・張之洞著，苑書義、孫華峰、李秉新主編：《張之洞全集》，石家莊：河北人民出版社，1998。

清・薛福成：《庸盦文編》，紀寶成主編：《清代詩文集彙編》第 738 冊，上海：上海古籍出版社，2010，據清光緒十三年（1887）至二十一年（1895）刻庸盦全集本影印。

清・寶廷著，聶世美校點：《偶齋詩草》，上海：上海古籍出版社，2005。

清・王鵬運著，潘琦主編：《王鵬運集》，桂林：廣西師範大學出版社，2012。

清・馮煦：《蒿盦續稿》，紀寶成主編：《清代詩文集彙編》第 757 冊，上海：上海古籍出版社，2010，據民國二年（1913）至十二年（1923）遞刻本影印。

清・黃遵憲著，錢仲聯箋注：《人境廬詩草箋注》，香港：中華書局，1973。

清・黃紹箕：《二黃先生集》，民國三年（1914）刻本。

清・吳慶燾：《辭珠仙館詩存》，紀寶成主編：《清代詩文集彙編》第 782 冊，上海：上海古籍出版社，2010，據民國鉛印本影印。

清・李葆恂：《津步聯吟集》，民國五年（1916）刻本。

清・繆荃孫著，張廷銀、朱玉麟編：《繆荃孫全集・雜著》，南京：鳳凰出版社，

2014，據民國二十五年（1936）文祿堂印本影印。

清・裴維侒著，裴元秀整理，徐晉如標校，劉夢芙審訂：《香草亭詩詞》，合肥：黃山書社，2014。

清・夏孫桐：《觀所尚齋文存》，林慶彰主編：《民國文集叢刊》第 1 編第 28 冊，臺中：文听閣圖書有限公司，2008，據民國二十五年（1936）鉛印本影印。

清・康有為著，姜義華、張榮華編校：《康有為全集》第 10 集，北京：中國人民大學出版社，2007。

清・況周頤著，潘琦主編：《況周頤集》，桂林：廣西師範大學出版社，2012。

清・程頌萬著，徐哲兮校點：《程頌萬詩詞集》，長沙：湖南人民出版社，2009。

清・陳曾壽：《蒼虬閣詩》，王偉勇主編：《民國詩集叢刊》第 1 編第 88 冊，臺中：文听閣圖書有限公司，2009，據民國二十九年（1940）刻本影印。

清・嚴可均輯：《全上古三代秦漢三國六朝文》，北京：中華書局，1999。

清・董誥等編，孫映逵等點校：《全唐文》，太原：山西教育出版社，2002。

清・彭定求等編：《全唐詩》，北京：中華書局，1996。

清・顧嗣立編：《元詩選（初集、二集、三集）》，北京：中華書局，1987。

清・顧嗣立編：《元詩選（癸集）》，北京：中華書局，2001。

清・朱彝尊選編：《明詩綜》，北京：中華書局，2007。

清・趙翼著，江守義、李成玉校注：《甌北詩話校注》，北京：人民文學出版社，2013。

清・朱彝尊著，姚祖恩編，黃君坦校點：《靜志居詩話》，北京：人民文學出版社，2006。

清・楊鍾羲著，雷恩海、姜朝暉校點：《雪橋詩話全編》，北京：人民文學出版社，2011。

清・徐釚：《詞苑叢談》，朱崇才編：《詞話叢編續編》第 1 冊，北京：人民文學出版社，2010。

清・張惠言：《張惠言論詞》，唐圭璋編：《詞話叢編》第 2 冊，北京：中華書局，2005。

清・周濟：《介存齋論詞雜著》，唐圭璋編：《詞話叢編》第 2 冊，北京：中華書局，2005。

清・周濟：《宋四家詞選目錄序論》，唐圭璋編：《詞話叢編》第 2 冊，北京：中華書局，2005。

清・謝章鋌：《賭棋山莊詞話》，唐圭璋編：《詞話叢編》第 4 冊，北京：中華書局，2005。

清・黃氏：《蓼園詞評》，唐圭璋編：《詞話叢編》第4冊，北京：中華書局，2005。

清・沈祥龍：《論詞隨筆》，唐圭璋編：《詞話叢編》第 5 冊，北京：中華書局，2005。

清・鄭文焯著，葉恭綽輯錄：《鄭大鶴先生論詞手簡》，唐圭璋編：《詞話叢編》第 5 冊，北京：中華書局，2005。

清・況周頤：《蕙風詞話》，唐圭璋編：《詞話叢編》第 5 冊，北京：中華書局，2005。

清・郭則澐：《清詞玉屑》，朱崇才編：《詞話叢編續編》第 4 冊，北京：人民文學出版社，2010。

清・鄧廷楨：《雙硯齋詞鈔》，紀寶成主編：《清代詩文集彙編》第 520 冊，上海：上海古籍出版社，2010，據民國九年（1920）江寧鄧邦述刻本影印。

清・湯貽汾：《琴隱園詞集》，紀寶成主編：《清代詩文集彙編》第 526 冊，上海：上海古籍出版社，2010，據清同治十三年（1874）刻本影印。

清・王嘉福：《二波軒詞選》，清道光十四年（1834）刻本。

清・屠倬：《耶溪漁隱詞》，紀寶成主編：《清代詩文集彙編》第 535 冊，上海：上海古籍出版社，2010，據清道光元年（1821）潛園刻本影印。

清・秦緗業：《虹橋老屋詞賸》，林慶彰主編：《晚清四部叢刊》第 2 編第 118 冊，臺中：文听閣圖書有限公司，2010，據清光緒十五年（1889）刻本影印。

清・黎庶燾：《琴州詞》，徐希平、田耕宇主編：《中國西南文獻叢書》第 6 輯第 30 冊，蘭州：蘭州大學出版社，2003，據清光緒十四年（1888）日本使署刊本影印。

清・潘曾瑋：《詠花詞》，紀寶成主編：《清代詩文集彙編》第 675 冊，上海：上海古籍出版社，2010，據清光緒十三年（1887）刻本影印。

清・張景祁：《新蘅詞》，顧廷龍主編：《續修四庫全書》第 1727 冊，上海：上海古籍出版社，2002，據南京圖書館藏清光緒九年（1883）百憶梅花仙館刻本影印。

清・吳重熹：《石蓮闇詞》，紀寶成主編：《清代詩文集彙編》第 737 冊，上海：上海古籍出版社，2010，據民國五年（1916）刻本影印。

清・王鵬運著，沈家莊、朱存紅校箋：《王鵬運詞集校箋》，上海：上海古籍出版社，2017。

清・王繼香：《醉盦詞》，張宏生編選：《清詞珍本叢刊》第 17 冊，南京：鳳凰出版社，2007，據清稿本影印。

清・劉炳照：《留雲借月盦詞》，紀寶成主編：《清代詩文集彙編》第 766 冊，上海：上海古籍出版社，2010，據清光緒十九年（1893）陽湖劉氏刻二十一年（1895）

續刻本影印。

清・鄭文焯：《瘦碧詞》，曹辛華主編：《民國詞集叢刊》第26冊，北京：國家圖書館出版社，2016，據民國九年（1920）刻本影印。

清・文廷式著，陸有富校點：《雲起軒詞鈔》，上海：上海古籍出版社，2017。

清・潘飛聲：《花語詞》，《說劍堂集》，香港：龍門書店有限公司，1977，據清光緒十七年辛卯（1891）刻版影印。

清・況周頤著，秦瑋鴻校注：《況周頤詞集校注》，上海：上海古籍出版社，2013。

清・劉恩黻：《麐楥詞》，清光緒三十四年（1908）仁和吳昌綬雙照樓刊本。

清・夏孫桐著，夏志蘭、夏武康箋注：《悔龕詞箋注》，呼和浩特：內蒙古大學出版社，2001。

清・胡延：《苾芻館詞集》，紀寶成主編：《清代詩文集彙編》第788冊，上海：上海古籍出版社，2010，據清光緒二十九年（1903）金陵糧儲道廨刻本影印。

清・易順豫：《琴思樓詞》，曹辛華主編：《民國詞集叢刊》第8冊，北京：國家圖書館出版社，2016，據民國三年（1914）石印本影印。

清・章華：《澹月平芳館詞》，朱惠國、吳平編：《民國名家詞集選刊》第9冊，北京：國家圖書館出版社，2015，據民國十九年（1930）刻本影印。

清・沈曾植：《曼陀羅寱詞》，紀寶成主編：《清代詩文集彙編》第772冊，上海：上海古籍出版社，2010，據民國十四年（1925）上海商務印書館鉛印本影印。

清・王以敏：《檗隖詞存》，清光緒九年（1883）刊本。

清・陳銳：《褢碧齋詞》，紀寶成主編：《清代詩文集彙編》第781冊，上海：上海古籍出版社，2010，據清光緒三十一年（1905）揚州刻本影印。

清・蔣兆蘭：《青蕤盦詞》，朱惠國、吳平編：《民國名家詞集選刊》第1冊，北京：國家圖書館出版社，2015，據民國二十八年（1939）刻本影印。

清・朱祖謀：《彊村詞賸稿》，紀寶成主編：《清代詩文集彙編》第783冊，上海：上海古籍出版社，2010，據民國間遞刻彊村遺書本影印。

清・曾習經：《蟄庵詞》，清・朱祖謀編：《滄海遺音集》第2冊，民國三十一年（1942）刊本。

清・周岸登：《蜀雅》，曹辛華主編：《民國詞集叢刊》第10冊，北京：國家圖書館出版社，2016，據民國二十年（1931）鉛印本影印。

清・成本璞：《碧雲詞》，《通雅齋叢稿》，清宣統元年（1909）杭州刊本。

清・彭鑾輯：《薇省同聲集》，南江濤選編：《清末民國舊體詩詞結社文獻彙編》第23冊，北京：國家圖書館出版社，2013，據清光緒間（1875-1908）刻本影印。

清・錢溯耆輯：《南園賡社詩存》，南江濤選編：《清末民國舊體詩詞結社文獻彙編》

第8冊，北京：國家圖書館出版社，2013，據清宣統元年（1909）刻本影印。
清・周長庚等著：《支社詩拾》，南江濤選編：《清末民國舊體詩詞結社文獻彙編》第1冊，北京：國家圖書館出版社，2013，據民國間（1912-1949）鉛印本影印。
清・陳夔龍等著：《花近樓逸社詩存》，南江濤選編：《清末民國舊體詩詞結社文獻彙編》第2冊，北京：國家圖書館出版社，2013，據民國間（1912-1949）上海聚珍仿宋印書局排印本影印。
清・呂景端輯：《鯨華社鐘選》，南江濤選編：《清末民國舊體詩詞結社文獻彙編》第26冊，北京：國家圖書館出版社，2013，據清光緒三十一年（1905）石印本影印。
清・楊鍾羲著，李雅超校注：《白山詞介》，《白山詩詞》，長春：吉林文史出版社，1991。
清・周慶雲輯：《甲乙消寒集》，《晨風廬叢刊》，民國六年（1917）烏程周氏夢坡室刻本。
清・周慶雲輯：《壬癸消寒集》，《晨風廬叢刊》，民國年間烏程周氏夢坡室刻本。
清・周慶雲輯：《淞濱吟社集》，南江濤選編：《清末民國舊體詩詞結社文獻彙編》第10冊，北京：國家圖書館出版社，2013，據民國四年（1915）刻本影印。
清・沈宗畸輯：《著涒吟社詩詞鈔》，南江濤選編：《清末民國舊體詩詞結社文獻彙編》第10冊，北京：國家圖書館出版社，2013，據清光緒三十四年（1908）鉛印本影印。
清・曹炳麟輯：《消寒社詩存》，南江濤選編：《清末民國舊體詩詞結社文獻彙編》第9冊，北京：國家圖書館出版社，2013，據民國二十八年（1939）鉛印本影印。
清・郭則澐等著：《煙沽漁唱》，南江濤選編：《清末民國舊體詩詞結社文獻彙編》第16冊，北京：國家圖書館出版社，2013，據民國二十二年（1933）鉛印本影印。
清・王鵬運：《詞林正均（韻）》，《四印齋所刻詞》，上海：上海古籍出版社，1989，據清光緒七年（1881）四月重梓刻本影印。
清・俞行敏重輯：《寶蓮淨土全書》，《嘉興大藏經》第33冊，臺北：新文豐出版公司，1987，據明萬曆年間（1573-1620）五臺等地刻徑山藏版影印。
清・寄雲山人：《庶幾堂今樂》，清光緒六年（1880）蘇州元妙觀得見齋刊本。
黃麟書編輯，程少籍校補：《宋代邊塞詩鈔》，臺北：東明文化基金會，1989。
孫文著，國父全集編輯委員會編：《國父全集》第4冊，臺北：近代中國出版社，1989。
周祥駿著，陳劍彤、康明超編：《晚眺》，北京：中國文史出版社，2017。
梁啟超著，沈鵬等主編：《梁啟超全集》，北京：北京出版社，1999。

梁啟超：《清代學術概論》，臺北：臺灣商務印書館，1994。
陳去病著，張夷主編：《陳去病全集》，上海：上海古籍出版社，2009。
高旭著，郭長海、金菊貞編：《高旭集》，北京：社會科學文獻出版社，2003。
柳亞子著，中國革命博物館編：《磨劍室詩詞集》，上海：上海人民出版社，1985。
柳亞子著，上海圖書館編：《柳亞子文集・書信輯錄》，上海：上海人民出版社，1985。
姚光著，姚昆群、昆田、昆遺編：《姚光全集》，北京：社會科學文獻出版社，2007。
范文瀾：《范文瀾全集》，石家莊：河北教育出版社，2002。
夏敬觀：《學山詩話》，張寅彭主編：《民國詩話叢編》第 3 冊，上海：上海書店出版社，2002。
冒廣生：《小三吾亭詞話》，唐圭璋編：《詞話叢編》第 5 冊，北京：中華書局，2005。
唐圭璋：《夢桐詞話》，朱崇才編：《詞話叢編續編》第 5 冊，北京：人民文學出版社，2010。
冒廣生：《小三吾亭詞》，清光緒至民國間如臯冒氏刊本。
午社輯：《午社詞》，南江濤選編：《清末民國舊體詩詞結社文獻彙編》第 1 冊，北京：國家圖書館出版社，2013，據民國二十九年（1940）鉛印本影印。
關賡麟輯：《咫社詞鈔》，南江濤選編：《清末民國舊體詩詞結社文獻彙編》第 12-13 冊，北京：國家圖書館出版社，2013，據民國四十二年（1953）油印本影印。
南社編：《南社叢刻》第 2-3 集，曹辛華選編：《清末民國舊體詩詞結社文獻彙編續編》第 10 冊，北京：國家圖書館出版社，2015，據清宣統二年（1910）鉛印本影印。
南社編：《南社叢刻》第 5-7 集，曹辛華選編：《清末民國舊體詩詞結社文獻彙編續編》第 11 冊，北京：國家圖書館出版社，2015，據民國元年（1912）鉛印本影印。
南社編：《南社叢刻》第 12 集，曹辛華選編：《清末民國舊體詩詞結社文獻彙編續編》第 13 冊，北京：國家圖書館出版社，2015，據民國三年（1914）鉛印本影印。
南社編：《南社叢刻》第 14 集，曹辛華選編：《清末民國舊體詩詞結社文獻彙編續編》第 14 冊，北京：國家圖書館出版社，2015，據民國四年（1915）鉛印本影印。
胡樸安編：《南社叢選》，曹辛華選編：《清末民國舊體詩詞結社文獻彙編續編》第 21、24 冊，北京：國家圖書館出版社，2015，據民國十三年（1924）上海國學社鉛印本影印。
柳亞子編：《南社詞集》第 2 冊，曹辛華選編：《清末民國舊體詩詞結社文獻彙編續編》第 32 冊，北京：國家圖書館出版社，2015，據民國二十五年（1936）鉛印本影印。
唐圭璋編：《全宋詞》，臺北：明倫出版社，1970。
楊鐮主編：《全元詞》，北京：中華書局，2019。
饒宗頤、張璋編：《全明詞》，北京：中華書局，2004。
陳乃乾輯：《清名家詞》，上海：上海書店，1982。
南京大學中國語言文學系《全清詞》纂研究室編：《全清詞・順康卷》，北京：中華書局，2002。
張宏生主編：《全清詞・順康卷補編》，南京：南京大學出版社，2008。
張宏生主編：《全清詞・雍乾卷》，南京：南京大學出版社，2012。
張宏生主編：《全清詞・嘉道卷》，南京：南京大學出版社，2020。

（五）工具書

清・永瑢、紀昀等著：《欽定四庫全書總目》，臺北：藝文印書館，1997。
清・繆荃孫、吳昌綬、董康：《嘉業堂藏書志》，上海：復旦大學出版社，1997。
中國科學院圖書館整理：《續修四庫全書總目提要（稿本）》，濟南：齊魯書社，1996。
臺灣商務印書館編：《景印文淵閣四庫全書目錄索引》，臺北：臺灣商務印書館，1986。
王德毅、李榮村、潘柏澄編：《元人傳記資料索引》，臺北：新文豐出版公司，1980。
錢實甫：《清代職官年表》，北京：中華書局，1997。
文史哲出版社編輯部：《中國美術家人名辭典》，臺北：文史哲出版社，1987。
陳玉堂：《中國近現代人物名號大辭典（全編增訂本）》，杭州：浙江古籍出版社，2005。
張子文、郭啟傳、林偉洲：《臺灣歷史人物小傳——明清暨日據時期》，臺北：國家圖書館，2003。
梁戰、郭群一：《歷代藏書家辭典》，西安：陝西人民出版社，1991。
錢仲聯：《中國文學大辭典》，上海：上海辭書出版社，2000。
恩華著，關紀新點校：《八旗藝文編目》，瀋陽：遼寧民族出版社，2006。
吳文治：《中國文學史大事年表》，合肥：黃山書社，1993。
曾秀華、劉民英、劉克敏、黃文吉：《詞學研究書目：1912-1992》，臺北：文津出版社，1993。

三、近人論著

（一）中文專著

卜永堅、李林編：《科場・八股・世變——光緒十二年丙戌科進士群體研究》，香港：中華書局，2015。

山東大學文史哲研究所主編：《中國歷代著名文學家評傳》第 6 卷，濟南：山東教育出版社，1997。

中國古典文學研究會編：《古典文學》第 2 集，臺北：臺灣學生書局，1980。

中國第一歷史檔案館編：《明清檔案與歷史研究論文集》，北京：新華出版社，2008。

王伯敏：《中國繪畫通史》，臺北：東大圖書公司，1997。

王易：《詞曲史》，北京：東方出版社，2012。

王敏：《蘇報案研究》，上海：上海人民出版社，2010。

王偉勇：《詞學面面觀》，臺北：里仁書局，2017。

王翔：《晚清絲綢業史》，上海：上海人民出版社，2017。

王爾敏：《清季軍事史論集》，臺北：聯經出版事業公司，1985。

王爾敏：《近代經世小儒》，桂林：廣西師範大學出版社，2008。

王韶華：《元代題畫詩研究》，北京：中國傳媒大學出版社，2010。

王樹槐：《中國現代化的區域研究：江蘇省 1860-1916》，《中央研究院近代史研究所專刊》第 48 輯，臺北：中央研究院近代史研究所，1984。

毛文芳：《物・性別・觀看——明末清初文化書寫新探》，臺北：臺灣學生書局，2001。

毛文芳：《圖成行樂：明清文人畫像題詠析論》，臺北：臺灣學生書局，2008。

毛文芳：《卷中小立亦百年：明清女性畫像文本探論》，臺北：臺灣學生書局，2013。

石守謙：《移動的桃花源：東亞世界中的山水畫》，北京：生活・讀書・新知三聯書店，2015。

巨傳友：《清代臨桂詞派研究》，上海：上海古籍出版社，2008。

西北師範學院中文系、西北師範學院學報編輯部編：《唐代邊塞詩研究論文選粹》，蘭州：甘肅教育出版社，1988。

成曉軍：《曾國藩的幕僚們》，上海：東方出版中心，2000。

衣若芬：《蘇軾題畫文學研究》，臺北：文津出版社，1999。

衣若芬：《三絕之美鄭板橋》，龔鵬程主編：《古典詩歌研究彙刊》第 6 輯第 25 冊，新北：花木蘭文化，2009。

衣若芬：《遊目騁懷——文學與美術的互文與再生》，臺北：里仁書局，2011。

衣若芬：《雲影天光：瀟湘山水之畫意與詩情》，臺北：里仁書局，2013。
衣若芬：《觀看・敘述・審美——唐宋題畫文學論集》，臺北：中央研究院中國文哲研究所，2014。
朱立元主編：《現代西方美學史》，上海：上海文藝出版社，1993。
朱東安：《曾國藩幕府研究》，成都：四川人民出版社，1994。
朱惠國：《中國近世詞學思想研究》，上海：上海古籍出版社，2005。
朱德慈：《近代詞人考錄》，北京：中國社會科學出版社，2004。
向敬之：《敬之書話——歷史的深處》，臺北：釀出版，2012。
李文海、林敦奎、周源、宮明：《近代中國災荒紀年》，長沙：湖南教育出版社，1990。
李志茗：《晚清四大幕府》，上海：上海人民出版社，2002。
李性忠：《劉承幹與嘉業堂》，北京：文物出版社，1994。
李貞德編：《中國史新論——性別史分冊》，臺北：聯經出版事業公司，2009。
李栖：《兩宋題畫詩論》，臺北：臺灣學生書局，1994。
李恩涵：《近代中國外交史事新研》，臺北：臺灣商務印書館，2004。
李康化：《近代上海文人詞曲研究》，上海：上海人民出版社，2009。
李超杰：《理解生命——狄爾泰哲學引論》，北京：中央編譯出版社，1994。
李惠玲：《清代嶺西詞人群研究》，桂林：廣西師範大學出版社，2015。
李零：《郭店楚簡校讀記》，北京：中國人民大學出版社，2007。
吳企明、史創新編著：《題畫詞與詞意畫》，昆明：雲南人民出版社，2007。
吳盛青編：《旅行的圖像與文本：現代華語語境中的媒介互動》，上海：復旦大學出版社，2016。
吳瑞秀：《清末各省官書局之研究》，潘美月、杜潔祥主編：《古典文獻研究輯刊初編》第 11 冊，新北：花木蘭文化，2005。
何宗美：《明末清初文人結社研究》，天津：南開大學出版社，2004。
余英時：《士與中國文化》，上海：上海人民出版社，1987。
俞劍華：《中國繪畫史》，臺北：臺灣商務印書館，1999。
汪夢川：《南社詞人研究》，上海：上海古籍出版社，2015。
汪滌：《明中葉蘇州詩畫關係研究》，上海：上海文化出版社，2007。
林立：《滄海遺音：民國時期清遺民詞研究》，香港：中文大學出版社，2012。
林同華：《中國美學史論集》，臺北：丹青圖書公司，1987。
林志宏：《民國乃敵國也：政治文化轉型下的清遺民》，臺北：聯經出版事業公司，2010。

林京海：《清代廣西繪畫繫年》，桂林：廣西師範大學出版社，2017。
林香伶：《南社文學綜論》，臺北：里仁書局，2009。
邵迎武：《南社人物吟評》，北京：社會科學文獻出版社，1994。
卓清芬：《清末四大家詞學及詞作研究》，臺北：國立臺灣大學出版委員會，2003。
宗白華：《美從何處尋》，南京：江蘇教育出版社，2005。
范金民、胡阿祥主編：《江南地域文化的歷史演進文集》，北京：生活・讀書・新知三聯書店，2013。
柳無忌、殷安如編：《南社人物傳》，北京：社會科學文獻出版社，2002。
侯竹青：《太平天國戰爭時期江蘇人口損失研究（1853-1864）》，北京：中國社會科學出版社，2016。
秦燕春：《清末民初的晚明想象》，北京：北京大學出版社，2008。
夏炎：《中古世家大族清河崔氏研究》，天津：天津古籍出版社，2004。
夏明方：《近世棘途——生態變遷中的中國現代化進程》，北京：中國人民人學出版社，2012。
孫之梅：《南社研究》，北京：人民文學出版社，2003。
馬西沙：《中國民間宗教史》，北京：中國社會科學出版社，2004。
徐琛、張朝暉：《中國繪畫史》，臺北：文津出版社，1996。
徐復觀：《中國藝術精神》，臺北：臺灣學生書局，2013。
徐儒宗：《人和論——儒家人倫思想研究》，北京：人民出版社，2008。
張安治：《中國畫與畫論》，上海：上海人民美術出版社，1986。
張宏生：《經典傳承與體式流變：清詞和清代詞學研究》，南京：南京大學出版社，2019。
張宏杰：《曾國藩的正面與側面》，北京：民主與建設出版社，2014。
張旺山：《狄爾泰》，臺北：東大圖書公司，1986。
張晨：《中國詩畫與中國文化》，瀋陽：遼寧教育出版社，1993。
張逸良：《另一種表達——西方圖像中的中國記憶》，上海：上海三聯書店，2016。
張暉：《中國「詩史」傳統》，北京：生活・讀書・新知三聯書店，2012。
張漢良：《比較文學理論與實踐》，臺北：東大圖書公司，1986。
教育部主編：《中華民國建國史・民初時期（一）》第2篇第3冊，臺北：國立編譯館，1987。
陳平原：《左圖右史與西學東漸——晚清畫報研究》，北京：生活・讀書・新知三聯書店，2019。
陳松青：《易順鼎研究》，長沙：湖南人民出版社，2011。

陳恭祿：《中國近代史》，上海：上海古籍出版社，2017。
陳華：《捻亂之研究》，臺北：國立臺灣大學出版委員會，1979。
陶文鵬：《蘇軾詩詞藝術論》，上海：上海古籍出版社，2001。
曼昭、胡樸安著，楊玉峰、牛仰山校點：《南社詩話兩種》，北京：中國人民大學出版社，1997。
崔之清：《太平天國戰爭全史》，南京：南京大學出版社，2002。
郭廷以：《太平天國史事日誌》，臺北：臺灣商務印書館，1976。
郭廷以：《近代中國史事日誌》，北京：中華書局，1987。
郭廷以：《中華民國史事日誌》，臺北：中央研究院近代史研究所，1979。
郭廷以：《近代中國的變局》，臺北：聯經出版事業公司，1990。
梁淑安編：《中國近代文學論文集（1919-1949）（戲劇卷）》，北京：中國社會科學出版社，1988。
項文惠：《嘉業堂主——劉承幹傳》，杭州：浙江人民出版社，2005。
黃儀冠：《晚明至盛清女性題畫詩研究——以閱讀社群及其自我呈現為主》，龔鵬程主編：《古典詩歌研究彙刊》第 5 輯第 16 冊，新北：花木蘭文化，2009。
閔豐：《清初清詞選本考論》，上海：上海古籍出版社，2008。
馮自由：《中華民國開國前革命史》，《民國叢書》第 2 編第 76 冊，上海：上海書店，1990。
傅璇琮：《唐代詩人叢考》，北京：中華書局，1996。
傅璇琮、謝灼華：《中國藏書通史》，寧波：寧波出版社，2001。
傅熹年：《中國古代建築十論》，上海：復旦大學出版社，2004。
葉瑞寶、曹正元、金虹等著：《蘇州藏書史》，南京：江蘇古籍出版社，2001。
葉嘉瑩：《弱德之美：談詞的美感特質》，北京：商務印書館，2019。
董繼兵：《晚清戰爭詞研究》，成都：四川大學出版社，2018。
楊天石、王學莊：《南社史長編》，北京：中國人民大學出版社，1995。
楊天石、劉彥成：《南社》，北京：中華書局，1980。
楊麗瑩：《掃葉山房史研究》，上海：復旦大學出版社，2013。
廉樸：《梨園教人興慈善——慈善作家說余治》，鄭州：大象出版社，2018。
趙一凡：《歐美新學賞析》，北京：中央編譯出版社，1996。
蔣寅：《王漁洋與康熙詩壇》，北京：中國社會科學出版社，2001。
樊克政：《龔自珍年譜考略》，北京：商務印書館，2004。
鄧喬彬：《中國繪畫思想史（下）》，《鄧喬彬學術文集》第 9 卷，蕪湖：安徽師範大學出版社，2013。

鄧嗣禹：《中國考試制度史》，臺北：臺灣學生書局，1967。
鄭大華、鄒小站主編：《西方思想在近代中國》，北京：社會科學文獻出版社，2005。
鄭天挺：《探微集（修訂本）》，北京：中華書局，2009。
鄭文惠：《詩情畫意：明代題畫詩的詩畫對應內涵》，臺北：東大圖書公司，1995。
鄭文惠：《文學與圖像的文化美學——想像共同體的樂園論述》，臺北：里仁書局，2005。
鄭逸梅：《南社叢談：歷史與人物》，北京：中華書局，2006。
劉東海：《順康詞壇群體步韻唱和研究》，上海：上海古籍出版社，2013。
劉毓盤：《詞史》，上海：上海書店，1985。
劉繼才：《中國題畫詩發展史》，瀋陽：遼寧人民出版社，2010。
劉繼才：《趣談中國近代題畫詩》，瀋陽：遼寧人民出版社，2012。
龍榆生：《龍榆生詞學論文集》，上海：上海古籍出版社，1997。
錢穆：《中國近三百年學術史（二）》，錢賓四先生全集編輯委員會編：《錢賓四先生全集》第 17 冊，臺北：聯經出版事業公司，1995。
戴玄之：《中國秘密宗教與秘密會社》，臺北：臺灣商務印書館，1990。
戴麗珠：《趙孟頫文學與藝術之研究》，臺北：學海出版社，1986。
韓經太：《詩學美論與詩詞美境》，北京：北京語言文化大學出版社，2000。
謝飄雲、馬茂軍、劉濤主編：《中國古代散文研究論叢（2012）》，廣州：世界圖書出版公司，2013。
魏泉：《士林交游與風氣變遷：19 世紀宣南的文人群體研究》，北京：北京大學出版社，2008。
鍾巧靈：《宋代題山水畫詩研究》，北京：中國社會科學出版社，2008。
鍾賢培、汪松濤主編：《廣東近代文學史》，廣州：廣東人民出版社，1996。
羅惠縉：《民初「文化遺民」研究》，武漢：武漢大學出版社，2011。
羅爾綱著，羅文起主編：《羅爾綱全集》，北京：社會科學文獻出版社，2011。
譚伯牛：《湘軍崛起：近世湖南人的奮鬥史》，太原：山西人民出版社，2009。
蘇精：《近代藏書三十家》，臺北：傳記文學出版社，1983。
嚴迪昌：《清詞史》，南京：江蘇古籍出版社，2001。
嚴迪昌：《清詩史》，杭州：浙江古籍出版社，2002。
蘭石洪：《清前中期題畫詞研究》，南京：南京大學出版社，2017。
顧衛民：《基督教與近代中國社會》，上海：上海人民出版社，1996。
龔鵬程：《中國文人階層史論》，蘭州：蘭州大學出版社，2004。
欒梅健：《民間文人雅集南社研究》，上海：東方出版中心，2006。

（二）外文譯著

（美）柯文（Cohen）著，杜繼東譯：《歷史三調：作為事件、經歷和神話的義和團》，南京：江蘇人民出版社，2005。

（美）歐文・戈夫曼（Erving Goffman）著，馮鋼譯：《日常生活中的自我呈現》，北京：北京大學出版社，2016。

（德）戈特霍爾德・埃夫萊姆・萊辛（Gotthold Ephraim Lessing）著，朱光潛譯：《詩與畫的界限》，新北：蒲公英出版社，1986。

（德）格奧爾格・威廉・弗里德里希・黑格爾（Georg Wilhelm Friedrich Hegel）著，賀麟、王玖興譯：《精神現象學》，北京：商務印書館，2009。

（英）約翰・伯格（John Berger）著，戴行鉞譯：《觀看之道》，桂林：廣西師範大學出版社，2009。

（美）艾志端（Kathryn Edgerton-Tarpley）著，曹曦譯：《鐵淚圖：19 世紀中國對於饑饉的文化反應》，南京：江蘇人民出版社，2011。

（法）莫里斯・哈布瓦赫（Maurice Halbwachs）著，畢然、郭金華譯：《論集體記憶》，上海：上海人民出版社，2002。

（法）羅蘭・巴特（Roland Barthes）等著，林泰、謝立新等譯，趙毅衡編選：《符號學：文學論文集》，天津：百花文藝出版社，2004。

（法）羅伯特・埃斯卡爾皮特（Robert Escarpit）著，葉樹燕譯：《文學社會學》，臺北：遠流出版事業公司，1990。

（法）蒂費納・薩莫瓦約（Tiphaine Samoyault）著，邵煒譯：《互文性研究》，天津：天津人民出版社，2003。

（德）威廉・狄爾泰（Wilhelm Dilthey）著，安延明譯：《精神科學中歷史世界的建構》，安延明、李河編：《狄爾泰文集》第 3 卷，北京：中國人民大學出版社，2010。

四、學位論文

王韶華：《宋代「詩畫一律」論》，上海：華東師範大學中國文學研究所碩士論文，2000。

方慧勤：《夏孫桐詩詞研究》，蘇州：蘇州大學中國文學研究所碩士論文，2016。

朱存紅：《王鵬運研究》，桂林：廣西師範大學中國古代文學研究所博士論文，2011。

李奇志：《論清末民初思想和文學中的「英雌」話語》，武漢：華中師範大學中國現當代文學研究所博士論文，2006。

李淨洋：《周臣及其〈流民圖〉》，杭州：中國美術學院中國畫系碩士論文，2013。

杜翠雲：《穊園社發展史論》，蘇州：蘇州大學中國文學研究所碩士論文，2015。

吳可嘉：《周慶雲與《淞濱吟社集》研究》，杭州：浙江工業大學中國語言文學研究所碩士論文，2014。

何雅茹：《唐代山水題畫詩的文化內涵與審美意蘊》，呼和浩特：內蒙古師範大學中國古代文學碩士論文，2008。

林紋琪：《董其昌文人畫論的檢討與反思》，新北：淡江大學中國文學研究所碩士論文，2003。

邱睿：《南社詩人群體研究》，蘇州：蘇州大學中國古代文學研究所博士論文，2010。

房楝：《現代上海期刊所刊題畫詩研究》，上海：華東師範大學中國語言文學研究所碩士論文，2014。

柯秉芳：《徐釚詞學及其詞研究》，臺北：東吳大學中國文學研究所碩士論文，2012。

范志鵬：《易順鼎年譜長編》，上海：華東師範大學中國古代文學研究所博士論文，2013。

洪倩芬：《石濤山水題畫文學研究》，臺北：臺北市立師範學院應用語言文學研究所碩士論文，2001。

孫雨晨：《清代圖像題詠論》，蘇州：蘇州大學中國文學研究所博士論文，2015。

唐冬莅：《北宋題山水畫詩「寫意」特點分析——以五類畫迹題詩為中心》，新加坡：新加坡國立大學中文系碩士論文，2013。

陳尤欣：《《庚子秋詞》研究》，長春：吉林大學中國古代文學研究所碩士論文，2012。

陳功：《晚清邊塞詞研究》，南京：南京師範大學中國古代文學研究所碩士論文，2017。

崔穎：《高旭及其文學研究》，蘭州：西北師範大學中國古代文學研究所碩士論文，2014。

崔曉杰：《黃爵滋《仙屏書屋初集詩錄》研究》，南昌：華東交通大學中國文學研究所碩士論文，2016。

黃永山：《宋代題山水畫詩之主題研究》，嘉義：南華大學文學系碩士論文，2013。

齊亮亮：《北宋山水題畫詩研究》，石家莊：河北師範大學中國古代文學碩士論文，2009。

鄭文惠：《明人詩畫合論之研究》，臺北：政治大學中國文學研究所碩士論文，1988。

劉昶：《晚清江南慈善人物群體研究——以余治為中心》，蘇州：蘇州大學專門史碩士論文，2009。

劉威志：《梁汪和平運動下的賦詩言志（1938-1948）》，新竹：清華大學中國文學研究所博士論文，2017。
賴進興：《晚清江南士紳的慈善事業及其教化理念——以余治（1809-1874）為中心》，臺南：成功大學歷史研究所碩士論文，2005。

五、期刊、會議論文

丁淑梅：〈丁日昌設局禁書禁戲論〉，《陝西師範大學學報》40.1（2011.1）：143-149。
王一村：〈清末民間義賑中的災情畫——以「鐵淚圖」為中心的考察〉，《農業考古》4（2016）：108-113。
王巨安：〈杭州文元堂書莊考評〉，《圖書館工作與研究》198（2012.8）：83-86。
王正華：〈《聽琴圖》的政治意涵：徽宗朝院畫風格與意義網絡〉，《國立臺灣大學美術史研究集刊》5（1998.3）：77-122。
王林：〈論丁戊奇荒期間江南士紳對河南的義賑〉，《洛陽師範學院學報》33.12（2014.12）：52-58。
王明珂：〈歷史事實、歷史記憶與歷史心性〉，《歷史研究》5（2001）：136-147。
王長坤、張波：〈從「曲忠維孝」到「移孝作忠」——先秦儒家孝忠觀念考〉，《管子學刊》1（2010）：50-55、75。
王俊義：〈關於宣南詩社〉，《文物》9（1979）：72-73。
王爾敏：〈中國近代知識普及化傳播之圖說形式——點石齋畫報例〉，《中央研究院近代史研究所集刊》19（1990.6）：135-172。
王衛平：〈晚清慈善家余治〉，《史林》3（2017）：98-108。
王澧華：〈論曾國藩與左宗棠的交往及其關係〉，《安徽史學》2（1996.4）：38-43。
王鵬惠：〈「異族」新聞與俗識／視：《點石齋畫報》的帝國南方〉，《臺灣史研究》19.4（2012.12）：81-140。
王瓊馨：〈舊王孫的人格象徵——溥心畬詠松題畫詩試探〉，《建國學報》21（2002.7）：67-74。
毛文芳：〈一部清代文人的生命圖史：《卞永譽畫像》的觀看〉，《中正大學中文學術年刊》1（2010.6）：151-210。
毛文芳：〈「郎與多麗」：清代文人畫像文本的抒情演繹與近世意涵〉，《中正漢學研究》1（2013.6）：279-326。
毛文芳：〈李良年的人生讀本——清初〈灌園圖〉的複調意涵〉，《漢學研究》32.4（2014.12）：193-228。
毛文芳：〈圖中物色：明清「三好」／「郎與麗」類型畫像文本之隱喻觀看與抒情演

繹〉，《人文中國學報》25（2017.12）：1-47。
左景清：〈曾左失和內幕談〉，《湖南文獻季刊》10.2（1982.4）：62-65。
田夫：〈從《列女傳》看中國式母愛的流露〉，《歷史月刊》4（1988.5）：106-113。
（日）吉川忠夫著，王維坤譯：〈五、六世紀東方沿海地域與佛教——攝山棲霞寺的歷史〉，《敦煌學輯刊》2（1991）：91-103。
江絜生：〈吟邊扎記〉，《青年嚮導》12（1938）：8。
朱秋娟：〈「江村唱和」考述〉，《中國韻文學刊》23.3（2009.9）：35-38。
朱德慈：〈端木埰行年考〉，《南陽師範學院學報》2.1（2003.1）：60-66。
李保華：〈詩人、琴人梅植之〉，《揚州文化研究論叢》1（2015）：112-119。
李泰翰：〈同治元年的雨花臺攻防戰〉，《故宮學術季刊》24.1（2006）：71-116、164。
李泰翰：〈兵臨城下——評介《平定粵匪圖》中的〈金陵各營屢捷解圍圖〉〉，《故宮文物月刊》22.12（2005.3）：64-75。
李恩涵：〈同治年間陝甘回民事變中的主要戰役〉，《中央研究院近代史研究所集刊》7（1978.6）：95-124。
李嘉瑜：〈黃庭堅題竹畫詩之審美意識〉，《中山人文學報》7（1998.8）：79-100。
汪威廉：〈曼昭汪精衛同為一人——《南社詩話》手稿的發現〉，《明報月刊》48.12（2013.12）：45-48。
汪夢川：〈文學政治化的悲劇——以南社為例的反思〉，《燕山大學學報》10.1（2009.3）：47-51。
汪夢川：〈汪精衛與曼昭及《南社詩話》考辨〉，《南京理工大學學報》28.1（2015.1）：12-18。
沈謙：〈從「以真寫畫」到「以詩論畫」——題畫詩的藝術手法〉，《明道文藝》293（1990.8）：136-144。
宋希於：〈「曼昭」是誰？〉，《東方早報・上海書評》（2012.9.2）。
佘正松：〈邊塞詩研究中若干問題芻議〉，《文學遺產》4（2006）：56-64。
青木正兒著，魏仲佑譯：〈題畫文學及其發展〉，《中國文化月刊》9（1970.7）：76-92。
林玟儀：〈晚清許玉瑑詞作之蒐集與整理〉，《詞學》30（2013）：225-226。
林慶揚：〈論晉文公之從亡人士〉，《文與哲》8（2006.6）：1-52。
卓清芬：〈清代女性自題畫像意義探析〉，《人文中國學報》23（2016.12）：239-262。
況周頤：〈王鵬運傳〉，《學衡》27（1924）：3733-3735。

周絢隆：〈實用性原則的遵循與背叛——陳維崧題畫詞的文本解讀〉，《首都師範大學學報》6（2000）：79-86。
周翼雙：〈周臣的〈乞食圖〉——海外珍藏中國名畫欣賞之六〉，《國畫家》2（2000.4）：62-63。
柯秉芳：〈一官落寞畫平生——論「銅官感舊圖」題詠與章壽麟沉浮晚清的宦途得失〉，《漢學研究》36.1（2018.3）：203-240。
苗貴松：〈明清題畫文學文獻要籍敘錄——兼論現代題畫文學研究始自中國學者〉，《成都師範學院學報》30.1（2014.1）：78-85。
姚達兌：〈（後）遺民地理書寫：填詞圖、校詞圖及其題詠〉，《山東科技大學學報》15.1-2（2013.4）：57-71。
夏志穎：〈論「填詞圖」及其詞學史意義〉，《文學遺產》5（2009）：115-120。
夏志蘭、夏武康：〈詞人夏孫桐的嶺南情緣〉，《人杰風華》3（2009）：46-48。
張丹、蔣波，〈介子推封賞問題新論〉，《晉中學院學報》32.5（2015.10）：73-75。
張宏生：〈清初「詞史」觀念的確立與建構〉，《南京大學學報》1（2008）：101-107。
張宏生：〈戰亂、民瘼與文圖記憶——論余治《江南鐵淚圖》〉，香港浸會大學「創傷與記憶：中國文學發展中的心靈書寫」國際學術研討會，2019.11。
張高評：〈墨梅畫禪與比德寫意：南北宋之際詩、畫、禪之融通〉，《中正漢學研究》1（2012.6）：139-177。
張高評：〈詩、畫、禪與蘇軾、黃庭堅詠竹題畫研究——以墨竹題詠與禪趣、比德、興寄為核心〉，《人文中國學報》19（2013.9）：1-42。
張憲光：〈《南社詩話》與雙照樓詩注〉，《書城》2（2015）：42-47。
曹明升、范正琦：〈《〈陳檢討填詞圖〉題詠》的版本問題與輯佚價值〉，《詞學》41（2019）：167-183。
陳平原：〈以圖像為中心——關於「點石齋畫報」〉，《二十一世紀》59（1990.6）：90-98。
陳希豐：〈「婚姻」與「趨向」：以北宋王拱辰家族婚姻網絡為中心〉，《國學研究》38（2017）：83-117。
陳曉平：〈「曼昭」就是汪精衛〉，《東方早報・上海書評》（2012.9.16）。
陳獨秀：〈美術革命〉，《新青年》6.1（1919.1.15）：96-97。
郭文儀：〈甲午變局與詞壇新貌〉，《文學遺產》6（2015）：122-134。
郭長海：〈關於高旭參與賄選事件之探究〉，《長春師範學院學報》22.4（2003）：51-56。

梁嘉彬：〈梁肇煌傳〉，《廣東文獻季刊》6.4（1976.12）：58-68。
啟功：〈談詩書畫的關係〉，《文史知識》1（1989.1）：3-11。
賀文榮：〈論唐代山水題畫詩的時空藝術〉，《中南大學學報》12.1（2006.2）：93-98。
傅璇琮、陳華昌：〈唐代詩畫藝術的交融〉，《文史哲》4（1989.7）：3-10。
葉秀雲：〈兩江總督端方偵緝孫中山革命活動史料〉，《歷史檔案》22（1986.5）：42-44。
葉曉青：〈「點石齋畫報」中的上海平民文化〉，《二十一世紀》1（1980.10）：36-47。
楊志翠：〈宋代文人集團及其題畫詩對山水畫審美發展的影響〉，《樂山師範學院學報》20.8（2005.8）：134-136。
楊國楨：〈宣南詩社與林則徐〉，《廈門大學學報》2（1964）：107-117。
楊新：〈周臣的〈乞食圖〉〉，《美術研究》2（1987.7）：85-90。
趙永潔：〈黃爵滋與「江亭雅集」〉，《牡丹江大學學報》24.4（2015.4）：137-139。
趙泉民：〈試析晚清新知識分子對義和團運動的心理〉，《華東師範大學學報》32.3（2000.5）：50-55。
趙雪沛：〈明末清初的女性題畫詞〉，《文學遺產》6（2006）：134-137。
蔡宗憲：〈五至七世紀的攝山佛教與僧俗網絡〉，《臺灣師大歷史學報》55（2016.6）：47-101。
蔡聖昌：〈民國海上的淺斟低唱〉，《書屋》7（2016）：47-50。
蔡聖昌：〈詩人性本愛疏狂——記民國詩人沈醉愚〉，《書屋》3（2018）：47-50。
鄭文惠：〈詩畫共通理論與文人文化之成長——以宋明二代之轉化歷程為例〉，《中華學苑》41（1991.6）：141-175。
鄭文惠：〈明代園林山水題畫詩之研究——以文人園林為主〉，《國立政治大學學報》69（1994.9）：17-45。
鄭騫講述，劉翔飛筆記：〈題畫詩與畫題詩〉，《中外文學》8.6（1979）：5-13。
劉江華：〈從清宮檔案看左宗棠樊燮案真相〉，《紫禁城》7（2012）：76-85。
劉江華：〈樊燮案中左宗棠獲救真相〉，《紫禁城》11（2012）：20-29。
劉杰：〈先秦兩漢介子推故事的演變〉，《晉中學院學報》26.1（2009.2）：1-5。
劉威志：〈使秦、挾秦與刺秦——從 1942 年「易水送別圖題詠」論汪精衛晚年的烈士情結〉，《漢學研究》32.3（2014.9）：193-226。
劉威志：〈清遺民的「理屈」與「詞窮」——論朱祖謀〈鷓鴣天・廣元裕之宮體八首〉〉，《中國詩學》23（2017.10）：197-232。

劉靜平：〈叢篁一枝出之靈府——金農畫竹與題跋中禪意的建構與表達〉，《文物世界》2（2006）：50-51。
劉曉煥：〈吳大澂是「逃跑將軍」嗎？〉，《東嶽論叢》6（1991）：57-60。
劉繼才：〈論宋代題畫詩詞勃興的原因及其特徵〉，《瀋陽師範大學學報》32.1（2008）：89-92。
閻福玲：〈中國古代邊塞詩的三重境界〉，《北方論叢》4（1999）：61-65。
龍榆生主編：《詞學季刊》，北京：國家圖書館出版社，2015。
龍榆生主編：《同聲月刊》，北京：國家圖書館出版社，2016。
錢鍾書：〈中國詩與中國畫〉，《責善半月刊》2.10（1941.8）：2-8。
鍾巧靈：〈宋代尚畫之風與題畫詩的繁榮〉，《學術交流》5（2008）：160-165。
鍾巧靈：〈論宋代題山水畫詩「畫中有我」的自寓性〉，《東方論壇》1（2008）：35-40。
蘇東天：〈談書畫同源同法之誤〉，《朵雲》6（1984.5）：13-18。
饒宗頤：〈詞與畫——論藝術的換位問題〉，《故宮季刊》8.3（1974）：9-20。
蘭石洪：〈王鵬運題畫詞析論〉，《內江師範學院學報》33.5（2018）：56-61。

六、網路資源

Sothebys.com/zh/auctions/ecatalogue/lot.348.html/2016/fine-classical-chinese-paintings-hk0635。2018 年 1 月 19 日瀏覽。
108.171.188.109/zh-hant/auction/8808/78。2018 年 1 月 19 日瀏覽。

後　記

> 每一次的寫作、回顧與審視，都記錄著自己曾經歷過的歲月與點滴；每一次的重閱與校訂，內心都充滿感動。十年的光陰足以改變很多人事，但唯一不變的是寫作時的投入與真心。

本書經過多次修訂終於得以順利出版，感謝香港浸會大學孫少文伉儷人文中國研究所的經費贊助，以及所長張宏生教授對本書出版計畫的推進與支持。在本書撰寫的期間，感謝指導教授蘇淑芬教授，口考委員黃文吉、王偉勇、林佳蓉、黃雅莉四位教授，以及劉威志學長、佘筠珺學姊、《漢學研究》兩位匿名審查委員、送審申請助理教授證的三位匿名審查委員、出版外審的兩位匿名審查委員，皆曾對本書提出寶貴詳實、精闢深刻的意見，以裨本書修訂愈臻完備，在此致上最深的謝意！

書中主要藉由七個極具時代意義的圖畫題詠作為主題，探討晚清民初士人如何寓藉圖畫與題詠，寄託波詭雲譎的變局，投映世變之下的士人心境。圖文學研究在目前學術界是門顯學，研究者相當多，在各章主題尚未成形前，總是不斷思考如何讓每一幅畫作與詩詞文本，皆能展現出自身的意義，而非只是被簡單的定義和歸類。這段漫長的寫作過程中，曾經徬徨、猶豫、懷疑自己，每當這時，便提著行囊去聽課，前往圖書館抄書、蒐集資料、複印文本，那段日子總是深感書海浩瀚，知也無涯，然而也總是在望著圖書館窗外明媚藍天的瞬間，感到心靈澄澈寧靜、安定踏實，能將生命最好最長的時光付與讀書學習，是一件幸福的事。

這段時期，除了感謝我的母校東吳大學蘇淑芬、陳恆嵩、鄭明娳、陳慷玲等諸位教授的培育與教導，也感謝來自劉少雄、卓清芬、曹淑娟等教授的知識傳授，同時，亦感謝曹明升、林志宏、薛玉坤三位教授，提供我冒廣生詞集、曾習經年譜與周慶雲著作所需的文獻材料，並在治學上予我多有提點，對於本書寫作助益甚多，於此深表感謝！

2014 年，感謝王兆鵬教授的邀請，我開啟了首次飛往廣州參加詞學研討會的旅程，此後，又先後參與了 2015、2016 年河南、河北的詞學研討會。這三次研討會的意義，不僅是從學術討論交流中學得知識，旅途中更感謝承蒙侯雅雯、卓清芬、王偉勇、劉東海等諸位教授的教誨與照顧。蘇轍嘗云：「太史公行天下，周覽四海名山大川，與燕、趙間豪俊交遊，故其文疏蕩，頗有奇氣。」依然記得 12 月飄著冷雨的夜晚，與侯雅雯教授、卓清芬教授參訪中山大學的文化地景；記得鄰近日暮黃昏時分，與曹辛華教授、筠珺學姊觀賞黃河夕陽的景色；亦記得登臨龍門石窟、少林寺、白馬寺、白洋淀等地考察的每個情景。每一次的旅行都是新的感觸與體驗，不斷轉換的場景與視角，開拓了我的視野，也令我深深愛上旅行和寫作。

2015 年，我參加陳建男學長發起的唐宋詞讀書會。建男學長在秉承古人以文會友的精神，推進讀書交流，拉進學詞同好，始終不遺餘力。讀書會上，特別感謝威志學長引領著我們細讀夢窗詞，讓我對夢窗詞有更深入的認識，從而體會夢窗詞中隱微的美感特質與生命基調；在每一次討論和問答的交流中，都能增進我對文本分析及問題意識的深掘，對於日後我的研究與寫作，都有著深刻的影響與啟發性。

2020 年，幸運的我得到一個機會，可以到香港浸會大學孫少文伉儷人文中國研究所向張宏生教授問學。每當完成一篇文章，老師都會細心閱讀，在每個需要修改的地方加注眉批，協助我將論文修改得更好。在擔任副研究員的期間，我也舉辦講座和青年學者國際學術研討會，過程中感謝周嘉茵、王新童兩位主任協助，讓會議始終得以順利進行。在香港疫情稍微趨緩的時候，張老師也會帶領我們幾個學生品嚐粵菜和八色小籠包，到太平山、淺水灣張愛玲故居、將軍澳海濱，觀覽風景，體驗不同的地景風光。2021 年冬至，我們酒足飽飯後，轉往西九龍海濱尋訪 20 米高的聖誕樹。當日暮低垂、聖誕彩燈映照整個夜空時，內心的光輝彷彿也被點亮了起來。這些點滴，都在我心裡留下一道美好溫暖的記憶。

漫長的學習旅途中，感謝家人一直以來的陪伴與支持；在茫然無措的時候，感謝總有一個人在我身後默默付出，為我帶來滿懷的希望，祝我論文順利「開成」。旅居香港學習的期間，生活每遇困境，感謝張老師、明升師兄總是為我提點意見，助我找到正確的方向；亦感謝日康、王輝、傳濱，以及臺北經濟文化辦事處林處長伉儷曾經對我的幫助。每當思鄉時，感謝有蘇淑芬、侯淑娟、鹿憶鹿、連文萍、卓清芬、鍾正道、黃雅莉等諸位老師傳來的問候與關心，讓我的心間流過一股暖流。同時，亦感謝佳玲、子慧、曉婷、嘉慧、君君、小靜、仲南、俊諺，以及曾經出現在我生命之中，幫助過我、陪伴我走過人生低谷的人。

感謝曾經來到生命中的每一段機緣，都讓我獲得成長，更加認識自己，看見自己的可能。期待未來能繼續帶著勇氣冒險，前往下一段夢想的旅程。

2022 年香港九龍城

國家圖書館出版品預行編目資料

世變中的畫意詩心——晚清民初題畫詩詞研究

柯秉芳著. – 初版. – 臺北市：臺灣學生，2022.08
面；公分

ISBN 978-957-15-1891-6 (平裝)

1. 題畫詩 2. 詩評 3. 詞論 4. 清代

820.9107　　111011999

世變中的畫意詩心——晚清民初題畫詩詞研究

著作者　柯秉芳
出版者　臺灣學生書局有限公司
發行人　楊雲龍
發行所　臺灣學生書局有限公司
地　址　臺北市和平東路一段 75 巷 11 號
劃撥帳號　00024668
電　話　(02)23928185
傳　眞　(02)23928105
E-mail　student.book@msa.hinet.net
網　址　www.studentbook.com.tw
登記證字號　行政院新聞局局版北市業字第玖捌壹號
定　價　新臺幣七〇〇元
出版日期　二〇二二年八月初版
ISBN　978-957-15-1891-6

82066